Anne Brontë, geboren am 17. Januar 1820 in Thornton, ist am 28. Mai 1849 in Scarborough gestorben.

Die Herrin von Wildfell Hall ist ein eindringliches Plädoyer für die Gleichberechtigung der Frau im Viktorianischen Zeitalter. Der Roman erschien erstmals 1848. Anne Brontë hat hier ein bis dahin tabuisiertes Thema ins Zentrum einer spannenden Handlung gestellt: die Unterdrückung der Frau in der Ehe und ihr Anspruch auf Achtung und Selbstverwirklichung.

Helen, die Heldin des Romans, heiratet gegen den Widerstand ihrer Familie und wider besseres Wissen den gutaussehenden Arthur Huntingdon. Bald aber muß sie erkennen, daß seine Grundsätze und Interessen den ihren gänzlich entgegengesetzt sind, ja, daß sie es mit einem haltlosen Menschen zu tun hat, einem Schürzenjäger, einem Trunkenbold, einem Mann, der von seiner Frau in erster Linie Gehorsam und Nachsicht erwartet. Da sie ihn nach wie vor liebt, sucht sie ihn auf den rechten Weg zurückzubringen. Sie verläßt ihn aber, als ihre Bemühungen scheitern und sie die Demütigungen nicht mehr zu ertragen vermag, um sich mit ihrem Sohn auf den halbverfallenen Landsitz Wildfell Hall zurückzuziehen.

Anne Brontë, die diesen Roman unter dem Pseudonym Acton Bell veröffentlichte, sollte am beachtlichen Erfolg, den nicht nur die Erstausgabe erreichte, nur noch ein Jahr teilhaben.

Die Romane der Schwestern Brontë im Insel Verlag: Anne Brontë: *Agnes Grey* (it 1093), *Die Herrin von Wildfell Hall* (it 1547); Charlotte Brontë: *Jane Eyre* (it 813), *Der Professor* (it 1354), *Shirley* (it 1145), *Villette* (it 1447); Emily Brontë: *Die Sturmhöhe* (it 141). Über Leben und Werk der Schwestern Brontë: Elsemarie Maletzke und Christel Schütz (Hg.): *Die Schwestern Brontë. Leben und Werk in Texten und Bildern* (it 814); Robert de Traz: *Die Familie Brontë* (it 1548).

insel taschenbuch 2631

Anne Brontë

Die Herrin von Wildfell Hall

Anne Brontë
Die Herrin von Wildfell Hall

Roman

Aus dem Englischen
von Angelika Beck

Insel Verlag

insel taschenbuch 2631
Erste Auflage 2000

Hinweise zu dieser Ausgabe am Schluß des Bandes
Vertrieb durch den Suhrkamp Taschenbuch Verlag
Umschlag: Elke Dörr
Druck: Ebner, Ulm
Printed in Germany

1 2 3 4 5 6 – 05 04 03 02 01 00

Die Herrin von Wildfell Hall

An J. Halford, Esq.

Lieber Halford,
bei unserer letzten Begegnung hast Du mir einen sehr ausführlichen und interessanten Bericht von den bemerkenswertesten Begebenheiten Deiner Jugend, d. h. der Zeit vor unserer Bekanntschaft, gegeben und mich danach gebeten, Dein Vertrauen auf gleiche Weise zu erwidern. Da ich damals nicht in Erzähllaune war, lehnte ich ab, unter dem Vorwand, ich hätte nichts zu erzählen, und ähnlichen Ausflüchten, die von Dir als völlig unzulänglich angesehen wurden; denn obwohl Du dem Gespräch sofort eine andere Wendung gegeben hast, geschah das doch mit der Miene eines Mannes, der sich zwar nicht beklagt, aber doch tief gekränkt ist, und auf Deinem Gesicht lag ein Schatten, der es bis zum Ende unserer Unterredung verdüsterte und der, soweit ich weiß, noch immer nicht gewichen ist; denn Deine Briefe lassen seither eine etwas gezierte, halb schwermütige Gezwungenheit und Distanz erkennen, die mir sehr zu Herzen ginge, wenn mir mein Gewissen sagte, daß ich sie verdiene.

Schämst Du Dich nicht, alter Junge – in Deinem Alter und angesichts der Tatsache, daß wir uns so lange und so gut kennen und ich Dir schon so viele Beweise von Offenheit und Vertrauen geliefert und Dir Deine im Vergleich dazu recht ausgeprägte Verschlossenheit und Zurückhaltung nie übel genommen habe? Aber das ist vermutlich genau der Punkt: Du bist von Natur aus nicht sehr mitteilsam und glaubtest, wunder was getan und bei jener denkwürdigen Gelegenheit einen beispiellosen Beweis freundschaftlichen Vertrauens erbracht zu haben, der, wie Du Dir bestimmt geschworen hast, der letzte dieser Art sein soll; und als mindesten Dank für einen so gewaltigen Gunstbeweis hast Du wohl von mir erwartet, daß ich Deinem Beispiel folgen würde, ohne auch nur einen Augenblick zu zögern.

Nun, ich habe nicht zur Feder gegriffen, um Dir Vorwürfe zu machen oder mich zu verteidigen oder mich für vergangene Sünden zu rechtfertigen, sondern, wenn möglich, sie wiedergutzumachen.

Es ist heute ein nasser, verregneter Tag, die Familie ist ausgegangen, um einen Besuch zu machen, ich sitze allein in meiner Bibliothek und habe einige alte stockfleckige Briefe und Schriftstücke durchgesehen und über vergangene Zeiten nachgesonnen, so daß ich jetzt in der richtigen Gemütsverfassung bin, Dich mit einer altväterlichen Geschichte zu unterhalten; und nachdem ich meine schon ziemlich angeschmorten Füße vom Kamineinsatz genommen, mich zum Tisch umgedreht und die obigen Zeilen an meinen bärbeißigen alten Freund niedergeschrieben habe, will ich ihm in groben Zügen – nein, nicht in groben Zügen, sondern umfassend und wahrheitsgetreu von bestimmten Umständen berichten, die mit dem wichtigsten Ereignis meines Lebens verbunden sind – vor meiner Bekanntschaft mit Jack Halford zumindest; und wenn Du das gelesen hast, magst Du mich der Undankbarkeit oder der eines Freundes unwürdigen Verschlossenheit zeihen, wenn Du kannst.

Ich weiß, daß Du lange Geschichten magst und ein ebenso großer Pedant bist wie meine Großmutter, wenn es um ausführliche Darstellung und weitschweifige Details geht, und so will ich Dich denn auch nicht verschonen: nur meine eigene Geduld und Muße sollen mir Grenzen setzen.

Unter den Briefen und Schriftstücken, die ich ansprach, befindet sich auch ein vergilbtes altes Tagebuch von mir, das ich erwähne, um klarzustellen, daß ich mich nicht ausschließlich auf mein Gedächtnis – so gut es auch ist – verlassen muß; damit Deine Bereitschaft, mir zu glauben, nicht allzu sehr in Anspruch genommen wird, wenn Du mir durch die kleinsten Einzelheiten meiner Erzählung folgst. So beginne ich also mit Kapitel eins, denn es soll eine Geschichte mit vielen Kapiteln werden.

KAPITEL I

Eine Entdeckung

Du mußt Dich nun mit mir in den Herbst des Jahres 1827 zurückversetzen.

Mein Vater war, wie Du weißt, eine Art Gutsbesitzer in – shire, und auf seinen ausdrücklichen Wunsch hin ging auch ich dieser beschaulichen Beschäftigung nach, nicht gerade sehr gern, denn mein Ehrgeiz wies mir höhere Ziele, und meine Eitelkeit versicherte mir, daß ich mein Talent brachliegen lassen und mein Licht unter den Scheffel stellen würde, wenn ich dieser inneren Stimme nicht Gehör schenkte. Meine Mutter hatte ihr Möglichstes getan, mir einzureden, ich sei zu großen Taten fähig; aber mein Vater, der Ehrgeiz für den sichersten Weg ins Verderben hielt und für den Veränderung nur ein anderes Wort für Untergang war, wollte nichts von irgendwelchen Plänen, meine eigene Lage oder die meiner Mitmenschen zu verbessern, hören. Er versicherte mir, es sei alles Blödsinn, und ermahnte mich bei seinem letzten Atemzug, auf die bewährte Weise weiterzumachen, in seine Fußstapfen und die seines Vaters vor ihm zu treten und meinen hochfliegenden Ehrgeiz aufzugeben, um als ehrlicher Mann durchs Leben zu gehen, weder nach rechts noch nach links zu blicken und die väterlichen Ländereien in mindestens ebenso blühendem Zustand meinen Kindern zu übergeben, wie er sie mir hinterließ.

»Nun gut! Ein ehrenwerter und fleißiger Bauer gehört zu den nützlichsten Mitgliedern der Gesellschaft, und wenn ich meine Fähigkeiten der Bestellung meines Hofs und der Verbesserung der Landwirtschaft im allgemeinen widme, werde ich dadurch nicht nur meinen nächsten Verwandten und Abhängigen sondern in einem gewissen Maße auch der Menschheit insgesamt von Nutzen sein: folglich werde ich nicht umsonst gelebt haben.«

Mit solchen Überlegungen versuchte ich mich zu trösten, als ich eines kalten, feuchten, bewölkten Abends Ende September von den Feldern heimwärts trottete. Doch der Schein eines rotglühenden Feuers durch das Fenster des Salons vermochte meine Stimmung eher aufzuheitern und mir die Undankbarkeit meines Aufbegehrens nachhaltiger vor Augen zu führen als all die klugen Überlegungen und guten Vorsätze, die ich mir abgerungen hatte; denn ich war ja damals noch jung, das darfst Du nicht vergessen – erst vierundzwanzig – und ich hatte mich noch nicht halb so gut im Griff wie heute – wie wenig das auch sein mag.

Allerdings durfte ich in diesen Hafen des Glücks nicht einlaufen, ehe ich nicht meine schmutzigen Stiefel gegen ein Paar Schuhe und meinen groben Überzieher gegen einen ansehnlichen Rock vertauscht und mich ganz allgemein für eine anständige Gesellschaft präsentabel gemacht hatte, denn meine Mutter war bei all ihrer Güte in bestimmten Punkten außerordentlich penibel.

Als ich zu meinem Zimmer hinaufging, begegnete mir auf der Treppe ein aufgewecktes, hübsches, neunzehnjähriges Mädchen von niedlicher, untersetzter Gestalt, mit einem runden Gesicht, glühenden, frischen Wangen, glänzenden, dichten Locken und lustigen braunen Äuglein. Ich brauche Dir wohl nicht zu sagen, daß es meine Schwester Rose war. Ich weiß, sie ist immer noch eine anmutige ältere Dame und – in *Deinen* Augen – bestimmt nicht weniger liebenswert als an jenem glücklichen Tag, da Du sie zum ersten Mal erblicktest. Damals konnte ich freilich noch nicht wissen, daß sie in wenigen Jahren die Frau eines Mannes werden sollte, der mir zu jenem Zeitpunkt noch völlig unbekannt war, mir später aber sogar ein engerer Freund als sie selbst werden und mir näher stehen sollte als jener ungehobelte siebzehnjährige Bursche, der mir beim Herunterkommen im Hausgang entgegentrat und mich beinahe aus dem Gleichgewicht gebracht hätte, und der zur Strafe für seine Unverschämtheit einen krachenden Schlag auf den Kopf erhielt, welcher jedoch von der Züchtigung keinen ernsthaften Schaden davontrug, da er nicht nur ungewöhnlich dickschädelig, sondern zudem noch von einem dichten Schopf roter Locken geschützt war, die meine Mutter kastanienbraun nannte.

Als wir den Salon betraten, sahen wir diese ehrenwerte Dame in einem Lehnstuhl neben dem Kamin sitzen und an ihrem Strickzeug arbeiten, wie es ihre Gewohnheit war, wenn sie nichts anderes zu tun hatte. Sie hatte den Kaminrost gekehrt und zu unserem Empfang ein hell loderndes Feuer entfacht; der Diener hatte eben das Tee-Tablett hereingebracht; und Rose holte gerade die Zuckerschale und den Teekessel aus der Kredenz des schwarzen Eichenschrankes, der in dem anheimelnden Dämmerschein des Salons wie poliertes Ebenholz glänzte.

»Nun! Hier sind ja die beiden«, rief meine Mutter, wobei sie sich zu uns umdrehte, ohne die Bewegung ihrer flinken Finger und funkelnden Nadeln zu verlangsamen. »Macht jetzt die Tür zu und kommt her ans Feuer, bis Rose mit dem Tee fertig ist; ihr seid bestimmt schon halb verhungert – und erzählt mir, wo ihr den ganzen Tag lang gewesen seid. Ich erfahre gern, was meine Kinder so alles getrieben haben.«

»Ich habe das graue Fohlen zugeritten – keine leichte Aufgabe, wahrlich – das Pflügen des letzten Weizenstoppelfelds beaufsichtigt – denn der Ackerknecht ist zu dumm, um selbst die Aufsicht zu übernehmen – und ich habe einen Plan zur umfassenden und wirksamen Entwässerung der niedrig gelegenen Wiesen ausgeführt.«

»Das ist ganz mein tüchtiger Junge! Und Fergus, was hast du gemacht?«

»Dachse gejagt.«

Und im folgenden berichtete er uns eingehend von seinem Zeitvertreib und dem Heldenmut, den sowohl der Dachs als auch die Hunde an den Tag gelegt hatten; meine Mutter tat so, als höre sie mit gespannter Aufmerksamkeit zu, und betrachtete seine vor Eifer glühende Miene mit einem Maß an mütterlicher Bewunderung, das mir für den Gegenstand derselben reichlich unangemessen schien.

»Es ist Zeit, daß du irgend etwas anderes tust, Fergus«, sagte ich, sobald mir eine kurze Unterbrechung in seiner Schilderung die Möglichkeit bot, zu Wort zu kommen.

»Was kann ich denn schon tun?« erwiderte er. »Mutter will mich nicht zur See fahren oder in die Armee eintreten lassen; und ich bin fest entschlossen, nichts anderes zu tun – außer mich euch allen zu einer solchen Plage zu machen, daß ihr noch einmal dankbar seid, wenn ihr mich je loswerdet, egal wie.«

Unsere Mutter streichelte ihm besänftigend die störrischen kurzen Locken. Er maulte und versuchte, ein mürrisches Gesicht zu machen, und dann nahmen wir alle auf Roses dreimal wiederholte Aufforderung hin unsere Plätze bei Tisch ein.

»Trinkt jetzt euren Tee«, sagte sie, »und ich will euch gleich erzählen, was *ich* gemacht habe. Ich war zu Besuch bei den Wilsons; und es ist *ewig* schade, daß du nicht mitgekommen bist, Gilbert, denn Eliza Millward war dort!«

»Na schön! Was ist mit ihr?«

»O nichts! – Ich will ja nicht von ihr erzählen; nur daß sie ein nettes, amüsantes kleines Ding ist, wenn sie fröhlicher Laune ist, und ich hätte nichts dagegen, sie –«

»Pst, pst, mein Kind! Dein Bruder hat keine derartige Absicht!« flüsterte meine Mutter angelegentlich und hob den Zeigefinger.

»Also«, begann Rose von neuem, »ich wollte euch gerade eine wichtige Neuigkeit erzählen, die ich dort erfuhr – seither platze ich fast vor Ungeduld, sie loszuwerden. Wie ihr wißt, wurde vor einem Monat berichtet, daß irgend jemand Wildfell Hall übernehmen wolle – und – was glaubt ihr wohl? Seit über einer Woche ist es tatsächlich bewohnt! – Und wir haben noch gar nichts davon gewußt!«

»Ausgeschlossen!« rief meine Mutter.

»Lachhaft!!!« kreischte Fergus.

»Doch! – Und zwar von einer alleinstehenden Dame!«

»Du lieber Himmel, mein Kind, das Anwesen ist ja ganz verfallen!«

»Sie hat zwei oder drei Zimmer bewohnbar machen lassen; und dort lebt sie, ganz allein – abgesehen von einer alten Frau, die sie als Dienerin hat!«

»Ach du meine Güte! Das verdirbt die Sache – ich hatte gehofft, sie wäre eine Hexe«, bemerkte Fergus, während er sich sein fingerdickes Stück Butterbrot schnitt.

»Unsinn, Fergus! Aber ist es nicht merkwürdig, Mama?«

»Merkwürdig! Ich kann es kaum glauben.«

»Aber du kannst es ruhig glauben, denn Jane Wilson hat sie gesehen. Sie ging mit ihrer Mutter hin, die natürlich, als sie von einer Fremden in der Nachbarschaft hörte, ganz kribbelig war, sie zu sehen und alles, was sie konnte, aus ihr herauszubekommen. Sie nennt sich Mrs. Graham und sie trägt Trauer – keine Witwentracht, sondern leichte Trauerkleidung – und sie ist noch ganz jung, heißt es – nicht älter als fünf- oder sechsundzwanzig – aber so reserviert! Sie versuchten alles Erdenkliche, um herauszufinden, wer sie ist, und woher sie kommt, und alles über sie, doch weder Mrs. Wilson mit ihren ausdauernden und dreisten, treffsicheren Attacken noch Miss Wilson mit ihrem geschickten Manövrieren gelang es, ihr auch nur eine einzige befriedigende Antwort oder zufällige Bemerkung zu entlocken oder ein Wort zu ergattern, das geeignet gewesen wäre, ihre Neugier zu stillen oder den schwächsten Lichtstrahl auf ihre Geschichte, Lebensumstände oder gesellschaftlichen Beziehungen zu werfen. Zudem war sie nicht besonders höflich zu ihnen und sagte offensichtlich lieber ›Adieu‹ als ›Guten Tag‹. Aber Eliza Millward meint, ihr Vater wolle ihr bald seine Aufwartung machen, um ihr etwas geistlichen Beistand anzubieten, den sie, wie er fürchte, nötig habe, da sie sich am Sonntag nicht in der Kirche blicken ließ, obwohl sie, wie man weiß, schon Anfang letzter Woche in diese Gegend gekommen ist; und sie – das heißt Eliza – wird ihn bitten, ihn begleiten zu dürfen, und ist sicher, daß *sie* es schaffen wird, etwas aus ihr herauszubringen – du weißt ja, Gilbert, *sie* bringt alles fertig. Und wir sollten in nächster Zeit dort einen Besuch abstatten, Mama; das gehört sich schließlich so.«

»Natürlich, mein Kind. Die Ärmste! Wie einsam sie sich fühlen muß!«

»Und beeilt euch, wenn ich bitten darf; und vergeßt nicht, mir zu berichten, wieviel Zucker sie in ihren Tee tut, und welche Art von Hauben und Schürzen sie trägt, und all das; denn ich weiß gar nicht, wie ich bis dahin leben soll«, sagte Fergus mit großem Ernst.

Aber wenn er bezweckte, daß diese Äußerung als ungeheuer geistreicher Einfall willkommen geheißen würde, hatte er sich geirrt, denn niemand lachte. Ihn allerdings konnte das nicht besonders aus der Fassung bringen, denn als er ein Stück von seinem Butterbrot abgebissen hatte und gerade einen Schluck Tee trinken wollte, übermannte ihn die Situationskomik mit solch unwiderstehlicher Macht, daß er vom Tisch aufspringen und prustend und würgend aus dem Zimmer stürzen mußte; und kurz darauf hörte man ihn in einem fürchterlichen Lachanfall im Garten herumtoben.

Was mich anging, so begnügte ich mich damit, schweigend Tee, Speck und Toast zu vertilgen, während meine Mutter und meine Schwester ihre Unterhaltung fortsetzten und weiter die offensichtlichen oder nicht offensichtlichen Umstände und die wahrscheinliche oder nicht wahrscheinliche Lebensgeschichte der geheimnisvollen Dame erörterten; aber ich muß gestehen, daß ich nach dem Mißgeschick meines Bruders ein- oder zweimal die Tasse an meine Lippen führte und sie wieder absetzte, ohne daß ich gewagt hätte, von ihrem Inhalt zu kosten, stand doch zu befürchten, daß ich meine Würde durch einen ähnlichen Ausbruch verletzte.

Am nächsten Tag beeilten sich meine Mutter und Rose, der schönen Einsiedlerin einen Höflichkeitsbesuch abzustatten, und kamen nur wenig klüger zurück, als sie aufgebrochen waren, obwohl meine Mutter erklärte, sie bereue den Ausflug nicht, denn wenn sie schon nicht viel davon profitiert hatte, so bildete sie sich doch ein, einiges vermittelt zu haben, und das war ohnehin besser: sie hatte einige nützliche Ratschläge erteilt, die, wie sie hoffte, nicht verworfen werden würden, denn Mrs. Graham sagte zwar zu allem nur wenig und machte den Eindruck, ziemlich von sich eingenommen zu sein, schien aber nicht unfähig zu tieferem Nachdenken, obwohl sie nicht wisse, wo sie ihr Leben zugebracht hatte, das arme Ding, denn sie verriet eine beklagenswerte Ahnungslosigkeit in gewissen Punkten, und hatte nicht einmal soviel Einsicht, sich derselben zu schämen.

»In welchen Punkten, Mutter?« fragte ich.

»In Haushaltsangelegenheiten, und all den kleinen Kochkünsten und anderen Dingen, mit denen jede Dame vertraut sein sollte, ob sie nun von ihrem Wissen praktischen Gebrauch machen muß oder nicht. Ich gab ihr jedoch ein paar nützliche Hinweise und etliche ausgezeichnete Rezepte, deren Wert sie augenscheinlich nicht zu würdigen verstand, denn sie bat, ich solle mich nicht bemühen, da sie so bescheiden und ruhig lebe, daß sie sicher sei, niemals davon Gebrauch zu machen. ›Das macht nichts, meine Liebe‹, sagte ich, ›das ist etwas, was jede anständige Frau wissen sollte; und nebenbei bemerkt, auch wenn Sie jetzt allein sind, werden Sie es doch nicht immer sein; Sie waren verheiratet und werden wahrscheinlich – ich möchte wohl behaupten, fast sicher – wieder heiraten.‹ ›Sie irren sich, Madam‹, sagte sie beinahe hochmütig, ›das wird bestimmt nie wieder der Fall sein.‹ Aber ich sagte ihr, *ich* wisse es besser.«

»Vermutlich irgendeine romantische junge Witwe«, sagte ich, »die hierher gekommen ist, um ihre Tage in Einsamkeit zu beschließen und im Verborgenen um den teueren Toten zu trauern – aber das wird nicht lange dauern.«

»Das glaube ich auch nicht«, bemerkte Rose, »denn sie schien nach allem nicht *sehr* verzweifelt; und sie ist ausnehmend hübsch – vielmehr schön – du mußt sie sehen, Gilbert; du wirst sie eine makellose Schönheit nennen, obgleich du wohl kaum behaupten könntest, eine Ähnlichkeit zwischen ihr und Eliza Millward zu entdecken.«

»Nun, ich kann mir viele Gesichter vorstellen, die schöner sind als Elizas, wenn auch nicht bezaubernder. Ich gebe ja zu, sie darf kaum Anspruch auf Vollkommenheit erheben; aber ich bleibe dabei, sie wäre weniger interessant, wenn sie makelloser wäre.«

»Und so ziehst du also ihre Mängel der Makellosigkeit anderer Leute vor?«

»Ganz recht – wenn Mutter nichts dagegen hat.«

»Ach, mein lieber Gilbert, was redest du da für einen Unsinn! Ich weiß, du meinst es nicht so; es kommt ja gar nicht in Frage«, sagte meine Mutter, indem sie aufstand und geschäftig aus dem Zimmer ging, unter dem Vorwand, im Haus zu tun zu haben, bloß um der Widerrede auszuweichen, die mir auf der Zunge lag.

Danach beehrte mich Rose mit weiteren Einzelheiten über Mrs. Graham. Ihre äußere Erscheinung, ihre Umgangsformen, ihre Kleidung und sogar die Einrichtung des

Zimmers, das sie bewohnte – all das wurde mir eingehender und genauer geschildert, als es mich interessierte; aber da ich kein sehr aufmerksamer Zuhörer war, hätte ich die Beschreibung beim besten Willen nicht wiederholen können.

Der nächste Tag war ein Samstag; und am Sonntag fragte sich jedermann, ob sich die schöne Unbekannte nun die Vorhaltungen des Pfarrers zu Herzen nehmen und zur Kirche kommen würde oder nicht. Ich gestehe, ich schaute selbst mit einigem Interesse zu dem alten Familiengestühl, das zu Wildfell Hall gehörte, wo die verschossenen roten Kissen und Decken so viele Jahre lang nicht mehr gebügelt und erneuert worden waren, und die grimmigen Wappenbilder mit ihren kümmerlichen Bordüren aus verschlissenem schwarzen Tuch so streng von der Wand herabschauten.

Und dort erblickte ich eine große, damenhafte Gestalt, ganz in Schwarz gehüllt. Ihr Gesicht war mir zugewandt, und in ihm lag etwas, das, nachdem ich es einmal gesehen hatte, mich einlud, erneut hinzusehen. Ihr Haar war rabenschwarz und fiel in langen glänzenden Locken herab, eine Haartracht, die damals ziemlich ungewöhnlich, aber dennoch anmutig und kleidsam war; ihr Teint war hell und blaß; ihre Augen konnte ich nicht sehen, denn da sie auf ihr Gesangbuch gerichtet waren, wurden sie von den niedergeschlagenen Lidern und langen schwarzen Wimpern verborgen, aber die Brauen darüber waren ausdrucksvoll und schön geschwungen; ihre Stirn war hoch und durchgeistigt, ihre Nase vollendet gebogen und die Gesichtszüge insgesamt waren makellos – nur wirkten ihre Wangen und Augen etwas eingefallen, und die Lippen waren, obzwar schön geformt, eine Spur zu schmal, ein wenig zu fest zusammengepreßt und hatten etwas, das, so schien mir, von einem nicht sehr sanften und liebenswürdigen Wesen zeugte; und ich sagte zu mir:

»Ich möchte dich lieber aus dieser Entfernung bewundern, schöne Dame, als dein Hausgenosse sein.«

Just in diesem Moment hob sie zufällig den Blick, und er begegnete dem meinen; ich mochte nicht wegsehen, und so richtete sie ihre Augen wieder auf das Buch, doch mit einem flüchtigen, vagen Ausdruck stiller Verachtung, der unsagbar provozierend auf mich wirkte.

»Sie hält mich für einen unverschämten Laffen«, dachte ich. »Pah! – sie soll ihre Meinung bald ändern, wenn es mir der Mühe wert scheint.«

Doch da wurde mir blitzartig bewußt, daß dies für einen Ort der Andacht sehr ungehörige Gedanken waren und daß mein Benehmen gegenwärtig alles andere als schicklich war. Ehe ich allerdings meine Aufmerksamkeit dem Gottesdienst zuwandte, blickte ich in der Kirche umher, um festzustellen, ob mich irgend jemand beobachtete; aber nein – alle, die sich nicht in ihre Gesangbücher vertieften, widmeten ihre Aufmerksamkeit der fremden Dame – unter den übrigen auch meine Mutter und meine Schwester sowie Mrs. Wilson und ihre Tochter; und sogar Eliza Millward schielte aus den Augenwinkeln zu dem Gegenstand allgemeiner Attraktion. Dann sah sie zu mir her, blinzelte ein wenig und errötete, blickte bescheiden in ihr Gesangbuch und versuchte, ihr Mienenspiel zu beherrschen.

Hier sündigte ich erneut; und diesmal wurde ich durch einen plötzlichen Rippenstoß vom Ellbogen meines unverschämten Bruders darauf aufmerksam gemacht. Fürs erste konnte ich die Beleidigung nur dadurch vergelten, daß ich ihm heftig auf seine Zehen trat und ausgiebigere Rache aufschob, bis wir die Kirche verlassen haben würden.

Bevor ich diesen Brief schließe, Halford, will ich Dir nunmehr erzählen, wer Eliza Millward war; sie war die jüngere Tochter des Pfarrers, und zwar ein sehr einnehmendes Geschöpf, für das ich keine geringe Schwäche hatte; und sie wußte es, obwohl es nie zu einer direkten Erklärung gekommen war und ich auch nie die endgültige Absicht dazu hatte, denn meine Mutter, die behauptete, es gebe im Umkreis von zwanzig Meilen keine, die gut genug für mich sei, konnte den Gedanken nicht ertragen, daß ich dieses unbedeutende kleine Ding heirate, das neben ihren zahlreichen anderen Nachteilen keine zwanzig Pfund ihr eigen nennen konnte. Elizas Gestalt war schmächtig und plump in einem, ihr Gesicht klein und beinah so voll wie das meiner Schwester – der Teint dem ihren in gewisser Hinsicht ähnlich, aber zarter und weniger strotzend vor Gesundheit – die Nase, nach oben gezogen – die Züge ziemlich unregelmäßig; und alles in allem betrachtet war sie wohl eher bezaubernd als hübsch. Aber ihre Augen – ich darf dieses herausragende Merkmal nicht vergessen, denn darin lag ihre eigentliche Anziehungskraft – zumindest was ihre äußere Erscheinung anging; sie waren langgezogen und schmal, die Iris schwarz oder von einem tiefen Dunkelbraun, der Ausdruck unterschiedlich und immer wechselnd, aber stets entweder auf widernatürliche – ich hätte fast gesagt: diabolische Weise – verrucht oder unwiderstehlich betörend – oft beides. Ihre Stimme war sanft und kindlich, ihr Tritt leicht und weich wie der einer Katze; aber ihre Umgangsformen ähnelten häufig denen eines verspielten Kätzchens, das frech und grob, bald scheu, bald zahm ist, ganz nach seinem eigenen süßen Willen.

Ihre Schwester Mary war etliche Jahre älter, etliche Zoll größer und von einem breiteren, gröberen Wuchs – ein geradliniges, stilles, kluges Mädchen, das seine Mutter während deren letzter, langwieriger Krankheit geduldig gepflegt hatte und von dieser Zeit an bis jetzt die Haushälterin und das Aschenputtel der Familie war. Ihr Vater vertraute ihr und schätzte sie, alle Hunde, Katzen, Kinder und arme Leute liebten und verehrten sie, und von allen anderen wurde sie übergangen und zurückgesetzt.

Reverend Michael Millward selbst war ein großgewachsener, massiger, älterer Herr, der einen Schaufelhut über sein großes, viereckiges, grobgeschnittenes Gesicht stülpte, einen dicken Spazierstock in der Hand trug und seine immer noch mächtigen Gliedmaßen in Kniehosen und Gamaschen oder – bei besonderen Gelegenheiten – in schwarze Seidenstrümpfe zwängte. Er war ein Mann mit festen Grundsätzen, starken Vorurteilen und regelmäßigen Gewohnheiten, intolerant gegenüber Abweichungen jeder Art, in der festen Überzeugung handelnd, daß seine Ansichten stets richtig seien und daß jeder, der sie nicht teilte, entweder höchst beklagenswert oder vorsätzlich blind sein müsse.

In meiner Kindheit pflegte ich ihn stets mit einem Gefühl von ehrfürchtiger Scheu zu betrachten – aber in der letzten Zeit, selbst jetzt, hatte ich sie überwunden, denn obwohl er gegenüber Wohlerzogenen eine väterliche Güte an den Tag legte, war er ein strenger Zuchtmeister und hatte unsere jugendlichen Verfehlungen und kleinen Sünden oft hart getadelt, und überdies mußten wir, wann immer er in jenen Tagen unsere Eltern aufsuchte, vor ihn hintreten und unseren Katechismus herunterbeten oder ›Was macht das fleißige Bienchen?‹ oder irgendein anderes Kirchenlied aufsagen, oder – schlimmer als alles – wir wurden über seinen letzten Predigttext und die wichtigsten Passagen seiner Auslegung gefragt, an die wir uns nie erinnern konnten. Manchmal machte der ehrwürdige Herr meiner Mutter Vorwürfe, daß sie zu nachsichtig mit ihren Söhnen sei, wobei er sich auf den alten Eli oder David und Absalon berief, was sie besonders ärgerte; und so sehr sie ihn und seine Predigten auch respektierte, hörte ich doch, wie sie einmal ausrief: »Ich wünschte bei Gott, er hätte selbst einen Sohn! Dann würde er mit seinem Rat für andere Leute nicht so schnell bei der Hand sein. Er würde merken, was es heißt, zwei Jungens im Zaum halten zu müssen.«

Er befleißigte sich einer löblichen Sorgfalt gegenüber seinem körperlichen Wohlbefinden – stand sehr zeitig auf, unternahm regelmäßig vor dem Frühstück einen Spaziergang, achtete peinlich genau auf warme und trockene Kleidung, hatte noch niemals eine Predigt gehalten, ohne vorher ein rohes Ei geschluckt zu haben – obgleich er mit guten Lungen und einer gewaltigen Stimme gesegnet war – und zeigte sich ganz allgemein äußerst wählerisch in dem, was er aß und trank, wenn auch keineswegs abstinent, und hatte eine auf ihn selbst zugeschnittene Art der Diät – er war ein Verächter von Tee und ähnlichem Spülwasser und ein Verfechter von Malzbier, Speck und Eiern, Schinken, gedörrtem Rindfleisch und anderen deftigen Speisen, die seinen Verdauungsorganen durchaus zuträglich waren und die er daher als gut und bekömmlich für jedermann ansah und sie voller Zuversicht sogar den schwächlichsten Rekonvaleszenten oder Dyspeptikern empfahl, denen er, wenn sie aus seinen Verordnungen nicht den versprochenen Nutzen ziehen konnten, sagte, das käme davon, daß sie sich nicht daran gehalten hätten, und die, wenn sie über ungünstige Nachwirkungen klagten, die Versicherung erhielten, es sei alles nur Einbildung.

Ich will nur noch auf zwei Personen zu sprechen kommen, die ich erwähnt habe, und dann diesen langen Brief beenden. Es sind dies Mrs. Wilson und ihre Tochter. Die erstgenannte war die Witwe eines vermögenden Gutsbesitzers, eine engstirnige, geschwätzige alte Klatschbase, deren Charakter nicht der Beschreibung lohnt. Sie hatte zwei Söhne, Robert, ein grober, bäuerischer Gutsbesitzer, und Richard, ein scheuer, lernbegieriger junger Mann, der unter Anleitung des Pfarrers die Klassiker studierte und sich mit der Absicht, in den geistlichen Stand einzutreten, auf das College vorbereitete.

Ihre Schwester Jane war eine junge Dame mit einigen Fähigkeiten und noch mehr Ehrgeiz. Auf ihren eigenen Wunsch hin hatte sie eine reguläre Internatserziehung erhalten, was in ihrer Familie noch keiner erreicht hatte. Sie hatte den Schliff gut angenommen, überaus gewählte Umgangsformen erworben, ihren provinziellen Akzent ganz abgelegt und konnte sich größerer Bildung rühmen als die Töchter des Pfarrers. Außerdem wurde sie als eine Schönheit betrachtet; aber mich konnte sie nie auch nur für einen Augenblick zu ihren Bewunderern zählen. Sie war ungefähr sechsundzwanzig, ziemlich groß und sehr schlank, ihr Haar war weder haselnuß- noch kastanienbraun, sondern von einem ganz unverkennbar leuchtenden Hellrot, ihr Teint war bemerkenswert hell und strahlend, ihr Kopf klein, ihr Hals lang, das Kinn schön geschwungen, aber sehr kurz, die Lippen dünn und rot, die Augen hell haselnußbraun, lebhaft und durchdringend, doch bar jeder Poesie oder Empfindung. Sie hatte viele Verehrer in ihrer eigenen Gesellschaftsschicht, oder hätte sie zumindest haben können, wies aber alle ab oder stieß sie zurück; denn nur ein vornehmer Herr war ihrem erlesenen Geschmack genehm, und nur ein reicher Mann konnte ihren hochfliegenden Ehrgeiz befriedigen. Einen Herrn gab es indes, von dem sie unlängst ziemlich eindeutige Aufmerksamkeiten empfing, und auf dessen Herz, Name und Vermögen, so wurde geflüstert, sie ernsthafte Absichten hatte. Das war Mr. Lawrence, der junge Squire, dessen Familie früher Wildfell Hall bewohnt, aber es vor etwa fünfzehn Jahren zu Gunsten eines moderneren und behaglicheren Herrenhauses im benachbarten Sprengel aufgegeben hatte.

Nun, Halford, sage ich Dir für diesmal adieu. Das ist die erste Rate meiner Schuld. Wenn Dir die Münze recht ist, laß es mich wissen, und ich schicke Dir den Rest, wenn ich Zeit habe: falls Du lieber mein Gläubiger bleiben möchtest, als Deinen Geldbeutel mit so plumpen, schweren Geldstükken vollzustopfen – sag es mir ruhig, und ich will Dir Deinen schlechten Geschmack verzeihen und gern den Schatz für mich behalten.

Immer der Deine,
Gilbert Markham

KAPITEL 2
Eine Unterredung

Erfreut stelle ich fest, mein allergeschätztester Freund, daß die Wolke Deines Unmuts gewichen ist; das Licht Deiner Gunst labt mich wieder, und Du verlangst nach der Fortsetzung meiner Geschichte; deshalb sollst Du sie ohne weitere Umstände bekommen.

Ich glaube, der Tag, den ich zuletzt erwähnte, war ein gewisser Sonntag, der letzte im Oktober des Jahres 1827. Am darauffolgenden Dienstag war ich mit meinem Hund und meiner Flinte draußen auf der Jagd nach Wild, wie ich es im Gebiet von Linden-Car antreffen konnte; aber da ich keins aufstöberte, richtete ich meine Waffe auf die Falken und die Rabenkrähen, deren Raubzüge mich, wie ich vermutete, um bessere Beute gebracht hatten. Zu diesem Zweck verließ ich die belebteren Gefilde, die bewaldeten Täler, die Kornfelder und die Wiesen und schickte mich an, die steile Anhöhe von Wildfell hinaufzusteigen, die wildeste und höchste Erhebung in unserer Gegend, wo die Hecken ebenso wie die Bäume, je höher man kommt, kärglich und verkrüppelt werden, und jene schließlich rohen, zum Teil mit Efeu und Moos überwachsenen Steinmauern, diese Lärchen und schottischen Eisenholzbäumen oder vereinzelten Schlehdornsträuchern weichen. Da die Felder dort uneben und steinig und vollkommen ungeeignet für den Pflug sind, wurden sie zumeist zum Weiden der Schafe und des Viehs genutzt; das Erdreich war dünn und unergiebig: graue Felsbrocken ragten hier und dort aus den begrasten Hügelchen; Blaubeersträucher und Heidekraut – Relikte noch wilderer Ödnis – wuchsen unter den Mauern; und in vielen der Einfriedungen hatten Kreuzkraut und Binsen die spärlich wachsenden Kräuter völlig überwuchert; – aber es war ja nicht mein Besitz.

Fast auf dem Gipfel des Hügels, etwa zwei Meilen von Linden-Car entfernt, stand Wildfell Hall, ein ausgedienter Landsitz aus elisabethanischer Zeit, aus dunkelgrauem Stein erbaut, – achtunggebietend und malerisch anzuschauen, aber zweifellos recht kalt und düster als Wohnstätte, mit seinen dicken steinernen Mittelpfeilern und kleinen, vergitterten Fensterscheiben, seinen vom Zahn der Zeit angenagten Windfängen und seiner allzu einsamen, allzu ungeschützten Lage, – vor den Unbilden von Wind und Wetter geschützt nur durch eine Gruppe schottischer Fichten, die selbst von Stürmen fast zerzaust waren und so bedrohlich und düster aussahen wie das Herrenhaus selbst. Hinter demselben lagen einige brachliegende Felder und dann die braune, von Heidekraut bedeckte Kuppe des Hügels; vor dem Haus befand sich (umgeben von Steinmauern und zugänglich durch ein eisernes Tor mit großen, die Torpfosten überragenden Kugeln aus grauem Granit – ähnlich denen, die das Dach und die Giebel zierten) ein Garten, in dem einst Pflanzen und Blumen gestanden hatten, die so widerstandsfähig waren, daß sie den Boden und das Klima am ehesten ertrugen, sowie Bäume und Sträucher, die der erbarmungslosen Schere des Gärtners am besten standhielten und am bereitwilligsten die Gestalt annahmen, die er ihnen zu geben beschloß – dieser Garten bot jetzt, da er seit so vielen Jahren nicht mehr bepflanzt und gepflegt und dem Unkraut und Gras, dem Frost und dem Wind, dem Regen und der Trockenheit überlassen wurde, in der Tat einen sehr ungewöhnlichen Anblick. Die dichten grünen Ligusterhekken, die den Hauptweg eingefaßt hatten, waren zu zwei Dritteln verdorrt und die verbliebenen wuchsen kreuz und quer; der alte Schwan aus Buchsbaumholz, der neben dem Fußabstreicher saß, hatte seinen Hals und die Hälfte seines Körpers eingebüßt; die bezinnten Türme aus Lorbeer in der Mitte des Gartens, der riesenhafte Krieger, der auf der einen Seite des Eingangstors stand, und der Löwe, der auf der anderen Wache hielt, waren zu phantastischen Gestalten ausgewachsen, denen nichts im Himmel oder auf Erden oder in den Gewässern unter der Erde ähnelte; aber für meine jugendliche Phantasie hatten sie alle ein koboldhaftes Aussehen, das gut zu den Geistergeschichten und düsteren Überlieferungen paßte, die uns unsere alte Amme über das von Gespenstern heimgesuchte Herrenhaus und seine verblichenen Bewohner erzählt hatte.

Als ich in Sichtweite des Herrenhauses kam, gelang es mir, einen Falken und zwei Krähen zu erlegen; und dann, weitere Beutezüge aufgebend, schlenderte ich weiter, um einen Blick auf das alte Anwesen zu werfen und zu sehen, welche Veränderungen von seiner neuen Bewohnerin an ihm vorgenommen worden waren. Ich mochte nicht direkt auf die Frontseite zugehen und auf das Tor starren, sondern ging an der Gartenmauer entlang und schaute und stellte keine Veränderung fest – außer an einem Flügel des Gebäudes, wo die zerbrochenen Fenster und das baufällige Dach offensichtlich repariert worden waren und eine dünne Rauchfahne aus dem Schornstein emporkräuselte.

Während ich so dastand, auf mein Gewehr gestützt und zu den dunklen Giebeln hinaufschauend, und, in eitles Träumen versunken, ein Gewebe von launischen Phantasien spann, in denen alte Erinnerungen und die schöne junge Einsiedlerin, die nun in diesen Mauern lebte, sich fast die Waage hielten, hörte ich ein leichtes Rascheln und Krabbeln just innerhalb des Gartens; und als ich in die Richtung schaute, aus der das Geräusch kam, gewahrte ich eine winzige Hand, die sich über die Mauer streckte: sie klammerte sich an den obersten Stein, und dann tauchte ein zweites Händchen auf, um einen festeren Halt zu suchen, und dann erschien eine kleine weiße, von dichtem hellbraunem Haar gekrönte Stirn und einem Paar tiefblauer Augen darunter und der obere Teil eines elfenbeinfarbenen Näschens.

Die Augen nahmen von mir keine Notiz, sondern funkelten vor Begeisterung beim Anblick von Sancho, meinem wunderschönen schwarz-weißen Setter, der, die Schnauze auf den Boden gerichtet, auf dem Feld herumschnüffelte. Das kleine Geschöpf hob sein Gesicht und rief laut nach dem Hund. Das gutmütige Tier blieb stehen, sah auf und wedelte mit dem Schwanz, machte aber keine weiteren Annäherungsversuche. Das Kind (ein kleiner Junge von anscheinend etwa fünf Jahren) krabbelte auf die Mauerkrone und rief immer wieder nach dem Hund; aber da es merkte, daß das keinen Zweck hatte, beschloß es offenbar, wie Mohammed, zum Berg zu gehen, da der Berg nicht zu ihm kommen wollte, und versuchte, über die Mauer zu gelangen; aber ein störrischer alter Kirschbaum, der dicht daneben wuchs, faßte ihn mit einem seiner krummen, dürren Arme, die sich über die Mauer streckten, am Schlawittchen. Bei dem Versuch, sich daraus zu befreien, rutschte der Knabe mit dem Fuß aus und fiel herunter – aber nicht auf die Erde; der Baum hielt ihn immer noch fest. Es gab einen lautlosen Kampf und dann einen durchdringenden Schrei; – aber im nächsten Augenblick hatte ich meine Büchse ins Gras fallen lassen und fing den kleinen Kerl in meinen Armen auf.

Ich wischte ihm die Augen mit seinem Rock, sagte ihm, daß alles in Ordnung sei, und rief Sancho, damit er ihn besänftige. Er legte gerade sein Händchen auf den Hals des

Hundes und begann unter Tränen zu lächeln, als ich hinter mir das Klicken des eisernen Tors und ein Rascheln von Frauenkleidern hörte, und siehe da: Mrs. Graham stürzte auf mich zu, den Nacken entblößt, die schwarzen Locken im Wind wehend.

»Geben Sie mir das Kind!« sagte sie mit einer Stimme, die kaum lauter als ein Flüstern war, aber in einem Tonfall von erschreckender Heftigkeit, und sie faßte den Jungen und entriß ihn mir, als ob in meiner Berührung etwas schrecklich Giftiges läge, und stand dann da, mit der einen Hand die seine fest drückend, die andere auf seiner Schulter, ihre großen, leuchtenden, dunklen Augen auf mich gerichtet – bleich, atemlos, zitternd vor Erregung.

»Ich habe dem Kind nichts zuleid getan, Madam«, sagte ich und wußte nicht recht, ob ich eher überrascht oder ungehalten sein sollte; »er ist von der Mauer dort gefallen, und ich konnte ihn glücklicherweise auffangen, als er kopfüber von dem Baum herunterhing, und wer weiß welche Katastrophe verhindern.«

»Ich bitte Sie um Verzeihung, Sir«, stammelte sie; – und wurde plötzlich ruhiger, – das Licht der Vernunft schien durch ihr verdüstertes Gemüt zu brechen, und eine schwache Röte überzog ihre Wangen – »Ich habe Sie nicht sofort erkannt; – und ich dachte –«

Sie beugte den Kopf, um das Kind zu küssen, und schlang zärtlich ihren Arm um seinen Hals.

»Sie dachten vermutlich, ich wolle Ihren Sohn entführen?« Mit einem halb verlegenen Lachen streichelte sie seinen Kopf und erwiderte –

»Ich wußte ja nicht, daß er versucht hatte, auf die Mauer zu klettern. Ich habe das Vergnügen, mit Mr. Markham zu sprechen, denke ich?« fügte sie etwas unvermittelt hinzu.

Ich verbeugte mich, wagte aber zu fragen, woher sie mich kenne.

»Ihre Schwester hat hier vor ein paar Tagen mit Mrs. Markham einen kurzen Besuch gemacht.«

»Dann ist also die Ähnlichkeit so stark?« fragte ich einigermaßen überrascht und nicht gerade so geschmeichelt bei dieser Vorstellung, wie ich es wohl hätte sein sollen.

»Es gibt eine gewisse Ähnlichkeit um die Augen herum und in der Gesichtsfarbe, meine ich«, erwiderte sie, wobei sie mein Gesicht etwas unsicher musterte, »und ich glaube, ich habe Sie am Sonntag in der Kirche gesehen.«

Ich lächelte. – Entweder in dem Lächeln oder in der Erinnerung, die es wachrief, lag etwas, was ihr besonders mißfiel, denn sie nahm plötzlich wieder jene stolze, kalte Miene an, die mich in der Kirche so unsäglich auf Abwege geführt hatte – eine Miene von abweisender Verachtung, die sich so leicht und so ganz ohne die geringste Verzerrung einzelner Züge einstellte, daß sie, solange sie auf ihrem Antlitz lag, der natürliche Ausdruck desselben zu sein schien, und um so provozierender auf mich wirkte, als ich mir nicht vorstellen konnte, daß sie vorgetäuscht war.

»Guten Morgen, Mr. Markham«, sagte sie; und ohne noch ein Wort oder einen Blick zu verschwenden, zog sie sich mit dem Kind in den Garten zurück; und ich ging wieder nach Hause, wütend und unzufrieden – ich könnte kaum sagen, weswegen – und will es daher auch gar nicht erst versuchen.

Ich blieb nur solange, bis ich Gewehr und Pulverhorn beiseite gelegt und einem der Knechte einige notwendige Anweisungen erteilt hatte, und begab mich dann zum Pfarrhaus, um auf fröhlichere Gedanken zu kommen und mein aufgewühltes Gemüt durch die Gesellschaft und Unterhaltung von Eliza Millward zu besänftigen.

Wie üblich traf ich sie mit einer Plattstichstickerei eifrig beschäftigt an (die Manie für Zephyrstickerei hatte damals noch nicht eingesetzt), während ihre Schwester in der Kaminecke saß, die Katze auf den Knien, und einen ganzen Berg Strümpfe stopfte.

»Mary, Mary! Leg sie weg!« sagte Eliza hastig, als ich das Zimmer betrat.

»Bestimmt nicht!« lautete die behäbige Antwort, und mein Erscheinen verhinderte jede weitere Diskussion.

»Sie haben ja solches Pech, Mr. Markham!« bemerkte die jüngere Schwester mit einem ihrer schelmischen, verschmitzten Blicke.

»Papa ist eben in die Gemeinde gegangen und wird wahrscheinlich erst in einer Stunde zurück sein!«

»Das macht nichts; ich werde wohl ein paar Minuten mit seinen Töchtern verbringen können, wenn sie es mir erlauben«, sagte ich, stellte einen Stuhl vor den Kamin und setzte mich dort hin, ohne zu warten, daß man mich darum bat.

»Nun, wenn Sie recht nett und unterhaltsam sind, werden wir nichts dagegen haben.«

»Knüpfen Sie an Ihre Erlaubnis bitte keine Bedingung; denn ich bin nicht gekommen, um Fröhlichkeit zu verbreiten, sondern zu suchen«, antwortete ich.

Ich hielt es jedoch für angezeigt, eine kleine Anstrengung zu unternehmen, um ihnen meine Gesellschaft angenehm zu machen; und wie wenig ich mich auch anstrengte, so schien dem doch durchaus Erfolg beschieden, denn Miss Eliza war nie zuvor besserer Laune. In der Tat schienen wir Gefallen aneinander zu finden und schafften es, eine heitere und angeregte, wenn auch nicht sehr tiefschürfende Konversation zwischen uns in Gang zu halten. Es war eigentlich eher ein *tête-à-tête*, denn Miss Millward tat nie den Mund auf, außer um gelegentlich eine mutwillige Behauptung oder eine übertriebene Äußerung ihrer Schwester zurechtzurücken und sie einmal zu bitten, das Wollknäuel aufzuheben, das unter den Tisch gerollt war. Ich tat dies jedoch selbst, gewissermaßen pflichtgemäß.

»Danke, Mr. Markham«, sagte sie, als ich es ihr überreichte. »Ich hätte es wohl selbst aufgehoben; ich wollte nur nicht die Katze aufstören.«

»Mary, Liebe, *das* würde dich in Mr. Markhams Augen nicht entschuldigen«, sagte Eliza; »er haßt Katzen, das möchte ich wohl behaupten ebenso von Herzen, wie er alte Jungfern haßt – wie alle anderen Herren auch. Nicht wahr, Mr. Markham?«

»Ich finde es ganz natürlich, daß unser unfreundliches Geschlecht diese Geschöpfe nicht mag«, erwiderte ich, »denn ihr Damen verschwendet so viele Liebkosungen an sie.«

»Gott schütze sie – die kleinen Lieblinge!« rief sie in einem plötzlichen Ausbruch von Begeisterung, wandte sich um und überschüttete das Schmusetier ihrer Schwester mit einem Regen von Küssen.

»Laß das, Eliza!« sagte Miss Millward etwas schroff und stieß sie ungeduldig weg.

Aber es war Zeit für mich zu gehen; ich mochte mich beeilen, wie ich wollte, ich würde trotzdem zu spät zum Tee kommen; und meine Mutter war ein Ausbund an Ordnung und Pünktlichkeit.

Meine schöne Freundin ließ mich offensichtlich nur ungern gehen. Beim Abschied drückte ich ihr zärtlich die kleine Hand; und sie schenkte mir dafür ihr süßestes Lächeln und einen ihrer betörendsten Blicke. Ich ging sehr glücklich nach Hause, das Herz randvoll mit Selbstzufriedenheit und überfließend vor Liebe zu Eliza.

KAPITEL 3

Eine Meinungsverschiedenheit

Zwei Tage darauf stattete Mrs. Graham in Linden-Car einen Höflichkeitsbesuch ab, ganz gegen Roses Erwartung, die die Vorstellung hegte, daß die geheimnisvolle Bewohnerin von Wildfell Hall die üblichen Regeln zivilisierten Zusammenlebens gänzlich mißachte, – eine Meinung, in der sie von den Wilsons bestärkt wurde, die bezeugten, daß weder ihr eigener Besuch noch der der Millwards bisher erwidert worden sei. Nun allerdings war der Grund für die Unterlassung geklärt, wenn auch nicht ganz zu Roses Zufriedenheit. Mrs. Graham hatte ihr Kind mitgebracht, und auf das Erstaunen, das meine Mutter darüber zum Ausdruck brachte, daß es so weit laufen könne, erwiderte sie:

»Es ist ein langer Spaziergang für ihn; aber ich mußte ihn entweder mitnehmen oder ganz von dem Besuch absehen; denn ich lasse ihn nie allein; und ich darf Sie, Mrs. Markham, wohl bitten, mich bei den Millwards und bei Mrs. Wilson zu entschuldigen, wenn Sie sie sehen, da ich fürchte, ich muß mir das Vergnügen, sie zu besuchen, versagen, bis mein kleiner Arthur in der Lage ist, mich zu begleiten.«

»Aber Sie haben doch eine Dienerin«, sagte Rose; »können Sie ihn denn nicht bei ihr lassen?«

»Sie hat sich um ihre eigenen Aufgaben zu kümmern; und nebenbei bemerkt, ist sie zu alt, um hinter einem Kind herzurennen, und er ist zu quirlig, um einer älteren Frau aufgebürdet zu werden.«

»Aber Sie haben ihn doch zu Hause gelassen, um in die Kirche zu kommen.«

»Ja, einmal; aber aus einem anderen Grund hätte ich ihn nicht zu Hause gelassen; und ich denke, in Zukunft muß ich versuchen, ihn mitzunehmen, oder zu Hause bleiben.«

»Ist er denn so unartig?« fragte meine Mutter, ziemlich schockiert.

»Nein«, erwiderte die Dame und lächelte traurig, als sie über die wallenden Locken ihres Sohnes strich, der auf einem niedrigen Stuhl zu ihren Füßen saß, »aber er ist mein ein und alles; und ich bin seine einzige Freundin, also sind wir nicht gern voneinander getrennt.«

»Aber, meine Liebe, das nenne ich Affenliebe«, sagte meine Mutter, die nie ein Blatt vor den Mund nahm. »Sie sollten versuchen, eine solch törichte Vernarrtheit zu unterdrücken, und zwar ebensowohl um ihren Sohn vor dem Verderben als sich selbst vor Lächerlichkeit zu bewahren.«

»*Verderben*, Mrs. Markham?«

»Ja, es verdirbt das Kind. Selbst in *seinem* Alter sollte er nicht immer am Rockzipfel seiner Mutter hängen; er sollte lernen, sich dafür zu schämen.«

»Mrs. Markham, bitte sagen Sie solche Dinge zumindest nicht in seiner Gegenwart. Ich bin überzeugt, mein Sohn wird sich *niemals* schämen, daß er seine Mutter liebt!« sagte Mrs. Graham mit so ernstem Nachdruck, daß es die Anwesenden in Erstaunen versetzte.

Meine Mutter bemühte sich, sie durch eine Erklärung zu besänftigen; aber sie schien der Meinung zu sein, es sei schon genug über dieses Thema gesagt worden, und gab dem Gespräch unvermittelt eine andere Wendung.

»Genau wie ich es mir gedacht habe«, sagte ich zu mir selbst, »die Wesensart der Dame ist nicht gerade die sanfteste, ungeachtet ihres lieblichen, blassen Gesichts und ihrer edlen Stirn, auf der Denken und Leiden gleicherweise ihre Spuren hinterlassen zu haben scheinen.«

Während dieser ganzen Zeit saß ich an einem Tisch an der einen Seite des Zimmers, scheinbar in einen Band von *Farmer's Magazine* versunken, in dem ich zufällig gerade zu dem Zeitpunkt gelesen hatte, als unsere Besucherin eintraf;

und da ich nicht übermäßig höflich sein wollte, hatte ich mich bei ihrem Eintritt lediglich verbeugt und meine Beschäftigung wie zuvor fortgesetzt.

Nach einem Weilchen merkte ich indes, daß jemand leichten, aber langsamen und zögerlichen Schritts auf mich zukam. Es war der kleine Arthur, unwiderstehlich angezogen von meinem Hund Sancho, der zu meinen Füßen lag. Als ich von dem Buch aufblickte, sah ich ihn in einer Entfernung von etwa zwei Yards stehen, wie er die klaren blauen Augen sehnsüchtig auf den Hund richtete, und sich nicht von der Stelle rührte, nicht etwa aus Angst vor dem Tier, sondern aus einer scheuen Abneigung, sich dessen Herrn zu nähern. Eine kleine Ermunterung bewog ihn jedoch näherzukommen. Das Kind war zwar scheu, aber nicht verstockt. Im nächsten Augenblick kniete es auf dem Teppich, die Arme um Sanchos Hals geschlungen, und ein paar Minuten später saß der kleine Kerl auch schon auf meinen Knien und sah sich mit lebhaftem Interesse die verschiedenen Arten von Pferden, Schafen, Schweinen und Modellbauernhöfen an, die in dem Band vor mir abgebildet waren. Ab und zu schaute ich zu seiner Mutter hinüber, um zu sehen, wie ihr die neu entstandene Vertrautheit gefiel; und ich las aus dem unruhigen Ausdruck ihres Blicks, daß es ihr aus dem einen oder anderen Grund nicht recht war, das Kind so bei mir sitzen zu sehen.

»Arthur«, sagte sie schließlich, »komm her. Du störst Mr. Markham, er möchte lesen.«

»Keineswegs, Mrs. Graham; bitte lassen Sie ihn bleiben. Mir macht es ebensoviel Spaß wie ihm«, bat ich. Aber trotzdem rief sie ihn mit Gesten und Blicken, doch wortlos, zu sich.

»Nein, Mama«, sagte das Kind, »laß mich zuerst diese Bilder anschauen; und dann komme ich und will dir alles darüber erzählen.«

»Wir werden am Montag, dem 5. November, eine kleine Abendgesellschaft haben«, sagte meine Mutter, »und ich hoffe, Sie werden mit von der Partie sein. Sie können natürlich Ihren kleinen Jungen mitbringen – und wir werden wohl in der Lage sein, ihn zu unterhalten; und dann können Sie Ihre Entschuldigungen den Millwards und den Wilsons selbst vortragen, – sie werden alle hier sein, denke ich.«

»Danke, ich gehe niemals in Gesellschaft.«

»Oh! Aber es wird doch eine richtige Familienangelegenheit sein – zu früher Stunde und nur wir selbst und eben die Millwards und Wilsons, von denen Sie die meisten ja bereits kennen, und Mr. Lawrence, Ihr Landlord, mit dem Sie Bekanntschaft machen sollten.«

»Ich kenne ihn schon etwas – aber Sie müssen mich für dieses Mal entschuldigen; denn die Abende sind jetzt düster und feucht, und Arthur, fürchte ist, ist zu zart, um sich unbeschadet ihren Gefahren auszusetzen. Wir müssen das Vergnügen Ihrer Gastfreundschaft verschieben, bis die Tage wieder länger und die Nächte wärmer sind.«

Auf einen Wink von meiner Mutter holte Rose nun eine Karaffe mit Wein samt Gläsern und Kuchen aus dem Geschirrladen unter dem Eichenschrank, und die Erfrischung wurde den Gästen auf gebührende Weise vorgesetzt.

Beide nahmen sich von dem Kuchen, aber den Wein wiesen sie hartnäckig zurück, trotz der gastfreundlichen Versuche der Hausfrau, ihn ihnen aufzudrängen. Insbesondere Arthur wich vor dem rubinroten Nektar zurück, wie wenn er Entsetzen und Abscheu empfände, und weinte fast, als man ihn zum Trinken drängte.

»Laß nur, Arthur«, sagte seine Mama, »Mrs. Markham meint, er wird dir gut tun, da du von deinem Spaziergang müde bist; aber sie wird dich nicht zwingen, davon zu trinken! Ich möchte wohl behaupten, daß du auch ohne ihn wieder auf die Beine kommst. Er verabscheut den bloßen

Anblick von Wein«, fügte sie hinzu, »und sein Geruch macht ihn fast krank. Ich habe ihm immer etwas Wein oder eine schwache Mischung von Branntwein und Wasser als eine Art Medizin schlucken lassen, wenn er krank war, und ich habe wahrhaftig alles getan, was ich konnte, um ihm alkoholische Getränke verhaßt zu machen.«

Jedermann lachte, außer der jungen Witwe und ihrem Sohn. »Also, Mrs. Graham«, sagte meine Mutter, indem sie sich die Heiterkeitstränen aus ihren hellblauen Augen wischte, »also, Sie überraschen mich! Ich habe Ihnen wirklich mehr gesunden Menschenverstand zugetraut. Das arme Kind wird der größte Weichling werden, der je herangepäppelt wurde! Denken Sie doch nur, was für einen Mann Sie aus ihm machen werden, wenn Sie weiter darauf bestehen...«

»Ich halte es für ein ausgezeichnetes Erziehungskonzept«, fiel ihr Mrs. Graham mit unerschütterlichem Ernst ins Wort. »Damit hoffe ich, ihn zumindest vor einem entwürdigenden Laster zu bewahren. Ich wünschte, ich könnte ihm jedes andere ebenso verleiden.«

»Aber damit«, sagte ich, »werden Sie ihn nie zu einem tugendhaften Mann erziehen. Was macht denn Tugend aus, Mrs. Graham? Ist es der Umstand, fähig und willens zu sein, der Versuchung zu widerstehen, oder keine Versuchungen zu haben, denen man widerstehen muß? Ist derjenige ein willensstarker Mann, der große Hindernisse überwindet und erstaunliche Leistungen vollbringt, wenn auch durch gewaltige körperliche Anstrengung und unter der Gefahr einer gewissen daraus folgenden Erschöpfung, oder derjenige, der den ganzen Tag lang in seinem Sessel sitzt und nichts Anstrengenderes zu tun hat, als im Kaminfeuer herumzustochern und sein Essen zum Munde zu führen? Wenn Sie möchten, daß Ihr Sohn ehrenhaft durchs Leben geht, dürfen Sie nicht versuchen, ihm die Steine aus dem

Weg zu räumen, sondern müssen ihn lehren, mit festem Schritt über sie hinwegzugehen – nicht darauf bestehen, ihn bei der Hand zu führen, sondern ihm beibringen, alleine zu gehen.«

»Ich will ihn bei der Hand führen, Mr. Markham, bis er stark genug ist, allein zu gehen; ich will ihm so viele Steine aus dem Weg räumen, wie ich kann, und ihn lehren, die übrigen zu meiden – oder festen Schritts über sie hinwegzugehen, wie Sie sagen –, denn selbst wenn ich beim Freimachen des Wegs mein Möglichstes getan habe, wird immer noch eine Menge bleiben, woran er die ganze Behendigkeit, Beharrlichkeit und Umsicht erproben kann, die er jemals haben wird. Es redet sich recht leicht über edlen Widerstand und Prüfungen der Tugendhaftigkeit; aber zeigen Sie mir unter fünfzig – oder fünfhundert, die der Versuchung erlegen sind, auch nur einen, der so tugendhaft ist, ihr zu widerstehen. Und warum sollte ich es als erwiesen annehmen, daß mein Sohn einer von tausend sein wird? Und mich nicht lieber auf das Schlimmste gefaßt machen und davon ausgehen, daß er wie sein – wie die übrige Menschheit werden wird, wenn ich nicht Sorge trage, dies zu verhindern?«

»Sie sind sehr schmeichelhaft zu uns allen«, bemerkte ich.

»Ich weiß nichts über Sie – ich spreche von denen, die ich kenne – und wenn ich sehe, wie das ganze Menschengeschlecht (mit sehr wenigen Ausnahmen) durchs Leben stolpert und stümpert, in jede Falle tappt und sich bei jedem Hindernis, das ihm im Weg liegt, das Schienbein bricht, soll ich da nicht alles in meiner Macht Stehende tun, um zu gewährleisten, daß sein Lebensweg ebener und weniger gefährdet ist?«

»Ja, aber das sicherste Mittel wird sein, ihn gegen Versuchungen zu wappnen, nicht sie ihm aus dem Weg zu räumen.«

»Ich will beides tun, Mr. Markham. Er wird, weiß Gott,

genug Versuchungen ausgesetzt sein, sowohl von innen als auch von außen, wenn ich alles getan habe, was ich kann, ihm das Laster so zu verleiden, wie es ihm von seinem eigenen Wesen her ist – ich selbst habe in der Tat nur wenig Verlockungen gehabt zu dem, was die Gesellschaft Laster nennt, aber dennoch habe ich Versuchungen und Anfechtungen anderer Art erfahren, denen zu widerstehen es bei vielen Gelegenheiten mehr Wachsamkeit und Festigkeit erfordert hat, als ich bis jetzt gegen sie habe aufbieten können. Und dies ist, glaube ich, das, was die meisten zugeben würden, die es gewohnt sind, nachzudenken und gegen die eigene angeborene Bestechlichkeit ankämpfen wollen.«

»Ja«, sagte meine Mutter, die ihren Gedankengang nur halb verstand, »aber Sie sollten über einen Jungen nicht allein entscheiden – und meine liebe Mrs. Graham, lassen Sie mich rechtzeitig vor dem Fehler warnen – dem fatalen Fehler, wie ich es wohl nennen darf, die Erziehung des Jungen selbst in die Hand zu nehmen. Weil Sie in einigen Dingen tüchtig und recht beschlagen sind, bilden Sie sich vielleicht ein, der Aufgabe gewachsen zu sein; doch tatsächlich sind Sie es nicht; und glauben Sie mir, falls Sie an dem Versuch festhalten, werden Sie es bitter bereuen, wenn der Schaden erst einmal angerichtet ist.«

»Ich soll ihn vermutlich in die Schule schicken, damit er lernt, die Autorität und Zuneigung seiner Mutter geringzuschätzen!« sagte die Dame mit einem ziemlich bitteren Lächeln.

»O nein! Aber wenn Sie möchten, daß ein Junge seine Mutter geringschätzt, dann muß sie ihn nur zu Hause behalten und ihr Leben damit verbringen, ihn zu verhätscheln und sich zur Sklavin seiner Verrücktheiten und Launen machen.«

»Ich stimme vollkommen mit Ihnen überein, Mrs. Markham; aber nichts könnte meinen Grundsätzen und meinem

Handeln ferner liegen als eine derart sträfliche Schwachheit.«

»Nun, Sie werden ihn aber wie ein Mädchen behandeln – Sie werden seinen Mut verderben und einen richtigen Weichling aus ihm machen – bestimmt, Mrs. Graham, Sie mögen denken, was Sie wollen. Doch ich werde Mr. Millward ersuchen, mit Ihnen darüber zu sprechen: er wird Ihnen die Folgen schildern; er wird es Ihnen glasklar vor Augen führen und Ihnen sagen, was Sie tun sollten, und alles darüber; und ich bin ganz sicher, er wird sie im Handumdrehen überzeugen können.«

»Es besteht kein Anlaß, dem Pfarrer Ungelegenheiten zu bereiten«, sagte Mrs. Graham und sah zu mir hin – vermutlich lächelte ich gerade über das schrankenlose Vertrauen meiner Mutter in diesen ehrwürdigen Herrn – »Mr. Markham hier hält seine Überredungskünste denen des Mr. Millward mindestens für ebenbürtig. Wenn ich nicht auf ihn höre, ließe ich mich auch dann nicht überzeugen, wenn er Ihnen erzählen würde, daß einer von den Toten auferstünde. Also, Mr. Markham, Sie, der Sie behaupten, daß ein Junge nicht vor dem Übel beschützt, sondern hinausgeschickt werden sollte, um dagegen zu kämpfen, allein und ohne Hilfe – nicht gelehrt werden sollte, den Fallstricken des Lebens aus dem Weg zu gehen, sondern mutig in sie hinein- oder über sie hinwegzuspringen, wie es ihm beliebt – lieber die Gefahr zu suchen, als ihr auszuweichen und seine Tugend durch Versuchung zu stählen, – würden Sie –«

»Verzeihen Sie, Mrs. Graham – aber Sie gehen zu weit. Ich habe noch nicht gesagt, daß ein Junge gelehrt werden sollte, in die Fallstricke des Lebens hineinzuspringen, – oder sogar willentlich die Versuchung herbeizuwünschen, um seine Tugend dadurch zu üben, daß er sie überwindet; – ich habe nur gesagt, daß es besser ist, Ihren Helden zu wappnen und zu stärken, als den Feind zu entwaffnen und zu schwächen; – und wenn Sie einen Eichensetzling in ein Treibhaus stellen, ihn Tag und Nacht sorgfältig zudecken und ihn vor jedem Windhauch abschirmen, können Sie nicht erwarten, daß ein so widerstandsfähiger Baum daraus wird, wie einer, der auf der Bergseite herangewachsen ist, dem Wirken der Elemente ausgesetzt und nicht einmal vor dem Angriff des Sturms geschützt.«

»Zugegeben; – aber würden Sie im Hinblick auf ein Mädchen dasselbe Argument benutzen?«

»Gewiß nicht.«

»Nein: Sie würden wollen, daß sie liebevoll und zartfühlend gehegt wird wie eine Treibhauspflanze – daß man ihr beibringt, sich, was Leitung und Hilfe betrifft, an andere zu halten, und man sie so weit wie möglich sogar vor der Kenntnis des Bösen bewahrt. Aber hätten Sie vielleicht die Güte, mir zu erläutern, warum Sie diesen Unterschied machen? Ist es deshalb, weil Sie meinen, sie habe keine Tugend?«

»Sicherlich nicht.«

»Nun, Sie behaupten aber, daß Tugend nur durch Versuchung ans Licht kommt; – und Sie sind der Meinung, daß man eine Frau gar nicht zu wenig der Versuchung aussetzen oder zu wenig mit dem Laster oder allem, was damit zusammenhängt, vertraut machen kann. Das ist entweder deshalb so, weil Sie sie für so grundlegend lasterhaft oder für so anfällig halten, daß sie der Versuchung nicht widerstehen kann, und wenn sie auch rein und unschuldig sein mag, solange man sie noch in Unwissenheit und Gewahrsam hält, und dadurch um die wahre Tugend bringt, so heißt das doch, daß, wenn man sie lehrt, wie man sündigt, man sie zugleich zu einer Sünderin macht, und je größer ihr Wissen, je weitreichender ihre Freiheit, desto tiefer wird ihre Verworfenheit sein, wohingegen es in dem edleren Geschlecht eine natürliche Neigung zum Guten gibt, die geschützt wird durch geistige Überlegenheit, die je mehr sie durch Prüfungen und Gefahren geübt wird, sich nur desto weiter entwikkelt –«

»Bewahre Gott, daß ich so dächte!« unterbrach ich sie schließlich.

»Nun, dann meinen Sie wohl, daß beide schwach sind und zu Irrtümern neigen, und der geringste Fehler, der bloße Schatten einer Befleckung wird die eine zugrunde richten, während der Charakter des andern an Stärke und Lauterkeit gewinnt – seine Erziehung schließt, wie es sich gehört, damit, daß er ein wenig mit verbotenen Dingen vertraut gemacht wird. Eine solche Erfahrung wird für ihn (um einen abgedroschenen Vergleich zu gebrauchen) das sein, was der Sturm für die Eiche ist, der zwar die Blätter zerzaust und die kleineren Zweige knickt, aber dazu dient, daß die Wurzeln fester und die Fasern des Baums widerstandsfähiger und dichter werden. Sie würden uns gerne ermuntern, unsere Söhne alle Dinge selbst erfahren zu lassen, während unsere Töchter nicht einmal von der Erfahrung anderer profitieren dürfen. Ich hingegen würde gerne beide von der Erfahrung anderer und den Weisungen einer höheren Autorität profitieren lassen, damit sie schon von vornherein das Böse zu verwerfen und das Gute zu wählen wissen und keine Bewährungsproben brauchen, um das Schlimme einer Verfehlung zu erkennen. Ich würde ein armes Mädchen nicht in die Welt hinausschicken, ungewappnet gegen seine Feinde und ahnungslos gegenüber den Fallstricken, die auf seinem Weg liegen, und ich würde sie auch nicht bewachen und bewahren, bis sie, der Selbstachtung und des Selbstvertrauens beraubt, die Kraft oder den Willen eingebüßt hat, sich selbst zu bewachen und zu bewahren; – und was meinen Sohn betrifft – wenn ich dächte, er würde zu dem heranwachsen, was Sie einen Mann von Welt nennen – einen, der das ›Leben gesehen‹ hat, und sich seiner Erfahrung rühmt, selbst wenn er daraus so weit Nutzen ziehen sollte, daß er sich mäßigen und schließlich zu einem nützlichen und angesehenen Mitglied der Gesellschaft werden würde – wäre es mir lieber, er stürbe morgen! tausendmal lieber!« wiederholte sie ernsthaft, indem sie ihren Liebling an sich preßte und seine Stirn in inniger Zuneigung küßte. Er hatte bereits seinen neuen Kameraden verlassen und eine Weile neben den Knien seiner Mutter gestanden, auf ihr Gesicht geschaut und in stummer Verwunderung ihrer unverständlichen Rede gelauscht.

»Nun, ihr Damen müßt wohl stets das letzte Wort haben«, sagte ich, da ich sah, wie sie aufstand und anfing, sich von meiner Mutter zu verabschieden.

»Sie mögen so viel reden, wie Sie wollen, ich kann nur nicht bleiben, um es mir anzuhören.«

»Nein, die Sache ist die: Sie hören sich gerade so viel von einem Argument an, wie es Ihnen paßt; und der Rest mag in den Wind gesprochen sein.«

»Wenn Sie unbedingt noch mehr zu dem Thema sagen möchten«, erwiderte sie, als sie Rose die Hand schüttelte, »müssen Sie mich eines schönen Tages mit Ihrer Schwester besuchen, und ich werde mir alles, was Sie zu mir sagen möchten, anhören, so geduldig, wie Sie es sich nur wünschen können. Ich würde mir lieber von Ihnen als von dem Pfarrer die Leviten lesen lassen, weil ich am Ende der Aussprache weniger Gewissensbisse hätte, Ihnen zu sagen, daß ich an meiner Meinung genauso festhalte wie am Anfang – was, wovon ich überzeugt bin, im Hinblick auf jeden der beiden Logiker der Fall sein würde.«

»Ja, natürlich«, erwiderte ich, weil ich unbedingt genauso provozierend sein wollte wie sie; »denn wenn eine Dame einwilligt, ein Argument anzuhören, das ihrer eigenen Meinung zuwiderläuft, ist sie stets im vorhinein entschlossen, ihm zu widersprechen – nur mit ihren Ohren zuzuhören und sich innerlich gegen die überzeugendste Beweisführung resolut zu verschließen.«

»Guten Morgen, Mr. Markham«, sagte mein schöner Widerpart mit einem bedauernden Lächeln; und sie senkte leicht das Haupt und wollte gehen; aber ihr Sohn hielt sie mit kindlicher Beharrlichkeit zurück, indem er ausrief –

»Mama, du hast Mr. Markham noch gar nicht die Hand gegeben!« Sie drehte sich lachend um und streckte mir ihre Hand hin. Ich drückte sie nicht ohne Groll, denn ich war verärgert über das dauernde Unrecht, das sie mir von unserer allerersten Begegnung an angetan hatte. Ohne irgend etwas von meiner tatsächlichen Wesensart und meinen Grundsätzen zu wissen, hegte sie offensichtlich Vorurteile gegen mich und schien es darauf anzulegen, mir zu zeigen, daß ihre Meinung über mich in jeder Einzelheit weit hinter der zurückblieb, die ich selbst von mir hatte. Ich war von Natur aus überempfindlich, sonst hätte es mich nicht so sehr erbost. Vielleicht war ich auch ein klein wenig verdorben durch meine Mutter und meine Schwester und einige andere Damen aus meiner Bekanntschaft; – und doch war ich keineswegs ein eitler Narr – wovon ich absolut überzeugt bin, ob Du es glaubst oder nicht.

KAPITEL 4
Die Abendgesellschaft

Ungeachtet Mrs. Grahams Weigerung, uns mit ihrer Anwesenheit zu beehren, ging unsere Abendgesellschaft am 4. November recht gut über die Bühne. Ja, wahrscheinlich wäre es in ihrer Gegenwart weniger herzlich, unbeschwert und ausgelassen zugegangen als ohne sie.

Wie gewöhnlich war meine Mutter gutgelaunt und gesprächig, überaus geschäftig und zuvorkommend und nur darin zu tadeln, daß sie allzu bemüht war, ihre Gäste zufriedenzustellen, wodurch sie etliche von ihnen zwang, Dinge zu tun, die diese aus tiefster Seele verabscheuten, in bezug auf Essen und Trinken, gegenüber dem hell lodernden Kaminfeuer zu sitzen oder zu sprechen, wenn sie eigentlich schweigen wollten. Trotzdem ertrugen sie es recht gut, waren sie doch alle in Festtagslaune.

Mr. Millward tat sich mächtig hervor mit gewichtigen Maximen und betulichen Scherzen, salbungsvollen Anekdoten und orakelhaften Aussprüchen, die er zur Erbauung der ganzen Versammlung im allgemeinen und für die ihn bewundernde Mrs. Markham, den höflichen Mr. Lawrence, die ernste Mary Millward, den stillen Richard Wilson und den nüchternen Robert im besonderen zum besten gab, da sie die aufmerksamsten Zuhörer waren.

Mrs. Wilson brillierte mehr denn je mit ihrem Vorrat an neuesten Neuigkeiten und alten Skandalen, miteinander verknüpft durch banale Fragen und Bemerkungen sowie oft wiederholte Beobachtungen, die anscheinend nur in der Absicht vorgebracht wurden, ihrem unermüdlichen Mundwerk ja keinen Augenblick Ruhe zu gönnen. Sie hatte ihr Strickzeug mitgebracht, und es schien, als wäre ihre Zunge mit ihren Fingern eine Wette eingegangen, diese an Flinkheit und unablässiger Bewegung zu übertreffen.

Ihre Tochter Jane gab sich natürlich so charmant und vornehm, so geistreich und verführerisch, wie sie es nur vermochte, galt es doch, sämtliche anwesende Damen in den Schatten zu stellen und sämtliche Herren zu bezirzen – und besonders Mr. Lawrence zu erobern und sich ihn gefügig zu machen. Ihre kleinen Tricks, die seine Unterwerfung bewirken sollten, waren zu subtil und zu wenig handfest, als daß ich sie bemerkt hätte; aber ich hatte den Eindruck, sie umgebe sich mit einem raffinierten Getue von Überlegenheit und mit einem unsympathischen Selbstbewußtsein, das all ihre Vorteile aufhob; und nachdem sie gegangen war, deutete mir Rose ihre verschiedenen Blicke, Worte und Verhaltensweisen derart scharfsinnig und zugleich unerbittlich, daß ich mich über die Verschlagenheit der Dame ebenso wunderte wie über die durchdringende Einsicht meiner Schwester, und ich mich fragte, ob nicht auch sie ein Auge auf den Squire habe – aber, keine Angst, Halford, das war nicht der Fall.

Richard Wilson, Janes jüngerer Bruder, saß in einer Ecke, anscheinend gutgelaunt, aber schweigsam und scheu, bestrebt, sich den Blicken der anderen zu entziehen, doch immerhin willens genug, zuzuhören und zu beobachten; und obwohl er nicht so recht in seinem Element war, wäre er doch auf seine stille Art recht glücklich gewesen, wenn meine Mutter ihn hätte in Ruhe lassen können; aber in ihrer falschverstandenen Zuvorkommenheit verfolgte sie ihn andauernd mit ihren Aufmerksamkeiten – indem sie ihm alle möglichen Delikatessen aufdrängte, in der Meinung, er sei zu schüchtern, um sich selbst zu bedienen, und ihn zwang, seine einsilbigen Antworten auf die zahlreichen Fragen und Bemerkungen, mit denen sie ihn vergebens in die Unterhaltung mit einzubeziehen versuchte, durchs Zimmer zu brüllen.

Rose teilte mir mit, daß er uns nur auf eindringliches Bitten seiner Schwester Jane hin mit seiner Gesellschaft beehrt hatte, die Mr. Lawrence unbedingt beweisen wollte, daß sie zumindest einen Bruder habe, dem mehr von einem Gentleman anhaftete und der kultivierter war als Robert. Mit dem gleichen Eifer hatte sie diesen ehrenwerten Menschen fernzuhalten versucht; aber er versicherte, er sehe keinen Grund, weshalb er sich nicht einer Plauderei mit Markham und der alten Dame (tatsächlich war meine Mutter noch keineswegs alt) und der munteren Miss Rose und dem Pfarrer ebenso erfreuen sollte wie jeder andere; und damit hatte er auch recht. So redete er mit meiner Mutter und Rose über Alltägliches und besprach Gemeindeangelegenheiten mit dem Pfarrer, landwirtschaftliche Dinge mit mir und politische Fragen mit uns beiden.

Ein weiterer stummer Gast war Mary Millward, – man setzte ihr nicht mit ebensolch gnadenloser Freundlichkeit zu wie Dick Wilson, weil sie eine ganz bestimmte, kurze, entschiedene Art hatte, etwas zu beantworten und abzulehnen, und eher für störrisch als für schüchtern gehalten wurde. Wie dem auch sein mochte, sie trug gewiß nicht viel zur Freude der Gesellschaft bei, und schien auch nicht viel aus dieser zu schöpfen. Eliza erzählte mir, sie sei nur gekommen, weil ihr Vater darauf bestand, da er es sich in den Kopf gesetzt habe, daß sie sich zu ausschließlich ihren Haushaltspflichten widme und dadurch solche Zerstreuungen und unschuldigen Vergnügungen versäume, die sich für ihr Alter und ihr Geschlecht durchaus schickten. Insgesamt machte sie jedoch einen leidlich gutgelaunten Eindruck. Ein oder zwei Mal brachte sie der witzige Einfall oder der Frohsinn einiger Günstlinge unter uns zum Lachen; und dann bemerkte ich, wie sie den Blick Richard Wilsons suchte, der ihr gegenüber saß. Als er bei ihrem Vater Unterricht hatte, war sie etwas mit ihm bekannt geworden, trotz der zurückhaltenden Lebensgewohnheiten der beiden, und ich vermute, es hatte sich zwischen ihnen eine Art von Zusammengehörigkeitsgefühl herausgebildet.

Meine Eliza war unbeschreiblich bezaubernd, kokett, ohne affektiert zu sein, und augenscheinlich mehr darauf aus, meine Aufmerksamkeit zu fesseln als die aller anderen im Zimmer. Ihr Entzücken, mich in der Nähe zu haben, wie ich so neben ihr saß oder stand, ihr ins Ohr flüsterte oder ihr beim Tanz die Hand drückte, war deutlich aus ihrem strahlenden Gesicht und wogenden Busen zu lesen, wurde allerdings durch freche Worte und Gesten Lügen gestraft.

Aber ich sollte lieber meine Zunge im Zaum halten: wenn ich mich jetzt dieser Dinge rühme, werde ich deswegen später womöglich vor Scham darüber erröten müssen.

Doch nun zu den anderen Teilnehmern unserer Abendgesellschaft: Rose war schlicht und natürlich wie immer und voll Frohsinn und Lebhaftigkeit.

Fergus war unverschämt und albern; aber seine Unverschämtheit und Alberei brachte andere zum Lachen, wenn er dadurch nicht sogar in ihrer Achtung stieg.

Und endlich (denn von mir will ich nicht sprechen) Mr. Lawrence; er war ein richtiger Gentleman und nett gegenüber jedermann, höflich zum Pfarrer und den Damen, besonders zu seiner Gastgeberin und ihrer Tochter sowie Miss Wilson – der irregeleitete Mann! Er hatte nicht den Geschmack, Eliza den Vorzug zu geben. Mr. Lawrence und ich standen auf einigermaßen vertrautem Fuß. Im wesentlichen reservierter Art und nur selten den abgeschiedenen Ort seiner Geburt verlassend, wo er seit dem Tode seines Vaters für sich allein lebte, hatte er weder Gelegenheit noch Neigung, viele Bekanntschaften zu knüpfen; und von all denen, die er je gekannt hatte, war ich (nach seinem Verhalten zu urteilen) der Kamerad, der ihm am meisten entsprach. Ich mochte den Mann durchaus recht gern, aber er war zu kühl und zurückhaltend und in sich verschlossen, um sich meiner herzlichen Sympathie erfreuen zu können. Eine offene und freimütige Art, wenn sie mit keinerlei Grobheit einherging, bewunderte er bei anderen durchaus, aber er selbst konnte sie sich nicht aneignen. Seine übermäßige Zurückhaltung in all seinen eigenen Belangen war ziemlich empörend und abweisend; aber ich entschuldigte sie aus der Überzeugung heraus, daß sie weniger Stolz und mangelndem Vertrauen in seine Freunde entsprang als einem in gewissem Sinne krankhaften Taktgefühl und einer eigentümlichen Schüchternheit, deren er sich zwar bewußt war, zu deren Überwindung es ihm aber an Kraft und Entschiedenheit fehlte. Sein Herz war wie eine empfindliche Pflanze, die sich bei Sonnenschein einen Augenblick lang öffnet, aber bei der geringsten Berührung mit dem Finger oder durch den leichtesten Windhauch in sich zusammenrollt und verschließt. Und alles in allem genommen, war unsere Vertrautheit eher eine gegenseitige Achtung als eine tiefe und echte Freundschaft, so wie sie sich zwischen mir und Dir, Halford, seither entwickelt hat, die ich, trotz unserer gelegentlichen Grobheiten mit nichts besser vergleichen kann als mit einem alten Mantel, untadelig im Gewebe, aber leicht und lose – der sich der Gestalt des Trägers angepaßt hat, und den dieser verwenden kann, wie es ihm beliebt, ohne sich mit der Angst abgeben zu müssen, ihn zu beschädigen; wohingegen Mr. Lawrence wie ein neues Kleidungsstück ist, ganz gefällig und gut passend anzusehen, aber so engsitzend am Ärmel, daß man bei einer unvorsichtigen Bewegung der Arme fürchten würde, die Säume aufzureißen, und so glatt und fein auf der Oberfläche, daß man Bedenken hat, es auch nur einem einzigen Regentropfen auszusetzen.

Schon bald nach der Ankunft der Gäste brachte meine Mutter die Rede auf Mrs. Graham, bedauerte, daß sie nicht hier war, um die anderen zu treffen, und erklärte den Millwards und den Wilsons die Gründe, die sie für ihr Versäumnis angegeben hatte, deren Besuche zu erwidern, in der Hoffnung, sie würden ihr verzeihen, da sie bestimmt nicht unhöflich sein wollte, und sie gern irgendwann sehen würde –

»Aber sie ist schon eine sehr eigenartige Dame, Mr. Lawrence«, fügte sie hinzu, »wir wissen nicht so recht, was wir von ihr halten sollen – aber ich möchte wohl meinen, sie können uns etwas mehr über sie erzählen, denn sie ist ja Ihre Pächterin, – und sie sagte, sie kenne Sie ein wenig.«

Alle Augen waren auf Mr. Lawrence gerichtet. Ich hatte

den Eindruck, er blickte reichlich verwirrt drein, als man ihn so ansprach.

»Ich, Mrs. Markham?» sagte er, »Sie irren sich – ich kenne sie nicht – das heißt – gewiß habe ich sie gesehen; aber ich bin der letzte, den Sie fragen sollten, um etwas über Mrs. Graham zu erfahren.«

Darauf wandte er sich unverzüglich an Rose und bat sie, die Gesellschaft mit einem Lied oder einem Stück auf dem Klavier zu erfreuen.

»Nein«, sagte sie, »Sie müssen Miss Wilson bitten: sie stellt uns alle in den Schatten, was das Singen und auch das Musizieren betrifft.«

Miss Wilson sträubte sich dagegen.

»Sie wird nur zu gern singen«, sagte Fergus, »wenn Sie es auf sich nehmen, neben ihr zu stehen, Mr. Lawrence, und die Seiten für sie umzublättern.«

»Ich werde überaus glücklich sein, das zu tun, Miss Wilson; wollen Sie es mir gestatten?«

Sie reckte ihren langen Hals und lächelte und ließ sich von ihm zum Instrument führen, wo sie in ihrem allerbesten Stil ein Stück nach dem anderen spielte und sang; während er geduldig daneben stand, eine Hand auf die Lehne ihres Stuhls gestützt, und mit der anderen die Seiten ihres Notenhefts umblätterte. Vielleicht war er von ihrem Vortrag ebenso bezaubert wie sie selbst. Es war alles recht hübsch in seiner Art; aber ich kann nicht sagen, daß es mich sehr tief bewegt hätte. Es lag viel Geschick und Vortragstechnik darin, aber recht wenig Gefühl.

Doch wir waren mit Mrs. Graham noch nicht fertig.

»Ich nehme keinen Wein, Mrs. Markham«, sagte Mr. Millward, als die Getränke aufgetragen wurden, »ich nehme etwas von Ihrem selbstgebrauten Bier. Ich ziehe Ihr Selbstgebrautes stets allem anderen vor.«

Von diesem Kompliment geschmeichelt, zog meine Mutter die Klingel, und sogleich wurde ein Porzellankrug mit bestem Ale gebracht und vor den ehrenwerten Gentleman hingestellt, der die Vorzüge desselben so wohl zu schätzen wußte.

»Nun, *das* ist genau das richtige!« rief er, indem er sich in einem langen, geschickt von dem Krug in den Becher gelenkten Strahl, ein Glas davon einschenkte, so daß er viel Schaum erzeugte, ohne einen einzigen Tropfen zu verplempern; und nachdem er es einen Augenblick gegen die Kerze gehalten und betrachtet hatte, nahm er einen gehörigen Schluck, und dann schmatzte er mit den Lippen, holte tief Luft und füllte sein Glas aufs neue, wobei meine Mutter mit größter Befriedigung zusah.

»Es gibt nichts, was dem gleichkäme, Mr. Markham!« sagte er. »Ich behaupte immer, daß sich nichts mit Ihrem selbstgebrauten Bier vergleichen läßt.«

»Ich freue mich wirklich, daß Sie es mögen, Sir. Ich kümmere mich stets selbst um das Brauen, genauso wie um den Käse und um die Butter – ich habe es gern, wenn alles gut gemacht wird, solange wir noch da sind.«

»*Ganz recht*, Mrs. Markham!«

»Aber dann, Mr. Millward, halten Sie es nicht für falsch, ab und zu ein wenig Wein zu trinken – oder auch ein bißchen Schnaps!« sagte meine Mutter, als sie einen dampfenden Krug mit Grog Mrs. Wilson hinreichte, die versicherte, daß ihr Wein immer auf den Magen schlage, und deren Sohn Robert sich in diesem Augenblick ein tüchtiges Glas von diesem Gebräu einschenkte.

»Keineswegs!« erwiderte das Orakel mit einem gnädigen Kopfnicken, »das sind alles segensreiche Wohltaten, wenn wir nur den rechten Gebrauch davon zu machen wissen.«

»Aber Mrs. Graham ist nicht dieser Meinung. Sie hätten nur hören sollen, wie sie sich neulich darüber äußerte – ich sagte ihr, daß ich es Ihnen erzählen würde.«

Und meine Mutter beehrte die Anwesenden mit einem ausführlichen Bericht über die irrigen Vorstellungen und Verhaltensweisen jener Dame, die vorliegende Angelegenheit betreffend, und beendete ihn mit »Nun, finden Sie nicht auch, daß das falsch ist?«

»Falsch!« wiederholte der Pfarrer mit einer über das Gewohnte hinausgehenden Feierlichkeit, »sträflich, würde ich sagen – sträflich! Das heißt nicht nur, aus dem Jungen einen Dummkopf machen, sondern das heißt: die Gaben der Vorsehung verschmähen und ihn lehren, sie mit Füßen zu treten.«

Sodann ging er ausführlicher auf die Frage ein und erklärte des langen und breiten, wie dumm und gottlos eine solche Maßnahme sei. Meine Mutter hörte ihm mit größter Ehrfurcht zu; und sogar Mrs. Wilson ließ sich herab, ihrer Zunge einen Augenblick lang Einhalt zu gebieten und schweigend zu lauschen, während sie selbstzufrieden ihren Grog schlürfte. Mr. Lawrence saß da, den Ellbogen auf den Tisch gestützt, achtlos mit seinem halbleeren Weinglas spielend und verstohlen in sich hineinlächelnd.

»Aber meinen Sie nicht, Mr. Millward«, warf er ein, als dieser Herr schließlich seine Rede unterbrach, »daß, wenn ein Kind vielleicht von Natur aus zur Unmäßigkeit neigt – durch die Schuld seiner Eltern oder Vorfahren zum Beispiel – daß da nicht einige Vorsichtsmaßnahmen ratsam sind?« (Nun wurde ja allgemein angenommen, daß Mr. Lawrences Vater sein Leben durch Unmäßigkeit verkürzt hatte.)

»Einige Vorsichtsmaßnahmen, das mag wohl sein; aber Mäßigung ist eine Sache und Abstinenz eine andere.«

»Aber ich habe gehört, daß bei manchen Menschen Mäßigkeit – das heißt: Maßhalten – fast unmöglich ist; und wenn Abstinenz ein Übel sein soll (was einige bezweifelt haben), wird wohl niemand leugnen, daß der Exzeß ein noch größeres ist. Einige Eltern haben ihren Kindern gänzlich verboten, berauschende Getränke zu kosten; aber die Autorität eines Elternteils kann nicht ewig währen: Kinder neigen von Natur aus dazu, Verbotenes zu begehren; und ein Kind verspürte in einem solchen Fall wahrscheinlich eine starke Neugier, die Wirkung von dem zu kosten und auszuprobieren, was von anderen so gepriesen und genossen, und ihm selbst so streng verboten worden ist – eine Neugier, die im allgemeinen bei der ersten passenden Gelegenheit befriedigt werden würde; und ist die Beschränkung erst einmal gebrochen, könnten ernstere Konsequenzen folgen. Ich maße mir nicht an, in diesen Angelegenheiten zu richten, aber es scheint mir, daß dieser Vorsatz Mrs. Grahams, wie Sie, Mrs. Markham ihn schildern, so ungewöhnlich er auch sein mag, durchaus etwas für sich hat; denn hier ist ja das Kind mit einem Schlag vor der Versuchung bewahrt, er hat keine geheime Neugier, kein verzehrendes Verlangen; er ist mit den verlockenden Getränken genauso vertraut, wie er es nur je wünschen kann; und verabscheut sie von Grund auf, ohne unter ihren Wirkungen gelitten zu haben.«

»Und ist das etwa richtig, Sir? Habe ich Ihnen nicht dargetan, wie falsch es ist – wie sehr wider die Schrift und die Vernunft, ein Kind zu lehren, daß es mit Abscheu auf die Wohltaten der Vorsehung blickt, anstatt sie richtig zu gebrauchen?«

»Sie mögen Laudanum für ein Geschenk der Vorsehung halten, Sir«, erwiderte Mr. Lawrence lächelnd, »und dennoch werden Sie zugeben, daß die meisten von uns sich dessen, und selbst in Maßen genossen, besser enthalten, aber«, fügte er hinzu, »ich möchte nicht, daß Sie mein Lächeln zu ernst nehmen – zum Beweis dafür leere ich mein Glas.«

»Und nehmen noch eins, hoffe ich, Mr. Lawrence«, sagte meine Mutter und schob ihm die Flasche hin.

Höflich verneinte er und lehnte sich, indem er seinen Stuhl etwas vom Tisch wegrückte, nach hinten zu mir – ich saß in geringfügigem Abstand dahinter auf dem Sofa neben Eliza – und fragte mich nachlässig, ob ich Mrs. Graham kenne.

»Ich bin ihr ein oder zwei Mal begegnet«, erwiderte ich.

»Was halten Sie von ihr?«

»Ich kann nicht behaupten, daß ich sie besonders mag. Sie ist hübsch – oder ich sollte besser sagen distinguiert und interessant – anzusehen, aber keineswegs liebenswert – eine Frau, die zu starken Vorurteilen neigt, würde ich meinen, und durch dick und dünn an ihnen festhält, die alles so hinbiegt, daß es in ihre vorgefaßten Meinungen paßt – zu hart, zu scharfzüngig, zu herb für meinen Geschmack.«

Er gab darauf keine Antwort, sondern senkte den Blick und biß sich auf die Lippen und kurz darauf erhob er sich und schlenderte zu Miss Wilson hin, von mir ebenso abgestoßen, wie von ihr angezogen, glaube ich. In diesem Augenblick nahm ich es kaum wahr, aber später sollte ich mir diese und andere nichtige Umstände ähnlicher Art in Erinnerung rufen, als – aber ich darf nichts vorwegnehmen.

Wir beschlossen den Abend mit Tanzen – betrachtete es doch unser würdiger Pastor nicht als einen Skandal, bei diesem Ereignis anwesend zu sein, obwohl einer von den Dorfmusikern engagiert war, um unseren Bewegungen mit seiner Geige den Rhythmus vorzugeben. Aber Mary Millward weigerte sich hartnäckig, sich uns anzuschließen; und ebenso Richard Wilson, obzwar ihn meine Mutter inständig bat und sich ihm sogar als Tanzpartnerin anbot.

Wir kamen allerdings auch sehr gut ohne sie zurecht. Mit einem einzigen Satz Quadrillen und verschiedenen Ländlern zogen wir das ganze bis in den späten Abend hin; und schließlich, nachdem wir unseren Musiker gebeten hatten, zu einem Walzer aufzuspielen, wollte ich gerade Eliza in diesem herrlichen Tanz herumwirbeln, begleitet von Lawrence und Miss Wilson, und Fergus und Rose, als Mr. Millward mit den Worten dazwischen trat:

»Nein, nein, das erlaube ich nicht! Komm, es ist jetzt Zeit zu gehen.«

»O nein, Papa!« bat Eliza.

»Höchste Zeit, mein Kind – höchste Zeit! Maßhalten in allen Dingen, denk daran! Das ist der Vorsatz – ›Mach deine Mäßigung allen Männern deutlich!‹ «

Aber aus Rache folgte ich Eliza in den schwach beleuchteten Flur, wo ich mich, fürchte ich, unter dem Vorwand, ihr in ihren Umhang zu helfen, schuldig erklären muß, ihr hinter ihres Vaters Rücken einen Kuß auf die Wange gedrückt zu haben, während er seinen Hals und sein Kinn in die Falten eines Wollschals einwickelte. Aber ach! als ich mich umdrehte, stand meine Mutter dicht hinter mir. Die Folge davon war, daß, kaum waren die Gäste gegangen, ich mir eine sehr strenge Strafpredigt anhören mußte, die auf recht unfreundliche Weise meinem Übermut Einhalt gebot und den Abend recht unangenehm zum Abschluß brachte.

»Mein lieber Gilbert«, sagte sie, »ich wünschte, du würdest das unterlassen! Du weißt, wie sehr mir dein Wohl am Herzen liegt, wie ich dich liebe und über alles in der Welt schätze und wie sehr es mich verlangt, dich wohlversorgt im Leben zu sehen – und wie bitter es mich schmerzen würde, wenn ich mitansehen müßte, wie du dieses Mädchen heiratest – oder irgendeine andere aus der Nachbarschaft. Was du an ihr findest, weiß ich nicht. Es ist nicht nur das fehlende Geld, an das ich denke – nichts dergleichen – aber sie verfügt weder über Schönheit, noch Klugheit, noch Güte noch über irgend etwas, was wünschenswert ist. Wenn du deinen eigenen Wert so kenntest wie ich, würdest du nicht im Traum daran denken. Warte doch eine Weile und schau dich um! Falls du dich an sie bindest, wirst du es dein Lebtag bereuen, wenn du um dich schaust und siehst, wie viele bessere es gibt. Mein Wort darauf, das wirst du.«

»Gut, Mutter, sei doch ruhig! – Ich hasse es, wenn man mir Vorhaltungen macht! Ich will ja noch gar nicht heiraten, das versichere ich dir; – aber, du meine Güte! darf ich mich denn überhaupt nicht amüsieren?«

»Doch, mein lieber Junge, aber nicht so. Wirklich, du solltest nicht solche Sachen machen. Du würdest dem Mädchen Schaden zufügen, wenn sie das wäre, was sie sein sollte; aber ich versichere dir, sie ist das durchtriebenste kleine Biest, das man sich nur vorstellen kann; und du wirst dich in ihren Fallstricken verfangen, noch ehe du dich versiehst. Und wenn du sie heiratest, Gilbert, wirst du mir das Herz brechen – und damit Schluß.«

»Nun, wein doch nicht darüber, Mutter«, sagte ich, denn die Tränen schossen ihr aus den Augen, »da, laß diesen Kuß den einen auslöschen, den ich Eliza gab; mach sie nicht mehr schlecht, und beruhige dich; denn ich will versprechen, niemals – das heißt, ich will versprechen, zweimal darüber nachzudenken, ehe ich irgend einen wichtigen Schritt tue, den du ernstlich mißbilligst.«

Mit diesen Worten zündete ich meine Kerze an und ging ziemlich ernüchtert zu Bett.

KAPITEL 5
Das Atelier

Es war gegen Ende des Monats, als ich schließlich Roses beharrlichen Bitten nachgab und sie bei ihrem Besuch in Wildfell Hall begleitete. Zu unserer Überraschung wurden wir in einen Raum geführt, wo mir als erstes eine Staffelei ins Auge fiel, mit einem Tisch daneben, der mit Rollen von Leinwand, Flaschen mit Öl und Firnis, einer Palette, Pinseln, Farben etc. bedeckt war. An die Wand gelehnt standen etliche Skizzen in unterschiedlichen Stadien der Ausführung und ein paar fertige Gemälde – zumeist mit Landschaften und Personen.

»Ich muß Sie in meinem Atelier empfangen«, sagte Mrs. Graham, »das Wohnzimmer ist heute nicht geheizt und es ist etwas zu kalt, um Sie in ein Gemach mit einem leeren Kaminrost zu führen.«

Und indem sie zwei Stühle von dem Künstlerkram befreite, von dem sie in Beschlag genommen waren, bat sie uns, Platz zu nehmen, und nahm ihren eigenen neben der Staffelei wieder ein – wobei sie sich derselben zwar nicht direkt zuwandte, aber während des Gesprächs ab und zu einen Blick auf das daraufstehende Bild warf und ihm hin und wieder einen Pinselstrich versetzte, als sei es ihr unmöglich, ihre Aufmerksamkeit gänzlich von ihrer Beschäftigung abzuwenden, um sie auf ihre Gäste zu richten. Es handelte sich um eine Ansicht von Wildfell Hall, wie sie sich frühmorgens vom darunterliegenden Feld her bot, wenn sich das Haus in dunkler Silhouette gegen den klaren silbrigen Himmel erhob, mit ein paar roten Streifen am Horizont, naturgetreu gezeichnet und koloriert und sehr geschmackvoll und gekonnt ausgeführt.

»Ich sehe, Sie sind mit dem Herzen ganz bei Ihrer Arbeit, Mrs. Graham«, bemerkte ich, »ich darf Sie bitten, damit weiterzumachen; denn wenn Sie sich durch unsere Gegenwart unterbrechen lassen, werden wir uns wohl oder übel als ungebetene Eindringlinge betrachten.«

»O nein!« erwiderte sie, indem sie ihren Pinsel auf den Tisch warf, als besinne sich sich plötzlich auf ihre Höflichkeitspflichten. »Ich werde nicht so von Besuchern belagert, daß ich für die wenigen, die mir die Gunst ihrer Gesellschaft erweisen, nicht bereitwillig ein paar Minuten erübrigen könnte.«

»Sie haben Ihr Gemälde fast vollendet«, sagte ich, wobei ich hinzutrat, um es aus der Nähe zu betrachten und es mit einem höheren Maß an Bewunderung und Entzücken zu mustern, als ich mich bemühte, zum Ausdruck zu bringen. »Noch ein paar Pinselstriche im Vordergrund und es wird fertig sein, würde ich wohl meinen. Aber warum haben Sie es Fernley Manor, Cumberland, genannt anstatt Wildfell Hall – shire?« fragte ich unter Anspielung auf den Titel, den sie in kleinen Buchstaben am unteren Rand der Leinwand hingeschrieben hatte.

Aber sofort wurde mir bewußt, daß ich mit dieser Frage eine Unverschämtheit begangen hatte; denn sie errötete und zögerte; doch nach einer kurzen Pause erwiderte sie mit einer Art verzweifelter Aufrichtigkeit:

»Weil ich Freunde – Bekannte zumindest – auf der Welt habe, vor denen ich meinen gegenwärtigen Aufenthaltsort verborgen halten möchte; und da sie vielleicht das Bild sehen und möglicherweise den Stil erkennen könnten, trotz der falschen Initialen, die ich in die Ecke geschrieben habe, so greife ich zu der Vorsichtsmaßnahme, dem Ort auch einen falschen Namen zu geben, um sie auf eine falsche Fährte zu locken, wenn sie versuchen sollten, mich darüber ausfindig zu machen.«

»Dann wollen Sie also das Bild nicht für sich behalten?« fragte ich in dem Bestreben, irgend etwas zu sagen, um das Thema zu wechseln.

»Nein, ich kann es mir nicht leisten, zu meinem eigenen Vergnügen zu malen.«

»Mama schickt alle ihre Bilder nach London«, sagte Arthur; »und dort verkauft sie jemand für sie und schickt uns das Geld.«

Als ich den Blick über die anderen Stücke schweifen ließ, entdeckte ich eine hübsche Skizze von Lindenhope, vom Gipfel des Hügels aus gesehen; eine weitere Ansicht des alten Herrenhauses, wie es im flirrenden Licht eines ruhigen Sommernachmittags dalag, und ein schlichtes und dennoch bemerkenswertes kleines Bild mit einem Kind, das ruhig dreinschauend, aber mit einem Ausdruck tiefen und kummervollen Bedauerns über einer Handvoll verwelkter Blumen grübelt, mit flüchtigen Andeutungen dunkler, niedriger Hügel und herbstlicher Felder als Hintergrund und einem düsteren, bewölkten Himmel darüber.

»Sie sehen, es herrscht hier ein trauriger Mangel an Motiven«, bemerkte die schöne Künstlerin. »Einmal habe ich den alten Herrensitz in einer Vollmondnacht gemalt, und ich werde ihn wohl erneut an einem verschneiten Wintertag aufs Papier bringen und dann wieder an einem dunklen, wolkenverhangenen Abend, denn ich habe sonst wirklich nichts zu malen. Man hat mir erzählt, daß man irgendwo in der Umgebung einen schönen Blick aufs Meer hat, stimmt das? – und ist denn diese Stelle zu Fuß zu erreichen?«

»Ja, wenn Sie nichts dagegen haben, vier Meilen zu laufen – oder beinahe so weit – etwas weniger als acht Meilen hin und zurück – und über eine etwas unwegsame, anstrengende Straße.«

»In welcher Richtung liegt der Ort?«

Ich beschrieb ihr die Lage, so gut ich konnte, und machte mich gerade an eine Erklärung der verschiedenen Straßen, Wege und Felder, die man durchqueren mußte, um dorthin zu gelangen, wo man geradeaus gehen müsse und nach rechts und nach links, als sie mich unterbrach:

»Oh, hören Sie auf damit! Erzählen Sie mir das nicht jetzt: ich werde jedes Wort Ihrer Erklärungen vergessen, ehe ich sie brauche. Vor dem nächsten Frühjahr ist bestimmt nicht daran zu denken, und dann darf ich Sie vielleicht darum bemühen. Gegenwärtig haben wir noch den Winter vor uns, und –«

Sie hielt plötzlich inne, sprang mit einem unterdrückten

Ausruf von ihrem Sitz auf und sagte: »Entschuldigen Sie mich einen Augenblick«, eilte aus dem Zimmer und schloß die Tür hinter sich.

Neugierig, was sie so aufgeschreckt hatte, schaute ich zum Fenster – denn ihr Blick war kurz zuvor unbedacht darauf gerichtet gewesen, und sah eben die Schöße eines Männerrocks hinter einem großen Stechpalmenstrauch verschwinden, der zwischen dem Fenster und dem Portikus stand.

»Das ist Mamas Freund«, sagte Arthur.

Rose und ich sahen einander an.

»Ich weiß nicht, was ich von ihr halten soll«, flüsterte Rose.

Das Kind blickte sie mit ernstem Staunen an. Sogleich begann sie, mit ihm über belanglose Dinge zu plaudern, während ich mir mit dem Betrachten der Bilder die Zeit vertrieb. Da stand eines in einem dunklen Winkel, das ich zuvor noch nicht beachtet hatte. Es stellte ein kleines Kind dar, das im Grase saß, den Schoß voller Blumen. Die winzigen Gesichtszüge und großen blauen Augen, wie sie durch eine Flut hellbrauner Locken lächelten, die über die Stirn fiel, als es sich über seinen Schatz beugte, wiesen genügend Ähnlichkeit mit denen des jungen Herrn vor mir auf, um es als ein Porträt Arthur Grahams in seiner frühen Kindheit erscheinen zu lassen.

Indem ich es hochhob, um es ans Licht zu halten, entdeckte ich ein anderes dahinter, das mit der Vorderseite gegen die Wand lehnte. Ich wagte es, auch dieses hochzuheben. Es war das Porträt eines vornehmen Herrn in der vollen Blüte seiner frühen Mannesjahre – recht ansehnlich und nicht schlecht ausgeführt; aber wenn es von derselben Hand wie die anderen stammte, lag es offensichtlich einige Jahre zurück; denn hier zeigte sich eine weit sorgfältigere Detailgenauigkeit und weniger von jener Frische der Farbgebung und Freiheit der künstlerischen Darstellung, die mich an ihnen so entzückte und erstaunte. Nichtsdestoweniger betrachtete ich es mit nicht geringem Interesse. In den Gesichtszügen und im Ausdruck lag eine bestimmte Individualität, die ihm zugleich den Stempel einer gelungenen Wirklichkeitstreue aufdrückte.

Die strahlenden blauen Augen sahen den Betrachter mit einer Art versteckter Schalkhaftigkeit an – man erwartete fast, daß sie gleich blinzeln würden; die Lippen – von etwas allzu sinnlicher Fülle – schienen sich gleich zu einem Lächeln verziehen zu wollen; die lebhaft getönten Wangen wurden durch den üppigen Wuchs eines rötlichen Backenbartes verschönt, während das haselnußbraune, sich in dichten, schweren Locken kräuselnde Haar zu viel von seiner Stirn einnahm und kundzutun schien, daß der Besitzer desselben darüber stolzer war als über seinen Verstand – wozu er vielleicht durchaus Grund hatte; – und doch wirkte er nicht töricht.

Ich hatte das Porträt noch keine zwei Minuten in der Hand gehabt, da kehrte die schöne Künstlerin schon wieder zurück.

»Nur jemand, der wegen der Bilder gekommen ist«, sagte sie zur Entschuldigung für ihren überstürzten Weggang: »Ich habe ihm gesagt, er solle warten.«

»Ich fürchte, man wird es für einen Akt von Impertinenz halten«, sagte ich, »sich anzumaßen, ein Bild anzuschauen, das der Künstler zur Wand gedreht hat, aber darf ich fragen –«

»Es ist ein Akt von sehr großer Impertinenz, Sir; und ich bitte Sie deshalb, keine Fragen darüber zu stellen, denn Ihre Neugier wird nicht auf ihre Kosten kommen«, erwiderte sie und suchte, die Schroffheit ihres Tadels durch ein Lächeln zu mildern; aber ich konnte an ihren rotfleckigen Wangen und ihren funkelnden Augen sehen, daß sie ernsthaft verärgert war.

»Ich wollte Sie ja nur fragen, ob Sie es selbst gemalt haben«, sagte ich und überließ das Bild mürrisch ihren Händen, denn sie nahm es mir ab, ohne irgendwelche weiteren Umstände zu machen, und indem sie es schnell wieder in die dunkle Ecke zurückstellte, mit dem Gesicht zur Wand, lehnte sie das andere wie zuvor dagegen und drehte sich dann zu mir um und lachte.

Aber mir war nicht zum Scherzen zumute. Achtlos wandte ich mich zum Fenster und sah auf den verwahrlosten Garten und ließ sie ein paar Minuten mit Rose reden, sagte dann meiner Schwester, daß es Zeit sei zu gehen, worauf ich dem kleinen Herrn die Hand schüttelte, mich kühl vor der Dame verbeugte und zur Tür begab. Aber nachdem sie sich von meiner Schwester verabschiedet hatte, streckte mir Mrs. Graham ihre Hand hin, wobei sie mit sanfter Stimme und keineswegs unsympathischem Lächeln sagte:

»Lassen Sie die Sonne nicht über Ihrem Ärger untergehen, Mr. Markham. Es tut mir leid, wenn ich Sie durch meine brüske Art verletzt habe.«

Wenn sich eine Dame zu Entschuldigungen herabläßt, kann man natürlich nicht mehr an seinem Zorn festhalten; so trennten wir uns fürs erste als gute Freunde; und diesmal drückte ich ihr die Hand herzlich und ganz ohne Gehässigkeit.

KAPITEL 6
Fortschritte

Während der nächsten sechs Monate betrat ich Mrs. Grahams Haus nicht, und sie auch nicht das meine; aber die Damen redeten noch immer über sie, und unsere Bekanntschaft machte weitere, wenn auch nur langsame Fortschritte. Was das Gerede der anderen anging, so schenkte ich ihm nur wenig Beachtung (wenn es sich auf die schöne

Einsiedlerin bezog, meine ich), und die einzige Information, die ich ihm entnahm, war, daß sie eines schönen frostigen Wintertags ihren kleinen Jungen die ganze Strecke bis zum Pfarrhaus mitzunehmen gewagt hatte, und daß unglücklicherweise niemand außer Miss Millward zu Hause gewesen war; trotzdem hatte sie dort eine ganze Weile gesessen, und nach allem, was man hörte, hatten sie sich einander eine ganze Menge zu erzählen gehabt und waren mit dem beiderseitigen Wunsch geschieden, sich wieder zu treffen. Aber Mary mochte Kinder, und liebevolle Mamas mögen jene, die ihre Schätze so recht zu würdigen verstehen.

Doch manchmal sah ich sie auch selbst, nicht nur, wenn sie zur Kirche kam, sondern wenn sie mit ihrem Sohn draußen auf den Hügeln unterwegs war, sei es nun, daß sie irgendein bestimmtes Ziel hatte oder an schönen Tagen gemächlich über das Moor oder das kahle Weideland wanderte, das den alten Herrensitz umgab, sie selbst mit einem Buch in der Hand, ihr Sohn um sie herumhüpfend; und bei all diesen Gelegenheiten, wenn ich sie auf meinen einsamen Spaziergängen oder Ausritten oder, wenn ich meinen Arbeiten als Bauer nachging, erblickte, richtete ich es gewöhnlich so ein, daß ich sie traf oder einholte, denn es gefiel mir recht gut, Mrs. Graham zu sehen und mit ihr zu reden, und besonders gern plauderte ich mit ihrem kleinen Begleiter, der sich, als erst einmal das Eis seiner Schüchternheit gebrochen war, als sehr liebenswerter, kluger und unterhaltsamer kleiner Kerl erwies; und bald wurden wir die besten Freunde – wie sehr dies seiner Mama zu verdanken war, weiß ich nicht. Anfangs hegte ich den Verdacht, sie wolle kaltes Wasser auf diese aufkeimende Vertrautheit schütten – die aufflackernde Flamme unserer Freundschaft sozusagen zum Erlöschen bringen – aber da sie schließlich trotz ihrer Vorurteile gegen mich feststellte, daß ich völlig harmlos war und es sogar gut mit ihr meinte, und daß ihr Sohn durch mich und meinen Hund eine ganze Menge Spaß aus der Bekanntschaft schöpfte, den er sonst nicht gehabt hätte, wandte sie nichts mehr dagegen ein und hieß mich sogar mit einem Lächeln willkommen.

Was Arthur betraf, so schrie er mir sein Willkommen immer schon von weitem entgegen und rannte fünfzig Yards von seiner Mutter weg auf mich zu. Wenn ich zufällig zu Pferd war, konnte er sicher sein, zu einem kleinen Kanter oder Galopp zu kommen; oder wenn eines der Zugpferde in erreichbarer Entfernung stand, wurde ihm ein gemächlicher Ritt auf diesem spendiert, was ihm fast ebensogut gefiel; aber seine Mutter folgte uns stets und lief neben ihm her – nicht so sehr, glaube ich, um für seine Sicherheit zu sorgen, als um darauf zu achten, daß ich seinem kindlichen Gemüt keine anstößigen Ideen einflöße; denn sie war stets auf der Hut und ließ es niemals zu, daß man ihn ihr aus dem Blickfeld entführte. Am allerliebsten sah sie ihn mit Sancho herumrennen und sich balgen, während ich neben ihr herging – nicht so sehr, fürchte ich, weil sie meine Gesellschaft gern hatte (obwohl ich mich manchmal dieser Selbsttäuschung hingab), sondern aus Freude, ihren Sohn so glücklich in diesen vergnüglichen Zeitvertreib vertieft zu sehen, der seinen zarten Körper so kräftigte, doch so selten ausgeübt wurde, da es ihm an Spielgefährten in seinem Alter mangelte; und vielleicht wurde ihre Freude nicht wenig durch den Umstand versüßt, daß ich bei *ihr* statt bei *ihm* war und ihm deshalb weder direkt noch indirekt, absichtlich oder unbewußt Schaden zufügen konnte – und das alles dank ihrer Gegenwart.

Aber bisweilen, glaube ich, genoß sie die Unterhaltung mit mir wirklich ein bißchen; und eines strahlenden Februarmorgens, als wir zwanzig Minuten lang durchs Moor schlenderten, legte sie ihre übliche Schroffheit und Zurückhaltung ab und ließ sich ernsthaft auf ein Gespräch mit mir ein, wobei sie mit so viel Beredsamkeit und gedanklicher sowie emotionaler Tiefe ihre Ansichten über ein Thema vortrug, die glücklicherweise mit meinen eigenen Vorstellungen genau übereinstimmten, und sie obendrein noch so wunderschön aussah, daß ich ganz verzaubert nach Hause ging; und auf dem Weg stutzte ich (innerlich), als ich mich bei dem Gedanken ertappte, daß es nach alledem vielleicht besser sei, einen Tag mit einer solchen Frau zu verbringen als mit Eliza Millward; – und dann errötete ich (im übertragenen Sinn) wegen meiner Untreue.

Als ich den Salon betrat, traf ich dort Eliza und Rose an und sonst keinen Menschen. Die Überraschung war durchaus nicht so angenehm, wie sie es hätte sein sollen. Wir plauderten eine ganze Weile miteinander, aber ich fand sie recht oberflächlich und sogar ein bißchen fade, verglichen mit der reiferen und ernsten Mrs. Graham. – Ach, wie unbeständig ist doch der Mensch!

»Wie dem auch sei«, dachte ich bei mir, »ich sollte Eliza Millward nicht heiraten, da meine Mutter so sehr dagegen ist, und ich sollte dem Mädchen auch nicht vormachen, daß ich die Absicht dazu habe. Nun, wenn diese Stimmung anhält, wird es mir nicht so schwerfallen, meine Gefühle aus ihrer sanften, doch unerbittlichen Gewalt zu befreien; und obzwar es gegen Mrs. Graham vielleicht ebensoviel einzuwenden gibt, mag man mir wohl, wie den Ärzten, erlauben, ein größeres Übel mit einem geringeren zu kurieren, denn ich werde mich, denke ich, in die junge Witwe nicht ernstlich verlieben, und sie sich ebensowenig in mich – das ist gewiß – aber wenn ich in ihrer Gesellschaft etwas Freude finde, so wird man mir wohl zugestehen, sie zu suchen; und wenn der Stern ihrer Göttlichkeit hell genug ist, um den Glanz von Elizas Stern zu überstrahlen, um so besser, aber ich kann es mir kaum vorstellen.«

Und fortan ließ ich selten einen schönen Tag verstreichen, um etwa zu der Zeit, wenn meine neue Bekannte gewöhnlich ihre Einsiedelei verließ, einen Besuch in Wildfell abzustatten; aber ich wurde in meinen Hoffnungen auf ein weiteres Gespräch so oft enttäuscht, sie änderte ihre Ausgehstunden und ihre Zufluchtsorte so häufig, die gelegentlichen Blicke, die ich erhaschen konnte, waren so flüchtig, daß ich schon fast zu der Annahme neigte, sie gebe sich ebensoviel Mühe, meine Gesellschaft zu meiden, wie ich, die ihre zu suchen; aber das war eine zu unangenehme Vermutung, als daß ich sie auch nur einen Augenblick länger als unumgänglich gehegt hätte.

Eines ruhigen klaren Nachmittags im März jedoch, als ich gerade das Walzen des Weidelandes und das Ausbessern einer Hecke im Tal überwachte, sah ich Mrs. Graham unten am Bach, ein Skizzenbuch in der Hand, ganz in die Ausübung ihrer Lieblingsbeschäftigung vertieft, während Arthur sich die Zeit damit vertrieb, Dämme und Wellenbrecher in das flache, steinige Gewässer zu bauen. Ich hatte eine Abwechslung ziemlich nötig, und eine so seltene Gelegenheit durfte nicht versäumt werden; so ließ ich sowohl Weide als auch Hecke sein und begab mich eilends zu der Stelle – aber nicht vor Sancho, der, sofort, nachdem er seinen jungen Freund wahrgenommen hatte, die dazwischenliegende Entfernung im vollen Galopp dahinrannte und in unbändiger Freude auf ihn zusprang, so daß das Kind fast mitten in den Bach gestürzt wäre; aber glücklicherweise bewahrten ihn die Steine davor, sich ernsthaft naß zu machen, während ihre glatte Oberfläche verhinderte, daß er sich gar zu weh tat, und so konnte er über den unerwarteten Vorfall lachen.

Mrs. Graham studierte gerade die besonderen Gestaltungen der verschiedenen Baumarten in ihrer winterlichen Nacktheit und zeichnete mit mutigem, wenn auch zartem Strich ihre verschiedenen Verästelungen ab. Sie redete nicht viel, aber ich stand da und beobachtete die Fortschritte ihres

Bleistifts: es war ein Vergnügen, ihn von diesen schönen, anmutigen Fingern so geschickt geführt zu sehen. Aber schon bald wurde ihre Behendigkeit beeinträchtigt, sie begannen zu zögern, leicht zu zittern und falsche Striche zu machen und kamen dann plötzlich zur Ruhe, während ihre Besitzerin ihr Gesicht lachend zu meinem emporhob und mir zu verstehen gab, daß die Skizze von meiner Oberaufsicht nicht profitiere.

»Dann«, sagte ich, »unterhalte ich mich eben mit Arthur, bis Sie fertig sind.«

»Ich würde gern ein wenig reiten, Mr. Markham, wenn Mama mich läßt«, sagte das Kind.

»Worauf denn, mein Junge?«

»Ich glaube, auf dem Feld dort steht ein Pferd«, erwiderte er und deutete dorthin, wo die kräftige schwarze Stute gerade die Walze zog.

»Nein, nein, Arthur; das ist zu weit«, wandte seine Mutter ein.

Aber ich versprach, ihn nach ein oder zwei Runden auf der Weide wohlbehalten zurückzubringen; und als sie seinen ungeduldigen Gesichtsausdruck sah, lächelte sie und ließ ihn gehen. Es war das erste Mal, daß sie mir erlaubt hatte, ihn auch nur um die halbe Länge eines Feldes von ihrer Seite zu entführen.

Wie er so auf seinem riesenhaften Roß thronte und das weite, abschüssige Feld feierlich auf und ab ritt, sah er wie die Verkörperung ruhiger, fröhlicher Zufriedenheit und Freude aus. Das Walzen war jedoch bald getan; aber als ich den tapferen Reitersmann vom Pferd hob und ihn wieder seiner Mutter übergab, schien sie ziemlich mißvergnügt, daß ich ihn so lange ferngehalten hatte. Sie hatte ihr Skizzenbuch zugeklappt und wahrscheinlich schon seit einigen Minuten ungeduldig auf seine Rückkehr gewartet.

Es sei nun höchste Zeit, nach Hause zu gehen, sagte sie,

und hätte mir wohl einen Guten Abend gewünscht, aber ich wollte sie noch nicht verlassen: ich begleitete sie noch halb den Hügel hinauf. Sie wurde umgänglicher und ich begann mich sehr glücklich zu fühlen; aber als wir in Sichtweite des grimmigen alten Herrensitzes kamen, blieb sie stehen und wandte sich mir zu, während sie sprach, als erwarte sie, ich würde nicht weiter gehen, so daß die Unterhaltung hier enden müsse und ich nun Abschied nehmen und gehen würde – da es in der Tat Zeit war zu gehen, denn der »klare, kalte Abend« ging rasch »zur Neige«, die Sonne war untergegangen und der zunehmende Mond leuchtete deutlich am bleichen grauen Himmel; aber ein Gefühl fast wie Mitleid ließ mich wie angewurzelt stehenbleiben. Es erschien mir grausam, sie einem so einsamen, unbehaglichen Zuhause zu überlassen. Ich schaute zu ihm hinauf. Schweigend und düster blickte es auf uns herab. Ein schwaches, rotes Licht schien durch die unteren Fenster des einen Gebäudeflügels, aber alle anderen Fenster lagen in Dunkelheit, und viele boten ihre schwarzen, höhlenartigen, von Glasscheiben oder Fensterrahmen gänzlich entblößten Vertiefungen dar.

»Finden Sie nicht, daß es ein öder Ort ist, um darin zu leben?« sagte ich nach einem Augenblick stummer Betrachtung.

»Manchmal, ja«, erwiderte sie, »an Winterabenden, wenn Arthur im Bett ist und ich allein dasitze, den öden Wind um mich stöhnen und durch die verfallenen alten Zimmer heulen höre. Keine Bücher und keine Beschäftigungen können dann die schlimmen Gedanken und Ängste verdrängen, die auf einen einstürzen – aber ich weiß, es ist dumm, sich solcher Schwäche zu überlassen. Wenn Rachel mit einem solchen Leben zufrieden ist, warum sollte ich es nicht auch? – Tatsächlich kann ich gar nicht dankbar genug für einen derartigen Zufluchtsort sein, solange er mir überlassen bleibt.«

Der abschließende Satz war leise gesprochen, als ob sie

ihn mehr zu sich selbst als zu mir gesagt hätte. Darauf wünschte Sie mir einen Guten Abend und ging.

Ich hatte auf meinem Heimweg noch nicht viele Schritte getan, als ich Mr. Lawrence auf seinem hübschen grauen Pony gewahrte, wie er den zerfurchten Weg heraufkam, der über den Gipfel des Hügels verlief.

»War das Mrs. Graham, mit der Sie gerade eben gesprochen haben?« fragte er, nachdem die ersten paar Begrüßungsworte zwischen uns gewechselt waren.

»Ja.«

»Hm! Ich dachte es mir.« Nachdenklich blickte er auf die Mähne seines Pferdes, als ob er mit irgend etwas daran ernsthaft nicht zufrieden wäre oder so.

»Nun! Was denn?«

»O, nichts!« erwiderte er. »Nur, ich dachte, Sie können sie nicht leiden«, fügte er ruhig hinzu, wobei er seine klassisch geformten Lippen zu einem leicht sarkastischen Lächeln kräuselte.

»Vermutlich war es so; darf ein Mann bei näherer Bekanntschaft seine Meinung etwa nicht ändern?«

»Doch, natürlich«, entgegnete er, wobei er sorgfältig eine verfilzte Stelle in der weißlichen Mähne des Ponys entwirrte. Sodann wandte er sich mir plötzlich zu und fügte, seine scheuen Haselnußaugen mit einem ruhigen, durchdringenden Blick auf mich gerichtet, hinzu: »Dann haben Sie also Ihre Meinung geändert?«

»Ich kann nicht sagen, daß ich sie ganz geändert habe. Nein, ich vertrete im Hinblick auf sie wohl noch dieselbe Meinung wie vorher – nur leicht verbessert.«

»O!« Er suchte nach irgend etwas anderem, worüber man reden konnte; und indem er zum Mond emporsah, machte er einige Bemerkungen über die Schönheit des Abends, worauf ich nichts antwortete, da sie für das Thema unwichtig waren.

»Lawrence«, sagte ich und sah ihm dabei ruhig ins Gesicht, »sind Sie in Mrs. Graham verliebt?«

Anstatt dadurch tief beleidigt zu sein, wie ich eigentlich fast erwartete, folgte dem ersten Überraschungsmoment ein Gekicher, als sei er von der Idee höchlich amüsiert.

»In sie verliebt!« wiederholte er. »Wie kommen Sie denn darauf?«

»Wegen des Interesses, das Sie an den Fortschritten in meiner Bekanntschaft mit der Dame nehmen, und an den Änderungen in meiner Meinung über sie. Ich dachte, Sie sind vielleicht eifersüchtig.«

Er lachte erneut. »Eifersüchtig! nein – Aber ich dachte, Sie wollten Eliza Millward heiraten?«

»Dann dachten Sie falsch; ich werde weder die eine noch die andere heiraten – soweit ich weiß.«

»Dann, meine ich, sollten Sie sie lieber in Ruhe lassen.«

»Werden Sie Jane Wilson heiraten?«

Er wurde rot und spielte wieder mit der Mähne, antwortete aber:

»Nein, ich denke nicht.«

»Dann sollten Sie sie lieber in Ruhe lassen.«

Sie wird mich aber nicht in Ruhe lassen – hätte er wohl sagen können; aber er sah nur dumm drein und sagte eine halbe Minute lang gar nichts, und dann machte er einen weiteren Versuch, dem Gespräch eine andere Wendung zu geben; und diesmal ließ ich es geschehen; denn er hatte schon genug ertragen: noch ein Wort über dieses Thema und es wäre ihm wohl der Geduldsfaden gerissen.

Ich kam zu spät zum Tee; aber meine Mutter hatte netterweise die Teekanne und das Gebäck auf dem Kamineinsatz warm gehalten. Sie schimpfte mich zwar ein wenig aus, ließ aber meine Entschuldigungen gelten; und als ich mich über den Geschmack des Tees beklagte, der zu lang gezogen hatte, schüttete sie den Rest in den Schmutzwasserbehälter und bat Rose, frischen in die Kanne zu tun und den Wasserkessel wieder zum Kochen zu bringen – Dienstleistungen, die mit großem Getue und manch bemerkenswerten Kommentaren verrichtet wurden.

»Na schön! – Wenn es sich jetzt um mich gehandelt hätte, hätte ich überhaupt keinen Tee mehr gekriegt – selbst wenn es Fergus gewesen wäre, hätte er sich mit dem, was eben da war, abfinden müssen, und gesagt bekommen, er solle dafür dankbar sein, denn es sei viel zu gut für ihn; aber du – für dich ist ja nichts gut genug, was wir tun. Es ist immer so – wenn irgend etwas besonders Leckeres auf dem Tisch steht, blinzelt und nickt mir Mama zu, mich zurückzuhalten, und wenn ich nicht darauf achte, flüstert sie: ›Iß nicht so viel davon, Rose, Gilbert wird es zum Abendbrot haben wollen‹ – Ich bin überhaupt nichts. Im Wohnzimmer heißt es: ›Komm, Rose, leg deine Sachen weg und laß uns das Zimmer recht hübsch und ordentlich herrichten, bis sie reinkommen, und ein schönes Feuer machen; Gilbert mag ein fröhliches Feuer.‹ In der Küche: ›Mach diesen Pudding recht groß, Rose; die Jungens werden wohl hungrig sein; und tu nicht so viel Pfeffer rein, ich bin sicher, sie mögen es nicht.‹ Oder: ›Denk daran, tu recht viel Korinthen in den Kuchen, Fergus mag es so.‹ Wenn ich sage: ›Nein, Mama, das mag ich nicht‹, heißt es, ich solle nicht an mich selbst denken – ›Du weißt, Rose, bei allen Haushaltsangelegenheiten haben wir nur an zwei Dinge zu denken: erstens, was zweckmäßigerweise zu tun ist, und zweitens, was für die Herren des Hauses am angenehmsten ist – für die Damen ist alles recht.‹«

»Und das ist auch ein sehr guter Grundsatz«, sagte meine Mutter. »Gilbert denkt bestimmt ebenso.«

»Auf alle Fälle ein sehr bequemer Grundsatz für uns«, sagte ich; »aber wenn es dir wirklich um mein Wohlbehagen ginge, Mutter, müßtest du auf deine eigene Bequemlichkeit und Annehmlichkeit etwas mehr achten, als du es tust – was Rose betrifft, so hege ich keinen Zweifel, daß sie sich schon um sich selbst kümmert; und wann immer sie ein Opfer bringt oder einen Akt der Selbstverleugnung begeht, wird sie schon dafür sorgen, mich das Ausmaß derselben wissen zu lassen. Aber was dich angeht, so könnte ich mich hemmungslos gehenlassen oder die Bedürfnisse der anderen gröblichst mißachten, bloß weil ich es gewohnt bin, daß man sich dauernd um mich sorgt und mir alle Wünsche von den Augen abliest oder auf der Stelle erfüllt, während man mich über das, was für mich getan wird, in totaler Ahnungslosigkeit läßt, – wenn Rose mich nicht ab und zu aufklärte; und ich würde deine Güte als eine Selbstverständlichkeit hinnehmen und nie wissen, wieviel Dank ich dir schulde.«

»Ach! und du wirst es auch nie erfahren, Gilbert, bis du verheiratet bist. Dann nämlich, wenn du irgend so ein oberflächliches, eingebildetes Mädchen wie Eliza Millward zur Frau hast, dem außer ihrem unmittelbaren Vergnügen und Vorteil alles einerlei ist, oder eine irregeleitete, eigensinnige Frau wie Mrs. Graham, die ihre wichtigsten Pflichten nicht kennt und nur in den Dingen geschickt ist, die sie am wenigsten angehen – dann wirst du den Unterschied merken.«

»Es wird mir gut tun, Mutter; ich bin ja schließlich nicht bloß auf der Welt, um die guten Eigenschaften und das Wohlwollen anderer für mich wirken zu lassen – nicht wahr? – sondern meine eigenen so einzusetzen, daß ihnen damit gedient ist; und wenn ich heirate, erwarte ich mir mehr Freude davon, daß ich meine Frau glücklich und zufrieden mache, als umgekehrt: geben ist seliger denn nehmen.«

»Oh, das ist doch alles Unsinn, mein Lieber. Kindisches Gerede ist das! Du wirst es bald leid werden, deine Frau zu hätscheln und bei Laune zu halten, und sei sie noch so bezaubernd, und dann kommt die eigentliche Prüfung.«

»Nun, dann muß eben ein jeder von uns die Lasten des anderen tragen.«

»Dann muß jeder von euch sich in die ihm gebührende Position einfinden. Du wirst deine Arbeit verrichten und sie, wenn sie deiner würdig ist, wird die ihre tun; aber es ist deine Aufgabe, es dir angenehm zu machen, und die ihre, dazu beizutragen. Dein armer lieber Vater war gewiß der beste Ehemann, der je gelebt hat, und nachdem die ersten sechs Monate oder so ungefähr vorüber waren, hätte ich genauso unverzüglich von ihm erwartet, daß er fliegen könne, wie daß er sich Mühe gebe, mir eine Freude zu machen. Er sagte immer, ich sei eine gute Ehefrau und tue meine Pflicht; und er tat stets die seine – Gott segne ihn! – er war zuverlässig und pünktlich, fand selten Fehler ohne Grund, ließ meinen guten Mahlzeiten stets Gerechtigkeit widerfahren und verdarb das, was ich gekocht hatte, kaum jemals durch Zuspätkommen – und mehr als das kann keine Frau von einem Mann erwarten.«

Stimmt das, Halford? Beschränken sich unsere häuslichen Tugenden tatsächlich darauf; und verlangt Deine glückliche Frau wirklich nicht mehr?

KAPITEL 7
Der Ausflug

Wenige Tage nach diesem Vorfall, an einem milden, sonnigen Vormittag – der Boden unter meinen Füßen war ziemlich aufgeweicht, denn der letzte Schnee war eben erst weggeschmolzen, hatte jedoch hier und da noch einen dünnen Streifen zurückgelassen und lag noch auf dem frischen grünen Gras unter den Hecken; aber daneben lugten bereits die jungen Schlüsselblumen aus ihrem feuchten, dunklen Blattwerk hervor, und die Lerche in den Lüften sang schon von Sommer und Hoffnung und Liebe und allen himmlischen Dingen – ich war draußen auf dem Hügel, genoß diese Herrlichkeiten und schaute nach, ob meine kleinen Lämmer und ihre Mütter wohlauf seien, da sah ich, als ich meinen Blick umherschweifen ließ, drei Personen vom Tal heraufkommen. Es waren Eliza Millward, Fergus und Rose; also überquerte ich das Feld, um ihnen entgegenzugehen, und, als ich erfuhr, daß sie nach Wildfell Hall wollten, erklärte ich mich bereit, mit ihnen zu gehen, und indem ich Eliza meinen Arm bot, die ihn gern an Stelle des meines Bruders annahm, sagte ich zu diesem, er könne ruhig umkehren, da ich die Dame begleiten würde.

»Entschuldige mal!« stieß er hervor. »Es sind die Damen, die mich begleiten, nicht ich sie. Ihr habt alle schon einen verstohlenen Blick auf diese seltsame Fremde geworfen, nur ich nicht, und ich konnte meine jämmerliche Unwissenheit nicht länger ertragen – komme, was wolle, ich muß meine Neugier befriedigen; so bat ich Rose, mit mir zum Herrensitz zu gehen und mich ihr schnellstens vorzustellen. Sie schwor, das tue sie nicht, wenn nicht auch Miss Eliza mitkäme; also rannte ich zum Pfarrhaus und holte sie; und wir sind den ganzen Weg herauf untergehakt gegangen, so närrisch verliebt wie ein Liebespaar – und nun hast du sie mir weggenommen; und obendrein willst du mich auch noch um meinen Spaziergang und um meinen Besuch bringen. Geh zu deinen Feldern und zu deinem Vieh zurück, du tölpelhafter Kerl; du paßt nicht in eine Gesellschaft von Damen und Herren wie wir, die nichts anderes zu tun haben, als um die Häuser unserer Nachbarn herumzuspionieren, verstohlen in ihre geheimsten Winkel zu gucken und ihre Geheimnisse auszuschnüffeln und die Nase zu rümpfen, wenn uns etwas nicht paßt – du verstehst nichts von solchen erlesenen Quellen des Vergnügens.«

»Könnt ihr denn nicht beide gehen?« schlug Eliza vor,

die den letzten Teil der Rede geflissentlich überhört hatte.

»Ja, beide, natürlich!« rief Rose. »Je mehr, desto lustiger – und ich bin sicher, wir werden alle Fröhlichkeit, die wir in dieses große, dunkle, düstere Zimmer mit seinen engen, vergitterten Fenstern und seinen gräßlichen alten Möbeln nur mitnehmen können, bitter gebrauchen – es sei denn, sie führt uns wieder in ihr Atelier.«

So gingen wir denn alle gemeinsam; und die dürre alte Dienstmagd, die uns die Tür öffnete, führte uns in ein Zimmer, wie es mir Rose als den äußeren Rahmen ihrer ersten Begegnung mit Mrs. Graham beschrieben hatte: ein einigermaßen geräumiges und hohes Zimmer, das allerdings durch die altmodischen Fenster nur wenig Licht erhielt, mit einer Decke, Paneelen und einer durch üppiges, doch nicht sehr geschmackvolles Schnitzwerk verzierten Kaminverkleidung aus düster wirkender schwarzer Eiche mit dazu passenden Tischen und Stühlen, einem alten, mit einer bunten Büchermischung bestückten Bücherschrank auf der einen Seite des Kamins und einem nicht mehr neuen Piano auf der anderen.

Die Dame saß in einem steifen, hochlehnigen Armstuhl, hatte zur einen Seite ein rundes Tischchen, in dem sich ein Schreibpult und ein Handarbeitskörbchen befand, zur anderen ihren kleinen Jungen, der den Ellbogen auf ihr Knie gestützt dastand und ihr aus einem kleinen Buch, das sie auf dem Schoß liegen hatte, bewundernswert flüssig vorlas, während sie ihre Hand auf seiner Schulter ruhen ließ und gedankenverloren mit den langen, welligen Locken spielte, die ihm in den elfenbeinfarbenen Nacken fielen. Die beiden zogen meine Aufmerksamkeit auf sich, bildeten sie doch einen wohltuenden Gegensatz zu den Gegenständen, die sie umgaben; natürlich aber veränderten sie ihre Stellung sofort bei unserem Eintritt. Nur während der wenigen kurzen Augenblicke, als Rachel uns die Tür aufhielt, konnte ich dieses Bild betrachten.

Ich glaube nicht, daß Mrs. Graham besonders begeistert war, uns zu sehen: es lag etwas unbeschreiblich Abweisendes in ihrer ruhigen, gelassenen Höflichkeit, aber ich sprach nicht viel mit ihr. Nachdem ich mich in die Nähe des Fensters etwas abseits von der Runde gesetzt hatte, rief ich Arthur zu mir, und er und ich und Sancho vergnügten uns sehr nett miteinander, während die beiden jungen Damen seine Mutter mit belanglosem Geplauder quälten und Fergus ihr gegenüber saß. Die Beine übereinandergeschlagen und die Hände in den Hosentaschen lehnte er sich in seinen Stuhl zurück und starrte bald auf die Decke, bald seiner Gastgeberin geradewegs ins Gesicht (in einer Art und Weise, die in mir große Lust aufkommen ließ, ihn mit einem Fußtritt aus dem Zimmer zu befördern), bald pfiff er leise ein paar Akte einer seiner Lieblingsmelodien vor sich hin, bald unterbrach er die Unterhaltung oder füllte eine Gesprächspause (wie es gerade so kam) mit irgendeiner äußerst impertinenten Frage oder Bemerkung, wie zum Beispiel:

»Es erstaunt mich, Mrs. Graham, wie Sie sich ein solch baufälliges, wackeliges, altes Gebäude als Wohnsitz wählen konnten. Wenn Sie es sich schon nicht leisten können, das ganze Haus zu bewohnen und ausbessern zu lassen, warum haben Sie sich dann nicht ein schmuckes kleines Cottages genommen?«

»Vielleicht war ich zu stolz, Mr. Fergus«, erwiderte sie lächelnd; »vielleicht habe ich an diesem romantischen, altmodischen Anwesen besonderen Gefallen gefunden – aber es hat ja auch in der Tat viele Vorteile gegenüber einem Cottage. Erstens sind, wie Sie sehen, die Zimmer größer und luftiger, zweitens können die unbewohnten Gemächer, für die ich nicht bezahle, als Rumpelkammern dienen, falls ich irgend etwas hineinzustellen habe; und sie sind sehr nützlich für meinen kleinen Jungen, um an Regentagen, wenn er nicht nach draußen gehen kann, darin herumzutollen; und dann gibt es einen Garten, in dem er spielen und ich arbeiten kann. Sie sehen, daß ich schon einige kleine Verbesserungen vorgenommen habe«, fuhr sie fort, wobei sie sich zum Fenster hin wandte. »Dort in jener Ecke ist ein Beet mit Frühgemüse und hier blühen schon ein paar Schneeglöckchen und Primeln – und da öffnet sich gerade ein gelber Krokus den Sonnenstrahlen.«

»Aber wie können Sie es bloß in einer solchen Lage aushalten – wo ihre nächsten Nachbarn zwei Meilen entfernt wohnen, und niemand hereinschaut oder vorbeikommt? – Rose würde an einem solchen Ort ganz verrückt werden. Sie kann nicht leben, wenn sie nicht ein halbes Dutzend neuer Kleider und Hüte am Tag sieht – nicht zu reden von den Gesichtern darunter; aber Sie könnten vielleicht den ganzen Tag lang an diesen Fenstern sitzen und Ausschau halten, ohne auch nur ein altes Weiblein zu erblicken, das seine Eier zum Markt trägt.«

»Ich bin mir nicht sicher, ob es nicht gerade die Einsamkeit dieses Ortes war, die ihn mir vor allem empfahl. Ich finde kein Vergnügen daran, Leute am Fenster vorbeigehen zu sehen; und ich lebe gern zurückgezogen.«

»Oh! Sie könnten ebensogut sagen, wir sollen uns alle um unsere eigenen Angelegenheiten kümmern und Sie in Ruhe lassen.«

»Nein, mir liegt nichts an einem ausgedehnten Bekanntenkreis; aber wenn ich ein paar Freunde habe, freue ich mich natürlich, sie gelegentlich zu sehen. Niemand kann in dauernder Einsamkeit glücklich sein. Wenn Sie deshalb, Mr. Fergus, mein Haus als Freund betreten wollen, werde ich Sie willkommen heißen; wenn nicht, so muß ich gestehen, es wäre mir lieber, Sie blieben weg.« Darauf wandte sie sich ab und richtete einige Bemerkungen an Rose oder Eliza.

»Und Mrs. Graham«, fing er fünf Minuten später wieder an, »auf unserem Weg hierher haben wir ein Problem erörtert, das Sie mühelos für uns lösen können, da es hauptsächlich Sie selbst betrifft – wir reden uns nämlich oft über Sie die Köpfe heiß, haben doch einige von uns nichts Besseres zu tun, als sich über die Angelegenheiten ihrer Nachbarn auszulassen, und wir als waschechte Einheimische kennen uns schon so lange und haben schon so oft übereinander geredet, daß wir dieses Spiels vollständig überdrüssig sind. Und so bedeutet ein Fremder, der zu uns kommt, eine unschätzbare Bereicherung, da die Quellen unserer Unterhaltung schon längst versiegt sind. Also, die Frage oder die Fragen, die Sie beantworten sollen –«

»Halt doch den Mund, Fergus!« rief Rose, die vor Besorgnis und Wut in heller Aufregung war.

»Ich will aber nicht. Die Fragen, die Sie beantworten sollen, sind folgende: Erstens beziehen sie sich auf Ihre Herkunft, Abstammung und Ihren früheren Wohnsitz. Einige wollen erfahren haben, daß Sie Ausländerin und einige, daß Sie Engländerin sind; einige behaupten, daß Sie aus dem Norden des Landes und einige, daß Sie aus dem Süden stammen; einige sagen...«

»Nun, Mr. Fergus, ich werde es Ihnen sagen. Ich bin Engländerin – und ich begreife nicht, warum irgend jemand daran zweifeln sollte – und ich bin auf dem Land geboren, und zwar weder im äußersten Norden noch im äußersten Süden unserer glücklichen Insel; und auf dem Land habe ich mein Leben auch hauptsächlich verbracht, und jetzt sind Sie hoffentlich zufriedengestellt; denn ich bin im Augenblick nicht gewillt, irgendwelche weiteren Fragen zu beantworten.«

»Mit Ausnahme dieser –«

»Nein, keine einzige mehr!« lachte sie und indem sie unverzüglich von ihrem Platz aufstand, suchte sie bei dem Fenster Zuflucht, an dem ich saß, und aus purer Verzweiflung, den Belästigungen meines Bruders zu entkommen, versuchte sie, mich ins Gespräch zu ziehen.

»Mr. Markham«, sagte sie, wobei ihr schnelles Sprechen und ihr gerötetes Gesicht ihre innere Unruhe nur zu deutlich bekundeten, »haben Sie den schönen Blick aufs Meer vergessen, von dem wir vor einiger Zeit gesprochen haben? Ich glaube, ich muß Sie nun mit der Bitte behelligen, mir den kürzesten Weg zu diesem Punkt zu beschreiben; denn wenn dieses wunderschöne Wetter anhält, werde ich vielleicht einen Spaziergang dorthin machen und eine Zeichnung anfertigen können; alle anderen Motive habe ich nun schon zur Genüge gemalt, und ich sehne mich nach diesem Anblick.«

Ich war gerade dabei, ihrer Bitte nachzukommen, aber Rose wollte mich nicht weiterreden lassen.

»Oh, sag es ihr nicht, Gilbert!« rief sie. »Sie soll mit uns gehen. Ich vermute, es ist die – Bucht, die Sie im Sinn haben, Mrs. Graham? Es ist ein sehr langer Spaziergang dorthin, zu weit für Sie und kommt für Arthur nicht in Frage. Aber wir tragen uns mit dem Gedanken, an irgendeinem schönen Tag ein Picknick zu machen, um die Bucht zu sehen; und wenn Sie so lange warten wollen, bis die Schönwetterperiode kommt, werden wir uns alle sehr freuen, Sie bei uns zu haben.«

Die arme Mrs. Graham schaute ganz verzweifelt drein und versuchte, Ausreden vorzubringen, aber entweder aus Mitleid mit der Einsiedlerin oder weil ihr daran lag, die Bekanntschaft mit ihr zu pflegen, wollte Rose sie unbedingt dabei haben; und jeder Einwand wurde überstimmt. Man sagte ihr, es würde sich nur um eine kleine Gesellschaft handeln, und um lauter Freunde, und den allerbesten Blick habe man von – Cliffs, das volle fünf Meilen entfernt sei.

»Für die Herren gerade ein hübscher Spaziergang«, fuhr Rose fort; »aber die Damen werden abwechselnd fahren und zu Fuß gehen; denn wir werden einen Pony-Wagen haben, der groß genug sein wird, daß Klein-Arthur und drei Damen samt Ihrem Zeichengerät und unserem Proviant Platz darin finden.«

So wurde in den Vorschlag schließlich eingewilligt; und nach weiterer kurzer Beratung über Zeitpunkt und Art des geplanten Ausflugs erhoben wir uns und nahmen Abschied.

Aber es war erst März: ein kalter, nasser April und zwei Wochen im Mai vergingen, ehe wir uns an unseren Ausflug wagen und dabei vernünftigerweise hoffen konnten, zu jenem Vergnügen zu kommen, das wir in angenehmer Umgebung, fröhlicher Gesellschaft, frischer Luft, ausgelassener Stimmung und körperlicher Bewegung suchten, ohne dabei durch schlechte Straßenverhältnisse, kalte Winde oder dräuende Wolken beeinträchtigt zu werden. Dann, an einem herrlichen Morgen, sammelten wir unsere Truppen und rückten aus. Die Gesellschaft bestand aus Mrs. Graham und dem kleinen Herrn Graham, Mary und Eliza Millward, Jane und Richard Wilson sowie Rose, Fergus und Gilbert Markham.

Mr. Lawrence war eingeladen worden, sich uns anzuschließen, aber aus irgendeinem Grund, den er wohl selbst am besten kannte, hatte er uns seine Gesellschaft versagt. Ich selbst hatte ihn dringend gebeten, uns zu beehren. Als ich ihn so anging, zögerte er und fragte, wer mitkäme. Nachdem ich neben den übrigen auch Miss Wilson genannt hatte, schien er schon fast geneigt mitzugehen, aber als ich Mrs. Graham erwähnte, in der Meinung, dies könnte ein weiterer Anreiz sein, hatte es anscheinend den gegenteiligen Effekt, und er lehnte rundheraus ab, und, um die Wahrheit zu gestehen, diese Entscheidung war mir gar nicht unangenehm, obwohl ich Dir kaum hätte sagen können, warum.

Es war um die Mittagszeit, als wir unseren Bestimmungsort erreichten. Mrs. Graham ging den ganzen Weg zu den Klippen zu Fuß, und auch Klein-Arthur marschierte den größeren Teil desselben mit, denn er war nun viel ausdauernder und lebhafter als zu dem Zeitpunkt, da er in unsere Gegend gekommen war, und er mochte nicht mit Fremden in der Kutsche sitzen, während alle seine vier Freunde, Mama und Sancho und Mr. Markham sowie Miss Millward weit dahinter zu Fuß kamen oder über ferne Felder und Wege liefen.

Ich habe sehr angenehme Erinnerungen an diesen Spaziergang, entlang der harten, weißen, sonnenbeschienenen Straße, die hier und da von strahlend grünen Bäumen beschattet und von Blumenreihen und köstlich duftenden blühenden Hecken geziert war; oder durch reizende Felder und Wiesen, die alle in die süße Blütenpracht und das leuchtende Grün des Wonnemonats Mai getaucht waren. Eliza freilich ging nicht an meiner Seite, aber war, wie ich fest annahm, bei ihren Freundinnen im Pony-Wagen ebenso glücklich wie ich; und sogar wenn wir Fußgänger, weil wir wegen einer Abkürzung durch die Felder die Straße verlassen hatten, die kleine Kutsche nur noch von weitem sahen, wie sie inmitten der grünen, bergenden Bäume verschwand, regte sich in mir kein Haß gegen diese Bäume, weil sie mir die Sicht auf das liebe Häubchen und Schultertuch versperrten, und ich hatte auch nicht das Gefühl, daß all das, was sich zwischen uns schob, meinem Glück im Wege stände, denn, um die Wahrheit zu sagen, ich war zu glücklich in der Gesellschaft Mrs. Grahams, um die Abwesenheit Eliza Millwards zu bedauern.

Allerdings war die Erstgenannte anfangs auf geradezu beleidigende Weise reserviert – wie es schien, entschlossen, mit niemandem zu reden als mit Mary Millward und Arthur. Sie und Mary wanderten gemeinsam dahin, gewöhnlich das Kind zwischen sich; aber wo es die Straße erlaubte, ging ich stets an ihrer anderen Seite, während Richard Wilson die von Miss Millward übernahm und Fergus umherschweifte, ganz wie ihm gerade der Sinn stand; und nach einer Weile wurde sie freundlicher, und schließlich gelang es mir, ihre Aufmerksamkeit fast ganz für mich in Anspruch zu nehmen – und dann war ich wirklich glücklich: denn wann immer sie sich zu einem Gespräch herabließ, hörte ich ihr gern zu. Wo ihre Ansichten und Empfindungen mit den meinen übereinstimmten, begeisterten mich ihr gesunder Menschenverstand, ihr ausgezeichneter Geschmack und ihr Einfühlungsvermögen; wo sie voneinander abwichen, erregten dennoch ihre kompromißlose Kühnheit im Eingeständnis oder der Verteidigung dieser abweichenden Meinung, ihre Ernsthaftigkeit und ihr Scharfsinn mein Interesse: und selbst wenn sie mich durch ihre unfreundlichen Worte oder Blicke und ihre ungnädigen Schlüsse hinsichtlich meiner Person erzürnte, machte es mich nur um so unzufriedener mit mir selbst, weil ich einen so ungünstigen Eindruck auf sie hinterlassen hatte, und um so begieriger, meinen Charakter und meine Wesensart vor ihr zu rechtfertigen und, wenn möglich, ihre Achtung zu gewinnen.

Schließlich war unser Spaziergang zu Ende. Die immer steiler und höher werdenden Hügel hatten uns eine Zeitlang die Aussicht versperrt; aber als wir den Gipfel einer steil ansteigenden Anhöhe erklommen und nach unten schauten, öffnete sich das Gelände vor uns – und das blaue Meer lag plötzlich zu unseren Füßen! – tief ultramarin – nicht völlig windstill, sondern von leuchtenden Schaumkronen bedeckt – winzige weiße Pünktchen huschten auf seiner Tiefe hin und her und waren kaum vom schärfsten Auge zu unterscheiden: kleine Seemöwen, die sich darüber tummelten, die weißen Flügel im Sonnenschein funkelnd: nur ein paar Schiffe waren zu sehen, und auch die weit weg.

Ich schaute zu meiner Begleiterin hin, um zu sehen, wie sie diese grandiose Szenerie aufnahm. Sie sagte nichts, sondern stand still da und richtete ihre Augen mit einem Blick auf das Meer, der mir die Gewißheit gab, daß sie nicht enttäuscht war. Sie hatte sehr schöne Augen, nebenbei bemerkt – ich weiß nicht, ob ich Dir das schon geschrieben habe, aber sie waren seelenvoll, groß, klar und beinahe schwarz – nicht braun, sondern von einem tiefen Dunkelgrau. Eine kühle, belebende Brise blies vom Meer her – mild, rein, wohltuend: sie fuhr durch ihre herabfallenden Ringellocken und gab ihren gewöhnlich allzu fahlen Lippen und Wangen eine lebhaftere Farbe. Sie spürte ihre anregende Wirkung, und ich ebenso – ich fühlte, wie sie durch meinen Körper prickelte, wagte aber nicht, mich ihr hinzugeben, solange sie so ruhig blieb. Es lag ein Ausdruck von gedämpfter Heiterkeit in ihrem Gesicht, der fast in ein Lächeln des begeisterten Einverständnisses überging, als ihr Auge dem meinen begegnete. Nie hatte sie so reizend ausgesehen: nie war mein Herz so innig an ihr gehangen wie jetzt. Wären wir zwei Minuten länger hier allein gestanden, ich hätte mich für das Weitere nicht verbürgen können. Zum Glück für Besonnenheit, ja vielleicht für mein Vergnügen während des restlichen Tages, wurden wir gleich darauf zum Essen gerufen – eine recht anständige Mahlzeit, die Rose unter Mitwirkung von Miss Wilson und Eliza, die, da sie sich mit ihr den Platz in der Kutsche geteilt hatten, etwas vor den anderen angekommen waren, auf einer Bodenerhebung angerichtet hatten, von der aus man das Meer überblicken konnte und die durch einen vorspringenden Felsen und überhängende Bäume vor der stechenden Sonne geschützt war.

Mrs. Graham setzte sich in einem ziemlichen Abstand von mir. Eliza war meine unmittelbare Nachbarin. Auf ihre sanfte, unaufdringliche Art bemühte sie sich zu gefallen und war ohne Zweifel so faszinierend und bezaubernd wie eh und je, wenn ich es nur hätte empfinden können. Aber bald begann sich mein Herz wieder für sie zu erwärmen; und wir waren – so weit ich sehen konnte – alle recht fröhlich und glücklich miteinander während des geselligen Mahls.

Als es beendet war, rief Rose Fergus zu sich, damit er ihr helfe, die Reste, Messer, Teller usw. einzusammeln und wieder in den Körben zu verstauen; und Mrs. Graham nahm ihren Klappstuhl und ihre Zeichensachen, und nachdem sie Miss Millward gebeten hatte, auf ihren kostbaren Sohn aufzupassen, und diesem strikt eingeschärft hatte, sich nicht von der Seite seiner neuen Beschützerin zu rühren, verließ sie uns und ging auf dem steilen, steinigen Hügel weiter zu einer etwas entfernten höheren, abschüssigeren Stelle, die eine noch schönere Aussicht versprach. Sie zog es vor, dort zu zeichnen, obwohl ihr einige der Damen sagten, es sei ein schrecklicher Ort, und ihr rieten, es nicht zu wagen.

Als sie weg war, hatte ich das Gefühl, als sei es nun mit der Kurzweil vorbei – obwohl sich schwer sagen läßt, was sie eigentlich zu der Ausgelassenheit der Gesellschaft beigetragen hatte. Kein Witz, kein Lachen war ihr über die Lippen gekommen; aber ihr Lächeln hatte mich fröhlich gestimmt, eine treffende Bemerkung oder ein heiteres Wort von ihr hatten meine fünf Sinne geschärft und allem, was die anderen taten und sagten, ein gewisses Interesse verliehen. Selbst meine Unterhaltung mit Eliza war durch ihre Gegenwart belebt worden, obgleich ich es nicht begreifen konnte; und nun, da sie gegangen war, amüsierte mich Elizas ausgelassener Unsinn nicht mehr – ja, ging mir regelrecht auf die Nerven, und ich wurde es leid, sie zu unterhalten: ich fühlte mich unwiderstehlich zu jenem fernen Punkt hingezogen, wo die schöne Künstlerin saß und ihrer einsamen Beschäftigung nachging – und ich bemühte mich nicht lange, der Anziehung zu widerstehen: während meine kleine Nachbarin gerade ein paar Worte mit Miss Wilson wechselte, stand ich auf und stahl mich unbemerkt davon. Ein paar eilige Schritte und etwas beherztes Klettern brachten mich bald zu der Stelle, wo sie saß – ein schmaler Felssims am äußersten Rand der Klippe, die in einem jähen Absturz direkt zum felsigen Strand hin abfiel.

Sie hörte mich nicht kommen: als mein Schatten auf ihr Papier fiel, versetzte ihr das einen elektrischen Schlag; und sie schaute sich hastig um – jede andere Dame aus meiner Bekanntschaft hätte bei einem solch plötzlichen Schreck laut aufgeschrien.

»Oh! Ich wußte nicht, daß Sie es sind. – Warum haben Sie mich so erschreckt?« sagte sie etwas gereizt. »Ich hasse es, wenn man mich so plötzlich überfällt.«

»Warum, für wen haben Sie mich denn gehalten?« sagte ich. »Wenn ich gewußt hätte, daß Sie so schwache Nerven haben, wäre ich vorsichtiger gewesen, aber –«

»Schon gut, machen Sie sich nichts daraus. Weswegen sind Sie denn gekommen? Kommen nun etwa alle?«

»Nein, dieser kleine Sims könnte sie wohl kaum alle aufnehmen.«

»Da bin ich aber froh, denn ich habe das Reden satt.«

»Nun, dann werde ich also nicht reden. Ich werde nur dasitzen und Ihnen beim Zeichnen zuschauen.«

»Oh, aber Sie wissen doch, daß ich das nicht mag.«

»Dann werde ich mich damit begnügen, diese wunderbare Aussicht zu bewundern.«

Sie machte keine Einwendungen dagegen und zeichnete eine Weile still vor sich hin. Aber ich konnte nicht umhin, ab und zu verstohlen einen Blick von der herrlichen Aussicht zu unseren Füßen auf die elegante weiße Hand zu lenken, die den Bleistift hielt, und auf den anmutigen Nacken und die glänzenden rabenschwarzen Locken, die auf das Papier herabfielen.

»Wenn ich jetzt nur«, dachte ich bei mir, »einen Bleistift und ein Stück Papier hätte, könnte ich eine reizendere Skizze anfertigen als die ihre, vorausgesetzt natürlich, ich hätte die Fähigkeit, naturgetreu abzuzeichnen, was ich vor mir sehe.«

Doch obwohl mir diese Genugtuung versagt blieb, war ich schon vollauf zufrieden, dort neben ihr zu sitzen und nichts zu sagen.

»Sind Sie noch da, Mr. Markham?« sagte sie schließlich, und drehte sich nach mir um – denn ich saß etwas hinter ihr auf einem bemoosten Vorsprung der Klippe. »Warum gehen Sie nicht weg und amüsieren sich mit Ihren Freunden?«

»Weil ich ihrer müde bin wie Sie, und ich werde morgen oder irgendwann später immer noch genug von ihnen haben; aber Sie zu sehen, werde ich vielleicht wer weiß wie lange nicht mehr das Vergnügen haben.«

»Was hat denn Arthur gemacht, als Sie weggingen?«

»Er war bei Miss Millward, wo Sie ihn gelassen haben – ganz in Ordnung, hoffte aber, Mama werde nicht lang wegbleiben. Übrigens, mir haben Sie ihn nicht anvertraut«, murrte ich, »obwohl ich die Ehre einer viel längeren Bekanntschaft hatte; aber Miss Millward beherrscht die Kunst, Kinder zu beschwichtigen und zu unterhalten«, setzte ich gleichgültig hinzu, »wenn sie auch sonst zu nichts nütze ist.«

»Miss Millward hat viele schätzenswerten Eigenschaften, die wahrzunehmen oder zu würdigen man von jemandem wie Ihnen nicht erwarten kann. Wollen Sie Arthur ausrichten, daß ich in ein paar Minuten kommen werde?«

»Wenn das der Fall ist, will ich mit Ihrer Erlaubnis warten, bis diese paar Minuten vorüber sind; und dann kann ich Ihnen helfen, den schwierigen Pfad hier hinabzusteigen.«

»Danke – in solchen Situationen komme ich ohne Hilfe immer am besten zurecht.«

»Aber ich kann doch wenigstens Ihren Hocker und Ihr Skizzenbuch tragen.«

Diese Gunst verwehrte sie mir nicht, doch ich war ziemlich gekränkt über ihren offensichtlichen Wunsch, mich loszuwerden, und begann gerade meine Hartnäckigkeit zu bereuen, als sie mich etwas besänftigte, indem sie meinen Geschmack und mein Urteil über irgendein zweifelhaftes Detail in ihrer Zeichnung konsultierte. Meine Meinung fand glücklicherweise ihre Zustimmung, und die Verbesserung, die ich vorschlug, wurde ohne Zögern angenommen.

»Ich habe mich oft vergebens danach gesehnt«, sagte sie, »das Urteilsvermögen eines anderen in Anspruch nehmen zu können, wenn ich meinen Augen und meinem Verstand nicht so recht vertrauen konnte, nachdem sie so lange mit der Betrachtung eines einzigen Gegenstandes beschäftigt gewesen waren, daß sie fast die Fähigkeit verloren hatten, eine angemessene Vorstellung darüber zu bilden.«

»Das«, erwiderte ich, »ist nur eines der Übel, denen uns ein Leben in Einsamkeit aussetzt.«

»Stimmt«, sagte sie und wir verfielen wieder in Schweigen.

Nach etwa zwei Minuten jedoch erklärte sie ihre Zeichnung für beendet und klappte das Buch zu.

Als wir zum Ort unseres Picknicks zurückkehrten, stellten wir fest, daß die ganze Gesellschaft ihn bereits verlassen hatte, mit Ausnahme von dreien: Mary Millward, Richard Wilson und Arthur Graham. Der jüngere Herr lag in tiefem Schlaf versunken da, den Kopf in den Schoß der Dame gebettet; der andere saß neben ihr, eine Taschenbuchausgabe irgendeines Klassikers in der Hand. Er ging niemals irgendwohin ohne einen solchen Begleiter, mit dem er seine Mußestunden verschönern konnte: jede Minute schien ihm verloren, die nicht dem Studieren gewidmet oder aufgrund seiner physischen Natur zur bloßen Lebenserhaltung unumgänglich nötig war. Selbst jetzt konnte er sich nicht dem Genuß dieser reinen Luft und des milden Sonnenscheins hingeben – jener herrlichen Aussicht und den beruhigenden Geräuschen, der Musik der Wellen und des sanften Windes in den schützenden Bäumen über ihm – nicht einmal mit einer Dame an seiner Seite (wenn auch einer nicht sehr charmanten, wie ich einräumen will) – selbst hier also mußte er sein Buch herausziehen, um seine Zeit bestmöglich auszunützen, während er die bescheidene Mahlzeit verdaute und seine müden Glieder ausruhte, die so viel körperliche Bewegung im Freien nicht gewohnt waren.

Vielleicht jedoch erübrigte er auch ab und zu einen Moment, um mit seiner Begleiterin ein Wort oder einen Blick zu wechseln – jedenfalls schien sie über sein Verhalten überhaupt nicht verärgert zu sein, denn auf ihren reizlosen Zügen lag ein Ausdruck von ungewöhnlicher Heiterkeit und innerer Ruhe, und als wir kamen, war sie mit großem Wohlwollen in die Betrachtung seines bleichen, nachdenklichen Gesichts versunken.

Die Heimreise war durchaus nicht so angenehm für mich wie der erste Teil des Tages, denn nun saß Mrs. Graham in der Kutsche und Eliza Millward war meine Weggefährtin. Sie hatte bemerkt, wie ich die junge Witwe bevorzugte, und fühlte sich augenscheinlich vernachlässigt. Sie tat ihren Kummer indes nicht durch scharfe Vorwürfe, bittere Sarkasmen oder schmollendes, mürrisches Schweigen kund – Verhaltensweisen, von denen ich jede einzelne oder alle zusammen leicht hätte ertragen oder mit Lachen übergehen können –, sondern sie gab ihn durch eine Art von sanfter Melancholie, einer milden, vorwurfsvollen Traurigkeit zu erkennen, die mir in der Seele wehtat. Ich versuchte, sie aufzuheitern, und allem Anschein nach gelang mir das auch bis zu einem gewissen Grad, ehe der Spaziergang vorüber war; aber während ich das tat, verspürte ich Gewissensbisse, da ich ja wußte, daß das Band früher oder später durchtrennt werden mußte, und dies nur hieß: falsche Hoffnungen zu nähren und den schlimmen Tag hinauszuschieben.

Als der Pony-Wagen sich Wildfell Hall so weit genähert hatte, wie es die Straße zuließ – es sei denn freilich, er wäre den langen Holperpfad hinaufgefahren, was Mrs. Graham nicht erlauben wollte –, stiegen die junge Witwe und ihr Sohn aus, so daß Rose die Zügel übernahm; und ich überredete Eliza, den Platz des Jungen einzunehmen. Nachdem ich sie bequem in der Kutsche untergebracht, sie gebeten hatte, sich vor der Abendluft in acht zu nehmen, und ihr freundlich Gute Nacht gewünscht hatte, fühlte ich mich erheblich erleichtert und beeilte mich, Mrs. Graham meine Dienste anzubieten, um ihre Gerätschaften die Felder hinauf zu tragen, aber sie hatte sich bereits ihren Klappstuhl über den Arm gehängt und ihr Skizzenbuch in die Hand genommen und bestand darauf, sich hier auf der Stelle von mir und der übrigen Gesellschaft zu verabschieden. Aber diesmal lehnte sie meine angebotene Hilfe auf eine so nette und freundliche Weise ab, daß ich ihr fast verzieh.

KAPITEL 8
Das Geschenk

Sechs Wochen waren vergangen. Es war ein strahlender Morgen gegen Ende Juni, das Heu zum Großteil geschnitten, und nun, da sich nach dem Regen der letzten Woche endlich schönes Wetter eingestellt hatte, wollte ich es unbedingt so gut wie möglich nutzen und hatte deshalb alle Arbeitskräfte auf der gemähten Wiese zusammengerufen und arbeitete selbst mitten unter ihnen. An der Spitze einer stattlichen Schar von Knechten und Tagelöhnern raffte ich, in Hemdsärmeln, einen leichten, Schatten spendenden Strohhut auf dem Kopf, armweise feuchtes, dampfendes Gras auf und schüttelte es in alle vier Himmelsrichtungen aus – und wollte so von morgens bis in die Nacht weiter arbeiten, mit ebenso großem Eifer und ausdauerndem Fleiß, wie ich von einem jeden von ihnen erwarten konnte, sowohl um durch eigene Anstrengung zum Gelingen beizutragen als auch, um die Arbeiter durch mein Beispiel anzufeuern, als – siehe da! meine Vorsätze von einem Augenblick auf den anderen über den Haufen geworfen wurden, schlicht und einfach durch die Tatsache, daß mein Bruder zu mir gerannt kam und mir ein kleines Päckchen in die Hand drückte, das, gerade aus London eingetroffen, ich seit einiger Zeit erwartet hatte. Ich riß die Verpackung auf und brachte eine elegante Taschenausgabe von »Marmion« zum Vorschein.

»Ich glaube, ich weiß, für wen das ist«, sagte Fergus, der daneben stand, während ich den Band mit Wohlgefallen durchsah. »Das ist bestimmt für Eliza Millward.«

Er sagte das mit einem so siebengescheiten Tonfall und Blick, daß ich mich freute, ihm widersprechen zu können.

»Du irrst dich, mein Junge«, sagte ich, wobei ich meine Jacke aufhob, das Buch in eine ihrer Taschen steckte und sie (die Jacke meine ich) dann anzog. »Komm jetzt her, du fauler Hund, und mach dich einmal nützlich«, fuhr ich fort, »zieh deine Jacke aus und nimm meinen Platz auf dem Feld ein, bis ich wiederkomme.«

»Bis du wiederkommst? Und wo gehst du jetzt hin, wenn ich fragen darf?«

»Egal wohin – das Wann ist alles, was dich angeht; und ich werde bis zum Essen zurück sein, spätestens.«

»Oho! und ich soll so lange schuften, nicht wahr? Und obendrein auch alle diese Burschen zur Arbeit anhalten? Na schön! Ich füge mich ja schon – für dieses eine Mal gewissermaßen. – Also los, meine Freunde, aufgepaßt: ich komme jetzt, um euch zu helfen – und verflucht sei der Mann oder die Frau, der auch nur einen Augenblick lang nichts tut, ob er nun in die Gegend starrt, sich den Kopf kratzt oder die Nase putzt – kein Vorwand wird ihm nützen – nichts als Arbeit, Arbeit, Arbeit im Schweiße eures Angesichts« usw. usw.

Indem ich ihn so auf die Leute einreden ließ, mehr zu deren Belustigung als Erbauung, kehrte ich nach Hause zurück, und nachdem ich an meiner äußeren Erscheinung einige Veränderungen vorgenommen hatte, eilte ich, das Buch in meiner Jackentasche, nach Wildfell Hall; denn es war für Mrs. Grahams Bücherschrank bestimmt.

»Was denn, wart ihr, sie und Du, schon auf so vertrautem Fuße, daß es zum Austausch von Geschenken kam?« –

Nicht direkt, Du alter Draufgänger; dies war mein erstes Experiment in dieser Hinsicht; und ich war sehr gespannt auf das Ergebnis.

Wir hatten uns seit dem Ausflug zur – Bucht mehrere Male getroffen, und ich hatte den Eindruck gehabt, sie sei dem Umgang mit mir nicht abgeneigt, vorausgesetzt ich beschränkte mich im Gespräch auf die Erörterung abstrakter Dinge oder Themen von allgemeine Interesse: sobald ich auf Gefühle zu sprechen kam oder etwas Schmeichelhaftes sagte oder meinen Worten oder Blicken nur im geringsten den Anstrich von Zärtlichkeit gab, wurde ich nicht nur durch einen sofortigen Wandel in ihrem momentanen Benehmen bestraft, sondern dazu verurteilt, sie abweisender und distanzierter, um nicht zu sagen unzugänglich zu finden, wenn ich mich das nächste Mal um ihre Gesellschaft bemühte. Dieser Umstand beunruhigte mich jedoch nicht übermäßig, weil ich ihn nicht so sehr einer Abneigung gegenüber meiner Person zuschrieb als vielmehr einer Art kategorischer Entschlossenheit gegen eine zweite Ehe, die sich bereits vor der Zeit unserer Bekanntschaft herausgebildet hatte, ob nun aufgrund übertriebener Liebe zu ihrem verstorbenen Mann oder weil sie genug von ihm und dem Ehestand überhaupt hatte. Zuerst nämlich hatte es ihr anscheinend Vergnügen bereitet, mich in meiner Eitelkeit zu kränken und mir meinen Dünkel auszutreiben – indem sie Knospe für Knospe, so wie sie zu treiben wagten, unbarmherzig im Keime erstickte; und ich gestehe, damals war ich tief gekränkt, wenn auch gleichzeitig gereizt, nach Rache zu suchen; aber in jüngster Zeit, da sie zweifellos merkte, daß ich nicht jener hohlköpfige Geck war, für den sie mich anfangs gehalten hatte, wies sie meine bescheidenen Annäherungsversuche in gänzlich veränderter Haltung zurück. Es war eine Art ernsten, fast kummervollen Mißfallens, das zu erwecken ich bald sorgfältig zu vermeiden lernte.

»Laß mich nur erst meine Stellung als Freund fest verankern«, dachte ich, »ihrem Sohn ein Beschützer und Spielgefährte und ihr selbst ein bescheidener, zuverlässiger, redlicher Freund sein, und dann, wenn ich mich für ihre Annehmlichkeit und Freude im Leben so recht unentbehrlich gemacht habe (wie ich es zu können glaube), werden wir sehen, was als nächstes zu erreichen ist.«

So redeten wir über Malerei, Dichtung und Musik, über Theologie, Geologie und Philosophie: ein paarmal lieh ich ihr ein Buch, und einmal lieh sie mir eines dafür. Ich traf sie auf ihren Spaziergängen, so oft ich konnte; ich kam zu ihrem Haus, so oft ich es mich getraute. Mein erster Vorwand, in das Heiligtum einzudringen, bestand darin, daß ich Arthur ein kleines watschelndes Hündchen brachte, dessen Vater Sancho war und das das Kind ganz unbeschreiblich entzückte und infolgedessen auch seiner Mama angenehm sein mußte. Um einen zweiten Vorwand zu haben, brachte ich ihm ein Buch, das ich, da ich wußte, wie heikel seine Mutter war, sorgfältig ausgesucht hatte, und das ich ihr zur Genehmigung vorlegte, bevor ich es ihm schenkte. Danach brachte ich ihr im Namen meiner Schwester ein paar Setzlinge für ihren Garten – nachdem ich zuvor Rose überredet hatte, sie ihr zu schicken. Jedesmal fragte ich dabei nach dem Bild, das sie nach der auf der Klippe angefertigten Skizze malte, und ich wurde ins Atelier eingelassen und um meine Meinung oder meinen Rat bezüglich seiner Fortschritte gebeten.

Mein letzter Besuch hatte der Rückgabe des Buchs gegolten, das sie mir geliehen hatte; und da geschah es auch, daß sie, als wir zufällig über die Dichtung Sir Walter Scotts sprachen, den Wunsch ausdrückte, »Marmion« kennenzulernen, und ich hatte den vermessenen Gedanken gefaßt, es ihr zu schenken, und nachdem ich wieder zu Hause angelangt war, bestellte ich sogleich den hübschen kleinen Band, den ich heute morgen erhalten hatte. Aber mein Eindringen in die Einsiedelei bedurfte noch immer einer Rechtfertigung; so hatte ich mir ein blaues Lederhalsband für Arthurs kleinen Hund beschafft, und nachdem dieses überreicht und angenommen worden war, und zwar mit viel mehr Freude und Dankbarkeit auf Seiten des Empfängers, als es der Wert des Geschenks oder das selbstsüchtige Motiv des Gebers verdienten, wagte ich, Mrs. Graham um einen weiteren Blick auf das Bild zu bitten, falls es denn noch da wäre.

»O ja! Kommen Sie herein«, sagte sie (denn ich hatte die beiden im Garten getroffen). »Es ist fertig und gerahmt, es steht bereit zum Verschicken; aber sagen Sie mir noch einmal Ihre Meinung, und wenn Sie noch eine weitere Verbesserung vorschlagen können, soll sie zumindest berücksichtigt werden.«

Das Bild war auffallend schön: es war genau dieselbe Szene, wie von Zauberhand auf die Leinwand übertragen: aber ich brachte meine Anerkennung vorsichtig und in wenigen Worten zum Ausdruck, aus Angst, ihr Mißfallen zu erregen. Sie jedoch beobachtete meine Blicke aufmerksam, und ihr Künstlerstolz war zweifellos befriedigt, meine tiefempfundene Bewunderung in meinen Augen zu lesen. Aber während ich auf das Bild starrte, dachte ich an das Buch und fragte mich, wie ich es übergeben sollte. Mir sank der Mut; doch ich war entschlossen, kein solcher Narr zu sein, der weggeht, ohne einen Versuch gemacht zu haben. Es war zwecklos, auf eine günstige Gelegenheit zu warten, und zwecklos, sich eine Rede dafür auszudenken. Je offener und natürlicher die Sache erledigt wurde, desto besser, dachte ich bei mir; so schaute ich kurz aus dem Fenster, um mir ein Herz zu fassen, und dann zog ich das Buch heraus, wandte mich um und legte es ihr mit folgender kurzer Erklärung in die Hand – »Sie haben sich doch gewünscht, ›Marmion‹ kennenzulernen, Mrs. Graham, und hier ist es, wenn Sie so freundlich sein möchten, es anzunehmen.«

Eine jähe Röte überzog ihr Gesicht – vielleicht eine Schamesröte aus Mitgefühl für eine so linkische Art des Schenkens: ernst sah sie sich den Band von beiden Seiten an, blätterte dann schweigend darin herum, wobei sie eine Weile nachdenklich die Stirn runzelte, hierauf klappte sie das Buch zu und fragte, den Blick auf mich richtend, seelenruhig nach seinem Preis – ich spürte, wie mir das Blut heiß ins Gesicht schoß.

»Es tut mir leid, Sie zu verletzen, Mr. Markham«, sagte sie, »aber wenn ich nicht für das Buch zahle, kann ich es nicht nehmen.« Und sie legte es auf den Tisch.

»Warum denn nicht?«

»Weil« – sie hielt inne und starrte auf den Teppich.

»Warum nicht?« wiederholte ich derartig gereizt, daß sie erschrocken den Blick zu mir hob und mir unverwandt ins Gesicht sah.

»Weil ich keine Verpflichtungen eingehen möchte, die ich nie tilgen kann – und ich bin Ihnen schon für Ihre Güte gegenüber meinem Sohn verpflichtet; aber seine dankbare Zuneigung und Ihr eigenes Wohlwollen müssen Sie dafür entschädigen.«

»Blödsinn!« stieß ich aus.

Erneut richtete sie ihre Augen auf mich, mit einem Ausdruck ruhigen, ernsten Erstaunens, der wie ein Vorwurf wirkte, ob er nun so gemeint war oder nicht.

»Dann wollen Sie also das Buch nicht nehmen?« fragte ich sanfter, als ich bisher gesprochen hatte.

»Ich werde es mit Freuden nehmen, wenn Sie es mich bezahlen lassen.«

Ich nannte ihr den genauen Preis und außerdem noch die Versandkosten, so gelassen ich nur konnte – denn ich war wirklich nahe daran, vor Enttäuschung und Ärger zu weinen.

Sie zog ihre Geldbörse hervor und zählte kaltblütig das Geld hin, zögerte aber, es mir in die Hand zu drücken. Sie betrachtete mich aufmerksam und bemerkte mit einschmeichelnder Sanftheit in der Stimme: »Sie sind jetzt gewiß gekränkt, Mr. Markham – ich wünschte, ich könnte Ihnen verständlich machen, daß – daß ich –«

»Oh, ich verstehe vollkommen«, sagte ich. »Sie denken, wenn Sie jetzt diese Kleinigkeit von mir annehmen, könnte ich später einmal darauf pochen; aber Sie irren sich; wenn Sie mir nur den Gefallen tun, es zu nehmen, werde ich, glauben Sie mir, keinerlei Hoffnung darauf bauen und dies nicht als einen Präzedenzfall für künftige Gunstbeweise betrachten. – Und es ist Unsinn, davon zu reden, daß Sie Verpflichtungen mir gegenüber eingehen, wo Sie doch wissen müßten, daß in einem solchen Fall die Verpflichtung ganz auf meiner Seite liegt – die Gunst auf der Ihren.«

»Gut, dann werde ich Sie also beim Wort nehmen«, antwortete sie mit einem ausgesprochen engelhaften Lächeln und tat das verhaßte Geld in ihre Börse zurück, »aber denken Sie daran!«

»Ich will daran denken – was ich gesagt habe; – aber strafen Sie meine Anmaßung nicht dadurch, daß Sie mir Ihre Freundschaft vollständig entziehen und von mir erwarten, dafür zu büßen, indem ich mich noch ferner von Ihnen halte als vorher«, sagte ich und streckte ihr die Hand hin, um Abschied zu nehmen, denn ich war innerlich zu erregt, um noch länger zu bleiben.

»Nun gut! Lassen Sie uns einander das sein, was wir waren«, erwiderte sie, indem sie ihre Hand freimütig in die meine legte; und wie ich sie so hielt, hatte ich große Mühe, dem Wunsch zu widerstehen, sie an meine Lippen zu pressen; aber dies wäre selbstmörderischer Wahnsinn gewesen; ich war schon verwegen genug gewesen, und dieses vorschnelle Anerbieten hatte meinen Hoffnungen ja ohnehin fast den Todesstoß versetzt.

Mit aufgewühltem Herzen und glühendem Kopf eilte ich heimwärts, achtete nicht auf die sengende Mittagssonne – vergaß alles außer derjenigen, die ich eben verlassen hatte – bedauerte nichts außer ihrer Unnahbarkeit und meiner eigenen Voreiligkeit und meinen Mangel an Taktgefühl – fürchtete nichts außer ihrer verhaßten Entschlossenheit und meiner Unfähigkeit, sie zu überwinden – hoffte nichts – doch Schluß damit! – Ich will Dich mit meinen widerstreitenden Hoffnungen und Ängsten – meinen ernsthaften Überlegungen und Vorsätzen nicht langweilen.

KAPITEL 9
Eine geheime Feindin

Obwohl man nun hätte sagen können, daß meine Gefühle für Eliza Millward deutlich erkaltet waren, gab ich meine Besuche im Pfarrhaus nicht vollständig auf, weil ich sie schonend auf die bevorstehende Trennung vorbereiten wollte, ohne viel Kummer zu erregen oder mir großen Unmut zuzuziehen und selbst zum Gegenstand des Dorfklatsches zu werden; und wenn ich mich gänzlich ferngehalten hätte, wäre der Pfarrer, der meine Besuche als hauptsächlich, wenn nicht ganz und gar, ihm geltend betrachtete, wegen dieser Vernachlässigung bestimmt beleidigt gewesen. Aber als ich am Tag nach meiner Unterredung mit Mrs. Graham dort vorsprach, war er zufällig gerade außer Haus – ein Umstand, der mir jetzt keineswegs so angenehm war wie bei früheren Gelegenheiten. Zwar war Miss Millward zugegen, aber das war kaum besser, als wenn niemand zu Hause gewesen wäre. Ich beschloß jedoch, meinen Besuch kurz zu machen und mit Eliza auf eine brüderliche, freundschaftliche Art zu reden, die ich mir aufgrund unserer langen Bekanntschaft herausnehmen durfte und die, wie ich meinte, weder kränkend wirken noch Anlaß zu falschen Hoffnungen geben konnte.

Nie pflegte ich mit ihr oder sonst jemandem über Mrs. Graham zu sprechen; aber ich saß noch keine drei Minuten, da brachte sie selbst auf recht bemerkenswerte Weise die Rede auf diese Dame.

»Oh, Mr. Markham!« sagte sie mit entsetzter Miene und einer fast zu einem Flüstern gesenkten Stimme, »was halten Sie von den empörenden Berichten über Mrs. Graham? Können Sie uns Mut machen, ihnen nicht zu glauben?«

»Welche Berichte?«

»Ach, nun kommen Sie aber! Sie kennen sie doch!« lächelte sie verschmitzt und schüttelte den Kopf.

»Ich weiß nichts davon. Was in aller Welt meinen Sie, Eliza?«

»Oh, fragen Sie mich nicht! *Ich* kann es Ihnen nicht erklären.« Sie nahm das Batisttaschentuch wieder auf, das sie gerade eben mit einem breiten Spitzenrand verziert hatte, und begann sich eifrig damit zu beschäftigen.

»Worum geht es, Miss Millward? Was meint sie?« sagte ich, indem ich mich an ihre Schwester wandte, die in das Einsäumen eines großen, groben Bettuchs vertieft zu sein schien.

»Ich weiß es nicht«, erwiderte sie. »So ein leeres Gerücht, das irgend jemand in die Welt gesetzt hat, vermutlich. Ich habe erst davon gehört, als Eliza mir neulich erzählte, – aber selbst wenn es mir auch die ganze Pfarrgemeinde ins Ohr schrie, würde ich kein Wort davon glauben – dazu kenne ich Mrs. Graham zu gut!«

»Sehr richtig, Miss Millward! So halte auch ich es – was immer es auch sein mag.«

»Schön!« bemerkte Eliza mit einem leichten Seufzer, »es ist gut, wenn man sich des Werts derer, die man liebt, so sicher ist. Hoffentlich müssen Sie nicht eines Tages erkennen, daß Ihr Vertrauen fehl am Platz war.«

Und sie hob ihr Gesicht und warf mir einen Blick von solch besorgter Zärtlichkeit zu, daß mein Herz hätte dahinschmelzen mögen, aber in diesen Augen lauerte etwas, was mir gar nicht gefiel; und ich fragte mich, wie ich sie jemals hatte bewundern können, und das ehrliche Gesicht ihrer Schwester mit seinen grauen Äuglein erschien mir weitaus angenehmer; aber in diesem Augenblick war ich erzürnt über Eliza wegen ihrer versteckten Andeutungen bezüglich Mrs. Graham, von deren Unwahrheit ich überzeugt war, ob sie es nun wußte oder nicht.

Ich sagte damals nichts mehr zu diesem Thema und nur wenig über andere Dinge, denn da ich merkte, daß ich meinen Gleichmut nicht so recht wiederfinden konnte, erhob ich mich gleich danach und verabschiedete mich, wobei ich mich mit dem Vorwand entschuldigte, auf dem Hof zu tun zu haben; und zum Hof ging ich denn auch und machte mir dabei keinerlei Gedanken über die mögliche Wahrheit dieser mysteriösen Berichte, sondern fragte mich nur, worin sie bestanden, von wem sie in die Welt gesetzt worden waren und auf welchen Grundlagen sie beruhten und wie man sie am wirkungsvollsten zum Verstummen bringen oder zurückweisen konnte.

Ein paar Tage nach diesem Vorfall hatten wir wieder eine unserer geruhsamen kleinen Einladungen, zu der die übliche Gesellschaft von Freunden und Nachbarn, darunter auch Mrs. Graham, eingeladen worden war. Sie konnte nun nicht mehr unter dem Vorwand dunkler Abende oder garstigen Wetters fernbleiben und zu meiner großen Erleichterung kam sie. Ohne sie hätte ich die ganze Angelegenheit als unerträglich lästig empfunden; aber der Augenblick, als sie eintraf, brachte neues Leben ins Haus, und obzwar ich wegen ihr die anderen Gäste nicht vernachlässigen oder erwarten durfte, viel von ihrer Aufmerksamkeit und Unterhaltung für mich allein zu gewinnen, sah ich einem Abend entgegen, der vergnüglicher zu werden versprach, als es solche Einladungen gewöhnlich waren.

Auch Mr. Lawrence kam. Er traf erst ein, als die übrigen bereits seit einiger Zeit versammelt waren. Ich war neugierig, wie er sich gegenüber Mrs. Graham verhalten würde. Eine leichte Verbeugung war alles, was zwischen ihnen bei seinem Eintritt ablief; und nachdem er die anderen Anwesenden höflich begrüßt hatte, setzte er sich ganz weit weg von der jungen Witwe zwischen meine Mutter und Rose.

»Haben Sie jemals eine derartige Verstellung gesehen?« flüsterte Eliza, die meine unmittelbare Tischnachbarin war. »Würden Sie nicht sagen, daß sie einander vollkommen fremd sind?«

»Fast; aber was ist denn los?«

»Was denn! Sie können doch nicht so tun, als seien Sie ahnungslos?«

»Ahnungslos worüber?« fragte ich so scharf, daß sie erschrak und erwiderte:

»Oh, pst! Sprechen Sie doch nicht so laut.«

»Also, dann erzählen Sie mir«, antwortete ich in einem gedämpfteren Tonfall, »was meinen Sie damit? Ich hasse Geheimnistuerei.«

»Nun, Sie wissen ja, ich verbürge mich nicht dafür, daß es wahr ist – wirklich, weit entfernt davon – aber haben Sie nicht gehört –«

»Ich habe nichts gehört, außer von Ihnen.«

»Dann müssen Sie absichtlich taub sein, denn jeder wird Ihnen das erzählen; aber ich werde Sie ja nur verärgern, wenn ich es wiederhole, so sollte ich wohl den Mund halten.«

Sie schloß die Lippen und faltete die Hände vor sich mit einem Ausdruck von beleidigter Unschuld.

»Wenn Sie mich nicht hätten verärgern wollen, dann hätten Sie von Anfang an Ihren Mund halten sollen oder aber offen und ehrlich aussprechen, was Sie zu sagen hatten.«

Sie wandte das Gesicht zur Seite, zog ein Taschentuch hervor, stand auf und ging zum Fenster, wo sie eine Weile stehenblieb, offensichtlich in Tränen aufgelöst. Ich war erstaunt, empört und beschämt – nicht so sehr über mein harsches Benehmen wie über ihre kindische Schwäche. Es schien sie jedoch niemand zu bemerken, und kurz darauf wurden wir zum Teetisch gerufen; in unserer Gegend war es üblich, unter allen Umständen zum Tee bei Tisch zu sitzen und eine kleine Mahlzeit daraus zu machen, denn wir nahmen das Dinner stets zeitig ein. Als ich mich auf meinen Platz setzte, hatte ich Rose zu meiner einen Seite und einen leeren Stuhl auf der anderen.

»Darf ich mich neben Sie setzen?« fragte eine sanfte Stimme an meinem Ellbogen.

»Wenn Sie möchten«, lautete meine Antwort. Eliza schlüpfte auf den unbesetzten Stuhl; dann sah sie mit einem halb traurigen, halb mutwilligen Lächeln zu mir auf und flüsterte:

»Sie sind so streng, Gilbert.«

Ich reichte ihr den Tee mit einem leicht verächtlichen Lächeln und sagte nichts, denn ich hatte nichts zu sagen.

»Was habe ich denn gesagt, daß Sie so böse sind?« fragte sie in einem kläglichen Tonfall.

»Kommen Sie, trinken Sie Ihren Tee, Eliza, und seien Sie nicht töricht«, antwortete ich, indem ich ihr den Zucker und die Sahne reichte.

Just in diesem Moment entstand zu meiner anderen Seite eine leichte Unruhe, weil Miss Wilson kam, um über einen Platztausch mit Rose zu verhandeln.

»Würden Sie so nett sein, Ihren Platz mit mir zu tauschen, Miss Markham? sagte sie. »Denn ich möchte nicht neben Mrs. Graham sitzen. Wenn es Ihre Mama für angebracht hält, solche Personen in ihr Haus einzuladen, kann sie nichts dagegen haben, daß ihre Tochter ihnen Gesellschaft leistet.«

Dieser letzte Satz wurde in einer Art Selbstgespräch hinzugefügt, als Rose weg war; aber ich war nicht höflich genug, ihn zu überhören.

»Hätten Sie wohl die Güte, mir zu sagen, was Sie damit meinen, Miss Wilson?« sagte ich.

Die Frage brachte sie etwas aus der Fassung, aber nicht sehr.

»Nun, Mr. Markham«, erwiderte sie kühl, nachdem sie ihre Geistesgegenwart rasch wiedergewonnen hatte, »es überrascht mich doch einigermaßen, daß Mrs. Markham eine Person wie Mrs. Graham in ihr Haus einlädt; aber vielleicht weiß sie ja gar nicht, daß der Charakter der Dame nicht gerade für ehrenwert gehalten wird.«

»Sie weiß es nicht und ich auch nicht; und deshalb wäre ich Ihnen dankbar, wenn Sie mir etwas genauer erklärten, was Sie damit meinen.«

»Dies ist wohl kaum der Zeitpunkt und der Ort für solche

Erklärungen; aber ich halte Sie schwerlich für so unwissend, wie Sie vorgeben zu sein, Sie müssen sie ebensogut kennen wie ich.«

»Das meine ich schon, vielleicht sogar ein bißchen besser; und wenn Sie mich darüber aufklären wollen, was Sie gegen sie gehört oder sich eingebildet haben, werde ich daher vielleicht in der Lage sein, Sie zu berichtigen.«

»Können Sie mir dann erzählen, wer ihr Mann war oder ob sie jemals einen hatte?«

Vor Empörung schwieg ich. Zu einem derartigen Zeitpunkt und an einem derartigen Ort konnte ich mir eine Antwort nicht zutrauen.

»Haben Sie nie bemerkt«, sagte Eliza, »was für eine auffällige Ähnlichkeit zwischen ihrem Kind und –«

»Und wem?« fragte Miss Wilson mit einem Ausdruck von kalter, aber scharfer Strenge.

Eliza erschrak: die schüchtern ausgesprochene Vermutung war nur für mein Ohr bestimmt gewesen.

»Oh, entschuldigen Sie!« bat sie. »Ich kann mich ja irren – vielleicht habe ich mich geirrt.« Aber sie begleitete diese Worte mit einem hinterhältig spöttischen Blick, der aus den Winkeln ihrer unaufrichtigen Augen auf mich gerichtet war.

»Sie brauchen mich nicht um Entschuldigung zu bitten«, erwiderte ihre Freundin, »aber ich sehe hier niemanden, der dem Kind auch nur im geringsten ähnlich sieht, außer seine Mutter; und wenn Sie boshafte Gerüchte hören, Miss Eliza, werde ich Ihnen dankbar sein –, das heißt, ich meine, Sie tun gut daran, sich zu enthalten, sie zu wiederholen. Ich vermute, die Person, auf die Sie anspielen, ist Mr. Lawrence; aber ich kann Ihnen, glaube ich, versichern, daß Ihre Verdächtigungen in dieser Hinsicht ganz und gar unangebracht sind; und wenn er überhaupt irgendeine besondere Beziehung zu der Dame hat (was zu behaupten niemand ein

Recht hat), so verfügt er zumindest (was man von einigen anderen nicht sagen kann) über ein genügendes Maß an Anstandsgefühl, das ihn davon abhält, in der Gegenwart ehrenwerter Leute mehr als eine flüchtige Bekanntschaft zuzugeben; augenscheinlich war er sowohl überrascht als auch verärgert, sie hier anzutreffen.«

»Nur immer feste drauf!« rief Fergus, der an der anderen Seite Elizas saß und der einzige war, der diese Seite des Tisches mit uns teilte, »immer feste, wie Ziegelsteine! Lassen Sie nur ja kein gutes Haar an ihr!«

Mit einem Blick voll eisiger Verachtung richtete sich Miss Wilson würdevoll auf, sagte aber nichts. Eliza hatte etwas erwidern wollen, doch ich unterbrach sie, indem ich ihr, so ruhig ich konnte, sagte, wenn auch in einem Tonfall, der zweifellos einiges von dem, was in mir vorging, verriet:

»Wir haben nun genug von dem Thema; wenn wir nur reden können, um die Leute, die gesellschaftlich höher stehen als wir, mit übler Nachrede zu überziehen, sollten wir lieber den Mund halten.«

»Ich finde, es wäre besser, wenn ihr das tätet«, bemerkte Fergus, »und der Meinung ist auch unser guter Pfarrer; in bester Stimmung redet er schon eine ganze Weile lang auf die Gesellschaft ein und schaut von Zeit zu Zeit mit strengen, mißbilligenden Blicken zu euch herüber, während ihr hier gesessen und so respektlos miteinander geflüstert und gemunkelt habt; und einmal hat er mitten in einer Geschichte oder einer Predigt, ich weiß nicht, was es war, eine Pause gemacht und die Augen auf dich gerichtet, Gilbert, als ob er sagen wollte. ›Wenn Mr. Markham seine Flirterei mit den beiden Damen dort beendet hat, werde ich fortfahren.‹«

Was sonst noch am Teetisch gesagt wurde, weiß ich nicht und auch nicht, wie ich die Geduld fand, so lange am Tisch sitzen zu bleiben, bis die kleine Mahlzeit vorüber war. Ich erinnere mich allerdings, daß ich nur mit Mühe den Rest des Tees hinunterschluckte, der in meiner Tasse war, und nichts aß; und daß das erste, was ich tat, war, Arthur Graham anzustarren, der neben seiner Mutter auf der gegenüberliegenden Seite des Tisches saß, und das zweite, Mr. Lawrence anzustarren, der am unteren Ende saß. Und zunächst fiel mir auf, daß eine Ähnlichkeit *bestand*; aber bei weiterer Betrachtung kam ich zu dem Schluß, daß sie nur in meiner Einbildung existierte. Zwar hatten beide feinere Gesichtszüge und einen zarteren Knochenbau, als es gemeinhin bei den meisten Vertretern des rauheren Geschlechts der Fall ist, und Lawrences Gesichtsfarbe war blaß und hell und Arthurs von zarter Durchsichtigkeit; aber Arthurs winziges Stupsnäschen konnte wohl nie so lang und gerade werden wie Mr. Lawrences Nase, und die Form seines Gesichts, das zwar nicht voll genug war, um rund, und zu fein zu dem kleinen, mit einem Grübchen versehenen Kinn zulief, um viereckig genannt zu werden, konnte sich doch nie zu dem länglichen Oval der des anderen auswachsen, während das Haar des Kindes offensichtlich von einer helleren, wärmeren Farbe war, als sie das des älteren Herren jemals gehabt hatte, und seine großen, klaren, blauen Augen, obzwar zuweilen von einem frühreifen Ernst, waren den scheuen haselnußbraunen Augen Mr. Lawrences ganz und gar unähnlich, aus denen die empfindsame Seele so mißtrauisch hervorblickte, als sei sie stets bereit, sich vor den Kränkungen einer zu brutalen, zu andersartigen Welt wieder in sie zurückzuziehen. Elender, der ich diese abscheuliche Vorstellung auch nur für einen Augenblick in mich aufnehmen mochte! Kannte ich nicht Mrs. Graham? Hatte ich sie nicht immer wieder getroffen, mich mit ihr unterhalten? Wußte ich denn nicht genau, daß sie aufgrund ihres Verstandes, der Reinheit und des Adels ihrer Gesinnung, jeder ihrer Verleumderinnen unermeßlich überlegen war; daß sie, von ihrer äußeren Erscheinung her, die Vornehmste, die Anbetungswürdigste ihres Geschlechts war, die ich je gesehen oder mir nicht einmal hatte vorstellen können? Ja, ich wollte mit Mary Millward (verständiges Mädchen, das sie war) sagen, daß, wenn die ganze Gemeinde, ja, die ganze Welt mir diese entsetzlichen Lügen in die Ohren schrie, ich sie nicht glauben würde, denn ich kannte sie besser als diese Leute.

Unterdessen glühte mir der Kopf vor Empörung, und mein Herz schien vor lauter widerstreitenden Empfindungen aus seinem Gefängnis brechen zu wollen. Ich betrachtete meine beiden schönen Nachbarinnen mit einem Gefühl von Abscheu und Widerwillen, das ich kaum zu verbergen versuchte. Schon neckte man mich von verschiedenen Seiten wegen meiner Geistesabwesenheit und ungalanten Vernachlässigung der Damen; aber ich kümmerte mich wenig darum; das einzige, worum ich mich kümmerte, abgesehen von jenem großen Thema, das meine Gedanken beschäftigte, war, darauf zu achten, daß die Tassen auf das Teetablett wanderten und nicht zurückkamen. Ich dachte schon, Mr. Millward werde nie mehr damit aufhören, uns zu erzählen, daß er kein Teetrinker und es höchst schädlich sei, den Magen unter Ausschluß gesünderer Nahrung mit Flüssigkeiten zu belasten, und dadurch Zeit zu gewinnen, seine vierte Tasse zu leeren.

Schließlich war man damit fertig; und ich stand auf und verließ den Tisch und die Gäste ohne ein Wort der Entschuldigung – ich konnte ihre Gesellschaft nicht länger ertragen. Ich stürmte hinaus, um meinen Kopf in der balsamischen Abendluft abzukühlen und mich zu beruhigen oder meinen leidenschaftlichen Gedanken in der Einsamkeit des Gartens nachzuhängen.

Um zu vermeiden, von den Fenstern aus gesehen zu werden, lief ich einen kleinen Weg hinunter, der sich an der einen Seite der Umzäunung entlangzog und an dessen Ende eine von Rosen und Geißblatt überwucherte Bank stand. Hier setzte ich mich hin, um über die Tugenden und Irrtümer der Dame von Wildfell Hall nachzudenken; aber ich war noch keine zwei Minuten damit beschäftigt, als mir Stimmen und Lachen und das kurze Auftauchen beweglicher Objekte zwischen den Bäumen hindurch sagten, daß die ganze Gesellschaft sich nach draußen begeben hatte, um ebenfalls im Garten Luft zu schnappen. Ich machte es mir jedoch in einer Ecke der Laube bequem und hoffte, die Stellung halten zu können, die vor Beobachtern ebenso sicher war wie vor Eindringlingen. Aber nein – zum Henker! – da kam doch tatsächlich jemand den Weg herunter! Warum konnten sie sich nicht der Blumen und des Sonnenscheins im offenen Garten erfreuen und diesen schattigen Schlupfwinkel mir und den Fliegen und Mücken überlassen?

Aber wie ich so durch meinen duftenden Schutzschirm aus ineinander verflochtenen Zweigen guckte, um herauszufinden, wer die Eindringlinge waren (denn das Stimmengemurmel sagte mir, daß es sich um mehr als einen handelte), legte sich mein Zorn sofort und ganz andere Gefühle bewegten mein immer noch unruhiges Gemüt; denn Mrs. Graham kam langsam den Weg herab mit Arthur an ihrer Seite, und sonst niemand. Warum waren sie allein? Hatte sich das Gift der verleumderischen Zungen schon überall verbreitet; und hatten ihr alle bereits den Rücken zugekehrt? Jetzt fiel mir ein, daß ich gesehen hatte, wie Mrs. Wilson schon zu Beginn des Abends ihren Stuhl zu meiner Mutter hingerückt und sich vorgebeugt hatte, um ihr offensichtlich irgendeine wichtige, vertrauliche Neuigkeit mitzuteilen; und aus ihrem unaufhörlichen Kopfnicken, den häufigen Verzerrungen ihrer faltigen Physiognomie und dem Blinzeln und boshaften Zwinkern ihrer kleinen häßlichen Augen schloß ich, daß es sich um eine gepfefferte Klatschgeschichte handeln mußte, die sie voll in Anspruch nahm; und aufgrund der vorsichtigen, geheimniskrämerischen Art der Unterredung vermutete ich, daß irgendeine anwesende Person das unglückliche Objekt ihrer Verleumdungen war; und aus all diesen Beweisen, zu denen sich noch die zwischen Entsetzen und Ungläubigkeit schwankenden Blicke und Gesten meiner Mutter gesellten, folgerte ich jetzt, daß das Objekt Mrs. Graham gewesen sein mußte. Ich erhob mich erst aus meinem Versteck, als sie fast das Ende des Weges erreicht hatte, damit sie mein Anblick nicht vertriebe; und als ich hervortrat, blieb sie stehen und schien umkehren zu wollen.

»Oh, lassen Sie sich durch uns nicht stören, Mr. Markham!« sagte sie. »Wir sind selbst hierher gekommen, um Ruhe zu suchen, nicht um Ihnen in Ihrer Zurückgezogenheit lästig zu fallen.«

»Ich bin kein Einsiedler, Mrs. Graham – wobei ich durchaus zugebe, daß es danach aussieht, wenn ich mich auf diese unhöfliche Weise von meinen Gästen zurückziehe.«

»Ich fürchtete, es ginge Ihnen nicht gut«, sagte sie mit einem Blick voll wirklicher Besorgnis.

»Nicht sehr gut, aber nun ist es vorüber. Setzen Sie sich doch ein wenig her und ruhen Sie sich aus, und sagen Sie mir, wie Ihnen dieser Baum da gefällt«, sagte ich, wobei ich Arthur an den Schultern hochhob und ihn mitten auf die Bank setzte, um dadurch seine Mutter zu gewinnen, die mit dem Eingeständnis, es sei ein verführerischer Zufluchtsort, sich in die eine Ecke fallen ließ, während ich von der anderen Besitz ergriff.

Aber das Wort »Zuflucht« machte mich stutzig. Hatte also die unfreundliche Art der anderen sie wirklich dazu veranlaßt, in der Einsamkeit Frieden zu suchen?

»Warum haben die anderen Sie allein gelassen?« fragte ich.

»Ich war es, die sie verließ«, lautete die lächelnde Erwiderung. »Ich war zu Tode gelangweilt von dem Geplauder –

nichts langweilt mich so wie das. Ich kann mir gar nicht vorstellen, wie sie damit wirklich weitermachen können.«

Ich konnte nicht umhin, über den tiefen Ernst ihrer Verwunderung zu lächeln.

»Sehen sie es etwa als eine *Pflicht* an, dauernd zu reden«, fuhr sie fort, »und somit nie eine Denkpause einzulegen, sondern belanglose Nichtigkeiten und leere Wiederholungen nachzuschieben, wenn sich Themen von echtem Interesse nicht einstellen wollen? Oder haben sie an solchen Unterhaltungen wirklich Spaß?«

»Sehr wahrscheinlich haben sie Spaß daran«, sagte ich, »ihre schlichten Gemüter können keine großen Gedanken aufnehmen, und ihre wirren Köpfe werden von Nichtigkeiten hingerissen, die einen mit mehr Verstand nicht bewegen würden; und ihre einzige Alternative zu solchem Gerede ist es, sich Hals über Kopf in den Sumpf von Skandalen zu stürzen. Darin besteht ihr Hauptvergnügen.«

»Sicher nicht alle von ihnen?« rief die Dame, erstaunt über die Bitterkeit meiner Bemerkung.

»Nein, gewiß ich spreche meine Schwester von solch unwürdigen Vorlieben frei und auch meine Mutter, falls Sie sie in ihren Tadel miteinbezogen haben.«

»Ich wollte niemanden tadeln und hatte gewiß keine respektlosen Anspielungen auf Ihre Mutter im Sinn. Ich habe einige kluge Leute kennengelernt, die große Adepten dieser Art von Konversation waren, wenn sie von den Umständen dazu gezwungen wurden; aber das ist eine Gabe, deren Besitz ich mich nicht rühmen kann. Hier nun habe ich meine Aufmerksamkeit, solange ich konnte, aufrechterhalten, aber als meine Kraft erschöpft war, stahl ich mich weg, um auf diesem stillen Gartenweg ein paar Minuten Ruhe zu suchen. Ich hasse es zu reden, wenn es dabei keinen Austausch von Gedanken oder Gefühlen gibt, und nichts gegeben oder empfangen wird.«

»Also«, sagte ich, »wenn ich Ihnen jemals mit meiner Redseligkeit lästig falle, dann sagen Sie es mir sofort, und ich verspreche Ihnen, nicht beleidigt zu sein; denn ich besitze die Fähigkeit, die Gesellschaft derer, die ich – meiner Freunde sowohl schweigend als auch im Gespräch zu genießen.«

»Ich glaube Ihnen nicht ganz; aber wenn es so wäre, würden Sie als Gefährte genau zu mir passen.«

»Dann bin ich also in anderer Hinsicht alles, was Sie sich wünschen?«

»Nein, das will ich damit nicht sagen. Wie wunderschön diese kleinen Trauben von Blattwerk dort aussehen, wenn die Sonne hinter ihnen hervorkommt!« sagte sie in der Absicht, das Thema zu wechseln.

Und sie sahen wirklich wunderschön aus, dort, wo ab und zu die Sonnenstrahlen, die horizontal durch das Dikkicht von Bäumen und Büschen auf der gegenüberliegenden Seite des Pfads vor uns drangen, das staubige Grün belebten, und wie glänzend goldgrüne Tupfer waren die halbdurchsichtigen Blätter darüber hingestreut.

»Ich wünschte beinah, ich wäre keine Malerin«, bemerkte meine Begleiterin.

»Warum das? Man würde doch meinen, Sie frohlockten in einem solchen Augenblick ganz besonders über Ihr Vorrecht, die vielfältigen strahlenden und entzückenden Tupfer der Natur nachahmen zu können.«

»Nein; denn statt mich dem vollen Genuß dieser Dinge hinzugeben, wie andere es tun, zerbreche ich mir immer den Kopf, wie ich auf der Leinwand dieselbe Wirkung erzielen könnte; und da dies niemals geschehen kann, ist es bloße Eitelkeit und seelische Qual.«

»Vielleicht können Sie es nicht zur eigenen Befriedigung tun, aber es gelingt Ihnen doch sehr wohl, andere mit den Resultaten Ihrer Bemühungen zu begeistern.«

»Nun, nach alledem sollte ich mich nicht beklagen. Vielleicht verdienen nur wenige Leute ihren Lebensunterhalt mit soviel Freude an ihrer Arbeit wie ich an der meinen. Da kommt jemand.«

Sie schien verärgert über diese Unterbrechung.

»Es ist bloß Mr. Lawrence und Miss Wilson«, sagte ich »die einen ruhigen Spaziergang genießen wollen. Sie werden uns nicht stören.«

Ich konnte den Ausdruck auf ihrem Gesicht nicht richtig deuten; aber ich war befriedigt, daß keine Eifersucht darin lag. Welches Recht hatte ich, danach zu suchen?

»Was für ein Mensch ist Miss Wilson?« fragte sie.

»Sie ist eleganter und gebildeter, als man es bei ihrer Herkunft und gesellschaftlichen Stellung gewöhnlich erwartet; und einige sagen, sie sei damenhaft und angenehm.«

»Ich fand sie etwas kalt und ziemlich hochnäsig in ihrem Benehmen heute.«

»Sehr wahrscheinlich war sie das zu Ihnen. Sie hat möglicherweise ein Vorurteil gegen Sie gefaßt, denn ich glaube, sie betrachtet Sie als eine Rivalin.«

»Mich! Ausgeschlossen, Mr. Markham!« sagte sie, offensichtlich überrascht und verärgert.

»Nun, ich weiß nichts davon«, entgegnete ich ziemlich verbissen, denn ich dachte, ihre Verärgerung richte sich hauptsächlich gegen mich.

Das Paar war nun auf wenige Schritte bis zu uns herangekommen. Unser Baum stand gemütlich zurückgesetzt in einer Ecke, vor der die kleine Allee an ihrem Ende in den offeneren Weg hin zur Grenze des Gartens überging. Als sie sich dieser Ecke näherten, konnte ich an der Miene Jane Wilsons ablesen, daß sie die Aufmerksamkeit ihres Begleiters auf uns lenken wollte; und sowohl aus ihrem kalten, sarkastischen Lächeln als auch aus den wenigen unzusammenhängenden Worten ihrer Rede, die zu mir drangen, begriff ich zur Genüge, daß sie ihm gerade einzureden versuchte, wir seien heftig ineinander verliebt. Ich bemerkte, daß er bis zu den Schläfen errötete, uns einen flüchtigen Blick im Vorübergehen zuwarf und weiterlief, wobei er ernst dreinschaute, ihr aber anscheinend keine Antwort auf ihre Bemerkungen gab.

Es stimmte also, er *hatte* gewisse Absichten auf Mrs. Graham; und wären sie ehrenhaft gewesen, wäre er nicht so eifrig bestrebt gewesen, sie zu verbergen. Sie traf natürlich keine Schuld, aber er war über alle Maßen verabscheuenswert.

Während mir diese Gedanken durch den Kopf schossen, stand meine Begleiterin unvermittelt auf und sagte, indem sie ihren Sohn rief, sie würden jetzt gehen, um die Gesellschaft wieder zu suchen, und sie gingen den Weg hinauf. Zweifellos hatte sie etwas von Miss Wilsons Bemerkungen gehört oder erraten, und es war deshalb nur zu verständlich, daß sie das tête-à-tête nicht länger fortsetzen wollte, insbesondere da in diesem Augenblick meine Wangen vor Empörung über meinen früheren Freund brannten, was sie vielleicht mit Schamesröte aus törichter Verlegenheit verwechselte. Dafür hegte ich noch zusätzlichen Groll gegen Miss Wilson; und je mehr ich über ihr Verhalten nachdachte, desto inbrünstiger haßte ich sie.

Es war spät am Abend, als ich mich wieder zu den anderen begab. Ich traf Mrs. Graham bereits zum Aufbruch gerüstet an, wie sie sich gerade von den übrigen Anwesenden, die jetzt ins Haus zurückgekehrt waren, verabschiedete. Ich erbot mich, nein: bat darum, sie nach Hause begleiten zu dürfen. Mr. Lawrence stand in diesem Moment gerade in der Nähe und unterhielt sich mit jemand anderem. Er sah nicht zu uns her, aber als er meine eindringliche Bitte hörte, hielt er mitten in einem Satz inne, um auf ihre Antwort zu lauschen, und sprach dann mit einem Ausdruck stiller Genugtuung weiter, als er feststellte, daß es sich um eine Ablehnung handelte.

Eine Ablehnung war es zwar, entschieden, doch nicht unfreundlich. Man konnte ihr nicht einreden, daß sie sich und ihr Kind in Gefahr begebe, wenn sie die einsamen Wege und Felder ohne Begleitung überquere. Es sei ja immer noch taghell, und sie werde niemandem begegnen, oder wenn es der Fall sein sollte, seien die Leute ganz bestimmt friedfertig und harmlos. Tatsächlich wollte sie nichts davon hören, daß irgend jemand sich die Mühe machte, sie zu begleiten, obwohl Fergus sich herabließ, ihr seine Dienste anzubieten, für den Fall, daß sie ihr annehmbarer erschienen als die meinen, und meine Mutter meinte, sie könne doch einen Knecht schicken, um ihr Geleit zu geben.

Als sie gegangen war, schien mir der Rest des Abends öd und leer oder noch schlimmer. Lawrence bemühte sich, mich ins Gespräch zu ziehen, aber ich zeigte ihm die kalte Schulter und ging in einen anderen Teil des Zimmers. Kurz danach brach die Gesellschaft auf, und er nahm Abschied. Als er zu mir kam, übersah ich seine ausgestreckte Hand und überhörte seinen Gute-Nacht-Gruß, bis er ihn ein zweites Mal wiederholte; und dann, um ihn loszuwerden, murmelte ich eine unverständliche Antwort, begleitet von einem mürrischen Kopfnicken.

»Was ist los, Markham?« flüsterte er.

Ich antwortete ihm mit einem wütenden und verächtlichen Blick.

»Sind Sie wütend, weil Mrs. Graham Sie nicht mit sich nach Hause gehen ließ?« fragte er mit einem schwachen Lächeln, das mich so sehr aufbrachte, daß ich beinahe die Kontrolle über mich verloren hätte.

Aber ich schluckte alle wütenderen Antworten hinunter und fragte lediglich:

»Was geht Sie das an?«

»Nun ja, nichts«, erwiderte er provozierend gelassen, »nur«, und er sah mir ins Gesicht und sprach mit ungewöhnlicher Feierlichkeit, »nur lassen Sie mich Ihnen sagen, Markham, wenn Sie in dieser Richtung irgendwelche Absichten haben, werden sie mit Sicherheit fehlschlagen; es tut mir weh, mitansehen zu müssen, wie Sie falsche Hoffnungen hegen und Ihre Kraft in nutzlosen Anstrengungen vergeuden, denn –«

»Heuchler!« stieß ich hervor; und er hielt den Atem an und machte ein sehr betroffenes Gesicht, wurde blaß und ging ohne ein weiteres Wort von dannen.

Ich hatte ihn bis ins Mark getroffen; und ich war froh darüber.

KAPITEL 10
Eine Abmachung und ein Streit

Als alle gegangen waren, erfuhr ich, daß die schändliche Verleumdung tatsächlich unter den Gästen die Runde gemacht hatte, und das in Gegenwart des Opfers. Rose jedoch schwor, sie glaube es nicht und wolle es auch nicht glauben, und meine Mutter gab dieselbe Erklärung ab, wenn auch, fürchte ich, nicht ganz so unerschütterlich in ihrer Skepsis. Die Sache schien ihr dauernd im Kopf herumzugehen, und sie ärgerte mich von Zeit zu Zeit immer wieder mit Äußerungen wie: »Du meine Güte, wer hätte das gedacht? – Nun ja! Ich war immer der Meinung, daß irgend etwas mit ihr nicht stimmte. – Man sieht, was es für Frauen heißt, wenn sie anders sein wollen als andere Leute.« Und einmal hieß es:

»Ich mißtraute diesem mysteriösen Gebaren schon von Anfang an – ich *dachte* mir, da würde nichts Gutes dabei herauskommen; doch dies ist ja nun wirklich eine sehr, sehr schlimme Geschichte!«

»Aber Mutter, du hast doch behauptet, daß du diese Klatschgeschichten nicht glaubst«, sagte Fergus.

»Das behaupte ich nicht mehr, mein Lieber; es muß ja doch irgendeinen Grund dafür geben.«

»Der Grund liegt in der Niedertracht und Falschheit der Menschen«, sagte ich, »und in dem Umstand, daß Mr. Lawrence ein paarmal gesehen wurde, wie er am Abend diesen Weg einschlug – und der Dorfklatsch behauptet, er gehe dorthin, um der fremden Dame seine Aufwartung zu machen, und die Lästermäuler haben das Gerücht gierig aufgegriffen, um daraus das Fundament für ihr eigenes teuflisches Lügengebäude zu machen.«

»Nun, Gilbert, es muß aber doch etwas in ihrem *Benehmen* geben, was solchen Gerüchten Vorschub leistet.«

»Hast *du* denn irgend etwas an ihrem Benehmen bemerkt?«

»Gewiß nicht, aber du weißt doch, daß ich immer gesagt habe, es sei etwas Merkwürdiges an ihr.«

Ich glaube, es war genau an jenem Abend, daß ich eine weitere Invasion in Wildfell Hall wagte. Vom Zeitpunkt unserer Einladung an, die mehr als eine Woche zurücklag, hatte ich täglich versucht, seine Herrin auf ihren Spaziergängen zu treffen; und da ich stets enttäuscht wurde (sie muß es absichtlich so eingerichtet haben), hatte ich Nacht für Nacht Vorwände für einen weiteren Besuch im Kopf gewälzt. Schließlich kam ich zu dem Ergebnis, daß diese Trennung nicht mehr länger zu ertragen sei (zu dieser Zeit war ich schon, wie Du sehen wirst, ganz schön weit gegangen); und indem ich einen alten Band aus dem Bücherschrank nahm, an dem sie, wie ich meinte, interessiert sein könnte, obwohl ich wegen seines unansehnlichen und etwas schäbigen Zustands bisher noch nicht gewagt hatte, ihn ihr zum Lesen anzubieten, eilte ich davon, – freilich nicht ohne mannigfache Zweifel, wie sie mich wohl aufnehmen würde, oder wie ich den Mut aufbringen sollte, ihr mit einem so dürftigen Vorwand unter die Augen zu treten. Aber vielleicht würde ich ihr ja auf dem Feld oder im Garten begegnen, und dann ergäben sich keine großen Schwierigkeiten: es war das förmliche Klopfen an die Tür mit der Aussicht, von Rachel mit bedenklicher Miene hineingebeten und zu einer überraschten, unfreundlichen Herrin geführt zu werden, was mich so arg in Verwirrung versetzte.

Mein Wunsch ging jedoch nicht in Erfüllung. Mrs. Graham selbst war nicht zu sehen; aber da war Arthur, der mit seinem fröhlichen Hündchen im Garten spielte. Ich schaute über das Tor und rief ihn zu mir. Er wollte, daß ich hereinkäme; aber ich sagte ihm, das könne ich nicht ohne die Erlaubnis seiner Mutter.

»Ich will gehen und sie fragen«, sagte das Kind.

»Nein, nein, Arthur, das brauchst du nicht zu tun – aber wenn sie nicht beschäftigt ist, bitte sie doch, auf eine Minute herzukommen: sag ihr, ich möchte mit ihr sprechen.«

Er rannte weg, um meine Bitte zu erfüllen, und kehrte gleich darauf mit seiner Mutter zurück. Wie entzückend sie aussah mit ihren dunklen Locken, die in der leichten Sommerbrise wehten, ihren zarten, leicht geröteten Wangen und dem strahlenden Lächeln auf dem Gesicht! – Lieber Arthur! Wieviel Dankbarkeit schulde ich dir doch für diese und alle anderen glücklichen Begegnungen! – Durch ihn war ich mit einem Schlag von jeder Förmlichkeit, Angst und Zurückhaltung befreit. In Herzensangelegenheiten gibt es keinen Vermittler, der einem munteren, arglosen Kind gleichkäme – immer bereit, entzweite Herzen zu kitten, die schreckliche Kluft von Sitte und Brauch zu überbrücken, das Eis kalter Reserviertheit zum Schmelzen zu bringen und die trennenden Mauern der schrecklichen Förmlichkeit und des Stolzes zu überwinden.

»Nun, Mr. Markham, was ist los?« sagte die junge Mutter, wobei sie mich mit einem freundlichen Lächeln begrüßte.

»Ich möchte, daß Sie sich dieses Buch ansehen, und es, wenn Sie nichts dagegen haben, nehmen und in einer Ihrer Mußestunden darin lesen. Ich will mich auch gar nicht entschuldigen, daß ich Sie an einem so wunderschönen Abend herausgerufen habe, und sei es auch nur aus nichtigem Anlaß.«

»Sag ihm doch, daß er hereinkommen soll«, sagte Arthur.

»Möchten Sie hereinkommen?« fragte die Dame.

»Ja, ich würde mir gern die Verschönerungen im Garten ansehen.«

»Und wie die Setzlinge Ihrer Schwester unter meiner Obhut gediehen sind«, fügte sie hinzu, als sie das Tor öffnete.

Und wir schlenderten durch den Garten und sprachen von den Blumen, den Bäumen und dem Buch – und dann von anderen Dingen. Der Abend war freundlich und mild, und so war auch meine Begleiterin. Nach und nach wurde ich leidenschaftlicher und zärtlicher als vielleicht jemals zuvor; aber noch immer sagte ich nichts Handfestes, und sie gab sich auch keineswegs abweisend, bis sie, als wir an einem Moosrosenstock vorbeigingen, den ich ihr einige Wochen vorher im Namen meiner Schwester gebracht hatte, eine wunderschöne halbgeöffnete Knospe pflückte und mich bat, sie Rose zu geben.

»Darf ich sie denn nicht für mich selbst behalten?« fragte ich.

»Nein, aber hier ist eine andere für Sie.«

Statt sie ruhig zu nehmen, ergriff ich auch die Hand, die sie mir darbot und schaute meiner Begleiterin ins Gesicht. Sie überließ sie mir für einen Moment, und ich sah ein schwärmerisches Leuchten in ihren Augen aufblitzen, eine Röte froher Erregung über ihr Gesicht huschen – ich dachte nun, die Stunde meines Sieges sei gekommen – aber sogleich schien eine schmerzliche Erinnerung über sie hereinzubrechen; ein Schatten von Angst verdunkelte ihre Stirn, eine marmorne Blässe überzog ihre Wangen und Lippen; in ihrem Innern schien sich ein momentaner Konflikt abzuspielen; – und mit einer plötzlichen Anstrengung entzog sie mir ihre Hand und wich ein paar Schritte vor mir zurück.

»Mr. Markham«, sagte sie in einer Art verzweifelter Ruhe, »ich muß Ihnen offen sagen, daß ich das nicht vertragen kann. Ich mag Ihre Gesellschaft, weil ich hier allein bin, und mit Ihnen unterhalte ich mich lieber als mit irgend jemand anderem; aber wenn Sie sich nicht damit begnügen können, mich als Freundin zu betrachten – als freimütige, leidenschaftslose, mütterliche oder schwesterliche Freundin –, muß ich Sie bitten, mich jetzt zu verlassen und mich fürderhin in Ruhe zu lassen – in der Tat müssen wir dann in Zukunft Fremde sein.«

»Dann will ich also – Ihr Freund sein – oder Bruder oder alles, was Sie wünschen, wenn ich Sie nur weiterhin sehen darf; aber sagen Sie mir doch, warum ich Ihnen nicht mehr sein kann?«

Hier hielt ich verwirrt und nachdenklich inne.

»Ist es infolge eines übereilten Schwurs?«

»Es ist so etwas«, antwortete sie – »eines Tages kann ich es Ihnen vielleicht erzählen, aber im Augenblick sollten Sie mich besser verlassen; und Gilbert, setzen Sie mich niemals mehr der qualvollen Notwendigkeit aus, das zu wiederholen, was ich Ihnen eben gesagt habe!« fügte sie eindringlich hinzu, indem sie mir mit ernster Freundlichkeit die Hand gab. Wie süß,wie melodisch mein Name in ihrem Munde klang!

»Es soll nicht mehr geschehen«, erwiderte ich. »Aber Sie vergeben mir doch *diese* Kränkung?«

»Unter der Bedingung, daß Sie sie niemals wiederholen.«

»Und darf ich Sie ab und zu besuchen?«

»Vielleicht, – gelegentlich, vorausgesetzt, Sie mißbrauchen dieses Vorrecht niemals.«

»Ich mache keine leeren Versprechungen, aber Sie sollen sehen.«

»Sobald Sie es versuchen, ist es mit unserer Vertrautheit vorbei, das ist alles.«

»Und werden Sie mich stets Gilbert nennen? Es klingt schwesterlicher und wird dazu dienen, mich an unsere Abmachung zu erinnern.«

Sie lächelte und bat mich abermals zu gehen – und schließlich hielt ich es für klug zu gehorchen; und sie begab sich wieder ins Haus, und ich ging den Hügel hinab. Aber wie ich so dahinschritt, drang das Getrappel von Pferdehufen an mein Ohr und durchbrach die Stille des taufeuchten Abends; und als ich zu dem Weg hinüberblickte, sah ich einen einsamen Reiter heraufkommen. Trotz der einsetzenden Dämmerung erkannte ich ihn auf den ersten Blick: es war Mr. Lawrence auf seinem grauen Pony. Ich rannte über das Feld – sprang über die steinerne Einfriedung – und lief dann den Weg hinab, um mit ihm zusammenzutreffen. Als er mich gewahrte, riß er plötzlich sein Pferdchen herum und schien umkehren zu wollen, aber bei nochmaligem Nachdenken hielt er es offenbar für besser, seinen Weg fortzusetzen wie zuvor. Er näherte sich mir mit einem leichten Neigen des Kopfes und versuchte, sich dicht an die Mauer drängend, weiterzureiten – aber das war gar nicht in meinem Sinn: ich ergriff den Zaum seines Pferdes und stieß hervor:

»Jetzt, Lawrence, will ich das Geheimnis erklärt haben! Sagen Sie mir, wohin Sie gehen und was Sie vorhaben – auf der Stelle und klar und ohne Umschweife!«

»Wollen Sie wohl Ihre Hand vom Zaumzeug nehmen?« sagte er ruhig – »Sie verletzen das Maul meines Ponys.«

»Sie und Ihr Pony sollen –«

»Was macht Sie so grob und brutal, Markham? Ich schäme mich richtig für Sie.«

»Sie beantworten mir meine Fragen – bevor Sie sich von diesem Fleck rühren! Ich will wissen, was Sie mit dieser perfiden Doppelzüngigkeit bezwecken!«

»Ich werde keine Fragen beantworten, ehe Sie nicht das Zaumzeug loslassen – und wenn Sie bis morgen früh dastehen.«

»Nun denn«, sagte ich und öffnete meine Hand, blieb aber immer noch vor ihm stehen.

»Fragen Sie mich ein andermal, wenn Sie wie ein Gentleman sprechen können«, entgegnete er und machte Anstalten, erneut an mir vorbeizureiten; doch schnell bemächtigte ich mich des Ponys, das kaum weniger erstaunt war über diese unhöfliche Behandlung als sein Herr.

»Wirklich, Mr. Markham, das geht zu weit!« sagte dieser. »Kann ich denn meine Pächterin nicht in geschäftlichen Angelegenheiten besuchen, ohne auf diese Weise angegriffen zu werden von –«

»Das ist keine Tageszeit für Geschäfte, Sir! Ich werde Ihnen nun sagen, was ich von Ihrem Benehmen halte.«

»Sie sollten Ihre Meinung lieber bis zu einem geeigneteren Zeitpunkt für sich behalten«, unterbrach er mich mit gesenkter Stimme – »da kommt der Pfarrer.«

Und wahrhaftig kam gerade hinter mir der Pfarrer, der von einer entfernten Ecke seines Sprengels nach Hause stapfte. Auf der Stelle ließ ich von dem Squire ab; und er setzte seinen Weg fort, wobei er den Pfarrer im Vorüberreiten grüßte.

»Was, Streitereien, Markham?« rief der letztere, indem er sich an mich wandte – »Und wegen dieser jungen Witwe, fürchte ich«, fügte er mit vorwurfsvollem Kopfschütteln hinzu. »Aber lassen Sie es sich gesagt sein, junger Mann« (hier näherte er sein Gesicht dem meinen mit einem wichtigtuerischen, vertraulichen Ausdruck) »sie ist es nicht wert!« Und er bekräftigte diese Behauptung durch ein feierliches Kopfnicken.

»MR. MILLWARD!« brach es in einem Ton zorniger Drohung aus mir heraus, der den ehrwürdigen Herrn aufschauen ließ – verdattert – erstaunt über eine solch ungewohnte Frechheit, und er starrte mich mit einem Blick an, der deutlich besagte: »Was, das mir?« Aber ich war zu empört, um mich zu rechtfertigen oder noch ein weiteres Wort zu ihm zu sagen: ich wandte mich ab und eilte heimwärts, indem ich mit raschen Schritten den steilen, holprigen Weg hinablief und es ihm überließ, ob er mir folgen wollte oder nicht.

KAPITEL 11
Schon wieder der Pfarrer

Du mußt Dir nun vorstellen, daß ungefähr drei Wochen vergangen waren. Mrs. Graham und ich waren mittlerweile feste Freunde – oder Bruder und Schwester, als die wir uns lieber betrachteten. Auf meinen ausdrücklichen Wunsch hin nannte sie mich Gilbert, und ich nannte sie Helen, denn ich hatte diesen Namen in ihren Büchern gelesen. Selten wagte ich, sie mehr als zweimal die Woche zu sehen; und immer noch ließ ich unsere Begegnungen, so oft ich konnte, als das Ergebnis von Zufällen erscheinen – denn ich hielt es für notwendig, äußerst behutsam vorzugehen – und ich benahm mich so einwandfrei, daß sie nie Gelegenheit hatte, mich zu tadeln. Und doch konnte mir nicht entgehen, daß sie bisweilen unglücklich und unzufrieden war mit sich – oder mit der Lage, in die sie uns gebracht hatte, und in Wahrheit war auch ich mit dieser nicht so ganz einverstanden: es fiel mir sehr schwer, den Schein brüderlicher Unbefangenheit aufrechtzuerhalten, und ich kam mir obendrein oft wie ein verfluchter Heuchler vor; auch merkte, oder vielmehr spürte ich, daß ich ihr, wenn auch gegen ihren Willen, »durchaus nicht gleichgültig war«, wie es die Romanhelden bescheiden auszudrücken pflegen, und obgleich ich mein gegenwärtiges Glück dankbar genoß, hegte ich doch, was die Zukunft betraf, unweigerlich weitergehende Wünsche und Hoffnungen; aber natürlich behielt ich solche Träume ganz für mich.

»Wohin gehst du, Gilbert?« sagte Rose eines Abends kurz nach dem Tee, als ich den ganzen Tag fleißig auf dem Hof zugange gewesen war.

»Einen Spaziergang machen«, lautete die Antwort.

»Bürstest du immer deinen Hut so gründlich und kämmst dein Haar so sorgfältig und ziehst solch schicke neue Handschuhe an, wenn du einen Spaziergang machst?«

»Nicht immer!«

»Du gehst nach Wildfell Hall, nicht wahr?«

»Wie kommst du denn darauf?«

»Weil du so aussiehst, als wolltest du – aber ich wünschte, du würdest nicht so oft hingehen.«

»Unsinn, Kind! Ich gehe nicht einmal in sechs Wochen hin – was meinst du damit?«

»Nun gut, aber wenn ich du wäre, würde ich nicht so viel mit Mrs. Graham zu tun haben wollen.«

»Sag, Rose, schließt nun auch du dich der vorherrschenden Meinung an?«

»Nein«, entgegnete sie zögernd – »aber ich habe vor kurzem so viel über sie gehört, sowohl bei den Wilsons als auch im Pfarrhaus; – und außerdem sagt Mama, wenn sie eine anständige Person wäre, würde sie nicht so für sich leben – und erinnerst du dich nicht an den letzten Winter, Gilbert, an die Sache mit dem falschen Namen auf dem Bild; und wie sie ihn erklärte – indem sie behauptete, sie habe Freunde oder Bekannte, vor denen sie ihren gegenwärtigen

Aufenthalt geheimhalten wolle und von denen sie fürchte, daß sie sie ausfindig machen – und dann, wie sie plötzlich aufsprang und das Zimmer verließ, als jener Mensch kam – und sie so sehr darauf bedacht war, daß wir ja keinen Blick auf ihn erhaschten, und der, wie uns Arthur mit so geheimnisvoller Miene sagte, Mamas Freund war?«

»Ja, Rose, ich erinnere mich an alles; und ich verzeihe dir deine unbarmherzigen Schlußfolgerungen; denn vielleicht würde auch ich, wenn ich sie nicht selbst kennte, alle diese Indizien aneinanderfügen und dasselbe glauben wie du; aber Gott sei Dank kenne ich sie; und ich wäre es wohl nicht wert, ein Mensch genannt zu werden, wenn ich irgend etwas von dem glaubte, was gegen sie gesagt wurde, es sei denn, ich hörte es aus ihrem eigenen Mund. – Ich würde solche Dinge ebenso bereitwillig von dir glauben, Rose.«

»Oh, Gilbert!«

»Du glaubst also, ich *könnte* irgend etwas Derartiges glauben – was immer die Wilsons oder die Millwards zu flüstern wagen?«

»Das möchte ich in der Tat *nicht* hoffen.«

»Und warum nicht? – Weil ich dich kenne – nun, und ich kenne sie ebensogut.«

»O nein! Du weißt nichts von ihrem früheren Leben; und letztes Jahr um diese Zeit hast du noch nicht einmal gewußt, daß eine solche Person überhaupt existiert.«

»Das hat nichts zu sagen. Es kommt vor, daß man einem Menschen durch die Augen ins Herz sieht und die Seele eines anderen in ihrer ganzen Spannweite und Tiefe und mit all ihren Abgründen in einer einzigen Stunde besser kennenlernt als sonst in einem ganzen Leben, wenn nämlich er oder sie nicht bereit ist, sie zu offenbaren – oder wenn es einem am Verständnis fehlt, sie zu deuten.«

»Dann willst du also heute abend zu ihr gehen?«

»Gewiß will ich das!«

»Aber was würde Mama dazu sagen, Gilbert?«

»Mama braucht es nicht zu wissen.«

»Aber sie muß es irgendwann wissen, wenn du so weitermachst.«

»Weitermachen! – Es gibt kein Weitermachen in dieser Angelegenheit. Mrs. Graham und ich sind Freunde – und werden es immer sein; und kein Mensch auf Erden soll das verhindern – oder hat ein Recht, sich zwischen uns zu stellen.«

»Aber wenn du wüßtest, wie sie reden, würdest du vorsichtiger sein, um ihretwillen ebenso wie um deinetwillen. Jane Wilson hält deine Besuche in dem alten Herrenhaus nur für einen weiteren Beweis ihrer Verworfenheit –«

»Zur Hölle mit Jane Wilson!«

»Und Eliza Millward ist ganz bekümmert wegen dir.«

»Das hoffe ich.«

»Aber ich würde es nicht tun, wenn ich du wäre.«

»Würdest was nicht tun? – Woher wissen sie überhaupt, daß ich dorthin gehe?«

»Ihnen bleibt doch nichts verborgen: sie kriegen alles raus.«

»Oh, daran habe ich nie gedacht! – Und so wagen sie es also, aus meiner Freundschaft Stoff für weitere Klatschgeschichten gegen sie zu machen! – Jedenfalls beweist das die Falschheit ihrer anderen Lügen, wenn es überhaupt eines Beweises bedürfte. – Vergiß nicht, ihnen zu widersprechen, wann immer du kannst.«

»Aber über solche Dinge sprechen sie ja nicht offen mit mir: nur aus versteckten Hinweisen und Andeutungen und aus dem, was ich andere sagen höre, weiß ich, was sie denken.«

»Also dann gehe ich heute nicht hin, da es schon zu spät ist. Aber der Kuckuck hole ihre verfluchten, giftigen Zungen!« murmelte ich in tiefer Verbitterung.

Und gerade in diesem Augenblick betrat der Pfarrer das Zimmer: wir waren zu sehr ins Gespräch vertieft gewesen, um sein Klopfen zu bemerken. Nachdem er Rose, die bei dem alten Herrn in ziemlich hoher Gunst stand, wie gewöhnlich gutgelaunt und väterlich begrüßt hatte, wandte er sich mit ziemlich strenger Miene an mich:

»Nun, Sir«, sagte er, »Sie sind ja ein recht seltener Gast. Es ist – lassen Sie mich – einmal nachdenken«, fuhr er langsam fort, während er seinen massigen Körper in den Armstuhl zwängte, den Rose ihm eilfertig hinrückte, »es ist nunmehr – sechs – Wochen her, nach meiner Rechnung, seit Sie zum letzten Mal – über meine Schwelle – getreten sind!« Er sprach mit Nachdruck und stieß seinen Stock auf den Boden.

»Tatsächlich, Sir?« sagte ich.

»Gewiß! So ist es!« Mit einem Kopfnicken bekräftigte er seine Worte und blickte mich immer noch mit einer gereizten Feierlichkeit an, wobei er seinen gewichtigen Stock zwischen den Knien hielt, die Hände um den Knauf geklammert.

»Ich war beschäftigt«, sagte ich, denn man verlangte offensichtlich eine Rechtfertigung.

»Beschäftigt!« wiederholte er spöttisch.

»Ja, ich habe mein Heu eingebracht; und jetzt beginnt gleich die Ernte.«

»Hm!«

Just in diesem Augenblick kam meine Mutter herein und sorgte mit ihrer wortreichen und lebhaften Begrüßung des ehrwürdigen Gastes für eine Ablenkung zu meinen Gunsten.

Sie bedauerte zutiefst, daß er nicht ein bißchen früher, und damit rechtzeitig zum Tee, gekommen war, bot ihm aber an, sogleich neuen Tee zu bereiten, wenn er ihr die Freude machen würde, welchen mitzutrinken.

»Für mich keinen, danke«, erwiderte er, »ich werde in ein paar Minuten zu Hause sein.«

»Ach, bleiben Sie doch und trinken Sie ein Täßchen! Er ist in fünf Minuten fertig.«

Aber mit einer majestätischen Handbewegung lehnte er das Angebot ab.

»Ich will Ihnen sagen, was ich trinke, Mrs. Markham«, sagte er, »ich trinke ein Glas von Ihrem ausgezeichneten Bier.«

»Mit Vergnügen!« rief meine Mutter, indem sie diensteifrig zur Klingel lief, um das bevorzugte Getränk bringen zu lassen.

»Ich dachte mir«, fuhr er fort, »ich schaue mal kurz bei Ihnen herein, wie ich so vorbeiging, und koste Ihr selbstgebrautes Bier. Ich habe eben Mrs. Graham einen Besuch abgestattet.«

»Das haben Sie wahrhaftig getan?«

»Er nickte ernst und fügte mit ehrfurchtgebietendem Nachdruck hinzu:

»Ich hielt es für meine Pflicht, dies zu tun.«

»Tatsächlich!« stieß meine Mutter aus.

»Warum das denn, Mr. Millward?« fragte ich. Er blickte mich ziemlich streng an und wiederholte, sich erneut an meine Mutter wendend:

»Ich hielt es für meine Pflicht!« und dabei stieß er mit seinem Stock abermals auf den Boden. Meine Mutter saß ihm gegenüber, eine von Ehrfurcht ergriffene, aber bewundernde Zuhörerin.

»›Mrs. Graham‹, sagte ich«, so fuhr er fort und schüttelte den Kopf, als er sprach, »›das sind schreckliche Gerüchte!‹

›Was, Sir?‹ sagte sie, indem sie so tat, als wisse sie nicht, worauf ich hinauswollte. ›Es ist meine – Pflicht – als – Ihr Seelsorger‹, sagte ich, ›Ihnen sowohl all das zu sagen, was ich an Ihrer Lebensführung tadelnswert finde, als auch all das, was zu mutmaßen ich allen Grund habe, und was mir andere über Sie erzählen.‹ Das sagte ich zu ihr.«

»So, das sagten Sie, Sir?« schrie ich, wobei ich von meinem Sitz aufsprang und mit der Faust auf den Tisch schlug. Er warf mir lediglich einen kurzen Blick zu und fuhr, an seine Gastgeberin gewandt, fort:

»Es war eine schmerzliche Pflicht, Mrs. Markham – aber ich sagte es ihr!«

»Und wie hat sie es aufgenommen?« fragte meine Mutter.

»Verstockt, fürchte ich – verstockt!« erwiderte er mit einem verzweifelten Kopfschütteln, »und zugleich gab sie ganz offen eine ungezügelte, völlig unangebrachte Gemütserregung zu erkennen. Sie wurde weiß im Gesicht und stieß wütend den Atem durch die Zähne, brachte aber kein Wort der Beschönigung oder Verteidigung vor; und mit einer geradezu schamlosen Gelassenheit – wahrhaft schockierend, wenn man sie an einem so jungen Menschen erleben muß – gab sie mir zu verstehen, daß meine Vorhaltungen nutzlos und mein seelsorgerlicher Rat an sie verschwendet seien – nein, daß ihr sogar meine bloße *Gegenwart* unangenehm sei, solange ich solche Dinge sagte. Und schließlich entfernte ich mich, merkte ich doch zu deutlich, daß nichts zu machen war – und grämte mich fürchterlich, feststellen zu müssen, daß ihr Fall so hoffnungslos ist. Aber ich bin fest entschlossen, Mrs. Markham, daß *meine* Töchter – keinen – Umgang mit ihr pflegen sollen. Machen Sie sich im Hinblick auf die Ihre denselben Entschluß zu eigen! Was Ihre Söhne betrifft – was Sie betrifft, junger Mann«, fuhr er fort, wobei er sich streng an mich wandte:

»Was MICH betrifft, Sir«, fing ich an, aber da es mir vorübergehend die Sprache verschlug und ich merkte, daß ich am ganzen Körper vor Wut zitterte, sagte ich nichts mehr, sondern hielt es für klüger, meinen Hut zu schnappen und aus dem Zimmer zu stürzen, wobei ich die Tür derart heftig hinter mir ins Schloß warf, daß das Haus in seinen Grundfesten bebte und meine Mutter aufschrie – und dadurch löste sich meine innere Anspannung kurzzeitig.

Eine Minute später konnte man mich mit raschen Schritten in Richtung Wildfell Hall eilen sehen – wozu und weshalb, wußte ich wohl selbst nicht, aber ich mußte irgendwohin laufen, und ein anderes Ziel konnte es für mich nicht geben – außerdem mußte ich sie sehen und mit ihr reden – das war klar; aber was ich sagen oder tun sollte, davon hatte ich keine bestimmte Vorstellung. Es stürmten so viele wild durcheinanderjagende Gedanken auf mich ein – es schossen mir so viele verschiedene Entschlüsse durch den Kopf, daß dieser fast nur noch ein Chaos widerstreitender Leidenschaften war.

KAPITEL 12
Ein Tête-à-tête und eine Entdeckung

In wenig mehr als zwanzig Minuten hatte ich den Weg zurückgelegt. Vor dem Tor blieb ich stehen, um mir den Schweiß von der Stirn zu wischen, wieder zu Atem zu kommen und ein gewisses Maß an Fassung zurückzugewinnen. Der Eilmarsch hatte meine Erregung bereits etwas gedämpft; und mit festem und stetigem Schritt durchquerte ich den Garten. Als ich an dem bewohnten Flügel des Gebäudes vorbeilief, erblickte ich Mrs. Graham durch das offene Fenster, wie sie langsam in ihrem einsamen Zimmer auf und ab ging.

Über meine Ankunft schien sie beunruhigt, ja sogar erschreckt zu sein, als ob sie meinte, auch ich sei gekommen, um ihr Vorwürfe zu machen. Ich war zu ihr gekommen, um mit ihr über die Schlechtigkeit der Welt zu klagen und mit ihr gemeinsam auf den Pfarrer und seine schändlichen Informantinnen zu schimpfen, aber jetzt schämte ich mich durchaus, das Thema zu erwähnen und beschloß, es nicht anzusprechen, wenn sie nicht selbst die Rede darauf brachte.

»Ich komme zu einem unpassenden Zeitpunkt«, sagte ich und legte, um sie zu beruhigen, eine Fröhlichkeit an den Tag, die ich gar nicht verspürte, »aber ich will nicht lange bleiben.«

Sie lächelte mich an, schwach zwar, aber ausgesprochen freundlich – ich hätte fast gesagt, dankbar, da ihre Befürchtungen zerstreut waren.

»Wie unbehaglich es bei Ihnen ist, Helen! Warum haben Sie denn kein Feuer an?« sagte ich mit Blick auf das düstere Zimmer.

»Es ist ja noch Sommer«, erwiderte sie.

»Aber *wir* haben abends *immer* ein Feuer, wenn wir eins vertragen können; und besonders Sie brauchen eins in diesem kalten Haus und dem finsteren Zimmer.«

»Sie hätten ein bißchen früher kommen sollen, dann hätte ich eins für Sie machen lassen; aber jetzt lohnt es sich nicht mehr, Sie wollen ja nur ein paar Minuten bleiben, und Arthur ist schon zu Bett gegangen.«

»Aber trotzdem habe ich Lust auf ein Feuer. Werden Sie eins machen lassen, wenn ich läute?«

»Sie *sehen* nicht gerade aus, als ob Ihnen kalt wäre, Gilbert?« sagte sie und sah mir lächelnd ins Gesicht, das zweifellos ziemlich erhitzt schien.

»Nein«, erwiderte ich, »aber ich möchte, daß Sie es behaglich haben, ehe ich gehe.«

»Ich und behaglich!« wiederholte sie mit einem bitteren Lachen, als ob etwas lächerlich Absurdes in dieser Vorstellung gelegen hätte. »Es ziemt sich besser für mich, so wie es ist«, fügte sie in einem Tonfall trauriger Resignation hinzu.

Doch entschlossen, meinen Willen durchzusetzen, zog ich die Klingel.

»Da schauen Sie, Helen!« sagte ich, als auf den Ruf hin die näherkommenden Schritte Rachels zu hören waren. Sie mußte sich nur umdrehen und die Dienstmagd bitten, das Feuer anzuzünden.

Noch heute hege ich gegen Rachel einen gewissen Groll wegen des Blicks, den sie auf mich warf, bevor sie ging, um ihrem Auftrag nachzukommen, den mürrischen, mißtrauischen, inquisitorischen Blick, aus dem deutlich die Frage sprach, »was wollen Sie hier, frage ich mich?« Ihrer Herrin entging er nicht, und ein Schatten von Unbehagen verdüsterte ihre Stirn.

»Sie dürfen nicht lange bleiben, Gilbert«, sagte sie, als die Tür zu uns geschlossen war.

»Das will ich ja gar nicht«, sagte ich etwas gereizt, wenn auch ohne eine Spur von Zorn gegen irgend jemanden im Herzen, außer gegen die sich einmischende alte Frau. »Aber, Helen, ich habe Ihnen etwas zu sagen, bevor ich gehe.«

»Was ist es?«

»Nein, nicht jetzt – ich weiß nicht genau, was oder wie ich es sagen soll«, erwiderte ich mit mehr Wahrheit als Klugheit; und dann, da ich fürchtete, sie könnte mich vielleicht aus dem Haus werfen, begann ich, von gleichgültigen Dingen zu reden, um Zeit zu gewinnen. Währenddessen kam Rachel herein, um das Feuer zu entfachen, was sie schnell bewerkstelligte, indem sie mit einem rotglühenden Schürhaken zwischen die Stäbe des Kaminrosts fuhr, wo das Brennmaterial schon zum Entzünden bereit lag. Beim Hinausgehen beehrte sie mich erneut mit einem ihrer strengen, unfreundlichen Blicke, doch wenig davon beeindruckt, redete ich weiter; und ich stellte einen Stuhl für Mrs. Graham auf die eine Seite des Kamins und einen für mich selbst auf die andere und erlaubte mir, mich zu setzen, obwohl ich fast den Eindruck hatte, sie sähe es lieber, wenn ich ginge.

Nach einem Weilchen verfielen wir beide in Schweigen und starrten mehrere Minuten lang ins Feuer – sie mit ihren eigenen traurigen Gedanken beschäftigt und ich darüber nachdenkend, wie herrlich es wäre, so neben ihr zu sitzen, ohne von einer anderen Person in unserem Umgang miteinander gestört zu werden – nicht einmal durch die Gegenwart Arthurs, unseres gemeinsamen Freundes, ohne den wir uns vorher nie getroffen hatten – wenn ich nur wagen könnte, mich offen zu erklären und mir die Gefühle vom Herzen zu reden, die es schon so lange bedrückten und die es sich nun zurückzudrängen bemühte mit einer derartigen Anstrengung, daß es unmöglich noch viel länger durchzuhalten war, – und ich erwog das Für und Wider, ihr hier und jetzt mein Herz zu öffnen, und ich flehte innerlich um eine Erwiderung meiner Zuneigung, die Erlaubnis, sie forthin als die Meine zu betrachten, und das Recht und die Vollmacht, sie vor den Verleumdungen böswilliger Zungen zu verteidigen. Einerseits fühlte ich ein neu erwachtes Vertrauen in meine Überredungskünste – eine feste Überzeugung, daß mir mein Feuereifer Beredsamkeit verleihen würde – daß meine bloße Entschlossenheit – die unbedingte Notwendigkeit, mein Ziel zu erreichen, die ich empfand, mir das einbringen müsse, was ich erstrebte; während ich andererseits fürchtete, den Boden zu verlieren, den ich mit so viel List und Tücke bereits erobert hatte, und alle zukünftige Hoffnung durch eine einzige schroffe Bemühung zu zerstören, wo vielleicht Zeit und Geduld zum Erfolg geführt hätten. Es war, als setzte ich mein Leben auf eine Karte; und doch war ich bereit, es auf einen Versuch ankommen zu lassen. Auf jeden Fall wollte ich sie um die Erklärung bitten, die sie mir vor kurzem schon halb versprochen hatte; ich wollte sie fragen, warum sie diese verhaßte

Barriere zwischen uns aufbaute, die auf geheimnisvolle Weise, meinem und, wie ich fest glaubte, ihrem Glück im Wege stand.

Aber während ich überlegte, in welcher Form ich meine Frage am besten vorbringen könnte, erwachte meine Gefährtin mit einem kaum hörbaren Seufzer aus ihren Träumereien und indem sie zum Fenster blickte, durch das der blutrote Erntemond, der gerade über einem der düsteren, phantastisch anmutenden Immergrüngewächse aufstieg, zu uns hereinschien, sagte sie: »Gilbert, es wird spät.«

»Ich weiß«, sagte ich. »Sie möchten vermutlich, daß ich gehe.«

»Ich glaube, das sollten Sie. Wenn meine lieben Nachbarn von diesem Besuch erfahren – was zweifellos der Fall sein wird – werden sie ihn nicht sehr zu meinem Vorteil auslegen.«

Sie sagte das mit einem Ausdruck, den der Pfarrer ohne Zweifel als eine Art wildes Lächeln bezeichnet hätte.

»Lassen Sie sie ihn auslegen wie sie wollen«, sagte ich. »Was bedeuten Ihnen oder mir schon ihre Gedanken, solange wir mit uns – und jeder mit sich zufrieden sind. Sollen sie doch zum Teufel gehen mit ihren böswilligen Auslegungen und ihren Lügengeschichten!«

Dieser Ausbruch brachte einen Hauch von Farbe in ihr Gesicht.

»Dann haben Sie also gehört, was sie über mich reden?«

»Ich habe einige abscheuliche Unwahrheiten gehört; aber bloß Narren würden ihnen auch nur für einen Augenblick Glauben schenken, Helen, also lassen Sie sich nicht von ihnen beunruhigen.«

»Ich halte Mr. Millward nicht für einen Narren, und er glaubt all das; aber welch geringen Wert Sie auch den Meinungen der Leute in Ihrer Umgebung beimessen mögen – wie wenig Sie sie im einzelnen auch schätzen mögen, so ist es doch nicht angenehm, als Lügnerin und Heuchlerin angesehen zu werden, unterstellt zu bekommen, das zu praktizieren, was man verabscheut, und die Laster zu fördern, die man unterbinden möchte, feststellen zu müssen, wie einem die guten Absichten zunichte gemacht und die Hände gebunden werden, weil man für unwürdig gehalten wird, und den Grundsätzen Schande macht, die man vertritt.«

»Das stimmt; und falls ich durch meine Gedankenlosigkeit und selbstsüchtige Mißachtung des äußeren Scheins irgendwie dazu beigetragen habe, Sie diesen Übeln auszusetzen, so bitte ich Sie nicht nur, mir zu verzeihen, sondern mich in den Stand zu versetzen, es wiedergutzumachen; ermächtigen Sie mich, Ihren Namen von jeglicher Anschuldigung reinzuwaschen, geben Sie mir das Recht, Ihre Ehre zu der meinen zu machen und Ihren Ruf als etwas zu verteidigen, das mir mehr als mein eigenes Leben gilt!«

»Sind Sie heldenhaft genug, sich mit einer zusammenzutun, die, wie Sie wissen, von allen in Ihrer Umgebung beargwöhnt und verachtet wird, und Ihre Interessen und Ihre Ehre mit der ihren gleichzusetzen? Bedenken Sie das! Es ist eine ernste Sache.«

»Ich wäre stolz, es zu tun, Helen! – überglücklich – unsagbar froh! Und wenn dies das einzige Hindernis unserer Verbindung sein sollte, so ist es beseitigt, und Sie müssen – Sie sollen mein werden!«

Und in glühender Erregung sprang ich von meinem Sitz auf, ergriff ihre Hand und hätte sie wohl an meine Lippen gedrückt, aber sie entzog sie mir ebenso plötzlich und stieß in der Bitterkeit tiefer Niedergeschlagenheit hervor:

»Nein, nein, das ist nicht alles!«

»Was ist es dann? Sie versprachen mir, ich sollte es eines Tages erfahren, und –«

»Sie sollen es eines Tages erfahren – aber nicht jetzt –

mein Kopf schmerzt entsetzlich«, sagte sie, wobei sie ihre Hand gegen die Stirn preßte, »und ich brauche etwas Ruhe – und ich habe heute wahrhaftig schon genug mitgemacht!« fügte sie fast heftig hinzu.

»Aber es könnte Ihnen nicht schaden, es zu erzählen«, fuhr ich unbeirrt fort, »es würde Sie innerlich erleichtern; und ich wüßte dann, wie ich Sie trösten kann.«

Verzweifelt schüttelte sie den Kopf. »Wenn Sie alles wüßten, würden auch Sie mich tadeln – vielleicht sogar noch mehr, als ich es verdiene – obwohl ich Ihnen grausam Unrecht getan habe«, fügte sie leise murmelnd hinzu, als ob sie laut nachdachte.

»*Sie*, Helen? Unmöglich!«

»Ja, nicht absichtlich; denn ich kannte die Stärke und Tiefe Ihrer Zuneigung nicht. Ich dachte – oder zumindest bemühte ich mich zu denken – Ihr Empfinden für mich sei so kalt und brüderlich, wie Sie vorgaben.«

»Oder wie Ihres?«

»Oder wie meines – hätte sein sollen – so wankelmütig, selbstsüchtig und oberflächlich, daß –«

»*Da* haben Sie mir wirklich unrecht getan.«

»Ich weiß es; und manchmal befürchtete ich es schon damals; aber alles in allem dachte ich, es könne kein großer Schaden entstehen, wenn man Ihre Phantasien und Hoffnungen sich in nutzlosen Träumereien ergehen – oder zu einem geeigneteren Gegenstand flattern lasse, solange Ihre freundschaftlichen Sympathien bei mir verweilten; aber wenn ich gewußt hätte, wie tief Ihre Zuneigung, das großherzige, uneigennützige Gefühl ist, das Sie zu empfinden scheinen –«

»*Scheinen*, Helen?«

»Dann also, das Sie tatsächlich empfinden, hätte ich mich anders verhalten.«

»Wie? Sie hätten mir nicht weniger Ermutigung zuteil

werden lassen oder mich mit größerer Strenge behandeln *können*, als Sie es taten! Und wenn Sie meinen, Sie hätten mir dadurch Unrecht getan, daß Sie mir Ihre Freundschaft schenkten oder gelegentlich das Vergnügen Ihrer Gesellschaft und Konversation gewährten, als alle Hoffnungen auf engere Vertrautheit vergeblich waren – wie Sie es mir ja stets zu verstehen gaben – wenn Sie meinen, Sie hätten mir dadurch Unrecht getan, irren Sie sich; denn derartige Gunstbeweise für sich selbst genommen erfreuen nicht nur mein Herz, sondern haben eine läuternde, erhebende, veredelnde Wirkung auf meine Seele; und ich möchte lieber Ihre Freundschaft haben als die Liebe irgendeiner anderen Frau auf der Welt!«

Durch diese Äußerungen etwas getröstet, schloß sie die Hände um Ihre Knie und indem sie nach oben blickte, schien sie in stummer Angst göttliche Hilfe zu erflehen; dann wandte sie sich mir zu und sagte ruhig:

»Morgen, wenn sie mich um die Mittagszeit auf dem Moor treffen, will ich Ihnen alles erzählen, was Sie wissen möchten; und vielleicht werden Sie dann die Notwendigkeit einsehen, unseren vertrauten Umgang zu beenden – wenn Sie mich nicht in der Tat gern aufgeben als eine, die Ihre Achtung nicht länger verdient.«

»Darauf kann ich getrost mit Nein antworten: Sie können gar keine so schwerwiegenden Geständnisse zu machen haben – Sie müssen mein Vertrauen einfach auf die Probe stellen, Helen.«

»Nein, nein, nein«, erwiderte sie ernsthaft, »ich wünschte, es wäre so! Dem Himmel sei Dank!« fügte sie hinzu. »Ich habe kein großes Verbrechen zu gestehen; aber ich habe mehr zu gestehen, als Ihnen zu hören lieb sein wird, oder als Sie vielleicht bereitwillig entschuldigen, – und mehr als ich Ihnen jetzt sagen kann; ich darf Sie also bitten, mich jetzt allein zu lassen!«

»Das will ich tun; aber beantworten Sie mir zuerst diese eine Frage: lieben Sie mich?«

»Ich werde sie nicht beantworten!«

»Dann will ich daraus schließen, daß es so ist; und somit Gute Nacht.«

Sie wandte sich von mir ab, um die Gefühlsbewegung zu verbergen, die sie nicht ganz zu beherrschen vermochte; aber ich nahm ihre Hand und küßte sie inbrünstig.

»Gilbert, so gehen Sie doch!« rief sie in einem Tonfall von derart zitternder Angst, daß ich das Gefühl hatte, es wäre grausam, nicht zu gehorchen.

Aber ich warf noch einen Blick zurück, ehe ich die Tür hinter mir schloß, und sah, wie sie sich an den Tisch lehnte, die Hände gegen die Augen preßte und krampfartig schluchzte; doch ich entfernte mich schweigend. Ich spürte, daß ich ihr Leiden nur schlimmer machen würde, wenn ich ihr meinen Trost aufzwänge.

Wollte ich Dir all die Zweifel und Vermutungen schildern – die Ängste und Hoffnungen und ungezügelten Gefühlsregungen, die mir durch den Kopf schossen und aufeinanderprallten, als ich den Hügel hinablief, so würde das fast einen eigenen Band füllen. Aber ehe ich die Hälfte des Wegs nach unten zurückgelegt hatte, verdrängte ein Gefühl tiefen Mitleids mit der, die ich zurückgelassen hatte, alle anderen Empfindungen und schien mich gebieterisch zur Umkehr zu zwingen. Ich begann nachzudenken: »Warum eile ich eigentlich so geschwind in diese Richtung? Kann ich denn zu Hause Behagen und Trost finden – Frieden, Gewißheit, Zufriedenheit, alles – oder irgend etwas, was ich jetzt brauche, und meine ganze Aufgewühltheit, Sorge und Angst dort hinter mir zurücklassen?«

Und ich machte kehrt und richtete den Blick auf das alte Herrenhaus. Außer den Kaminen war über meinem eingeschränkten Gesichtsfeld wenig zu sehen. Ich ging zurück, um eine bessere Sicht zu bekommen. Als es sich vor meinen Augen erhob, blieb ich einen Moment stehen, um zu schauen, und bewegte mich dann weiter auf den düsteren Gegenstand zu, der eine solche Anziehung auf mich ausübte. Irgend etwas hieß mich, näher zu kommen – noch näher – und warum denn nicht, bitteschön? Würde es mir nicht vielleicht leichter ums Herz werden, wenn ich mich in die Betrachtung dieses ehrwürdigen Gebäudes versenkte, auf das der Vollmond am wolkenlosen Himmel so ruhig und mit einem für eine Augustnacht ganz ungewöhnlichen warmen, gelben Glanz herabschien –, und in dem sich die Gebieterin meines Herzens befand, als wenn ich nach Hause zurückkehrte, wo im Vergleich zu hier Licht und Leben und Heiterkeit herrschten, was meiner momentanen Geistesverfassung nur schädlich sein konnte – und das um so mehr, als seine Bewohner mehr oder weniger von jenem schändlichen Glauben erfüllt waren, wobei schon der bloße Gedanke daran mir das Blut in den Adern kochen ließ, – und wie sollte ich es ertragen, ihn offen ausgesprochen zu hören – oder vorsichtig angedeutet – was war schlimmer? – ich hatte schon genug Kummer mit dem plappernden Unhold, der mir dauernd ins Ohr flüsterte: »Womöglich stimmt es«, bis ich laut hinausgeschrien hatte: »Es stimmt nicht! Ich möchte den sehen, der mich dazu bringt, das für möglich zu halten!«

Ich konnte sehen, wie der rote Feuerschein schwach durch das Fenster des Salons schimmerte. Ich ging zur Gartenmauer hinauf und blieb stehen und lehnte mich darüber, die Augen auf das vergitterte Fenster gerichtet, und fragte mich, was sie nun wohl tat, dachte oder litt, und wünschte, nur ein einziges Wort mit ihr reden oder wenigstens einen Blick von ihr erhaschen zu können, ehe ich ging.

Ich hatte noch nicht lange so schauend, hoffend und fragend dagestanden, da überwand ich die Mauer, weil ich der

Versuchung nicht widerstehen konnte, einen Blick durchs Fenster zu werfen, bloß um zu sehen, ob sie gefaßter war als zu dem Zeitpunkt, da wir voneinander schieden; und wenn ich sie noch immer in tiefem Kummer vorfände, könnte ich es vielleicht wagen, ein Wort des Trostes an sie zu richten – etwas von dem zu äußern, was ich vorher hätte sagen sollen, anstatt sie mit meinem törichten Ungestüm noch mehr zu belasten. Ich schaute hinein. Ihr Stuhl war leer; und ebenso das Zimmer. Aber in diesem Moment öffnete jemand die Außentür, und eine Stimme – ihre Stimme – sagte:

»Komm nach draußen – ich möchte den Mond sehen und die Abendluft atmen: sie werden mir gut tun – wenn überhaupt irgend etwas das vermag.«

Da also kamen sie und Rachel, um einen Spaziergang im Garten zu machen. Gern wäre ich wieder sicher über der Mauer gewesen. Ich stand jedoch im Schatten des hohen Stechpalmenstrauches, der mich, da er sich zwischen dem Fenster und dem Portal erhob, vor ihrem Blick abschirmte, mich aber nicht hinderte, zwei Gestalten zu sehen, die in das Mondlicht heraustraten; Mrs. Graham, gefolgt von einer anderen – *nicht* Rachel, sondern einem jungen Mann, schlank und ziemlich groß. Oh, Gott, wie meine Schläfen pochten! Todesangst verdüsterte mir die Sicht; aber ich meinte – ja, und die Stimme bestätigte es – es war Mr. Lawrence.

»Du solltest es dir nicht so sehr zu Herzen nehmen, Helen«, sagte er, »ich will in Zukunft vorsichtiger sein, und bald...«

Den Rest des Satzes bekam ich nicht mit, denn er ging dicht neben ihr und sprach so leise, daß ich die Worte nicht verstehen konnte. Das Herz wollte mir vor Haß zerspringen; aber ich lauschte begierig auf ihre Antwort. Ich hörte sie deutlich genug.

»Aber ich muß diesen Ort verlassen, Frederick«, sagte sie, »ich kann hier niemals glücklich sein – und anderswo auch nicht, das ist wahr«, fügte sie mit einem freudlosen Lachen hinzu, »doch ich kann hier nicht bleiben.«

»Aber wo könntest du wohl eine bessere Bleibe finden?« erwiderte er, »so abgeschieden – so nahe bei mir, wenn du an so etwas denkst.«

»Ja«, unterbrach sie ihn, »mehr konnte ich mir nicht wünschen, wenn sie mich nur in Ruhe lassen wollten.«

»Aber wo du auch hingehst, Helen, wird es denselben Ärger und Verdruß geben. Ich kann mich einfach nicht bereit erklären, dich zu verlieren: ich muß mit dir gehen oder zu dir kommen; und es gibt überall Narren, die sich einmischen, ebenso wie hier.«

Während sie sich so unterhielten, waren sie langsam hinter mir vorbeigeschlendert, und ich hörte nichts mehr von ihrem Gespräch; aber ich sah, wie er seinen Arm um ihre Hüfte legte, während sie ihre Hand liebevoll auf seiner Schulter ruhen ließ; – und dann durchlief mich ein Zittern und mir wurde schwarz vor den Augen, mir schwanden die Sinne und mein Kopf brannte wie Feuer. Halb rennend, halb taumelnd verließ ich die Stelle, wo ich vor Schreck wie angewurzelt gestanden hatte, und sprang oder torkelte über die Mauer – ich weiß nicht einmal genau, welche es war – aber ich weiß, daß ich mich danach wie ein jähzorniges Kind auf den Boden warf und in einem Anfall von Wut und Verzweiflung dort liegen blieb – wie lange, vermag ich nicht zu sagen; aber es muß eine ganze Weile gewesen sein, denn als ich, nachdem ich mir durch einen Strom von Tränen eine gewisse Erleichterung verschafft und zum Mond hinauf geschaut hatte, der, von meinem Elend ebenso wenig berührt wie ich von seinem friedlichen Schein, so ruhig und gleichgültig erstrahlte, und ernsthaft um Tod oder Vergessen gebetet hatte, mich erhob und heimwärts wanderte – wobei ich kaum auf den Weg achtete, doch von meinen Füßen instinktiv zu der Haustür getragen wurde, merkte ich, daß sie abgeschlossen war und alle schon im Bett lagen mit Ausnahme meiner Mutter, die auf mein ungeduldiges Klopfen herbeieilte und mich mit einer Menge von Fragen und Vorwürfen empfing.

»Oh, Gilbert, wie konntest du so etwas tun? Wo bist du nur gewesen? Komm rein und iß dein Abendbrot – ich hab' schon alles fertig, obwohl du es gar nicht verdienst, dafür daß du mich in solche Angst versetzt hast, nachdem du heute Abend das Haus auf so merkwürdige Weise verlassen hattest. Mr. Millward war ganz – Großer Gott, der Junge! Wie schlecht er aussieht! Oh, gütiger Himmel, was ist los?«

»Nichts, nichts, gib mir eine Kerze.«

»Aber willst du denn nicht eine Kleinigkeit essen?«

»Nein, ich möchte zu Bett gehen«, sagte ich, indem ich die Kerze nahm und sie an der, die sie in der Hand hielt, entzündete.

»Oh, Gilbert, wie du zitterst!« jammerte meine besorgte Mutter laut. »Wie blaß du aussiehst! Sag mir doch, was es ist? Ist irgend etwas passiert?«

»Es ist nichts!« rief ich und hätte am liebsten vor Wut auf den Boden gestampft, weil die Kerze nicht brennen wollte. Meinen Ärger unterdrückend fügte ich hinzu: »Ich bin zu schnell gelaufen, das ist alles. Gute Nacht«, und begab mich zu Bett, ohne auf das »Zu schnell gelaufen! wo bist du gewesen?« zu achten, das mir von unten nachgerufen wurde.

Meine Mutter folgte mir bis zur Tür meines Zimmers mit ihren Fragen und Ratschlägen, die meine Gesundheit und mein Verhalten betrafen; aber ich beschwor sie, mich bis morgen in Ruhe zu lassen; und sie zog sich zurück, und schließlich hatte ich die Genugtuung zu hören, wie sie ihre Tür schloß. Wie ich es mir gedacht hatte, fand ich in dieser Nacht keinen Schlaf; und anstatt mich eifrig darum zu bemühen, verbrachte ich die Zeit damit, unentwegt im Zimmer hin- und herzulaufen – nachdem ich zuerst meine Stiefel ausgezogen hatte, damit meine Mutter mich nicht höre. Aber die Dielen knarrten, und sie war wachsam. Nicht länger als eine Viertelstunde war ich so auf- und abgegangen, als sie wieder an der Tür stand.

»Gilbert, warum bist du nicht im Bett – du sagtest doch, du wolltest zu Bett gehen?«

»Zum Teufel! Ich gehe ja gleich«, sagte ich.

»Aber warum brauchst du so lange dazu? Du mußt irgend etwas auf dem Herzen haben –«

»Um Himmels willen, laß mich doch in Ruhe, und geh du selbst zu Bett!«

»Kann es sein, daß Mrs. Graham dir Kummer bereitet hat?«

»Nein, nein, ich sage dir doch – es ist nichts!«

»Gott gebe, daß es so ist!« murmelte sie mit einem Seufzer, als sie in ihr Zimmer zurückkehrte, während ich mich aufs Bett warf, wobei ich einen höchst ungehörigen Groll gegen sie empfand, weil sie mir auch das noch genommen hatte, was mir der einzige verbleibende Schatten eines Trostes zu sein schien, und mich an dieses elende Dornenbett fesselte.

Niemals habe ich eine so lange, so unglückliche Nacht durchgemacht wie diese. Und dennoch war sie nicht gänzlich schlaflos: gegen Morgen gaben es meine quälenden Gedanken allmählich auf, nach Klarheit zu streben und verwandelten sich in wirre und fiebrige Träume, und schließlich verfiel ich in einen kurzen bewußtlosen Schlummer. Doch als dann jene bittere Erinnerung wieder heraufdämmerte, – als ich erwachte, um feststellen zu müssen, daß das Leben eine Ödnis, ja, schlimmer noch als eine Ödnis ist – erfüllt von Qual und Elend – nicht nur eine kahle Wüstenei, sondern voller Stacheln und Dornen –, als mir wieder bewußt wurde, daß ich getäuscht, betrogen, meiner Hoffnungen beraubt worden war, meine Liebe mit Füßen getreten, mein Engel kein Engel und mein Freund ein Teufel in Menschengestalt – erschien mir das schlimmer, als wenn ich überhaupt nicht geschlafen hätte.

Es war ein trüber, düsterer Morgen, das Wetter hatte umgeschlagen wie meine Zukunftsaussichten, und der Regen prasselte gegen das Fenster. Ich stand trotzdem auf und ging nach draußen; nicht um nach dem Hof zu sehen, obwohl mir das als Entschuldigung hätte dienen können, sondern um einen klaren Kopf zu bekommen und wenn möglich meine Fassung soweit wiederzugewinnen, daß ich meiner Familie beim Frühstück gegenübertreten konnte, ohne mir lästige Bemerkungen zuzuziehen. Würde ich durchnäßt werden, so könnte das in Verbindung mit einer vorgeblichen Überanstrengung vor dem Frühstück vielleicht meinen plötzlichen Appetitverlust rechtfertigen; und wenn darauf noch eine Erkältung folgte, je schwerer, desto besser, könnte das die mürrische Laune und apathische Melancholie erklären, die wahrscheinlich meine Stirn noch ziemlich lange verdüstern würden.

KAPITEL 13
Rückkehr zur Pflicht

»Mein lieber Gilbert! Ich wünschte, du würdest versuchen, ein bißchen liebenswürdiger zu sein«, sagte meine Mutter eines Morgens, nachdem ich eine ungebührlich schlechte Laune an den Tag gelegt hatte. »Du sagst, es fehle dir nichts, und es sei nichts geschehen, was dich betrübe, und doch habe ich noch keinen Menschen kennengelernt, der sich so verändert hätte wie du in den letzten paar Tagen. Für niemand hast du ein gutes Wort – ganz gleich, ob es sich um

Freunde oder Fremde, Gleichgestellte oder Untergebene handelt. Ich wünschte, du würdest versuchen, dem Einhalt zu gebieten?«

»Wem Einhalt gebieten?«

»Nun, deiner seltsamen Laune. Du merkst gar nicht, wie sie dir schadet. Ich weiß, daß es keine aufgeräumtere Stimmung gibt, als du sie von Natur aus hast, wenn du ihr nur freie Bahn läßt; *damit* kannst du dich also nicht entschuldigen.«

Während sie mir diese Vorhaltungen machte, ergriff ich ein Buch, legte es aufgeschlagen vor mich auf den Tisch und tat so, als sei ich in die Lektüre desselben vertieft; denn ich konnte mich ebensowenig rechtfertigen, wie ich meine Fehler eingestehen mochte; und ich wollte über die Angelegenheit nichts sagen müssen. Doch meine wackere Mutter fuhr mit ihrer Strafpredigt fort, verlegte sich aber dann aufs Schmeicheln und begann, mir übers Haar zu streicheln; und ich fühlte mich allmählich schon wieder als braver Junge, doch mein boshafter Bruder, der im Zimmer herumtrödelte, brachte es fertig, daß ich mich erneut von meiner schlechten Seite zeigte, als er plötzlich hervorstieß:

»Faß ihn nicht an, Mutter! Er beißt gleich! Er ist ein richtiger Tiger in Menschengestalt. *Ich* für mein Teil habe ihn aufgegeben – ich will mit ihm nichts mehr zu schaffen haben – ich habe ihn mit Stumpf und Stiel aus meinem Herzen gerissen. Mein Leben ist mir zu lieb, als daß ich mich ihm auch nur auf sechs Meter näherte. Neulich hat er mir beinahe den Schädel eingeschlagen, weil ich ein nettes, harmloses Liebeslied sang, bloß um ihn auf andere Gedanken zu bringen.«

»Oh, Gilbert! Wie konntest du nur?« rief meine Mutter aus.

»Ich habe dir doch gesagt, daß du den Mund halten sollst, Fergus«, sagte ich.

»Ja, aber als ich dir versicherte, daß ich dich nicht ärgern wollte, und mit der nächsten Strophe weitermachte, weil ich dachte, sie würde dir vielleicht besser gefallen, hast du mich bei den Schultern gepackt und weggestoßen, direkt gegen die Mauer dort, und zwar mit einer solchen Wucht, daß ich meinte, ich hätte mir die Zunge entzweigebissen, und erwartete, daß mein Gehirn an jener Stelle klebte, und als ich mir mit der Hand an den Kopf faßte und feststellte, daß mein Schädel nicht gebrochen war, hielt ich das für ein Wunder und nicht für einen Irrtum. Aber, der arme Kerl!« fügte er mit einem sentimentalen Seufzer hinzu – »sein Herz ist gebrochen – das ist es – und sein Kopf ist –«

»Willst du jetzt endlich still sein?« schrie ich, wobei ich aufsprang und den Burschen so grimmig ansah, daß meine Mutter, da sie meinte, ich wolle ihm ernsthaft zu Leibe rükken, ihre Hand auf meinen Arm legte und mich beschwor, ihn in Ruhe zu lassen; und er schlenderte gemächlich hinaus, die Hände in den Hosentaschen und provozierend singend:

»Soll ich, weil eine Frau so schön ist« usw.

»An ihm werde ich mir die Finger nicht schmutzig machen«, sagte ich als Antwort auf dieses mütterliche Dazwischentreten.

»Ich würde ihn nicht einmal mit einer Beißzange anfassen.«

Nun fiel mir ein, daß ich ein Geschäft mit Robert Wilson zu erledigen hatte, bei dem es um den Kauf eines bestimmten, an meinen Hof angrenzenden Feldes ging – ein Geschäft, das ich von Tag zu Tag verschoben hatte; denn gegenwärtig interessierte mich überhaupt nichts, und überdies war ich misanthropisch gesinnt und empfand außerdem einen besonderen Widerwillen, mit Jane Wilson oder ihrer Mutter zusammenzutreffen; denn obwohl ich nun allen Grund hatte, ihren Berichten über Mrs. Graham Glauben zu schenken, konnte ich sie – oder auch Eliza Millward – deshalb kein bißchen besser leiden – und der Gedanke, ihnen zu begegnen, war mir um so widerwärtiger, als ich jetzt ihren scheinbar falschen Anschuldigungen keinen Widerstand entgegensetzen und in meinen eigenen Überzeugungen nicht wie zuvor triumphieren konnte. Doch heute beschloß ich, mich um die Rückkehr zu meiner Pflicht zu bemühen. Zwar fand ich keinen Gefallen daran, aber es würde mich weniger langweilen als Müßiggang – auf jeden Fall würde es profitabler sein. Wenn das Leben in meinem Beruf auch keine Freude versprach, so boten sich doch außerhalb desselben zumindest keine Verlockungen; und hinfort würde ich mich kräftig ins Zeug legen und schuften wie irgendein armer Teufel von einem Zugpferd, das richtig zu seiner Arbeit abgerichtet wurde, und mich durchs Leben schlagen, das nicht ganz nutzlos, wenn auch nicht angenehm sein würde, und mich nicht beklagen, wenn ich mit meinem Los nicht zufrieden wäre.

Solcherart entschlossen, in einer Art dumpfer Resignation, wenn ein solcher Ausdruck erlaubt ist, begab ich mich zum Ryecote Hof, wobei ich kaum erwartete, seinen Besitzer zu dieser Tageszeit dort anzutreffen, aber zu erfahren hoffte, in welchem Teil des Anwesens er aller Wahrscheinlichkeit nach zu finden sein würde.

Tatsächlich war er nicht da, wurde aber in wenigen Minuten zurückerwartet; und man bat mich, in den Salon zu treten und zu warten. Mrs. Wilson war in der Küche beschäftigt, doch der Salon war nicht leer; denn dort saß Miss Wilson, die mit Eliza Millward plauderte. Ich beschloß jedoch, kühl und höflich zu sein. Eliza ihrerseits schien denselben Entschluß gefaßt zu haben. Wir waren uns seit dem Abend der Tee-Gesellschaft nicht mehr begegnet; aber sie zeigte keinerlei sichtbare Gemütsbewegung weder der Freude noch des Schmerzes, keinen Versuch, Mitleid zu erregen, keinen Ausdruck verletzten Stolzes; sie war gedämpfter Stimmung und höflich im Umgang. Sie gab sich sogar ungezwungen und heiter, worauf ich gar keinen Anspruch erhob; aber da war ein tiefer Groll in ihrem allzu aussagekräftigen Blick, der mir deutlich zu verstehen gab, daß man mir nicht verziehen hatte; denn obgleich sie nicht mehr länger hoffte, mich für sich zu gewinnen, haßte sie doch ihre Rivalin noch immer, und es gefiel ihr offensichtlich, ihren Ärger an mir auszulassen. Miss Wilson andererseits war so leutselig und höflich, wie man es sich nur wünschen konnte, und obwohl ich selbst nicht gerade zum Reden aufgelegt war, schafften es die beiden Damen untereinander, ein recht beständiges Feuer an nichtiger Konversation aufrechtzuerhalten. Aber Eliza nutzte die erste günstige Pause zu der Frage, ob ich Mrs. Graham in der letzten Zeit gesehen hätte, und das in einem Ton bloß beiläufiger Erkundigung, doch mit einem versteckten Blick – der bewußt schelmisch sein sollte – in Wirklichkeit aber vor lauter Bosheit troff.

»In letzter Zeit nicht«, erwiderte ich in einem gleichgültigen Tonfall, wobei aber meine Augen ihre hassenswerten Blicke streng zurückwiesen; denn ich ärgerte mich, als ich spürte, wie mir, trotz meines eifrigen Bemühens, unbewegt zu erscheinen, die Röte ins Gesicht stieg.

»Was! Sie fangen schon an, müde zu werden? Ich dachte, ein so edles Geschöpf hätte wohl genug Anziehungskraft, um Sie zumindest für ein Jahr in seinen Bann zu ziehen!«

»Ich möchte jetzt lieber nicht von ihr sprechen.«

»Ah! Dann sehen Sie also Ihren Fehler endlich ein – haben schließlich entdeckt, daß Ihre Göttin nicht ganz die unbefleckte –«

»Ich habe Sie gebeten, nicht von ihr zu sprechen, Miss Eliza.«

»Oh, ich bitte um Verzeihung! Ich merke schon, Cupidos Pfeile sind zu scharf für Sie gewesen: die Wunden, da sie unter die Haut gingen, sind noch nicht verheilt und fangen bei jeder Erwähnung des Namens der Geliebten aufs neue an zu bluten.«

»Sagen Sie lieber«, unterbrach Miss Wilson, »Mr. Markham spürt, daß es dieser Name nicht wert ist, in Gegenwart rechtschaffener Frauen erwähnt zu werden. Ich wundere mich, Eliza, wie Sie auf diese unglückselige Person Bezug nehmen können – Sie konnten doch wissen, daß ihre Erwähnung für jeden hier Anwesenden alles andere als angenehm sein würde.«

Wie sollte ich das ertragen? Ich stand auf und wollte schon meinen Hut aufsetzen und in wütender Entrüstung aus diesem Haus forteilen, aber indem ich mir – gerade noch rechtzeitig, um meine Würde zu bewahren – die Dummheit eines solchen Benehmens bewußt machte, und daß es meine schönen Peinigerinnen nur zu einem herzlichen Gelächter auf meine Kosten veranlassen würde, und zwar um einer Person willen, die ich in meinem eigenen Herzen als des geringsten Opfers für unwürdig erachtete – wenn auch das Gespenst meiner früheren Verehrung und Liebe noch immer über mir schwebte, so daß ich es nicht ertragen konnte, den Namen von anderen schmähen zu hören –, lief ich lediglich zum Fenster, und nachdem ich ein paar Sekunden damit verbracht hatte, mir rachedurstig auf die Lippen zu beißen und das leidenschaftliche Schwellen meiner Brust zu unterdrücken, bemerkte ich zu Miss Wilson, daß von ihrem Bruder nichts zu sehen sei, und fügte hinzu, es wäre, da meine Zeit kostbar sei, vielleicht besser, morgen erneut vorzusprechen, zu einem Zeitpunkt, wenn ich sicher wäre, ihn zu Hause anzutreffen.

»O nein!« sagte sie, »wenn Sie eine Minute warten, wird er sicher kommen, denn er hat geschäftlich in L–« (das war unser Marktflecken) »zu tun und wird eine kleine Erfrischung benötigen, ehe er wieder geht.«

Ich fügte mich demnach mit der besten Miene, die ich aufbrachte; und zum Glück hatte ich nicht lange zu warten, Mr. Wilson kam bald, und obwohl ich in diesem Augenblick so gar nicht für Geschäfte aufgelegt war, und mich das Feld oder sein Besitzer so wenig kümmerten, konzentrierte ich doch mit sehr löblicher Entschiedenheit meine Aufmerksamkeit auf die vorliegende Angelegenheit und brachte den Handel rasch zum Abschluß – vielleicht mehr zur Zufriedenheit des sparsamen Bauern, als dieser zugeben mochte. Dann überließ ich ihn dem Genuß seiner herzhaften Erfrischung und trat aus dem Haus und ging, um nach meinen Schnittern zu sehen.

Indem ich sie fleißig arbeitend auf der einen Seite des Tals zurückließ, stieg ich den Hügel hinauf, um ein höher gelegenes Kornfeld in Augenschein zu nehmen und zu schauen, wann es reif für die Sichel wäre. Aber an diesem Tag sah ich es mir nicht an, denn als ich mich ihm näherte, erblickte ich in geringer Entfernung Mrs. Graham und ihren Sohn, die in der Gegenrichtung den Hügel herabkamen. Sie sahen mich; und Arthur rannte mir bereits entgegen; aber ich machte auf der Stelle kehrt und lief unbeirrrbaren Schritts heimwärts, denn ich hatte mir fest vorgenommen, seine Mutter nie wieder zu treffen; und ohne auf die schrille Stimme in meinem Ohr zu achten, die mir zurief, doch einen Augenblick zu warten, setzte ich meinen Weg stetig fort, und bald gab er die Verfolgung als hoffnungslos auf oder wurde von seiner Mutter zurückgerufen. Jedenfalls war, als ich fünf Minuten später zurückschaute, von den beiden keine Spur mehr zu sehen.

Dieser Zwischenfall bewegte und verstörte mich auf ganz unerklärliche Weise – es sei denn, man würde es damit erklären, daß Cupidos Pfeile nicht nur zu scharf für mich gewesen waren, sondern daß sie Widerhaken gehabt und sich tief in mein Fleisch gegraben hatten und ich bis jetzt nicht fähig gewesen war, sie mir aus dem Herzen zu reißen. Wie immer dem auch sei, ich war für den Rest des Tages doppelt unglücklich geworden.

KAPITEL 14
Ein tätlicher Angriff

Am nächsten Morgen fiel mir ein, daß auch ich etwas in L – zu erledigen hatte; so bestieg ich mein Pferd und brach kurz nach dem Frühstück zu der Unternehmung auf. Es war ein trüber, regnerischer Tag; doch das kümmerte mich nicht: ja, es paßte um so besser zu meiner Gemütsverfassung. Wahrscheinlich würde es ein einsamer Ritt werden; denn es war kein Markttag, und die Straße, die ich nahm, wurde ansonsten wenig frequentiert; aber auch das war mir um so lieber.

Als ich jedoch so dahintrabte »in bittersüßer Liebesgrübelei«, hörte ich ein anderes Pferd nicht weit hinter mir; aber ich stellte keinerlei Mutmaßungen an, wer sein Reiter sein mochte – oder zerbrach mir den Kopf über ihn, bis ich, als ich mein Tempo verlangsamte, um eine leichte Anhöhe hinaufzureiten, – oder besser gesagt, mein Pferd in eine langsamere Gangart verfallen ließ, dann da ich tief in Gedanken versunken war, ließ ich es so gemächlich dahintrotten, wie es ihm gefiel – an Vorsprung verlor und mich der Weggefährte einholte. Er redete mich mit Namen an, denn es war kein Fremder – es war Mr. Lawrence! Unwillkürlich juckte es mich in den Fingern, die die Peitsche hielten und sich fest darum verkrampften; aber ich unterdrückte diese Regung und, indem ich seinen Gruß mit einem Kopfnicken erwiderte, versuchte ich weiterzureiten; aber er setzte sich neben mir in Bewegung und fing an, vom Wetter und vom Getreide zu reden. Auf seine Fragen und Bemerkungen gab ich ihm die kürzest möglichen Antworten und blieb zurück. Auch er blieb zurück und fragte mich, ob mein Pferd lahme. Ich erwiderte mit einem *Blick* – worauf er seelenruhig lächelte.

Über diese merkwürdige Halsstarrigkeit und unerschütterliche Zuversicht von seiner Seite war ich ebenso sehr erstaunt wie verärgert. Ich hatte erwartet, die Umstände unserer letzten Begegnung hätten bei ihm einen Eindruck hinterlassen, der ihn für alle Zeit kühl und abweisend machen würde: statt dessen schien er nicht nur alle früheren Beleidigungen vergessen zu haben, sondern auch alle gegenwärtigen Unhöflichkeiten überhaupt nicht zu empfinden. Früher hatte schon die geringste Andeutung oder eine bloß eingebildete Unfreundlichkeit im Ton oder Blick genügt, um ihn zurückzustoßen; jetzt konnte ihn sogar eine unmißverständliche Grobheit nicht vertreiben. Hatte er wohl von meiner Enttäuschung gehört und war nun gekommen, um sich das Ergebnis anzuschauen und über meine Verzweiflung zu triumphieren? Ich umklammerte meine Peitsche mit größerer Entschlossenheit als vorher – doch noch immer vermied ich es, sie zu erheben, und ritt schweigend weiter, wobei ich auf einen handfesten Grund zum Angriff wartete, ehe ich die Schleusentore meiner Seele öffnete und der aufgestauten Wut freie Bahn ließ, die darin schäumte und anschwoll.

»Markham«, sagte er in seinem üblichen ruhigen Tonfall, »warum hadern Sie mit Ihren Freunden, bloß weil Sie von einer Seite enttäuscht wurden? Sie haben erkannt, daß Ihre Hoffnungen gescheitert sind; aber was kann denn *ich* dafür? Ich habe Sie ja im voraus gewarnt, aber Sie wollten nicht –«

Mehr sagte er nicht; denn von irgendeinem Unhold am

Ellbogen gestoßen, hatte ich meine Peitsche bei ihrem dünnen Ende ergriffen und das andere – plötzlich und unerwartet wie ein Blitz – auf seinen Kopf niedersausen lassen. Nicht ohne ein Gefühl grimmiger Befriedigung bemerkte ich die tödliche Blässe, die sogleich sein Gesicht überzog, und die wenigen roten Tropfen, die von seiner Stirn rannen, während er einen Augenblick lang in seinem Sattel schwankte und dann rücklings zu Boden fiel. Überrascht, auf so merkwürdige Weise von seiner Last befreit zu sein, stutzte das Pony und sprang vor Freude in die Höhe, schlug ein wenig aus und machte dann von seiner Freiheit Gebrauch, um wegzulaufen und auf der mit Hecken bestandenen Böschung zu grasen, während sein Herr so reglos und stumm dalag wie ein Leichnam. Hatte ich ihn umgebracht? Eine eisige Hand schien nach meinem Herzen zu greifen und es zum Stillstand zu bringen, wie ich so über ihn gebeugt stand und mit atemloser Anspannung in das totenblasse, nach oben gerichtete Gesicht starrte. Doch nein; er bewegte die Augenlider und gab ein leises Stöhnen von sich. Ich atmete erleichtert auf – er war durch den Fall nur bewußtlos geworden. Das geschah ihm recht – es würde ihn in Zukunft besseres Benehmen lehren. Sollte ich ihm auf sein Pferd helfen? Nein. Bei jeder anderen Art von Beleidigung hätte ich es getan; aber seine waren zu unverzeihlich. Er mochte selbst sehen, wie er auf sein Pferd kam, wenn er Lust dazu hatte – nach einer Weile: schon begann er sich ja zu bewegen und um sich zu blicken – und dort wartete es doch auf ihn und graste ruhig am Straßenrand.

Mit einer kaum hörbaren Verwünschung überließ ich also den Kerl seinem Schicksal, gab meinem Pferd die Sporen und galoppierte davon, erregt von verschiedenen Empfindungen, deren Analyse mir wohl nicht leichtfallen würde; und wenn ich es versuchte, würde mir vielleicht das Ergebnis keine große Ehre machen, denn ich bin nicht sicher, ob nicht eine Art Frohlocken über das, was ich getan hatte, ein wesentlicher Bestandteil war.

Bald jedoch begann sich meine Gefühlsaufwallung zu legen und es vergingen nur wenige Minuten, ehe ich kehrtmachte und zurückritt, um nach dem Schicksal meines Opfers zu sehen. Es war keine großherzige Regung – kein gütiges Erbarmen, was mich dazu bewog – und nicht einmal die Angst, welche Folgen es für mich selbst haben könnte, wenn ich meinen Angriff auf den Squire damit beendete, daß ich ihn so schlecht versorgt und weiterem Unbill ausgesetzt liegen ließ; es war schlicht und einfach die Stimme des Gewissens; und ich rechnete es mir als großes Verdienst an, seinen Befehlen so umgehend Gehör geschenkt zu haben – und wenn man den Wert einer Tat nach dem Opfer bemißt, das sie kostet, hatte ich nicht ganz unrecht.

Mr. Lawrence und sein Pony hatten beide ihre Position etwas verändert. Das Pony war noch acht oder zehn Yards weiter weg gelaufen, und er hatte es irgendwie geschafft, sich von der Straßenmitte zu entfernen: ich fand ihn zurückgelehnt auf der Böschung sitzend – immer noch sah er sehr blaß und angegriffen aus und preßte sich sein weißes Batisttaschentuch (das mittlerweile mehr rot als weiß war) gegen den Kopf. Es mußte ein gewaltiger Schlag gewesen sein; aber das Verdienst – oder die Schuld (wie es Dir gefällt) ist zur Hälfte der Peitsche zuzuschreiben, die mit einem massiven Pferdekopf aus versilbertem Metall verziert war. Da das Gras vom Regen durchnäßt war, bot es dem jungen Herrn ein recht unwirtliches Lager; seine Kleidung war erheblich beschmutzt, und sein Hut rollte auf der anderen Seite der Straße im Matsch. Aber seine Gedanken schienen hauptsächlich auf sein Pony gerichtet, nach dem er sehnsüchtig blickte – halb in hilflosem Verlangen, halb in hoffnungsloser Schicksalsergebenheit.

Ich stieg jedoch ab und hob, nachdem ich mein eigenes

Tier an den nächsten Baum angebunden hatte, als erstes seinen Hut auf, in der Absicht, ihm diesen auf den Kopf zu setzen. Aber entweder betrachtete er seinen Kopf als ungeeignet für einen Hut oder den Hut in seiner gegenwärtigen Verfassung als ungeeignet für seinen Kopf, denn indem er den einen wegdrehte, nahm er mir den anderen aus der Hand und warf ihn verächtlich beiseite.

»Für *dich* ist er gut genug«, brummte ich.

Meine nächste gute Tat bestand darin, daß ich sein Pony einfing und es ihm brachte, was schnell geschah, denn das Tier war im allgemeinen recht friedlich und schreckte nur etwas zurück und sprang ein bißchen herum, bis ich den Zügel zu fassen bekam – aber freilich mußte ich ihm in den Sattel helfen.

»Hier, du Kerl – Schuft – Hund – gib mir deine Hand und ich will dir beim Aufsitzen helfen.«

Nein, voller Abscheu wandte er sich von mir ab. Ich versuchte, ihn beim Arm zu fassen. Er schrak zurück, als ob in meiner Berührung etwas Ansteckendes gelegen hätte.

»Was, du willst nicht. Nun gut! Dann magst du meinetwegen bis zum Jüngsten Tag hier sitzen bleiben. Aber ich nehme an, du willst nicht das ganze Blut in deinem Körper verlieren – ich will mich gerade noch herablassen, um dir das da zu verbinden.«

»Lassen Sie mich in Ruhe, wenn ich bitten darf.«

»Hm! Von Herzen gern. Du magst zum T–l gehen, wenn dir das lieber ist, und ihm ausrichten, daß ich dich schicke.«

Doch bevor ich ihn seinem Schicksal überließ, schleuderte ich den Zügel seines Ponys über einen Pfahl in der Hecke und warf ihm mein Taschentuch hin, da sein eigenes inzwischen von Blut durchtränkt war. Er nahm es und warf es mir voller Abscheu und Verachtung und mit aller Kraft, die er aufbringen konnte, wieder zurück. Mehr bedurfte es nicht, um das Maß seiner Beleidigungen voll zu machen.

Unter Verwünschungen, nicht laut, aber tief empfunden, verließ ich ihn, damit er je nachdem weiterlebe oder sterbe, und empfand eine tiefe Genugtuung, daß ich durch das Bemühen, ihn zu retten *meine* Pflicht getan hatte – wobei ich freilich vergaß, wie sehr ich gesündigt hatte, indem ich ihn in eine solche Lage gebracht, und auf welch unverschämte Weise ich ihm nachträglich meine Dienste angeboten hatte –, und eigensinnig richtete ich mich darauf ein, die Konsequenzen zu tragen, sollte er behaupten, ich hätte ihn zu ermorden versucht – was ich für nicht unwahrscheinlich hielt, da er von derartig gehässigen Motiven bestimmt zu sein schien, als er meine Hilfe so hartnäckig zurückwies.

Nachdem ich wieder mein Pferd bestiegen hatte, warf ich noch einen Blick zurück, um zu schauen, wie er vorwärtskam, ehe ich von dannen ritt. Er hatte sich vom Boden erhoben und versuchte, sich an der Mähne seines Ponys festhaltend, seinen Platz auf dem Sattel wieder einzunehmen; aber kaum hatte er seinen Fuß in den Steigbügel gesteckt, da schien ihn eine Übelkeit oder ein Schwindelanfall zu überwältigen: einen Augenblick lang lehnte er sich nach vorne, den Kopf auf den Rücken des Tiers hängen lassend, und machte dann noch einen Versuch, der sich als vergeblich erwies, worauf er auf die Böschung zurücksank, wo ich ihn verlassen hatte, und seinen Kopf auf den feuchten Rasen zur Ruhe bettete und sich allem Anschein nach so gelassen niederlegte, als ob er sich zu Hause auf seinem Sofa ausgeruht hätte.

Ich hätte ihm gegen seinen Willen helfen, ihm die Wunde verbinden sollen, deren Blutung er selbst nicht stillen konnte, und darauf bestehen müssen, ihn auf sein Pferd zu setzen und dafür sorgen, daß er sicher nach Hause käme; aber neben meiner bitteren Entrüstung über ihn selbst, war da noch die Frage, was ich zu seinem Gesinde sagen sollte – und was zu meiner eigenen Familie. Entweder hätte ich die Tat zugeben müssen, was mich als einen Verrückten hinstellen würde, wenn ich nicht auch das Motiv eingestände – und das war undenkbar – oder ich mußte eine Lüge erfinden, was ebenso ausgeschlossen schien – besonders, da Mr. Lawrence wahrscheinlich die ganze Wahrheit offenbaren und mich dadurch zehnfach bloßstellen würde – es sei denn, ich wäre ein so großer Bösewicht, daß ich die Abwesenheit von Zeugen dazu mißbrauchte, um auf meiner eigenen Version des Vorfalls zu beharren und ihn als einen noch größeren Schuft hinzustellen, als er tatsächlich war. Nein, er hatte lediglich eine Schramme über der einen Schläfe abbekommen und vielleicht ein paar Knochenbrüche durch den Sturz oder von den Hufen seines eigenen Ponys: das würde ihn gewiß nicht umbringen, und sollte er einen halben Tag lang dort liegen bleiben; und wenn er sich nicht selbst helfen konnte, würde bestimmt irgend jemand vorbeikommen: es war einfach undenkbar, daß ein ganzer Tag verging und niemand außer uns beiden die Straße passierte. Was das betraf, was er später sagen mochte, so würde ich meine Chance dabei schon nutzen: sollte er Lügen erzählen, so würde ich ihm widersprechen; sollte er die Wahrheit sagen, so würde ich es so gut ertragen, wie ich konnte. Ich war schließlich nicht *verpflichtet*, mich auf Erklärungen einzulassen, die weiter gingen, als ich es für angebracht hielt. Vielleicht würde er es ja auch vorziehen, über die Angelegenheit zu schweigen, aus Angst davor, Fragen über die Ursache des Streits heraufzubeschwören und die Aufmerksamkeit der Leute auf seine Beziehung zu Mrs. Graham zu lenken, die zu verheimlichen er so sehr bedacht zu sein schien, ob nun um ihret- oder um seinetwillen.

Solcherart räsonnierend trabte ich in die Stadt, wo ich meine Geschäfte ordnungsgemäß abwickelte und für meine Mutter und Rose verschiedene kleine Aufträge erledigte und das mit einer in Anbetracht der Umstände sehr lobenswerten Genauigkeit. Als ich mich wieder auf den Heimweg machte, beunruhigten mich mannigfaltige Befürchtungen um den unglückseligen Lawrence. Die Frage, was wäre, wenn ich ihn noch immer auf dem feuchten Boden liegend vorfände, geradewegs sterbend vor Kälte und Erschöpfung – oder bereits steif und erkaltet? legte sich mir höchst unangenehm aufs Gemüt, und die schreckliche Möglichkeit stellte sich mit qualvoller Lebendigkeit meiner Einbildungskraft dar, als ich mich dem Ort näherte, wo ich ihn verlassen hatte. Aber nein; dem Himmel sei Dank, Mann und Pferd waren beide weg, und nichts war zurückgeblieben, um gegen mich zu zeugen, bis auf zwei Gegenstände – als solche freilich unerfreulich genug und einen sehr häßlichen, um nicht zu sagen: mörderischen Anblick bietend –: an einer Stelle der vom Regen durchnäßte und mit Schmutz bedeckte Hut, über der Krempe eingedellt und ruiniert durch jenen schändlichen Peitschengriff, an einer anderen das purpurne Taschentuch, durchgeweicht in einer stark gefärbten Wasserpfütze – denn in der Zwischenzeit war viel Regen gefallen.

Schlimme Neuigkeiten verbreiten sich schnell: es war noch nicht ganz vier Uhr, als ich zu Hause ankam, aber meine Mutter begrüßte mich ernst mit den Worten:

»Oh, Gilbert! – Was für ein Unfall! Rose ist zum Einkaufen im Dorf gewesen und hat gehört, daß Mr. Lawrence von seinem Pferd gefallen und sterbend nach Hause gebracht worden ist!«

Das versetzte mir einen kleinen Schock, wie Du Dir wohl vorstellen kannst; aber ich war erleichtert, als ich erfuhr, daß er sich schrecklich den Schädel zerschlagen und ein Bein gebrochen hatte; denn da ich von der Unwahrheit dieser Nachricht überzeugt war, vertraute ich darauf, daß der Rest ebenso übertrieben war; und als ich meine Mutter und meine Schwester seinen Zustand so mitfühlend bejammern hörte, hatte ich beträchtliche Mühe, mir die Schilderung des wirklichen Ausmaßes der Verletzungen, soweit ich sie kannte, zu verkneifen.

»Du mußt ihn morgen aufsuchen«, sagte meine Mutter.

»Oder heute«, schlug Rose vor, »es ist noch viel Zeit; und du kannst das Pony haben, da dein Pferd müde ist. Willst du nicht gehen, sobald du etwas gegessen hast?«

»Nein, nein. Wie können wir denn wissen, daß das ganze keine Falschmeldung ist? Es ist höchst un–«

»Oh, ich bin sicher, daß es das nicht ist; denn im Dorf redet man von nichts anderem; und ich traf zwei Leute, die andere getroffen haben, die den Mann gesehen haben, der ihn fand. Das klingt weit hergeholt; aber das ist es nicht, wenn du darüber nachdenkst.«

»Gut, aber Lawrence ist doch ein guter Reiter; es ist unwahrscheinlich, daß er überhaupt von seinem Pferd fallen würde; und wenn er fiel, ist es höchst unwahrscheinlich, daß er sich auf diese Weise die Knochen bräche. Es muß sich zumindest um eine grobe Übertreibung handeln.«

»Nein, aber das Pferd trat ihn – oder irgend so etwas.«

»Was, sein friedliches kleines Pony?«

»Woher weißt du, daß es dieses war?«

»Er reitet selten ein anderes.«

»Auf jeden Fall«, sagte meine Mutter, »wirst du morgen deine Aufwartung machen. Ob es nun stimmt oder nicht, übertrieben oder sonstwie ist, wir wollen wissen, wie es ihm geht.«

»Fergus kann doch gehen.«

»Warum nicht du?«

»Er hat mehr Zeit: ich bin gerade jetzt sehr beschäftigt.«

»Ach! Aber Gilbert, wie kannst du nur so ruhig und gelassen dabei sein! Du wirst doch für ein oder zwei Stunden nicht ans Geschäft denken in einem Fall wie diesem – wenn dein Freund im Sterben liegt!«

»Ich sage dir doch, daß es *nicht* so ist!«

»Nach allem, was du weißt, ist es vielleicht *doch* so! Du kannst es nicht wissen, bevor du ihn nicht gesehen hast. Auf alle Fälle muß ihm ein schreckliches Unglück zugestoßen sein, und du hast die Pflicht, ihn zu besuchen: er wird es sehr unfreundlich aufnehmen, wenn du es nicht tust.«

»Verflucht noch mal! Ich kann nicht. Er und ich standen in letzter Zeit sowieso nicht auf gutem Fuße.«

»Ach, mein *lieber* Junge! Ganz gewiß bist du nicht so nachtragend, daß du euere kleinen Differenzen so weit treibst, als –«

»Kleinen Differenzen, fürwahr!« murmelte ich.

»Nun gut, aber bedenke doch nur den Anlaß! Bedenke, wie –«

»Schon gut, laß mich jetzt in Ruhe! Ich will darüber nachdenken«, erwiderte ich.

Und mein Nachdenken darüber bestand darin, daß ich Fergus am nächsten Morgen mit den Empfehlungen meiner Mutter schickte, um die erforderlichen Erkundigungen einzuziehen, denn es war natürlich ausgeschlossen, daß ich hinginge – oder auch nur eine Botschaft übermittelte. Er brachte die Nachricht zurück, daß der junge Squire aufgrund der komplizierten Beschwerden einer Kopfverletzung und einiger Prellungen (verursacht durch den Sturz – dessen Einzelheiten zu berichten er sich nicht die Mühe machte – und dem ungebührlichen Betragen seines Pferdes hinterher) sowie einer schweren Erkältung infolge des Liegens auf dem nassen Gras im Regen ans Bett gefesselt sei; von gebrochenen Knochen konnte jedoch keine Rede sein, und es bestand keine unmittelbare Lebensgefahr.

Es war also offensichtlich, daß er um Mrs. Grahams willen nicht beabsichtigte, mich zu beschuldigen.

KAPITEL 15
Eine Begegnung und ihre Folgen

Jener Tag war regnerisch wie der vorangegangene; aber gegen Abend begann es ein wenig aufzuklaren, und der nächste Morgen war wolkenlos und vielversprechend. Ich war draußen auf dem Hügel bei den Schnittern. Ein leichter Wind strich über das Korn, und die ganze Natur erstrahlte im Sonnenschein. Die Lerche jubilierte zwischen den silbrig dahintreibenden Wolken. Der Regen der letzten Tage hatte die Luft so angenehm frisch und klar gemacht und den Himmel reingewaschen und funkelnde Perlen auf Zweig und Blatt zurückgelassen, so daß nicht einmal die Bauern es übers Herz brachten, ihn zu verfluchen. Aber kein Sonnenstrahl konnte bis zu meinem Herzen dringen, kein lindes Lüftchen konnte es beleben; nichts vermochte die Leere auszufüllen, die mein Glaube an Helen Graham, meine Hoffnung und meine Freude in ihrer Gegenwart zurückgelassen hatten, oder den heftigen Schmerz und die bitteren Reste von verbleibender Liebe, die mein Herz noch immer bedrückten, zu vertreiben.

Während ich so mit verschränkten Armen dastand und geistesabwesend auf die wogende Dünung des Getreides starrte, das die Schnitter bisher verschont hatten, zog etwas sachte an meinen Rockschößen und ein Stimmchen, das meinem Ohr nicht länger mehr angenehm war, riß mich aus meinen Gedanken mit den alarmierenden Worten:

»Mr. Markham, Mama möchte Sie sprechen.«

»*Mich* sprechen, Arthur?«

»Ja. Warum machen Sie denn so ein komisches Gesicht?« sagte er, halb lachend, halb verängstigt über den unerwarteten Ausdruck meines Gesichts, als ich es ihm plötzlich zuwandte. »Und warum sind Sie so lange weggeblieben? Kommen Sie! Wollen Sie nicht mitkommen?«

»Ich habe gerade zu tun«, erwiderte ich, da ich nicht recht wußte, was ich antworten sollte.

Er blickte in kindlicher Bestürzung zu mir hoch, aber bevor ich noch etwas sagen konnte, stand die Dame selbst neben mir.

»Gilbert, ich *muß* mit Ihnen sprechen!« sagte sie in einem Ton verhaltener Leidenschaft.

Ich blickte auf ihre bleichen Wangen und ihre funkelnden Augen, antwortete aber nichts.

»Nur auf einen Augenblick«, bat sie. »Kommen Sie kurz auf dieses andere Feld«, sie schaute zu den Schnittern hin, von denen einige Blicke voll unverschämter Neugier auf sie richteten, »ich werde Sie keine Minute lang aufhalten.«

Ich begleitete sie durch die Schneise.

»Arthur, Liebling, lauf und pflücke die Glockenblumen dort drüben«, sagte sie und deutete dabei auf ein paar, die in einiger Entfernung unter der Hecke aufleuchteten, an der wir entlanggingen. Das Kind zögerte, als wolle es nicht von meiner Seite weichen.

»Geh, mein Liebes!« wiederholte sie drängender und in einem Ton, der, wenn auch nicht unfreundlich, so doch prompten Gehorsam forderte und ihn auch bewirkte.

»Nun, Mrs. Graham?« sagte ich, gelassen und kühl, denn obwohl ich merkte, daß sie sich elend fühlte, und sie mir leid tat, freute ich mich, daß ich die Macht hatte, sie zu quälen.

Sie heftete ihre Augen auf mich, mit einem Blick, der mir das Herz durchbohrte; und dennoch machte er mich lächeln.

»Ich will gar nicht erst nach dem Grund für diese Veränderung fragen, Gilbert«, sagte sie mit bitterer Ruhe. »Ich kenne ihn nur zu gut; aber obwohl ich mich von allen andern verdächtigt und verurteilt sehe und es mit Gelassenheit hinnehme, kann ich es von Ihnen nicht ertragen.

Warum sind Sie nicht gekommen, um sich meine Erklärung anzuhören an jenem Tag, an dem ich sie Ihnen geben wollte?«

»Weil ich in der Zwischenzeit zufällig alles erfahren habe, was Sie mir erzählt hätten – und noch etwas mehr, wie ich mir einbilde.«

»Unmöglich, denn ich hätte Ihnen alles erzählt!« rief sie leidenschaftlich – »Aber jetzt werde ich es nicht tun, denn ich merke, daß Sie es nicht wert sind!«

Und ihre blassen Lippen zitterten vor Erregung.

»Darf ich fragen, warum nicht?«

Sie wies mein spöttisches Lächeln mit einem Blick wütender Entrüstung zurück.

»Weil Sie mich nie verstanden haben, sonst hätten Sie nicht so schnell auf meine Verleumder gehört – mein Vertrauen wäre bei Ihnen fehl am Platz – Sie sind nicht der Mann, für den ich Sie gehalten habe – Gehen Sie! Es ist mir egal, *was* Sie von mir denken.«

Sie wandte sich ab, und ich ging; denn ich nahm an, das würde ihr am meisten wehtun; und ich glaube, ich hatte Recht; denn als ich eine Minute später zurückschaute, sah ich, wie sie sich halb umdrehte, als hoffe oder erwarte sie, mich immer noch neben sich zu finden; und dann stand sie reglos da und warf einen Blick zurück. Es war ein Blick, der weniger Ärger als tiefe Seelenqual und Verzweiflung ausdrückte; aber ich nahm sogleich einen gleichgültigen Gesichtsausdruck an und tat so, als schaue ich teilnahmslos umher, und ich vermute, sie ging weiter, denn nachdem ich noch etwas verweilt hatte, um zu warten, ob sie zurückkommen oder rufen würde, wagte ich noch einen Blick und sah sie ein ganzes Stück weit weg, wie sie rasch das Feld hinauf ging mit Klein-Arthur, der neben ihr herrannte und offensichtlich im Laufen sprach, doch sie hielt ihr Gesicht von ihm abgewandt, als wolle sie irgendeine unkontrollierbare

Gefühlsbewegung vor ihm verbergen. Und ich kehrte zu meiner Arbeit zurück.

Aber bald begann ich zu bedauern, daß ich sie so überstürzt verlassen hatte. Sie liebte mich ganz offensichtlich – wahrscheinlich war sie Mr. Lawrence überdrüssig und wünschte, ihn gegen mich einzutauschen; und wenn ich sie anfänglich weniger geliebt und verehrt hätte, wäre ich vielleicht erfreut und amüsiert gewesen, solcherart bevorzugt zu werden; aber jetzt war, wie ich glaubte, der Gegensatz zwischen dem, was sie nach außen hin schien, und dem, was ich für ihren wahren Kern gehalten hatte, – zwischen meiner früheren und meiner gegenwärtigen Meinung von ihr so überaus schmerzlich – und bedrückte mich so sehr, daß er jede unbefangenere Überlegung zunichte machte.

Aber noch immer war ich neugierig zu erfahren, was für eine Erklärung sie mir gegeben hätte, – oder jetzt geben würde, wenn ich sie ihr abtrotzte – wie viel sie eingestehen und wie sie sich zu entschuldigen versuchen würde. Ich wollte unbedingt wissen, was ich an ihr zu verachten und was zu bewundern hätte, wie sehr ich sie bemitleiden und wie sehr ich sie hassen sollte. Ich wollte sie noch einmal sehen und mir volle Gewißheit verschaffen, in welchem Licht ich sie betrachten sollte, ehe wir voneinander schieden. Natürlich war sie auf alle Zeit für mich verloren; aber noch immer konnte ich den Gedanken nicht ertragen, daß wir zum letzten Mal Abschied genommen hatten und das mit so viel Lieblosigkeit und seelischem Schmerz auf beiden Seiten. Jener letzte Blick von ihr war mir zu Herzen gegangen; ich konnte ihn nicht vergessen. Aber was war ich doch für ein Dummkopf! Hatte sie mich denn nicht getäuscht, verletzt – mein Lebensglück zerstört? »Nun, ich werde sie trotzdem aufsuchen«, lautete meine abschließende Entscheidung, »aber nicht heute: heute mag sie ruhig Tag und Nacht über ihre Sünden nachdenken und so unglücklich sein, wie sie will: morgen werde ich noch einmal zu ihr gehen und etwas mehr über sie erfahren. Die Unterredung mag ihr von Nutzen sein oder auch nicht. Auf jeden Fall wird es dem Leben, das sie zum Stillstand verurteilt hat, einen Hauch von Aufregung verleihen und vielleicht einige aufwühlende Gedanken durch Gewißheit besänftigen.

Tatsächlich ging ich am nächsten Tag hin; doch erst gegen Abend, nachdem das Tagwerk verrichtet war, das heißt, zwischen sechs und sieben; und die untergehende Sonne schien rötlich auf den alten Herrensitz und leuchtete flammend in den vergitterten Fenstern, als ich dort anlangte, und verlieh dem Ort eine ihm fremde Heiterkeit. Über die Gefühle, mit denen ich mich dem Schrein meiner früheren Göttin näherte, brauche ich mich nicht auszulassen – jener Ort, so erfüllt von tausend köstlichen Erinnerungen und herrlichen Träumen – nun ganz verdüstert durch eine unglückselige Wahrheit.

Rachel führte mich in den Salon und ging, um ihre Herrin zu rufen, denn diese war nicht da; doch ihre Schreibmappe lag aufgeschlagen auf dem kleinen runden Tisch neben dem hochlehnigen Stuhl mit einem Buch darauf. Ihre kleine, aber erlesene Büchersammlung war mir fast ebenso vertraut wie meine eigene; aber diesen Band hatte ich noch nie zuvor gesehen. Ich nahm ihn zur Hand. Es war Sir Humphrey Davys »Letzte Tage eines Philosophen«, und auf dem ersten Blatt stand geschrieben: »Frederick Lawrence«. Ich schloß das Buch, hielt es aber weiter in der Hand und stand da mit dem Blick zur Tür, den Kamin im Rücken, und wartete gelassen auf ihre Ankunft; denn ich hegte keinen Zweifel, daß sie kommen würde. Und bald hörte ich ihre Schritte in der Halle. Mein Herz fing an zu pochen, aber ich riß mich zusammen und bewahrte Haltung – nach außen hin, zumindest. Sie trat ein, still, blaß, gefaßt.

»Wodurch habe ich diese Gunst verdient, Mr. Markham?« sagte sie mit derart ernster, aber ruhiger Würde, daß ich beinahe aus der Fassung geriet; doch ich antwortete lächelnd und ziemlich unverschämt:

»Nun ja, ich bin gekommen, um mir Ihre Erklärung anzuhören.«

»Ich sagte Ihnen bereits, daß ich sie Ihnen nicht geben würde«, entgegnete sie. »Ich sagte, daß Sie meines Vertrauens nicht würdig sind.«

»Nun gut«, erwiderte ich, indem ich mich zur Tür begab.

»Bleiben Sie noch einen Augenblick«, sagte sie. »Dies ist das letzte Mal, daß ich Sie sehen werde: gehen Sie noch nicht.« Ich blieb und wartete auf ihre weiteren Befehle.

»Sagen Sie mir«, fuhr sie fort, »aus welchen Gründen Sie diesen Behauptungen gegen mich glauben; wer hat Ihnen davon erzählt, und was haben sie Ihnen gesagt?«

Ich hielt einen Augenblick inne. Sie begegnete meinem Blick so unerschütterlich, als sei ihr Herz durch das Bewußtsein ihrer Unschuld gewappnet. Sie war fest entschlossen, selbst das Schlimmste zu erfahren und wollte ihm auch unbedingt die Stirn bieten. »Ich kann diesen kühnen Geist zerschmettern«, dachte ich mir. Aber während ich insgeheim über meine Macht frohlockte, verspürte ich Lust, wie eine Katze mit meinem Opfer zu spielen. Ich zeigte ihr das Buch, das ich noch immer in der Hand hielt, und deutete auf den Namen auf dem Vorsatzblatt, wobei ich meinen Blick nicht von ihrem Gesicht wandte, und fragte dann:

»Kennen Sie diesen Herrn?«

»Natürlich kenne ich ihn«, erwiderte sie, und eine plötzliche Röte überzog ihre Züge, ob aus Scham oder Verärgerung, wußte ich nicht zu sagen: es schien eher das letztere zu sein. »Sonst noch was, Sir?«

»Wie lange ist es her, daß Sie ihn gesehen haben?«

»Wer hat Ihnen das Recht gegeben, mich über dieses oder irgendein anderes Thema zu examinieren?«

»Oh, niemand! Es steht Ihnen völlig frei, zu antworten oder nicht. Und nun, lassen Sie mich fragen – haben Sie gehört, was diesem Freund von Ihnen kürzlich zugestoßen ist? Weil, wenn Sie es nicht –«

»Ich lasse mich nicht beleidigen, Mr. Markham!« rief sie, fast wütend geworden über meinen Ton. »Also sollten Sie lieber auf der Stelle das Haus verlassen, wenn Sie nur deshalb gekommen sind.«

»Ich bin nicht gekommen, um Sie zu beleidigen: ich bin gekommen, um Ihre Erklärung zu vernehmen.«

»Und ich sage Ihnen doch, ich will sie Ihnen nicht geben!« erwiderte sie scharf, wobei sie in einem Zustand heftiger Erregung das Zimmer durchschritt, die Hände fest ineinander gepreßt, kurz atmend und aus ihren Augen Blitze der Empörung schießend. »Ich werde mich nicht dazu herablassen, mich gegenüber jemandem zu rechtfertigen, der über so entsetzliche Verdächtigungen zu scherzen vermag und so leicht dazu zu bringen ist, ihnen Raum zu geben.«

»Ich scherze nicht darüber, Mrs. Graham«, entgegnete ich und gab sogleich meinen höhnisch sarkastischen Ton auf. »Ich wünschte von Herzen, ich könnte sie für einen Scherz halten! Und was das betrifft, daß ich für Verdächtigungen empfänglich sei, so weiß nur Gott allein, was für ein ungläubiger Narr ich bis dahin gewesen bin, der standhaft die Augen verschloß und die Ohren zusperrte gegenüber allem, was mein Vertrauen in Sie zu erschüttern drohte, bis der Beweis selbst meiner Verblendung ein Ende setzte!«

»Welcher Beweis, Sir?«

»Nun, das will ich Ihnen gleich sagen. Sie erinnern sich an den Abend, als ich zum letzten Mal hier war?«

»Durchaus.«

»Schon damals ließen Sie einige Bemerkungen fallen, die einem Klügeren vielleicht die Augen geöffnet hätten; aber eine solche Wirkung hatten sie auf mich nicht: ich vertraute und glaubte unerschütterlich, hoffte gegen alle Hoffnung und erging mich in schwärmerischer Verehrung dort, wo ich nicht begreifen konnte. Zufällig jedoch geschah es, daß ich, nachdem ich Sie verlassen hatte, kehrtmachte – einfach aus einem Gefühlsüberschwang und glühender Liebe heraus – wagte ich doch nicht, Ihnen meine Gegenwart offen aufzudrängen, konnte aber der Versuchung nicht widerstehen, einen Blick durchs Fenster zu werfen, bloß um zu sehen, wie es Ihnen ginge; denn ich hatte Sie, wie es schien, in großer Niedergeschlagenheit zurückgelassen, und ich machte mir zum Teil Vorwürfe wegen meines Mangels an Nachsicht und Besonnenheit, den ich für die Ursache derselben hielt. Wenn ich Unrecht tat, war mein alleiniger Ansporn dazu die Liebe, und die Strafe war hart genug; denn ich hatte gerade den Baum dort erreicht, als Sie mit ihrem Freund in den Garten hinaustraten. Da ich mich unter diesen Umständen nicht zeigen wollte, blieb ich reglos im Schatten stehen, bis Sie beide vorbeigegangen waren.«

»Und wie viel von unserer Unterhaltung haben Sie gehört?«

»Ich habe wahrhaft genug gehört, Helen. Und es war gut für mich, daß ich es hörte, denn nichts geringeres hätte mich von meiner Verblendung heilen können. Stets sagte und dachte ich, daß ich niemals ein Wort gegen Sie glauben würde, es sei denn, es käme von Ihren eigenen Lippen. All die Andeutungen und Behauptungen der anderen behandelte ich als böswillige, grundlose Verleumdungen; Ihre eigenen Selbstanklagen hielt ich für überspannt, und alles, was an Ihrer Lage unerklärlich schien, das konnten Sie meiner festen Überzeugung nach begründen, wenn Sie nur wollten.«

Mrs. Graham hatte ihre Wanderung durchs Zimmer beendet. Sie lehnte sich gegen das mir gegenüberliegende Ende des Kaminschirms, das Kinn auf ihre Faust gestützt, ihre Augen – die nicht mehr vor Zorn brannten, sondern vor rastloser Erregung glühten – blickten manchmal zu mir hin, während ich sprach, dann wieder schweiften sie über die gegenüberliegende Wand oder waren auf den Teppich gerichtet.

»Sie hätten dennoch zu mir kommen sollen«, sagte sie, »und anhören, was ich selbst zu meiner Rechtfertigung zu sagen hatte. Es war kleinherzig und falsch, sich so verstohlen und plötzlich zurückzuziehen, unmittelbar nach solch glühenden Liebesbeteuerungen, ohne je einen Grund für diesen Sinneswandel zu nennen. Sie hätten mir alles erzählen sollen – egal mit welch bitteren Worten. Es wäre besser gewesen als dieses Schweigen.«

»Wozu hätte ich das tun sollen? Sie hätten mich nicht weiter aufklären können über das Thema, das mich ausschließlich beschäftigte; und Sie hätten mich auch nicht dazu bringen können, den augenscheinlichen Beweis, den mir meine Sinne lieferten, in Zweifel zu ziehen. Ich wollte, daß unsere Vertrautheit sogleich beendet würde, was, wie Sie ja selbst bekannt hatten, wahrscheinlich geschehen wäre, wenn ich alles erfahren hätte; aber ich wollte Ihnen keine Vorwürfe machen, obwohl (wie Sie ebenso zugaben) Sie mich stark getäuscht hatten. Ja, Sie haben mir einen Schaden zugefügt, den Sie – oder irgendein anderer – niemals wiedergutmachen können – Sie haben die Frische und Hoffnung der Jugend zerstört und mein Leben zu einer Wüste gemacht! Ich mag vielleicht hundert Jahre alt werden, aber ich werde mich gewiß niemals von diesem vernichtenden Schlag erholen – und ihn nie vergessen! Von jetzt an – Sie lächeln, Mrs. Graham«, sagte ich, plötzlich innehaltend, da ich in meiner leidenschaftlichen Rede durch unaussprechliche Empfindungen gehemmt wurde, als ich sie über das von mir gezeichnete Bild des Scherbenhaufens, den sie angerichtet hatte, *lächeln* sah.

»Habe ich gelächelt?« erwiderte sie und sah mich dabei ernst an. »Ich war mir dessen nicht bewußt. Wenn ich es tat, so gewiß nicht, weil mich der Gedanke an den Schmerz, den ich Ihnen zugefügt hatte, belustigte. Weiß der Himmel, die bloße Möglichkeit desselben hätte mir schon genug Qualen bereitet; – es war aus Freude über die Feststellung, daß Sie nach alledem doch über eine gewisse Gefühlstiefe verfügten, und über die Zuversicht, mich in Ihrem Charakter nicht ganz getäuscht zu haben. Aber Lächeln und Tränen gleichen sich bei mir so sehr; keines von beiden ist einem bestimmten Gefühl vorbehalten: ich weine oft, wenn ich glücklich und lächle, wenn ich traurig bin.«

Sie sah mich erneut an und schien eine Erwiderung zu erwarten, aber ich schwieg weiter.

»Wären Sie *sehr* froh«, fuhr sie fort, »wenn Sie merken würden, daß Sie sich in Ihren Schlußfolgerungen geirrt haben?«

»Wie können Sie das fragen, Helen?«

»Ich behaupte nicht, daß ich mich vollständig reinwaschen kann«, sagte sie, leise und schnell sprechend, während ihr Herz merklich schneller schlug und sich ihr Busen vor Erregung hob, »aber würden Sie sich denn freuen, wenn Sie entdeckten, daß ich besser bin, als Sie vermuten.«

»Alles, was auch nur im geringsten dazu beitragen könnte, meine frühere Meinung über Sie wiederherzustellen, um die Hochachtung zu rechtfertigen, die ich noch immer für Sie empfinde, und die Qualen unsagbaren Kummers, die damit einhergehen, zu lindern, würde wahrlich mit Freuden – und nur allzu begierig aufgenommen werden!«

Ihre Wangen glühten, und sie zitterte nun am ganzen Körper vor maßloser Gefühlsbewegung. Sie sprach nicht, sondern stürzte zu ihrem Schreibpult, nahm von dort etwas weg, was ein dickes Album oder ein Band mit handschriftlichen Aufzeichnungen zu sein schien, riß hastig ein paar Blätter aus dem Schlußteil desselben heraus und drückte mir den Rest in die Hand mit den Worten: »Sie brauchen es nicht ganz zu lesen, aber nehmen Sie es mit nach Hause«, und damit eilte sie aus dem Zimmer. Aber als ich das Haus verlassen hatte und den Weg hinunterging, öffnete sie das Fenster und rief mich zurück. Es war nur, um zu sagen:

»Bringen Sie es mir zurück, wenn Sie es gelesen haben, und lassen Sie von dem, was es Ihnen offenbart, gegenüber keinem Menschen ein Sterbenswort verlauten. Ich vertraue auf Ihr Ehrgefühl.«

Ehe ich darauf antworten konnte, hatte sie das Fenster geschlossen und war weggegangen. Ich sah, wie sie sich in den alten Eichenstuhl fallen ließ und die Hände vors Gesicht schlug. Ihre Gefühle waren derart überreizt, daß sie, um sich Erleichterung zu verschaffen, ihren Tränen freien Lauf lassen mußte.

Brennend vor Ungeduld und heftig bemüht, meine Hoffnungen zu unterdrücken, eilte ich nach Hause und stürmte die Treppe hinauf in mein Zimmer, nachdem ich mir zuerst eine Kerze beschafft hatte, obwohl es noch nicht einmal dämmerte; dann schloß und verriegelte ich die Tür, fest entschlossen, mich nicht stören zu lassen, setzte mich an den Tisch, breitete meine Beute vor mir aus und gab mich ganz ihrer Lektüre hin – zunächst blätterte ich hastig darin herum und schnappte hier und da einen Satz auf, dann machte ich mich daran, es ganz durchzulesen.

Ich habe es jetzt vor mir liegen, und obwohl Du es natürlich nicht halb so interessiert lesen könntest, wie ich es gelesen habe, weiß ich doch, daß Du mit einer verkürzten Wiedergabe seines Inhalts nicht zufrieden wärst, und so sollst Du es ganz haben, ausgenommen vielleicht ein paar

Stellen hier und da, die für die Schreiberin bloß von vorübergehendem Interesse waren, oder solche, die die Geschichte möglicherweise eher verunklaren als verdeutlichen würden. Es beginnt ziemlich unvermittelt folgendermaßen – aber wir wollen seinen Anfang für ein anderes Kapitel aufsparen und ihm die Überschrift geben:

KAPITEL 16
Warnungen aus Erfahrung

1. Juni 1821. – Gerade sind wir nach Staningley zurückgekehrt – das heißt, vor einigen Tagen kehrten wir zurück, und ich habe mich immer noch nicht so recht eingelebt und mir ist, als ob ich es nie wieder könnte. Wegen der Unpäßlichkeit meines Onkels verließen wir die Stadt früher, als eigentlich geplant war – ich frage mich, was geschehen wäre, wenn wir die volle Zeit dort geblieben wären. Ich schäme mich richtig über die Abneigung gegenüber dem Landleben, die ich seit kurzem an mir wahrnehme. Alle meine früheren Beschäftigungen kommen mir nun so langweilig und fade, meine früheren Vergnügungen so abgeschmackt und unnütz vor. Das Musizieren macht mir keinen Spaß, weil es niemanden gibt, der mir zuhört. Meine Spaziergänge kann ich nicht genießen, weil es niemanden gibt, dem ich begegnen könnte. An meinen Büchern kann ich mich nicht erfreuen, weil sie meine Aufmerksamkeit nicht zu fesseln vermögen: in meinem Kopf spuken die Erinnerungen an die letzten paar Wochen derart herum, daß ich mich nicht auf die Lektüre konzentrieren kann. Am ehesten sagt mir noch das Zeichnen zu, denn ich kann gleichzeitig zeichnen und nachdenken, und wenn meine Zeichnungen auch jetzt außer mir selbst und denjenigen, die sich nichts daraus machen, niemand zu Gesicht bekommt, werden sie doch möglicher-

weise später einmal von anderen betrachtet werden. Aber schließlich gibt es da ein Gesicht, das ich dauernd zu malen oder zu skizzieren versuche, und immer ohne Erfolg – und das bringt mich ganz zur Verzweiflung. Was den betrifft, dem dieses Gesicht gehört, so will er mir einfach nicht aus dem Kopf gehen – und freilich bemühe ich mich auch nie darum. Ich frage mich, ob er wohl je an mich denkt, und ich frage mich, ob ich ihn je wiedersehen werde. Und dann würden sich daraus vielleicht eine Reihe anderer Fragen ergeben – Fragen, die nur die Zeit und das Schicksal beantworten können und die alle enden mit: – angenommen, alles übrige wäre mit Ja beantwortet, so frage ich mich, ob ich es je bereuen werde – was meine Tante behaupten würde, wenn sie wüßte, woran ich gerade dachte. Wie deutlich erinnere ich mich an unser Gespräch an jenem Abend vor unserer Abreise in die Stadt, als wir gemeinsam am Kamin saßen, da mein Onkel wegen eines leichten Gichtanfalls schon zu Bett gegangen war.

»Helen«, sagte sie, »denkst du je ans Heiraten?«

»Ja, Tante, oft.«

»Und ziehst du jemals die Möglichkeit in Betracht, noch ehe die Saison zu Ende ist, selbst verheiratet oder verlobt zu sein?«

»Manchmal; aber ich halte es für ganz unwahrscheinlich, daß es *je* dazu kommen wird.«

»Warum das denn?«

»Weil ich mir einbilde, daß es nur ganz, ganz wenige Männer auf der Welt gibt, die ich gerne heiraten würde; und es steht eins zu zehn, daß ich einen dieser wenigen je kennenlernen werde, oder wenn doch, dann ist er, zwanzig zu eins, möglicherweise zufällig nicht ledig oder findet keinen Gefallen an mir.«

»Das ist überhaupt kein Argument. Es mag ja durchaus zutreffen – und ich hoffe, es trifft zu, daß es nur sehr wenige

Männer gibt, die du selbst gerne heiraten würdest. Es ist allerdings nicht anzunehmen, daß du *irgend jemanden* würdest heiraten *wollen*, ehe man um dich anhält: Ein Mädchen sollte seine Liebe nie verschenken, ohne umworben worden zu sein. Aber wenn einer sich tatsächlich um sie bemüht – wenn die Zitadelle des Herzens richtig bestürmt wird, neigt diese dazu, sich schneller zu ergeben, als seiner Besitzerin bewußt ist, und oft wider bessere Einsicht und gegen all die Vorstellungen, die sie sich vorher von dem gemacht hatte, den sie lieben könnte, – es sei denn, sie wäre ungemein vorsichtig und besonnen. Ich möchte dich davor warnen, Helen, und dich ermahnen, schon von Anfang an wachsam und umsichtig zu sein und dir dein Herz nicht gleich von dem ersten Dummkopf oder Taugenichts stehlen zu lassen, der es heftig begehrt. – Du weißt, mein Kind, du bist gerade erst achtzehn; du hast noch viel Zeit, und weder dein Onkel noch ich haben es eilig, dich loszuwerden, und ich wage zu behaupten, daß an Bewerbern kein Mangel herrschen wird; kannst du dich doch einer guten Familie, eines recht ansehnlichen Vermögens und bester Zukunftsaussichten rühmen, und ich darf dir wohl auch sagen – denn wenn ich es nicht tue, werden es dir andere sagen –, daß du außerdem eine tüchtige Portion Schönheit mitbekommen hast – und ich hoffe, du wirst niemals Grund haben, dies zu bedauern!«

»Ich hoffe nicht, Tante; aber warum solltest du das befürchten?«

»Weil Schönheit, mein Kind, die Eigenschaft ist, die gleich nach dem Geld gemeinhin die schlimmste Sorte von Männern am meisten anzieht und deshalb für diejenige, die sie besitzt, wahrscheinlich eine ganze Menge Unannehmlichkeiten mit sich bringt.«

»Hast *du* etwa in dieser Hinsicht Unannehmlichkeiten gehabt, Tante?«

»Nein Helen«, sagte sie mit vorwurfsvollem Ernst, »aber

ich kenne viele, die welche gehabt haben; und die einen sind aus Leichtsinn unglückselige Opfer von Betrügern geworden, und die anderen sind aus Schwachheit in Fallstricke und Versuchungen geraten, von denen zu berichten schrecklich wäre.«

»Nun, ich werde weder leichtsinnig noch schwach sein.«

»Denk an die Worte des Heiligen Petrus, Helen! Rühme dich nicht, sondern sei *wachsam*. Hüte deine Augen und Ohren, die Tore zu deinem Herzen, und halte deine Zunge im Zaum, durch die es nach außen dringt, damit sie dich nicht in einem Augenblick von Unachtsamkeit verraten. Nimm jede Aufmerksamkeit, die man dir erweist, kühl und unbefangen entgegen, bis du dich vergewissert und gebührend bedacht hast, ob der Bewerber deiner würdig ist; und laß deine Zuneigung nur folgen, wenn er deiner Prüfung standhält. Schau ihn dir zunächst genau an, stelle fest, ob er deine Achtung findet, dann erst kannst du dich in ihn verlieben. Laß dich nicht von irgendwelchen äußeren Reizen blenden, verschließ deine Ohren gegenüber allen Verlokkungen der Schmeichelei und schöner Redensarten. Sie bedeuten gar nichts – und schlimmer noch – sie sind Fallstricke und Listen des Verführers, um die Gedankenlosen ins Verderben zu führen. Grundsätze sind nach alledem das wichtigste, und gleich danach kommen gesunder Menschenverstand, Ehrbarkeit und bescheidener Reichtum. Solltest du auch den bestaussehenden und gebildetsten und nach außen hin gefälligsten Mann der Welt heiraten, so hättest du doch kaum eine Vorstellung von dem Elend, das dich niederdrücken würde, wenn sich hinterher herausstellen sollte, daß er ein nichtswürdiger Tunichtgut oder auch nur ein nichtsnutziger Dummkopf ist.«

»Aber was sollen denn all die Dummköpfe und Tunichtgute machen, Tante? Wenn jedermann deinem Rat folgte, würde die Erde bald ausgestorben sein.«

»Sei unbesorgt, mein Kind! Die männlichen Dummköpfe und Nichtsnutze werden nie um Partner verlegen sein, solange es unter dem anderen Geschlecht so viele gibt, die sie heiraten; aber nimm *du* dir nur meinen Rat zu Herzen. Und dies ist kein Gegenstand zum Scherzen, Helen – ich sehe es mit Bedauern, daß du diese Sache so leichtfertig abtust. Glaub mir, *die Ehe ist eine ernste Angelegenheit.*« Und sie sagte das *so* ernsthaft, daß man hätte meinen können, sie hatte es selbst am eigenen Leibe erfahren müssen; aber ich stellte keine impertinenten Fragen mehr und antwortete lediglich:

»Das weiß ich, und ich weiß, daß in dem, was du sagst, Sinn und Verstand steckt; aber du brauchst keine Angst um mich zu haben, erschiene es mir doch nicht nur *falsch*, einen Mann zu heiraten, dem es an Verstand oder Prinzipien gebricht, ich würde erst gar nicht in *Versuchung* geraten, es zu tun; denn einen solchen könnte ich gar nicht mögen, und wenn er noch so gut aussähe und in anderer Hinsicht noch so faszinierend wäre; ich würde ihn hassen – verabscheuen – bemitleiden – alles – nur nicht lieben. Meine Zuneigung *sollte* nicht nur auf Wertschätzung beruhen, sie wird und muß es: denn ohne jemanden zu achten, kann ich ihn auch nicht lieben. Man braucht mir nicht zu sagen, daß ich in der Lage sein sollte, den Mann, den ich heirate, *ebenso* zu respektieren und zu ehren, wie ich ihn liebe, denn ohne das kann ich ihn nicht lieben. Beruhige dich also.«

»Ich hoffe, es ist so.«

»Ich *weiß*, daß es so ist«, behauptete ich steif und fest.

»Du bist noch nicht auf die Probe gestellt worden, Helen – wir können nur hoffen«, sagte sie in ihrer nüchternen, vorsichtigen Art.

Ihre Skepsis ärgerte mich; aber ich bin mir nicht sicher, ob ihre Zweifel gänzlich der Klugheit entbehrten; ich fürchte, es fiel mir leichter, ihren Rat im Gedächtnis zu behalten, als ihn mir zunutze zu machen. Tatsächlich bin ich manchmal geneigt, die Richtigkeit ihrer Lehren über diese Themen in Zweifel zu ziehen. Ihre Ratschläge mögen ja soweit recht gut sein – zumindest in den wesentlichen Punkten; aber es gibt einige Dinge, die sie nicht beachtet hat. Ich frage mich, ob *sie* jemals verliebt war.

Bei meinem ersten Auftreten in der Gesellschaft – oder meinem ersten Feldzug, wie es mein Onkel nennt – sprühte ich vor großartigen Hoffnungen und Phantasien – die hauptsächlich auf dieses Gespräch zurückgingen – und vertraute fest auf meine eigene Besonnenheit. Zuerst war ich von dem Neuen und Aufregenden unseres Lebens in London entzückt, aber bald schon begann ich seiner Mischung aus Turbulenz und Zwang überdrüssig zu werden und sehnte mich nach der Frische und Freiheit meines Zuhauses. Meine neuen Bekannten, sowohl Männer als auch Frauen, enttäuschten meine Erwartungen und stimmten mich abwechselnd verdrossen und niedergeschlagen, denn ich war es schon bald leid, ihre Eigenheiten zu studieren und über ihre Schwächen zu lachen – besonders da ich meine kritischen Bemerkungen für mich behalten mußte, denn meine Tante wollte sie nicht hören –, und sie – vor allem die Damen – kamen mir so unerträglich geistlos und herzlos und geziert vor. Die Herren schienen besser zu sein, aber vielleicht nur, weil ich sie nicht so gut kennenlernte – vielleicht auch, weil sie mir schmeichelten; doch ich verliebte mich in keinen von ihnen; und wenn mir ihre Aufmerksamkeiten im einen Moment angenehm waren, so erzürnten sie mich im nächsten, weil sie mich in schlechte Laune über mich selbst versetzten, da sie mir meine Eitelkeit vor Augen führten und mich befürchten ließen, ich sei auf dem besten Wege, genauso zu werden wie die Damen, die ich so von Herzen verachtete.

Es gab da einen älteren Herrn, der mir entsetzlich auf die

Nerven ging; ein reicher Freund meines Onkels, der vermutlich meinte, ich könne nichts Besseres tun, als ihn zu heiraten; aber er war nicht nur alt, sondern außerdem häßlich und unangenehm – und niederträchtig, dessen bin ich sicher, obwohl mich meine Tante schalt, als ich das sagte; aber sie gab zu, daß er kein Heiliger sei. Und da war noch einer, weniger hassenswert zwar, aber *noch* unausstehlicher, weil sie ihm gewogen war und ihn mir dauernd aufdrängte und mir mit Lobeshymnen auf ihn in den Ohren lag, ein gewisser Mr. Boarham, Bore'em, wie ich ihn lieber buchstabierte, denn er war ein schrecklich langweiliger Mensch: es schaudert mich noch immer, wenn ich an seine Stimme denke, wie sie brumm, brumm, brumm in mein Ohr drang, solange er neben mir saß, wobei er sich ganze halbe Stunden lang ununterbrochen in alltäglichem Geschwätz erging und sich einredete, er bilde meinen Geist durch nützliche Information oder er übertrage seine Grundüberzeugungen auf mich und berichtige meine irrigen Ansichten oder vielleicht, er lasse sich herab auf mein Niveau und unterhalte mich mit kurzweiligem Gerede. Doch im großen und ganzen war er wohl ein ehrbarer Mann; und wenn er die gebührende Distanz bewahrt hätte, würde ich ihn niemals gehaßt haben. So wie es nun einmal war, schien dies aber fast unvermeidlich, denn er belästigte mich nicht nur dadurch, daß er mir seine Gegenwart zumutete, sondern hinderte mich auch daran, angenehmere Gesellschaft zu genießen.

Eines Abends auf einem Ball allerdings hatte er mir mehr als gewöhnlich zugesetzt, und ich war mit meiner Geduld völlig am Ende. Es schien, als sollte der ganze Abend unerträglich werden: Ich hatte gerade einen Tanz mit einem hohlköpfigen Gecken getanzt, da überfiel mich auch schon Mr. Boarham und zeigte sich entschlossen, für den Rest des Abends nicht mehr von meiner Seite zu weichen. Er selbst tanzte nie, und da saß er nun, streckte mir seinen Kopf ins Gesicht und vermittelte allen, die uns sahen, den Eindruck, er sei ein fester, anerkannter Verehrer, und meine Tante schaute die ganze Zeit über wohlgefällig zu und wünschte ihm Erfolg. Vergebens versuchte ich, ihn zu vertreiben, indem ich meiner Gereiztheit und Verzweiflung freien Lauf ließ, ja sogar richtig grob wurde: nichts konnte ihn davon überzeugen, daß seine Gegenwart unerwünscht war. Dumpfes Schweigen wurde für gespannte Aufmerksamkeit angesehen und gab ihm größeren Raum zum Reden; spitze Antworten wurden als geistreiche Einfälle mädchenhafter Aufgewecktheit aufgefaßt, die bloß nach einer nachsichtigen Antwort verlangten; und entschiedener Widerspruch war nur Wasser auf seine Mühlen, da dies neue Tiraden zur Untermauerung seiner Grundüberzeugungen auslöste und er sogleich eine endlose Flut von Argumenten auf mich herabströmen ließ, um mich gleichsam mit Gewalt zu überzeugen.

Aber einer war da, der für meine Gemütsverfassung mehr Verständnis zu haben schien. Neben uns stand ein Herr, der unsere Unterredung seit einiger Zeit beobachtet hatte; er amüsierte sich offensichtlich köstlich über die unbarmherzige Hartnäckigkeit meines Begleiters und meinen offenkundigen Ärger und lachte über meine schroffen, unnachgiebigen Antworten in sich hinein. Schließlich jedoch zog er sich zurück und begab sich zur Dame des Hauses, da er sie anscheinend bitten wollte, mir vorgestellt zu werden. Kurz darauf kamen beide zu mir, und sie stellte ihn mir als Mr. Huntingdon vor, den Sohn eines verstorbenen Freundes meines Onkels. Er bat mich um einen Tanz. Natürlich willigte ich frohen Herzens ein, und er war mein Partner für den Rest meines Aufenthalts, der nicht lange währte, denn wie gewöhnlich bestand meine Tante auf einem frühen Aufbruch.

Ich ging mit Bedauern, denn ich hatte in meinem neuen Bekannten einen sehr lebhaften und unterhaltsamen Gefährten gefunden. In allem, was er sagte und tat, lag eine reizvolle Leichtigkeit und Freiheit, die dem Gemüt nach so viel Zwang und Förmlichkeit, die zu ertragen ich verurteilt gewesen war, ein Gefühl von Ruhe und Entspannung gab. Zwar mochte sein Gebaren und Benehmen von einer etwas allzu verwegenen Unbekümmertheit sein, aber ich war so gut gelaunt und für meine spät erfolgte Erlösung von Mr. Boarham so dankbar, daß mir das nichts ausmachte.

»Nun, Helen, wie gefällt dir Mr. Boarham mittlerweile?« sagte meine Tante, als wir unsere Sitze in der Kutsche einnahmen und wegfuhren.

»Weniger denn je«, erwiderte ich.

Sie sah mißvergnügt drein, sagte aber nichts mehr zu diesem Thema.

»Wer war denn der Herr, mit dem du zuletzt getanzt hast«, fuhr sie nach kurzem Schweigen fort, »der sich so aufdringlich bemühte, dir in deinen Schal zu helfen?«

»Er war überhaupt nicht aufdringlich, Tante: er *versuchte* gar nicht, mir zu helfen, bis er sah daß Mr. Boarham herankam, um dies zu tun; und da trat er lachend auf mich zu und sagte: ›Kommen Sie, ich werde Sie vor diesem Übel bewahren.‹ «

»Wer es war, frage ich dich?« sagte sie mit ungerührtem Ernst.

»Es war Mr. Huntingdon, der Sohn von Onkels altem Freund.«

»Ich habe deinen Onkel von dem jungen Mr. Huntingdon reden hören. Ich habe gehört, wie er sagte: ›Er ist ein hübscher Bursche, dieser junge Huntingdon, aber ein bißchen wild, finde ich.‹ «

»Was bedeutet denn ›ein bißchen wild‹?« wollte ich wissen.

»Es bedeutet prinzipienlos und zu jedem Laster aufgelegt, für das die Jugend gemeinhin empfänglich ist.«

»Aber ich habe den Onkel sagen hören, daß er selbst in seiner Jugend ein schrecklich wilder Bursche war.«

Streng schüttelte sie den Kopf.

»Dann hat er vermutlich einen Scherz gemacht«, sagte ich, »und hier zumindest hat er Unsinn geredet, ich kann einfach nicht glauben, daß an solch lachenden blauen Augen irgend etwas Schlimmes ist.«

»Falsche Beweisführung, Helen!« sagte sie mit einem Seufzer.

»Nun, wir sollten doch wohl barmherzig sein, Tante – außerdem, ich glaube nicht, daß sie falsch ist: Ich weiß Physiognomien sehr gut zu deuten und beurteile den Charakter von Menschen stets nach ihrem Aussehen – nicht danach, ob sie hübsch oder häßlich sind, sondern nach der Form ihrer Gesichtszüge allgemein. Zum Beispiel würde ich aus deinen Gesichtszügen erkennen, daß du nicht von einer heiteren, optimistischen Wesensart bist; und ich würde aus Mr. Wilmots Gesicht lesen, daß er ein nichtswürdiger alter Taugenichts ist, und aus denen von Mr. Boarham, daß er kein angenehmer Gesellschafter ist, und aus denen von Mr. Huntingdon, daß er weder ein Dummkopf noch ein Schurke, wenn er auch möglicherweise weder ein Weiser noch ein Heiliger ist – aber das geht mich nichts an, da ich ihn wahrscheinlich nie wieder sehen werde – es sei denn gelegentlich als Tanzpartner im Ballsaal.«

Es war jedoch nicht so, denn ich begegnete ihm bereits am nächsten Morgen. Er kam, um bei meinem Onkel vorzusprechen, wobei er sich dafür entschuldigte, daß er es nicht schon früher getan hatte, indem er behauptete, erst vor kurzem vom Kontinent zurückgekehrt zu sein und erst am Abend zuvor von der Ankunft meines Onkels in der Stadt erfahren zu haben; und danach begegnete ich ihm oft;

manchmal in der Öffentlichkeit, manchmal zu Hause, denn er war sehr beflissen, seinem alten Freund seine Aufwartung zu machen, der sich allerdings durch diese Aufmerksamkeit nicht besonders verpflichtet fühlte.

»Ich frage mich, was zum Teufel der Bursche damit bezweckt, daß er so oft herkommt?« sagte er wohl. »Kannst *du* es mir vielleicht sagen, Helen? He? Meine Gesellschaft sucht er bestimmt nicht, und ich auch nicht die seine – soviel ist gewiß.«

»Ich wünschte, du würdest ihm das dann auch zu verstehen geben«, sagte meine Tante.

»Warum, wozu? Wenn ich ihn nicht will, so möglicherweise jemand anderer (und dabei blinzelte er zu mir hin). Nebenbei bemerkt, ist er eine ganz ordentliche Partie – keine so gute wie Wilmot, aber andererseits will Helen ja nichts von dieser Heirat wissen; denn irgendwie finden diese alten Knaben bei den Mädchen keinen Anklang – trotz *all* ihres Geldes – und ihrer Erfahrung noch dazu. Ich gehe jede Wette ein, sie würde lieber diesen jungen Burschen ohne einen Pfennig nehmen als Wilmot mit seinem ganzen Geld – nicht wahr, Nell?«

»Ja, Onkel; aber das heißt nicht, daß viel für Mr. Huntingdon spricht, denn ich würde lieber eine alte Jungfer oder bettelarm werden als Mrs. Wilmot.«

»Und Mrs. Huntingdon? Was wärst du lieber als Mrs. Huntingdon? He?«

»Das werde ich dir sagen, wenn ich darüber nachgedacht habe.«

»Ah! Es braucht also Bedenkzeit. Aber sag schon, hier und jetzt – wärst du lieber eine alte Jungfer – ganz zu schweigen von der bettelarmen Frau?«

»Das weiß ich erst, wenn man um mich anhält.«

Und ich verließ schnellstens das Zimmer, um einem weiteren Verhör zu entgehen. Aber fünf Minuten später sah ich bei einem Blick aus meinem Fenster, wie Mr. Boarham auf die Haustür zuschritt. Ich verbrachte fast eine halbe Stunde in unangenehmer Spannung, wobei ich jede Minute erwartete, gerufen zu werden, und mich vergebens danach sehnte, ihn gehen zu hören. Dann waren Schritte auf der Treppe zu vernehmen, und mit feierlicher Miene betrat meine Tante das Zimmer und schloß die Tür hinter sich.

»Mr. Boarham ist hier, Helen«, sagte sie. »Er wünscht, dich zu sehen.«

»Oh, Tante! Kannst du ihm nicht sagen, daß ich unpäßlich bin? Ich bin es wirklich, wenn ich *ihn* sehe.«

»Unsinn, mein Kind! Es handelt sich um keine Kleinigkeit. Er ist in einer sehr wichtigen Angelegenheit gekommen – nämlich um deinen Onkel und mich um deine Hand zu bitten.«

»Ich hoffe, Onkel und du habt ihm gesagt, daß es nicht in eurer Macht stehe, sie ihm zu geben. Welches Recht hat er überhaupt, *irgend jemanden* vor mir zu fragen?«

»Helen!«

»Was hat mein Onkel gesagt?«

»Er sagte, er wolle sich in diese Angelegenheit nicht einmischen; falls du Mr. Boarhams verbindlichen Antrag annehmen möchtest, ...«

»Sagte er verbindlichen Antrag?«

»Nein, er hat gesagt, wenn du ihn nehmen möchtest, könntest du es tun, wenn nicht, sollst du machen, was du willst.«

»Das hat er gut gesagt; und was hast du gesagt?«

»Es ist unwichtig, was ich gesagt habe. Was wirst *du sagen*? Das ist die Frage. Er wartet jetzt, um dich selbst zu fragen; aber bedenke es gut, bevor du gehst; und wenn du die Absicht hast, ihn abzuweisen, so nenn mir deine Gründe.«

»Natürlich *werde* ich ihn abweisen, aber du mußt mir sagen, wie, denn ich möchte höflich und dennoch entschieden sein – und wenn ich ihn los bin, will ich dir später meine Gründe nennen.«

»Aber warte doch, Helen; setz dich etwas hin und faß dich. Mr. Boarham hat keine besondere Eile, denn er hegt kaum einen Zweifel daran, daß du einwilligst; und ich möchte mit dir reden. Sag mir, mein Kind, was hast du gegen ihn einzuwenden? Bestreitest du etwa, daß er ein aufrechter, ehrbarer Mann ist?«

»Nein.«

»Bestreitest du, daß er ein kluger, gesetzter, angesehener Mann ist?«

»Nein, er mag das ja alles sein, aber...«

»*Aber*, Helen! Wie vielen solcher Männer erwartest du eigentlich auf der Welt zu begegnen? Aufrecht, ehrbar, klug, besonnen, angesehen! Ist *dieser* Charakter denn so alltäglich, daß du den, der diese edlen Eigenschaften besitzt, zurückweisen würdest, ohne auch nur einen Augenblick zu zögern? Ja, *edel* darf ich sie wohl nennen, denk doch einmal über die volle Bedeutung einer jeden einzelnen nach und wie viele unschätzbare Tugenden sie einschließen (und ich könnte dieser Aufzählung noch viele weitere hinzufügen), und bedenke, daß dir all das zu Füßen gelegt wird; es steht in deiner Macht, dir diesen unschätzbaren Segen fürs Leben zu sichern – ein wohlhabender und tadelloser Ehemann, der dich zärtlich liebt, aber nicht zu vernarrt, daß er gegenüber deinen Fehlern blind wäre, und der auf der ganzen Pilgerreise durchs Leben dein Führer sein wird und dein Partner in ewiger Seligkeit! Bedenke doch, wie...«

»Aber ich verabscheue ihn, Tante«, sagte ich, indem ich diesen ungewöhnlichen Redefluß unterbrach.

»Verabscheust ihn, Helen! Ist das christlicher Geist? *Du verabscheust ihn*? Und dabei ist er doch ein so guter Mensch!«

»Ich verabscheue ihn nicht als Mensch, aber als Ehemann.

Als Mensch liebe ich ihn so sehr, daß ich ihm eine bessere Ehefrau wünsche, als ich es wäre – eine, die so gütig ist wie er selbst, oder noch gütiger – wenn du das für möglich hältst – vorausgesetzt, sie könnte ihn gernhaben; aber ich könnte es niemals, und deshalb ...«

»Aber warum denn nicht? Was findest du an ihm auszusetzen?«

»Erstens ist er mindestens vierzig Jahre alt – erheblich älter, würde ich meinen, und ich bin erst achtzehn; zweitens ist er äußerst engstirnig und bigott; drittens sind seine Vorlieben und Ansichten von den meinen völlig verschieden; viertens ist er mir von seinem Aussehen, seiner Stimme und seinem Benehmen her außerordentlich unangenehm; und schließlich und endlich habe ich gegen seine ganze Person eine Aversion, die ich nie überwinden kann.«

»Dann solltest du sie eben überwinden! Und vergleiche ihn bitte einen Augenblick lang mit Mr. Huntingdon, und, vom guten Aussehen einmal abgesehen (das zum Wert des Mannes oder zum Glück des Ehelebens nichts beiträgt und das, wie du so oft erklärt hast, für dich nicht besonders wichtig ist), sag mir, wer von beiden der bessere Mensch ist.«

»Ich habe keinen Zweifel daran, daß Mr. Huntingdon ein viel besserer Mensch ist, als du vermutest – aber wir reden jetzt nicht über ihn, sondern über Mr. Boarham; und da ich lieber als alte Jungfer mein Leben verbringen und sterben würde, als seine Frau zu werden, ist es nur recht und billig, daß ich ihm das sofort sage und ihn aus der Ungewißheit befreie – so laß mich also gehen.«

»Aber weise ihn nicht rundweg ab; er kann sich so etwas gar nicht vorstellen, und es würde ihn außerordentlich kränken: sag, du dächtest nicht ans Heiraten, gegenwärtig ...«

»Aber ich denke *sehr wohl* daran.«

»Oder daß du eine weitere Bekanntschaft wünschst.«

»Aber ich wünsche keine weitere Bekanntschaft – ganz im Gegenteil.«

Und ohne noch weitere Ermahnungen abzuwarten, verließ ich das Zimmer und ging zu Mr. Boarham. Er lief im Salon auf und ab, wobei er verschiedene Melodienfragmente vor sich hin summte und am Griff seines Rohrstocks knabberte.

»Meine liebe junge Dame«, sagte er, indem er sich verbeugte und überaus selbstgefällig grinste, »ich habe die Erlaubnis Ihres geneigten Vormunds...«

»Ich weiß, Sir«, sagte ich, da ich die peinliche Szene so weit wie möglich verkürzen wollte, »und ich bin Ihnen für Ihre Wahl überaus verbunden, muß mir aber die Freiheit nehmen, die Ehre, die Sie mir erweisen möchten, abzulehnen, denn ich glaube, wir sind nicht füreinander geschaffen – wie Sie selbst nach kurzer Zeit feststellen würden, wenn man den Versuch unternähme.«

Meine Tante hatte recht: es war ganz offensichtlich, daß er an meiner Einwilligung nicht den geringsten Zweifel gehabt hatte und sich eine unumstößliche Ablehnung gar nicht hatte vorstellen können. Er war verblüfft – erstaunt über eine solche Antwort, aber zu ungläubig, um sehr gekränkt zu sein; und nachdem er ein bißchen gesummt und sich geräuspert hatte, ging er erneut zum Angriff über.

»Ich weiß, meine Liebe, es besteht zwischen uns ein beträchtlicher Unterschied an Jahren, im Temperament und vielleicht noch einigen anderen Dingen; aber ich darf Ihnen versichern, ich werde nicht streng sein und die Fehler und Schwächen einer so jungen und heißblütigen Natur wie der Ihren besonders hervorheben, und obgleich ich sie im Auge behalten und sie sogar mit all der Sorgfalt eines Vaters maßregeln würde, könnte, glauben Sie mir, kein jugendlicher

Liebhaber dem Gegenstand seiner Liebe mit zärtlicherer Nachsicht begegnen als ich; und lassen Sie mich andererseits hoffen, daß meine Lebenserfahrung und ernsteren Denkgewohnheiten in Ihren Augen keine Schande darstellen, da ich mich bemühen werde, daß sie alle zu Ihrem Glück beitragen. Nun bitte! Was sagen Sie dazu? Ersparen Sie uns die für junge Damen typische Ziererei und Launenhaftigkeit, sondern sprechen Sie auf der Stelle frei heraus!«

»Das will ich tun, doch nur, um das zu wiederholen, was ich vorhin gesagt habe, nämlich daß ich sicher bin, wir sind nicht füreinander geschaffen.«

»Meinen Sie das wirklich?«

»Ja, das meine ich.«

»Aber Sie kennen mich doch gar nicht – Sie wünschen sich gewiß eine weitere Bekanntschaft – mehr Zeit, um ...«

»Nein, das tue ich nicht. Ich kenne Sie gut genug und besser, als Sie mich kennen, sonst würden Sie nicht einmal im Traum daran denken, sich mit einer zu verbinden, die kaum etwas mit Ihnen gemein hat – die in jeder Hinsicht so ganz und gar nicht zu Ihnen paßt.«

»Aber meine liebe junge Dame, mir geht es ja nicht um Vollkommenheit, ich entschuldige durchaus ...«

»Danke, Mr. Boarham, aber ich möchte Ihre Gutmütigkeit nicht allzu sehr beanspruchen. Sie mögen sich Ihre Gunst und Nachsicht für eine würdigere Adressatin aufsparen, die sie nicht so arg auf die Probe stellen wird.«

»Aber ich darf Sie doch bitten, Ihre Tante zu Rate zu ziehen, diese treffliche Dame wird gewiß ...«

»Ich habe sie bereits zu Rate gezogen; und ich weiß, daß ihre Wünsche sich mit den Ihren treffen; aber in solch wichtigen Belangen nehme ich mir die Freiheit, selbst zu entscheiden; und keine Überredung kann meine Neigungen ändern oder mich zu dem Glauben bewegen, daß ein derartiger Schritt meinem oder Ihrem Glück förderlich sei – und ich frage mich, wie ein Mann mit Ihrer Erfahrung und Besonnenheit auf den Gedanken kommen konnte, sich eine solche Frau auszusuchen.«

»Nun ja!« sagte er. »Das habe ich mich manchmal selbst gefragt. Manchmal habe ich zu mir gesagt: ›Na, Boarham, wie wird es dir wohl hernach ergehen? Paß auf, Mann – schau hin, bevor du springst! Das ist ein süßes, bezauberndes Geschöpf, aber denk daran, die strahlendsten Reize für den Liebhaber erweisen sich oft als die größten Folterqualen für den Ehemann!‹ Ich versichere Ihnen, meine Wahl wurde nicht ohne viel Überlegung und Nachdenken getroffen. Die scheinbare Unklugheit der Verbindung hat mich bei Tag manch bangen Gedanken und bei Nacht manch schlaflose Stunde gekostet; aber schließlich bin ich zu der Überzeugung gelangt, daß sie in der Tat nicht unklug ist. Ich merkte, daß mein süßes Mädchen nicht ohne Fehler war, von denen aber, darauf vertraute ich, ihre Jugend keinen darstellte, sondern eher ein noch nicht geweckter Ernst für bestimmte Tugenden – ein starker Grund zur Annahme, daß ihre kleinen Mängel im Charakter und Fehler im Urteil, in ihren Meinungen oder ihrem Benehmen nicht unheilbar seien, sondern durch die geduldigen Bemühungen eines wachsamen und verständnisvollen Ratgebers beseitigt oder gemildert werden könnten, und wo mir Aufklärung und Kontrolle mißlingen würden, glaubte ich, um ihrer vielen hervorragenden Eigenschaften willen ruhig Vergebung walten lassen zu können. Deshalb, mein teuerstes Mädchen, da *ich* damit zufrieden bin, warum sollten *Sie* noch Einwände haben – zumindest meinetwegen?«

»Aber ich sage Ihnen die Wahrheit, Mr. Boarham, es ist meinetwegen, weshalb ich grundsätzlich dagegen bin; wir wollen also – das Thema fallen lassen«, hätte ich eigentlich sagen wollen, »denn es ist mehr als sinnlos, es weiter zu verfolgen«, doch eigensinnig unterbrach er mich: »Aber warum denn? Ich würde Sie lieben, hegen, beschützen usw., usw.«

Ich erspare mir die Mühe, alle Worte niederzuschreiben, die zwischen uns gewechselt wurden. Es möge die Feststellung genügen, daß er mir sehr auf die Nerven ging und sehr schwer davon zu überzeugen war, daß ich wirklich meinte, was ich sagte, und wirklich so eigensinnig und blind auf meinen Interessen beharrte, daß kein Hauch einer Chance bestand, mein Onkel oder meine Tante könnten jemals meine Einwände überwinden. Freilich bin ich mir nicht sicher, ob ich nach alledem damit Erfolg hatte, obwohl ich es schließlich leid wurde, da er immer wieder stur auf denselben Punkt zurückkam und dauernd die gleichen Argumente wiederholte, die mir die immer gleichen Antworten abnötigten, und ich dann kurzen Prozeß mit ihm machte. Und so lauteten meine letzten Worte: »Ich sage Ihnen klipp und klar, daß es nicht sein kann. Kein Nachdenken kann mich dazu bewegen, gegen meine Neigungen zu heiraten. Ich achte Sie – zumindest würde ich Sie achten, wenn Sie sich wie ein vernünftiger Mensch aufführten – aber ich kann Sie nicht lieben und könnte es auch niemals – und je mehr Sie reden, desto abstoßender wirken Sie auf mich; also bitte, verlieren Sie kein weiteres Wort mehr darüber.«

Hierauf wünschte er mir einen Guten Morgen und entfernte sich, ohne Zweifel verwirrt und gekränkt; aber das war nun wirklich nicht meine Schuld.

KAPITEL 17
Weitere Warnungen

Am Tag darauf begleitete ich meinen Onkel und meine Tante zu einer Dinner-Party bei Mr. Wilmot. Er hatte zwei Damen bei sich wohnen, seine Nichte Annabella, ein hübsches, fesches Mädchen oder eigentlich eher eine junge Frau von etwa fünfundzwanzig, gemäß ihrer eigenen Versicherung allzu kokett, um geheiratet zu werden, aber außerordentlich bewundert von den Herren, die sie unisono für eine wundervolle Frau erklärten, – und ihre liebenswürdige Cousine Milicent Hargrave, die heftig an mir Gefallen gefunden hatte, da sie mich fälschlicherweise für etwas viel Besseres hielt, als ich war. Und umgekehrt war ich von ihr sehr angetan. Ich sollte die arme Milicent von meiner allgemeinen Kritik an den Damen meiner Bekanntschaft gänzlich ausnehmen. Aber ich erwähne diese Party nicht wegen ihr oder ihrer Cousine, sondern wegen eines anderen Gastes von Mr. Wilmot, nämlich wegen Mr. Huntingdon. Ich habe allen Grund, mich an seine Anwesenheit dort zu erinnern, denn es war das letzte Mal, daß ich ihn sah.

Beim Dinner saß er nicht in meiner Nähe, denn es war sein Schicksal, eine füllige, alte Witwe hereinzuführen, und meines, von Mr. Grimsby hereingeführt zu werden, einem Freund von ihm, den ich jedoch überaus unsympathisch fand: es lag ein unheimlicher Ausdruck auf seinen Gesichtszügen, und in seinem Gebaren eine Mischung aus versteckter Grausamkeit und widerwärtiger Heuchelei, über die ich nicht hinwegsehen konnte. Nebenbei bemerkt, was ist das doch für ein lästiger Brauch – eine der vielen Quellen künstlich geschaffenen Verdrusses dieses allzu zivilisierten Lebens! Wenn die Herren schon unbedingt die Damen in den Speisesaal führen *müssen*, warum können sie dann nicht die bei der Hand nehmen, die ihnen am besten gefällt?

Ich bin mir jedoch nicht sicher, ob Mr. Huntingdon mich genommen hätte, wenn es ihm freigestanden *hätte*, seine eigene Wahl zu treffen. Es ist gut möglich, daß er sich Miss Wilmot ausgesucht hätte, denn sie schien es darauf angelegt zu haben, seine Aufmerksamkeit auf sich zu ziehen, und er schien nicht abgeneigt, ihr so zu huldigen, wie sie es wünschte. Diesen Eindruck hatte ich zumindest, als ich sah, wie sie miteinander redeten und lachten und über den Tisch hinweg Blicke austauschten, unter Mißachtung und zum augenscheinlichen Ärgernis ihrer jeweiligen Tischnachbarn – und später dann, als die Herren zu uns in den Salon kamen, wie sie ihm da, kaum daß er eingetreten war, laut zurief, er solle die Rolle des Schiedsrichters in einem Disput zwischen ihr und einer anderen Dame übernehmen, und er der Aufforderung bereitwillig nachkam und die Frage, ohne auch nur einen Augenblick zu zögern, zu ihren Gunsten entschied – obwohl sie nach meinem Dafürhalten ganz offensichtlich im Unrecht war – und dann vertraulich plaudernd bei ihr und einer Gruppe anderer Damen stand, während ich mit Milicent Hargrave am gegenüberliegenden Ende des Zimmers saß, mir ihre Zeichnungen ansah und ihr auf ihren besonderen Wunsch hin mit meinen kritischen Bemerkungen und Ratschlägen behilflich war. Aber trotz meiner Bemühungen, Haltung zu bewahren, wanderten meine Blicke von den Zeichnungen zu der fröhlichen Gruppe, und wider besseres Wissen fühlte ich Zorn in mir hochsteigen, und ich machte zweifellos ein etwas bestürztes Gesicht; denn mit der Bemerkung, daß ich nun bestimmt ihrer Klecksereien und ihres Gekritzels überdrüssig sei, bat mich Milicent, ich möge mich doch zu den anderen Gästen begeben und mir die restlichen Blätter bei anderer Gelegenheit ansehen. Aber während ich ihr noch versicherte, daß ich kein Verlangen hätte, mich zu den anderen zu gesellen, und es mir keineswegs langweilig sei, trat Mr. Huntingdon selbst an den kleinen runden Tisch heran, an dem wir saßen.

»Sind das Ihre?« sagte er, wobei er unbekümmert eine der Zeichnungen vom Tisch nahm.

»Nein, es sind Miss Hargraves Zeichnungen.«

»Oh, dann wollen wir doch mal einen Blick darauf werfen.«

Und ohne auf Miss Hargraves Beteuerungen zu achten, sie seien es gar nicht wert, betrachtet zu werden, zog er sich einen Stuhl neben mich und nahm eine Zeichnung nach der anderen aus meiner Hand entgegen, wobei er sie der Reihe nach flüchtig musterte, und sie dann auf den Tisch warf, aber kein Wort darüber verlor, obwohl er die ganze Zeit redete. Ich weiß nicht, was Milicent Hargrave von einem solchen Benehmen hielt, doch ich fand die Unterhaltung mit ihm ungemein interessant, wenn sie sich auch, wie ich später feststellte, als ich sie analysieren wollte, hauptsächlich darauf beschränkte, die verschiedenen Teilnehmer der anwesenden Gesellschaft zu bespötteln; und obgleich er einige kluge Bemerkungen machte, und ein paar überaus witzige, glaube ich nicht, daß das ganze als etwas Besonderes erschiene, wenn es hier aufgeschrieben würde, ohne das Beiwerk von Blick, Tonfall und Geste und jenem unbeschreiblichen, nicht genau zu bestimmenden Charme, der alles, was er tat und sagte, mit einem Nimbus umgab, und der es auch dann noch zu einem Vergnügen gemacht hätte, in sein Gesicht zu blicken und die Musik seiner Stimme zu hören, wenn er totalen Unsinn geredet hätte – und der mich zu alledem bitterböse auf meine Tante werden ließ, als sie diesem Vergnügen ein Ende setzte, indem sie mit gefaßter Miene herantrat unter dem Vorwand, die Zeichnungen sehen zu wollen, die ihr gleichgültig waren und von denen sie nichts verstand, und während sie so tat, als betrachtete sie sie eingehend, sich mit einem ihrer kältesten und abweisendsten

Blicke an Mr. Huntingdon wandte und eine Reihe höchst banaler und schrecklich förmlicher Fragen und Bemerkungen zu äußern begann, mit der Absicht, seine Aufmerksamkeit von mir abzulenken – um mich zu ärgern, wie ich dachte, und nachdem ich nun die Mappe durchgesehen hatte, überließ ich sie ihrem tête-à-tête und setzte mich auf ein Sofa, ganz abseits von der Gesellschaft – wobei mir gar nicht in den Sinn kam, welch seltsamen Eindruck ein solches Verhalten machen mußte, sondern bloß, um mich zunächst meiner momentanen Verärgerung hinzugeben und danach in meinen geheimen Gedanken zu schwelgen.

Aber ich wurde nicht lange in Ruhe gelassen, denn Mr. Wilmot, der mir von allen Männern am wenigsten willkommen war, machte sich den Umstand, daß ich so alleine dasaß, zunutze, um zu mir zu kommen und sich neben mich zu pflanzen. Ich hatte mir eingebildet, seine Annäherungsversuche bei allen früheren Gelegenheiten so erfolgreich zurückgewiesen zu haben, daß ich von seiner unglückseligen Schwäche für mich nichts mehr zu befürchten hätte, doch, wie es schien, hatte ich mich da geirrt: so groß war sein Vertrauen in seinen Reichtum oder seine übrigen Reize und so fest seine Überzeugung von weiblicher Schwäche, daß er sich für berechtigt hielt, die Belagerung wiederaufzunehmen, was er mit neuer Glut tat, entzündet durch den vielen Wein, den er getrunken hatte – was ihn mir noch unendlich widerwärtiger machte; aber so sehr ich ihn auch in diesem Augenblick verabscheute, wollte ich doch nicht grob zu ihm sein, da ich ja nun sein Gast war und eben erst seine Gastfreundschaft genossen hatte, und ich verstand mich nicht darauf, jemandem höflich, aber entschieden einen Korb zu geben, und selbst das hätte mir wohl nicht viel genützt, denn er war aus zu grobem Holz geschnitzt, als daß er irgendeine Abfuhr ernstgenommen hätte, die nicht so unverblümt und eindeutig war wie sein eigenes unverfrorenes

Verhalten. Die Folge war, daß er auf zunehmend widerwärtige Weise zärtlich wurde und seine Leidenschaftlichkeit immer abstoßendere Züge annahm, und ich war der Verzweiflung nahe und wollte gerade irgend etwas sagen, was, weiß ich nicht, als ich merkte, wie meine Hand, die über die Armlehne des Sofas hing, plötzlich von einer anderen ergriffen und sanft, aber leidenschaftlich gedrückt wurde. Instinktiv erriet ich, wer es war, und empfand, als ich aufblickte, weniger Überraschung als Entzücken, Mr. Huntingdon auf mich herablächeln zu sehen. Es war, als ob ich von einem Teufel des Fegefeuers zu einem Engel des Lichts überginge, der gekommen war, um zu verkündigen, daß die Zeit der Martern vorüber sei.

»Helen«, sagte er (häufig nannte er mich Helen, und ich nahm ihm diese Vertraulichkeit nie übel), »ich möchte, daß Sie sich dieses Bild dort ansehen; und Mr. Wilmot wird Sie gewiß für einen Augenblick entschuldigen.«

Bereitwillig erhob ich mich. Er zog meinen Arm in den seinen und führte mich quer durchs Zimmer zu einem wunderbaren Gemälde von Van Dyck, das ich zuvor schon bemerkt, aber nicht ausgiebig genug angesehen hatte. Nach einem Augenblick stummer Betrachtung begann ich mich über die Schönheiten und Besonderheiten desselben zu verbreiten, als er mich, spielerisch meine Hand drückend, die er noch immer in seinem Arm hielt, mit den folgenden Worten unterbrach:

»Lassen Sie doch das Bild, das war nicht der Grund, weshalb ich Sie hierher brachte, ich wollte Sie von diesem niederträchtigen alten Wüstling dort drüben wegkriegen, der jetzt ein Gesicht macht, als wolle er mich wegen dieses Affronts herausfordern.«

»Ich bin Ihnen überaus dankbar«, sagte ich. »Dies ist nun schon das zweite Mal, daß Sie mich aus solch unangenehmer Gesellschaft befreit haben.«

»Seien Sie nicht zu dankbar«, antwortete er, »es geschah nicht nur aus Gefälligkeit Ihnen gegenüber; es geschah zum Teil aus einer gewissen Boshaftigkeit gegenüber Ihren Peinigern, die mich Spaß daran finden läßt, den alten Burschen eins auszuwischen, obwohl ich nicht glaube, daß ich viel Grund habe, sie als Rivalen zu fürchten. Oder, Helen?«

»Sie wissen, daß ich alle beide verabscheue.«

»Und mich?«

»Ich habe keinen Grund, Sie zu verabscheuen.«

»Aber was empfinden Sie denn für mich? Helen – so sagen Sie doch! Was bin ich in Ihren Augen?«

Und wieder drückte er meine Hand; aber ich hatte das beängstigende Gefühl, sein Benehmen zeuge mehr von bewußt eingesetzter Kraft als von Zärtlichkeit, und ich spürte, daß er kein Recht hatte, mir eine Liebeserklärung abzuzwingen, solange er selbst noch kein entsprechendes Geständnis gemacht hatte, und wußte nicht, was ich antworten sollte. Schließlich sagte ich:

»Was bin *ich* denn in *Ihren* Augen?«

»Süßer Engel, ich bete Sie an! Ich...«

»Helen, ich brauche Dich einen Augenblick«, sagte die klare, leise Stimme meiner Tante dicht neben uns. Und ich ließ ihn stehen und Verwünschungen gegen seinen bösen Engel murmeln.

»Also, Tante, was ist los? Was willst du?« sagte ich, indem ich ihr zu der Fensternische folgte.

»Ich möchte, daß du dich zu den anderen gesellst, wenn du wieder soweit bist, daß du dich sehen lassen kannst«, entgegnete sie, wobei sie mich streng ansah: »aber bitte bleib hier noch ein Weilchen stehen, bis diese empörende Röte etwas zurückgegangen ist und deine Augen etwas von ihrem natürlichen Ausdruck wiedergewonnen haben. Ich würde mich vor jedem schämen, der dich in deinem gegenwärtigen Zustand sieht.«

Natürlich hatte diese Bemerkung keine Abschwächung der »empörenden Röte« zur Folge; im Gegenteil, ich spürte, wie mein Gesicht noch einmal so heiß glühte, entfacht durch ein Durcheinander in meinen Gefühlen, deren stärkstes ungehaltener, zunehmender Zorn war. Ich gab jedoch keine Antwort, sondern stieß den Vorhang beiseite und schaute in die Nacht hinaus – oder besser gesagt: auf den von Laternen beleuchteten Platz.

»Hat dir Mr. Huntingdon einen Heiratsantrag gemacht, Helen?« wollte meine allzu wachsame Verwandte wissen.

»Nein.«

»Was hat er dann gesagt? Ich habe etwas gehört, was sehr danach klang.«

»Ich weiß nicht, was er gesagt hätte, wenn du ihn nicht unterbrochen hättest.«

»Und hättest du ihn denn genommen, Helen, wenn er einen Antrag gemacht hätte?«

»Natürlich nicht – ohne Onkel und dich um Rat zu fragen.«

»Oh! Das freut mich, mein Kind, daß du dir noch so viel Umsicht bewahrt hast. Nun«, fügte sie nach kurzem Schweigen hinzu, »jetzt hast du für einen Abend genug Aufmerksamkeit auf dich gezogen. Wie ich sehe, richten bereits in diesem Augenblick die Damen fragende Blicke auf uns. Ich werde zu ihnen gehen. Komm du nur auch, wenn du dich soweit beruhigt hast, daß du normal aussiehst.«

»Ich bin ruhig.«

»Dann sprich leise, und schau nicht so böse drein«, sagte meine ruhige, aber unerträgliche Tante. »Wir werden in Kürze nach Hause fahren, und dann«, fügte sie feierlich und mit bedeutsamer Miene hinzu, »habe ich dir einiges zu sagen.«

So fuhr ich, gefaßt auf eine fürchterliche Strafpredigt, nach Hause. Während unserer kurzen Heimfahrt wurde von beiden Parteien in der Kutsche nur wenig gesprochen, aber als ich mein Zimmer betreten und mich in einen Lehnstuhl geworfen hatte, um über die Ereignisse des Tages nachzudenken, folgte mir meine Tante dorthin, und nachdem sie Rachel weggeschickt hatte, die gerade dabei war, meinen Schmuck sorgfältig zu verwahren, schloß sie die Tür, rückte einen Stuhl neben mich, oder genauer gesagt: in einen rechten Winkel zu meinem, und setzte sich. Mit gebührender Zuvorkommenheit bot ich ihr meinen bequemeren Sitz an. Sie lehnte ab und eröffnete die Unterredung wie folgt:

»Entsinnst du dich unseres Gespräches am vorletzten Abend, bevor wir Staningley verließen, Helen?«

»Ja, Tante.«

»Und erinnerst du dich auch, wie ich dich davor warnte, dir dein Herz von jenen stehlen zu lassen, die seiner nicht wert sind, und eine Gefühlsbindung einzugehen, wenn du dem Betreffenden nicht auch Achtung entgegenbringen kannst, und wenn Vernunft und Klugheit ihre Zustimmung versagten?«

»Ja, aber *meine* Vernunft...«

»Verzeih bitte – und erinnerst du dich, wie du mir versichert hast, daß kein Anlaß bestehe, mir wegen dir Sorgen zu machen, denn du würdest niemals in *Versuchung* geraten, einen Mann zu heiraten, dem es an Klugheit oder Grundsätzen gebreche, wie gutaussehend oder charmant er auch in anderer Hinsicht sein möge, denn du könntest ihn nicht lieben, du würdest ihn hassen – verachten – bemitleiden – alles, nur nicht lieben – waren das nicht deine Worte?«

»Ja, aber...«

»Und sagtest du nicht, daß sich deine Zuneigung auf moralische Bewährung gründen *müsse*, und daß, wenn du keine Wertschätzung, Verehrung und Achtung empfinden könntest, du auch nicht lieben könntest?«

»Ja, aber ich schätze und ehre und achte doch...«

»Wie das, meine Liebe? Ist Mr. Huntingdon etwa ein rechtschaffener Mann?«

»Er ist viel besser, als du von ihm denkst.«

»Das tut nichts zur Sache. Ist er ein rechtschaffener Mann?«

»Ja – in gewisser Hinsicht. Er hat einen guten Charakter.«

»Ist er ein Mann mit *Grundsätzen*?«

»Das vielleicht nicht gerade; aber nur aus Gedankenlosigkeit: wenn er jemanden hätte, der ihm mit Rat und Tat zur Seite stände und ihn daran erinnerte, was richtig ist...«

»Würde er schnell lernen, meinst du – und du würdest es bereitwillig auf dich nehmen, seine Lehrerin zu sein? Aber, meine Liebe, er ist, glaube ich, volle zehn Jahre älter als du – wie kommt es, daß du ihm an moralischer Bildung so viel voraus hast?«

»Dank deiner, Tante, bin ich so gut erzogen worden und hatte stets gute Vorbilder vor Augen, die er höchstwahrscheinlich nicht hat; und nebenbei bemerkt ist er von sanguinischem Temperament und einer fröhlichen, gedankenlosen Wesensart, und ich neige von Natur aus zum Nachdenken.«

»Na, jetzt hast du ihn als einen hingestellt, dem es sowohl an Verstand als auch an Grundsätzen mangelt, und zwar durch dein eigenes Bekenntnis...«

»Dann stehen ihm eben mein Verstand und meine Grundsätze zu Diensten!«

»Das klingt anmaßend, Helen! Meinst du, genug von beiden zu haben, und bildest du dir etwa ein, dein fröhlicher, gedankenloser Wüstling würde sich von einem jungen Mädchen wie dir führen lassen?«

»Nein, ich würde ihn nicht führen wollen, aber ich glaube, ich könnte genug Einfluß auf ihn haben, um ihn vor einigen Fehlern zu bewahren, und ich denke, mein Leben könnte sich sehr wohl in dem Bemühen erfüllen, eine so edle Natur vor dem Untergang zu retten. Er hört mir mittlerweile immer aufmerksam zu, wenn ich ernsthaft mit ihm spreche (und oft nehme ich es mir heraus, ihn wegen seiner mutwilligen Redensarten zu tadeln), und manchmal sagt er, daß, wenn er mich stets zur Seite hätte, er niemals mehr schlimme Dinge tun oder sagen würde, und daß täglich ein kleines Gespräch mit mir ihn zu einem richtigen Heiligen machen würde. Es mag ja zum Teil Scherz und zum Teil Schmeichelei sein, aber dennoch...«

»Aber dennoch glaubst du, es könnte die Wahrheit sein?«

»Wenn ich tatsächlich glaube, daß eine gewisse Wahrheit darin liegt, so nicht, weil ich auf meine Fähigkeiten vertraue, sondern darauf, daß *er* von Natur aus ein guter Mensch ist. Und du hast kein Recht, ihn einen Wüstling zu nennen, Tante; er ist nichts dergleichen.«

»Wer hat dir denn das weisgemacht, mein Kind? Wie war doch gleich die Geschichte von seinem ehebrecherischen Verhältnis zu einer verheirateten Dame – Lady – wie hieß sie doch gleich – Miss Wilmot hat sie dir doch neulich erzählt?«

»Sie war falsch – falsch!« rief ich. »Ich glaube kein Wort davon.«

»Du meinst also, daß er ein junger Mann von untadeligen Manieren oder untadeligem Benehmen ist?«

»Ich weiß über seinen Charakter nichts Bestimmtes zu sagen. Ich weiß nur, daß ich nichts gehört habe, was eindeutig gegen ihn spräche – nichts zumindest, was bewiesen werden könnte; und solange die Leute ihre verleumderischen Anschuldigungen nicht beweisen können, werde ich ihnen nicht glauben. Und dies weiß ich, daß, wenn er Fehler begangen hat, es nur solche sind, wie sie in der Jugend gewöhnlich gemacht werden, und solche, bei denen sich niemand etwas denkt; denn ich sehe ja, daß ihn jedermann mag, und alle Mütter ihm zulächeln, und ihre Töchter – und auch Miss Wilmot – nur zu froh sind, wenn sie seine Aufmerksamkeit auf sich ziehen können.«

»Helen, die Welt der Gesellschaft *mag* ja vielleicht solche Vergehen als läßlich betrachten; ein paar prinzipienlose Mütter *mögen* durchaus erpicht darauf sein, einen jungen Mann mit Vermögen einzufangen, ohne auf seinen Charakter zu achten; und unbesonnene Mädchen *mögen* sich freuen, das Lächeln eines so gutaussehenden Herrn zu ergattern, ohne hinter die Fassade schauen zu wollen; aber *du*, so glaubte ich fest, warst besser unterrichtet, als daß du mit ihren Augen hättest sehen und mit ihrem irregeleiteten Verstand hättest urteilen müssen. Ich hätte nicht gedacht, daß *du* diese Fehler als läßlich bezeichnen würdest!«

»Das tue ich doch nicht, Tante; aber wenn ich auch die Sünden hasse, so liebe ich doch den Sünder und würde viel für seine Rettung tun, angenommen selbst, deine Verdächtigungen sollten im wesentlichen berechtigt sein – was ich nicht glaube und nicht glauben will.«

»Nun, meine Liebe, so frag deinen Onkel, welche Art von Umgang er pflegt, und ob er nicht mit einem Kreis liederlicher, sittenloser junger Männer verbunden ist, die er seine Freunde nennt – seine hübschen Kameraden, deren Hauptvergnügen darin besteht, dem Laster zu frönen und miteinander zu wetteifern, wer am schnellsten und am weitesten Hals über Kopf die abschüssige Straße hinunterrennen kann zu dem Ort, der für den Teufel und seine Engel bestimmt ist.«

»Dann will ich ihn vor ihnen retten.«

»Ach, Helen, Helen! Du hast so wenig Ahnung von dem Unglück, das dich erwartet, wenn du dein Schicksal mit einem solchen Mann verknüpfst.«

»Mein Vertrauen in ihn ist so groß, Tante, ungeachtet alles dessen, was du sagst, daß ich mein Glück bereitwillig aufs Spiel setzen würde für die Chance, ihm das seine zu sichern. Bessere Männer will ich denjenigen überlassen, die nur ihren Vorteil im Auge haben. Falls er gefehlt hat und wenn ich ihn vor den Folgen seiner früheren Irrtümer bewahren und es mir gelingen kann, ihn auf den Pfad der Tugend zurückzubringen, dann habe ich, wie ich meine, mein Leben gut verbracht. Gott gebe, daß ich Erfolg damit habe!«

Hier endete das Gespräch, denn an dieser Stelle hörte man die Stimme meines Onkels aus seinem Zimmer, der laut nach meiner Tante rief, sie solle ins Bett kommen. Er war an jenem Abend schlechter Laune, denn seine Gicht hatte sich verschlimmert. Sie setzte ihm, seitdem wir in der Stadt waren, immer stärker zu; und am nächsten Morgen nutzte meine Tante diesen Umstand, um ihn zu überreden, sofort aufs Land zurückzukehren, ohne das Ende der Saison abzuwarten. Seine Ärzte bekräftigten ihre Argumente nachdrücklich; und entgegen ihrer sonstigen Gewohnheiten beeilte sie sich deshalb mit den Vorbereitungen zur Abreise (ebenso sehr um meinetwillen wie meines Onkels wegen, denke ich), daß wir nach ein paar Tagen aufbrachen; und ich sah nichts mehr von Mr. Huntingdon. Meine Tante bildet sich ein, daß ich ihn bald vergessen werde – vielleicht meint sie, ich hätte ihn bereits vergessen, denn niemals erwähne ich seinen Namen; und sie mag ruhig weiter so denken, bis wir uns wieder begegnen – wenn dies denn je geschehen sollte. Ich frage mich, ob es je dazu kommen wird.

KAPITEL 18
Die Miniatur

25. August. – Ich habe mich mittlerweile wieder ganz an die gewohnte Routine meiner täglichen Beschäftigungen und stillen Vergnügungen gewöhnt – und bin einigermaßen zu-

frieden und heiter, aber ich freue mich auf das Frühjahr, hoffe ich doch, wieder in die Stadt zu kommen, nicht wegen der dortigen Feste und Zerstreuungen, sondern weil sich dort die Möglichkeit bieten könnte, Mr. Huntingdon noch einmal zu begegnen; denn immer noch geistert er dauernd durch meine Gedanken und Träume. Bei all meinen Tätigkeiten bezieht sich letztlich alles, was ich tue oder sehe oder höre, auf ihn; was immer ich auch an Fertigkeiten oder Wissen erwerbe, es soll eines Tages ihm zugute kommen; was immer ich auch an neuen Schönheiten in der Natur oder der Kunst entdecke, es soll festgehalten werden, damit es sein Auge sieht, oder in meinem Gedächtnis aufbewahrt werden, damit ich es ihm irgendwann einmal erzählen kann. Zumindest ist dies die Hoffnung, die ich hege, die Wunschvorstellung, die mir auf meinem einsamen Weg leuchtet. Es ist vielleicht am Ende nur ein Irrlicht, aber es kann mir keinen Schaden zufügen, wenn ich ihm mit den Augen folge und mich an seinem Glanz erfreue, solange es mich nicht von dem Weg abbringt, den ich nehmen sollte; und ich glaube, das wird nicht geschehen, denn ich habe eingehend über den Rat meiner Tante nachgedacht und sehe nun ein, wie dumm es wäre, mich an jemanden wegzuwerfen, der all der Liebe, die ich zu geben habe, unwürdig ist und die besten und tiefsten Gefühle meines innersten Herzens nicht zu erwidern vermag – so deutlich, daß, selbst wenn ich ihn wiedersehen sollte und er sich meiner erinnern und mich immer noch lieben (was leider! allzu unwahrscheinlich ist, wenn man bedenkt, wie er gestellt und von wem er umgeben ist) und mich bitten würde, ihn zu heiraten – ich fest entschlossen bin, nicht einzuwilligen, bis ich mit Sicherheit weiß, ob die Meinung meiner Tante oder die meine der Wahrheit näher kommt, denn wenn ich mit der meinen völlig daneben liege, so ist nicht er es, den ich liebe, sondern ein Geschöpf meiner Phantasie. Aber ich denke, sie ist nicht falsch – nein, nein – es gibt da ein geheimes Etwas – einen inneren Instinkt, der mir versichert, daß ich recht habe. Er ist im Grunde seines Wesens ein guter Mensch; – und welch ein Entzücken, das Gute in ihm zu entfalten! Wenn er in die Irre gegangen ist, welch eine Wonne, ihn auf den rechten Weg zurückzurufen! Wenn er jetzt dem verderblichen Einfluß heruntergekommener und gottloser Gefährten ausgesetzt ist, welch eine Ehre, ihn von ihnen zu befreien! Oh! Wenn ich nur glauben könnte, daß mich der Himmel dafür ausersehen hat!

Heute ist der 1. September; aber mein Onkel hat dem Wildhüter befohlen, die Rebhühner zu schonen, bis die Herren kommen. »Welche Herren?« fragte ich, als ich es erfuhr – eine kleine Gesellschaft, die er zur Jagd eingeladen hatte. Einer davon war sein Freund Mr. Wilmot und ein anderer der Freund meiner Tante, Mr. Boarham. Dies empfand ich im ersten Augenblick als eine schreckliche Nachricht, aber alle Kümmernisse und Befürchtungen verflüchtigten sich wie ein Traum, als ich hörte, daß Mr. Huntingdon tatsächlich der dritte sein soll! Natürlich ist meine Tante sehr dagegen, daß er kommt: inständig versuchte sie, meinem Onkel auszureden, ihn einzuladen; er aber lachte über ihre Einwände und sagte ihr, daß alles Reden keinen Sinn habe, da das Unglück bereits geschehen sei: er habe Huntingdon und dessen Freund Lord Lowborough eingeladen, bevor wir London verließen, und nun sei nur noch der Tag ihrer Ankunft festzulegen. So steht seinem Kommen also nichts mehr im Wege, und ich bin sicher, ihn wiederzusehen. Ich kann meine Freude nicht in Worte fassen. Es fällt mir schwer, sie vor meiner Tante zu verbergen; aber ich möchte sie mit meinen Gefühlen nicht beunruhigen, bis ich weiß, ob ich mich ihnen hingeben soll oder nicht. Wenn ich es für meine unumgängliche Pflicht halte, sie zu unterdrücken, sollen sie außer mich selbst niemanden bekümmern; und wenn es mir gerechtfertigt erscheint, in dieser Zuneigung zu schwelgen, kann ich alles riskieren, sogar den Zorn und Gram meiner besten Freundin, denn den Gegenstand desselben – werde ich mit Sicherheit bald kennenlernen. Aber sie kommen erst um die Mitte des Monats.

Wir werden auch zwei Damen zu Gast haben: Mr. Wilmot soll seine Nichte und deren Cousine mitbringen. Vermutlich meint meine Tante, die letztere werde mir durch ihre Gesellschaft und das heilsame Vorbild ihres sanftmütigen Betragens sowie ihres bescheidenen und fügsamen Wesens von Nutzen sein; und der ersteren gedenkt sie, wie ich annehme, die Rolle einer attraktiven Gegenspielerin zu, die Mr. Huntingdons Aufmerksamkeit von mir ablenken soll. Dafür bin ich ihr nicht gerade dankbar, aber ich werde mich über Milicents Gesellschaft freuen: sie ist ein nettes, liebes Mädchen, und ich wünschte, ich wäre wie sie – *mehr* wie sie, zumindest, als ich bin.

* * *

Neunzehnter. – Sie sind da. Vorgestern kamen sie. Die Herren sind alle auf die Jagd gegangen, und die Damen sitzen bei meiner Tante im Salon und handarbeiten. Ich habe mich in die Bibliothek zurückgezogen, denn ich bin sehr unglücklich und möchte allein sein. Bücher können mich nicht ablenken; und so habe ich meine Schreibmappe aufgeschlagen und will versuchen, was ich tun kann, indem ich die Ursache meines Kummers ausführlich beschreibe. Dieses Stück Papier wird mir als eine vertraute Freundin dienen, der ich mein übervolles Herz ausschütten kann. Es wird mit meinen Sorgen nicht mitfühlen, aber andererseits wird es auch nicht über sie lachen, und wenn ich es geschlossen halte, kann es nichts weitererzählen; so ist es vielleicht die beste Freundin, die ich für diesen Zweck finden könnte.

Zunächst will ich von seiner Ankunft erzählen – wie ich

an meinem Fenster saß und fast zwei Stunden lang Ausschau hielt, ehe seine Kutsche in den Park einfuhr – denn alle trafen sie vor ihm ein, – und wie tief war ich bei jeder Ankunft enttäuscht, weil es nicht die seine war. Zuerst kamen Mr. Wilmot und die Damen. Als Milicent in ihr Zimmer gegangen war, verließ ich meinen Beobachtungsposten für ein paar Minuten, um dort nach ihr zu sehen und ein kurzes Gespräch unter vier Augen mit ihr zu führen, denn sie war mittlerweile meine enge Freundin geworden, nachdem wir seit unserer Trennung einige lange Briefe gewechselt hatten. Als ich wieder zu meinem Fenster zurückkehrte, erblickte ich eine weitere Kutsche vor der Tür. War es seine? Nein, es war Mr. Boarhams schmuckloser, dunkler Wagen; und da stand er auf den Stufen und überwachte sorgfältig das Entladen seiner verschiedenen Schachteln und Gepäckstücke. Welch eine Ansammlung! Man hätte meinen können, er plane einen Besuch von mindestens sechs Monaten. Eine ganze Weile später kam Lord Lowborough in seinem Landauer. Ob er wohl einer jener lasterhaften Freunde ist, frage ich mich? Ich würde meinen, nein, denn *ihn* könnte gewiß niemand einen fidelen Kameraden nennen, – und außerdem wirkt er von seinem Auftreten her zu gesetzt und zu sehr wie ein Gentleman, um ein solches Mißtrauen zu verdienen. Er ist ein hochgewachsener, hagerer, finster dreinblickender Mann, wie es scheint zwischen dreißig und vierzig, und sieht etwas kränklich und abgehärmt aus.

Zu guter Letzt kam Mr. Huntingdons vierrädriger Zweispänner fröhlich den Rasenplatz hochgefahren. Ich erhaschte nur einen flüchtigen Blick auf ihn, denn in dem Moment, als die Kutsche anhielt, sprang er über den Verschlag hinweg auf die Türstufe und verschwand im Haus.

Ich fügte mich und ließ mich nun endlich zum Dinner ankleiden – eine Pflichtübung, die mir Rachel seit zwanzig

Minuten aufzuzwingen versuchte, und als dieses wichtige Geschäft beendet war, begab ich mich in den Salon, wo ich Mr. und Miss Wilmot sowie Milicent Hargrave bereits versammelt fand. Kurz danach trat Lord Lowborough ein und dann Mr. Boarham, der durchaus willens schien, mein früheres Verhalten zu vergessen und zu verzeihen und zu hoffen, daß es ihm mit etwas Konzilianz und unerschütterlicher Ausdauer vielleicht doch noch gelingen würde, mich zur Vernunft zu bringen. Während ich am Fenster stand und mich mit Milicent unterhielt, kam er auf mich zu und wollte gerade anfangen, beinahe seinen üblichen Schwulst daherzureden, als Mr. Huntingdon das Zimmer betrat.

»Wie wird er mich wohl begrüßen?« sagte mein heftig pochendes Herz, und anstatt auf ihn zuzugehen und ihn anzusprechen, wandte ich mich zum Fenster, um meine innere Erregung zu verbergen oder zu meistern. Aber nachdem er seinen Gastgeber und seine Gastgeberin sowie die übrige Gesellschaft begrüßt hatte, kam er zu mir, drückte mir leidenschaftlich die Hand und murmelte, wie glücklich er sei, mich wiederzusehen. In diesem Augenblick wurde das Dinner angekündigt, und meine Tante bat ihn, Miss Hargrave ins Eßzimmer zu führen, und der verhaßte Mr. Wilmot bot mir unter unsäglichen Grimassen seinen Arm an; und ich war dazu verurteilt, zwischen ihm und Mr. Boarham zu sitzen. Aber später, als wir wieder alle im Salon versammelt waren, wurde ich durch ein paar köstliche Minuten der Unterhaltung mit Mr. Huntingdon für so viele Qualen entschädigt.

Im Verlauf des Abends bat man Miss Wilmot, zur Unterhaltung der Gesellschaft zu singen und zu spielen, und ich sollte meine Zeichnungen herzeigen, und obwohl er Musik mag und sie eine vollendete Klavierspielerin ist, glaube ich durchaus behaupten zu können, daß er meinen Zeichnungen mehr Aufmerksamkeit schenkte als ihrer musikalischen Darbietung.

So weit, so gut; – doch als ich hörte, wie er *sotto voce*, aber mit besonderem Nachdruck zu einem der Stücke bemerkte: »Das hier ist besser als alle anderen« – blickte ich auf, da ich wissen wollte, welches er meinte, und stellte zu meinem Entsetzen fest, wie er selbstgefällig auf die *Rückseite* des Bildes starrte: es war sein Konterfei, das ich darauf gezeichnet und das wegzuradieren ich vergessen hatte! Um alles noch schlimmer zu machen, versuchte ich in augenblicklich heftiger Erregung, es seiner Hand zu entreißen, aber er hinderte mich daran und drückte es gegen seine Weste und knöpfte mit einem entzückten Glucksen seinen Rock darüber zu, wobei er hervorstieß: »Nein – zum Donnerwetter, ich will es behalten!«

Dann zog er sich eine Kerze heran und sammelte alle Zeichnungen ein, sowohl diejenigen, die er schon gesehen hatte, als auch die anderen, und murmelte: »Ich muß sie mir jetzt von *beiden* Seiten anschauen«, und damit begann er eine eingehende Untersuchung, die ich zunächst einigermaßen gefaßt beobachtete, da ich darauf vertraute, daß seine Eitelkeit durch keine weiteren Entdeckungen befriedigt werden würde, denn obwohl ich mir vorwerfen muß, die Rückseite von einigen mit unvollkommenen Versuchen, jene allzu faszinierende Physiognomie zu zeichnen, entstellt zu haben, war ich sicher, daß ich mit dieser einen unglückseligen Ausnahme alle derartigen Zeugnisse meiner Schwärmerei sorgfältig ausgemerzt hatte. Aber der Bleistift hinterläßt auf dem Blatt häufig Spuren, die man mit allem Radieren nicht wegbekommt. Das war anscheinend bei den meisten dieser Blätter der Fall; und ich gebe zu, ich zitterte, als ich sah, wie er sie so nahe an die Kerze hielt und die scheinbar leeren Flächen so eifrig studierte, aber immer noch war ich zuversichtlich, daß er diese schwachen Spuren nicht zu seiner Befriedigung entziffern könne. Ich täuschte mich allerdings – denn nachdem er seine Untersuchung beendet hatte, bemerkte er leise:

»Ich stelle fest, die Rückseiten von den Zeichnungen junger Damen sind wie die Postscripta ihrer Briefe der wichtigste und interessanteste Teil des Ganzen.«

Dann lehnte er sich in seinen Stuhl zurück, dachte ein paar Minuten schweigend nach, wobei er selbstzufrieden vor sich hinlächelte, und während ich mir irgendeine bissige Bemerkung ausdachte, um ihm seine Freude zu vergällen, stand er auf und ging zu Annabella Wilmot hinüber, die heftig kokettierend bei Lord Lowborough saß, ließ sich neben ihr auf dem Sofa nieder und wich für den Rest des Abends nicht mehr von ihrer Seite.

»So ist das also!« dachte ich. »Er verachtet mich, weil er weiß, daß ich ihn liebe.«

Und der Gedanke machte mich so todunglücklich, daß ich nicht wußte, was ich tun sollte. Milicent kam zu mir und begann meine Zeichnungen zu bewundern und Bemerkungen über sie zu machen; aber ich konnte mich nicht mit ihr unterhalten – ich konnte mich mit niemandem unterhalten; und als der Tee hereingebracht wurde, nutzte ich die offenstehende Tür und das leichte Durcheinander, das dabei entstand, um hinauszuschlüpfen – denn ich würde bestimmt nichts zu mir nehmen können – und in der Bibliothek Zuflucht zu suchen. Meine Tante schickte Thomas nach mir, um mich zu fragen, ob ich nicht zum Tee kommen wolle; aber ich bat ihn auszurichten, ich würde heute abend keinen trinken; und zum Glück war sie zu sehr mit ihren Gästen beschäftigt, um vorerst weitere Nachforschungen anzustellen.

Da die meisten der Anwesenden an diesem Tag weit gereist waren, begaben sie sich frühzeitig zur Ruhe; und nachdem ich sie alle, wie ich meinte, nach oben hatte gehen hören, wagte ich mich hinaus, um mir einen Kerzenhalter von der Kredenz im Salon zu holen. Aber Mr. Huntingdon hatte länger als die übrigen verweilt: er stand gerade am Fuß der Treppe, als ich die Tür öffnete; und da er meine Schritte in der Eingangshalle hörte – obwohl ich sie kaum selbst hörte – machte er auf der Stelle kehrt.

»Helen, sind Sie es«, sagte er. »Warum sind Sie von uns weggerannt?«

»Gute Nacht, Mr. Huntingdon«, sagte ich kalt, da ich auf diese Frage nicht zu antworten gedachte. Und ich wandte mich ab, um in den Salon zu treten.

»Aber Sie werden mir doch die Hand geben, nicht wahr?« sagte er, wobei er sich vor mich in die Türöffnung stellte. Er ergriff meine Hand und hielt sie, sehr gegen meinen Willen, fest.

»Lassen Sie mich los, Mr. Huntingdon!« sagte ich. »Ich möchte mir eine Kerze holen.«

»Die Kerze wird warten«, entgegnete er.

Ich machte einen verzweifelten Versuch, meine Hand aus seinem Griff zu befreien.

»Warum haben Sie es denn so eilig, mich zu verlassen, Helen?« sagte er mit einem Lächeln von höchst provozierender Überheblichkeit. »Sie hassen mich ja nicht.«

»Doch, in diesem Augenblick schon.«

»Nicht doch! Es ist Annabella Wilmot, die Sie hassen, nicht mich.«

»Mit Annabella Wilmot habe ich nichts zu schaffen«, sagte ich, glühend vor Zorn.

»Aber *ich*, wie Sie wissen«, entgegnete er mit besonderem Nachdruck.

»Das ist mir gleichgültig, Sir!« erwiderte ich scharf.

»Ist es Ihnen gleichgültig, Helen? Möchten Sie das beschwören? Wollen Sie?«

»Nein, das will ich nicht, Mr. Huntingdon und ich *will*

jetzt gehen!« rief ich, wobei ich nicht wußte, ob ich lachen oder weinen oder in einen Sturm der Entrüstung ausbrechen sollte.

»Dann geh doch, du kleine Hexe!« sagte er, aber in dem Augenblick, da er meine Hand losließ, besaß er die Unverfrorenheit, mir seinen Arm um den Hals zu legen und mich zu küssen.

Zitternd vor Wut und Erregung – ich weiß nicht, was noch – riß ich mich los und holte meine Kerze und rannte die Treppe hinauf zu meinem Zimmer. Bestimmt hatte er das nur wegen dieses verhaßten Bildes getan! Und er hatte es ja noch immer in seinem Besitz, ein ewiges Denkmal für seinen Stolz und meine Demütigung!

In dieser Nacht fand ich nur wenig Schlaf; und am Morgen erhob ich mich, verwirrt und beunruhigt bei dem Gedanken, ihm beim Frühstück zu begegnen. Ich wußte nicht, wie ich mich verhalten sollte – eine würdevolle, kühle Gleichgültigkeit an den Tag zu legen, würde kaum passend sein, nach allem, was er von meiner Verehrung, zumindest seinem Gesicht gegenüber, wußte. Und doch mußte irgend etwas getan werden, um seiner Anmaßung Einhalt zu gebieten – ich wollte mich nicht wehrlos von diesen strahlenden, lachenden Augen tyrannisieren lassen. Und dementsprechend nahm ich seinen fröhlichen Guten-Morgen-Gruß so gelassen und distanziert entgegen, wie es meine Tante nur wünschen konnte, und wies mit kurzen Antworten seine wenigen Versuche ab, mich in ein Gespräch zu ziehen; während ich mich gegenüber allen anderen Mitgliedern der Jagdgesellschaft und besonders gegenüber Annabella Wilmot so heiter und zuvorkommend gab wie sonst, und selbst ihr Onkel und Mr. Boarham wurden bei dieser Gelegenheit mit einem zusätzlichen Maß an Höflichkeit bedacht, nicht aus Gründen der Koketterie, sondern bloß um ihm zu zeigen, daß meine sonderbare Kälte und Reserviertheit keiner allgemeinen schlechten Laune oder Niedergedrücktheit entsprangen.

Er ließ sich jedoch von einem solchen Verhalten nicht abschrecken. Zwar redete er nicht viel mit mir, aber wenn er mich ansprach, dann geschah es mit einer derartigen Unbekümmertheit und Offenheit – und auch *Freundlichkeit* –, die deutlich zu verstehen zu geben schienen, er wisse sehr wohl, daß seine Worte Musik in meinen Ohren waren; und jedesmal, wenn sein Blick dem meinen begegnete, geschah es mit einem Lächeln – anmaßend vielleicht – aber so süß, so strahlend, so wohltuend, daß ich an meinem Zorn unmöglich festhalten konnte; alle Spuren des Mißvergnügens lösten sich unter diesem Lächeln alsbald auf, wie Morgenwolken in der Sommersonne.

Kurz nach dem Frühstück brachen alle Herren, ausgenommen eines einzigen, mit kindischer Ungeduld zu ihrer Expedition gegen die unglücklichen Rebhühner auf, mein Onkel und Mr. Wilmot auf ihren Jagdponies, Mr. Huntingdon und Lord Lowborough zu Fuß: die eine Ausnahme bildete Mr. Boarham, der es in Anbetracht des Regens, der während der Nacht gefallen war, für klug hielt, noch ein wenig zu Hause zu bleiben und sich ihnen etwas später anzuschließen, wenn die Sonne das Gras getrocknet hatte. Und er beehrte uns alle mit einer langen und ausführlichen Rede über die Übel und Gefahren, die feuchte Füße mit sich bringen, vorgetragen mit dem unerschütterlichsten Ernst, unter den Sticheleien und dem Gelächter Mr. Huntingdons und meines Onkels, die den vorsichtigen Jägersmann zurückließen, damit er die Damen mit seinen medizinischen Erörterungen unterhalte, und sich mit ihren Flinten auf den Weg machten, wobei sie ihre Schritte zunächst zu den Ställen lenkten, um einen Blick auf die Pferde zu werfen und die Hunde herauszulassen.

Da ich kein Verlangen verspürte, an Mr. Boarhams Gesellschaft den ganzen Vormittag lang teilzuhaben, begab ich mich in die Bibliothek, wo ich meine Staffelei hervorholte und zu malen begann. Die Staffelei und das Malzeug würden mir als Entschuldigung dienen, daß ich den Salon verlassen hatte, sollte meine Tante kommen und meine Fahnenflucht beklagen, und außerdem wollte ich das Bild beenden. Es handelte sich um eines, mit dem ich mir große Mühe gegeben hatte, und das ein Meisterwerk werden sollte, obwohl es in der künstlerischen Gestaltung etwas verwegen war. Durch das leuchtende Azurblau des Himmels und das warme strahlende Licht und die tiefen, langen Schatten hatte ich die Vorstellung von einem sonnigen Morgen zu vermitteln versucht. Ich hatte mir die Freiheit herausgenommen, dem Gras und den Blättern mehr von dem leuchtenden Grün des Frühlings oder Frühsommers zu verleihen, als in der Malerei gewöhnlich gewagt wird. Die dargestellte Szenerie zeigte eine offene Waldlichtung. Eine Gruppe dunkler schottischer Fichten war in den Mittelgrund hineingemalt, damit die im restlichen Bild vorherrschende Frische voll zur Geltung käme; aber im Vordergrund sah man einen Teil eines knorrigen Baumstamms und die sich ausbreitenden Äste eines großen Waldbaumes, dessen Laub von einem glänzenden Goldgrün war – golden nicht von der Herbstfärbung, sondern wegen des Sonnenscheins und des frischen Grüns der kaum entfalteten Blätter. Auf diesem Ast, der sich kühn gegen die düsteren Fichten abhob, saß ein verliebtes Turteltaubenpaar, dessen dunkel gefärbtes Gefieder einen Kontrast anderer Art bildete; und darunter kniete ein junges Mädchen auf dem mit Gänseblümchen übersäten Moos, den Kopf zurückgeworfen, wobei ihm eine Flut blonden Haares auf die Schultern herabfiel, mit gefalteten Händen, die Lippen geöffnet und die Augen in freudiger und doch ernster Betrachtung aufmerksam auf jenes gefiederte Liebespaar gerichtet – das zu sehr mit sich selbst beschäftigt war, um es wahrzunehmen.

Ich hatte mich kaum an mein Werk gemacht, das zu seiner Vollendung freilich nur noch einiger Pinselstriche bedurfte, als die Jäger auf ihrer Rückkehr von den Ställen an meinem Fenster vorbeikamen. Es stand etwas offen, und Mr. Huntingdon muß mich gesehen haben, als er vorbeiging, denn eine halbe Minute später kam er zurück, und indem er sein Gewehr gegen die Wand lehnte, schob er das Fenster hoch, sprang herein und stellte sich vor mein Bild.

»Sehr hübsch, wahrlich«, sagte er, nachdem er es einige Sekunden lang aufmerksam betrachtet hatte, »und eine sehr angemessene Studie für eine junge Dame. Frühling, der in den Sommer übergeht – Morgen, der sich dem Mittag nähert – Mädchenhaftigkeit, die zur Fraulichkeit heranreift, und Hoffnung an der Grenze zur Erfüllung. Das ist ja ein reizendes Geschöpf! Aber warum haben Sie ihr kein schwarzes Haar gemalt?«

»Ich dachte, helles Haar würde ihr besser stehen. Sie sehen ja, ich habe sie blauäugig und pausbäckig gemalt und blond und rosig.«

»Auf mein Wort – eine richtige Hebe! Ich würde mich glatt in sie verlieben, wenn ich die Künstlerin nicht vor Augen hätte. Süße Unschuld! Sie denkt gerade, es wird einmal die Zeit kommen, da sie von einem ebenso verliebten und stürmischen Liebhaber umworben und gewonnen wird wie diese hübsche Täubin; und sie stellt sich vor, wie schön es sein wird, und wie zärtlich und treu er sie finden wird.«

»Und vielleicht«, schlug ich vor, »wie zärtlich und treu sie ihn finden wird.«

»Vielleicht – denn in diesem Lebensalter ist der unbändigen Zügellosigkeit der Hoffnungsphantasien keine Grenze gesetzt.«

»Dann bezeichnen Sie also *das* als eine ihrer unbändigen zügellosen Hoffnungsphantasien?«

»Nein, mein Herz sagt mir, daß es das nicht ist. Früher hätte ich vielleicht so gedacht, aber jetzt sage ich: gebt mir das Mädchen, das ich liebe, und ich will ihr und ihr allein ewige Treue schwören, im Sommer wie im Winter, in der Jugend wie im Alter, und im Leben wie im Tod! wenn Alter und Tod denn nun einmal kommen *müssen*.«

Er sagte das mit solch feierlichem Ernst, daß mir das Herz vor Freuden sprang; aber in der nächsten Minute schon änderte er seinen Tonfall und fragte mit einem so bedeutungsvollen Lächeln, ob ich »noch mehr Porträts« hätte.

»Nein«, erwiderte ich, wobei ich vor Verwirrung und Wut errötete. Aber meine Zeichenmappe lag auf dem Tisch: er nahm sie zur Hand und setzte sich unverfroren hin, um ihren Inhalt zu prüfen.

»Mr. Huntingdon, das sind meine unfertigen Skizzen«, rief ich, »und ich lasse sie nie jemanden sehen.«

Und ich legte meine Hand auf die Mappe, um sie ihm zu entwinden, aber er lockerte seinen Griff keineswegs und versicherte mir dabei, daß ihm »unfertige Skizzen besser als alles andere gefielen«.

»Aber ich kann es nicht ausstehen, wenn man sie anschaut«, entgegnete ich. »Ich kann Ihnen die Mappe wirklich nicht überlassen!«

»Dann lassen Sie mir doch das, was darin ist«, sagte er; und wie ich die Mappe seiner Hand entriß, zog er geschickt den größeren Teil ihres Inhalts heraus, und nachdem er die Zeichnungen einen Augenblick lang durchgeblättert hatte, rief er:

»Du lieber Himmel, da ist ja noch eins!« und ließ ein kleines, ovalförmiges, elfenbeinfarbiges Stück Papier in seine Westentasche gleiten – ein fertiges Miniaturporträt, das ich mit recht leidlichem Erfolg gezeichnet hatte, so daß ich mich veranlaßt sah, es mit großer Mühe und Sorgfalt zu kolorieren. Aber ich war fest entschlossen, daß er es nicht behalten sollte.

»Mr. Huntingdon«, rief ich, »ich *bestehe* darauf, daß Sie mir das dort zurückgeben! Es gehört mir, und Sie haben kein *Recht*, es zu nehmen. Geben Sie es mir, und zwar sofort – ich werde es Ihnen nie verzeihen, wenn Sie es nicht tun!«

Aber je vehementer ich darauf beharrte, desto schlimmer machte er meinen Kummer durch sein freches, ausgelassenes Lachen. Schließlich jedoch gab er es mir zurück mit den Worten:

»Gut, gut, da es Ihnen so teuer ist, will ich es Ihnen nicht wegnehmen.«

Um ihm zu zeigen, wie teuer es mir war, riß ich es entzwei und warf es ins Feuer. Darauf war er nicht gefaßt gewesen. Da ihm die Fröhlichkeit plötzlich verging, starrte er in stummer Verblüffung auf den sich auflösenden Schatz; und dann mit einem gleichgültigen »Hm, dann werde ich wohl jetzt auf die Jagd gehen«, machte er auf dem Absatz kehrt und verließ das Zimmer durchs Fenster, wie er gekommen war. Geziert setzte er seinen Hut auf, schulterte sein Gewehr und ging pfeifend von dannen – und ließ mich in keiner allzu großen Aufregung zurück, so daß ich mein Bild beenden konnte, denn in diesem Moment freute ich mich, daß ich ihm weh getan hatte.

Als ich in den Salon zurückkehrte, stellte ich fest, daß Mr. Boarham es gewagt hatte, seinen Kameraden auf die Felder zu folgen; und kurz nach dem Lunch, zu dem sie nicht zurückzukommen gedachten, erbot ich mich, die Damen auf einem Spaziergang zu begleiten und Annabella und Milicent die Schönheiten der Gegend zu zeigen. Wir unternahmen eine ausgedehnte Wanderung und traten eben wieder in den Park ein, als die Jäger von ihrem Ausflug zurückkehrten. Erschöpft und vom Laufen schweißnaß überquerte der

Haupttrupp die Grasfläche, um uns aus dem Weg zu gehen, doch Mr. Huntingdon, obwohl er ganz verschmutzt und bespritzt und vom Blut seiner Jagdbeute befleckt war, bog – wodurch er das Anstandsgefühl meiner Tante nicht wenig verletzte – von seinem Weg ab, um uns entgegenzugehen und allen außer mir ein fröhliches Lächeln und Gespräch zu schenken. Er drängte sich zwischen Annabella Wilmot und mich und spazierte so mit uns die Straße hinauf und begann von dem Jagdglück und den Mißgeschicken des Tages zu berichten, in einer Weise, bei der ich mich vor Lachen gebogen hätte, wenn ich auf gutem Fuße mit ihm gestanden hätte, aber er wandte sich ausschließlich an Annabella, und ich überließ ihr natürlich all das Lachen und Schäkern und indem ich die äußerste Gleichgültigkeit gegenüber allem, was sich zwischen den beiden abspielte, zur Schau trug, lief ich ein paar Schritte abseits von ihnen und schaute überall hin, nur nicht zu ihnen, während meine Tante und Milicent Arm in Arm und ernsthaft plaudernd vorneweg gingen. Schließlich drehte sich Mr. Huntingdon zu mir um und sagte, mir vertraulich zuflüsternd:

»Helen, warum haben Sie mein Bild verbrannt?«

»Weil ich es zerstören wollte«, antwortete ich mit einer Schroffheit, die zu bejammern jetzt sinnlos ist.

»Oh, gratuliere!« lautete die Antwort. »Wenn *Sie* auf mich keinen Wert legen, muß ich meine Aufmerksamkeit auf jemanden richten, der mich zu schätzen weiß.«

Ich dachte, es wäre teils im Spaß gesagt – eine halb mutwillige Mischung aus gespielter Resignation und vorgeblicher Gleichgültigkeit: aber sofort nahm er seinen Platz neben Miss Wilmot wieder ein, und von jener Stunde bis zur jetzigen – während des ganzen Abends und des ganzen nächsten Tages und des nächsten und übernächsten und des ganzen heutigen Vormittags (den 22.) hat er mir nie mehr ein gutes Wort oder einen freundlichen Blick geschenkt –

mich nie mehr angesprochen, es sei denn aus purer Notwendigkeit – mich nie mehr angesehen, es sei denn mit einem so kalten, unfreundlichen Blick, wie ich ihn ihm überhaupt nicht zugetraut hätte.

Meine Tante beobachtet diese Veränderung, und obwohl sie nicht nach dem Grund dafür gefragt oder irgendeine Bemerkung darüber gemacht hat, merke ich doch, daß sie ihr Freude bereitet. Auch Miss Wilmot beobachtet sie und schreibt sie triumphierend ihren eigenen größeren Reizen und Schmeicheleien zu; aber ich bin wahrhaftig unglücklicher, als ich es mir selbst eingestehen mag. Mein Stolz verweigert mir seine Hilfe. Er hat mich in die Klemme gebracht und will mir nicht aus ihr heraus helfen.

Er hat es nicht böse gemeint – es war nur seine fröhliche, mutwillige Art; und ich habe durch meinen bitteren Groll – der angesichts der Beleidigung so ernsthaft, so unangemessen war – seine Gefühle derartig verletzt – ihn so tief beleidigt, daß er mir, fürchte ich, niemals verzeihen wird – und das alles bloß wegen eines Scherzes! Er glaubt, ich könne ihn nicht leiden, und wird das notgedrungen auch weiterhin glauben. Ich werde ihn unweigerlich für immer verlieren, und Annabella kann ihn vielleicht für sich gewinnen und nach Herzenslust frohlocken.

Aber weder meinen Verlust noch ihren Triumph beklage ich so sehr wie das Scheitern meiner närrischen Hoffnungen, ihm von Nutzen sein zu können, sowie den Umstand, daß sie seiner Liebe unwürdig ist, und den Schaden, den er sich selbst zufügt, wenn er sein Glück in ihre Hände legt. *Sie* liebt ihn nicht: die denkt nur an sich selbst. Sie kann das Gute, was in ihm steckt, gar nicht schätzen: sie wird es weder erkennen, noch würdigen, noch hegen. Sie wird weder seine Fehler beklagen, noch versuchen, sie zu bessern, sondern sie eher durch ihre eigenen verschlimmern. Und ich bin mir nicht sicher, ob sie ihn nach alledem nicht hinters

Licht führen wird. Ich merke doch, wie sie mit ihm und Lord Lowborough ein doppeltes Spiel treibt, und während sie sich mit dem lebhaften Huntingdon amüsiert, versucht sie ihr Möglichstes, seinen schwermütigen Freund zu umgarnen; und sollte es ihr gelingen, daß ihr beide zu Füßen liegen, wird der faszinierende Bürger gegen den vornehmen Adligen nur wenig Chancen haben. Wenn er ihr geziertes Gebärdenspiel beobachtet, bereitet ihm das kein Unbehagen, sondern verleiht seinem Zeitvertreib vielmehr neue Würze, indem es seiner sonst allzu leichten Eroberung ein stimulierendes Hindernis in den Weg stellt.

Die Herren Wilmot und Boarham haben jeder für sich aufgrund der Tatsache, daß er mich übersieht, die Gelegenheit ergriffen, ihre Annäherungsversuche wiederaufzunehmen; und wenn ich wie Annabella und einige andere wäre, würde ich ihre Hartnäckigkeit nutzen, um ihn so zu reizen zu versuchen, daß seine Zuneigung wieder erwacht; doch, von Recht und Anstand einmal ganz abgesehen, könnte ich es nicht ertragen; ich ärgere mich schon genug über ihre gegenwärtigen Nachstellungen, ohne sie noch weiter zu ermutigen; und selbst wenn ich es täte, würde es auf ihn recht wenig Eindruck machen. Er sieht, wie ich unter den herablassenden Aufmerksamkeiten und trockenen Vorträgen des einen und den abstoßenden Zudringlichkeiten des anderen leide, ohne auch nur eine Spur von Mitleid mit mir oder Groll gegen meine Peiniger zu erkennen zu geben. Er kann mich gar nicht geliebt haben, sonst hätte er mich nicht so bereitwillig aufgegeben und würde sich nicht weiter so fröhlich mit allen anderen unterhalten, wie er es tut – mit Lord Lowborough und meinem Onkel lachen und scherzen, Milicent Hargrave necken und mit Annabella Wilmot flirten – als ob er sich an nichts erinnerte. Ach, warum kann ich ihn nicht hassen? Ich muß verblendet sein, sonst würde ich es verschmähen, ihm so nachzutrauern! Aber ich muß alle Kräfte, die ich noch habe, zusammennehmen und ihn mir aus dem Herzen reißen. Da ruft die Glocke zum Dinner, und hier kommt meine Tante, um mich zu schelten, weil ich den ganzen Tag an meinem Schreibpult sitze, statt mich bei den Gästen aufzuhalten – ich wünschte, die Gäste wären – fort.

KAPITEL 19
Ein Zwischenfall

Zweiundzwanzigster. Nachts – was habe ich getan? und was wird noch daraus werden? Ich kann nicht ruhig darüber nachdenken; ich kann nicht schlafen. Ich muß wieder bei meinem Tagebuch Zuflucht suchen; ich will es heute Nacht zu Papier bringen und sehen, was ich dann morgen davon halte.

Ich ging hinunter zum Dinner, entschlossen, heiter und aufgeräumt zu sein, und hielt mich sehr löblich an meinen Vorsatz, wenn man bedenkt, wie mir der Kopf wehtat und wie elend ich mich innerlich fühlte – ich weiß nicht, was in letzter Zeit mit mir los ist; irgendwie muß ich sowohl seelisch als auch körperlich eigenartig mitgenommen sein, sonst hätte ich mir in vieler Hinsicht nicht solche Blößen gegeben, wie ich es getan habe; – aber ich habe mich in den letzten paar Tagen nicht wohlgefühlt; vermutlich hat es damit zu tun, daß ich so wenig geschlafen und gegessen und so viel nachgedacht habe und dauernd deprimiert gewesen bin. Aber um wieder zum Thema zu kommen: Ich zwang mich, zur Unterhaltung und auf Bitten meiner Tante und Milicents, zu singen und Klavier zu spielen, ehe die Herren in den Salon kamen (Miss Wilmot vergeudet ihre musikalischen Darbietungen nie gern nur an weibliche Ohren): Milicent hatte mich um ein kleines schottisches Lied gebeten und ich war gerade mittendrin, als sie eintraten. Das erste, was Mr. Huntingdon tat, war, auf Annabella zuzugehen.

»Nun, Miss Wilmot, möchten *Sie* uns heute abend nicht etwas zum besten geben?« sagte er. »Tun Sie es doch jetzt! Ich weiß, Sie werden, wenn ich Ihnen sage, daß ich den ganzen Tag lang nach dem Klang Ihrer Stimme gehungert und gedürstet habe. Kommen Sie! Das Klavier ist frei.«

Das war es auch, denn ich hatte es unverzüglich verlassen, als ich seine Bitte vernahm. Hätte ich die nötige Geistesgegenwart besessen, so hätte ich mich wohl selbst an die Dame gewandt und mich frohen Herzens seinen Bitten angeschlossen, wodurch ich seine Erwartungen enttäuscht hätte, wenn der Affront absichtlich begangen worden war, oder ich hätte ihm die Kränkung bewußt gemacht, wenn jener nur auf Gedankenlosigkeit beruhte; aber ich war zu tief getroffen, um irgend etwas anderes zu tun, als vom Klavierhocker aufzustehen und mich auf das Sofa fallen zu lassen, wobei ich mit Mühe den hörbaren Ausdruck der Bitterkeit unterdrückte, die ich innerlich empfand. Ich wußte, daß mir Annabella an musikalischer Begabung überlegen war, aber das war kein Grund, mich wie eine völlige Null zu behandeln. Der Zeitpunkt und der Ton, in dem er sie bat, erschienen mir als eine unverdiente Beleidigung, und ich hätte vor lauter Verärgerung am liebsten geheult.

Unterdessen setzte sie sich triumphierend ans Klavier und beglückte ihn mit zweien seiner Lieblingslieder, die mit so überragender Ausdruckskraft vorgetragen wurden, daß sogar in mir der Zorn der Bewunderung wich, und ich mit einer Art schwermütigem Wohlgefallen der geübten Modulation ihrer volltönenden und kräftigen Stimme lauschte, die von ihrem vollendeten und energischen Anschlag so wohlbedacht unterstützt wurde; und während meine Ohren den Klang in sich einsogen, verweilten meine Augen auf dem Gesicht ihres Hauptzuhörers und fanden ein ebensolches oder noch größeres Entzücken in der Betrachtung seiner sprechenden Züge, wie er so neben ihr stand – dieser Blick und diese Miene, die vor lebhafter Begeisterung erstrahlten, und dieses wohltuende Lächeln, das bald aufschien, bald verschwand wie Sonnenstrahlen an einem Apriltag. Kein Wunder, daß er gehungert und gedürstet hatte, sie singen zu hören. Von ganzem Herzen vergab ich ihm nun, daß er mich so rücksichtslos überging, und ich schämte mich meines Unmuts über eine solche Nichtigkeit – schämte mich auch jener bitteren Mißgunst, die mir das Herz im Innersten zerfraß, trotz all dieser Bewunderung und Freude.

»Wohlan!« sagte sie und ließ ihre Finger spielerisch über die Tasten gleiten, als sie das zweite Lied beendet hatte. »Was soll ich Ihnen als nächstes spielen?«

Doch bei diesen Worten sah sie sich nach Lord Lowborough um, der etwas im Hintergrund stand, auf einen Stuhlrücken gestützt, auch er ein aufmerksamer Zuhörer, der, nach seinem Gesichtsausdruck zu urteilen, ganz ähnliche Wechselbäder von Freude und Traurigkeit durchlebte wie ich. Aber der Blick, den sie ihm zuwarf, sagte deutlich: »Wählen doch Sie jetzt für mich: für ihn habe ich nun genug getan und will mich mit Freuden bemühen, Sie zu ergötzen«, und solcherart ermutigt, trat Seine Lordschaft hervor, blätterte in dem Notenheft herum und legte ihr ein kleines Lied hin, das ich schon kannte und mehr als einmal gelesen hatte, mit einem Interesse, das auf dem Umstand beruhte, daß ich es insgeheim mit demjenigen verknüpfte, der meine Gedanken wie ein Tyrann beherrscht. Und angesichts meiner bereits gereizten und ziemlich überstrapazierten Nerven gelang es mir nicht, jene Worte so reizend dahingeträllert zu hören, ohne eine gewisse Gemütsbewegung zu zeigen, die ich nicht zu unterdrücken vermochte. Ungebeten stiegen mir Tränen in die Augen, und ich vergrub mein

Gesicht ins Sofakissen, damit sie unbemerkt fließen konnten, während ich lauschte. Die Melodie war schlicht, sanft und traurig, sie geht mir noch immer im Kopf herum, und so lautet der Text:

Dir sag' ich lebe wohl, nicht aber
Meinen zärtlichsten Gedanken an dich:
Sie sollen fortleben in meinem Herzen
Und mich erfreuen und trösten...
...
Oh, wie schön und anmutsvoll du bist!
Wenn nie mein Auge dich erblickt,
Ich hätte nicht im Traum gedacht, daß
Das Gesicht eines Menschen alle Phantasien übertrifft.

Wenn ich auch nicht mehr schauen darf
Gestalt und Züge, die mir so teuer,
Und auch deine Stimme nicht mehr höre,
So will ich doch stets die Erinnerung an sie bewahren.

Jene Stimme, deren Zauberklang
In meiner Brust widerhallt
Und Gefühle weckt, die allein mich trösten
In meiner Benommenheit.

Jene lachenden Augen, deren sonnigen Glanz
Ich nicht weniger in meinem Herzen hegen will,
Und ach, jenes Lächeln, dessen fröhliches Leuchten
Kein Sterblicher mit Worten beschreiben kann!

Adieu! doch laß mich noch die Hoffnung nähren,
Von der ich mich nicht trennen kann.
Verachtung mag mich treffen und Kälte entmutigen,
Doch sie weilt dennoch in meinem Herzen.

Und wer außer dem Himmel weiß schließlich,
Ob meine tausend Gebete nicht doch erhört werden,
Ob mich nicht Zukunft für Vergangenheit entschädigt...
Sorge mit Freude, Tränen mit Lächeln vergilt.

Als es zu Ende war, wünschte ich mir nichts sehnlicher, als das Zimmer zu verlassen. Das Sofa stand nicht weit von der Tür entfernt, aber ich wagte nicht, meinen Kopf zu heben, denn ich wußte, daß Mr. Huntingdon gerade in meiner Nähe stand, und als er auf eine Bemerkung Lord Lowboroughs antwortete, hörte ich am Klang seiner Stimme, daß er mir sein Gesicht zugewandt hatte. Vielleicht hatte ein halb unterdrückter Seufzer sein Ohr erreicht und ihn veranlaßt, sich nach mir umzusehen – Gott behüte! Doch unter Aufbietung meiner ganzen Willenskraft ließ ich keine weiteren Anzeichen von Schwäche mehr erkennen, trocknete meine Tränen und, als ich meinte, er habe sich wieder abgewandt, stand ich auf, verließ auf der Stelle das Zimmer und suchte meine Zuflucht in meinem Lieblingsort, der Bibliothek.

Außer dem roten Schein des heruntergebrannten Kaminfeuers gab es dort kein Licht – aber ich brauchte kein Licht; ich wollte mich nur meinen Gedanken hingeben, unbemerkt und ungestört; und so setzte ich mich auf einen niedrigen Schemel vor dem Lehnstuhl und ließ meinen Kopf auf den gepolsterten Sitz desselben sinken und grübelte vor mich hin, bis wieder die Tränen hervorbrachen, und ich weinte wie ein Kind. Gleich darauf jedoch wurde leise die Tür geöffnet und irgend jemand betrat das Zimmer. Ich war der festen Meinung, es sei nur ein Diener, und rührte mich nicht. Die Tür wurde wieder geschlossen – aber ich war nicht allein; sanft berührte eine Hand meine Schulter und eine Stimme sagte leise:

»Helen, was ist denn los?«

Im Augenblick vermochte ich nicht zu antworten.

»Sie müssen und werden es mir sagen«, erklang es leidenschaftlicher, und der Sprecher kniete sich neben mich auf den Teppich und bemächtigte sich gewaltsam meiner Hand; aber hastig entriß ich sie ihm und erwiderte:

»Das geht Sie nichts an, Mr. Huntingdon.«

»Sind Sie sicher, daß es mich nichts angeht?« entgegnete er. »Können Sie schwören, daß Sie nicht an mich dachten, als Sie weinten?«

Das war nicht auszuhalten. Ich machte einen Versuch aufzustehen, aber er kniete auf meinem Kleid.

»Erzählen Sie mir«, fuhr er fort, »ich möchte es wissen, – weil ich Ihnen, falls es so war, etwas zu sagen habe – und wenn nicht, werde ich gehen.«

»Dann gehen Sie!« rief ich, doch aus Angst, er würde allzu prompt gehorchen und niemals wiederkommen, setzte ich rasch hinzu: »Oder sagen Sie, was Sie mir zu sagen haben, und hören Sie dann damit auf!«

»Aber was?« sagte er. »Denn ich werde es nur sagen, wenn Sie wirklich an mich gedacht haben. Also erzählen Sie es mir, Helen.«

»Sie sind unerhört impertinent, Mr. Huntingdon!«

»Ganz und gar nicht – allzu hartnäckig, meinen Sie wohl. So wollen Sie es mir also nicht erzählen? Gut, ich will Ihren weiblichen Stolz achten und Ihr Schweigen als ein »Ja« deuten, ich werde es als erwiesen ansehen, daß *ich* der Gegenstand Ihrer Gedanken und die Ursache Ihres Kummers war...«

»Wirklich, Sir...«

»Wenn Sie es leugnen, werde ich Ihnen mein Geheimnis nicht erzählen«, drohte er; und ich unterbrach ihn nicht mehr – ja versuchte nicht einmal, ihn zurückzustoßen, obwohl er erneut meine Hand ergriffen hatte und mich mit seinem anderen Arm halb umschlang – in jenem Augenblick war ich mir dessen gar nicht richtig bewußt.

»Es besteht darin«, fuhr er fort, »daß Annabella Wilmot im Vergleich zu Ihnen wie eine prunkende Pfingstrose gegenüber der süßen, taubeperlten Knospe einer Wildrose ist – und daß ich Sie bis zur Raserei liebe! – Nun sagen Sie mir, ob Ihnen diese Neuigkeit ein wenig Freude bereitet. Erneutes Schweigen? Das bedeutet ›ja‹. Dann lassen Sie mich noch hinzufügen, daß ich ohne Sie nicht leben kann, und wenn Sie auf diese letzte Frage mit ›nein‹ antworten, werden Sie mich in den Wahnsinn treiben. Werden Sie sich mir schenken? Sie werden!« rief er, wobei er mich in seinen Armen fast zu Tode drückte.

»Nein, nein!« jammerte ich laut, indem ich mich abmühte, von ihm loszukommen. »Sie müssen meinen Onkel und meine Tante fragen.«

»Sie werden mich nicht abweisen, wenn Sie es nicht tun.«

»Da bin ich mir nicht so sicher – meine Tante kann Sie nicht leiden.«

»Aber *Sie* doch nicht, Helen – sagen Sie, daß Sie mich lieben, und ich werde gehen.«

»Ich wünschte, Sie *würden* gehen!« erwiderte ich.

»Das tue ich, auf der Stelle – wenn Sie mir nur sagen, daß Sie mich lieben.«

»Das wissen Sie doch«, antwortete ich. Und wieder nahm er mich in seine Arme und bedeckte mich mit Küssen.

In diesem Moment riß meine Tante die Tür auf und stand, eine Kerze in der Hand, vor uns, völlig entgeistert und entsetzt und starrte abwechselnd auf Mr. Huntingdon und mich, – denn beide waren wir aufgesprungen und standen jetzt ziemlich weit voneinander entfernt. Aber *seine* Verwirrung dauerte nur einen Augenblick. Im nächsten hatte er sich schon wieder im Griff und begann mit höchst beneidenswerter Selbstsicherheit:

»Ich bitte tausendmal um Vergebung, Mrs. Maxwell! Seien Sie nicht so streng zu mir. Ich habe gerade Ihre reizende Nichte gebeten, mich auf Gedeih und Verderb zu nehmen; und sie, wie ein braves Mädchen, teilt mir mit, daß sie nicht daran denken könne ohne die Einwilligung ihres Onkels und ihrer Tante. So lassen Sie mich Sie also anflehen, mich nicht zu ewigem Elend zu verdammen: wenn *Sie* mein Anliegen unterstützen, bin ich gerettet, denn Mr. Maxwell, dessen bin ich gewiß, kann Ihnen nichts abschlagen.«

»Wir wollen morgen darüber reden, Sir«, sagte meine Tante kalt. »Es handelt sich da um eine Angelegenheit, die reiflicher und ernsthafter Überlegung bedarf. Im Augenblick sollten Sie lieber in den Salon zurückkehren.«

»Aber in der Zwischenzeit«, bat er, »lassen Sie mich mein Anliegen Ihrem überaus nachsichtigen ...«

»Keine Nachsicht gegenüber Ihnen, Mr. Huntingdon, darf zwischen mich und die Rücksichtnahme auf das Glück meiner Nichte treten.«

»Ah, das stimmt! Ich weiß, sie ist ein Engel, und ich bin ein dreister Hund, davon zu träumen, einen solchen Schatz zu besitzen; aber nichtsdestoweniger würde ich lieber sterben, als sie zugunsten des besten Mannes, der je zum Himmel fuhr, aufgeben – und was ihr Glück betrifft, so würde ich Leib und Seele hingeben ...«

»Leib und *Seele*, Mr. Huntingdon – Ihre *Seele* hingeben?«

»Nun, ich würde mein Leben hingeben ...«

»Man würde nicht von Ihnen verlangen, es hinzugeben.«

»Dann würde ich es daransetzen – mein Leben weihen – und alle seine Kräfte zur Beförderung und Bewahrung ...«

»Davon wollen wir ein andermal reden, Sir – ich hätte mich wohl geneigt gefühlt, Ihre Absichten günstiger zu beurteilen, wenn auch Sie einen anderen Zeitpunkt und Ort gewählt hätten, und lassen Sie mich hinzufügen: eine andere *Art*, sich zu erklären.«

»Nun, Sie sehen doch, Mrs. Maxwell...« begann er.

»Verzeihen Sie, Sir«, sagte sie mit Würde, »die Gesellschaft im anderen Zimmer fragt schon nach Ihnen.«

»Dann müssen *Sie* sich für mich verwenden, Helen«, sagte er und entfernte sich schließlich.

»Du solltest dich lieber auf dein Zimmer begeben, Helen«, sagte meine Tante ernst. »Auch mit dir will ich die Angelegenheit morgen besprechen.«

»Sei nicht böse, Tante«, sagte ich.

»Mein Kind, ich bin nicht böse«, erwiderte sie: »Ich bin *überrascht*. Wenn es stimmt, daß du ihm gesagt hast, du könntest seinen Antrag nicht annehmen ohne unsere Einwilligung...«

»Es stimmt«, unterbrach ich sie.

»Wie konntest du dann zulassen...«

»Ich konnte es nicht verhindern«, rief ich und brach in Tränen aus. Es waren nicht alles Tränen des Kummers oder der Angst wegen ihres Mißfallens, sondern eher der Ausbruch eines allgemeinen Gefühlsdurcheinanders. Aber meine Tante war von meiner Erregung bewegt. In einem sanfteren Tonfall wiederholte sie ihre Empfehlung, mich zurückzuziehen, und indem sie mich gütig auf die Stirn küßte, wünschte sie mir gute Nacht und drückte mir ihre Kerze in die Hand; und ich ging; aber mein Gehirn arbeitete derart, daß an Schlafen nicht zu denken war. Ich fühle mich jetzt ruhiger, da ich das alles niedergeschrieben habe; und ich will nun zu Bett gehen und versuchen, Schlaf zu finden, die süße Erquickung der erschöpften Kreatur.

KAPITEL 20

Beharrlichkeit

24. September. – Erleichtert und heiter, nein: überglücklich, stand ich am Morgen auf. Der Schatten von Ungewißheit, den die Absichten meiner Tante und die Angst, ihre Einwilligung nicht zu erlangen, auf mich geworfen hatten, war dem strahlenden Glanz meiner Hoffnungen und dem köstlichen Bewußtsein erwiderter Liebe gewichen. Es war ein herrlicher Morgen; und ich ging ins Freie, um ihn auf einem ruhigen Spaziergang, allein mit meinen glückseligen Gedanken, zu genießen. Der Tau lag auf dem Gras, und Tausende von Marienfäden trieben in der Luft; das glückliche Rotkehlchen verströmte seine kleine Seele im Gesang, und mein Herz floß über vor stummen Dank- und Lobgesängen zu Gott.

Aber ich war noch nicht weit gegangen, als meine Einsamkeit von der einzigen Person unterbrochen wurde, die in diesem Augenblick mein Nachdenken stören durfte, ohne als ein unwillkommener Störenfried angesehen zu werden: Mr. Huntingdon trat plötzlich auf mich zu. Sein Anblick war so unerwartet, daß ich ihn vielleicht für ein Geschöpf meiner überreizten Phantasie gehalten haben würde, hätte mir allein der Gesichtssinn seine Anwesenheit bezeugt; aber unversehens spürte ich seinen starken Arm um meine Taille und seinen feurigen Kuß auf meiner Wange, während mir sein durchdringender und fröhlicher Gruß »Meine liebe Helen!« in den Ohren klang.

»Noch nicht die Ihre«, sagte ich, indem ich mich hastig dieser allzu kecken Begrüßung entwand, »denken Sie an meine Vormunde. Sie werden es nicht leicht haben, die Einwilligung meiner Tante zu erlangen. Merken Sie nicht, daß sie voreingenommen ist gegen Sie?«

»Doch, Liebste, und Sie müssen mir erzählen, warum,

damit ich weiß, wie ich ihren Einwänden entgegentreten soll. Ich vermute, sie glaubt, ich sei ein Verschwender«, fuhr er fort, da er merkte, daß ich ihm nicht antworten wollte, »und zieht daraus den Schluß, daß ich nur geringe weltliche Mittel haben werde, womit ich meine bessere Hälfte ausstatten könnte. Wenn dem so ist, müssen Sie ihr sagen, daß mein Grundbesitz zum größten Teil unveräußerlich ist und ich ihn gar nicht loswerden kann. Auf dem Rest mögen ein paar Hypotheken drauf sein – ein paar geringfügige Schulden und Belastungen hier und da, aber nichts, was der Rede wert wäre; und obgleich ich zugebe, daß ich nicht so reich bin, wie ich sein könnte – oder gewesen bin – könnten wir, denke ich, von dem, was geblieben ist, immer noch recht angenehm leben. Mein Vater war nämlich eine Art Geizhals und fand besonders auf seine alten Tage keine andere Freude im Leben, als Reichtümer anzuhäufen; und so ist es kein Wunder, daß sein Sohn es sich zum Hauptvergnügen macht, sie auszugeben, was somit auch der Fall war, bis mir meine Bekanntschaft mit Ihnen, liebe Helen, zu anderen Absichten verhalf und edlere Ziele setzte. Allein schon die Vorstellung, für Sie unter meinem Dach sorgen zu müssen, würde mich zwingen, meine Ausgaben zu mäßigen und wie ein Christ zu leben – gar nicht zu reden von all der Umsicht und Tugend, die Sie mir durch Ihre klugen Ratschläge und Ihr sanftes, gewinnendes und gütiges Wesen einflößen würden.«

»Aber das ist es nicht«, sagte ich, »es ist nicht Geld, woran meine Tante denkt. Sie ist nicht so dumm, daß sie weltlichen Wohlstand überbewertete.«

»Was ist es denn?«

»Sie möchte, daß ich – nur einen wirklich guten Menschen heirate.«

»Was, einen Mann von ›entschiedener Frömmigkeit‹? Hm! – Nun gut, das werde ich auch schaffen! Wir haben heute Sonntag, nicht wahr? Ich werde morgens, nachmittags und abends in die Kirche gehen und mich so gottesfürchtig aufführen, daß sie mit Bewunderung und schwesterlicher Liebe auf mich blicken wird, als sei ich ein Holzscheit, das man aus dem Feuer gerissen hat. Ächzend wie ein Feuerofen werde ich nach Hause kommen und erfüllt sein von der Würze und salbungsvollen Inbrunst, mit der der liebe Mr. Blatant gepredigt hat...«

»Mr. Leighton«, sagte ich trocken.

»Ist Mr. Leighton denn ein tüchtiger Prediger, Helen – ein ›ehrenvoller, wunderbarer, gottergebener Mann‹?«

»Er ist ein *guter* Mensch, Mr. Huntingdon. Ich wünschte, ich könnte nur halb soviel von Ihnen behaupten.«

»Oh, ich vergaß, Sie sind ja auch eine Heilige. Ich erflehe Ihre Vergebung, Teuerste – aber nennen Sie mich nicht Mr. Huntingdon, ich heiße Arthur.«

»Ich werde Sie gar nichts nennen – denn ich will überhaupt nichts mehr mit Ihnen zu tun haben, wenn Sie weiter in dieser Weise reden. Wenn Sie wirklich beabsichtigen, meine Tante so, wie Sie sagen, hinters Licht zu führen, sind Sie ein sehr schlechter Mensch; und wenn nicht, ist es sehr unrecht von Ihnen, über ein solches Thema zu scherzen.«

»Ich sehe mein Unrecht ja ein«, sagte er, indem er sein Lachen mit einem bekümmerten Seufzer beendete. »Jetzt«, fing er nach einer kurzen Pause wieder an, »lassen Sie uns über etwas anderes reden. Und kommen Sie näher zu mir, Helen, und nehmen Sie meinen Arm; und dann will ich Sie zufrieden lassen. Ich finde keine Ruhe, solange ich Sie dort gehen sehe.«

Ich fügte mich, sagte aber, wir müßten bald zum Haus zurückkehren.

»Jetzt wird noch niemand zum Frühstück unten sein, das hat noch Zeit«, antwortete er. »Sie sprachen eben von Ihren

Vormunden, Helen, aber ist nicht Ihr Vater noch am Leben?«

»Ja, aber ich betrachte stets meinen Onkel und meine Tante als meine Eltern, denn sie sind es tatsächlich, wenn auch nicht dem Namen nach. Mein Vater hat mich ganz in ihre Obhut gegeben. Ich habe ihn nicht mehr gesehen, seit meine liebe Mama starb, als ich noch ein ganz kleines Mädchen war, und auf ihre Bitte hin erbot sich meine Tante, mich in ihre Obhut zu nehmen, und brachte mich nach Staningley, wo ich seither gelebt habe; und ich glaube nicht, daß er irgendwelche Einwände gegen etwas hätte, was sie in bezug auf mich zu bestimmen für richtig hält.«

»Aber würde denn er irgend etwas gutheißen, dem zu widersprechen sie für richtig hielte?«

»Nein, ich glaube nicht, daß er sich viel um mich kümmert.«

»Er ist sehr zu tadeln – aber er weiß wohl nicht, welch einen Engel er zur Tochter hat – was um so besser für mich ist, da er, wenn er es wüßte, nicht bereit wäre, sich von einem solchen Schatz zu trennen.«

»Und Mr. Huntingdon«, sagte ich, »Sie *wissen* vermutlich, daß ich nichts erben werde?«

Er beteuerte, niemals einen Gedanken darauf verschwendet zu haben, und bat mich, seine gegenwärtige Freude nicht durch die Erwähnung solch uninteressanter Dinge zu trüben. Ich war über diesen Beweis selbstloser Zuneigung froh, denn Annabella Wilmot ist die mutmaßliche Erbin des gesamten Vermögens ihres Onkels zuzüglich des Besitzes ihres verstorbenen Vaters, über den sie bereits verfügt.

Ich bestand nun darauf, daß wir unsere Schritte wieder dem Hause zulenkten; aber wir gingen langsam und sprachen weiter so wie bisher. Ich brauche nicht zu wiederholen, was er sagte: ich will lieber berichten, was zwischen meiner Tante und mir nach dem Frühstück gesprochen wurde, als Mr. Huntingdon meinen Onkel beiseite nahm, zweifellos um ihm seinen Heiratsantrag zu unterbreiten, und sie rief mich in ein anderes Zimmer, wo sie erneut zu einer feierlichen Ermahnung ansetzte, die mich jedoch überhaupt nicht davon überzeugen konnte, daß ihre Ansicht der Sache der meinen vorzuziehen sei.

»Ich weiß, dein Urteil über ihn ist erbarmungslos, Tante«, sagte ich. »Selbst seine Freunde sind nicht halb so schlecht, wie du sie darstellst. Da ist zum Beispiel Walter Hargrave, Milicents Bruder; er steht einem Engel nur wenig nach, wenn die Hälfte von dem, was sie sagt, wahr ist. Sie erzählt mir andauernd von ihm und hebt seine vielen Tugenden in den Himmel.«

»Du wirst dir eine sehr unangemessene Meinung von dem Charakter eines Mannes bilden«, erwiderte sie, »wenn du nach dem urteilst, was eine vernarrte Schwester über ihn sagt. Auch die schlimmsten von ihnen wissen gewöhnlich, wie sie ihre Missetaten vor den Augen ihrer Schwestern und auch ihrer Mütter verbergen müssen.«

»Und da ist Lord Lowborough«, fuhr ich fort, »wirklich ein anständiger Mann.«

»Wer hat dir das denn erzählt? Lord Lowborough ist ein *äußerst schlechter* Mensch. Er hat sein Vermögen mit Glücksspiel und anderen Dingen durchgebracht und hält nun Ausschau nach einer Erbin, um es wiederzugewinnen. Das habe ich Miss Wilmot erzählt; aber ihr seid ja alle gleich: hochmütig hat sie mir zur Antwort gegeben, sie sei mir überaus verbunden, glaube aber *selbst* zu wissen, wann es ein Mann auf ihr Vermögen und wann auf sie selbst abgesehen habe; sie bilde sich ein, in diesen Dingen genug Erfahrung zu haben, um sich auf ihr eigenes Urteil verlassen zu können – und was Seiner Lordschaft Mangel an Vermögen angehe, so kümmere sie sich nicht darum, da sie hoffe, ihr eigenes werde für sie beide ausreichen; und was seine Zügellosigkeit betreffe, so nehme sie an, er sei nicht schlimmer als andere – außerdem habe er sich mittlerweile gebessert. Ja, sie können alle den Heuchler spielen, wenn sie eine verliebte, fehlgeleitete Frau einfangen möchten!«

»Nun, ich denke, er ist nicht schlechter als sie«, sagte ich. »Aber wenn Mr. Huntingdon verheiratet ist, wird er nicht mehr viel Gelegenheit haben, mit seinen Freunden aus Junggesellentagen zusammenzusein; und je schlimmer sie sind, desto sehnlicher wünsche ich mir, ihn von ihnen zu befreien.«

»Gewiß, mein Kind; und je schlimmer *er* ist, desto sehnlicher wünschst du dir vermutlich, ihn von sich selbst zu befreien.«

»Ja, vorausgesetzt, er ist nicht unverbesserlich – das heißt, desto sehnlicher wünsche ich mir, ihn von seinen Fehlern zu befreien – ihm eine Gelegenheit zu geben, die äußerlichen Unarten, die er durch den Kontakt mit anderen, die schlimmer sind als er, angenommen hat, abzuschütteln und im ungetrübten Licht der ihm wesensmäßigen Güte zu erstrahlen – mein Möglichstes zu tun, sein besseres Selbst gegen sein schlechteres zu stärken und ihn zu dem zu machen, der er geworden wäre, wenn er nicht von Anfang an einen schlechten, selbstsüchtigen, geizigen Vater gehabt hätte, der ihm, um seine eigenen niedrigen Leidenschaften zu befriedigen, in den unschuldigsten Freuden der Kindheit und Jugend Beschränkungen auferlegte und ihn somit gegenüber jeder Art von Zwang mit Abscheu erfüllte; – und eine törichte Mutter, die ihn bis zum äußersten verwöhnte, wobei sie ihren Mann im Hinblick auf ihn täuschte und ihr Möglichstes tat, jene Keime von Dummheit und Laster zu fördern, die zu unterdrücken ihre Pflicht gewesen wäre, – und dann, eine solche Clique von Kameraden, als die du seine Freunde hinstellst...«

»Der arme Mann!« sagte sie sarkastisch. »Seine Leute haben ihm großen Schaden zugefügt!«

»Das haben sie auch«, rief ich, »und sie sollen ihm nicht länger mehr schaden – seine Frau soll ungeschehen machen, was seine Mutter tat!«

»Nun«, sagte sie nach kurzem Schweigen, »ich muß schon sagen, Helen, ich habe dir mehr Urteilsvermögen zugetraut als das – und auch mehr Geschmack. Wie du einen solchen Mann lieben kannst, ist mir schleierhaft und auch welchen Gefallen du an seiner Gesellschaft empfinden kannst; denn ›Was haben Licht und Finsternis miteinander gemein? Oder: was hat ein Gläubiger mit einem Ungläubigen gemein?‹«

»Er ist kein Ungläubiger; – und ich bin nicht das Licht und er ist nicht die Finsternis, sein schlimmstes und einziges Laster ist Gedankenlosigkeit.«

»Und Gedankenlosigkeit«, fuhr meine Tante fort, »kann jeder Untat Vorschub leisten und rechtfertigt unsere Irrtümer in den Augen Gottes nur unzureichend. Mr. Huntingdon, vermute ich, gebricht es nicht an den ganz normalen menschlichen Fähigkeiten; er ist nicht so gedankenlos, daß er nicht verantwortlich zu machen wäre: sein Schöpfer hat ihn mit Vernunft und einem Gewissen ausgestattet, wie uns andere auch; die Heilige Schrift steht ihm offen, wie uns anderen auch; und ›Wenn er auf sie nicht hört, wird er sich auch nicht überzeugen lassen, wenn einer von den Toten aufersteht‹. Und vergiß nicht, Helen«, fuhr sie in feierlichem Tonfall fort, »›Hinabfahren müssen die Frevler zum Totenreich, und alle Heiden, die Gott *vergessen*‹. Und selbst angenommen, er liebt dich auch weiterhin und du ihn, und euer gemeinsamer Lebensweg gestaltet sich einigermaßen angenehm, – wie wird es wohl am Ende sein, wenn ihr für immer voneinander scheiden müßt; du vielleicht, aufgenommen in die ewige Seligkeit, und er geworfen in jenen

See, der von nie erlöschendem Feuer brennt – um dort auf ewig zu…«

»Nicht auf ewig«, rief ich aus, »›nur bis er den letzten Pfennig bezahlt hat‹; denn ›Wenn das Werk eines Menschen dem Feuer nicht standhält, dann muß er den Verlust ertragen, er selbst aber wird gerettet werden, doch so wie durch Feuer hindurch.‹ Und Er, der ›in der Lage ist, sich die ganze Erde untertan zu machen, will, daß alle Menschen gerettet werden‹, und ›wird in der Fülle der Zeit in Christus alles vereinen, der für alle Menschen den Tod erlitt und in dem Gott alles versöhnen will, was im Himmel und auf Erden ist.‹«

»Oh, Helen! Wo hast du denn das alles gelernt?«

»In der Bibel, Tante. Ich habe sie durchforstet und an die dreißig Stellen gefunden, mit denen ich sämtlich dieselbe Lehre untermauern kann.«

»Und *das* also ist der Gebrauch, den du von deiner Bibel machst? Und hast du denn keine Stellen gefunden, die die Gefahren und das Irrige eines solchen Glaubens beweisen wollen?«

»Doch, ich habe in der Tat ein paar Stellen gefunden, die, für sich genommen, jene Auffassung zu widerlegen scheinen; aber sie lassen sich auch anders deuten, als es gewöhnlich geschieht; bei den meisten liegt die einzige Schwierigkeit in dem Wort, das wir mit ›immerwährend‹ oder ›ewig‹ übersetzen. Ich kann kein Griechisch, aber ich glaube, es bedeutet strenggenommen ›über Generationen hinweg‹ und könnte sowohl endlos als auch langdauernd bedeuten. Und was die Gefahren dieses Glaubens betrifft, so würde ich ihn nicht öffentlich verkünden, wenn ich meinte, irgendein armer Teufel werde ihn womöglich zu seiner eigenen Vernichtung mißbrauchen, vielmehr ist es ein wunderbarer Gedanke, den man in seinem eigenen Herzen hegen sollte, und für nichts auf der Welt würde ich ihn aufgeben!«

Hier endete unsere Unterhaltung, denn es war nun höchste Zeit, sich auf den Kirchgang vorzubereiten. Alle besuchten den Morgengottesdienst, außer meinem Onkel, der kaum jemals hinging, und Mr. Wilmot, der bei ihm zu Hause blieb, um sich mit ihm an einer ruhigen Partie Cribbage zu erfreuen. Am Nachmittag entschuldigten sich Miss Wilmot und Lord Lowborough ebenfalls für ihr Fernbleiben; aber Mr. Huntingdon ließ sich gnädig herab, uns erneut zu begleiten. Ob es geschah, um sich bei meiner Tante einzuschmeicheln, weiß ich nicht, aber wenn dem so war, hätte er sich weiß Gott besser benehmen sollen. Ich muß gestehen, daß mir sein Verhalten während des ganzen Gottesdienstes überhaupt nicht gefiel. Er hielt sein Gesangbuch verkehrt herum oder an irgendeiner Stelle aufgeschlagen, nur nicht an der richtigen, starrte beständig um sich, es sei denn er schnappte zufällig den Blick meiner Tante oder meinen auf, worauf er dann den seinen auf sein Buch senkte, und das mit einer sittenstrengen Miene gespielter Feierlichkeit, die drollig gewirkt hätte, wenn sie nicht derart empörend gewesen wäre. Einmal, während der Predigt, nachdem er Mr. Leighton ein paar Minuten lang aufmerksam betrachtet hatte, holte er plötzlich sein goldenes Schreibetui hervor und griff sich eine Bibel. Als er merkte, daß ich diese Bewegung beobachtete, flüsterte er mir zu, er wolle sich eine Notiz über die Predigt machen; aber statt dessen – da ich direkt neben ihm saß, mußte ich, ob ich wollte oder nicht, mitansehen, wie er eine Karikatur des Pfarrers anfertigte, wobei er dem frommen, älteren Herrn die Miene und das Aussehen eines höchst albernen alten Heuchlers gab. Und doch sprach er nach unserer Rückkehr mit meiner Tante über die Predigt mit derart bescheidener, ernsthafter Verständigkeit, daß ich versucht war zu glauben, er habe der Ansprache wirklich zugehört und daraus Nutzen gezogen.

Unmittelbar vor dem Dinner rief mich mein Onkel in die Bibliothek, um eine sehr wichtige Angelegenheit mit mir zu besprechen, die in wenigen Worten erledigt war.

»Also, Nell«, sagte er, »dieser junge Huntingdon hat um dich angehalten: was soll ich dazu sagen? Deine Tante würde gerne mit ›Nein‹ antworten – aber was sagst du denn?«

»Ich sage ›ja‹, Onkel«, erwiderte ich, ohne einen Augenblick zu zögern; denn ich war nun über die Sache zu einem endgültigen Schluß gekommen.

»Sehr gut!« rief er. »Das ist eine gute, ehrliche Antwort – erstaunlich für ein junges Mädchen! – Nun, ich will morgen deinem Vater schreiben. Er wird gewiß seine Einwilligung geben; so darfst du also die Sache als abgemacht betrachten. Du hättest um einiges besser daran getan, wenn du Wilmot genommen hättest, das kann ich dir versichern; aber du willst es ja nicht glauben. In deinem Alter ist es die Liebe, die das Regiment führt: in meinem ist es solides, nützliches Gold. Ich nehme nun an, es ist dir nie im Traum eingefallen, einen Blick auf die Finanzlage deines Ehemannes zu werfen oder dir den Kopf mit Eheverträgen oder dergleichen Dingen zu zerbrechen?«

»Ich war nicht der Meinung, daß ich es sollte.«

»Nun, dann sei dankbar, daß du klügere Köpfe hast, die für dich denken. Ich habe noch keine Zeit gehabt, die Vermögensverhältnisse dieses jungen Halunken zu prüfen, aber ich stelle fest, daß ein großer Teil von dem schönen Besitz seines Vaters verschleudert worden ist; – doch ein recht hübscher Teil ist noch immer übrig, denke ich, und etwas sorgsamer Umgang und sparsame Verwaltung können vielleicht dennoch etwas Ansehnliches daraus machen; und dann müssen wir deinen Vater überreden, dir ein anständiges Vermögen zu geben, da er ja außer dir nur noch einen Menschen hat, für den er sorgen muß; – und wenn du dich gut beträgst, wer weiß, ob ich mich dann nicht veranlaßt sehe, in meinem Testament an dich zu denken?«

»Danke, Onkel, dafür und für all deine Güte«, erwiderte ich.

»Nun, und ich habe diesen jungen Stutzer über die Ehevereinbarungen ausgefragt«, fuhr er fort, »und er schien geneigt, in diesem Punkt recht großzügig zu sein...«

»Das wußte ich!« sagte ich. »Aber zerbrich dir bitte darüber nicht deinen Kopf oder seinen oder meinen; denn alles, was ich habe, wird ihm, und alles, was er hat, wird mir gehören; und was könnten wir denn beide mehr verlangen?« und war schon auf dem Sprung hinauszugehen, aber er rief mich zurück.

»Halt, halt!« rief er. »Wir haben noch gar nicht über den Termin gesprochen. Wann soll es denn sein? Deine Tante möchte es hinausschieben bis Gott weiß wann, er aber ist erpicht darauf, sich, so schnell es geht, zu binden: er wollte nichts davon hören, über den nächsten Monat hinaus zu warten; und du wirst vermutlich derselben Meinung sein, also...«

»Keineswegs, Onkel; im Gegenteil, ich würde zumindest bis nach Weihnachten warten wollen.«

»Ach! dummes Zeug, erzähl mir doch keine solchen Geschichten – ich weiß es besser«, rief er; und wollte mir einfach nicht glauben. Trotzdem stimmt es. Ich habe es überhaupt nicht eilig. Wie könnte ich auch, wenn ich die folgenschwere Veränderung bedenke, die mich erwartet, und alles, was ich zurücklassen muß? Es ist genug des Glücks, zu wissen, daß wir vereint werden *sollen*, und daß er mich wirklich liebt, und ich darf *ihn* so hingebungsvoll lieben und so oft an ihn denken, wie ich mag. Allerdings bestand ich darauf, meine Tante über den *Zeitpunkt* der Hochzeit zu konsultieren, denn ich nahm mir fest vor, daß ihre Ratschläge nicht gänzlich außer acht gelassen werden sollten;

und bis jetzt ist es noch zu keiner Entscheidung über diesen speziellen Punkt gekommen.

KAPITEL 21
Meinungen

1. Oktober. – Alles ist jetzt abgemacht. Mein Vater hat seine Einwilligung gegeben, und der Zeitpunkt wurde auf Weihnachten festgelegt, gewissermaßen als Kompromiß zwischen den jeweiligen Befürwortern von Eile und Verzögerung. Milicent Hargrave soll die eine Brautjungfer sein und Annabella Wilmot die andere – nicht daß ich von der letzteren besonders begeistert wäre, aber sie ist eine enge Vertraute der Familie und ich habe keine sonstige Freundin.

Als ich Milicent von meiner Verlobung erzählte, verärgerte sie mich ziemlich durch die Art, wie sie es aufnahm. Nachdem sie mich einen Augenblick lang in stummer Verblüffung angestarrt hatte, sagte sie:

»Nun, Helen, vermutlich sollte ich dir jetzt ja gratulieren – und ich freue mich, dich so glücklich zu sehen; aber ich habe nicht gedacht, daß du ihn nehmen würdest; und ich kann mir nicht helfen, aber es überrascht mich einfach, daß du ihn so sehr magst.«

»Warum denn?«

»Weil du ihm in jeder Hinsicht überlegen bist, und er hat etwas so Anmaßendes – und Rücksichtsloses an sich, so daß, ich weiß nicht, wie – aber ich empfinde stets den Wunsch, ihm aus dem Weg zu gehen, wenn er auf mich zukommt.«

»Du bist schüchtern, Milicent, aber das ist schließlich nicht seine Schuld.«

»Und dann sein Blick«, fuhr sie fort. »Die Leute sagen, er sei ein gutaussehender Mann, und er ist es natürlich, aber ich *mag* diese Art von gutem Aussehen nicht; und ich wundere mich, daß sie dir gefällt.«

»Warum denn, bitte sehr?«

»Nun, weißt du, es ist nichts Edles oder Erhabenes an seiner Erscheinung.«

»In Wirklichkeit wunderst du dich nur, daß ich jemanden mögen kann, der den gestelzten Romanhelden so unähnlich ist! Gut! Gib mir einen Liebhaber aus Fleisch und Blut und ich will dir all die Sir Herberts und Valentines überlassen – wenn du sie denn finden kannst.«

»Ich will sie ja nicht«, sagte sie. »Auch ich will mich mit Fleisch und Blut zufriedengeben – nur der Geist muß durchscheinen und vorherrschen. Aber findest du nicht, daß Mr. Huntingdons Gesicht allzu gerötet ist?«

»Nein!« rief ich empört. »Es ist überhaupt nicht gerötet. Es liegt ein angenehmer Schimmer – eine gesunde Frische auf seinem Teint, die warme, rosige Farbe des ganzen Gesichts harmoniert mit der dunkleren seiner Wangen, genauso wie es sein sollte. Ich hasse es, wenn ein Mann rot und weiß ist, wie eine angemalte Puppe – oder ganz ungesund weiß oder rauchig schwarz oder leichenblaß!«

»Nun, die Geschmäcker sind verschieden – aber *ich* mag blaß oder dunkel«, erwiderte sie. »Doch um dir die Wahrheit zu gestehen, Helen, ich hatte mich der Hoffnung hingegeben, daß du eines Tages meine Schwägerin werden würdest. Ich rechnete damit, daß Walter dir in der nächsten Saison vorgestellt würde, und war sicher, du würdest ihn mögen; und ich bildete mir ein, daß ich auf diese Weise das Glück hätte, die beiden Menschen, die mir – außer Mama – die liebsten sind, vereint zu sehen. Er ist vielleicht nicht ganz das, was du gutaussehend nennen würdest, aber er sieht viel vornehmer aus und ist weitaus liebenswürdiger und besser als Mr. Huntingdon; – das würdest du bestimmt sagen, wenn du ihn kenntest.«

»Ausgeschlossen, Milicent! Das meinst du nur, weil du seine Schwester bist; und deswegen will ich dir verzeihen; aber niemand sonst dürfte ihn mir ungestraft verächtlich machen.«

Miss Wilmot brachte ihre Meinung über die Angelegenheit fast ebenso freimütig zum Ausdruck.

»Und so, Helen«, sagte sie, wobei sie mit einem nicht gerade liebenswerten Lächeln auf mich zutrat, »werden Sie vermutlich bald Mrs. Huntingdon sein?«

»Ja«, erwiderte ich. »Beneiden Sie mich nicht darum?«

»Oh, nein, meine *Liebe*!« stieß sie hervor. »Ich werde wahrscheinlich eines Tages Lady Lowborough sein, und dann, meine Liebe, werde nämlich ich in der Lage sein, Sie zu fragen: ›Beneiden Sie *mich* nicht?‹ «

»Von nun an werde ich niemanden mehr beneiden«, entgegnete ich.

»Was Sie nicht sagen! Sind Sie denn so glücklich?« sagte sie nachdenklich, und etwas, was einem Hauch von Enttäuschung recht ähnlich sah, verdüsterte ihr Gesicht. »Und liebt er Sie denn – ich meine: vergöttert er Sie ebensosehr wie Sie ihn?« fügte sie hinzu und fixierte mich mit kaum verhüllter gespannter Erwartung auf meine Antwort.

»Ich will gar nicht vergöttert werden«, antwortete ich, »aber ich bin mir ganz sicher, daß er mich mehr als irgend jemanden sonst auf der Welt *liebt* – wie ich ihn.«

»Ganz recht«, sagte sie mit einem Kopfnicken. »Ich wünschte…« sie hielt inne.

»Was wünschten Sie?« fragte ich, verärgert über den rachsüchtigen Ausdruck auf ihrem Gesicht.

»Ich wünschte«, entgegnete sie kurz auflachend, »alle anziehenden Eigenschaften und wünschenswerten Charakterzüge der beiden Herren wären in einem vereinigt – Lord Lowborough hätte Huntingdons hübsches Gesicht und gute Laune und all seine Schlagfertigkeit und Fröhlichkeit und seinen Charme, oder aber Huntingdon Lowboroughs Stammbaum und Titel und herrlichen alten Familiensitz, und ich hätte ihn; und von mir aus könnten Sie dann den anderen haben.«

»Danke, liebe Annabella, mir für mein Teil ist es lieber so, wie die Dinge nun einmal liegen; und Ihnen wünsche ich, Sie wären mit Ihrem Zukünftigen ebenso zufrieden wie ich mit dem meinen«, sagte ich; und das war nur zu wahr, denn obwohl ich mich durch ihre unfreundliche Haltung zunächst getroffen fühlte, rührte mich doch ihre Freimütigkeit, und der Kontrast zwischen unseren beiden Lebenslagen war derart, daß ich es mir durchaus leisten konnte, sie zu bedauern und ihr alles Gute zu wünschen.

Mr. Huntingdons Bekannte schienen über unsere bevorstehende Verbindung ebensowenig erfreut zu sein wie die meinen. Die heutige Morgenpost brachte ihm Briefe von verschiedenen Freunden, bei deren Lektüre am Frühstückstisch er durch alle möglichen Grimassen die Aufmerksamkeit der Anwesenden erregte. Doch in sich hineinlachend stopfte er allesamt in seine Rocktasche und sagte nichts, bis die Mahlzeit beendet war. Danach, als die anderen vor dem Kamin saßen oder sich im Zimmer ergingen, bevor sie sich ihren morgendlichen Beschäftigungen zuwandten, kam er zu mir und stützte sich auf die Rücklehne meines Stuhls, wobei sein Gesicht meine Locken berührte und er mir nach einem heimlichen Küßchen die folgenden Klagen ins Ohr strömen ließ:

»Helen, Sie Hexe, wissen Sie, daß Sie mir die Flüche meiner sämtlichen Freunde aufs Haupt herabbeschworen haben? Ich schrieb ihnen neulich, um ihnen von meinen glücklichen Aussichten zu erzählen, und jetzt habe ich anstatt einer Menge Glückwünsche eine Tasche voller Verwünschungen und Vorwürfe bekommen. Es findet sich darunter kein einziger freundlicher Wunsch für mich und kein gutes Wort für Sie. Sie behaupten, es werde jetzt keinen Spaß, keine fröhlichen Tage und glorreichen Nächte mehr geben – und alles sei meine Schuld – ich sei der erste, der das fröhliche Band zerreiße, und andere würden aus purer Verzweiflung meinem Beispiel folgen. Ich sei die eigentliche Seele und Stütze der Gemeinschaft, dies sagen sie zu meiner Ehre, und ich hätte das in mich gesetzte Vertrauen schändlich getäuscht...«

»Sie können sich ja wieder zu ihnen gesellen, wenn Sie möchten«, sagte ich, etwas pikiert über den wehleidigen Ton seiner Ausführungen. »Es täte mir leid, zwischen einem Mann – oder einer Gruppe von Männern – und so viel Glück zu stehen; und vielleicht kann ich ebensogut ohne Sie zurechtkommen wie Ihre armen verlassenen Freunde.«

»Um Himmels willen, nein«, murmelte er. »Es ist ›Alles aus Liebe oder die Welt verloren‹ für mich. Sie mögen zur – dorthin gehen, wohin sie gehören, um es höflich auszudrücken. Aber wenn Sie sähen, wie sie mich beschimpfen, Helen, würden Sie mich um so mehr lieben, weil ich um Ihretwillen so viel aufs Spiel gesetzt habe.«

Er zog seine zusammengeknüllten Briefe heraus. Ich dachte, er wolle sie mir zeigen, und sagte ihm, daß ich sie nicht zu sehen wünschte.

»Ich will sie Ihnen ja gar nicht zeigen, Liebes«, sagte er. »Sie eignen sich wohl schwerlich für das Auge einer Dame – der größte Teil von ihnen. Aber schauen Sie sich das hier an. Dies ist Grimsbys Geschreibsel – nur drei Zeilen, der faule Hund! Er schreibt nicht viel, gewiß, aber sein Schweigen sagt mehr als alle Worte der anderen, und je weniger er schreibt, desto mehr Gedanken macht er sich – hol ihn der Teufel! – ich bitte um Verzeihung, Liebste – und dies hier ist Hargraves Schreiben. Er ist besonders gekränkt über mich, weil er sich wahrhaftig in Sie verliebt hatte aufgrund der Erzählungen seiner Schwester und beabsichtigte selbst, Sie zu heiraten, sobald er sich die Hörner abgestoßen haben würde.«

»Ich bin ihm überaus verbunden«, bemerkte ich.

»Und ich auch«, sagte er. »Und schauen Sie sich den hier an. Der ist von Hattersley – jede Seite gestopft voll lästerlichen Vorwürfen, bitteren Verwünschungen und weinerlichen Klagen und endend mit dem Schwur, er werde aus Rache selbst heiraten; er will sich an die erstbeste alte Jungfer wegwerfen, die sich ihn angeln möchte; – als ob ich mich darum scherte, was er tut.«

»Nun«, sagte ich, »wenn Sie Ihren vertrauten Umgang mit diesen Männern tatsächlich aufgeben, so haben Sie, denke ich, wenig Anlaß, den Verlust ihrer Gesellschaft zu bedauern; denn es ist meine feste Überzeugung, daß sie Ihnen nie recht gutgetan haben.«

»Vielleicht nicht; aber wir hatten andererseits eine lustige Zeit zusammen, wenn sie auch nicht frei war von Kümmernissen und schmerzlichen Begebenheiten, wie Lord Lowborough aus eigener Erfahrung weiß – Ha! Ha!«, und während er bei der Erinnerung an Lowboroughs Schwierigkeiten lachte, kam mein Onkel und klopfte ihm auf die Schulter.

»Nun kommen Sie schon, mein Junge!« sagte er. »Sind Sie zu beschäftigt, mit meiner Nichte herumzuturteln, um den Kampf gegen die Fasanen aufzunehmen? Der erste Oktober, denken Sie dran! Draußen scheint die Sonne – der Regen hat aufgehört – selbst Boarham hat keine Angst mehr, sich in seinen wasserdichten Stiefeln hinauszuwagen; und Wilmot und ich werden euch alle schlagen. Wir alten Haudegen sind wahrhaftig die begeistertsten Jäger in dem Haufen!«

»Trotzdem werde ich Ihnen heute zeigen, was ich kann«, sagte mein Gefährte. »Ich werde Ihre Vögel massenweise dahinmorden, nur weil Sie und jene mich von besserer Gesellschaft fernhalten.«

Und mit diesen Worten ging er davon; und ich sah ihn erst beim Dinner wieder. Es schien eine langweilige Zeit zu werden. Ich fragte mich, was ich ohne ihn machen soll.

Es stimmt durchaus, daß sich die beiden älteren Herren als die viel begeisterteren Jäger erwiesen haben als die beiden jungen; denn sowohl Lord Lowborough als auch Arthur Huntingdon haben in der letzten Zeit fast täglich ihre Jagdausflüge vernachlässigt, um uns auf unseren vielfältigen Ausritten und Wanderungen zu begleiten. Aber diese heiteren Tage gehen rasch ihrem Ende entgegen. In weniger als zwei Wochen geht die Gesellschaft auseinander, sehr zu meinem Kummer, denn mit jedem Tag genieße ich sie mehr – nun, da die Herren Boarham und Wilmot aufgehört haben, mich zu quälen und meine Tante aufgehört hat, mir Strafpredigten zu halten, und ich aufgehört habe, auf Annabella eifersüchtig zu sein – und sogar sie zu hassen – und jetzt, da Mr. Huntingdon *mein* Arthur geworden ist und ich mich seiner Gesellschaft uneingeschränkt erfreuen darf – Was *werde* ich ohne ihn anfangen, frage ich mich erneut...

KAPITEL 22
Zeichen der Freundschaft

5. Oktober. – Mein Freudenkelch ist nicht rein: er hat einen bitteren Beigeschmack, den ich mir nicht verhehlen kann, so sehr ich es auch möchte. Ob ich mir nun einzureden versuche, daß die Süße überwiegt, oder die Bitterkeit angenehm aromatisch nenne – ich kann mir alles mögliche einreden, sie ist dennoch da, und ich schmecke sie einfach, ob ich will oder nicht. Ich kann meine Augen nicht vor Arthurs Fehlern verschließen; und je mehr ich ihn liebe, desto

mehr beunruhigen sie mich. Selbst sein Herz, auf das ich so viel Vertrauen setzte, ist, fürchte ich, weniger empfindsam und großmütig, als ich dachte. Zumindest gab er mir heute eine Kostprobe seines Charakters, die eine härtere Bezeichnung als Gedankenlosigkeit zu verdienen scheint. Er und Lord Lowborough begleiteten Annabella und mich auf einem langen, herrlichen Ausritt; er ritt wie gewöhnlich neben mir, und Annabella und Lord Lowborough befanden sich etwas vor uns, wobei sich der letztgenannte zu seiner Begleiterin hinüberbeugte, als sei er in ein zärtlich vertrauliches Gespräch mit ihr vertieft.

»Die beiden dort werden uns noch zuvorkommen, Helen, wenn wir uns nicht beeilen«, bemerkte Huntingdon. »Daraus wird noch eine Ehe, so sicher wie das Amen in der Kirche. Dieser Lowborough ist richtig vernarrt. Aber er wird in eine ziemlich prekäre Lage kommen, wenn er sie kriegt, möchte ich meinen.«

»Und auch *sie* wird in eine ziemlich prekäre Lage kommen, wenn sie *ihn* kriegt«, sagte ich, »falls das, was ich über ihn gehört habe, stimmt.«

»Keine Spur davon. Sie weiß, was sie will; aber er, der arme Dummkopf, gibt sich der Täuschung hin, daß sie ihm eine gute Ehefrau sein wird, und weil sie ihm mit irgendeiner großspurigen Behauptung, wie sehr man Rang und Reichtum in Liebes- und Eheangelegenheiten geringschätzen müsse, einen Bären aufgebunden hat, bildet er sich ein, daß sie ihm hingebungsvoll zugetan ist; daß sie ihn wegen seiner Armut nicht abweisen wird und sich nicht seines Titels wegen um ihn bemühe, sondern ihn allein um seiner selbst liebe.«

»Aber bemüht *er* sich etwa nicht um *sie* wegen ihres Vermögens?«

»Nein, er nicht. Das war der erste Anreiz, gewiß; aber nun hat er dies ganz aus den Augen verloren: das spielt bei seinen Überlegungen nie eine Rolle, es sei denn lediglich als ein wesentlicher Punkt, ohne den er, um der Dame willen, nicht daran denken könnte, sie zu heiraten. Nein, er ist ordentlich verliebt. Er hielt das nicht mehr für möglich, aber er sitzt wieder einmal schön in der Patsche. Vor etwa zwei oder drei Jahren stand er schon einmal kurz vor der Ehe; aber er verlor seine Braut, als er sein Vermögen verlor. Er geriet in eine schlimme Lage, als er mit uns in London war: er hatte nämlich eine unglückselige Vorliebe für das Glücksspiel; und zweifellos war der Bursche unter einem unglücklichen Stern geboren, denn er verlor dreimal, wo er einmal gewann. Das ist eine Form von Selbstquälerei, der ich mich nie besonders ergeben habe. Wenn ich mein Geld ausgebe, möchte ich voll auf meine Kosten kommen: ich finde keinen Spaß daran, es an Diebe und Falschspieler zu verschleudern; und was das *Gewinnen* angeht, so habe ich bisher genug Geld gehabt; es ist immer noch Zeit, nach neuem die Finger auszustrecken, finde ich, wenn man das Ende dessen, was man hat, zu sehen beginnt. Aber manchmal habe ich die Spielsalons besucht, bloß um das Treiben jener verrückten Glücksritter zu beobachten – eine sehr interessante Studie, versichere ich Ihnen, Helen, und bisweilen sehr amüsant: die Dummköpfe und Irren haben mir so manchen Lacher entlockt. Lowborough war völlig verblendet – nicht aus freiem Willen, sondern aus innerem Zwang; – stets beschloß er, es aufzugeben, und stets brach er seine Entschlüsse. Bei jedem Einsatz hieß es: ›bloß noch dies eine Mal‹; wenn er ein bißchen gewann, hoffte er, das nächste Mal mehr zu gewinnen, und wenn er verlor, genügte es nie, nach diesem Einsatz aufzuhören; er mußte weitermachen, zumindest bis er das letzte Mißgeschick wieder wettgemacht haben würde: die Pechsträhne mußte ja irgendwann mal zu Ende sein; und jeder Zufallstreffer wurde als der Anbruch besserer Zeiten angesehen, bis die Erfahrung das Gegenteil erwies. Auf die

Dauer verzweifelte er gänzlich, und wir hielten täglich nach einem Fall von Selbstmord Ausschau, denn seine Existenz war schon lange keine Bereicherung unseres Klubs mehr. Schließlich jedoch kam er an eine Grenze. Er wagte einen großen Einsatz, der, wie er beschloß, der letzte sein sollte, ob er nun verlöre oder gewönne. Das hatte er freilich schon oft beschlossen, und seinen Entschluß ebensooft gebrochen; und so war es auch diesmal. Er verlor; und während sein Gegenspieler lächelnd die Einsätze einstrich, wurde er kalkweiß, zog sich schweigend zurück und wischte sich über die Stirn. Ich war damals dabei; und als er so dastand mit verschränkten Armen, die Augen auf den Boden geheftet, wußte ich sehr wohl, was in seinem Kopf vorging.

›Soll das nun der letzte sein, Lowborough?‹ sagte ich, indem ich zu ihm trat.

›Der *vor*letzte‹, antwortete er mit einem grimmigen Lächeln; wobei er wieder zum Tisch stürzte, mit der Hand darauf schlug und schwor, seine Stimme über all das Durcheinander von klingenden Münzen und gemurmelten Schwüren und Flüchen im Raum erhebend, einen deutlichen und feierlichen Eid, daß, komme, was wolle, DIESER Versuch sein letzter sein *solle*, und wünschte unaussprechliche Verfluchungen auf sein Haupt herab, wenn er je wieder eine Karte ziehen oder einen Würfelbecher schütteln sollte. Hierauf verdoppelte er seinen früheren Einsatz und forderte alle Anwesenden heraus, gegen ihn zu spielen. Grimsby stellte sich ihm sofort zur Verfügung. Lowborough starrte ihn wütend an, denn Grimsby war fast ebenso berühmt für sein Spielerglück wie er für sein Pech. Dennoch machten sie sich ans Werk. Aber Grimsby hatte viel Geschick und wenig Skrupel, und ob er nun den zitternden, blinden Eifer des anderen ausnutzte, um ihn übers Ohr zu hauen, kann ich nicht mit Sicherheit sagen; doch Lord Lowborough verlor erneut und wurde leichenblaß.

›Du solltest es lieber noch einmal versuchen‹, sagte Grimsby, wobei er sich über den Tisch lehnte. Und dann blinzelte er mir zu.

›Ich habe nichts mehr, um es noch einmal zu versuchen‹, sagte der arme Teufel mit einem schrecklichen Lächeln.

›Ach, Huntingdon wird dir schon leihen, was du brauchst‹, sagte der andere.

›Nein, du hast doch meinen Schwur gehört‹, antwortete Lord Lowborough, indem er sich in dumpfer Verzweiflung abwandte. Und ich nahm ihn beim Arm und führte ihn hinaus.

›Soll das nun wirklich der letzte gewesen sein?‹ fragte ich, als ich ihn auf der Straße hatte.

›Der letzte‹, antwortete er, ein bißchen gegen meine Erwartung. Und ich brachte ihn nach Hause – das heißt: in unseren Klub – denn er war folgsam wie ein Kind, und versorgte ihn mit Weinbrand und Wasser, bis er allmählich wieder etwas munterer aussah – zumindest etwas lebendiger.

›Huntingdon, ich bin ruiniert!‹ sagte er, und nahm dabei das dritte Glas von meiner Hand – die anderen hatte er in tödlichem Schweigen getrunken.

›Du doch nicht!‹ sagte ich. ›Du wirst feststellen, daß ein Mann ohne Geld genauso fröhlich leben kann wie eine Schildkröte ohne Kopf oder eine Wespe ohne Körper.‹

›Aber ich bin verschuldet‹, sagte er – ›tief verschuldet! Und komme da nie, *nie* mehr heraus!‹

›Nun, was ist denn schon dabei? Manch besserer Mensch als du hat in Schulden gelebt und ist in Schulden gestorben, und dich können sie ja nicht ins Gefängnis stecken, weil du ein Adliger bist.‹ Und damit reichte ich ihm den vierten Becher.

›Aber ich hasse es, verschuldet zu sein!‹ stieß er hervor. ›Dazu war ich nicht bestimmt, und ich kann es nicht *ertragen*!‹

›Was nicht geheilt werden kann, muß erduldet werden‹, sagte ich und fing an, das fünfte zu mischen.

›Und dann habe ich auch noch meine Caroline verloren.‹ Und darauf begann er zu schniefen, denn der Brandy hatte sein Herz weich gemacht.

›Macht nichts‹, antwortete ich, ›es gibt auf der Welt nicht nur die eine Caroline.‹

›Für mich gibt es nur die eine‹, erwiderte er mit einem qualvollen Seufzer. ›Und wenn es weitere fünfzig gäbe, wer könnte sie kriegen, frage ich mich, ohne Geld?‹

›Ach, irgendeine wird dich schon wegen deines Titels nehmen; und dann hast du ja auch noch deinen Familienbesitz; der ist doch unveräußerlich.‹

›Ich wünschte bei Gott, ich könnte ihn verkaufen, um meine Schulden zu bezahlen‹, brummelte er.

›Und außerdem‹, sagte Grimsby, der eben hereinkam, ›kannst du es ja *wieder* versuchen. Ich *gäbe* mir noch eine weitere Chance, wenn ich du wäre. Ich würde an diesem Punkt nicht aufstecken.‹

›Ich *will* nicht, hörst du!‹ schrie er. Und er sprang auf und verließ das Zimmer – ziemlich unsicher auf den Beinen, denn der Schnaps war ihm zu Kopf gestiegen. Damals hatte er sich noch nicht so daran gewöhnt, später aber freundete er sich mit ihm an, um seine Sorgen zu lindern.

Er hielt seine Eide, was das Glücksspiel betraf (und das überraschte uns alle nicht wenig), obwohl Grimsby sein Möglichstes tat, ihn in Versuchung zu führen, damit er sie breche; aber mittlerweile hatte er sich eine andere Angewohnheit zugelegt, die ihm fast ebenso zusetzte, denn er hatte bald festgestellt, daß der Trinkteufel ebenso schwarz ist wie der Spielteufel, und man beinahe ebenso schwer von ihm loskommt – insbesondere da seine lieben Freunde alles in ihrer Macht Stehende taten, um die Eingebungen seiner eigenen unersättlichen Begierde zu unterstützen.«

»Dann waren sie ebenfalls Teufel«, rief ich, unfähig, meine Empörung zu zügeln. »Und Sie, Mr. Huntingdon, so scheint es, waren der erste, der ihn in Versuchung führte.«

»Na, was sollten wir denn tun?« erwiderte er mit einer Geste gespielter Hilflosigkeit. »Wir meinten es ja nur gut – wir konnten es nicht ertragen, den armen Kerl so todunglücklich zu sehen: – und außerdem lag er uns derart auf dem Gemüt, wie er so stumm und mürrisch dasaß, wenn er gleich dreifach litt, nämlich unter dem Verlust seiner Herzallerliebsten und seines Vermögens sowie unter den Nachwirkungen des Gelages vom Vorabend, wohingegen er, wenn er etwas intus hatte, für uns eine unversiegbare Quelle der Belustigung war, obwohl er selbst nicht fröhlich war. Sogar Grimsby konnte über seine komischen Aussprüche in sich hineinlachen: sie begeisterten ihn weit mehr als meine munteren Scherze oder Hattersleys lärmende Heiterkeit. Aber eines Abends, als wir nach einem unserer Klub-Dinners bei unserem Wein saßen und alle herzhaft zulangten, wobei Lowborough verrückte Toasts ausbrachte, unseren wilden Liedern lauschte und die Hand zum Applaus rührte, wenn er schon nicht selbst mitsang, verfiel er plötzlich wieder in Schweigen, ließ den Kopf auf die Hand sinken und hob sein Glas nicht mehr an die Lippen; aber das war nichts Neues; also ließen wir ihn in Ruhe und setzten unser feuchtfröhliches Treiben fort, bis er unvermittelt den Kopf hob und uns inmitten dröhnenden Gelächters mit dem Ausruf unterbrach: ›Meine Herren, wo soll das noch hinführen? Wollt ihr mir das auf der Stelle sagen? Wo soll das hinführen?‹ Er stand auf.

›Ins Höllenfeuer‹, knurrte Grimsby.

›Du hast es erkannt – das ist auch meine Meinung!‹ rief er. ›Also ich will euch jetzt mal was erzählen …‹

›Eine Rede, eine Rede!‹ schrien wir. ›Hört, hört! Lowborough will uns eine Rede halten!‹

Ruhig wartete er ab, bis der donnernde Applaus und das Gläserklirren abgeklungen waren, und fuhr dann fort:

›Es ist nur folgendes, meine Herren – ich glaube, wir sollten lieber nicht so weitermachen. Wir sollten lieber aufhören, solange es noch geht.‹

›Recht so!‹ rief Hattersley:

›Halt, armer Sünder, halt ein und denk nach
ehe du weitergehst,
tanz nicht länger am Rand des Abgrunds
ewiger Seelenpein.‹

›Genau!‹ erwiderte Seine Lordschaft mit äußerstem Ernst. ›Und wenn *ihr* denn unbedingt zur Hölle fahren wollt, ich will nicht mit euch gehen – wir müssen uns voneinander trennen, denn ich schwöre, keinen weiteren Schritt in diese Richtung mehr tun zu wollen! Was ist das?‹ fragte er, wobei er sein Glas Wein vom Tisch nahm.

›Probier doch mal‹, empfahl ich.

›Das ist Teufelszeug!‹ stieß er hervor. ›Ich sage mich für immer davon los!‹ Und goß es mitten auf den Tisch.

›Schenk wieder ein!‹ sagte ich, indem ich ihm die Flasche reichte – ›und laß uns auf deine Entsagung trinken.‹

›Es ist widerwärtiges Gift‹, sagte er und faßte die Flasche am Hals, ›und ich gelobe, die Finger davon zu lassen! Ich habe das Spielen aufgegeben und das da werde ich auch aufgeben.‹ Er war im Begriff, den gesamten Inhalt der Flasche seelenruhig auf den Tisch zu gießen, aber Hargrave entwand sie ihm. ›Dann seid verflucht!‹ sagte er. Rückwärts aus dem Zimmer gehend, schrie er: ›Lebt wohl, ihr Versucher!‹ und verschwand unter brüllendem Gelächter und lautem Beifall.

Wir rechneten damit, daß er am nächsten Tag wieder bei uns sein würde; aber zu unserer Überraschung blieb sein Platz leer: die ganze Woche über sahen wir von ihm keine Spur; und wir glaubten langsam wirklich, er werde Wort halten. Eines Abends schließlich, als die meisten von uns wieder versammelt waren, trat er ein, schweigend und grimmig wie ein Geist, und hätte wohl geräuschlos seinen üblichen Platz direkt neben mir eingenommen, aber wir standen alle auf, um ihn willkommen zu heißen, und mehrere Stimmen erhoben sich, um ihn zu fragen, was er haben wolle, und etliche Hände waren eifrig mit Flaschen und Gläsern beschäftigt, um ihn zu bedienen; und ich wußte, daß ihm ein dampfendes Glas Grog am besten munden würde, und hatte es schon fast zubereitet, als er es mürrisch wegstieß mit den Worten:

›Laß mich doch in Ruhe, Huntingdon! Seid still, ihr anderen! Ich bin nicht gekommen, um mit euch zu zechen: ich bin bloß gekommen, um ein bißchen bei euch zu sein, weil ich meine eigenen Gedanken nicht mehr ertragen kann.‹ Und er schlug die Arme übereinander und lehnte sich in seinen Stuhl zurück; so ließen wir ihn denn in Ruhe. Aber ich ließ das Glas bei ihm stehen, und nach einer Weile lenkte Grimsby mit einem bedeutungsvollen Zwinkern meine Aufmerksamkeit darauf, und als ich den Kopf wandte, sah ich, daß es bis zum letzten Tropfen ausgetrunken war. Er gab mir ein Zeichen, es nachzufüllen und schob ruhig die Flasche her. Ich kam dem bereitwillig nach: doch Lowborough durchschaute das Mienenspiel und, erzürnt über das vielsagende Grinsen, das zwischen uns hin und her ging, entriß er mir das Glas, schüttete Grimsby seinen Inhalt ins Gesicht, warf das leere Glas nach mir und stürzte aus dem Zimmer.«

»Hoffentlich hat er Ihnen den Schädel eingeschlagen«, sagte ich.

»Nein, Schätzchen«, erwiderte er und lachte unbändig bei der Erinnerung an die ganze Geschichte, »das hätte er wohl getan – und mir vielleicht auch das Gesicht ruiniert, aber glücklicherweise hat dieser Wald von Locken« (hier nahm er seinen Hut ab und deutete auf seine kastanienbraune Lockenpracht) »meinen Schädel gerettet und verhindert, daß das Glas zerbrach, bevor es auf dem Tisch landete.«

»Nach diesem Vorfall«, fuhr er fort, »hielt sich Lowborough erneut ein paar Wochen lang von uns fern. Ich pflegte ihn gelegentlich in der Stadt zu treffen, und da ich zu gutmütig bin, um ihm sein ungehöriges Benehmen nachzutragen, und er keinen Groll gegen mich hegte, war er nie abgeneigt, sich mit mir zu unterhalten; im Gegenteil, er klammerte sich geradezu an mich und folgte mir überallhin, außer zum Klub und in die Spielsalons und ähnlich gefährliche Vergnügungsstätten – er war seines apathischen, melancholischen Gemüts so überdrüssig.

Schließlich brachte ich ihn dazu, mit mir in den Klub zu gehen, unter der Bedingung, daß ich ihn nicht zum Trinken überreden würde; und einige Zeit lang schaute er am Abend recht regelmäßig zu uns herein, – und mit erstaunlicher Standhaftigkeit enthielt er sich noch immer des ›widerwärtigen Gifts‹, dem er so brav abgeschworen hatte. Aber einige unserer Mitglieder protestierten gegen dieses Benehmen. Es gefiel ihnen nicht daß er wie ein Gespenst beim Gastmahl saß, statt seinen Teil zum allgemeinen Vergnügen beizutragen, die ganze Stimmung trübte und mit gierigen Blicken an jedem Tropfen hing, den sie an ihre Lippen brachten – sie erklärten, das sei nicht fair; und einige bestanden darauf, daß er entweder gezwungen werden sollte, sich so wie die anderen zu verhalten, oder man sollte ihn aus dem Verein ausstoßen, und sie schworen, sie würden ihm das sinngemäß sagen, wenn er sich das nächste Mal blicken ließe, und, sollte er die Warnung nicht ernstnehmen, zu Handgreiflichkeiten übergehen. Ich unterstützte ihn jedoch in diesem Falle und empfahl ihnen, ihn eine Weile in Ruhe zu lassen, wobei ich ihnen zu verstehen gab, daß er bei etwas Geduld unsererseits bald wieder der alte sein würde. Aber es *war* wirklich eine ziemliche Provokation; denn obwohl er sich weigerte, wie ein ehrlicher Christ zu trinken, wußte ich genau, daß er insgeheim eine Flasche Laudanum mit sich herumtrug, aus der er dauernd schlürfte – oder besser gesagt: abwechselnd einen Tag Abstinenz übte und am nächsten in einen Exzeß verfiel – ganz wie beim Alkohol.

Eines Nachts allerdings, während einer unserer Orgien – einer unserer fröhlichen Feste, will ich sagen – schlich er herein wie der Geist in Macbeth und setzte sich wie gewöhnlich etwas abseits vom Tisch in den Stuhl, den wir für ›den Geist‹ hinstellten, ob er ihn nun einzunehmen geruhte oder nicht. Ich sah ihm am Gesicht an, daß er unter den Folgen einer Überdosis seines heimtückischen Tröstungsmittels litt; aber niemand sprach ihn an, und er redete mit niemandem. Ein paar versteckte Blicke und eine geflüsterte Bemerkung, daß ›der Geist gekommen sei‹, war die ganze Aufmerksamkeit, die sein Erscheinen erregte, und wir zechten weiter so munter wie zuvor, bis er uns alle erschreckte, als er plötzlich seinen Stuhl heranzog, sich mit den Ellbogen auf den Tisch stützte und mit Unheil verkündender Feierlichkeit ausrief:

›Hört mal! Es ist mir schleierhaft, wie ihr so lustig sein könnt. Ich weiß nicht, was *ihr* am Leben findet – *ich* sehe nur die Schwärze der Finsternis und die Erwartung des furchtbaren Gerichts und ein wütendes Feuer!‹

Gleichzeitig schoben ihm alle Anwesende ihre Gläser hin, und ich stellte sie in einem Halbkreis vor ihm auf und, ihm sanft auf den Rücken klopfend, bat ich ihn, er solle nur trinken, dann werde er die Zukunft bald in ebenso rosigem Licht sehen wie ein jeder von uns; aber murrend stieß er sie zurück:

›Nimm sie weg! Ich will nicht davon probieren, hört ihr. Ich will nicht – ich will nicht!‹ So reichte ich sie wieder ihren

Besitzern hin; aber ich merkte, daß er ihnen mit einem Blick hungrigen Bedauerns nachsah. Dann schlug er die Hände vors Gesicht, um nichts mehr zu sehen, und zwei Minuten später hob er wieder den Kopf und flüsterte heiser aber bestimmt:

›Und doch muß ich! Huntingdon, bring mir ein Glas!‹

›Nimm gleich die Flasche, Mann!‹ sagte ich, indem ich ihm die Brandyflasche in die Hand drückte – aber halt, ich erzähle zu viel«, murmelte der Erzähler, entsetzt über den Blick, den ich auf ihn richtete. »Doch egal«, fügte er unbekümmert hinzu und setzte so seinen Bericht fort. »In seiner hemmungslosen Gier ergriff er die Flasche und schluckte und schluckte, bis er plötzlich vom Stuhl fiel und, umtost von einem Beifallssturm, unter dem Tisch verschwand. Die Konsequenz dieser Unvernunft war eine Art Schlaganfall, gefolgt von einer schweren Gehirnhautentzündung...«

»Und wie kamen *Sie* sich denn *selbst* dabei vor, Sir?« warf ich schnell ein.

»Ich war natürlich sehr zerknirscht«, erwiderte er. »Ich suchte ihn ein- oder zweimal auf – nein, zwei- oder dreimal – oder, bei der heiligen Muttergottes, so etwa viermal – und als es ihm besser ging, brachte ich ihn liebevoll zur Herde zurück.«

»Was wollen Sie damit sagen?«

»Ich will damit sagen, daß ich ihn wieder in den Schoß des Klubs zurückbrachte, und da mich seine schwache Gesundheit und seine außerordentliche Niedergeschlagenheit dauerten, empfahl ich ihm, ›seinem Magen zuliebe ein bißchen Wein zu trinken‹, als er so weit wiederhergestellt war, um den rechten Mittelweg des *ni jamais ni toujours* einzuschlagen, – sich nicht zu Tode zu trinken wie ein Idiot, und nicht abstinent zu leben wie ein Trottel – mit einem Wort, sich wie ein vernunftbegabtes Wesen zu amüsieren und es zu machen wie ich; denn Sie dürfen mich nicht für einen

Trinker halten; ein solcher bin ich mitnichten, war ich nie und werde ich nie sein. Dazu liegt mir mein Wohlbefinden viel zu sehr am Herzen. Ich merke doch, daß ein Mann sich nicht dem Suff ergeben kann, ohne die Hälfte seiner Tage todunglücklich und die andere verrückt zu sein; zudem möchte ich das Leben in vollen Zügen genießen, was jemand nicht kann, der sich zum Sklaven einer einzigen Leidenschaft machen läßt – und außerdem verschandelt Trinken das gute Aussehen«, schloß er mit einem höchst selbstgefälligen Lächeln, das mich eigentlich mehr hätte erzürnen sollen, als es der Fall war.

»Und hat sich Lord Lowborough Ihren Ratschlag zunutze gemacht?« fragte ich.

»Doch, ja, in gewisser Hinsicht. Eine Zeitlang schaffte er es recht gut: er war wirklich ein Muster an Mäßigung und Vorsicht – etwas zu sehr für den Geschmack unseres wilden Haufens; aber irgendwie hatte Lowborough nicht die Gabe der Mäßigkeit: wenn er nach einer Seite einen Fehltritt tat, mußte er zu Boden gehen, bevor er sein Gleichgewicht wiedergewann: wenn er an einem Abend übers Ziel hinausschoß, machten ihn die Nachwirkungen am Tag darauf so unglücklich, daß er die Übertretung wiederholen mußte, um sie auszubügeln; und so fort von Tag zu Tag, bis ihm sein heftig klagendes Gewissen Einhalt gebot. Und in seinen nüchternen Augenblicken setzte er dann seinen Freunden mit seinen Gewissensbissen und Ängsten und Klagen derart zu, daß wir ihn aus reinem Selbstschutz dazu bringen mußten, seinen Kummer in Wein oder irgendeinem stärker wirkenden Getränk, das gerade zur Hand war, zu ertränken; und wenn seine ersten moralischen Skrupel überwunden waren, brauchte er gewöhnlich kein Zureden mehr, er war dann zu allem fähig und ein wüster Geselle, wie man es sich nur wünschen kann – aber nur, um seine unsägliche Schlechtigkeit und Schande um so mehr zu bejammern, wenn der Anfall vorüber war. Eines Tages schließlich, als er und ich allein zusammensaßen, wachte er plötzlich auf und griff heftig nach meinem Arm, nachdem er ein Weilchen in einer seiner düsteren, abwesenden Stimmungen nachgesonnen hatte, die Arme verschränkt und den Kopf auf die Brust sinken lassend, und er sagte:

›Huntingdon, so geht's nicht! Ich habe mich entschieden, Schluß zu machen.‹

›Was denn, willst du dich etwa erschießen?‹

›Nein, ich will ein besserer Mensch werden.‹

›Oh, das ist nichts Neues! Und du hast dich doch schon die letzten zwölf Monate und länger bessern wollen.‹

›Ja, aber du wolltest mich ja nicht lassen; und ich war ein solcher Idiot, daß ich nicht ohne dich leben konnte. Aber jetzt merke ich, was mich zurückhält, und was ich zu meiner Rettung brauche; und ich werde Länder und Meere durchstreifen, um es zu bekommen – ich fürchte nur, es besteht keine Aussicht auf Erfolg.‹ Und er seufzte, als ob ihm das Herz bräche.

›Was ist es denn, Lowborough?‹ sagte ich und dachte bei mir, daß er am Ende richtig verrückt geworden sei.

›Eine Ehefrau‹, antwortete er, ›denn ich kann nicht allein leben, weil mich mein Gewissen in den Wahnsinn treibt, und mit dir kann ich nicht leben, weil du die Partei des Teufels gegen mich ergreifst.‹

›Wer? Ich?‹

›Ja, ihr alle – und du ja noch mehr als irgendein anderer. Aber wenn ich eine Frau kriegen könnte, mit genug Vermögen, um meine Schulden abzubezahlen und mich auf den rechten Weg zu bringen…‹

›Gewiß‹, sagte ich.

›Und genug Sanftmut und Güte‹, fuhr er fort, ›um mir mein Zuhause erträglich zu machen und mich mit mir selbst auszusöhnen, würde ich es wohl dennoch tun. Verlieben werde ich mich zwar nie mehr, das steht fest; aber das wäre vielleicht auch egal, es würde mich in die Lage versetzen, meine Wahl mit offenen Augen zu treffen – und ich würde trotzdem einen guten Ehemann abgeben; aber könnte *mich* wohl irgendeine lieben? Das ist die Frage. Mit *deinem* guten Aussehen und deinem Charme‹, (er sagte das mit Wohlgefallen) ›könnte ich mir womöglich Hoffnungen machen; aber so wie es nun einmal ist, meinst du, Huntingdon, es würde mich *irgendeine* nehmen – zugrunde gerichtet und elend, wie ich bin?‹

›Ja, sicher.‹

›Wer?‹

›Nun, irgendeine vernachlässigte alte Jungfer, die schon jede Hoffnung aufgegeben hat, wäre wohl entzückt, ...‹

›Nein, nein‹, sagte er, ›es muß jemand sein, den ich lieben kann.‹

›Na, eben hast du noch gesagt, du könntest dich überhaupt nicht mehr verlieben!‹

›Also, lieben ist nicht das richtige Wort – aber jemanden, den ich mögen kann. Auf alle Fälle werde ich ganz England danach durchforsten!‹ rief er in einem plötzlichen Ausbruch von Hoffnung oder Verzweiflung. ›Das Ziel erreichen oder verfehlen, es ist jedenfalls besser, als sich Hals über Kopf ins Verderben zu stürzen in diesem verdammten Klub: so lebe er denn wohl und du auch. Wann immer ich dir auf ehrbarem Grund und Boden oder unter einem christlichen Dach begegne, werde ich mich freuen, dich zu sehen; aber nie mehr sollst du mich in diese *Lasterhöhle* locken!‹

Das waren ungehörige Worte, aber ich schüttelte ihm die Hand, und wir schieden voneinander. Er hielt Wort; und von diesem Zeitpunkt an war er ein Muster an tugendhaftem Lebenswandel, soweit ich das beurteilen kann; doch bis vor kurzem hatte ich nicht viel mit ihm zu tun. Gelegentlich suchte er meine Gesellschaft, schrak aber ebensooft davor zurück, fürchtete er doch, daß ich ihn wieder ins Verderben locken würde, und ich fand die seine nicht besonders unterhaltsam, insbesondere weil er manchmal versuchte, mein Gewissen wachzurütteln und mich vor dem Untergang zu bewahren, dem er selbst entgangen zu sein glaubte; aber wenn ich ihn zufällig traf, versäumte ich selten, ihn nach den Fortschritten bei seinen Heiratsbemühungen und Nachforschungen zu fragen, und meistens konnte er mir nur einen armseligen Bericht abstatten. Die Mütter ließen sich von seinen leeren Kassen und seinem Ruf, ein Spieler zu sein, verprellen und die Töchter von seiner finsteren Miene und melancholischen Stimmung – nebenbei bemerkt, verstand er sich nicht auf sie; es fehlte ihm an Mut und Selbstsicherheit, seine Sache zu verfechten.

Ich verließ ihn, als ich aufs Festland ging; und bei meiner Rückkehr am Ende des Jahres fand ich ihn immer noch als untröstlichen Junggesellen vor – wenngleich er freilich nicht mehr ganz wie ein elender Verbannter aus dem Grab aussah wie vorher. Die jungen Damen hatten aufgehört, sich vor ihm zu fürchten, und fingen an, ihn ganz interessant zu finden; aber die Mütter waren immer noch unerbittlich. Etwa um diese Zeit war es, Helen, daß mich mein guter Engel mit Ihnen in Verbindung brachte; und da hatte ich für nichts anderes mehr Augen und Ohren. Aber währenddessen schloß Lowborough mit Ihrer reizenden Freundin Miss Wilmot Bekanntschaft – durch das Eingreifen *seines* guten Engels, würde er Ihnen zweifellos erzählen, wenn er auch nicht wagte, seine Hoffnungen auf eine so umschwärmte und bewunderte Person zu richten, bis sie hier in Staningley in engeren Kontakt kamen, und sie sich in Ermangelung ihrer anderen Bewunderer fraglos um seine Aufmerksamkeit bemühte und ihn nach allen Regeln der Kunst in seinen schüchternen Annäherungsversuchen ermunterte. Da begann er in der Tat auf den Anbruch besserer Tage zu hoffen;

und wenn ich seine Aussichten ein Weilchen lang verdunkelte, indem ich zwischen ihm und seiner Sonne stand – und ihn so beinahe erneut in bodenlose Verzweiflung stieß – fachte das nur seine Glut an und verstärkte seine Hoffnungen, als ich ihm dann das Feld überließ, um einen strahlenderen Schatz zu gewinnen. Mit einem Wort, er ist, wie ich Ihnen bereits sagte, richtiggehend vernarrt. Anfangs vermochte er ihre Fehler nur undeutlich wahrzunehmen, und sie verursachten ihm beträchtliches Unbehagen; aber nun haben ihn seine Leidenschaft und ihre Verstellungskunst soweit gebracht, daß er außer ihren Vorzügen und ihrem erstaunlichen Vermögen überhaupt nichts mehr sieht. Gestern nacht kam er zu mir, überquellend von seiner neuen Glückseligkeit:

›Huntingdon, ich bin doch kein Gescheiterter!‹ sagte er, ergriff meine Hand und drückte sie wie ein Schraubstock. ›Es gibt doch noch Glück für mich – sogar in diesem Leben – sie liebt mich!‹

›Ach wirklich!‹ antwortete ich. ›Hat sie es dir gesagt?‹

›Nein, aber ich kann nicht länger daran zweifeln. Merkst du nicht, wie angelegentlich wohlwollend und liebevoll sie ist? Und dabei kennt sie das ganze Ausmaß meiner Armut, und kümmert sich überhaupt nicht darum! Sie weiß von all der Verrücktheit und Verworfenheit meines früheren Lebens und hat keine Angst, mir zu vertrauen – und mein Rang und Titel sind für sie keine Verlockungen, denn ihnen schenkt sie überhaupt keine Beachtung. Sie ist das edelste, hochherzigste Wesen, das man sich nur vorstellen kann. Sie wird mich, mit Leib und Seele, vor dem Untergang retten. Schon hat sie es fertiggebracht, daß ich in meiner Selbstachtung gestiegen bin, und durch sie bin ich dreimal besser, klüger, größer geworden, als ich war. Ach, wenn ich sie doch schon früher kennengelernt hätte, wieviel Schande und Unglück wäre mir da erspart geblieben! Aber was habe ich denn getan, um ein so prachtvolles Geschöpf zu verdienen?‹

Und die Pointe des Witzes«, fuhr Mr. Huntingdon lachend fort, »ist, daß das verschlagene Frauenzimmer nichts an ihm liebt als seinen Titel und Stammbaum und ›diesen herrlichen alten Familiensitz‹.«

»Woher wissen Sie das?«

»Sie hat es mir selbst gesagt; sie sagte: ›Was den Mann selbst betrifft, so verachte ich ihn von Grund auf; aber andererseits wird es wohl Zeit, daß ich meine Wahl treffe, und wenn ich auf einen wartete, der meine Achtung und Zuneigung erringen könnte, würde ich mein Leben als alte Jungfer verbringen müssen, denn ich verabscheue euch alle!‹ Ha, ha! Vermutlich hatte sie hier unrecht; aber trotzdem ist es klar, daß sie ihn nicht liebt, den armen Kerl.«

»Dann sollten Sie es ihm sagen.«

»Was denn! Und dem armen Mädchen damit alle seine Pläne und Aussichten vermasseln? Nein, nein: das wäre doch ein Vertrauensbruch, nicht wahr, Helen? Ha! Ha! Außerdem würde es ihm das Herz brechen.« Und wieder lachte er.

»Nun, Mr. Huntingdon, ich weiß nicht, was Sie an der Sache so furchtbar lustig finden; ich kann nicht erkennen, was es da zu lachen gibt.«

»Ich lache doch über *Sie*, meine Liebe, eben jetzt«, sagte er und verdoppelte sein wieherndes Gelächter.

Und so verließ ich ihn, damit er seine Fröhlichkeit allein genießen konnte, berührte Ruby mit der Reitgerte und verfiel in leichten Galopp, um mich wieder unseren Begleitern anzuschließen; denn wir hatten unsere Pferde die ganze Zeit Schritt gehen lassen und waren infolgedessen weit zurückgeblieben. Arthur war schnell wieder neben mir; aber da ich keine Lust hatte, mit ihm zu reden, ging ich zum Galopp über. Er tat desgleichen; und wir verlangsamten unser

Tempo erst, als wir Miss Wilmot und Lord Lowborough eingeholt hatten, was eine knappe halbe Meile vom Parktor entfernt geschah. Ich vermied jedes weitere Gespräch mit ihm, bis wir unseren Ritt beendet hatten und ich vom Pferd springen und im Haus verschwinden wollte, ehe er mir seine Hilfe anbieten konnte: aber während ich mein Kleid von der gabelförmigen Stütze des Damensattels losmachte, hob er mich herunter und hielt mich an beiden Händen fest, wobei er behauptete, mich nicht gehen lassen zu wollen, bis ich ihm verziehen hätte.

»Ich habe nichts zu verzeihen«, sagte ich. »Sie haben mich nicht beleidigt.«

»Nein, Liebes – Gott bewahre! Aber Sie sind böse, weil ich es war, dem Annabella gestanden hat, daß sie nicht viel von ihrem Liebhaber hält.«

»Nein, Arthur, *das* ist es nicht, was mir mißfällt: es ist die ganze Art, wie Sie sich Ihrem Freund gegenüber verhalten; und wenn Sie möchten, daß ich es vergesse, dann gehen Sie jetzt hin und sagen Sie ihm, was für eine Sorte von Frau er da so rasend anbetet und auf wen er seine Hoffnungen auf zukünftiges Glück gesetzt hat.«

»Ich sage Ihnen doch, Helen, es würde ihm das Herz brechen – es wäre sein Tod – und hieße außerdem, der armen Annabella einen bösen Streich spielen. Es gibt für ihn im Augenblick keine Hilfe; an ihm ist Hopfen und Malz verloren. Außerdem kann sie die Täuschung ruhig bis zum Ende aufrechterhalten; und dann wird er mit der Illusion ebenso glücklich sein, als wenn es Wirklichkeit wäre; oder vielleicht wird er seinen Irrtum erst entdecken, wenn er aufgehört hat, sie zu lieben; und wenn nicht, ist es viel besser, daß ihm die Wahrheit erst allmählich aufgeht. Also nun, mein Engel, habe ich Ihnen die Sache hoffentlich klar gemacht und Sie völlig überzeugt, daß ich die Buße, die Sie verlangen, nicht ablegen kann. Welche andere Forderung haben

Sie noch an mich? Sprechen Sie und ich will mit Freuden gehorchen.«

»Ich habe nur die eine«, sagte ich, genauso ernst wie vorher, »daß Sie in Zukunft nie mehr über anderer Leute Unglück scherzen und Ihren Einfluß auf Ihre Freunde zu deren Nutzen gegen deren schlechte Neigungen verwenden, anstatt ihre schlechten Neigungen gegen sie selbst zu unterstützen.«

»Ich will mein Möglichstes tun«, sagte er, »um an die strengen Befehle meiner engelsgleichen Mahnerin zu denken und sie auszuführen«; und nachdem er meine beiden behandschuhten Hände geküßt hatte, ließ er mich gehen.

Als ich mein Zimmer betrat, war ich überrascht, Annabella Wilmot vor meinem Toilettentisch stehen zu sehen; ruhig betrachtete sie sich im Spiegel, wobei sie mit der einen Hand ihre mit einem goldenen Griff versehene Reitgerte hin- und herbewegte und mit der anderen ihr langes Reitkostüm geschürzt hielt.

»Sie ist wirklich ein prachtvolles Geschöpf!« dachte ich bei mir, als ich diese hochgewachsene, wohlproportionierte Gestalt und das Abbild des hübschen Gesichts vor mir im Spiegel erblickte, mit dem glänzenden, dunklen Haar, das leicht und keineswegs reizlos von dem flotten Ausritt durcheinandergebracht worden war; der gesunde, bräunliche Teint glühte von der Bewegung in der frischen Luft, und die schwarzen Augen strahlten in einem ungewöhnlichen Glanz. Als sie mich bemerkte, drehte sie sich um und rief mit einem Lachen, das mehr nach Bosheit als nach Heiterkeit klang: »Nun, Helen, was haben Sie denn so lange getrieben? Ich bin gekommen, um Ihnen von meinem Glück zu erzählen«, fuhr sie fort, ohne auf Rachels Gegenwart zu achten. »Lord Lowborough hat mir einen Antrag gemacht, und ich habe gnädig geruht, ihn zu erhören. Beneiden Sie mich nicht, meine Liebe?«

»Nein, meine Liebe«, sagte ich, »und ihn auch nicht«, fügte ich im Geiste hinzu. »Und mögen Sie ihn denn, Annabella?«

»Ihn mögen! Ja, gewiß – über beide Ohren verliebt!«

»Nun, ich hoffe, Sie werden ihm eine gute Ehefrau sein.«

»Danke, meine Liebe! Und was hoffen Sie noch?«

»Ich hoffe, Sie werden beide einander lieben und beide glücklich sein!«

»Danke, und ich hoffe, Sie werden Mr. Huntingdon eine *sehr* gute Ehefrau sein!« sagte sie mit einer königlichen Verbeugung und zog sich zurück.

»Oh, Miss! Wie konnten Sie das nur zu ihr sagen?« rief Rachel.

»Was sagen?« erwiderte ich.

»Na, daß Sie hofften, Sie werde ihm eine gute Ehefrau sein – so etwas habe ich noch nie gehört!«

»Weil ich es hoffe – oder besser gesagt: ich wünsche es mir – es besteht schon fast keine Hoffnung mehr.«

»Nun!« sagte sie. »Ich hoffe wirklich, daß er *ihr* ein guter Ehemann sein wird. Unten erzählen sie merkwürdige Dinge über ihn. Sie sagen immer...«

»Ich weiß, Rachel – ich habe alles über ihn gehört; aber mittlerweile hat er sich gebessert. Und es steht ihnen nicht zu, über ihre Herren Geschichten zu erzählen.«

»Nein, Madam – aber sie haben auch einige Dinge über Mr. Huntingdon erzählt.«

»Ich will sie nicht hören, Rachel; es sind alles Lügen.«

»Ja, Madam«, sagte sie ruhig, als sie fortfuhr, mein Haar zurechtzumachen.

»Glaubst du denn, was man da sagt, Rachel?« fragte ich nach kurzem Schweigen.

»Nein, Miss, keineswegs. Sie wissen ja, wenn viele Diener zusammenkommen, reden sie gern über ihre Herrschaften; und aus Angeberei tun einige so, als wüßten sie mehr, als es tatsächlich der Fall ist, und machen Anspielungen und verbreiten Dinge, bloß um die anderen in Erstaunen zu versetzen. Aber ich denke, wenn ich Sie wäre, Miss Helen, würde ich *sehr* genau hinsehen, ehe ich mich entschiede. Eine junge Dame, finde ich, kann gar nicht vorsichtig genug sein im Hinblick auf den Mann, den sie heiratet.«

»Natürlich nicht« sagte ich – »aber mach schnell, Rachel, ja? Ich möchte, daß du mich nun fertig frisierst.«

Und wirklich wollte ich die gute Frau unbedingt loswerden, denn ich befand mich in einer derart melancholischen Gemütsverfassung, daß ich kaum die Tränen zurückhalten konnte, während sie mich frisierte. Es war nicht wegen Lord Lowborough – es war nicht wegen Annabella – es war wegen mir selbst – es war wegen Arthur Huntingdon, weshalb sie mir in die Augen traten.

* * *

Dreizehnter. – Sie sind weg – und er auch. Wir werden uns mehr als zwei Monate lang nicht sehen – mehr als zehn Wochen! Eine lange, lange Zeit, so dahinzuleben und ihn nicht zu sehen. Aber er hat versprochen, oft zu schreiben, und mir das Versprechen abgenommen, ihm noch öfter zu schreiben, weil er mit der Regelung seiner Angelegenheiten sehr beschäftigt sein wird, und ich nichts besseres zu tun haben werde. Nun, ich werde wohl stets eine Menge zu berichten haben – Doch o weh! was wird erst sein, wenn wir immer zusammen sind und unsere Gedanken austauschen können, ohne diese kalten Vermittler, als da sind, Feder, Tinte und Papier!

* * *

Zweiundzwanzigster. – Ich habe schon mehrere Briefe von Arthur erhalten. Sie sind nicht lang, aber überaus wohltuend und genau wie er selbst – voll glühender Zuneigung und spielerischem, lebhaften Witz; aber – es gibt immer ein *Aber* in dieser unvollkommenen Welt – und ich wünschte mir wirklich, er könnte zumindest *manchmal* ernst sein. Ich kann ihn einfach nicht dazu bringen, richtig ernsthaft zu schreiben oder zu sprechen. *Jetzt* kümmert es mich nicht sehr; aber wenn es immer so ist, was soll ich dann mit dem ernsteren Teil meines Ich anfangen?

KAPITEL 23
Die ersten Wochen der Ehe

18. Februar 1822. – In aller Frühe hat Arthur heute sein Pferd bestiegen und ist frohgelaunt zur Jagd aufgebrochen. Er wird den ganzen Tag über weg sein; und so will ich mir die Zeit mit meinem arg vernachlässigten Tagebuch vertreiben – falls eine derart unregelmäßige Niederschrift diese Bezeichnung überhaupt verdient. Es ist nun genau vier Monate her, seit ich es zum letzten Mal aufgeschlagen habe.

Ich bin nunmehr verheiratet und habe mich als Mrs. Huntingdon von Grass-dale Manor eingelebt. Acht Wochen Eheerfahrung liegen jetzt hinter mir. Und bereue ich denn den Schritt, den ich getan habe? Nein – obwohl ich insgeheim zugeben muß, daß Arthur nicht der ist, für den ich ihn zuerst gehalten hatte, und wenn ich ihn von Anfang an so gut gekannt hätte wie jetzt, hätte ich mich wahrscheinlich niemals in ihn verliebt, und wenn ich ihn zunächst geliebt und dann die Entdeckung gemacht hätte, so fürchte ich, hätte ich es als meine Pflicht angesehen, ihn nicht zu heiraten. Gewiß hätten mir schon damals über ihn die Augen aufgehen können, denn jedermann erzählte mir recht bereitwillig über ihn, und er selbst war ja auch kein Heuchler durch und durch, aber ich wollte nicht hinsehen, und anstatt zu bedauern, daß ich seinen wirklichen Charakter nicht erkannte, ehe ich unauflöslich an ihn gebunden war, bin ich jetzt *froh*; denn es hat mir große Gewissenskämpfe erspart und eine Menge daraus folgender Unruhe und Qual; und was immer ich auch hätte tun *sollen*, jetzt besteht meine Pflicht schlicht und einfach darin, ihn zu lieben und zu ihm zu halten; und dies entspricht ganz meiner Neigung.

Er ist sehr verliebt in mich – fast zu verliebt. Ich könnte durchaus mit weniger Zärtlichkeit und mehr Vernunft auskommen: wenn ich die Wahl hätte, wäre ich gern weniger ein Schmusekätzchen als eine Freundin – aber ich will mich nicht darüber beklagen: ich fürchte nur, seine Zuneigung verliert an Tiefe, wo sie an Feuer gewinnt. Manchmal vergleiche ich sie mit einem Feuer aus trockenen Zweigen und Ästen, im Unterschied zu einem stetigen Kohlenfeuer; – sehr hell und heiß, aber wenn es herunterbrennen und nichts als Asche hinterlassen sollte, was soll ich dann tun? Aber es wird – es *soll* nicht, dazu bin ich fest entschlossen – und ich habe bestimmt die Macht, es am Leben zu erhalten. Also will ich *diesen* Gedanken schnellstens fallenlassen. Doch Arthur ist ein Egoist – das muß ich mir wohl oder übel eingestehen; und dies zuzugeben, macht mir in der Tat weniger Kummer, als man erwarten könnte, denn da *ich* ihn so sehr liebe, kann ich ihm leicht verzeihen, daß er sich selbst liebt; er möchte sein Vergnügen haben, und ich finde meines darin, ihn zu erfreuen, – und wenn ich diese seine Neigung bedauere, so ist es seinetwegen, nicht meinetwegen.

Das erste Beispiel dafür gab er während unserer Hochzeitsreise. Er wollte sie schnell hinter sich bringen, denn alle wichtigen Schauplätze auf dem Kontinent waren ihm bereits vertraut: viele hatten in seinen Augen an Interesse verloren und andere hatten nie welches auf ihn ausgeübt, das sie verlieren konnten. Die Folge davon war, daß ich, nachdem wir im Eiltempo einen Teil von Frankreich und Italien durchreist hatten, fast so unwissend zurückkam, wie ich fortgegangen war, da ich weder Menschen noch Gebräuche kennenlernte, und Sehenswürdigkeiten nur sehr oberflächlich, – und dabei schwirrte mir der Kopf von einem bunten Durcheinander aus Gegenständen und Szenerien, wobei freilich manche einen tieferen und angenehmeren Eindruck in mir hinterließen als andere, aber die wurden mir dann durch die Erinnerung vergällt, daß meine Empfindungen von meinem Begleiter nicht geteilt wurden, sondern daß es ihm im Gegenteil, wenn ich ein besonderes Interesse an irgend etwas, was ich sah oder gern sehen wollte, zum Ausdruck gebracht hatte, in dem Maße mißfiel, wie ich Freude an etwas empfinden.konnte, was nichts mit ihm zu tun hatte.

Was Paris betrifft, so legten wir dort nur einen kurzen Aufenthalt ein, und er wollte mir nicht die Zeit lassen, auch nur ein Zehntel von den Schönheiten und interessanten Dingen Roms zu sehen. Er wolle mich nach Hause bringen, sagte er, um mich ganz für sich zu haben und mich unversehrt als Herrin von Grass-dale Manor eingeführt zu sehen, ganz so zielstrebig, so unbefangen und aufreizend wie ich war; und als ob ich ein zerbrechlicher Schmetterling gewesen wäre, äußerte er die Befürchtung, das Silber von meinen Flügeln zu reiben durch den Kontakt mit der Gesellschaft, besonders mit der von Paris und Rom; und überdies scheute er sich nicht, mir zu erzählen, daß es in beiden Städten Damen gebe, die ihm die Augen auskratzen würden, wenn sie ihm zufällig mit mir begegneten.

Natürlich war ich über all das verärgert, aber dennoch weniger wegen meiner eigenen Enttäuschung als wegen der Enttäuschung über sein Verhalten und der Schwierigkeit, in der ich mich befand, mir für meine Freunde Entschuldigungen auszudenken, daß ich so wenig gesehen und beobachtet hatte, ohne dabei meinen Begleiter auch nur im geringsten dafür verantwortlich zu machen. Aber als wir nach Hause kamen – in mein neues herrliches Heim – war ich so glücklich und er so lieb, daß ich ihm gern alles verzieh; – und ich fing allmählich an, mich für *zu* glücklich und meinen Mann eigentlich für zu gut für mich zu halten, wenn auch nicht für zu gut für diese Welt, als er mich am zweiten Sonntag nach unserer Ankunft durch eine andere Kostprobe seiner ungebührlichen Forderungen schockierte und entsetzte. Wir befanden uns auf dem Heimweg vom Morgengottesdienst – denn es war ein schöner kalter Wintertag, und da wir so nahe bei der Kirche wohnen, hatte ich ihn gebeten, die Kutsche zu Hause zu lassen:

»Helen«, sagte er in einem bei ihm ungewohnten Ernst, »ich bin nicht ganz mit dir zufrieden.«

Ich wollte wissen, was nicht in Ordnung sei.

»Aber wirst du mir auch versprechen, dich zu bessern, wenn ich es dir sage?«

»Ja, wenn ich kann – und wenn ich keine höhere Autorität dadurch beleidige?«

»Ah! Da haben wir's schon – du liebst mich nicht von ganzem Herzen.«

»Ich verstehe dich nicht, Arthur (zumindest hoffte ich es), sag mir bitte, was ich Unrechtes getan oder gesagt habe?«

»Es ist nichts, was du getan oder gesagt hättest; es ist vielmehr ein Wesenszug von dir: du bist zu fromm. Nun mag ich es ja durchaus, wenn eine Ehefrau gläubig ist, und ich halte deine Gottesfurcht für einen deiner größten Reize, aber man kann es, wie alles andere, freilich auch übertreiben. Meiner Ansicht nach sollte die Frömmigkeit einer Frau nicht ihre Hingabe gegenüber ihrem weltlichen Herrn vermindern. Sie sollte sich damit begnügen, ihre Seele zu läutern und zu vergeistigen, aber nicht so sehr, daß sie vor lauter Vergeistigung ihr Herz abwendet und sich über alle menschlichen Regungen erhebt.«

»Und habe *ich* mich denn über alle menschlichen Regungen erhoben?« sagte ich.

»Nein, Liebling, aber du entwickelst dich mehr zu einer Heiligen, als mir lieb ist, denn während der ganzen zwei Stunden habe ich an dich gedacht und deinen Blick erhaschen wollen, und du warst so tief in deine Andacht versunken, daß du nicht einmal einen Seitenblick für mich übrig hattest – ich sage dir, das genügt, um einen auf seinen Schöpfer eifersüchtig zu machen – was ja sehr falsch ist; so errege also, meiner Seele zuliebe, nicht noch einmal solch verwerfliche Leidenschaften.«

»Ich will mein ganzes Herz und meine ganze Seele meinem Schöpfer geben, wenn ich kann«, antwortete ich, »und dir kein bißchen mehr, als er erlaubt. Was sind *Sie* denn, mein Herr, daß Sie sich zu einem Gott erheben und sich anmaßen, ihm den Besitz meines Herzens streitig zu machen, Ihm, dem ich doch alles verdanke, was ich habe und was ich bin, jede Wohltat, die ich jemals erwies oder deren ich mich – und Sie und alle anderen – jemals erfreuen kann, wenn Sie denn eine Wohltat *sind*, was ich doch sehr bezweifeln möchte.«

»Sei doch nicht so streng mit mir, Helen; und preß meinen Arm nicht so, du wirst mir noch deine Finger in den Knochen drücken.«

»Arthur«, fuhr ich fort, wobei ich meinen Griff um seinen Arm lockerte, »du liebst mich nicht halb so sehr, wie ich dich liebe; und auch wenn du mich weit weniger liebtest, als du es tust, würde ich mich nicht beklagen, vorausgesetzt du liebtest deinen Schöpfer mehr. Ich würde mich *freuen*, dich irgendwann so tief in deine Andacht versunken zu sehen, daß du keinen einzigen Gedanken mehr für mich übrig hättest. Aber im Grunde würde ich durch diese Veränderung nichts verlieren, denn je mehr du Gott liebtest, desto tiefer und reiner und wahrhaftiger wäre deine Liebe zu mir.«

Hierauf lachte er nur und küßte meine Hand und nannte mich eine reizende Schwärmerin. Dann nahm er seinen Hut ab und fügte hinzu:

»Aber schau her, Helen, was kann ein Mann mit einem solchen Kopf schon machen?«

Der Kopf sah ganz normal aus, aber als er meine Hand darauf legte, sank sie in einem Bett von Locken, besonders in der Mitte, ziemlich beängstigend tief ein.

»Du siehst, ich bin nicht zum Heiligen geschaffen«, sagte er lachend. »Wenn Gott gewollt hätte, daß ich fromm sein soll, warum hat Er mir dann nicht das passende Organ zur Verehrung gegeben?«

»Du bist wie der Diener«, erwiderte ich, »der, anstatt sein eines Talent im Dienst für seinen Herrn einzusetzen, es ihm unvermehrt zurückgab, und dabei als Entschuldigung vorbrachte, er wisse doch, daß er ›ein strenger Mann sei, der ernte, wo er nicht gesät, und sammle, wo er nicht ausgestreut habe‹. Von demjenigen, dem wenig gegeben ist, wird wenig gefordert, aber von uns allen werden unsere äußersten Anstrengungen gefordert. Du bist durchaus in der Lage, Gott zu verehren, zu glauben und zu hoffen, du hast ein Gewissen und Vernunft und alles, was zu einem Christenmenschen gehört, wenn du diese Gaben nur einsetzen willst: aber all unsere Talente vermehren sich erst, wenn wir von ihnen Gebrauch machen, und jede Fähigkeit, ob gut oder böse, wird stärker, wenn wir sie anwenden. Daher hast du, wenn du lieber die bösen nutzt oder jene, die zum Bösen tendieren, bis sie dich beherrschen, und die guten vernachlässigst, bis sie dahinschwinden, dir allein die Schuld zuzuschreiben. Aber du *hast* Talente, Arthur, natürliche Begabungen des Herzens und des Geistes und des Gemüts, die manch besserer Christ gerne besitzen würde, wenn du sie nur zum Dienste Gottes einsetzen würdest. Ich würde wohl nie erwarten, daß du ein religiöser Eiferer wirst, aber es ist durchaus möglich, ein guter Christ zu sein, ohne deshalb aufzuhören, ein glücklicher, herzensfroher Mensch zu sein.«

»Du redest wie ein Orakel, Helen, und alles, was du sagst, ist unbestreitbar wahr; aber hör mich an: Ich bin hungrig und sehe vor mir einen reich gedeckten Tisch; man sagt mir, wenn ich diesen heute nicht anrühre, werde ich morgen ein opulentes Festessen bekommen, das aus allen erdenklichen Leckereien und Köstlichkeiten besteht. Nun würde ich wohl erstens keine Lust haben, bis morgen zu warten, wenn ich die Möglichkeit, meinen Hunger zu stillen, schon jetzt vor mir sehe. Zweitens sind die deftigen Speisen von heute mehr nach meinem Geschmack als die Leckereien, die man mir versprochen hat; drittens *sehe* ich das Bankett des morgigen Tages nicht, und wie kann ich denn wissen, daß nicht alles ein Märchen ist, das sich der feiste Bursche ausgedacht hat, der mir zur Abstinenz rät, damit er all die guten Speisen für sich selbst behalten kann? Viertens muß dieser Tisch ja für irgend jemanden gedeckt worden sein, und wie Salomon sagt: ›Denn wer hat zu essen, wer weiß zu genießen, wenn nicht ich?‹ Und schließlich werde ich mich mit deiner Erlaubnis hinsetzen und meine Gelüste von heute befriedigen und das Morgen für sich selbst sorgen lassen – denn wer weiß, ob ich mir nicht beides, dieses und jenes, sichern kann?«

»Aber man verlangt ja nicht von dir, daß du auf das reichhaltige Mahl von heute verzichtest. Man rät dir nur, diese gröberen Speisen so maßvoll zu dir zu nehmen, daß du dir für das erlesenere Bankett von morgen nicht den Geschmack verdirbst. Falls du aber diesen Rat in den Wind schlägst und lieber jetzt zu einem Tier wirst und zu viel ißt und trinkst, bis du die guten Speisen in Gift verwandelst, wer ist dann später zu tadeln, wenn du an den schmerzlichen Folgen gestriger Völlerei und Trunkenheit leidest und gleichzeitig siehst, wie sich Maßvollere zu Tische setzen, um sich jenes köstlichen Vergnügens zu erfreuen, das du nicht zu genießen vermagst?«

»Überaus wahr, meine Schutzpatronin, aber dann wieder sagt dein Freund Salomon: ›Es gibt für den Menschen kein Glück unter der Sonne, es sei denn, er ißt und trinkt und freut sich.‹«

»Und dann wieder«, entgegnete ich, »sagt er: ›Freu dich, junger Mann, in deiner Jugend und geh auf den Wegen, die dein Herz dir sagt, zu dem, was deine Augen vor sich sehen; aber sei dir bewußt, daß Gott dich für all das vor Gericht ziehen wird‹.«

»Ja, aber Helen, ich bin doch in diesen letzten Wochen sehr lieb gewesen. Was hast du Fehlerhaftes an mir entdeckt, und was soll ich deiner Meinung nach tun?«

»Nichts weiter, als was du ohnehin schon tust, Arthur, dein Verhalten ist soweit ganz in Ordnung, aber ich möchte, daß du dein Denken veränderst; ich möchte, daß du dich gegen die Versuchungen wappnest und nicht das Schlechte gut nennst und das Gute schlecht; ich wünschte mir wohl, du würdest tiefer nachdenken, weiter vorausschauen und dir höhere Ziele setzen, als es der Fall ist.«

Wir standen nun vor unserer Haustür und ich sagte nichts mehr; aber mit einer innigen und tränenreichen Umarmung verließ ich ihn und ging ins Haus und lief nach oben, um Hut und Mantel abzulegen. Ich wollte damals nicht mehr zu dem Thema sagen, damit ich es ihm nicht verleidete und mich dazu.

KAPITEL 24

Erster Streit

25. März. – Arthur beginnt sich zu langweilen – nicht mit mir, wie ich doch hoffe, aber er ist allmählich des müßigen, ruhigen Lebens überdrüssig, das er hier führt – und das wundert mich nicht, denn er hat ja so wenig, woraus er Vergnügen schöpfen kann: nie liest er irgend etwas außer Zeitungen und Sportmagazinen; und wenn er mich in ein Buch vertieft sieht, läßt er mich nicht in Ruhe, bis ich es zugeschlagen habe. Bei schönem Wetter schafft er es meistens recht gut, sich die Zeit zu vertreiben, aber an Regentagen, von denen wir in der letzten Zeit eine ganze Menge hatten, ist es eine regelrechte Qual, seine Langeweile mitansehen zu müssen.

Ich tue, was ich kann, um ihn bei Laune zu halten, aber es ist unmöglich, in ihm Interesse zu wecken für Themen, über die ich mich am liebsten unterhalte, wohingegen er wiederum gern über Dinge spricht, die mich überhaupt nicht interessieren – oder mir sogar unangenehm sind – und die gefallen ihm am allerbesten; denn sein Lieblingsvergnügen besteht darin, neben mir auf dem Sofa zu sitzen oder zu lümmeln und mir Geschichten von seinen früheren Liebschaften zu erzählen, die sich stets um das Zugrunderichten irgendeines vertrauensseligen Mädchens oder das Betrügen irgendeines arglosen Ehemanns drehen; und wenn ich dann meinen Abscheu und meine Empörung kundtue, schiebt er das alles auf meine Eifersucht und lacht, bis ihm die Tränen über die Wangen laufen. Anfangs geriet ich darüber regelmäßig in Zorn oder war zu Tränen gerührt, aber da ich merkte, daß seine Begeisterung mit meiner Wut und Erregung nur zunahm, bemühe ich mich seitdem, meine Gefühle zu unterdrücken und seine Enthüllungen schweigend und mit ruhiger Verachtung über mich ergehen zu lassen;

aber dennoch sieht er mir meinen inneren Konflikt am Gesicht an und mißversteht meine seelische Verbitterung über seine Nichtsnutzigkeit als Qualen verletzter Eifersucht; und wenn er sich genug vergnügt hat oder fürchtet, meine Verärgerung beeinträchtige sein Wohlbefinden allzu sehr, versucht er, mich durch Küsse und Schmeicheln wieder zum Lächeln zu bringen – nie waren mir seine Liebkosungen so unangenehm wie in einem solchen Augenblick! Hier zeigt sich *doppelte* Ichbezogenheit: mir gegenüber und gegenüber den Opfern seiner früheren Liebeleien. Es gibt Momente, da frage ich mich, und mich durchfährt unversehens ein Stich – ein Aufblitzen wilden Entsetzens: »Helen, was hast du getan?« Aber dann bringe ich die fragende Stimme in meinem Inneren wieder zum Schweigen und vertreibe die aufdringlichen Gedanken, die da auf mich einstürmen; denn wäre er auch zehnmal so sinnlich und guten und erhabenen Absichten noch zehnmal unzugänglicher, ich weiß sehr wohl, daß ich kein Recht habe, mich zu beklagen. Und ich will mich nicht beklagen und tue es auch nicht. Ich will ihn immer noch lieben und tue es auch; und ich bereue nicht, daß ich mein Schicksal mit dem seinen verbunden habe, und will es auch nicht.

4. April. – Wir haben einen regelrechten Streit gehabt. Im einzelnen ging es um folgendes: Arthur hatte mir in mehreren Abständen die ganze Geschichte seines Ränkespiels mit Lady F– erzählt, die ich zuerst nicht glauben wollte. In gewisser Weise tröstete mich jedoch dabei die Feststellung, daß in diesem Fall die Dame mehr zu tadeln gewesen war als er, denn er war damals noch sehr jung gewesen, und sie hatte eindeutig die ersten Annährungsversuche unternommen, wenn das, was er sagte, der Wahrheit entspricht. Ich verabscheute sie dafür, denn es schien, als habe sie wesentlich zu seiner Verdorbenheit beigetragen, und wie er vor kurzem über sie zu reden anfing, bat ich ihn, sie nicht zu

erwähnen, weil mir allein schon der Klang ihres Namens widerwärtig sei.

»Nicht, weil du sie liebtest, Arthur, wohlgemerkt, sondern weil sie dir geschadet und ihren Mann betrogen hat und insgesamt eine ausgesprochen widerwärtige Frau war, die zu erwähnen du dich schämen solltest.«

Aber er verteidigte sie, indem er behauptete, sie habe einen schwachsinnigen, alten Ehemann, den man unmöglich lieben könne.

»Warum hat sie ihn dann geheiratet?« fragte ich.

»Wegen seines Geldes«, lautete die Antwort.

»Dann war das noch ein weiteres Verbrechen und ihr feierliches Versprechen, ihn zu lieben und zu ehren, war ein weiteres, das nur die Abscheulichkeit des letzteren noch verstärkte.«

»Du bist allzu streng mit der armen Dame«, lachte er. »Aber das macht nichts, Helen, mir liegt jetzt nichts mehr an ihr; und ich habe nie auch nur eine einzige von denen halb so geliebt wie dich, deshalb brauchst du nicht zu fürchten, verlassen zu werden wie sie.«

»Wenn du mir dies alles schon früher erzählt hättest, Arthur, hätte ich dir wohl nie die Gelegenheit dazu gegeben.«

»Wirklich nicht, mein Liebling?«

»Ganz gewiß nicht!«

Er lachte ungläubig.

»Ich wünschte, ich könnte dich jetzt davon überzeugen!« rief ich und wich von seiner Seite; und zum ersten Mal in meinem Leben, und ich hoffe, zum letzten, wünschte ich mir, ihn nie geheiratet zu haben.

»Helen«, sagte er ernsthafter, »weißt du, daß ich sehr böse werden würde, wenn ich dir nun glaubte? Aber dem Himmel sei Dank, ich tu's nicht. Auch wenn du jetzt dastehst mit deinem bleichen Gesicht und den blitzenden Augen und mich wie eine wahre Tigerin anschaust, kenne ich doch das Herz in dir ein bißchen besser als du selbst.«

Ohne ein weiteres Wort verließ ich das Zimmer und schloß mich in meinem Gemach ein. Nach ungefähr einer halben Stunde kam er an die Tür, drückte erst den Türgriff und klopfte dann an.

»Willst du mich nicht reinlassen, Helen?« sagte er.

»Nein, du hast mich verletzt«, erwiderte ich, »und vor morgen früh möchte ich dein Gesicht nicht mehr sehen und deine Stimme nicht mehr hören.«

Er hielt einen Augenblick inne, als sei er sprachlos oder unsicher, wie er auf solche Worte antworten sollte, und dann drehte er sich um und ging weg. Das war erst eine Stunde nach dem Dinner. Ich wußte, es würde ihn sehr langweilen, den ganzen Abend allein herumzusitzen; und das milderte meine Verärgerung beträchtlich, wenn es mich auch nicht zum Einlenken bewog. Ich wollte ihm unbedingt beweisen, daß mein Herz nicht sein Sklave war und ich ohne ihn leben konnte, wenn ich wollte; und ich setzte mich hin und schrieb einen langen Brief an meine Tante – wobei ich ihr natürlich nichts von alldem berichtete. Kurz nach zehn Uhr hörte ich ihn wieder heraufkommen, aber er ging an meiner Tür vorüber und geradewegs in sein Ankleidezimmer, wo er sich die Nacht über einschloß.

Ich war ziemlich besorgt, wie er mir am nächsten Morgen gegenübertreten würde, und nicht wenig enttäuscht, als ich ihn mit einem gleichgültigen Lächeln ins Frühstückszimmer kommen sah.

»Bist du mir immer noch böse, Helen?« sagte er, indem er sich mir näherte, als ob er mich begrüßen wollte. Kühl wandte ich mich zum Tisch und begann, den Kaffee einzugießen, mit der Bemerkung, er sei ziemlich spät dran.

Er pfiff leise vor sich hin und schlenderte zum Fenster, wo er einige Minuten lang stand und auf den erhebenden

Anblick düsterer, grauer Wolken, strömenden Regens, glitschnassen Rasens und triefender, kahler Bäume hinaussah und dabei Verwünschungen über das Wetter ausstieß, und dann setzte er sich zum Frühstück. Als er seinen Kaffee trank, murrte er, der sei »verdammt kalt«.

»Du hättest ihn nicht so lange stehen lassen sollen«, sagte ich.

Er gab keine Antwort, und die Mahlzeit wurde wortlos beendet. Es war für uns beide eine Erleichterung, als der Sack mit den Briefen hereingebracht wurde. Er enthielt, wie sich herausstellte, eine Zeitung und ein paar Briefe für ihn und zwei für mich, die er wortlos über den Tisch warf. Der eine war von meinem Bruder, der andere von Milicent Hargrave, die sich damals mit ihrer Mutter in London aufhielt. Die seinen waren, wie ich glaube, Geschäftsbriefe und anscheinend nicht nach seinem Geschmack, denn mit einigen dahingemurmelten Verwünschungen, für die ich ihn zu anderer Zeit wohl getadelt hätte, stopfte er sie in seine Rocktasche. Die Zeitung breitete er vor sich aus und während des übrigen Frühstücks und etliche Zeit danach tat er so, als sei er völlig in ihren Inhalt vertieft.

Die Lektüre und Beantwortung meiner Briefe sowie die Regelung von Haushaltsangelegenheiten boten mir den Vormittag über reichlich Beschäftigung; nach dem Lunch zeichnete ich und vom Dinner bis zur Zeit des Schlafengehens las ich.

Währenddessen war der arme Arthur um irgend etwas, was ihn hätte unterhalten oder ihm die Zeit vertreiben können, schrecklich verlegen. Er wollte ebenso beschäftigt und unbeteiligt erscheinen wie ich. Hätte es das Wetter auch nur im mindesten erlaubt, er hätte sich zweifellos sein Pferd bringen lassen und wäre weit weggeritten, egal wohin und zwar gleich nach dem Frühstück, und nicht vor dem späten Abend zurückgekehrt. Hätte es irgendwo in Reichweite eine Dame zwischen fünfzehn und fünfundvierzig gegeben, er hätte Rache gesucht und Beschäftigung darin gefunden, ein tollkühnes Techtelmechtel mit ihr anzufangen – oder es zumindest zu versuchen; aber da er, zu meiner heimlichen Genugtuung, von diesen beiden Quellen der Zerstreuung gänzlich abgeschnitten war, litt er auf wirklich bejammernswerte Weise. Als er damit fertig war, gähnend über seiner Zeitung zu sitzen und kurze Antworten auf seine noch kürzeren Briefe hinzukritzeln, verbrachte er den restlichen Vormittag damit, nervös von Zimmer zu Zimmer zu laufen, die Wolken zu betrachten, den Regen zu verwünschen, seine Hunde abwechselnd zu streicheln und zu ärgern und zu mißhandeln; manchmal lag er faul auf dem Sofa mit einem Buch, zu dessen Lektüre er sich nicht überwinden konnte, und starrte mich sehr oft unverwandt an, wenn er dachte, ich merkte es nicht, in der vergeblichen Hoffnung, irgendwelche Tränenspuren oder Anzeichen reumütiger Besorgnis in meinem Gesicht zu entdecken. Aber es gelang mir, den ganzen Tag über eine ungestörte, wenn auch würdevolle Heiterkeit zu bewahren. Ich war nicht wirklich böse: während der ganzen Zeit tat er mir leid, und ich sehnte mich nach einer Versöhnung; aber ich wollte unbedingt, daß er den ersten Schritt dazu machte oder zumindest einige Anzeichen von Demut und Zerknirschung zu erkennen gäbe; denn wenn ich den ersten Schritt machte, würde es nur seiner Eitelkeit schmeicheln, ihn noch arroganter machen und die Wirkung der Lektion, die ich ihm erteilen wollte, ganz verderben.

Nach dem Dinner blieb er noch lange im Speisezimmer sitzen und trank, wie ich fürchte, unmäßig viel Wein, aber nicht genug, um seine Zunge zu lösen, denn als er hereinkam und mich ruhig mit meinem Buch beschäftigt antraf, zu konzentriert, um bei seinem Eintreten den Kopf zu heben, murmelte er nur einen Ausdruck unterdrückter Mißbilligung und indem er die Tür krachend ins Schloß fallen ließ, ging er zum Sofa und streckte sich der Länge nach darauf aus und schickte sich an einzuschlafen. Aber sein Lieblings-Cockerspaniel Dash, der zu meinen Füßen gelegen hatte, nahm sich die Freiheit heraus, auf ihn zu springen und ihm das Gesicht zu lecken. Mit einem gehörigen Schlag stieß er ihn weg, und der arme Hund winselte und rannte ängstlich zu mir zurück. Als Arthur etwa eine halbe Stunde später aufwachte, rief er ihn wieder zu sich, aber Dash schaute nur ängstlich drein und wedelte mit dem Schwanz. Er rief ihn abermals, nun in einem schärferen Ton, aber Dash schmiegte sich nur noch enger an mich und leckte meine Hand, als erflehe er Schutz. Darüber in Wut geraten, griff sich sein Herr ein schweres Buch und schleuderte es ihm an den Kopf. Der arme Hund jaulte jämmerlich auf und lief zur Tür. Ich ließ ihn hinaus und hob sodann wortlos das Buch auf.

»Gib mir das Buch«, sagte Arthur, nicht gerade sehr höflich. Ich gab es ihm.

»Warum hast du den Hund hinausgelassen?« fragte er. »Du hast doch gewußt, daß ich ihn hierhaben wollte?«

»Woraus hätte ich das schließen sollen?« erwiderte ich. »Weil du das Buch nach ihm geworfen hast? Aber vielleicht war es ja für mich bestimmt?«

»Nein, aber wie ich sehe, hast du was abgekriegt«, sagte er und sah auf meine Hand, die ebenfalls getroffen worden war und eine ziemlich schlimme Schramme hatte.

Ich wandte mich wieder meiner Lektüre zu, und er versuchte, sich auf dieselbe Weise zu beschäftigen; aber schon bald, nachdem er mehrfach Unheil verkündend gegähnt hatte, erklärte er, *sein* Buch sei »verfluchter Schund« und warf es auf den Tisch. Darauf folgten acht oder zehn Schweigeminuten, wobei er mich, glaube ich, meistens anstarrte. Schließlich war er mit seiner Geduld am Ende.

»Was hast du da für ein Buch, Helen?« stieß er hervor. Ich sagte es ihm.

»Ist es interessant?«

»Ja, sehr.«

Ich las weiter oder tat zumindest so – ich kann nicht behaupten, daß es zwischen meinen Augen und meinem Gehirn viel Kommunikation gab; denn während jene über die Seiten flogen, fragte sich dieses ernsthaft, wann Arthur das nächste Mal etwas sagen würde und was er sagen würde und was ich darauf antworten sollte. Aber er sprach erst wieder, als ich aufstand, um Tee zu machen, und dann auch nur, um zu sagen, daß er keinen trinken werde. Er rekelte sich weiterhin auf dem Sofa, wobei er abwechselnd die Augen schloß und auf seine Uhr und zu mir hin blickte, bis es Zeit zum Schlafengehen war, und ich mich erhob, meine Kerze nahm und mich zurückzog.

»Helen!« rief er in dem Augenblick, als ich das Zimmer verlassen hatte. Ich drehte mich um und wartete auf seine Befehle.

»Was möchtest du, Arthur?« sagte ich schließlich.

»Nichts«, erwiderte er. »Geh nur!«

Ich ging, aber da ich ihn irgend etwas brummen hörte, als ich die Tür schloß, machte ich abermals kehrt. Es klang ganz wie »verfluchte Schlampe«, aber ich nahm nur zu gern an, daß es vielleicht etwas anderes gewesen war.

»Hast du etwas gesagt, Arthur?« fragte ich.

»Nein«, lautete die Antwort, und ich machte die Tür zu und ging weg. Ich sah ihn erst am nächsten Morgen beim Frühstück wieder, als er eine geschlagene Stunde später als sonst herunterkam.

»Du bist sehr spät dran«, lautete mein Morgengruß.

»Du hättest nicht auf mich zu warten brauchen«, lautete der seine; und er lief wieder zum Fenster. Es war genau dasselbe Wetter wie gestern.

»Oh, dieser verfluchte Regen!« brummte er. Doch nachdem er ihn ein paar Minuten aufmerksam betrachtet hatte, schien ihm eine glorreiche Idee gekommen zu sein, denn unvermittelt stieß er hervor: »Aber ich weiß schon, was ich machen werde!« und dann kam er zurück und nahm seinen Platz am Tisch ein. Der Postsack war bereits da und wartete darauf, geöffnet zu werden. Er schnürte ihn auf und musterte den Inhalt.

»Ist etwas für mich dabei?« fragte ich.

»Nein.«

Er faltete die Zeitung auseinander und begann, darin zu lesen.

»Du solltest lieber deinen Kaffee trinken«, schlug ich vor, »er wird sonst wieder kalt werden.«

»Du kannst gehen«, sagte er, »wenn du fertig bist. Ich brauche dich nicht.«

Ich stand auf und ging in das Nebenzimmer, wobei ich mich fragte, ob wir wohl noch einen so elenden Tag haben würden wie gestern, und mir inständig ein Ende dieser gegenseitig zugefügten Quälereien wünschte. Kurz darauf hörte ich, wie er die Klingel zog und einige Befehle bezüglich seiner Garderobe erteilte, die klangen, als trage er sich mit dem Gedanken einer langen Reise. Sodann ließ er den Kutscher kommen, und ich hörte etwas von Kutsche und Pferden und London und sieben Uhr morgen früh, was mich nicht wenig erschreckte und verwirrte.

»Ich darf ihn nicht nach London fahren lassen, was immer auch kommen mag«, sagte ich zu mir selbst: »Er wird in alle möglichen Gefahren geraten, und ich werde die Ursache dafür sein. Aber die Frage ist, wie ich ihn umstimmen kann? Nun, ich will eine Weile warten und schauen, ob er die Rede darauf bringt.«

Stunde um Stunde wartete ich tief besorgt; aber kein einziges Wort wurde mit mir über dieses oder irgendein anderes Thema gewechselt. Er pfiff und redete mit seinen Hunden und ging von Zimmer zu Zimmer, fast genauso wie am Vortag. Schließlich gelangte ich zu dem Schluß, daß ich selbst das Thema anschneiden müsse, und überlegte hin und her, wie ich es anstellen sollte, als mir John mit der folgenden Botschaft vom Kutscher unbeabsichtigterweise zu Hilfe kam:

»Bitte, Sir, Richard sagt, eines der Pferde habe sich eine ganz schlimme Erkältung geholt, und er meint, Sir, wenn Sie es so einrichten könnten, daß Sie erst übermorgen fahren statt morgen, könnte er es heute so behandeln, daß...«

»Zum Henker mit seiner Unverschämtheit!« rief sein Herr dazwischen.

»Bitte, Sir, er sagt, es wäre viel besser, wenn Sie es machen könnten«, fuhr John unbeirrt fort, »denn er hofft, daß sich das Wetter in Kürze ändern wird, und er sagt, es ist *unwahrscheinlich*, wenn ein Pferd von einer Erkältung so angegriffen ist, und ärztlich behandelt wird und ganz...«

»Der Teufel hole das Pferd!« schrie der Herr – »Also bestelle ihm, ich will darüber nachdenken«, fügte er nach kurzem Nachdenken hinzu. Er warf mir einen forschenden Blick zu, als sich der Diener zurückzog, in der Erwartung, irgendein Anzeichen großer Überraschung und Angst zu entdecken, aber da ich bereits darauf vorbereitet war, bewahrte ich eine Miene stoischer Gleichgültigkeit. Er machte ein langes Gesicht, als er meinem unbewegten Blick begegnete, wandte sich mit unverkennbarer Enttäuschung ab und ging zum Kamin, wo er in einer Haltung unverhüllter Niedergeschlagenheit stehen blieb, sich gegen den Kaminsims lehnte und die Stirn auf seinen Arm sinken ließ.

»Wo willst du denn hin, Arthur?« fragte ich.

»Nach London«, erwiderte er ernst.

»Weshalb?«

»Weil ich hier nicht glücklich sein kann.«

»Warum nicht?«

»Weil meine Frau mich nicht liebt.«

»Sie würde dich von ganzem Herzen lieben, wenn du es verdientest.«

»Was muß ich denn tun, um es zu verdienen?«

Dies klang recht demütig und aufrichtig; und ich war so bewegt zwischen Kummer und Freude, daß ich ein paar Sekunden innehalten mußte, bevor ich meine Stimme so weit in der Gewalt hatte, um etwas zu erwidern.

»Wenn sie dir ihr Herz schenkt«, sagte ich, »mußt du es dankbar annehmen und pfleglich behandeln und nicht in Stücke reißen und ihr ins Gesicht lachen, weil sie es dir nicht einfach wieder wegnehmen kann.«

Nun drehte er sich um und stand mir von Angesicht zu Angesicht gegenüber, mit dem Rücken zum Kamin.

»Dann komm, Helen, willst du ein liebes Mädchen sein?« fragte er.

Dies klang etwas allzu überheblich, und das Lächeln, das seine Worte begleitete, gefiel mir nicht. Ich zögerte daher, etwas darauf zu erwidern. Vielleicht hatte meine Antwort vorhin zu viel durchblicken lassen: er hatte gemerkt, daß meine Stimme bebte, und vielleicht gesehen, wie ich eine Träne wegwischte.

»Willst du mir verzeihen, Helen?« fuhr er in demütigerem Tonfall fort.

»Bereust *du*?« erwiderte ich, wobei ich auf ihn zutrat und ihn anlächelte.

»Untröstlich!« antwortete er mit zerknirschter Miene, doch mit einem fröhlichen Lächeln, das aus seinen Augen lugte und um seine Mundwinkel spielte; aber dies konnte mich nicht zurückstoßen, und ich flog in seine Arme. Er umarmte mich inbrünstig, und obwohl ich einen Strom von Tränen vergoß, war ich, glaube ich, nie in meinem Leben glücklicher als in diesem Augenblick.

»Dann wirst du also nicht nach London fahren, Arthur?«

»Nein, Liebes, es sei denn, du willst mit mir kommen.«

»Ja, gern«, antwortete ich, »wenn du meinst, daß dir die Abwechslung gut tut, und wenn du die Reise bis nächste Woche verschiebst.«

Er stimmte bereitwillig zu, sagte aber, es bedürfe keiner großen Vorbereitung, da er nicht lange zu bleiben gedenke, denn er wolle nicht, daß ich »londonisiert« werde und meine ländliche Frische und Ursprünglichkeit durch zu viel Umgang mit den Damen der Gesellschaft verliere. Ich hielt das für Blödsinn, wollte ihm aber jetzt nicht widersprechen. Ich sagte lediglich, ich sei sehr häuslich, wie er ja wisse, und hege kein besonderes Verlangen, mich in Gesellschaft zu begeben.

So werden wir also am Montag, das heißt übermorgen, nach London fahren. Es ist nun vier Tage her, seit wir unseren Streit beigelegt haben, und ich bin sicher, er hat uns beiden gut getan: er hat bewirkt, daß ich Arthur viel lieber mag und er sich mir gegenüber viel besser benimmt. Er hat seither kein einziges Mal mehr versucht, mich durch die geringste Anspielung auf Lady F– oder eine jener unangenehmen Reminiszenzen an sein früheres Leben zu ärgern. Ich wünschte, ich könnte sie aus meinem Gedächtnis löschen oder ihn sonst irgendwie dazu bringen, diese Dinge im selben Licht zu betrachten wie ich. Nun! Es ist immerhin etwas, ihm klargemacht zu haben, daß sie nicht als Gegenstände ehelicher Scherze taugen. Eines Tages sieht er vielleicht noch mehr ein – ich will meinen Hoffnungen keine Grenzen setzen; und trotz der schlimmen Vorahnungen meiner Tante und meiner eigenen unausgesprochenen Ängste bin ich zuversichtlich, daß wir doch noch glücklich werden.

KAPITEL 25

Erste Abwesenheit

Am 8. April fuhren wir nach London; am 8. Mai kehrte ich, auf Arthurs Wunsch hin, zurück; sehr gegen meinen eigenen, weil er noch dort blieb. Wenn er mich begleitet hätte, wäre ich sehr froh gewesen, wieder nach Hause zu kommen, denn während unseres Aufenthalts in der Stadt schleppte er mich von einer nicht enden wollenden Zerstreuung zur nächsten, so daß ich nach dieser kurzen Zeitspanne völlig erschöpft war. Er schien erpicht darauf zu sein, mich bei jeder sich bietenden Gelegenheit und auf das denkbar Vorteilhafteste seinen Freunden und Bekannten im besonderen und der Öffentlichkeit im allgemeinen zu präsentieren. Es war, als ob er mich als einen Gegenstand betrachtete, der zu Stolz berechtigt; aber seine Genugtuung kam mich teuer zu stehen, denn als erstes mußte ich ihm zuliebe meinen mir liebgewordenen Gewohnheiten zuwiderhandeln – gegen meine ziemlich fest verwurzelten Grundsätze zugunsten eines schlichten, dunklen, nüchternen Kleiderstils verstoßen; ich mußte in kostbaren Juwelen glänzen und mich herausputzen wie ein bunter Schmetterling, genau das, was ich mir schon seit langem geschworen hatte, nie tun zu wollen – und das war kein geringes Opfer; zweitens mühte ich mich ständig ab, durch mein gesamtes Verhalten und Benehmen seine hochgespannten Erwartungen zu befriedigen und seiner Wahl Ehre zu machen, und fürchtete, ihn durch ungeschicktes Benehmen zu enttäuschen oder dadurch, daß ich mir aus Unerfahrenheit und mangelnder Kenntnis der gesellschaftlichen Gepflogenheiten eine Blöße gab, insbesondere wenn ich die Rolle der Gastgeberin spielte, wozu ich nicht selten aufgefordert wurde; und drittens ermüdeten mich, wie ich schon vorhin angedeutet habe, die vielen Leute und der Lärm, die rastlose Hektik und das unentwegte Hin und Her, kurz: eine Lebensweise, die mir völlig fremd war. Schließlich stellte er mit einem Mal fest, daß mir die Luft in London nicht bekäme und ich mich bestimmt nach meinem ländlichen Zuhause sehne und schnellstens nach Grass-dale zurückkehren müsse.

Lachend versicherte ich ihm, daß die Sache nicht so dringend sei, wie er zu glauben schien, daß ich bereit sei, nach Hause zu fahren, wenn auch er es sei. Er erwiderte, daß er noch ein paar Wochen bleiben müsse, da er eine geschäftliche Angelegenheit zu erledigen habe, die seine Anwesenheit erfordere.

»Dann will ich bei dir bleiben«, sagte ich.

»Aber ich kann dich nicht brauchen, Helen«, lautete seine Antwort, »solange du hier bist, werde ich mich um dich kümmern und meine Geschäfte vernachlässigen.«

»Aber das sollst du nicht«, erwiderte ich, »nun, da ich weiß, daß du geschäftlich zu tun hast, werde ich darauf bestehen, daß du dich darum kümmerst und mich allein läßt – und, ehrlich gesagt, bin ich um eine kleine Ruhepause ganz froh. Ich kann meine Ausfahrten und Spaziergänge im Park wie gewöhnlich machen; und deine geschäftlichen Verpflichtungen werden ja wohl nicht deine ganze Zeit in Anspruch nehmen; ich werde dich zumindest bei den Mahlzeiten und am Abend sehen, und das wird besser sein, als wenn ich meilenweit weg wäre und dich überhaupt nicht zu Gesicht bekäme.«

»Aber, mein Liebes, ich kann dich nicht hierbleiben lassen. Wie soll ich meine Angelegenheiten erledigen, wenn ich weiß, daß du hier bist, vernachlässigt...«

»Ich werde mich nicht vernachlässigt fühlen: solange du deiner Pflicht nachgehst, Arthur, werde ich mich niemals über Vernachlässigung beklagen. Wenn du mir schon früher gesagt hättest, daß du etwas zu tun hast, wäre es wohl inzwischen bereits zur Hälfte erledigt; und nun mußt du versuchen, die verlorene Zeit durch verdoppelte Anstrengungen wieder einzuholen. Erzähl mir, worum es sich handelt; und ich will dich zur Arbeit antreiben, anstatt dir ein Hindernis zu sein.«

»Nein, nein«, fuhr das widerspenstige Wesen unbeirrbar fort, »du *mußt* nach Hause fahren, Helen; ich muß die beruhigende Gewißheit haben, daß du gesund und munter bist, wenn auch weit weg von hier. Das Strahlen in deinen Augen ist erloschen und jene zarte, köstliche, rosige Frische ganz von deinen Wangen gewichen.«

»Das kommt nur von zu vielen Festen und von der Müdigkeit.«

»Das ist es nicht, glaub mir; es ist die Luft in London: du sehnst dich nach der frischen Luft unseres ländlichen Zuhauses – und du sollst sie spüren, noch ehe du zwei Tage älter bist. Und bedenke deinen Zustand, liebste Helen, von deiner Gesundheit hängt, wie du weißt, die Gesundheit, wenn nicht gar das Leben unserer zukünftigen Hoffnung ab.«

»Dann willst du mich also wirklich loswerden?«

»Das will ich in der Tat; und ich werde dich selbst nach Grass-dale bringen und dann hierher zurückkehren. Ich werde eine gute Woche weg sein – oder allerhöchstens vierzehn Tage.«

»Aber wenn ich denn fahren muß, will ich allein fahren: wenn du schon bleiben mußt, solltest du nicht unnötigerweise deine Zeit durch die Hin- und Rückreise vergeuden.«

Aber die Vorstellung, mich allein zurückzuschicken, gefiel ihm nicht.

»Für welch ein hilfloses Geschöpf hältst du mich eigentlich«, erwiderte ich, »daß du mir nicht zutraust, hundert Meilen in deiner eigenen Kutsche zu fahren, umsorgt von deinem eigenen Diener und einer Zofe? Wenn du mit mir kommst, werde ich dich gewiß nicht wieder gehen lassen.

Aber sag mir doch, Arthur, worin besteht dieses leidige Geschäft; und warum hast du es nie zuvor erwähnt?«

»Es handelt sich nur um eine kleine geschäftliche Angelegenheit mit meinem Anwalt«, sagte er; und er erzählte mir etwas von einem Stück Land, das er verkaufen wolle, um einen Teil der Hypotheken auf seinem Gut abzubezahlen; aber entweder war seine Darstellung ein bißchen wirr oder ich etwas schwer von Begriff, denn ich konnte nicht so recht begreifen, warum ihn dies noch weitere zwei Wochen in der Stadt halten sollte. Noch weniger vermag ich jetzt einzusehen, warum er einen ganzen Monat dort bleiben mußte – denn so lange ist es fast schon her, seit ich ihn verließ, und bis jetzt gibt es noch keinerlei Anzeichen, daß er zurückkehrt. In jedem Brief verspricht er, in ein paar Tagen bei mir zu sein, und jedesmal täuscht er mich – oder täuscht sich selbst. Seine Entschuldigungen sind vage und unzureichend. Ich muß also annehmen, daß er wieder unter seine einstigen Kumpane geraten ist – Oh, warum habe ich ihn nur zurückgelassen! Ich wünschte – ich wünschte inständig, er kehrte zurück!

29. Juni. – Noch immer kein Arthur; und seit vielen Tagen warte ich auf einen Brief von ihm und sehne mich vergebens danach. Seine Briefe, wenn sie denn kommen, sind freundlich – wenn schöne Worte und zärtliche Kosenamen diese Bezeichnung rechtfertigen – aber sehr kurz und voll von billigen Entschuldigungen und Versprechungen, denen ich nicht trauen kann; und dennoch, mit welcher Spannung freue ich mich immer auf sie! wie begierig öffne und verschlinge ich eine dieser hastig hingekritzelten Antworten auf drei oder vier lange, bisher nicht beantwortete Briefe, die er von mir bekommen hat!

Oh, es ist grausam, mich so lange allein zu lassen! Er weiß doch, daß ich außer Rachel keinen Menschen habe, mit dem ich reden kann, denn wir haben hier keine Nachbarn, von den Hargraves abgesehen, deren Haus, das inmitten jener niederen bewaldeten Hügel jenseits des Tales eingebettet liegt, ich von den Fenstern im ersten Stock aus nur undeutlich erkennen kann. Ich war froh, als ich erfuhr, daß Milicent so nahe bei uns wohnt; und ihre Gesellschaft wäre jetzt ein lindernder Trost für mich, aber sie ist mit ihrer Mutter immer noch in der Stadt: es gibt niemanden im Grove außer der kleinen Esther und ihrer französischen Gouvernante, denn Walter ist stets weg. Ich habe dieses Muster männlicher Vollkommenheit in London gesehen: er schien die Lobeshymnen seiner Mutter und Schwester wohl kaum zu verdienen, obgleich er gewiß einen umgänglicheren und angenehmeren Eindruck machte als Lord Lowborough, ehrlicher und hochherziger wirkte als Mr. Grimsby und geschliffener und mehr wie ein Gentleman als Mr. Hattersley, Arthurs einzigem weiteren Freund, den er für präsentabel hielt. – Oh, Arthur, warum kommst du nicht! Warum schreibst du mir nicht wenigstens! Du hast von meiner Gesundheit gesprochen – wie kannst du erwarten, daß ich hier rosige, frische Wangen bekomme und Kräfte sammle, wo ich mich doch Tag für Tag in Einsamkeit und Sorge verzehre? – Es geschähe dir recht, wenn du bei deiner Rückkehr feststellen müßtest, daß mein gutes Aussehen ganz und gar dahingeschwunden ist. Ich würde ja gern meine Tante und meinen Onkel oder meinen Bruder bitten, mich zu besuchen, aber ich möchte vor ihnen nicht über mein Alleinsein klagen, – und in der Tat, das Alleinsein macht mir von allem noch am wenigsten zu schaffen; aber was treibt er wohl – was hält ihn von hier fern? Es ist diese immer wiederkehrende Frage und die entsetzlichen Vermutungen, die sie aufwirft, was mich so beunruhigt.

3. Juli. – Mein letzter bitterer Brief hat ihm nun schließlich doch eine Antwort abgerungen – und zwar eine etwas längere als sonst; aber ich weiß trotzdem nicht, was ich da-

von halten soll. Scherzhaft tadelt er mich wegen meines vor Gift und Galle strotzenden letzten Ergusses, schreibt mir, daß ich keine Ahnung von den unzähligen Verpflichtungen haben könne, die ihn von hier fernhalten, versichert aber, daß er trotz alledem bestimmt vor Ende der Woche bei mir sein werde; obwohl es einem Mann in seiner Lebenslage unmöglich sei, den genauen Tag seiner Rückkehr zu bestimmen: in der Zwischenzeit ermahnt er mich, Geduld zu üben, »diese wichtigste Tugend einer Frau«, und möchte, daß ich mir das Sprichwort ins Gedächtnis rufe: »Abwesenheit bekommt der Liebe gut« und ich mich mit der Versicherung tröste, daß je länger er wegbleibe, er mich desto mehr lieben werde, wenn er zurückkäme; und bis er tatsächlich zurückkommt, soll ich ihm, so bittet er mich, weiter unablässig schreiben, denn obzwar er manchmal zu faul und oft zu beschäftigt sei, meine Briefe gleich nach ihrem Eintreffen zu beantworten, empfange er sie doch gern täglich, und wenn ich meine Drohung wahrmache, seine scheinbare Vernachlässigung dadurch zu bestrafen, daß ich ihm nicht mehr schriebe, wolle er sein Äußerstes tun, um mich zu vergessen. Er fügt diese kurze Nachricht über die arme Milicent hinzu:

»Deine kleine Freundin Milicent wird wahrscheinlich in Kürze deinem Beispiel folgen und das Joch der Ehe auf sich nehmen, indem sie sich mit einem meiner Freunde verbindet. Hattersley hat, wie du weißt, bis jetzt seine schreckliche Drohung noch nicht wahrgemacht, seine kostbare Person an die erste alte Jungfer wegzuwerfen, die eine gewisse Neigung für ihn zu erkennen gibt; aber er hält noch immer an seinem festen Entschluß fest, sich vor Ende des Jahres als verheirateten Mann zu sehen. ›Nur‹, sagte er zu mir, ›brauche ich eine, die mir in allem meinen Willen läßt – nicht wie deine Frau, Huntingdon; sie ist zwar ein bezauberndes Geschöpf, aber sie macht den Eindruck, als habe sie einen eigenen Willen und als könne sie bei entsprechender Gelegenheit den Hausdrachen spielen (ich dachte bei mir, ›da kannst du recht haben, Mann‹, aber ich habe es nicht ausgesprochen). Ich brauche eine gute, ruhige Seele, die mich tun läßt, was ich möchte und gehen läßt, wohin mir gerade der Sinn steht, zu Hause bleiben oder wegbleiben, ohne ein Wort des Vorwurfs oder der Klage anhören zu müssen; denn ich kann es nicht leiden, wenn man mir auf die Nerven geht.‹ ›Nun‹, sagte ich, ›da kenne ich eine, die aufs Haar zu dir paßt, wenn du dir nichts aus Geld machst, und das ist Hargraves Schwester Milicent.‹ Er wollte ihr unverzüglich vorgestellt werden, denn er sagte, er habe selbst genug von dem, was nötig ist – oder werde es haben, wenn es seinem alten Herrn gefalle, von dieser Bühne abzutreten. Du siehst also, Helen, ich habe eine recht hübsche Partie zu Wege gebracht, sowohl für deine Freundin als auch für meinen Freund.«

Die arme Milicent! Ich kann mir nicht vorstellen, daß sie jemals dazu gebracht werden kann, einem solchen Freier Gehör zu schenken – einem, der all ihren Vorstellungen von einem Mann, den man ehren und lieben kann, derart zuwiderläuft!

Fünfter. – Ach, ich habe mich getäuscht! Ich erhielt einen langen Brief von ihr, in dem sie mir schreibt, daß sie bereits verlobt sei und davon ausgehe, noch vor Ende des Monats verheiratet zu sein.

»Ich weiß nicht so recht, was ich darüber sagen oder denken soll«, schreibt sie. »Um dir die Wahrheit zu gestehen, Helen, ich denke überhaupt nicht gern darüber nach. Wenn ich denn Mr. Hattersleys Frau werden *soll*, muß ich versuchen, ihn zu lieben; und das versuche ich wirklich mit aller Gewalt; aber bis jetzt habe ich nur sehr geringe Fortschritte gemacht; und am Bezeichnendsten dafür ist, daß ich ihn um so lieber mag, je weiter er von mir weg ist: er jagt mir Angst ein mit seinen schroffen Manieren und seinem merkwürdigen Renommiergehabe, und die Vorstellung, ihn zu heiraten, versetzt mich in Schrecken. ›Warum hast Du ihn denn dann erhört?‹ wirst Du fragen; und ich wußte ja gar nicht, daß ich ihn erhört hatte; aber Mama sagt mir, daß es so ist; doch ich wollte ihm keine offene Absage erteilen, aus Angst, Mama würde sich darüber grämen und ärgern (denn ich wußte ja, daß sie wünschte, ich würde ihn heiraten), und ich wollte zuerst mit ihr darüber sprechen, also gab ich ihm, was ich für eine ausweichende, halb abschlägige Antwort hielt; aber sie behauptet, dies sei so gut wie eine Annahme seines Antrags, und er werde mich für sehr kapriziös halten, wenn ich versuchen würde, einen Rückzieher zu machen – und tatsächlich war ich in dem Augenblick so verwirrt und verängstigt, daß ich gar nicht genau sagen kann, was ich darauf erwiderte. Und als ich ihn das nächste Mal sah, begrüßte er mich höchst vertraulich als seine anverlobte Braut, und begann unverzüglich, die Angelegenheit mit Mama abzumachen. Damals hatte ich nicht den Mut, ihnen zu widersprechen, und wie könnte ich es wohl jetzt? Ich kann nicht: sie würden mich für verrückt halten. Nebenbei bemerkt ist Mama so begeistert von der Vorstellung dieser Heirat; sie meint, sie habe sie so gut für mich eingefädelt; und es ist mir unerträglich, sie zu enttäuschen. Gewiß erhebe ich manchmal Einwände und sage ihr, was ich empfinde, aber Du hast ja keine Ahnung, wie sie redet. Mr. Hattersley ist, wie Du weißt, der Sohn eines reichen Bankiers, und da Esther und ich keinerlei Vermögen haben und Walter nur sehr wenig, liegt unserer lieben Mama sehr daran, uns alle gut verheiratet zu wissen, das heißt, mit reichen Ehepartnern vereint – das ist nicht *meine* Vorstellung von gut verheiratet sein, aber sie hat ja nur die besten Absichten. Sie sagt, wenn ich wohlversorgt aus ihrer Verantwortung entlassen bin, wird das für sie eine große innere Erleichterung sein; und sie versichert mir, es werde für die Familie nicht weniger gut sein als für mich. Sogar Walter ist von der Aussicht angetan, und als ich ihm meinen Widerwillen gestand, meinte er, das sei alles kindischer Unsinn. Hälst *Du* es auch für Unsinn? Es wäre mir egal, wenn ich irgendeine Möglichkeit zu erkennen vermöchte, ihn lieben und bewundern zu können, aber ich sehe keine. Er hat nichts an sich, woran man seine Achtung und Zuneigung heften könnte: er ist so ganz das genaue Gegenteil dessen, was ich mir unter meinem Ehemann vorgestellt habe. Schreib mir und zwar alles, was Du kannst, um mich zu ermuntern. Versuch nicht, mich davon abzubringen, denn mein Schicksal ist besiegelt: die Vorbereitungen für das bedeutsame Ereignis sind bereits um mich herum im Gang; und sag kein Wort gegen Mr. Hattersley, denn ich möchte gut von ihm denken; und wenn ich auch selbst gegen ihn gesprochen habe, so soll es doch das letzte Mal gewesen sein; in Zukunft werde ich mir niemals mehr ein abfälliges Wort über ihn erlauben, wie sehr er es auch vielleicht zu verdienen scheint; und wer immer es wagt, geringschätzig von dem Mann zu sprechen, den zu lieben, zu ehren und dem zu gehorchen ich versprochen habe, muß mit meiner Mißbilligung rechnen. Nach alledem glaube ich, ist er nicht schlechter als Mr. Huntingdon, wenn nicht sogar besser; und dennoch liebst Du ihn und scheinst glücklich und zufrieden zu sein; und vielleicht schaffe ich es ja genauso gut. Du mußt mir schreiben, wenn Du kannst, daß Mr. Hattersley besser ist, als es den Anschein hat – daß er aufrichtig, ehrenwert und offenherzig ist – ja, geradezu ein ungeschliffener Diamant. Er mag das ja alles sein, aber ich kenne ihn nicht. Ich kenne nur das Äußere und was, wie ich zuversichtlich hoffe, das Schlimmste an ihm ist.«

Sie schließt mit »Leb wohl, liebe Helen, ich warte voll Ungeduld auf Deinen Rat – aber denk dran, daß es auch der richtige ist.«

Ach, arme Milicent, wie soll ich dich nur ermutigen?

Oder wie soll ich dir raten – außer, daß es besser ist, sich jetzt der Sache beherzt zu widersetzen, wenn auch zu dem Preis, daß du sowohl Mutter und Bruder wie auch den Liebhaber enttäuschst, als fürderhin dein ganzes Leben lang unglücklich zu sein und dich vergeblicher Reue hinzugeben?

Samstag, 13. Juli. – Die Woche ist um, und er ist wieder nicht gekommen. Der ganze liebliche Sommer geht dahin, ohne daß ich einen Hauch von Freude genossen oder er ihn genutzt hätte. Und ich hatte mich doch so lange auf diese Jahreszeit gefreut in der törichten, trügerischen Hoffnung, daß wir sie so angenehm zusammen genießen würden; und daß sie mit Gottes Hilfe und meinen Bemühungen seine Seele erheben und seinen Geschmack so verfeinern würde, daß er die wohltätigen und reinen Freuden der Natur und des Friedens und der heiligen Liebe so richtig schätzen lernen könnte. Aber jetzt – am Abend, wenn ich die runde rote Sonne langsam hinter den bewaldeten Hügeln dort drüben untergehen sehe, die sie in einem warmen, rotgoldenen Dunst schlafend zurückläßt, denke ich nur, daß wieder ein lieblicher Tag für ihn und mich verloren ist; und am Morgen, wenn ich, geweckt vom Flattern und Gezirpe der Sperlinge und dem fröhlichen Gezwitscher der Schwalben – alle eifrig beschäftigt, ihren Jungen zu füttern, und voll Leben und Freude in ihren kleinen Körpern – das Fenster öffne, um die balsamische, erquickende Luft einzusaugen und auf die reizende Landschaft hinauszuschauen, die in Tau und Sonnenschein erstrahlt – versündige ich mich an dieser wunderbaren Szenerie allzu oft mit Tränen undankbaren Kummers, weil *er* ihre belebende Wirkung nicht spüren kann; und wenn ich in den alten Wäldern umherwandle und die kleinen wildwachsenden Blumen sehe, die mir auf meinem Weg entgegenlächeln, oder im Schatten unserer prächtigen Eschen am Ufer sitze, deren Zweige sich sanft im leichten Sommerwind bewegen, der durch ihr gefiedertes

Blattwerk säuselt – meine Ohren erfüllt von dieser leisen Musik, in die sich das verträumte Summen von Insekten mischt, meine Augen geistesabwesend auf die spiegelnde Oberfläche des kleinen Sees vor mir starrend, mit den Bäumen, die sich an seinem Ufer zusammenscharen, von denen einige sich anmutig herabbeugen, um sein Wasser zu küssen, andere ihre würdevollen Häupter hoch emporrichten, aber ihre ausladenden Arme über seinen Rand strecken, alle naturgetreu gespiegelt, tief, tief unten in seiner gläsernen Tiefe – auch wenn bisweilen die Spiegelungen durch die Bewegungen der Wasserläufer teilweise gebrochen oder manchmal das ganze durch eine vorübergehende Brise, die zu heftig über die Oberfläche hinstrich, in zitternde Fragmente zersplittert wird – und trotzdem empfinde ich keine Freude; denn je größer das Glück ist, das mir die Natur vor Augen führt, desto mehr beklage ich, daß er nicht hier ist, um sich daran zu erfreuen: je größer die Seligkeit ist, die wir zusammen genießen könnten, desto stärker empfinde ich unser gegenwärtiges Elend (ja, unseres; er muß sich elend fühlen, auch wenn er es vielleicht nicht weiß); und je mehr sich meine Sinne erfreuen, desto bedrückter ist mein Herz; denn er trägt es bei sich inmitten des Staubs und Dunsts von London – womöglich eingeschlossen in den Wänden seines schrecklichen Klubs.

Aber am allerschlimmsten ist es in der Nacht, wenn ich mein einsames Schlafzimmer betrete und auf den Sommermond hinausblicke, »den sanften Herrscher am Firmament«, der über mir im »schwarzblauen Himmelsgewölbe« dahinschwebt und eine Flut von Silberstrahlen über Park, Wald und Wasser ausgießt, so rein, so friedlich, so göttlich – und denke »Wo ist er wohl jetzt? – was macht er in diesem Augenblick? – ohne etwas von dieser himmlischen Szenerie zu ahnen – vielleicht hält er gerade mit seinen Zechbrüdern ein Gelage ab, vielleicht –« Gott helfe mir, es ist zu – zu viel!

Dreiundzwanzigster. – Dem Himmel sei Dank, er ist endlich gekommen! Aber wie verändert! Gerötet und fiebrig, teilnahmslos und matt, sein gutes Aussehen merkwürdig vermindert, seine Kraft und Lebhaftigkeit gänzlich verschwunden. Weder durch Worte noch durch Blicke habe ich ihm Vorwürfe gemacht; ich habe ihn nicht einmal gefragt, was er gemacht hat. Dazu fehlt mir der Mut, denn ich glaube, er schämt sich über sich selbst – das muß er in der Tat, und derartige Fragen wären mit Sicherheit für uns beide peinlich. Meine Nachsicht gefällt ihm – bewegt ihn sogar, möchte ich wohl meinen. Er sagt, er sei froh, wieder zu Hause zu sein, und Gott weiß, wie froh ich bin, daß ich ihn wiederhabe, selbst in diesem Zustand. Er liegt fast den ganzen Tag über auf dem Sofa; und ich spiele und singe ihm stundenlang vor. Ich schreibe Briefe für ihn und besorge ihm alles, was er braucht; und manchmal lese ich ihm vor, und manchmal erzähle ich ihm, und manchmal sitze ich nur bei ihm und tröste ihn mit stummen Liebkosungen. Ich weiß, er verdient es nicht; und ich fürchte, ich verwöhne ihn; aber dieses eine Mal will ich ihm freiweg und gänzlich verzeihen. Ich will ihn so mit Scham erfüllen, daß er sich zur Tugend bekehrt, wenn ich kann, und will nie mehr zulassen, daß er mich wieder verläßt.

Er ist über meine Aufmerksamkeiten erfreut – mag sein, dankbar dafür. Er hat mich gern um sich; und wenn er auch zu seinen Dienern und Hunden mürrisch und gereizt ist, zeigt er sich mir doch von seiner sanften und liebenswerten Seite. Wie er sich benähme, wenn ich seine Wünsche nicht so wachsam erahnte und so sorgfältig vermiede oder sofort Abstand nähme, irgend etwas zu tun, was ihn, aus welch nichtigem Grund auch immer, erzürnen oder stören könnte, weiß ich nicht. Wie inständig wünschte ich, er wäre diese ganze Aufmerksamkeit wert! Gestern Nacht, als ich neben ihm saß, seinen Kopf auf meinem Schoß und mit meinen Fingern durch seine schönen Locken strich, trieb mir dieser Gedanke, wie so oft, Tränen des Kummers in die Augen; aber diesmal fiel eine Träne auf sein Gesicht, so daß er zu mir aufsah. Er lächelte, aber nicht beleidigend.

»Liebe Helen!« sagte er. »Warum weinst du? Du weißt doch, daß ich dich liebe« (und er preßte meine Hand an seine fiebrigen Lippen), »und was könntest du mehr wünschen?«

»Nur, Arthur, daß du dich selbst ebenso echt und aufrichtig lieben würdest, wie du von mir geliebt wirst.«

»Das wäre in der Tat schwer!« erwiderte er, wobei er meine Hand zärtlich drückte.

24. August. – Arthur ist wieder ganz er selbst, so gesund und unbekümmert, so fröhlich und leichtsinnig wie eh und je, und so ruhelos und schwer zu unterhalten wie ein verzogenes Kind, und auch fast immer so zu Dummheiten aufgelegt, besonders wenn Regenwetter ihn ans Haus fesselt. Ich wünschte, er hätte etwas zu tun, irgend etwas Nützliches, einen Beruf oder eine Beschäftigung – irgend etwas, was seinen Kopf oder seine Hände für ein paar Stunden täglich beschäftigen und an das er, außer an sein eigenes Vergnügen, denken könnte. Wenn er den Landedelmann spielte und sich um das Gut kümmerte – aber davon versteht er nichts und hätte wohl keine Lust, dies in Erwägung zu ziehen, oder wenn er sich etwas mit Literatur beschäftigte oder zeichnen oder ein Instrument spielen lernte – da er ein großer Musikliebhaber ist, versuche ich oft, ihn zu überreden, Klavierspielen zu lernen, aber für ein derartiges Unterfangen ist er viel zu faul: sich selbst anzustrengen, um Schwierigkeiten zu überwinden, behagt ihm ebensowenig, wie seine natürlichen Triebe zu zügeln; und diese beiden Charaktereigenschaften sind sein Untergang. Ich laste sie beide seinem groben und doch nachlässigen Vater und seiner auf törichte Weise nachsichtigen Mutter an. Sollte ich jemals

Mutter sein, so will ich entschieden gegen das Verbrechen allzu großer Nachsicht ankämpfen. Ich kann es schwerlich anders nennen, wenn ich an die Übel denke, die es hervorbringt.

Zum Glück beginnt bald die Jagdsaison, und dann wird er, wenn es das Wetter erlaubt, genug damit zu tun haben, den Rebhühnern und Fasanen nachzustellen und ihnen den Garaus zu machen.

Wir haben hier keine Sumpfhühner, sonst könnte er sich bereits jetzt auf ähnliche Weise betätigen, statt unter der Akazie zu liegen und den armen Dash an den Ohren zu ziehen. Aber er sagt, es sei eine langweilige Sache, allein auf die Jagd zu gehen; er brauche ein paar Freunde, die ihm dabei helfen.

»Dann sorg dafür, daß sie sich einigermaßen anständig aufführen, Arthur«, sagte ich. Das Wort »Freund« in seinem Munde jagte mir einen Schauder über den Rücken: ich weiß, es waren einige von seinen »Freunden«, die ihn veranlaßt hatten, länger als ich in London zu bleiben, und ihn so lange fernhielten – nach dem, was er mir bisweilen unbedacht erzählte oder andeutete, besteht für mich kein Zweifel, daß er ihnen häufig meine Briefe zeigte, damit sie sähen, wie vernarrt seine Frau um sein Wohl besorgt war und wie sehr sie seine Abwesenheit bedauerte; und daß sie ihn dazu verleiteten, wochenlang zu bleiben und sich in alle erdenklichen Vergnügungen zu stürzen, um zu vermeiden, daß er als ein unter dem Pantoffel seiner Frau stehender Narr ausgelacht werde, und vielleicht um zu zeigen, wie weit er es treiben könne, ohne Gefahr zu laufen, die hingebungsvolle Zuneigung der verliebten Närrin zu erschüttern. Es ist eine abscheuliche Vorstellung, aber ich muß davon ausgehen, daß sie der Wahrheit entspricht.

»Nun«, erwiderte er, »ich dachte z. B. an Lord Lowborough; aber es besteht keine Möglichkeit, ihn ohne seine bessere Hälfte, unsere gemeinsame Freundin Annabella, herzubekommen; also müssen wir sie beide einladen. Du hast doch keine Angst vor ihr, Helen, oder?« fragte er mit einem boshaften Augenzwinkern.

»Natürlich nicht«, antwortete ich, »warum sollte ich? Und wer noch?«

»Hargrave z. B. – er wird gerne kommen, obwohl sein eigener Besitz so nahe ist, denn er hat selbst nicht viel Land, auf dem man jagen kann, und wir können unsere Beutezüge auf seines ausdehnen, wenn wir Lust dazu haben; und er ist durch und durch ehrenwert, wie du weißt, Helen, so richtig ein Mann für Damen; und ich denke z. B. an Grimsby: er ist ein recht anständiger, ruhiger Bursche – du hast doch nichts gegen Grimsby einzuwenden?«

»Ich verabscheue ihn; wenn du es allerdings wünschst, werde ich versuchen, seine Gegenwart für eine Weile zu ertragen.«

»Alles Vorurteile, Helen – die bloße Antipathie einer Frau.«

»Nein, ich habe triftige Gründe für meine Abneigung, und sind das nun alle?«

»Nun ja, ich denke schon. Hattersley wird zu eifrig beschäftigt sein, mit seiner Braut zu schnäbeln und zu gurren, um im Augenblick viel Zeit für Flinten und Hunde übrig zu haben«, erwiderte er. Und das erinnert mich daran, daß ich von Milicent seit ihrer Hochzeit mehrere Briefe bekommen habe, und daß sie mit ihrem Los entweder ganz versöhnt ist oder so tut, als sei sie es. Sie beteuert, unzählige Tugenden und Vorzüge an ihrem Mann entdeckt zu haben, von denen manche, wie ich fürchte, einem weniger voreingenommenen Betrachter schwerlich auffallen würden, auch wenn er sorgfältig und unter Tränen danach suchte; und nun, da sie sich an seine laute Stimme und seine schroffen, unhöflichen Umgangsformen gewöhnt habe, behauptet sie, falle es ihr nicht schwer, ihn so zu lieben, wie es einer Ehefrau geziemt, und bittet mich, jenen Brief zu verbrennen, in dem sie sich so unbedacht gegen ihn ausgesprochen habe. So hoffe ich also, daß sie doch glücklich ist; aber wenn sie es ist, wird sie das ganz und gar ihrer eigenen Herzensgüte zu verdanken haben; denn würde sie sich statt dessen als ein Opfer des Schicksals oder der Weltklugheit ihrer Mutter betrachten wollen, so wäre sie vielleicht todunglücklich; und wenn sie nicht aus Pflichtgefühl jede Anstrengung unternommen hätte, ihren Mann zu lieben, würde sie ihn zweifellos bis ans Ende ihrer Tage gehaßt haben.

KAPITEL 26
Die Gäste

23. September – Vor ungefähr drei Wochen trafen unsere Gäste ein. Lord und Lady Lowborough sind seit über acht Monaten verheiratet; und ich will es der Dame als Verdienst anrechnen, wenn ich behaupte, daß ihr Mann ein ganz anderer Mensch geworden ist; sein Aussehen, seine Stimmung, sein Wesen haben sich merklich zum Besseren gewandelt, seit ich ihn das letzte Mal sah. Aber es ließe sich durchaus noch mehr verbessern. Er ist nicht immer gutgelaunt und auch nicht immer zufrieden, und sie klagt des öfteren über seine schlechte Laune, doch stünde es *ihr* eigentlich am wenigsten an, ihm deswegen Vorwürfe zu machen, da er sie ihr gegenüber nie zeigt, es sei denn, wenn sie zuweilen ein Benehmen an den Tag legt, das selbst einen Heiligen mit Zorn erfüllen würde. Er betet sie immer noch an und würde bis ans Ende der Welt gehen, um ihr einen Gefallen zu tun. Sie kennt ihre Macht und sie gebraucht sie auch; aber da sie sehr wohl weiß, daß man mit Schmeicheln und Bezirzen mehr erreicht als mit Befehlen, mäßigt sie ihre despotische Art

wohlweislich durch Schmeicheleien und Liebkosungen so sehr, daß er sich für einen vom Schicksal begünstigten und glücklichen Mann hält. Aber dennoch verdüstert zuweilen selbst in ihrer Gegenwart ein dunkler Schatten seine Stirn, der aber offensichtlich mehr auf Verzagtheit als auf schlechte Laune zurückzuführen ist und zumeist auftritt, wenn ihr Temperament mit ihr durchgeht oder sie ihre irregeleitete Meinung kundtut – mutwillig seine geheiligten Ansichten mit Füßen tritt – rücksichtslos gewisse Grundsätze mißachtet, was ihn bitter bedauern läßt, daß sie nicht so gut ist, wie sie bezaubern kann und geliebt wird. Er tut mir von Herzen leid, denn ich weiß, wie schmerzhaft es ist, ein solches Bedauern zu empfinden.

Aber sie hat noch eine andere Methode, ihn zu quälen, bei der ich eine Leidensgenossin bin – oder sein könnte, wenn ich mich als eine solche betrachten wollte, und zwar durch offenes, aber nicht allzu schamloses Kokettieren mit Mr. Huntingdon, der ihr in diesem Spiel bereitwillig als Partner zur Verfügung steht; doch ich kümmere mich nicht darum, weil ich weiß, daß es sich bei ihm nur um persönliche Eitelkeit handelt, und eine boshafte Lust, meine Eifersucht zu erregen, und vielleicht seinen Freund zu quälen; und sie läßt sich zweifellos von ganz ähnlichen Motiven leiten; nur geht *sie* arglistiger und gezielter vor. Mir liegt daher natürlich daran, soweit es mich betrifft, beide zu enttäuschen, indem ich durchweg eine unbefangene, unerschütterliche Heiterkeit bewahre; und demgemäß bemühe ich mich, das vollste Vertrauen in meinen Mann und die größte Gleichgültigkeit gegenüber dem Ränkespiel meiner attraktiven Besucherin an den Tag zu legen. Nur ein einziges Mal habe ich ihm Vorwürfe gemacht und das war, weil er eines Abends über Lord Lowboroughs bedrückte und besorgte Miene lachte, als sich beide besonders herausfordernd benommen hatten; und da sagte ich ihm in der Tat eine ganze Menge diesbezüglich und wies ihn ziemlich streng zurecht; aber er lachte nur und sagte:

»Du kannst dich in ihn einfühlen, nicht wahr, Helen?«

»Ich kann mich in jeden einfühlen, dem Unrecht geschieht«, erwiderte ich, »und ich kann mich auch in die einfühlen, die andere verletzen.«

»Wahrhaftig, Helen, du bist ja genauso eifersüchtig wie er!« rief er und lachte noch mehr; und ich erkannte, daß ich ihn unmöglich von seinem Irrtum überzeugen konnte. So habe ich mich denn von jenem Zeitpunkt an jeglicher Bemerkung zu diesem Thema sorgfältig enthalten und es Lord Lowborough überlassen, für sich selbst zu sorgen. Er hat entweder nicht den Verstand oder nicht die Kraft, meinem Beispiel zu folgen, obwohl er sein Unbehagen, so gut es geht, zu verbergen versucht; dennoch ist es ihm am Gesicht abzulesen, und seine üble Laune guckt ihm zuweilen aus den Augen, auch wenn sie sich nicht als offene Empörung zu erkennen gibt – dafür gehen sie nie weit genug. Aber ich gebe zu, manchmal empfinde ich tatsächlich Eifersucht – und zwar überaus quälend, bitter – wenn sie für ihn singt und spielt, und er über dem Instrument hängt und ihrer Stimme mit ungekünstelter Hingabe lauscht; denn dann ist er wirklich hingerissen, und ich habe nicht die Macht, eine ähnliche Glut in ihm zu wecken. Ich kann ihn mit meinen einfachen Liedern unterhalten und erfreuen, aber ihn nicht in eine solche Begeisterung versetzen.

Ich könnte mich dafür rächen, wenn ich wollte, denn Mr. Hargrave ist durchaus geneigt, sehr höflich und aufmerksam zu mir als seiner Gastgeberin zu sein – besonders wenn Arthur mich völlig links liegen läßt, ob nun aus unangebrachtem Mitleid mit mir oder weil er im Vergleich zur Nachlässigkeit seines Freundes unbedingt seine eigene gute Kinderstube hervorkehren möchte, weiß ich nicht. Wenn Arthur sich etwas zu wenig um mich kümmert, ist es natürlich unerfreulich, diesen Mangel durch den Kontrast so übertrieben vor Augen geführt zu bekommen; und als eine vernachlässigte Ehefrau bemitleidet zu werden, wenn ich das gar nicht bin, ist eine Beleidigung, die ich nur schwer ertragen kann. Aber um der Gastfreundschaft willen unterdrücke ich diese Regung einer kaum angemessenen Verstimmung und benehme mich gegenüber unserem Gast mit geziemender Höflichkeit, der, um ihm Gerechtigkeit widerfahren zu lassen, keineswegs ein unangenehmer Gesellschafter ist: er verfügt über eine gute Unterhaltungsgabe und beträchtliches Wissen und Geschmack und redet über Dinge, für die ich Arthur nie habe begeistern können. Aber Arthur mag nicht, daß ich mich mit ihm unterhalte, und ist selbst über die alltäglichsten Höflichkeitsbekundungen sichtlich verärgert; nicht daß mein Mann irgendeinen schändlichen Argwohn gegen mich hegte – oder auch gegenüber seinem Freund, wie ich glaube – aber er kann es nicht ausstehen, wenn ich an irgend etwas Freude habe, außer an ihm; er mag es nicht, wenn ich auch nur die geringste Huldigung oder Nettigkeit erfahre, die nicht er mir zu gewähren geruht: er weiß, daß er meine Sonne ist, aber wenn es ihm gefällt, mir sein Licht zu versagen, hätte er es gern, wenn mein Himmel ganz finster bliebe; er kann es nicht ertragen, daß es für mich einen Mond gibt, der den Verlust lindert. Das ist ungerecht; und ich bin manchmal versucht, ihn entsprechend zu ärgern; aber ich werde der Versuchung nicht nachgeben: wenn er sein Spiel mit meinen Gefühlen zu weit treiben sollte, werde ich irgendeinen anderen Weg finden, ihm Einhalt zu gebieten.

Achtundzwanzigster. – Gestern fuhren wir alle zum Grove, Mr. Hargraves Zuhause, das er so sehr vernachlässigt. Seine Mutter bittet uns häufig hinüber, damit sie das Vergnügen der Gesellschaft ihres lieben Walter habe; und diesmal hatte sie uns zu einer Dinner-Party eingeladen und zu diesem Zweck so viele von den im Umkreis lebenden Landadeligen zusammengetrommelt, wie sie nur auftreiben konnte. Die Bewirtung war sehr gut organisiert; aber ich mußte unwillkürlich die ganze Zeit daran denken, was das gekostet haben mochte. Ich mag Mrs. Hargrave nicht; sie ist eine gefühllose, anmaßende, materialistisch eingestellte Frau. Sie hat genug Geld, um sehr angenehm zu leben, wenn sie es nur vernünftig zu verwenden wüßte und ihrem Sohn beigebracht hätte, dasselbe zu tun; aber sie ist stets eifrig darum bemüht, den Schein zu wahren, mit jenem erbärmlichen Stolz, der den Anschein von Armut als ein schändliches Verbrechen meidet. Sie schindet die von ihr Abhängigen, schikaniert ihre Bediensteten und bringt sogar ihre Töchter und sich selbst um die wahren Freuden des Lebens, weil sie sich in puncto protzigem Lebensstil nicht geschlagen geben will gegenüber Leuten, die dreimal so reich sind wie sie; und vor allem weil sie sich fest vorgenommen hat, daß ihr verhätschelter Sohn in der Lage sein soll, »seinen Kopf ebenso hoch zu tragen wie der angesehenste Gentleman im Land«. Eben dieser Sohn ist, wie ich mir denken kann, ein Mann mit kostspieligen Lebensgewohnheiten – kein leichtsinniger Verschwender und auch kein liederlicher Lüstling, doch einer, der gerne »alles um sich herum recht hübsch hat« und eine gewisse Zeit lang jugendlichen Vergnügungen nachgehen möchte – nicht so sehr, um seine eigenen Neigungen zu befriedigen, als in der Gesellschaft seinen Ruf als ein modebewußter Mann aufrechtzuerhalten und unter seinen zügellosen Kumpanen weiterhin als anständiger Kerl zu gelten; während er zu egoistisch ist, um zu bedenken, wie viele Annehmlichkeiten sich seine törichte Mutter und seine Schwestern mit dem Geld leisten könnten, das er auf diese Weise für sich selbst vergeudet: solange sie es schaffen, einmal im Jahr, wenn sie nach London kommen, einen respektablen Eindruck zu machen, ist es ihm ziemlich gleichgültig, wie sehr sie sich zu Hause insgeheim einschränken und sich abmühen. Dies ist ein hartes Urteil über den »lieben, edelmütigen, hochherzigen Walter«, aber ich fürchte, es ist nur allzu berechtigt.

Mrs. Hargraves eifriges Bestreben, für ihre Töchter gute Ehen abzuschließen, ist teils die Ursache, teils die Folge dieser Irrtümer: indem sie in der Gesellschaft eine Rolle zu spielen versucht und die beiden möglichst vorteilhaft präsentiert, hofft sie, ihnen bessere Chancen zu eröffnen; und weil sie derart über ihre tatsächlichen Verhältnisse lebt und so viel für ihren Sohn verschwendet, bringt sie die Töchter um ihre Mitgift und macht sie so zu einer Bürde für sich selbst. Die arme Milicent, fürchte ich, ist bereits dem Taktieren dieser falschberatenen Mutter zum Opfer gefallen, die sich dazu beglückwünscht, sich ihrer mütterlichen Pflicht auf so befriedigende Weise entledigt zu haben, und dasselbe für Esther hofft tun zu können. Aber Esther ist noch ein Kind – ein fröhlicher kleiner Wildfang von vierzehn Jahren: ebenso treuherzig und ebenso arglos und unkompliziert wie ihre Schwester, aber mit einem unerschrokkenen eigenen Willen, den, wie ich meine, ihre Mutter nur mit Mühe ihren Absichten wird beugen können.

KAPITEL 27
Ein Fehltritt

9. Oktober. – Während die Herren durch die Wälder streifen und Lady Lowborough fleißig Briefe schreibt, will ich mich wieder meinem Tagebuch zuwenden, um Äußerungen und Begebenheiten festzuhalten – hoffentlich die letzten dieser Art, die zu beschreiben ich je wieder Grund haben werde.

Es war am späten Abend des 4., kurz nach dem Tee, als Annabella gesungen und gespielt hatte, wie gewöhnlich mit

Arthur an ihrer Seite: sie hatte ihr Lied beendet, saß aber noch am Instrument, und er stand da, auf die Rückenlehne ihres Stuhls gestützt und plauderte in kaum hörbarer Stimmlage, sein Gesicht sehr dicht neben dem ihren. Ich blickte zu Lord Lowborough hinüber. Er stand am anderen Ende des Zimmers und sprach mit den Herren Hargrave und Grimsby; aber ich sah, wie er seiner Gattin und seinem Gastgeber einen kurzen, ungeduldigen Blick voll tiefer Beunruhigung zuwarf, worüber Grimsby lächelte. Entschlossen, das tête-à-tête zu unterbrechen, erhob ich mich, wählte ein Musikstück vom Notenständer aus und trat zum Klavier, um die Dame zu bitten, es zu spielen; aber ich blieb sprachlos und wie angewurzelt stehen, als ich sie da sitzen saß, wie sie mit anscheinend triumphierendem Lächeln auf ihrem erröteten Gesicht seinem sanften Gemurmel lauschte und ihre Hand zwanglos seinem Griff überließ. Zuerst strömte mir das Blut zum Herzen, und dann zum Kopf – denn es geschah noch mehr als das; fast im selben Augenblick, als ich mich näherte, warf er einen hastigen Blick über seine Schulter auf die anderen Anwesenden im Zimmer und preßte dann die keinen Widerstand leistende Hand an seine Lippen. Als er die Augen hob, gewahrte er mich und senkte sie wieder, verwirrt und betroffen. Auch sie gewahrte mich und schaute mich unfreundlich und herausfordernd an. Ich legte das Notenheft aufs Klavier und zog mich zurück. Ich fühlte mich elend, aber ich ging nicht aus dem Zimmer; zum Glück war es mittlerweile spät geworden, und es konnte nicht mehr lange dauern, bis die Gesellschaft auseinanderging. Ich begab mich zum Kamin und lehnte meinen Kopf gegen den Kaminsims. Nach ein paar Minuten fragte mich jemand, ob ich mich nicht wohl fühle. Ich gab keine Antwort; ich wußte zu diesem Zeitpunkt wirklich nicht, was er gesagt hatte; aber unwillkürlich blickte ich auf und sah, daß Mr. Hargrave neben mir auf dem Kaminvorleger stand.

»Soll ich Ihnen ein Glas Wein bringen?« fragte er.

»Nein, danke«, erwiderte ich, wandte mich von ihm ab und sah mich um. Lady Lowborough stand neben ihrem Mann und beugte sich über ihn, wie er so dasaß, ihre Hand auf seiner Schulter, dabei redete sie sanft auf ihn ein und lächelte ihm ins Gesicht; und Arthur stand am Tisch und blätterte ruhig in einem Buch mit Stichen. Ich setzte mich auf den erstbesten Stuhl in meiner Nähe; und Mr. Hargrave, der merkte, daß seine Dienste nicht erwünscht waren, ging weg. Wenig später brach man auf, und als sich die Gäste in ihre Zimmer zurückzogen, trat Arthur mit der größten Selbstsicherheit auf mich zu.

»Bist du *sehr* verärgert, Helen?« murmelte er.

»Das ist kein Scherz, Arthur«, sagte ich ernst, aber so ruhig ich konnte, »es sei denn, du hältst es für einen Scherz, meine Zuneigung für immer zu verlieren.«

»Was denn! So verbittert?« stieß er lachend hervor und umklammerte meine Hand mit seinen beiden; aber ich entzog sie ihm voller Empörung – fast voll Abscheu, denn er war offensichtlich angetrunken.

»Dann muß ich mich also auf die Knie werfen«, sagte er; und indem er sich vor mich hinkniete, die gefalteten Hände in gespielter Demut erhoben, fuhr er flehentlich bittend fort: »Vergib mir, Helen! Liebe Helen, vergib mir, und ich werde es *nie* wieder tun!« und das Gesicht in sein Taschentuch vergrabend, heuchelte er lautes Schluchzen.

Ich ließ ihn in diesem Zustand zurück, nahm meine Kerze, schlüpfte leise aus dem Zimmer und eilte, so schnell ich konnte, die Treppe hinauf. Aber er merkte wohl bald, daß ich ihn verlassen hatte, rannte mir hinterher und riß mich in die Arme, gerade als ich mein Zimmer betreten hatte und ihm eben die Tür vor der Nase zuschlagen wollte.

»Nein, nein, um Himmels willen, so sollst du mir nicht entkommen!« rief er. Dann bat er mich, erschrocken über meine Erregung, mich nicht in eine derartige Rage hineinzusteigern und sagte mir, ich sei ja ganz weiß im Gesicht und das wäre mein Tod, wenn ich nicht aufhörte.

»Laß mich doch los«, murmelte ich; und er ließ mich auf der Stelle los – und das war gut so, denn ich war wirklich sehr aufgebracht. Ich sank in einen Lehnstuhl und versuchte, mich zu fassen, denn ich wollte ruhig mit ihm sprechen. Er stand neben mir, aber ein paar Sekunden lang wagte er es nicht, mich anzufassen oder zu sprechen; dann trat er etwas näher heran, kniete sich hin – nicht in gespielter Demut, sondern um auf Augenhöhe mit mir zu sein; er stützte sich mit der Hand auf die Armlehne des Sessels und begann mit leiser Stimme:

»Es ist doch alles Blödsinn, Helen – ein Scherz, ganz und gar nichts – keines Gedankens wert. Wirst du denn nie begreifen«, fuhr er beherzter fort, »daß du nichts von mir zu befürchten hast? daß ich dich rückhaltlos liebe? Oder wenn«, fügte er mit einem verstohlenen Lächeln hinzu, »ich jemals einen Gedanken an eine andere verschwende, magst du es ruhig übersehen, denn solche Einfälle kommen und gehen wie ein Blitz, der kurz aufflammt, während meine Liebe zu dir stetig und für immer weiterbrennt wie die Sonne. Du kleine Erztyrannin willst doch nicht, daß...«

»Sei bitte einen Augenblick still, Arthur«, sagte ich, »und hör mir zu – und denk nicht, ich sei rasend vor Eifersucht: ich bin ganz ruhig. Fühle meine Hand.« Und ich streckte sie ihm mit ernster Miene entgegen – umschloß aber die seine mit einem Nachdruck, der meine Versicherung Lügen zu strafen schien und veranlaßte ihn zu einem Lächeln. »Sie brauchen nicht zu lächeln, Sir«, sagte ich, wobei ich meinen Griff noch verstärkte und ihn unverwandt ansah, bis er fast eingeschüchtert zurückwich. »Das mag Ihnen ja alles recht nett vorkommen, Mr. Huntingdon, sich auf Kosten meiner Eifersucht zu amüsieren; aber nehmen Sie sich in acht, daß

Sie nicht statt dessen meinen Haß erregen. Und wenn Sie erst einmal meine Liebe erstickt haben, werden Sie sich schwer tun, sie wieder zu entfachen.«

»Nun gut, Helen, ich will diese Beleidigung nicht wiederholen. Aber ich habe nichts damit beabsichtigt, das versichere ich dir. Ich hatte zuviel Wein getrunken und war in diesem Moment nicht ganz ich selbst.«

»Du trinkst des öfteren zuviel; und das ist eine weitere Angewohnheit, die ich verabscheue.« Erstaunt über meine Heftigkeit blickte er auf. »Ja«, fuhr ich fort, »ich habe es bisher nie erwähnt, weil ich mich schämte, es zu tun; aber jetzt sage ich dir, daß es mich mit Sorge erfüllt und vielleicht abstoßen wird, wenn du so weiter machst und zuläßt, daß diese Gewohnheit immer mehr von dir Besitz ergreift, wie es der Fall sein wird, wenn du ihr nicht rechtzeitig Einhalt gebietest. Aber die ganze Art deines Verhaltens gegenüber Lady Lowborough ist nicht auf den Wein zurückzuführen; und heute Abend hast du ganz genau gewußt, was du tust.«

»Nun, es tut mir leid«, erwiderte er mehr schmollend als zerknirscht, »was willst du noch?«

»Es tut dir zweifellos leid, daß ich euch gesehen habe«, antwortete ich kalt.

»Wenn du mich nicht gesehen hättest«, brummelte er, die Augen auf den Teppich geheftet, »hätte es keinen Schaden angerichtet.«

Mein Herz wollte mir schier zerspringen; aber voll Entschlossenheit schluckte ich meine Bewegung hinunter und antwortete ruhig: »Meinst du nicht?«

»Nein«, erwiderte er forsch. »Nach alledem, was habe ich denn schon getan? Es ist nichts – außer daß du daraus einen Anlaß zur Anklage und Sorge machen möchtest.«

»Was würde wohl dein *Freund* Lord Lowborough denken, wenn er alles wüßte? Oder was würdest du selbst denken, wenn er oder irgendein anderer die ganze Zeit über dieselbe Rolle mir gegenüber gespielt hätte, die du gegenüber Annabella einnahmst?«

»Ich würde ihm eine Kugel durch den Kopf jagen.«

»Nun, Arthur, wie kannst du es dann als ein Nichts bezeichnen – eine Beleidigung, für die du dich berechtigt halten würdest, einem anderen Mann eine Kugel durch den Kopf zu jagen? Ist es nichts, wenn du mit den Gefühlen deines Freundes und den meinen spielst – wenn du versuchst, einem Ehemann die Liebe seiner Frau zu rauben – die er höher schätzt als all sein Hab und Gut, und was ist daher ehrloser, als dies zu tun? Sind die Eheschwüre ein Scherz; und ist es etwa nichts, wenn du sie zum Zeitvertreib brichst und einen anderen Menschen in Versuchung führst, dasselbe zu tun? Kann ich einen Mann lieben, der solche Dinge tut und kühl behauptet, das sei nichts?«

»Du selbst bist gerade dabei, deine Eheschwüre zu brechen«, sagte er, wobei er wütend aufstand und hin und her lief. »Du hast versprochen, mich zu ehren und mir zu gehorchen, und nun versuchst du, mich herumzukommandieren, und drohst mir und klagst mich an und nennst mich schlimmer als einen Straßenräuber. Wenn es nicht wegen deiner besonderen Umstände wäre, würde ich wohl nicht so klein beigeben. Ich will mir nicht von einer Frau sagen lassen, was ich zu tun habe, auch wenn sie meine Gattin ist.«

»Was willst du also tun? Willst du so weitermachen, bis ich dich hasse; und dann mir vorwerfen, meine Gelöbnisse zu brechen?«

Einen Augenblick schwieg er und erwiderte hierauf:

»Du wirst mich niemals hassen.« Und indem er wieder zurückkam und seine frühere Position zu meinen Füßen einnahm, wiederholte er mit größerem Nachdruck: »Du kannst mich nicht hassen, solange ich dich liebe.«

»Aber wie soll ich glauben, daß du mich liebst, wenn du dich weiter so verhältst? Versetze dich einmal in meine

Lage: würdest du denken, ich liebe dich, wenn ich so handelte? Würdest du meinen Beteuerungen Glauben schenken und mich unter diesen Umständen ehren und mir vertrauen?«

»Die Dinge sind verschieden«, erwiderte er. »Es liegt in der weiblichen Natur, treu zu sein – einen und nur einen blind, zärtlich und für immer zu lieben – Gott segne sie, die lieben Geschöpfe! Und dich mehr als alle anderen – aber du mußt ein wenig Mitgefühl mit uns haben, Helen; du mußt uns etwas mehr Zugeständnisse machen, denn, wie es bei Shakespeare heißt:

›... wie wir selber uns auch rühmen
Wir sind in unseren Wünschen flatterhafter,
Unsicherer, eh'r gewonnen und verloren,
Als Fraun es sind.‹ «

»Willst du damit sagen, daß ich dich nicht mehr interessiere und Lady Lowborough nun das Ziel deiner Wünsche ist?«

»Nein; der Himmel ist mein Zeuge, daß ich sie, verglichen mit dir, für bloßen Staub und Asche halte; – und ich werde weiterhin so denken, es sei denn, du treibst mich von dir fort durch allzu große Strenge. Sie ist eine Tochter der Erde, du bist ein Engel des Himmels; nur sei bloß nicht zu streng in deiner Göttlichkeit, und bedenke, daß ich ein armer, schwacher Sterblicher bin. Nun komm, Helen, willst du mir nicht verzeihen?« sagte er, nahm sanft meine Hand und blickte mit einem unschuldigen Lächeln zu mir auf.

»Wenn ich es tue, wirst du deine Beleidigungen wiederholen.«

»Ich schwöre bei...«

»Schwöre nicht; ich werde deinem Wort ebenso glauben wie deinem Eid. Ich wünschte, ich könnte beiden vertrauen.«

»Dann stell mich auf die Probe, Helen; vertraue und verzeihe mir nur dieses eine Mal, und du wirst sehen! Komm, ich erleide Höllenqualen, ehe du nicht das Wort aussprichst.«

Ich sprach es nicht aus, aber ich legte meine Hand auf seine Schulter und küßte ihn auf die Stirn und dann brach ich in Tränen aus. Er umarmte mich zärtlich; und seither sind wir gute Freunde. Er hat sich bei Tisch ziemlich zurückgehalten und sich Lady Lowborough gegenüber gut benommen. Am ersten Tag hielt er sich von ihr fern, soweit er das ohne flagranten Bruch der Gastfreundschaft tun konnte; seitdem ist er freundlich und höflich, aber nicht mehr als das – zumindest in meiner Gegenwart, und wie ich glaube auch sonst; denn sie macht einen arroganten und mißvergnügten Eindruck, und Lord Lowborough ist deutlich fröhlicher und gegenüber seinem Gastgeber herzlicher als vorher. Aber ich bin froh, wenn sie weg sind, denn ich empfinde so wenig Sympathie für Annabella, daß es eine richtige Strapaze ist, höflich zu ihr zu sein; und da sie hier außer mir die einzige Frau ist, sind wir notgedrungen oft zusammen. Wenn Mrs. Hargrave das nächste Mal ihre Aufwartung macht, werde ich ihre Ankunft als eine wahre Erleichterung begrüßen. Ich habe gute Lust, Arthur um Erlaubnis zu fragen, die alte Dame einzuladen, bis zur Abreise unserer Gäste bei uns zu bleiben. Ich denke, das werde ich tun. Sie wird es als eine freundliche Aufmerksamkeit aufnehmen, und obwohl ich wenig Gefallen an ihrer Gesellschaft finde, wird sie mir wahrhaft willkommen sein, um als Dritte zwischen Lady Lowborough und mir zu stehen.

Das erste Mal waren sie und ich nach jenem unglücklichen Abend ein paar Stunden nach dem Frühstück am nächsten Tag miteinander allein, als die Herren ausgeritten waren, nachdem sie die übliche Zeit mit Briefeschreiben, Zeitunglesen und belanglosem Geplauder verbracht hatten.

Zwei oder drei Minuten lang saßen wir schweigend da. Sie war eifrig mit ihrer Handarbeit beschäftigt, und ich überflog die Spalten einer Zeitung, deren Quintessenz ich schon vor über zwanzig Minuten herausgelesen hatte. Es war für mich ein Augenblick quälender Verlegenheit, und ich dachte mir, er müsse es für sie noch unendlich viel mehr sein; aber anscheinend irrte ich mich. Sie ergriff als erste das Wort; und mit kühlster Selbstsicherheit lächelnd begann sie:

»Ihr Mann war ja recht lustig gestern Abend, Helen; ist er oft so?«

Das Blut kochte mir im Gesicht; aber es war besser, daß sie sein Verhalten darauf zurückzuführen schien als auf etwas anderes.

»Nein«, erwiderte ich, »und ich bin sicher, das wird auch nicht mehr der Fall sein.«

»Sie haben ihm eine Gardinenpredigt gehalten, nicht wahr?«

»Nein; aber ich sagte ihm, daß mir ein solches Verhalten mißfiele, und er versprach mir, es nicht zu wiederholen.«

»Ich hatte den *Eindruck*, daß er heute morgen ziemlich geknickt aussah«, fuhr sie fort; »und Sie, Helen, haben geweint, wie ich sehe – das ist ja unsere große Stärke – aber brennen Ihnen nicht die Augen? – Und greifen Sie immer zu solchen Mitteln?«

»Ich weine nie, um irgend etwas zu bewirken; und es ist mir unbegreiflich, wie man das kann.«

»Nun, ich weiß nicht; ich hatte nie Gelegenheit, es auszuprobieren; aber ich glaube, wenn Lord Lowborough solche Unziemlichkeiten beginge, würde ich ihn zum Weinen bringen. Es wundert mich nicht, daß Sie verärgert sind, denn ich würde meinem Mann weiß Gott wegen eines geringeren Vergehens als diesem eine Strafpredigt halten, die er nicht so schnell vergessen würde. Aber andererseits wird er nie etwas Derartiges tun; denn dafür habe ich ihn zu gut unter Kontrolle.«

»Sind Sie sicher, daß Sie sich da nicht zu viel zugute halten? Lord Lowborough war bereits einige Zeit lang, bevor Sie ihn heirateten, ebenso für seine Enthaltsamkeit bekannt wie er es jetzt ist, habe ich gehört.«

»Oh, Sie meinen, was den Wein betrifft – ja, davor ist er durchaus sicher. Und was Tändeleien mit einer anderen Frau angeht – so ist er auch davor sicher, solange ich lebe, denn er verehrt sogar den Boden, den ich betrete.«

»In der Tat – und sind Sie sicher, daß Sie es verdienen?«

»Na, was das betrifft, ich kann es nicht sagen: wir sind ja schließlich alle fehlbare Geschöpfe, Helen; niemand von uns verdient es, verehrt zu werden. Aber sind Sie denn sicher, daß Ihr geliebter Huntingdon all die Liebe verdient, die Sie ihm schenken?«

Ich wußte nicht, was ich darauf antworten sollte. Ich brannte vor Wut; aber ich unterdrückte alle äußeren Zeichen derselben und biß mir nur auf die Lippen und tat so, als legte ich mir meine Handarbeit zurecht.

»Auf jeden Fall«, nahm sie, ihren Vorteil nutzend, das Gespräch wieder auf, »können Sie sich mit der Versicherung trösten, daß Sie all die Liebe, die er Ihnen entgegenbringt, wert sind.«

»Sie schmeicheln mir«, sagte ich; »aber ich kann zumindest versuchen, ihrer wert zu sein.«

Und dann gab ich dem Gespräch eine andere Wendung.

KAPITEL 28

Elterngefühle

25. Dezember. – Letzte Weihnachten war ich eine Braut mit einem vor Glückseligkeit überströmenden Herzen und voll glühender Hoffnungen für die Zukunft – wenn auch nicht ganz frei von unheilvollen Ahnungen und Ängsten. Nun bin ich eine Ehefrau: mein Glück ist gedämpfter, aber nicht zerstört; meine Hoffnungen sind kleiner geworden, aber noch nicht ganz dahin; meine Ängste haben zugenommen, aber sich noch nicht ganz bestätigt; und, dem Himmel sei Dank, ich bin nun auch Mutter. Gott hat mir eine Seele geschickt, die ich für den Himmel erziehen kann, und mir ein neues und ruhigeres Glück und tragfähigere Hoffnungen geschenkt, um mir Trost zu spenden. Aber wo Hoffnung aufkeimt, lauert stets Angst im Hintergrund, und wenn ich meinen kleinen Liebling an meine Brust drücke oder mich in unaussprechlichem Entzücken über den sanft Schlummernden beuge, und mein Herz von Hoffnung ganz erfüllt ist, drängen sich stets einige Gedanken auf, um meiner aufwallenden Seligkeit Einhalt zu gebieten: »Vielleicht wird er mir genommen werden« so der eine, und der andere: »Vielleicht verflucht er einmal, geboren worden zu sein«. Was den ersteren betrifft, so habe ich den Trost, daß die Knospe, zwar gepflückt, aber nicht vergehen, sondern in einen besseren Boden verpflanzt würde, um unter einer strahlenderen Sonne heranzureifen und zu erblühen; und wenn ich auch den sich entfaltenden Geist meines Kindes nicht hegen und beobachten könnte, so würde er doch allen Leiden und Sünden dieser Welt entrissen; und mein Verstand sagt mir, daß dies kein großes Übel wäre; aber mein Herz schrickt vor der Aussicht einer solchen Möglichkeit zurück und flüstert mir ein, daß ich es nicht ertragen könnte, ihn sterben zu sehen und diese zärtlich geliebte Gestalt dem kalten,

schrecklichen Grab zu übergeben, die nun warm ist von zartem Leben, Fleisch von meinem Fleisch und der Schrein jenes reinen Funkens, den von der Welt unbefleckt zu erhalten, die süße Aufgabe meines Lebens sein sollte, – und fleht inbrünstig, daß ihn der Himmel noch verschone, damit er mein Trost und meine Freude und ich seine Beschützerin, Lehrerin, Freundin sein kann – ihn auf dem gefahrvollen Pfad der Jugend leiten und ihn zum Diener Gottes erziehen kann, solange er auf Erden weilt, und zu einem gesegneten und geehrten Heiligen im Himmel. Im anderen Falle aber, wenn er so leben sollte, daß er meine Hoffnungen enttäuscht und alle meine Bemühungen zunichte macht – daß er ein Sklave der Sünde, ein Opfer von Laster und Elend, sich und anderen ein Fluch ist – Ewiger Vater, wenn du ein solches Leben vor ihm liegen siehst, so entreiße ihn mir jetzt trotz all meines Schmerzes und nimm ihn von meinem Busen an den deinen, solange er noch ein argloses, unbeflecktes Lamm ist!

Mein kleiner Arthur! Da liegst du nun in holdem, tiefem Schlummer, das winzige Ebenbild deines Vaters, aber noch fleckenlos wie frisch gefallener Schnee vom Himmel – Gott schütze dich vor deines Vaters Schwächen. Wie will ich aufpassen und mich abmühen, um dich vor ihnen zu bewahren! Er erwacht; seine Ärmchen strecken sich mir entgegen; seine Augen öffnen sich; sie begegnen meinem Blick, werden ihn aber nicht erwidern. Kleiner Engel! Du kennst mich nicht; du hast noch keine Vorstellung von mir und kannst mich noch nicht lieben; und dennoch, wie innig mein Herz mit deinem verbunden ist; wie dankbar ich für all die Freude bin, die du mir schenkst! Ich wollte, dein Vater könnte sie mit mir teilen – könnte meine Liebe, meine Hoffnung empfinden und an meinen Vorsätzen und Plänen für die Zukunft genauso teilhaben – nein, wenn er wenigstens der Hälfte meiner Absichten mit Wohlwollen begegnen und die

Hälfte meiner Gefühle teilen könnte, es wäre in der Tat ein Segen sowohl für ihn als auch für mich: es würde seine Seele erheben und läutern und ihn fester an sein Zuhause und an mich binden.

Vielleicht erwachen ja sein Interesse und seine Zuneigung für sein Kind, wenn es älter wird. Gegenwärtig freut er sich über den Familienzuwachs und hofft, er werde ein prächtiger Junge und ein würdiger Erbe werden; und das ist beinahe alles, was ich sagen kann. Anfangs war es etwas, worüber man staunt und lacht, das man nicht anfaßt: jetzt ist es ihm fast gleichgültig, außer wenn es seine Ungeduld erregt durch »völlige Unselbständigkeit«, »durch nichts zu erschütternde Dummheit« (wie er es nennt) oder durch meine allzu große Aufmerksamkeit seinen Wünschen gegenüber. Oft kommt er und sitzt neben mir, wenn ich meinen mütterlichen Pflichten nachgehe. Ich hoffte zuerst, er käme aus Freude, unseren köstlichen Schatz zu betrachten; aber bald merkte ich, daß er nur meine Gesellschaft genießen oder den Qualen der Einsamkeit entfliehen wollte. Er ist natürlich herzlich willkommen, aber das schönste Kompliment für eine Mutter ist es, wenn man an ihrem Kleinen Gefallen findet. Einmal schockierte er mich sehr: es war ungefähr vierzehn Tage nach der Geburt unseres Sohnes, und er hielt sich bei mir im Kinderzimmer auf. Beide hatten wir eine Zeitlang geschwiegen: ich war ganz in die Betrachtung meines Säuglings versunken und dachte, es erginge ihm ähnlich – soweit ich überhaupt an ihn dachte, zumindest. Aber plötzlich riß er mich durch eine ungeduldige Äußerung aus meinen Träumereien:

»Helen, ich werde diesen kleinen Wicht tatsächlich noch hassen, wenn du ihn so blödsinnig anbetest! Du bist ja ganz vernarrt in ihn.«

Erstaunt hob ich den Blick, um zu sehen, ob das sein Ernst sei.

»Du hast keinen Gedanken für irgend etwas anderes mehr übrig«, fuhr er in derselben Weise fort, »ich kann kommen oder gehen, anwesend oder abwesend, fröhlich oder traurig sein; es ist dir alles egal. Solange du dieses häßliche kleine Geschöpf zum Anschwärmen hast, kümmert es dich keinen Pfifferling, was aus mir wird.«

»Das stimmt nicht, Arthur; jedesmal wenn du das Zimmer betrittst, bin ich doppelt glücklich; wenn du bei mir bist, erfreut es mich, dich bei mir zu wissen, obwohl ich dich nicht anschaue; und wenn ich an unser Kind denke, schwelge ich in der Vorstellung, daß du meine Gedanken und Gefühle teilst, auch wenn ich sie nicht ausspreche.«

»Warum, zum Teufel, soll ich meine Gedanken und Gefühle an einen kleinen nichtswürdigen Dummkopf verschwenden?«

»Er ist doch dein Sohn, Arthur, – oder falls dieses Argument für dich keine Bedeutung hat: er ist mein Sohn; und du solltest meine Gefühle achten.«

»Schon gut, sei nicht böse; es ist mir nur so herausgerutscht«, bat er. »Der kleine Kerl ist schon in Ordnung, nur kann ich ihn nicht so vergöttern wie du.«

»Zur Strafe sollst du dich jetzt an meiner Stelle um ihn kümmern«, sagte ich, indem ich aufstand, um mein Baby seinem Vater in die Arme zu legen.

»Nein, laß das, Helen – laß das!« rief er, richtig beunruhigt.

»Doch, du wirst ihn lieber mögen, wenn du das kleine Geschöpf in deinen Armen spürst.«

Ich legte die kostbare Last in seine Hände und zog mich auf die andere Seite des Zimmers zurück, wobei ich über die drollige, halbverlegene Haltung lachen mußte, in der er dasaß, das Kind mit gestrecktem Arm von sich weghielt und es ansah, als sei es ein merkwürdiges Wesen von einer ganz anderen Spezies als er selbst.

»Komm, nimm es, Helen«, rief er schließlich. »Ich lasse es gleich fallen, wenn du es nicht nimmst.«

Da er mich in seiner Not dauerte – oder vielmehr das Kind in dieser unsicheren Lage, befreite ich ihn von der Last.

»Gib ihm einen Kuß, Arthur, nur zu – du hast es bisher noch nie geküßt!« sagte ich, kniete mich nieder und hielt es ihm hin.

»Ich würde lieber seine Mutter küssen«, erwiderte er und umarmte mich. »Da hast du's, wird das nicht ebenso genügen?«

Ich setzte mich wieder in den Lehnstuhl und überschüttete meinen Kleinen mit zärtlichen Küssen, um ihn für die Zurückweisung seines Vaters zu entschädigen.

»Da sieht man's!« rief der eifersüchtige Vater. »Da wird in einer Minute mehr an diese kleine gefühllose, undankbare Auster verschwendet, als du mir in den letzten drei Wochen gegeben hast.«

»Dann komm her, du unersättlicher Tyrann und du sollst so viele bekommen, wie du willst, auch wenn du unverbesserlich bist und sie nicht verdienst. – Da, genügt das etwa nicht? Ich habe gute Lust, dir keinen mehr zu geben, bis du gelernt hast, mein Baby so zu lieben, wie es ein Vater lieben sollte.«

»Ich mag den kleinen Teufel...«

»Arthur!«

»Na schön, den kleinen Engel – durchaus«, und er kniff ihn in sein zartes Näschen, um seine Zuneigung unter Beweis zu stellen, »nur kann ich ihn nicht *lieben*; ich verstehe kein einziges Wort, das du zu ihm sagst, und empfinde auch keinen Funken Dankbarkeit für all deine Güte. Warte, bis er ein bißchen Liebe zu mir zeigen kann, und ich will sehen, ob ich ihn lieben kann. Gegenwärtig ist er nichts als ein kleines ichbezogenes, gefühlloses Sinnenwesen, und wenn *du* irgend etwas Anbetungswürdiges an ihm findest, ist das ja ganz nett – ich wundere mich nur, wie du das kannst.«

»Wenn du selbst weniger ichbezogen wärst, Arthur, würdest du es in einem anderen Licht betrachten.«

»Vielleicht, meine Liebe; aber so ist es nun einmal, da kann man halt nichts machen.«

KAPITEL 29
Der Nachbar

25. Dez. 1823. – Ein weiteres Jahr ist vorüber. Mein kleiner Arthur wächst und gedeiht. Er ist gesund, aber eher zart, ausgelassen und lebhaft, ein freundliches Kind, das schon heftiger Gemütsbewegungen und Gefühlsregungen fähig ist, die auszudrücken, es ihm noch lange Zeit an Worten fehlen wird. Endlich hat er auch das Herz seines Vaters gewonnen; und nun lebe ich in der ständigen Angst, er könnte durch die gedankenlose Nachsicht seines Vaters verdorben werden. Aber ich muß auch vor meiner eigenen Schwachheit auf der Hut sein, denn bisher wußte ich nicht, wie stark die Versuchungen für eine Mutter sind, ihr einziges Kind zu verhätscheln.

Den Trost, den mir mein Sohn spendet, habe ich bitter nötig, denn (diesem stummen Papier darf ich es ja bekennen) in meinem Mann finde ich nur wenig. Ich liebe ihn noch immer; und auf seine Art liebt er mich wohl auch – doch, ach, wie anders ist diese Liebe als die, die ich hätte geben können und die ich einst gehofft hatte zu empfangen! Wie wenig echte Sympathie besteht zwischen uns! Wie viele meiner Gedanken und Gefühle sind in meinem Herzen wie in einem düsteren Kloster eingesperrt! Wieviel von meinem höheren und besseren Ich ist im Grunde immer noch ledig – entweder dazu verdammt, im sonnenlosen Schatten der Einsamkeit zu verhärten und zu verbittern oder aus Mangel an Nahrung in diesem kargen Boden ganz zu verderben und dahinzuwelken! Aber, ich wiederhole, ich habe kein Recht zu klagen; nur laßt mich die Wahrheit feststellen – zumindest einen Teil der Wahrheit – und später sehen, ob noch trostlosere Erkenntnisse diese Seiten beflecken werden. Wir sind nun volle zwei Jahre vereint – die »Romantik« in unserer Verbindung hat sich notwendigerweise verbraucht. Gewiß bin ich mittlerweile auf die niedrigste Stufe von Arthurs Zuneigung gesunken und habe alles Schlechte in seinem Wesen kennengelernt: wenn es noch irgendeine Veränderung gibt, dann muß sie zum Besseren sein, da wir uns noch mehr aneinander gewöhnen: auf eine tiefere Stufe als diese werden wir gewiß nicht abrutschen. Und wenn es doch so wäre, kann ich es gut ertragen – zumindest so gut, wie ich es bisher ertragen habe.

Arthur ist nicht das, was man gemeinhin einen *schlechten* Menschen nennt: er hat viele gute Eigenschaften; aber er ist ein Mensch ohne Selbstbeherrschung und ohne höhere Ziele – ein Genußmensch, der sich sinnlichen Vergnügungen hingibt: er ist kein schlechter Ehemann, aber seine Vorstellungen von ehelichen Pflichten und Freuden sind nicht die meinen. Dem Anschein nach zu urteilen besteht sein Ideal einer Ehefrau darin, daß diese den Mann hingebungsvoll liebt und zu Hause sitzt – ihren Gatten bedient und bei Laune hält und auf jede erdenkliche Weise zu seinem Wohlergehen beiträgt, solange es ihm gefällt, bei ihr zu bleiben; und wenn er nicht da ist, sich um seine Angelegenheiten kümmert, seien sie häuslicher oder anderer Art, und geduldig auf seine Rückkehr wartet; egal, was er in der Zwischenzeit treibt.

Zu Anfang des Frühjahrs kündigte er mir seine Absicht an, nach London zu fahren: geschäftliche Angelegenheiten erforderten seine Anwesenheit dort, sagte er, und er könne sie nicht länger mehr aufschieben. Er drückte sein Bedauern aus, mich zurücklassen zu müssen, hoffte aber, ich würde mich mit dem Baby amüsieren, bis er zurückkäme.

»Aber warum mich zurücklassen?« sagte ich. »Ich kann doch mit dir kommen; ich bin jederzeit bereit dazu.«

»Du würdest doch wohl nicht das Kind in die Stadt mitnehmen?«

»Doch – warum denn nicht?«

Die Sache war absurd: die Stadtluft würde ihm bestimmt nicht guttun und mir als seiner Amme auch nicht; das lange Aufbleiben und die Londoner Lebensgewohnheiten würden mir unter diesen Umständen nicht bekommen; und alles in allem versicherte er mir, es werde außerordentlich mühselig, schädlich und gefährlich sein. Ich wies seine Einwände, so gut ich konnte, zurück, denn ich zitterte bei dem Gedanken, daß er allein ginge, und wollte selbst fast jedes Opfer bringen und sogar einiges, was mein Kind betraf, um es zu verhindern; aber schließlich sagte er mir ganz unverblümt und etwas gereizt, daß er mich nicht brauchen könne: er sei durch die unruhigen Nächte des Babys mit seinen Nerven am Ende und habe eine gewisse Erholung nötig. Ich schlug getrennte Schlafzimmer vor; aber das würde nichts nützen.

»Die Wahrheit ist, Arthur«, sagte ich am Ende, »du bist meiner Gegenwart überdrüssig und willst mich schlicht und einfach nicht bei dir haben. Das hättest du ebensogut gleich sagen können.«

Er leugnete es; aber ich verließ umgehend das Zimmer und rannte ins Kinderzimmer, um meine Gefühle zu verbergen, obwohl ich sie auch dort nicht besänftigen konnte.

Ich war zu sehr verletzt, um noch ein weiteres Mal Unzufriedenheit mit seinen Plänen auszudrücken oder überhaupt erneut auf das Thema zu sprechen zu kommen, außer wegen der notwendigen Vorbereitungen bezüglich seiner Abreise und der Verwaltung geschäftlicher Dinge während seiner Abwesenheit, bis zum Vortag seiner Abreise, als ich ihm ernsthaft zuredete, auf sich aufzupassen und den Versuchungen aus dem Weg zu gehen. Er lachte über meine Besorgnis, versicherte mir aber, es gebe keinen Grund dafür, und versprach, auf meinen Rat zu hören.

»Ich vermute, es ist sinnlos, dich zu bitten, den Tag deiner Rückkehr festzulegen?« sagte ich.

»Ja, so ist es; ich kann es unter diesen Umständen schwerlich sagen; aber du kannst sicher sein, Liebling, ich werde nicht lange weg sein.«

»Ich möchte dich nicht wie einen Gefangenen zu Hause halten«, erwiderte ich. »Ich werde nicht murren, wenn du monatelang weg bist – falls du so lange ohne mich glücklich sein kannst –, vorausgesetzt, ich müßte mir keine Sorgen um dich machen; aber die Vorstellung, daß du dort mit deinen Freunden, wie du sie nennst, zusammen bist, gefällt mir nicht.«

»Pah, pah, du dummes Mädchen! Traust du mir nicht zu, daß ich selbst auf mich aufpassen kann?«

»Das letzte Mal konntest du es nicht. Aber DIESmal, Arthur«, fügte ich ernst hinzu, »zeig mir, daß du es kannst, und lehre mich, daß ich nicht fürchten muß, dir zu vertrauen!«

Er versprach viel, aber so, wie man ein Kind zu besänftigen versucht. Und hielt er seine Versprechen? Nein; – und von jetzt an *kann ich seinem Wort nicht mehr trauen*. Welch bitteres, bitteres Eingeständnis! Tränen trüben mir den Blick, während ich das schreibe. Es war Anfang März, als er ging, und er kam nicht vor Juli zurück. Dieses Mal machte er sich nicht die Mühe, Entschuldigungen vorzubringen wie beim ersten Mal, und seine Briefe waren seltener, kürzer und weniger liebevoll, besonders nach den ersten paar Wochen: sie kamen immer schleppender und jedesmal waren sie knapper und gleichgültiger. Trotzdem aber beklagte er sich über meine Nachlässigkeit, wenn ich zu schreiben vergaß. Zeigte ich mich in meinen Briefen unnachgiebig und distanziert, wie ich es eingestandenermaßen schließlich oft tat, tadelte er meinen schroffen Ton und meinte, das genüge, um ihn aus seinem Haus zu treiben: wenn ich versuchte, ihn sanft zu überreden, war er in seinen Antwortschreiben etwas freundlicher und versprach zurückzukehren; aber ich hatte mit der Zeit gelernt, seinen Versprechungen keine Beachtung mehr zu schenken.

Das waren nun vier elende Monate, in denen tiefe Besorgnis, Verzweiflung und Wut einander abwechselten; Mitleid mit ihm und Mitleid mit mir selbst. Und doch, bei alledem war ich nicht ganz ohne Hoffnung; ich hatte meinen geliebten, arglosen, sanftmütigen Kleinen, der mich tröstete, doch selbst dieser Trost wurde mir durch den ständig wiederkehrenden Gedanken vergällt: »Wie werde ich ihm später beibringen können, seinen Vater zu respektieren, und ihn dennoch sich nicht zum Vorbild zu nehmen?«

Aber ich rief mir ins Gedächtnis, daß ich dieses ganze Elend sozusagen sehenden Auges über mich gebracht hatte; und ich nahm mir fest vor, es ohne Murren zu ertragen. Zugleich beschloß ich, mich nicht wegen der Vergehen eines anderen dem Unglücklichsein hinzugeben, und versuchte, mich, so gut ich konnte, abzulenken; und außer der Gesellschaft meines Kindes und meiner lieben, treuen Rachel, die offensichtlich meine Sorgen ahnte und mitfühlte, wenn sie auch zu diskret war, um irgendwelche Anspielungen zu machen, hatte ich meine Bücher und den Bleistift, meine häuslichen Pflichten und das Wohlergehen von Arthurs armen Pächtern und Arbeitern, um das ich mich kümmern mußte; und manchmal suchte und fand ich Unterhaltung in der Gesellschaft meiner jungen Freundin Esther Hargrave: gelegentlich ritt ich hinüber, um sie zu besuchen, und ein paarmal brachte ich sie dazu, den Tag mit mir im Herrenhaus zu verbringen. In dieser Saison ging Mrs. Hargrave nicht nach London; da sie keine Tochter zu verheiraten hatte, hielt sie es für ebenso gut, zu Hause zu bleiben und sparsam zu wirtschaften; und wie durch ein Wunder kam Anfang Juni ihr Sohn zu ihr und blieb fast bis Ende August.

Das erste Mal sah ich ihn an einem lieblichen warmen Abend, als ich im Park umherging mit dem kleinen Arthur und Rachel, die Kinderfrau und Zofe in einer Person ist – denn bei meinem zurückgezogenen Leben und meiner ziemlich zupackenden Art brauche ich nur wenig Hilfe, und da sie mich selbst aufgezogen hat und erpicht darauf war, auch mein Kind aufzuziehen, und ich ihr zudem vertrauen konnte, übertrug ich diese wichtige Aufgabe lieber ihr und einem jungen Kindermädchen, das ihr untersteht, als irgendeine andere Person einzustellen: nebenbei läßt sich dadurch Geld sparen; und seit ich in Arthurs geschäftliche Angelegenheiten Einblick gewonnen habe, habe ich gelernt, dies als einen nicht geringen Vorteil zu betrachten; denn auf meinen eigenen Wunsch hin ist fast das gesamte Einkommen aus meinem Vermögen in den nächsten Jahren dazu bestimmt, seine Schulden abzubezahlen, und wie er es fertigbringt, das Geld in London zu verschleudern, ist mir unbegreiflich. – Aber um auf Mr. Hargrave zurückzukommen: Ich stand gerade mit Rachel am Teich und neckte das Baby in ihren Armen mit einem Zweig voll goldgelber Weidenkätzchen, als er zu meiner großen Überraschung auf seinem prächtigen schwarzen Jagdpferd in den Park ritt und quer durch das Gras auf mich zukam. Er begrüßte mich mit einem sehr artigen Kompliment, taktvoll formuliert und obendrein bescheiden vorgebracht, das er sich zweifellos während seines Ritts hierher ausgedacht hatte. Er teilte mir mit, daß er eine Botschaft von seiner Mutter überbringe, die, da er sowieso in diese Richtung reiten wollte, ihm aufgetragen habe, im Herrenhaus vorzusprechen und um das Vergnügen meiner Gesellschaft bei einem netten Familien-Dinner am nächsten Tag zu bitten.

»Außer uns ist niemand da«, sagte er, »aber Esther möchte Sie unbedingt bei uns sehen; und meine Mutter fürchtet, Sie werden sich, so viel allein in diesem großen Haus, recht einsam fühlen, und wünscht, sie könnte Sie überreden, ihr häufiger das Vergnügen Ihrer Gesellschaft zu gewähren, und erreichen, daß Sie sich in unserer bescheideneren Behausung zu Hause fühlen, bis Mr. Huntingdons Rückkehr dieses hier…«

»Das ist sehr nett von Ihnen«, antwortete ich, »aber, wie Sie sehen, bin ich nicht allein; und Menschen, deren Zeit ganz ausgefüllt ist, klagen selten über Einsamkeit.«

»Dann werden Sie also morgen nicht kommen? Sie wird sehr enttäuscht sein, wenn Sie ablehnen.«

Es behagte mir gar nicht, so bemitleidet zu werden wegen meiner Einsamkeit, dennoch versprach ich zu kommen.

»Was für ein lieblicher Abend!« bemerkte er, indem er über den besonnten Park hinblickte mit seinen eindrucksvollen Höhen und Senken, seinem ruhigen Gewässer und den majestätischen Baumgruppen. »Und welch ein Paradies, in dem Sie leben!«

»Es ist ein reizender Abend«, antwortete ich; und seufzte bei dem Gedanken, wie wenig ich seine Lieblichkeit empfunden hatte und wie wenig das süße Grass-dale für mich von einem Paradies hatte – und wie noch viel weniger für jenen, der sich freiwillig aus dieser Szenerie verbannt hatte. Ob Mr. Hargrave meine Gedanken lesen konnte, weiß ich nicht, aber mit einem eher zögerlichen, mitfühlenden Ernst in Ton und Gebaren fragte er mich, ob ich in der letzten Zeit von Mr. Huntingdon gehört habe.

»In letzter Zeit nicht«, erwiderte ich.

»Das habe ich mir gedacht«, murmelte er mehr zu sich selbst und blickte gedankenverloren zu Boden.

»Sind Sie nicht kürzlich aus London zurückgekehrt?« fragte ich.

»Erst gestern.«

»Und haben Sie ihn dort gesehen?«

»Ja – ich habe ihn gesehen.«

»Ging es ihm gut?«

»Ja – das heißt«, sagte er noch zögernder und mit einem Ausdruck unterdrückter Empörung, »es ging ihm so gut – wie er es verdiente, aber unter Umständen, die ich bei einem so begünstigten Mann wie ihm für unglaublich gehalten hätte.« Hier hob er den Blick und betonte den Satz mit einer ernsten Verbeugung gegen mich. Ich vermute, mein Gesicht war purpurrot.

»Verzeihen Sie mir, Mrs. Huntingdon«, fuhr er fort, »aber ich kann meine Empörung nicht unterdrücken, wenn ich eine solche Verblendung und Geschmacksverirrung bemerke; aber vielleicht wissen Sie nicht...« Er hielt inne.

»Ich weiß von nichts, Sir – außer daß er sein Kommen länger hinausschiebt, als ich erwartete; und wenn er gegenwärtig die Gesellschaft seiner Freunde der seiner Frau und die Zerstreuungen in der Stadt dem ruhigen Landleben vorzieht, habe ich es vermutlich jenen Freunden zu verdanken. Ihre Vorlieben und Beschäftigungen gleichen den seinen, und ich sehe nicht, warum sein Verhalten bei Ihnen Empörung oder Überraschung hervorrufen sollte.«

»Sie tun mir bitter unrecht«, antwortete er. »Ich habe in den letzten paar Wochen nur wenig an Mr. Huntingdons Gesellschaft teilgenommen; und was seine Vorlieben und Beschäftigungen betrifft, so sind sie mir ganz unbegreiflich – einsamer Wanderer, der ich bin. Wo ich nur genippt und gekostet habe, leert er den Becher bis zur Neige, und wenn ich jemals versucht hatte, die Stimme der Vernunft in

Torheit und Wahnsinn zu ertränken, oder wenn ich zu viel von meiner Zeit und meiner Begabung an leichtsinnige und liederliche Kumpane vergeudet habe, weiß Gott, ich würde frohen Herzens ganz und für immer darauf verzichten, wenn ich nur die *Hälfte* der Gottesgaben hätte, die dieser Mann so undankbar in den Wind schlägt – nur die *Hälfte* der Anreize zur Tugend und geordneten häuslichen Lebensgewohnheiten, die er verschmäht – nur ein *solches* Zuhause und eine *solche* Partnerin, die es mit mir teilt! Es ist infam!« murmelte er zwischen den Zähnen. »Ich glaube nicht, daß man mir vorwerfen könnte, ihn dazu aufzustacheln, seinen gegenwärtigen Zielen nachzugehen, im Gegenteil: Ich habe ihm immer wieder Vorhaltungen gemacht, ihm häufig mein Erstaunen über sein Verhalten zum Ausdruck gebracht und ihn an seine Pflichten und Privilegien erinnert – aber ohne Erfolg; er…«

»Genug, Mr. Hargrave; Sie sollten sich bewußt sein, daß, was immer die Fehler meines Mannes sein mögen, es nur das Übel verschlimmern kann, sie aus dem Mund eines Fremden zu hören.«

»Dann *bin* ich also ein Fremder für Sie?« sagte er in einem bekümmerten Tonfall. »Ich bin doch Ihr nächster Nachbar, der Pate Ihres Sohnes und der Freund Ihres Mannes; darf ich da nicht auch der Ihre sein?«

»Echter Freundschaft muß eine gute Bekanntschaft vorausgehen; ich weiß nur wenig von Ihnen, Mr. Hargrave, außer vom Hörensagen.«

»Haben Sie denn die sechs oder sieben Wochen vergessen, die ich im letzten Herbst unter Ihrem Dach verbrachte? Ich habe sie nicht vergessen. Und ich weiß genug von *Ihnen*, Mrs. Huntingdon, um Ihren Mann für den beneidenswertesten Menschen auf der Welt zu halten, und ich wäre fast ebenso zu beneiden, wenn Sie mich Ihrer Freundschaft wert erachten würden.«

»Wenn Sie mehr von mir wüßten, würden Sie das nicht denken, oder wenn Sie mich besser kennten, würden Sie das nicht sagen und erwarten, daß ich von diesem Kompliment geschmeichelt bin.«

Ich trat ein paar Schritte zurück, als ich das sagte. Er merkte, daß ich das Gespräch zu beenden wünschte; und da er sofort den Wink verstand, verbeugte er sich ernst, wünschte mir einen guten Abend und lenkte sein Pferd zur Straße hin. Er schien bekümmert und verletzt zu sein, weil ich seine mitfühlenden Eröffnungen so unfreundlich aufgenommen hatte. Ich war mir nicht sicher, ob ich mich richtig verhalten hatte, als ich in einem so schroffen Ton mit ihm sprach; aber ich hatte mich vorhin geärgert – mich fast angegriffen gefühlt durch sein Benehmen; es war mir so vorgekommen, als wolle er die Abwesenheit und die Nachlässigkeit meines Mannes ausnutzen und noch mehr Andeutungen zu seinen Ungunsten machen, als es der Wahrheit entsprach.

Rachel war während unserer Unterhaltung ein paar Meter weitergegangen. Er ritt zu ihr hin und bat sie, das Kind sehen zu dürfen. Er nahm es vorsichtig in seine Arme, betrachtete es mit einem fast väterlichen Lächeln, und als ich herankam, hörte ich ihn sagen:

»Und auch das hier hat er im Stich gelassen!«

Hierauf küßte er es zärtlich und gab es seiner erfreuten Amme zurück.

»Mögen Sie Kinder, Mr. Hargrave?« sagte ich, ihm gegenüber etwas besänftigt.

»Im allgemeinen nicht«, erwiderte er, »aber dies ist ein so *reizendes* Kind und sieht seiner Mutter so ähnlich«, fügte er leiser hinzu.

»Da irren Sie sich; es ist sein Vater, dem es ähnelt.«

»Habe ich nicht recht, Amme?« meinte er, sich an Rachel wendend.

»Ich finde, Sir, da ist ein bißchen von beiden«, erwiderte sie.

Er ritt davon; und Rachel nannte ihn einen sehr netten Herren. Diesbezüglich hatte ich noch meine Zweifel.

Als ich ihm am nächsten Tag unter seinem eigenen Dach begegnete, verletzte er mich nicht mehr durch irgendwelche moralische Entrüstung gegenüber Arthur oder unerwünschtes Mitgefühl mit mir; und in der Tat, als seine Mutter anfing, in vorsichtigen Worten ihre Sorge und Überraschung über das Verhalten meines Mannes anzudeuten, kam er mir, da er meine Verärgerung bemerkte, sofort zur Hilfe und gab dem Gespräch auf taktvolle Weise eine andere Wendung, wobei er sie zugleich durch einen Blick aus den Augenwinkeln warnte, nicht wieder auf das Thema zu sprechen zu kommen. Es schien ihm sehr daran gelegen zu sein, seinem Haus auf höchst außergewöhnliche Weise Ehre zu machen und alle seine Kräfte aufzubieten, um seinen Gast zu bewirten und seine eigenen Fähigkeiten als Gastgeber, Gentleman und Freund zur Schau zu stellen; und es gelang ihm tatsächlich, sich von einer sehr liebenswerten Seite zu zeigen – nur daß er allzu höflich war. Und dennoch, Mr. Hargrave, Sie sind mir nicht besonders sympathisch: Da ist ein gewisser Mangel an Offenheit an Ihnen, der mir nicht behagt und ein lauernder Egoismus, der all Ihren netten Eigenschaften zugrunde liegt und den ich nicht aus dem Auge verlieren will. Nein; denn anstatt mein leichtes Vorurteil gegen Sie als herzlos zu betrachten und zu bekämpfen, will ich es hegen, bis ich überzeugt davon bin, daß ich keinen Grund habe, dieser wohlwollenden, einschmeichelnden Freundschaft zu mißtrauen, die Sie mir unbedingt aufdrängen wollen.

Im Laufe der folgenden sechs Wochen begegnete ich ihm mehrmals, aber stets, von einer Ausnahme abgesehen, zusammen mit seiner Mutter oder seiner Schwester oder mit beiden. Wenn ich sie besuchte, war er zufällig immer zu

Hause, und wenn sie mich besuchten, war immer er es, der sie in der Kutsche herüberfuhr. Seine Mutter war von seinen ehrerbietigen Aufmerksamkeiten und jüngst angenommenen häuslichen Lebensgewohnheiten offensichtlich richtiggehend begeistert.

Das eine Mal, als ich ihm allein begegnete, war an einem strahlenden, aber nicht drückend heißen Tag Anfang Juli. Ich hatte meinen kleinen Arthur mit in den Wald genommen, der den Park umgibt, und dort setzte ich ihn auf die moosgepolsterten Wurzeln einer alten Eiche; und nachdem ich eine Handvoll Glockenblumen und wilde Rosen gepflückt hatte, kniete ich nun vor ihm und hielt sie ihm eine nach der anderen hin, damit er mit seinen Fingerchen danach griffe; ich genoß die himmlische Schönheit der Blumen im Spiegel seiner lächelnden Augen, vergaß in diesem Augenblick alle meine Sorgen, lachte über sein fröhliches Lachen und freute mich an seiner Freude, als plötzlich ein Schatten die kleine sonnenbeschienene Stelle auf dem Gras vor uns verdunkelte; und als ich aufblickte, gewahrte ich Walter Hargrave, der hinter mir stand und auf uns starrte.

»Verzeihen Sie, Mrs. Huntingdon«, sagte er, »aber ich war wie gebannt; ich hatte weder die Kraft, näherzutreten und sie zu stören, noch mich von der stillen Betrachtung einer solchen Szene zurückzuziehen. Wie kräftig mein kleiner Patensohn wird und wie fröhlich er heute morgen ist! Er näherte sich dem Kind und beugte sich nieder, um seine Hand zu nehmen; aber als er sah, daß seine Liebkosungen eher Tränen und Klagen hervorzurufen schienen als eine Erwiderung von Freundschaftsbekundungen, zog er sich vorsichtig zurück.

»Welch eine Freude und welch ein Trost das kleine Geschöpf für Sie sein muß, Mrs. Huntingdon!« bemerkte er mit einer Spur von Traurigkeit in seiner Stimme, als er das Kind voll Bewunderung betrachtete.

»Das ist es auch«, erwiderte ich und fragte sodann nach seiner Mutter und seiner Schwester.

Höflich beantwortete er meine Fragen und kam hierauf erneut auf das Thema zu sprechen, das ich vermeiden wollte; wenn auch mit einer gewissen Schüchternheit, die seine Angst bezeugte, mich zu verletzen.

»Haben Sie in letzter Zeit nichts von Mr. Huntingdon gehört?« sagte er.

»Diese Woche nicht«, erwiderte ich. In den letzten drei Wochen nicht, hätte ich sagen können.

»Ich bekam heute morgen einen Brief von ihm. Ich wünschte es wäre einer, den ich seiner Frau zeigen könnte.« Zur Hälfte zog er einen Brief mit Arthurs immer noch geliebter Handschrift auf der Adresse aus seiner Westentasche, sah ihn stirnrunzelnd an und steckte ihn wieder ein, wobei er hinzufügte: »Aber er teilt mir mit, daß er im Begriff ist, in der nächsten Woche heimzukehren.«

»Das teilt er *mir* jedes Mal mit, wenn er schreibt.«

»Tatsächlich! Nun, das sieht ihm ähnlich. Aber *mir* bekannte er stets seine Absicht, bis diesen Monat zu bleiben.«

Dies traf mich wie ein Schlag, dieser Beweis von vorbedachter Verletzung und systematischer Nichtachtung der Wahrheit.

»Es paßt zu gut zu seinem übrigen Verhalten«, bemerkte Mr. Hargrave, indem er mich nachdenklich betrachtete und vermutlich meine Empfindungen von meinem Gesicht ablas.

»Dann kommt er also wirklich nächste Woche«, sagte ich nach kurzem Schweigen.

»Sie dürfen sich darauf verlassen, wenn Ihnen diese Versicherung Freude bereiten kann. Und ist es denn *möglich*, Mrs. Huntingdon, daß Sie sich über seine Rückkehr freuen?« entfuhr es ihm, wobei er meinen Gesichtsausdruck abermals aufmerksam musterte.

»Natürlich, Mr. Hargrave; ist er denn nicht mein Mann?«

»Oh, Huntingdon, du weißt gar nicht, *was* du da vernachlässigst!« murmelte er leidenschaftlich.

Ich nahm mein Baby auf den Arm, wünschte ihm einen guten Morgen und ging davon, um innerhalb des Heiligtums meines Heims und fern von forschenden Blicken meinen Gedanken nachzuhängen.

Und *war* ich froh? Ja, überaus froh; obwohl ich mich über Arthurs Verhalten ärgerte und fühlte, daß er mir unrecht getan hatte, und ich entschlossen war, ihn das auch spüren zu lassen.

KAPITEL 30
Szenen aus dem häuslichen Leben

Am darauffolgenden Morgen erhielt ich selbst ein paar Zeilen von ihm, die Hargraves Andeutungen bezüglich seiner bevorstehenden Rückkehr bestätigten. Und in der nächsten Woche kam er tatsächlich, aber in einer noch schlimmeren körperlichen und seelischen Verfassung als beim letzten Mal. Ich hatte jedoch nicht die Absicht, über seine Pflichtvergessenheit diesmal ohne eine Bemerkung hinwegzusehen: Ich fand, daß dies nicht anginge. Aber am ersten Tag war er erschöpft von seiner Reise, und ich war froh, daß ich ihn wiederhatte: da wollte ich ihm keine Vorwürfe machen, ich wollte bis morgen warten. Am nächsten Morgen war er immer noch müde: ich wollte noch etwas länger warten. Aber als er beim Dinner, nachdem er um zwölf Uhr ein Frühstück, bestehend aus einer Flasche Sodawasser und einer Tasse starken Kaffees, zu sich genommen und um zwei Uhr eine weitere Flasche Sodawasser vermischt mit Brandy zum Lunch getrunken hatte, an allem, was auf den Tisch kam, etwas auszusetzen fand und erklärte, wir müßten eine andere Köchin einstellen, hielt ich die Zeit für gekommen.

»Es ist dieselbe Köchin, die wir vor deiner Abreise hatten, Arthur«, sagte ich. »Damals warst du im großen und ganzen mit ihr recht zufrieden.«

»Dann mußt du es zugelassen haben, daß sie schlampige Gewohnheiten angenommen hat, während ich weg war. Einen solch abscheulichen Fraß zu essen, reicht aus, mich zu vergiften!« Mürrisch stieß er seinen Teller von sich und lehnte sich voller Verzweiflung in seinen Stuhl zurück.

»Ich denke, du bist es, der sich verändert hat, nicht sie«, sagte ich, aber äußerst sanft, denn ich wollte ihn nicht verärgern.

»Das mag sein«, erwiderte er gleichgültig, wobei er ein Glas mit Wein und Wasser ergriff, und nachdem er es hinunter gestürzt hatte, fügte er hinzu, »denn in meinen Adern brennt ein Höllenfeuer, das alle Wasser des Ozeans nicht löschen können!«

»Was hat es denn entfacht?« wollte ich gerade fragen, aber in diesem Augenblick kam der Butler herein und begann, abzutragen.

»Beeil dich, Benson; hör auf mit dem höllischen Geklapper!« schrie sein Herr. »Und bring ja nicht den Käse, wenn du mich nicht noch vollends krank machen willst!«

Ziemlich verwundert, räumte Benson den Käse weg und tat sein möglichstes, um ein leises und schnelles Abtragen des übrigen Geschirrs zu bewerkstelligen, doch unglücklicherweise war da eine Falte im Teppich, die sein Herr durch das hastige Zurückstoßen seines Stuhls erzeugt hatte und über die er nun stolperte und dabei aus dem Gleichgewicht geriet, wodurch eine ziemlich bedenkliche Erschütterung auf dem mit Geschirr beladenen Tablett in seinen Händen entstand, aber kein eigentlicher Schaden, außer daß eine Saucière herunterfiel und zu Bruch ging; doch zu meiner unaussprechlichen Scham und Bestürzung drehte sich Arthur wie eine Furie zu ihm um und beschimpfte ihn wüst und gemein. Der arme Mann erbleichte und zitterte sichtlich, als er sich bückte, um die Scherben aufzusammeln.

»Er konnte es nicht verhindern, Arthur«, sagte ich; »sein Fuß verfing sich im Teppich, und es ist ja auch kein großer Schaden entstanden. Lassen Sie die Scherben jetzt liegen, Benson, Sie können sie später wegräumen.«

Froh, erlöst zu sein, stellte Benson geschwind den Nachtisch hin und zog sich zurück.

»Was ist bloß in dich gefahren, Helen, für den Diener und gegen mich Partei zu ergreifen«, sagte Arthur, sobald die Tür geschlossen war, »wo du doch wußtest, daß ich außer mir war?«

»Ich wußte nicht, daß du außer dir warst, Arthur, und der arme Mann war ganz verschüchtert und verletzt durch deinen plötzlichen Wutausbruch.«

»Der arme Mann, fürwahr! Und meinst du wirklich, ich konnte innehalten, um über die Empfindungen eines törichten Tölpels wie diesem nachzudenken, als er meine Nerven durch seine verdammte Trottelhaftigkeit derart strapazierte?«

»Ich habe dich noch nie über deine Nerven klagen hören.«

»Und warum sollte ich wohl nicht ebenso Nerven haben wie du?«

»Oh, ich streite dir ja nicht ab, daß du welche hast, aber ich habe niemals über meine geklagt.«

»Nein – wie solltest du auch, wenn du nie irgend etwas tust, was sie strapazieren könnte?«

»Warum strapazierst du dann die deinen?«

»Meinst du, ich habe nichts anderes zu tun, als zu Hause herumzusitzen und auf mich achtzugeben wie eine Frau?«

»Ist es denn unmöglich, auf dich achtzugeben wie ein Mann, wenn du außer Haus bist? Du hast mir gesagt, daß du es könntest – und auch wolltest; und du hast versprochen…«

»Bitte, bitte, Helen, fang jetzt nicht mit diesem Blödsinn an; ich kann es nicht ertragen.«

»Kannst was nicht ertragen? An die Versprechen erinnert zu werden, die du gebrochen hast?«

»Helen, du bist grausam. Wenn du wüßtest, wie mein Herz pochte und wie jeder Nerv in mir bebte, während du sprachst, würdest du mich verschonen. Du hast Mitleid mit einem Dummkopf von Diener, weil er eine Schüssel zerbrach; aber mit *mir* hast du kein Mitgefühl, wenn mir der Kopf zerspringen will und in diesem verzehrenden Fieber wie Feuer glüht.«

Er stützte den Kopf auf seine Hand und seufzte. Ich ging zu ihm und legte meine Hand auf seine Stirn. Sie brannte tatsächlich.

»Dann komm mit mir in den Salon, Arthur; und trink keinen Wein mehr; seit dem Dinner hast du mehrere Gläser getrunken und den ganzen Tag lang fast nichts gegessen. Wie soll es dir *davon* besser gehen?«

Mit etwas Schmeicheln und Überreden brachte ich ihn dazu, den Tisch zu verlassen. Als mir das Baby gebracht wurde, versuchte ich, ihn durch das Kind etwas aufzuheitern; aber der arme kleine Arthur bekam gerade seine ersten Zähnchen, und sein Vater konnte sein Jammern nicht ertragen; beim ersten Anzeichen von Quengeligkeit erging das Urteil, daß er sofort auf sein Zimmer müsse; und weil ich im Verlauf des Abends wegging, um für ein Weilchen sein Exil zu teilen, wurde mir bei meiner Rückkehr vorgeworfen, mein Kind meinem Ehemann vorzuziehen. Ich fand den letzteren auf dem Sofa liegend vor, genau so, wie ich ihn verlassen hatte.

»Nun gut!« rief der gekränkte Mann in einem Ton gespielter Resignation aus. »Ich dachte mir, es ist besser, dich nicht holen zu lassen; ich dachte mir, ich würde schon sehen – wie lange du geruhen würdest, mich allein zu lassen.«

»Ich war doch nicht sehr lange weg, Arthur? Ich bin sicher, es war nicht einmal eine Stunde.«

»Oh, natürlich, eine Stunde ist nichts für dich, so angenehm zugebracht; aber für mich …«

»Sie war nicht angenehm zugebracht«, unterbrach ich ihn. »Ich habe mich um unser armes kleines Baby gekümmert, dem es gar nicht gutgeht, und ich konnte den Kleinen nicht allein lassen, bis er eingeschlafen war.«

»O gewiß, du strömst über vor Güte und Mitleid für alles und jeden außer mir.«

»Und warum sollte ich *dich* bemitleiden? Was hast du denn?«

»Also, das schlägt doch dem Faß den Boden aus! Nach all dem Schlimmen, was ich durchgemacht habe, und krank und erschöpft nach Hause komme, mich nach Trost sehne und zumindest von seiten meiner Frau Aufmerksamkeit und Güte zu finden erwarte – fragt sie seelenruhig, was ich habe!«

»*Nichts* hast du«, entgegnete ich, »was du dir nicht willentlich selbst zugezogen hast, gegen meine eindringlichen Ermahnungen und Bitten.«

»Also, Helen«, sagte er pathetisch und richtete sich ein wenig aus seiner liegenden Position auf, »wenn du mich noch mit einem einzigen Wort reizt, werde ich die Klingel ziehen und sechs Flaschen Wein bestellen – und, bei Gott, ich werde sie alle leeren, ehe ich mich von dieser Stelle bewege!«

Ich sagte nichts mehr, sondern setzte mich an den Tisch und zog mir ein Buch heran.

»Laß mich doch wenigstens in Ruhe«, fuhr er fort, »wenn

du mir schon jede andere Annehmlichkeit versagst«, und damit sank er in seine frühere Lage zurück und mit einem ungeduldigen Laut zwischen einem Seufzer und einem Stöhnen schloß er erschöpft die Augen, als ob er schlafen wollte.

Was das für ein Buch war, das auf dem Tisch vor mir aufgeschlagen lag, weiß ich nicht, denn ich warf keinen einzigen Blick darauf. Einen Ellbogen auf jede seiner beiden Seiten gestützt und meine Hände vor die Augen geschlagen, überließ ich mich stummem Weinen. Aber Arthur schlief nicht: beim ersten kleinen Schluchzer hob er den Kopf, blickte um sich und stieß ungeduldig hervor:

»Weshalb weinst du, Helen? Was, zum Teufel, ist denn nun schon wieder los?«

»Ich weine um dich, Arthur«, erwiderte ich, wobei ich mir schnell die Tränen abwischte; dann sprang ich auf, warf mich vor ihm auf die Knie, nahm seine kraftlose Hand in die meine und fuhr fort: »Weißt du nicht, daß du ein Teil meiner selbst bist? Und meinst du denn, dir Schaden zufügen und dich erniedrigen zu können, und ich spüre es nicht?«

»Mich erniedrigen, Helen?«

»Ja, erniedrigen! Was hast du denn die ganze Zeit über gemacht?«

»Frag lieber nicht«, sagte er mit einem schwachen Lächeln.

»Und du solltest es lieber nicht erzählen – aber du kannst nicht leugnen, daß du dich elendiglich erniedrigt hast. Du hast dir auf schmähliche Weise Schaden zugefügt, körperlichen und seelischen, und mir auch; und ich kann es nicht stillschweigend hinnehmen – und will es auch nicht.«

»Schon gut, drück meine Hand nicht so fürchterlich, und reg mich nicht so auf, um Himmels willen! O Hattersley, du hattest recht; diese Frau wird mein Tod sein, mit ihrem

Gefühlsüberschwang und ihrer bezwingenden Charakterstärke. Na, na, verschon mich ein bißchen.«

»Arthur, du *mußt* bereuen!« rief ich, außer mir vor Verzweiflung, und schlang meine Arme um ihn und barg mein Gesicht an seiner Brust.

»Du *sollst* sagen, daß du bedauerst, was du getan hast!«

»Schon gut, schon gut, das tue ich ja.«

»Du bedauerst es nicht! Du wirst es wieder tun.«

»Ich werde gar nicht mehr am Leben sein, um es wieder zu tun, wenn du mich so brutal behandelst«, erwiderte er und stieß mich von sich. »Du hast mir fast die Luft aus dem Körper gequetscht.« Er preßte seine Hand auf sein Herz und machte wirklich einen aufgewühlten und elenden Eindruck.

»Nun bring mir ein Glas Wein«, sagte er, »um den Schaden zu beheben, den du angerichtet hast, du Tigerin! Ich falle gleich in Ohnmacht.«

Ich rannte, um ihm die verlangte Medizin zu holen. Sie schien ihn beträchtlich zu beleben.

»Welch eine Schande«, sagte ich, als ich ihm das leere Glas aus der Hand nahm, »daß sich ein kräftiger junger Mann wie du in eine solch erbärmliche Lage bringt.«

»Wenn du alles wüßtest, mein Mädchen, würdest du eher sagen: Welch ein Wunder, daß du dich noch so tapfer hältst! Ich habe in diesen vier Monaten mehr erlebt, als du im Laufe deines gesamten bisherigen Daseins und mehr, als du bis zum Ende deiner Tage erleben wirst, und wenn du hundert Jahre alt würdest; also muß ich wohl irgendwie dafür bezahlen.«

»Du wirst einen höheren Preis zu bezahlen haben, als du ahnst, wenn du nicht aufpaßt: du wirst dich noch um deine Gesundheit bringen und auch um meine Zuneigung, wenn sie dir denn irgend etwas bedeutet.«

»Was denn, bist du wieder bei dem Spiel angelangt, mir

mit dem Verlust deiner Zuneigung zu drohen? Ich glaube, sie war wohl von Anfang an nicht sehr echt, wenn sie so leicht zerstört werden kann. Wenn du dich nicht in acht nimmst, meine schöne Tyrannin, bringst du mich noch dazu, daß ich meine Wahl ernstlich bereue und meinen Freund Hattersley um sein bescheidenes Frauchen beneide; sie ist ihrem Geschlecht ein echtes Vorbild, Helen. Er hatte sie während der ganzen Saison bei sich in London, und sie war überhaupt keine Last. Er konnte sich amüsieren, wie es ihm gefiel, ganz auf Junggesellenart, und sie beklagte sich nie über Vernachlässigung; er konnte zu jeder Stunde nachts oder morgens oder überhaupt nicht nach Hause kommen; mürrisch, nüchtern oder herrlich betrunken sein und den Clown spielen oder den Verrückten, ganz wie es sein Herz begehrte, ohne jede Angst und ohne je daran gehindert zu werden. Nie bekommt er von ihr ein Wort des Vorwurfs oder der Klage zu hören, er mag tun, was er will. Er sagt, es gebe in ganz England kein solches Juwel, und schwört, er würde sie nicht für ein Königreich hergeben.«

»Aber er macht ihr das Leben zur Hölle.«

»Er doch nicht! Sie kennt keinen Willen als den seinen, und ist stets zufrieden und glücklich, solange er sich vergnügt.«

»In diesem Fall ist sie ein ebenso großer Dummkopf wie er; aber so ist es nicht. Ich habe etliche Briefe von ihr, in denen sie die größte Besorgnis über seine Handlungsweise zum Ausdruck bringt und klagt, daß du ihn zu jenen Ausschweifungen verführst – besonders einen, in dem sie mich anfleht, meinen Einfluß auf dich geltend zu machen, um dich von London wegzubekommen, und behauptet, daß ihr Mann niemals solche Dinge tat, ehe du kamst, und sie sicherlich einstellen würde, sobald du abreistest und ihn der Leitung seines gesunden Menschenverstandes überließest.«

»Die abscheuliche kleine Verräterin! Gib mir den Brief, und er soll ihn zu sehen kriegen, so wahr ich hier stehe.«

»Nein, er soll ihn nicht sehen ohne ihre Zustimmung; aber falls er ihn sähe, es steht nichts darin, was ihn erzürnen würde – und in den anderen auch nicht. Nie äußert sie ein Wort gegen ihn; es ist nur die Angst um ihn, die sie zum Ausdruck bringt. Nur in überaus behutsamen Formulierungen spielt sie auf sein Verhalten an und führt jede nur denkbare Entschuldigung für ihn ins Feld – und was ihr eigenes Unglück betrifft, so spüre ich es eher, als daß ich es in ihren Briefen ausgedrückt fände.«

»Aber sie beschimpft mich; und zweifellos unterstützt du sie darin.«

»Nein, ich schrieb ihr, sie überschätze meinen Einfluß auf dich, daß ich dich mit Freuden von den Versuchungen der Stadt weglocken würde, wenn ich könnte, aber wenig Hoffnung auf Erfolg hätte und daß ich ihre Vermutung für falsch hielte, du verführtest Mr. Hattersley oder irgendeinen anderen. Einst hätte ich die gegenteilige Meinung vertreten, aber jetzt glaubte ich, daß ihr euch gegenseitig ansteckt; und vielleicht könnte es etwas nützen, wenn sie ihrem Mann sanft, aber nachdrücklich Vorhaltungen mache; da er, wie ich glaube, zwar ungehobelter als meiner, doch weniger unzugänglich sei.«

»Und so treibt ihr euer Spielchen also weiter – indem ihr euch gegenseitig zur Auflehnung ermuntert und die eine den Partner der anderen anschwärzt und insgeheim Andeutungen gegen den eigenen macht, zur beiderseitigen Genugtuung!«

»Nach deinem eigenen Bericht zu urteilen«, sagte ich, »hat mein schlimmer Rat nur wenig Wirkung auf sie gehabt. Und was das Beschimpfen und Verleumden betrifft, so schämen wir uns beide viel zu sehr für die Fehltritte und Laster unserer Ehepartner, um sie zum allgemeinen Gegenstand unseres Briefwechsels zu machen. Wenn wir auch Freundinnen sind, würden wir doch liebend gern eure Fehler für uns behalten – sogar vor uns selbst verheimlichen, wenn wir könnten, es sei denn, wir vermöchten euch durch dieses Wissen von ihnen befreien.«

»Gut, gut! Geh mir damit nicht auf die Nerven; auf diese Weise wirst du niemals etwas ausrichten. Hab Geduld mit mir, und ertrage meine Mattigkeit und schlechte Laune ein Weilchen, bis ich dieses verfluchte Fieber aus meinen Adern bekomme, und dann wirst du mich heiter und freundlich finden wie eh und je. Warum kannst du nicht so sanft und lieb sein wie das letzte Mal? Ich war wirklich sehr dankbar dafür.«

»Und was hat deine Dankbarkeit Gutes bewirkt? Ich gab mich der Selbsttäuschung hin, daß du dich deiner Verfehlungen schämtest, und hoffte, du würdest sie nie wiederholen; aber mittlerweile hast du mir nichts mehr zu hoffen übriggelassen!«

»Ich bin wohl ein ganz und gar hoffnungsloser Fall, nicht wahr? Eine sehr segensreiche Betrachtung der Dinge, wenn sie mich nur von den enervierenden Bekehrungsversuchen meiner lieben, besorgten Frau bewahrt, und sie vor der Mühe und Plage solcher Anstrengungen und ihr liebliches Gesicht und ihre glockenreine Sprache ebenso. Ein Ausbruch von Leidenschaft ist gelegentlich recht schön und aufwühlend, Helen, und ein Tränenstrom ist unglaublich rührend, aber beide sind, wenn man sich ihnen zu oft hingibt, verfluchtes Teufelszeug, weil sie einem die eigene Schönheit verderben und die Freunde langweilen.«

Hinfort unterdrückte ich meine Tränen und Gefühlsausbrüche, so gut ich konnte. Ich ersparte ihm meine Ermahnungen und auch meine fruchtlosen Bekehrungsversuche, denn ich merkte, daß alles umsonst war: Gott mochte dieses gleichgültige und von Zügellosigkeit abgestumpfte Herz erwecken und den Schleier sinnlicher Verblendung von seinen Augen nehmen, aber ich konnte es nicht. Seine Ungerechtigkeit und Übellaunigkeit gegenüber seinen Untergebenen störten mich dennoch, und ich widersetzte mich ihnen; aber wenn sie sich gegen mich richteten, was häufig der Fall war, ertrug ich es mit ruhiger Nachsicht, außer wenn ich, durch wiederholten Ärger erschöpft oder durch irgendein weiteres Beispiel von Unvernunft zur Verzweiflung gebracht, unwillkürlich die Beherrschung verlor und mir dann vorwerfen lassen mußte, stolz, grausam und ungeduldig zu sein. Sorgsam widmete ich mich seinen Wünschen und Vergnügungen, aber nicht, wie ich zugeben muß, mit derselben hingebungsvollen Liebe wie vorher, weil ich sie nicht mehr empfinden konnte; zudem hatte ich nun noch ein anderes Wesen, das meine Zeit und Pflege in Anspruch nahm – mein kränkliches Kind, dem zuliebe ich oft die Vorhaltungen und Klagen seines maßlos fordernden Vaters über mich ergehen ließ und erduldete.

Doch Arthur ist von Natur aus kein zänkischer oder reizbarer Mensch – er ist so weit davon entfernt, daß das Mißverhältnis zwischen seinem Naturell und dieser bisweilen auftretenden Verdrießlichkeit und nervösen Reizbarkeit fast etwas Komisches an sich hat, das eigentlich eher zum Lachen reizen als Zorn erregen würde, wären da nicht die außerordentlich qualvollen Betrachtungen, die mit jenen Symptomen einer aus dem Gleichgewicht gebrachten Gemütsverfassung einhergehen – und sein seelischer Zustand besserte sich tatsächlich in dem Maße, wie seine körperliche Gesundheit wiederhergestellt war, was viel schneller geschah, als es der Fall gewesen wäre, wenn ich mich nicht so eifrig um ihn bemüht hätte; denn immer noch hatte er etwas an sich, das mir Hoffnung machte, und von dem energischen Versuch, ihn zu retten, wollte ich noch immer nicht ablassen. Sein Verlangen nach dem Stimulus des Weins war gestiegen, wie ich nur zu gut vorhergesehen hatte. Er war nun etwas mehr für ihn als ein Beiwerk gesellschaftlichen Vergnügens: er war als solcher eine wichtige Quelle des Vergnügens geworden. In dieser Zeit der Schwäche und Niedergeschlagenheit hätte er ihn zu seiner Medizin und Stütze, zu seinem Tröster, seiner Stärkung und seinem Freund gemacht; und wäre dabei tiefer und tiefer gesunken – und hätte sich selbst dazu verdammt, dort unten zu bleiben, wohin er gestürzt wäre. Aber ich nahm mir fest vor, daß es dazu nie kommen sollte, solange ich noch irgendwelchen Einfluß auf ihn hätte; und obwohl ich ihn nicht daran hindern konnte, mehr zu trinken, als ihm guttat, gelang es mir doch durch nie erlahmende Ausdauer, durch Güte und Festigkeit, durch Wachsamkeit, durch Schmeicheln und Mut und Entschlossenheit, ihn davor zu bewahren, dieser verabscheuungswürdigen Neigung gänzlich zu verfallen, die in ihren Anfängen so tückisch, in ihrer Tyrannei so unerbittlich und in ihren Folgen so verhängnisvoll ist.

Und hier darf ich nicht vergessen, daß ich seinem Freund, Mr. Hargrave, zu nicht geringem Dank verpflichtet bin. Um diese Zeit kam er häufig zu Besuch nach Grass-dale und oft aß er mit uns. Bei solchen Gelegenheiten, fürchte ich, hätte Arthur wohl bereitwillig Umsicht und Anstand in den Wind geschlagen und die ganze Nacht durchgezecht, sooft sein Freund bei diesem hehren Zeitvertreib mitgemacht hätte; und wenn letzterer dem nachgekommen wäre, hätte er in einer Nacht oder zwei die Arbeit von Wochen zunichte machen und mit einem Streich das schwache Bollwerk zum Einsturz bringen können, dessen Bau mich so viel Mühe und Plage gekostet hatte. Anfangs war ich deswegen so ängstlich, daß ich mich erniedrigte, ihm unter vier Augen meine Befürchtungen hinsichtlich Arthurs Empfänglichkeit für diese Exzesse anzudeuten und meiner Hoffnung Ausdruck zu verleihen, er werde ihn nicht dazu ermuntern. Er war erfreut über diesen Vertrauensbeweis und machte sich ihn sicherlich nicht zunutze. Bei dieser und jeder folgenden Gelegenheit diente seine Anwesenheit eher dazu, seinem Gastgeber Einhalt zu gebieten, als ihn zu weiteren Exzessen der Unmäßigkeit anzustacheln; und es gelang ihm stets, ihn rechtzeitig und in einigermaßen guter Verfassung aus dem Eßzimmer zu bringen, denn wenn Arthur Andeutungen wie »Nun, ich darf Sie nicht länger von Ihrer Frau fernhalten« oder »Wir dürfen nicht vergessen, daß Mrs. Huntingdon allein ist« überhörte, bestand er selbst stets darauf, den Tisch zu verlassen, um sich zu mir zu gesellen, und sein Gastgeber mußte ihm wohl oder übel folgen.

Von da an lernte ich Mr. Hargrave als einen echten Freund der Familie schätzen, als einen harmlosen Kameraden für Arthur, der seine Stimmung aufheiterte und ihn vor der Langeweile völliger Untätigkeit und einer totalen Isolation von jeder Gesellschaft außer der meinen bewahrte, und als einen nützlichen Verbündeten für mich. Ich konnte ihm gegenüber unter diesen Umständen nur Dankbarkeit empfinden; und ich scheute mich nicht, ihm bei der ersten passenden Gelegenheit zu versichern, wie verpflichtet ich ihm sei; jedoch, als ich es tat, flüsterte mir mein Herz zu, daß das nicht ganz recht sei, und trieb mir die Röte ins Gesicht, die er durch seinen unverwandten, ernsten Blick noch verstärkte, während er durch die Art, wie er diese Bekenntnisse entgegennahm, meine Zweifel mehr als verdoppelte. Seine große Freude, mir zu Diensten sein zu können, wurde durch Sympathie für mich und Mitleid mit sich selbst gedämpft – weswegen, weiß ich nicht, denn ich wollte ihn nicht fragen oder zulassen, daß er mir seine Kümmernisse beichte. Seine Seufzer und Andeutungen von unterdrücktem Kummer schienen aus vollem Herzen zu kommen; doch er mußte entweder versuchen, sie für sich zu behalten oder sie in andere Ohren zu flüstern als in meine: es gab schon genug Vertraulichkeit zwischen uns. Es erschien mir nicht richtig, daß hier ein geheimes Einverständnis zwischen dem Freund meines Mannes und mir bestehen sollte, von dem dieser nichts wußte und dessen Gegenstand er war. Aber mein zweiter Gedanke war: »Wenn es falsch ist, ist es gewiß Arthurs Schuld, nicht die meine.«

Und in der Tat, ich weiß nicht, ob ich damals nicht eher wegen ihm als wegen meines eigenen Verhaltens errötete, denn da er und ich eins sind, identifiziere ich mich so sehr mit ihm, daß ich seine Erniedrigung, seine Fehltritte, seine Vergehen als meine eigenen empfinde; ich erröte für ihn, ich fürchte für ihn, ich bereue für ihn, weine, bete und fühle für ihn wie für mich selbst; aber ich kann nicht für ihn handeln; und daher bin ich nun einmal durch diese Verbindung sowohl subjektiv wie auch objektiv entwürdigend befleckt. Ich bin so fest entschlossen, ihn zu lieben – so innig bestrebt, seine Fehltritte zu entschuldigen, daß ich mich dauernd damit beschäftige und abmühe, die liederlichsten seiner Grundsätze und die schlimmsten seiner Handlungsweisen zu beschönigen, bis ich mit dem Laster vertraut und fast eine Teilhaberin an seinen Sünden bin. Dinge, die mich einst empörten und mit Abscheu erfüllten, scheinen mir mittlerweile nur natürlich. Ich weiß, daß sie falsch sind, weil die Vernunft und Gottes Wort sie für falsch erklären, doch ich verliere allmählich jenen instinktiven Abscheu und Widerwillen, der mir von der Natur gegeben oder durch die Lehren und das Beispiel meiner Tante beigebracht worden war. Vielleicht war ich damals in meinen Urteilen zu streng gewesen, denn ich verabscheute den Sünder ebenso wie die Sünde; nun bilde ich mir ein, barmherziger und verständnisvoller zu sein; aber werde ich dadurch nicht auch gleichgültiger und gefühlloser? Welch eine Törin war ich doch, davon zu träumen, daß ich genug Kraft und Lauterkeit hätte, um ihn und mich zu retten! Einer solch eitlen Anmaßung geschähe es recht, wenn ich mit ihm in dem Strudel untergehen sollte, aus dem ich ihn erretten wollte! Doch Gott bewahre mich davor – und ihn auch! Ja, der arme Arthur, ich will dennoch für ihn hoffen und beten; und wenn ich auch schreibe, als ob du irgendein liederlicher Bösewicht wärst, jenseits aller Hoffnung und aller Gnade, so rührt dies doch von ängstlichen Befürchtungen her – meinen sehnlichen Wünschen; jemand, der dich weniger liebte, wäre auch weniger verbittert – weniger enttäuscht.

Sein Verhalten ist in letzter Zeit das, was man gemeinhin untadelig nennt; und dennoch weiß ich, daß er sich im Innersten kein bißchen geändert hat; und ich weiß, daß der Frühling naht, und ich fürchte die Folgen zutiefst.

Da er die Spannkraft und Energie seines erschöpften Körpers allmählich wiedererlangte und mit ihr seine frühere Abneigung gegenüber einem zurückgezogenen, geruhsamen Leben, schlug ich zu seiner Erholung und weiteren Wiederherstellung und ebenso zum Wohl unseres Kleinen einen kurzen Aufenthalt an der See vor. Aber nein; Badeorte seien so unerträglich öde – außerdem sei er von einem seiner Freunde eingeladen worden, ein oder zwei Monate in Schottland zu verbringen, weil er sich bei der Jagd auf Moorhühner und auf der Rotwildpirsch besser erholen könne, und er habe versprochen zu kommen.

»Dann willst du mich also wieder allein lassen, Arthur?« sagte ich.

»Ja, Liebstes, aber nur, um dich um so mehr zu lieben, wenn ich wiederkomme, und um alle vergangenen Ärgernisse und Verfehlungen wiedergutzumachen; und diesmal brauchst du keine Angst um mich zu haben; auf den Bergen gibt es keine Versuchungen. Und während meiner Abwesenheit kannst du doch einen Besuch in Staningley machen, wenn du magst: dein Onkel und deine Tante möchten schon seit langem, daß wir hinfahren, wie du weißt; aber irgendwie besteht zwischen der guten Dame und mir eine derartige Abneigung, daß ich mich nie dazu entschließen konnte.«

Ich war durchaus bereit, von dieser Erlaubnis Gebrauch zu machen, wenn auch nicht wenig besorgt wegen der Fragen und Kommentare meiner Tante bezüglich meiner Eheerfahrung, worüber ich in meinen Briefen sehr zurückhaltend gewesen war, denn ich hatte nicht viel Angenehmes zu vermelden.

Um die dritte Augustwoche herum brach Arthur nach Schottland auf, und zu meiner heimlichen Genugtuung begleitete ihn Mr. Hargrave dorthin. Kurz danach fuhr ich mit dem kleinen Arthur und Rachel nach Staningley, mein liebes altes Zuhause, das ich ebenso wie meine lieben alten Freunde, seine Bewohner, mit einer Mischung aus Freude und Schmerz wiedersah. Diese Gefühle waren so miteinander verquickt, daß ich kaum das eine vom anderen unterscheiden oder sagen konnte, welchem ich die verschiedentlich aufkommenden Tränen, das Lächeln und die Seufzer zuschreiben sollte, die jene alt vertrauten Stätten und Stimmen und Gesichter in mir auslösten. Noch nicht einmal zwei Jahre waren vergangen, seitdem ich sie zum letzten Male gesehen und mit ihnen gesprochen hatte; aber es schien eine viel, viel längere Zeit zu sein; und das mochte sehr wohl sein, denn wie unendlich hatte ich mich inzwischen verändert! Wie vieles hatte ich seither gesehen, und empfunden und gelernt! Auch mein Onkel kam mir merklich gealtert und hinfälliger vor, meine Tante trauriger und ernster. Ich glaubte, sie dachte, ich hätte meine Eile bereut; auch wenn sie ihre Überzeugung nicht offen aussprach oder mich triumphierend an ihre in den Wind geschlagenen Ratschläge erinnerte, was ich zum Teil befürchtet hatte; aber sie beobachtete mich aufmerksam – aufmerksamer, als mir lieb war – und schien meiner Heiterkeit zu mißtrauen und jedes kleine Anzeichen von Traurigkeit oder ernstem Gedanken allzu hellhörig zu registrieren, all meine zufälligen Bemerkungen zur Kenntnis zu nehmen und stillschweigend ihre eigenen Schlüsse daraus zu ziehen; während sie durch unauffällige Kreuzverhöre, die sie von Zeit zu Zeit wiederholte, mir viele Dinge entlockte, die ich ihr sonst wohl nicht erzählt hätte; und dies und das zusammenfügte, erhielt sie, wie ich fürchte, eine recht deutliche Vorstellung von den Fehlern meines Mannes und meinen Kümmernissen, wenn auch nicht von den Quellen des Trostes und der Hoffnung, die mir noch geblieben waren; denn obwohl ich versuchte, sie zu beeindrucken mit dem Hinweis auf Arthurs versöhnlich stimmende Eigenschaften und unsere gegenseitige Zuneigung und die vielen Gründe, die ich hatte, dankbar zu sein und mich zu beglückwünschen, nahm sie alle diese Andeutungen kühl und ruhig zur Kenntnis, als ob sie insgeheim ihre eigenen Schlüsse zöge – Schlüsse, wie ich überzeugt war, die zumeist weit über die Wahrheit hinausgingen, wenn ich auch gewiß ein wenig damit übertrieb, ihr meine Lage in einem rosigen Licht darzustellen. War es Stolz, was mich veranlaßte, daß ich mich so sehr bemühte, mit meinem Los zufrieden zu erscheinen – oder bloß die Entschlossenheit, meine selbstauferlegte Last zu tragen und meine beste Freundin davor zu bewahren, auch nur im geringsten an meinen Sorgen teilzuhaben, vor denen sie mich so hartnäckig zu beschützen versucht hatte? Es mochte etwas von beidem sein, aber ich bin sicher, daß das letztere Motiv überwog.

Ich dehnte meinen Besuch nicht allzu lange aus, denn ich empfand die schonungslose Wachsamkeit und Skepsis meiner Tante nicht nur als eine Last und einen stummen Vorwurf, der mich mehr bedrückte, als sie es sich wohl vorstellen konnte, sondern ich merkte, daß mein kleiner Arthur seinem Großonkel auf die Nerven ging, obwohl ihm dieser wohlgesonnen war, und seiner Großtante kein übermäßiges Vergnügen bereitete, auch wenn er ein Gegenstand ihrer aufrichtigsten Zuneigung und ängstlichen Besorgnis war.

Liebe Tante! Hast du mich nicht, seit ich ein Baby war, liebevoll großgezogen, in meiner Kindheit und Jugend so gewissenhaft geleitet und unterrichtet? Und konnte ich dir dafür nur so danken – daß ich deine Hoffnungen enttäuscht, mich deinen Wünschen widersetzt, deine Warnungen und Ratschläge verschmäht und deine letzten Lebensjahre verdüstert habe mit angstvollen Befürchtungen und Kummer über die Leiden, die du nicht lindern kannst? Der Gedanke daran brach mir fast das Herz; und immer wieder versuchte ich, sie davon zu überzeugen, daß ich mit meinem Los glücklich und zufrieden sei; aber ihre letzten Worte, als sie mich umarmte und das Kind in meinen Armen küßte, bevor ich in die Kutsche stieg, waren:

»Paß auf deinen Sohn auf, Helen, und es werden vielleicht auch noch für dich glückliche Tage kommen. Welch großer Trost und Schatz er jetzt für dich ist, kann ich mir gut vorstellen; aber solltest du ihn verhätscheln, um deinen gegenwärtigen Gefühlen nachzugeben, so wirst du es zu spät bereuen, wenn dein Herz gebrochen ist.«

Arthur kam erst mehrere Wochen nach meiner Rückkehr nach Grass-dale; aber ich machte mir jetzt nicht so viele Sorgen um ihn: der Gedanke, daß er in den unwegsamen Hügeln Schottlands seinem Zeitvertreib nachging, war etwas ganz anderes, als ihn in die Verderbtheiten und Versuchungen von London verstrickt zu wissen. Seine Briefe, obwohl sie weder lang noch die eines Liebhabers waren, kamen regelmäßiger als jemals zuvor; und als er dann zurückkehrte, war er, anstatt schlimmer zu sein, zu meiner großen Freude fröhlicher und vitaler und machte rundherum einen besseren Eindruck als bei seiner Abreise. Seitdem habe ich wenig Grund zu klagen. Immer noch zeigt er zwar eine unglückselige Vorliebe für die Tafelfreuden, die ich bekämpfen und beobachten muß; aber er hat begonnen, Notiz von seinem Sohn zu nehmen, und dies ist für ihn eine wachsende Quelle des Vergnügens innerhalb des Hauses, wohingegen ihm die Fuchs- und Hasenjagd genügend Beschäftigung außer Haus bieten, wenn der Boden nicht hartgefroren ist, so daß er zu seiner Unterhaltung nicht nur auf mich angewiesen ist. Aber es ist mittlerweile Januar: der Frühling naht; und, ich wiederhole, ich fürchte mich vor den Folgen seines Kommens. Diese liebliche Jahreszeit, die ich einst mit so großer Freude als die Zeit der Hoffnung und des Glücks willkommen hieß, erweckt nun bei ihrer Wiederkehr ganz andere Erwartungen.

KAPITEL 31
Gesellschaftliche Tugenden

20. März 1824. – Die Zeit, der ich so angstvoll entgegensah, ist gekommen, und Arthur ist fort, wie ich erwartete. Diesmal erklärte er, er wolle sich nur kurz in London aufhalten und dann auf den Kontinent übersetzen, wo er wahrscheinlich ein paar Wochen bleiben würde; aber ich werde wohl erst nach Ablauf vieler Wochen mit seiner Rückkehr zu rechnen haben: mittlerweile weiß ich, daß bei ihm Tage Wochen und Wochen Monate bedeuten.

Ich hätte ihn eigentlich begleiten sollen, aber kurz vor dem vereinbarten Abreisetag erlaubte er mir – ja, drängte er mich geradezu mit merkwürdig anmutender Selbstaufopferung, meinen bemitleidenswerten Vater zu besuchen, der sehr krank ist, und meinen Bruder, der wegen der Krankheit und der Ursache derselben sehr unglücklich ist und den ich nicht mehr gesehen hatte seit dem Tag, an dem unser Kind getauft wurde, als er neben Mr. Hargrave und meiner Tante

Pate stand. Da ich die Gutmütigkeit meines Mannes, die er mir durch diese Erlaubnis erwies, nicht ausnützen wollte, hielt ich mich dort nur sehr kurz auf; aber als ich nach Grass-dale zurückkam – war er weg.

Er hatte eine kurze Nachricht hinterlassen, um seine so überstürzte Abreise zu erklären, in der er vorgab, daß irgendein plötzlicher Notfall seine unverzügliche Anwesenheit in London erfordert und es ihm unmöglich gemacht habe, meine Rückkehr abzuwarten; und er fügte hinzu, daß ich mir lieber nicht die Mühe machen solle, nachzukommen, da er einen so kurzen Aufenthalt beabsichtige, daß es sich kaum lohne; und da er natürlich allein um weniger als die Hälfte billiger reisen könne, als wenn ich ihn begleitete, sei es vielleicht besser, die Reise auf ein anderes Jahr zu verschieben, wenn er unsere materiellen Verhältnisse in einen geordneteren Zustand gebracht haben würde, worum er sich jetzt gerade bemühe.

Verhielt es sich wirklich so? Oder war das Ganze eine List, damit er seine Vergnügungstour ungestört fortsetzen könne, ohne durch meine Gegenwart dabei behindert zu werden? Es ist schmerzlich, die Aufrichtigkeit derer, die man liebt, in Zweifel zu ziehen, aber nach so vielen Beweisen von Unaufrichtigkeit und äußerster Mißachtung von Grundsätzen, wie kann ich da eine so unwahrscheinliche Geschichte glauben?

Eine Quelle des Trostes ist mir immerhin geblieben: er hatte mir vor einiger Zeit gesagt, daß er, wenn er jemals wieder nach London oder Paris führe, in seinen Vergnügungen mehr Mäßigung walten lassen werde als früher, damit er sich nicht um seine Genußfähigkeit insgesamt bringe: er habe zwar nicht den Ehrgeiz, ungeheuer alt zu werden, möchte aber schon ganz gern seinen Anteil am Leben haben und vor allem die Freuden desselben bis zum letzten Atemzug auskosten – weshalb es ihm nötig erscheine, mit seinen

Kräften zu haushalten. Denn er befürchtete bereits, nicht mehr so ein hübscher Bursche wie früher zu sein, und obwohl er noch so jung war, hatte er neulich ein paar graue Haare in seinen geliebten haselnußbraunen Locken entdeckt; er bildete sich ein, auch etwas dicker geworden zu sein, als eigentlich wünschenswert sei – aber das kam vom guten Leben und Nichtstun; und im übrigen hoffte er zuversichtlich, so stark und kräftig wie immer zu sein: nur, man konnte ja nicht wissen, ob nicht vielleicht noch so eine Saison ungezügelter Verrücktheiten und Teufeleien wie die letzte ihn ziemlich schwächen werde. Ja; das sagte er zu mir – mit schamloser Unverfrorenheit und jenem lustigen, verschmitzten Augenzwinkern, das ich einst so gern an ihm sah, und jenem fröhlichen Gekicher, bei dem mir früher ganz warm ums Herz geworden war.

Nun, diesen Erwägungen wird er zweifellos mehr Gewicht beimessen als irgendeiner, die ich ihm aufzwingen könnte. Wir werden sehen, inwieweit *sie* ihn schützen können, zumal mir sonst keine bessere Hoffnung bleibt.

30. Juli. – Vor etwa drei Wochen kehrte er zurück, in etwas besserer gesundheitlicher Verfassung, gewiß, aber mit noch schlechterer Laune als zuvor. Und dennoch irre ich mich vielleicht: *ich* bin es, die ungeduldiger und unnachsichtiger ist. Ich bin seine Ungerechtigkeit, seine Ichbezogenheit und hoffnungslose *Verdorbenheit* gründlich leid. Ich wünschte, ein schwächeres Wort genügte dafür; ich bin kein Engel, und alles, was ich selbst in mir an schlechten Neigungen habe, sträubt sich dagegen. Letzte Woche starb mein armer Vater: Arthur war verärgert, als er davon erfuhr, weil er sah, daß ich entsetzt und traurig war, und er fürchtete, dieser Umstand würde seine Bequemlichkeit beeinträchtigen. Als ich davon sprach, daß ich meine Trauerkleider zurechtlegen müsse, stieß er hervor:

»Oh, ich hasse Schwarz! Ich vermute jedoch, daß du es

eine Weile tragen mußt, der Form halber; aber ich hoffe, Helen, du wirst es nicht für deine Pflicht und Schuldigkeit halten, dein Gesicht und Benehmen deiner Trauerkleidung anzupassen. Warum solltest du auch seufzen und stöhnen und ich um meine Behaglichkeit gebracht werden, nur weil ein alter Gentleman in …shire, ein Wildfremder für uns beide, es für richtig gehalten hat, sich zu Tode zu trinken? Wahrhaftig, da heulst du ja auch schon! Nun, es muß wohl Zuneigung sein.«

Er wollte nichts davon hören, daß ich der Beerdigung beiwohnte oder ein paar Tage hinführe, um den armen Frederick in seiner Einsamkeit etwas aufzuheitern. Es sei ganz und gar unnötig, sagte er, und es sei unsinnig von mir, diesen Wunsch zu äußern. Was bedeutete mir mein Vater schon? Außer einem einzigen Mal hatte ich ihn niemals gesehen, seitdem ich ein Baby war, und ich wußte wohl, daß er sich keinen Deut um mich gekümmert hatte; und auch mein Bruder war kaum mehr als ein Fremder für mich. »Nebenbei, liebe Helen«, sagte er und umarmte mich mit einschmeichelnder Zärtlichkeit, »ich kann dich nicht auch nur einen einzigen Tag entbehren.«

»Wie bist du denn dann die *vielen* Tage neulich ohne mich zurechtgekommen?« sagte ich.

»Ach, da habe ich mich in der Welt herumgetrieben, jetzt bin ich daheim; und daheim ohne dich, meine Hausgöttin, wäre unerträglich.«

»Ja, so lange du mich zu deiner Bequemlichkeit brauchst; aber vor einiger Zeit hast du anders geredet, als du mich drängtest wegzufahren, damit du ohne mich deinem Zuhause entkommen konntest«, gab ich zurück; aber noch ehe mir die Worte ganz über die Lippen gekommen waren, bedauerte ich, sie geäußert zu haben. Es schien eine so schwere Beschuldigung: wenn sie unbegründet war, eine allzu große Beleidigung; wenn sie begründet war, eine allzu demütigende Tatsache, um sie ihm offen ins Gesicht zu schleudern. Doch ich hätte mir diesen momentan schmerzhaften Selbstvorwurf ersparen können. Die Anklage erweckte in ihm weder Scham noch Empörung: er versuchte weder zu leugnen noch sich zu entschuldigen, sondern antwortete nur mit einem langen, leisen, stillvergnügten Lachen, als ob er den ganzen Vorgang von Anfang bis zum Ende für einen gelungenen, fröhlichen Scherz ansehe. Dieser Mann wird es mit Sicherheit noch dahin bringen, daß ich ihn schließlich hasse!

»Da du braust, meine schöne Maid,
denk dran, daß du das Bier trinken mußt.«

Ja, und ich *will* es bis zur Neige austrinken: und niemand außer mir soll wissen, wie schwer mir das fällt!

20. August. – Wir sind schon fast wieder in unser übliches Fahrwasser geraten. Arthur ist fast wieder ganz der alte und hat seine früheren Gewohnheiten wieder angenommen; und ich habe es bisher für das Klügste gehalten, weder zurückzublicken noch nach vorne zu schauen, soweit es ihn betrifft zumindest, und nur für die Gegenwart zu leben, ihn zu lieben, wenn ich kann, zu lächeln (falls möglich), wenn er lächelt, fröhlich zu sein, wenn er fröhlich ist, und mich zu freuen, wenn er liebenswürdig ist; und wenn er es nicht ist, zu versuchen, ihn dahinzubringen – und falls dies nichts nutzt, ihn zu ertragen, ihn zu entschuldigen und ihm, so gut ich kann, zu verzeihen und zu verhindern, daß meine eigenen bösen Leidenschaften die seinen noch verschlimmern; und während ich so auf seine harmloseren Neigungen eingehe und sie unterstütze, tue ich doch alles, was in meiner Macht steht, ihn vor den schlimmeren zu bewahren.

Aber wir werden nicht lange allein miteinander sein. Man wird mich in Kürze ersuchen, dieselbe erlesene Gesellschaft von Freunden zu bewirten, die wir im vorletzten Herbst zu Besuch hatten, zudem noch Mr. Hattersley und, auf meinen besonderen Wunsch hin, seine Frau und sein Kind. Ich sehne mich danach, Milicent zu sehen – und auch ihr kleines Mädchen. Es ist jetzt ein gutes Jahr alt; sie wird meinem kleinen Arthur eine reizende Spielgefährtin sein.

30. September. – Unsere Gäste sind seit ein paar Wochen hier, aber ich habe bis jetzt noch keine Zeit gehabt, irgendwelche Kommentare über sie abzugeben. Ich kann meine Abneigung gegen Lady Lowborough nicht überwinden. Sie gründet sich nicht nur auf bloßen persönlichen Groll; es ist die Frau selbst, die ich nicht leiden kann, weil ich sie durch und durch verurteile. Ich vermeide ihre Gesellschaft, soweit ich kann, ohne die Regeln der Gastfreundschaft zu verletzen; aber wenn wir dennoch miteinander sprechen oder Umgang pflegen, so geschieht dies mit der äußersten Höflichkeit – ja, sogar scheinbarer Herzlichkeit von ihrer Seite; doch man bewahre mich vor einer solchen Herzlichkeit! Es ist, wie wenn man wilde Rosen oder Weißdorn anfaßt – die recht leuchtend anzusehen sind und sich an der Oberfläche weich anfühlen, aber, wie man weiß, haben sie darunter Dornen, und ab und zu spürt man sie auch; und vielleicht nehmen sie einem die Verletzung übel, die man, obzwar zum Schaden der eigenen Finger, ihnen zufügt, wenn man ihre Dornen so lange eindrückt, bis ihre Kraft zerstört ist.

In letzter Zeit allerdings habe ich an ihrem Verhalten gegenüber Arthur nichts bemerkt, was mich erzürnt oder beunruhigt hätte. Während der ersten paar Tage schien sie mir sehr bemüht zu sein, ihn für sich einzunehmen. Ihre Bemühungen blieben ihm nicht verborgen: häufig sah ich ihn über ihre listigen Manöver vor sich hinlächeln. Aber zu seiner Ehre sei gesagt, daß ihre Pfeile kraftlos an ihm abprallten. Ihr bezauberndstes Lächeln, ihr hochmütigstes Stirnrunzeln wurden stets mit derselben unwandelbaren, gleichgültigen Gutmütigkeit aufgenommen; bis sie, als sie feststellte, daß er wirklich unempfänglich war, plötzlich ihre Bemühungen einstellte und allem Anschein nach ebenso total gleichgültig wurde wie er. Und ich habe auch kein Anzeichen von Groll seinerseits oder neue Eroberungsversuche ihrerseits bemerkt.

So sollte es auch sein; doch Arthur wird sich nie so verhalten, daß ich mit ihm zufrieden bin. Seit ich ihn heiratete, habe ich nie, nicht eine einzige Stunde lang, erfahren, was es heißt, die süße Vorstellung »Stille und Vertrauen verleihen euch Kraft« in die Wirklichkeit umzusetzen. Jene beiden abscheulichen Männer, Grimsby und Hattersley, haben all meine Mühen im Kampf gegen seine Weinseligkeit zunichte gemacht. Sie ermuntern ihn täglich, die Grenzen des Maßvollen zu überschreiten, und nicht selten so, daß er sich durch regelrechte Exzesse in Grund und Boden blamiert. Die zweite Nacht nach ihrer Ankunft werde ich wohl nicht so schnell vergessen. Kaum daß ich mich mit den Damen aus dem Speisezimmer zurückgezogen hatte, die Tür war noch nicht hinter uns ins Schloß gefallen, da rief Arthur auch schon laut:

»Nun, meine Freunde, was sagt ihr zu einem feuchtfröhlichen Abend, wie es sich gehört?«

Milicent warf mir einen ziemlich vorwurfsvollen Blick zu, als ob ich es verhindern könnte; aber ihr Gesichtsausdruck veränderte sich, als sie Hattersleys Stimme durch Tür und Mauer hindurch schreien hörte:

»*Ich* bin dabei! Laß mehr Wein bringen: das hier reicht ja noch nicht einmal für den *halben* Abend!«

Wir hatten gerade den Salon betreten, als sich Lord Lowborough zu uns gesellte.

»Was veranlaßt dich denn, so frühzeitig zu kommen?« entfuhr es seiner Frau mit einer höchst ungnädigen, mißvergnügten Miene.

»Du weißt, ich trinke nie, Annabella«, erwiderte er ernst.

»Na schön, aber du könntest noch ein bißchen bei ihnen bleiben; es sieht so lächerlich aus, wenn du immer an unseren Rockschößen hängst – daß du das überhaupt fertigbringst, wundert mich!«

Er tadelte sie mit einem Blick, in dem sich Bitterkeit und Überraschung mischten; er ließ sich auf einen Stuhl fallen, wobei er einen tiefen Seufzer unterdrückte, biß sich auf seine blassen Lippen und richtete seine Augen zu Boden.

»Sie haben recht daran getan, als Sie von den anderen weggegangen sind, Lord Lowborough«, sagte ich. »Ich hoffe, Sie werden uns auch weiterhin immer so früh mit Ihrer Gesellschaft beehren. Und wenn Annabella den Wert echter Klugheit zu schätzen und das Elend zu ermessen wüßte, das mit Torheit – und Trunksucht einhergeht, würde sie nicht solchen Unsinn reden – nicht einmal zum Scherz.«

Während ich sprach, hob er die Augen und richtete sie ernst auf mich, mit einem halb überraschten, halb abwesenden Blick, und heftete sie dann auf seine Frau.

»Zumindest«, sagte sie, »weiß ich ein warmes Herz und unerschrockenen Mannesmut zu schätzen.«

Sie unterstrich ihre Worte mit einem kurzen, triumphierenden Blick auf mich, der zu sagen schien: »Und das ist mehr, als *Sie* zu schätzen wissen«, und mit einem spöttischen auf ihren Mann, der diesen im Innersten traf. Ich war unerhört verärgert; aber es stand mir nicht an, sie zu rügen oder, wie mir schien, meine Sympathie mit ihrem Mann zum Ausdruck zu bringen, ohne seine Gefühle zu verletzen. Alles, was ich tun konnte, um meiner inneren Regung zu gehorchen, war, ihm eine Tasse Kaffee zu reichen, die ich ihm selbst hinbrachte, und zwar bevor ich eine der beiden Damen bediente, weil ich das verächtlich machende Benehmen der einen durch meine übertriebene Zuvorkommenheit ausgleichen wollte. Geistesabwesend und mit einem leichten Neigen des Kopfes nahm er sie mir aus der Hand, erhob sich eine Minute später und stellte sie, ohne davon getrunken zu haben, auf den Tisch, wobei er nicht mich, sondern sie ansah.

»Also gut, Annabella«, sagte er mit tiefer, tonloser Stimme, »da dir meine Gegenwart unangenehm ist, will ich dich davon befreien.«

»Willst du etwa wieder zu den anderen gehen?« sagte sie gleichgültig.

»Nein«, rief er mit schroffem, alarmierenden Nachdruck. »Ich werde NICHT zu ihnen zurückgehen! Und ich werde nie auch nur einen Augenblick länger bei ihnen bleiben, als ich es für richtig halte, dir und jedem anderen Versucher zum Trotz! Aber das braucht dich nicht zu kümmern – ich werde dich nie mehr belästigen, indem ich dir meine Gesellschaft zu so unpassender Stunde aufdränge.«

Er verließ das Zimmer; ich hörte, wie sich die Tür öffnete und schloß, und gleich darauf, als ich den Vorhang zur Seite zog, sah ich ihn in der trostlosen Düsternis der feuchten, bewölkten Dämmerung den Park hinunterlaufen.

Es ist immer unangenehm, solche Szenen miterleben zu müssen. Unsere kleine Runde war einen Augenblick lang mucksmäuschenstill. Milicent spielte mit ihrem Teelöffel und machte ein verwirrtes und verlegenes Gesicht. Falls Annabella irgend etwas wie Scham oder Unbehagen empfand, versuchte sie, es durch ein kurzes, unbekümmertes Lachen zu kaschieren und nahm seelenruhig ihre Zuflucht beim Kaffee.

»Es geschähe Ihnen recht, Annabella«, sagte ich schließlich, »wenn Lord Lowborough seine alten Gewohnheiten wiederaufnehmen sollte, die ihn fast in den Untergang getrieben hätten und mit denen zu brechen ihn eine derartige Anstrengung gekostet hat: dann hätten Sie Grund, Ihr Verhalten von vorhin zu bereuen.«

»Keineswegs, meine Liebe! Es würde mir nichts ausmachen, wenn es seine Lordschaft für richtig halten sollte, sich täglich zu betrinken; ich würde ihn nur um so schneller loswerden.«

»Oh, Annabella!« rief Milicent. »Wie *kannst* du nur so gottlose Dinge sagen! Es wäre in der Tat eine gerechte Strafe, soweit es dich selbst betrifft, wenn dich die Vorsehung beim Wort nähme und dich fühlen ließe, was andere fühlen, daß …« Sie hielt inne, als plötzlich lautes Geschrei und dröhnendes Gelächter aus dem Speisezimmer an unser Ohr drangen, aus dem selbst für mein ungeschultes Ohr vor allem Hattersleys Stimme herauszuhören war.

»Was *du* in diesem Moment fühlst, vermute ich?« sagte Lady Lowborough mit einem boshaften Lächeln und heftete dabei ihren Blick auf die bekümmerte Miene ihrer Cousine.

Letztere würdigte sie keiner Antwort, sondern wandte ihr Gesicht ab und wischte sich eine Träne weg. In diesem Augenblick ging die Tür auf, und hereintrat Mr. Hargrave, die Wangen nur leicht gerötet und die dunklen Augen vor ungewöhnlicher Lebhaftigkeit funkelnd.

»Ach, wie bin ich froh, daß du kommst, Walter!« rief seine Schwester. »Aber ich wünschte, du hättest Ralph dazu bringen können, ebenfalls zu kommen.«

»Ganz ausgeschlossen, liebe Milicent«, erwiderte er fröhlich. »Ich hatte große Mühe, selbst wegzukommen. Ralph versuchte, mich mit Gewalt festzuhalten; Huntingdon drohte mir mit dem ewigen Verlust seiner Freundschaft; und Grimsby, schlimmer als alle, versuchte mir durch beißende Sarkasmen und Sticheleien, die, wie er wußte, mich am meisten verletzen, Scham über meine Tugendhaftigkeit ins Gesicht zu treiben. Somit, meine Damen, sollten Sie mich also willkommen heißen, wenn ich schon für die Gunst Ihrer reizenden Gesellschaft so viel durchgestanden und erlitten habe.« Lächelnd wandte er sich zu mir und verbeugte sich nach diesen Worten.

»Sieht er gerade jetzt nicht *gut* aus, Helen?« flüsterte mir Milicent zu, deren schwesterlicher Stolz für den Augenblick über alle anderen Bedenken triumphierte.

»Er sähe gut aus«, entgegnete ich, »wenn ihm dieses Leuchten der Augen, dieses Strahlen der Wangen und des Mundes von Natur eigen wäre; aber wart ein paar Stunden und schau ihn dir dann wieder an.«

In diesem Moment setzte sich der Herr neben mich an den Tisch und bat mich um eine Tasse Kaffee.

»So, stelle ich mir vor, ist es, wenn man den Himmel im Sturm genommen hat«, sagte er, als ich ihm eine reichte. »Ich bin jetzt im Paradies, aber ich habe mir meinen Weg durch Wasser und Feuer erkämpft, um es zu erlangen. Ralph Hattersleys letzte Zuflucht bestand darin, daß er sich mit dem Rücken gegen die Tür lehnte und schwor, ich sollte keinen anderen Durchgang finden als durch seinen Körper (und einen recht stattlichen noch dazu). Zum Glück war das jedoch nicht die einzige Tür, und ich bewerkstelligte meine Flucht durch den Seiteneingang, durch den Anrichteraum, zu Bensons unendlicher Verblüffung, der gerade das Geschirr reinigte.«

Mr. Hargrave lachte und ebenso seine Cousine, aber seine Schwester und ich blieben stumm und ernst.

»Vergeben Sie mir meinen Leichtsinn, Mrs. Huntingdon«, murmelte er ernsthafter, als er seine Augen zu mir aufschlug. »Sie sind diese Dinge nicht gewöhnt, zartbesaitet wie Sie nun einmal sind, nehmen Sie sich all das zu sehr zu Herzen. Aber inmitten dieser zügellosen Zechbrüder habe ich an Sie gedacht; und ich versuchte, Mr. Huntingdon zu überreden, auch an Sie zu denken, doch ohne Erfolg: Ich fürchte, er ist steif und fest entschlossen, sich diese Nacht zu amüsieren; und es wird keinen Zweck haben, den Kaffee für ihn oder seine Genossen warm zu halten; es wäre schon viel, wenn sie sich beim Tee zu uns gesellten. In der Zwischenzeit wünschte ich mir inständig, ich könnte die Gedanken an die anderen aus Ihrem Kopf verbannen – und aus meinem eigenen ebenso, denn ich denke höchst ungern an sie – ja – auch an meinen lieben Freund Huntingdon, wenn ich mir vor Augen halte, welche Macht er über das Glück eines Menschen besitzt, der ihm so unermeßlich überlegen ist, und welchen Gebrauch er davon macht – ich *verabscheue* diesen Mann von ganzem Herzen!«

»Sie sollten lieber nicht so mit mir sprechen«, sagte ich, »denn wie schlecht er auch immer sein mag, so ist er doch ein Teil meiner Selbst, und Sie können ihn nicht beschimpfen, ohne auch mich zu beleidigen.«

»Dann verzeihen Sie mir, denn ich würde lieber sterben, als Sie beleidigen. – Aber lassen Sie uns vorerst kein Wort mehr über ihn verlieren, wenn es Ihnen recht ist.«

Hierauf kam er auf ein ganz anderes Thema zu sprechen und bot alle seine Fähigkeiten auf, um unseren kleinen Kreis zu unterhalten, und redete er über verschiedene Gegenstände noch brillanter und gewandter als sonst, wobei er seine Worte mal ausschließlich an mich richtete, mal an das gesamte Damentrio. Frohgelaunt spielte Annabella ihre Rolle in der Unterhaltung; aber im Grunde meines Herzens widerte mich all das an – besonders wenn laute Lachsalven und dissonante Gesänge, die durch die dreifachen Türen von Halle und Vorraum dröhnten, mein Ohr erschreckten und meine schmerzenden Schläfen zu durchbohren schienen; und Milicent empfand zum Teil genauso, weshalb uns der Abend sehr lang wurde, trotz Hargraves offensichtlich gutmütigen Bemühungen, eine gegenteilige Wirkung zu erzielen.

Endlich kamen sie; aber erst nach zehn Uhr, als der Tee, der um mehr als eine halbe Stunde später gereicht wurde, fast getrunken war. Sosehr ich ihr Kommen herbeigesehnt hatte, sank mir doch der Mut, als sie sich mit Lärm und Getöse näherten. Und Milicent wurde blaß und sprang fast von ihrem Stuhl auf, als Hattersley schreiend und wild fluchend ins Zimmer stürzte, woran ihn Hargrave zu hindern versuchte, indem er ihn eindringlich bat, an die Damen zu denken.

»Ah, du tust gut daran, daß du mich an die Damen erinnerst, du feiger Drückeberger«, rief er und schüttelte seine gewaltige Faust gegen seinen Schwager, »du weißt sehr gut, wenn sie nicht wären, würde ich dich, ohne mit der Wimper zu zucken, zusammenschlagen und deinen Körper den Vögeln des Himmels und den Lilien auf dem Feld übergeben!« Dann stellte er einen Stuhl neben Lady Lowborough, nahm darauf Platz und begann mit einer Mischung aus Albernheiten und Unverschämtheiten auf sie einzureden, was sie eher zu amüsieren als zu beleidigen schien, obwohl sie so tat, als stoße sie sich an seiner Frechheit und halte ihn mit schlagfertigen Gegenattacken und geistreichen Erwiderungen in Schach.

In der Zwischenzeit setzte sich Mr. Grimsby neben mich auf den Stuhl, den Mr. Hargrave freigemacht hatte, als sie das Zimmer betraten, und erklärte mit feierlicher Miene, er wäre mir für eine Tasse Tee dankbar; und Arthur plazierte sich neben die arme Milicent, wobei er in aller Vertraulichkeit mit seinem Kopf fast ihr Gesicht berührte und noch näher zu ihr heranrückte, bis sie vor ihm zurückschreckte. Er gebärdete sich nicht so laut wie Hattersley, aber sein Gesicht war fürchterlich gerötet. Er lachte unablässig, und während mir alles, was ich von ihm sah und hörte, die Schamesröte ins Gesicht trieb, war ich doch froh, daß er zu seiner Nachbarin in einem so leisen Tonfall sprach, daß niemand außer ihr hören konnte, was er sagte. Es muß bestenfalls unerträglicher Blödsinn gewesen sein, denn sie schaute außerordentlich gelangweilt drein. Zuerst wurde sie rot im Gesicht, stieß dann empört ihren Stuhl zurück und suchte schließlich hinter mir auf dem Sofa Zuflucht. Offenbar bezweckte Arthur nichts anderes, als eine solch unangenehme Wirkung hervorzurufen: er schüttete sich aus vor Lachen, als er merkte, daß er sie vertrieben hatte – er beugte sich in seinem Stuhl zum Tisch vor, lümmelte sich mit verschränkten Armen darauf und überließ sich einem Anfall schwachen, leisen dümmlichen Gelächters. Als er dieser Übung überdrüssig war, hob er den Kopf und schrie Hattersley etwas zu, und daraufhin entspann sich ein lärmender Wortwechsel zwischen den beiden, ich weiß nicht worüber.

»Was sind sie doch für Narren!« sagte Grimsby gedehnt, der die ganze Zeit neben mir mit salbungsvollem Ernst dahingeplaudert hatte; aber ich war zu sehr damit beschäftigt gewesen, den bejammernswerten Zustand der beiden anderen – besonders Arthurs – zu betrachten, um auf ihn zu achten.

»Haben Sie schon jemals solch einen Unsinn gehört, wie die ihn reden, Mrs. Huntingdon?« fuhr er fort. »Ich für mein Teil schäme mich richtig für sie; sie können nicht einmal eine Flasche trinken, ohne daß sie ihnen zu Kopf steigt...«

»Sie gießen gerade die Sahne in Ihre Untertasse, Mr. Grimsby.«

»Ach ja, tatsächlich, jetzt merke ich es, aber wir sitzen ja hier auch fast im Dunkeln. Hargrave, putz gefälligst die Kerzen dort, ja?«

»Sie sind aus Wachs, sie brauchen nicht geputzt zu werden«, sagte ich.

»›Das Auge gibt dem Körper Licht‹«, bemerkte Hargrave mit einem sarkastischen Lächeln. »›Wenn dein Auge *gesund* ist, wird dein ganzer Körper hell sein.‹«

Grimsby wies ihn mit einer feierlichen Handbewegung ab und fuhr dann, sich zu mir wendend, im selben schleppenden Tonfall und derselben merkwürdig unsicheren Ausdrucksweise und derselben todernsten Miene fort wie zuvor. »Aber, was ich gerade sagen wollte, Mrs. Huntingdon, sie haben überhaupt keinen Verstand; sie können keine halbe Flasche trinken, ohne gleich beschwipst zu sein; wohingegen ich – nun, ich habe heute abend dreimal soviel getrunken wie sie, und Sie sehen ja, ich bin vollkommen nüchtern. Das mag Ihnen sehr seltsam erscheinen, aber ich glaube, ich kann es erklären: – Sie sehen *ihre* Köpfe – ich nenne keine Namen, aber Sie werden wohl wissen, auf wen ich anspiele – *ihre* Köpfe sind schon gleich am Anfang wirr, und die Dünste des gegorenen Getränks machen sie noch wirrer und erzeugen eine völlige Wirrköpfigkeit oder auch Schwindeligkeit, die dann in Betrunkenheit endet; da hingegen *mein* Kopf aus soliderem Stoff gemacht ist, wird er eine beträchtliche Menge dieses alkoholischen Dunstes aufnehmen, ohne irgendwelche spürbaren Wirkungen...«

»Ich denke, du wirst eine spürbare Wirkung an diesem Tee entdecken«, unterbrach ihn Mr. Hargrave, »wegen der Menge an Zucker, die du hineingetan hast. Statt des einen, den du sonst nimmst, hast du sechs hineingetan.«

»Ach, wirklich?« erwiderte der Philosoph, tauchte seinen Löffel in die Tasse und brachte zur Bestätigung dieser Behauptung mehrere halb aufgelöste Stücke zum Vorschein. »Hm! Ich sehe es. Daran mögen Sie erkennen, Madam, wie schlimm es ist, wenn man geistesabwesend ist – zuviel zu denken, während man mit den alltäglichen Belangen des Lebens beschäftigt ist. Nun, wenn ich meine Gedanken bei mir gehabt hätte wie gewöhnliche Leute, anstatt in mir wie ein Philosoph, hätte ich diese Tasse Tee nicht verdorben und wäre nicht gezwungen, Sie wegen einer neuen zu bemühen.«

»Das dort ist die Zuckerdose, Mr. Grimsby. Nun haben Sie auch noch den Zucker verdorben; und ich wäre Ihnen dankbar, wenn Sie nach neuem läuten wollten – denn hier ist endlich Lord Lowborough; und ich hoffe, Seine Lordschaft werden sich herablassen, hier bei uns zu sitzen, so wie wir eben sind, und es mir gestatten, ihm etwas Tee einzugießen.«

Auf meine Bitte hin verbeugte sich Seine Lordschaft ernst, sagte aber nichts. Mittlerweile erbot sich Hargrave freiwillig, nach dem Zucker zu läuten, während Grimsby seinen Mißgriff beklagte und zu beweisen versuchte, daß er auf den Schatten der Vase und das schlechte Licht zurückzuführen sei.

Unbemerkt von allen außer mir hatte Lord Lowborough vor ein paar Minuten das Zimmer betreten und war an der Tür stehengeblieben, die Anwesenden grimmig musternd. Er ging nun auf Annabella zu, die mit dem Rücken zu ihm saß und Hattersley noch immer an ihrer Seite hatte, wenn der sich auch im Augenblick nicht um sie kümmerte, da er damit beschäftigt war, seinen Gastgeber in großer Lautstärke zu beschimpfen und zu drangsalieren.

»Nun, Annabella«, sagte ihr Mann, als er sich über die Rückenlehne ihres Stuhls beugte, »welchem von diesen drei Exemplaren ›unerschrockenen Mannesmutes‹ soll ich nach deiner Meinung nacheifern?«

»Himmel und Hölle, du solltest uns allen nacheifern!« rief Hattersley, wobei er aufsprang und ihn grob am Arm packte. »Hallo, Huntingdon!« schrie er. »Ich *habe* ihn!« Komm, Mann, und hilf mir! Und Gott verdamm mich, wenn ich ihn nicht betrunken mache, ehe ich ihn gehen lasse! Er soll für alle vergangenen Missetaten Wiedergutmachung leisten, so wahr ich lebe!«

Nun folgte ein schmachvoller Wettstreit; Lord Lowborough kämpfte wortlos, mit verzweifeltem Ernst und blaß vor Zorn, um sich aus dem Griff des recht kräftigen Verrückten zu befreien, der ihn mit aller Kraft aus dem Zimmer zu ziehen versuchte. Ich bemühte mich, Arthur zum Einschreiten für seinen mißhandelten Gast zu bewegen, aber er konnte nichts anderes als lachen.

»Huntingdon, du Dummkopf, komm und hilf mir doch!« rief Hattersley, den seine Ausschweifungen doch auch etwas zugesetzt hatten.

»Ich wünsche dir viel Glück, Hattersley«, rief Arthur, »und stehe dir mit meinen Gebeten bei: sonst kann ich nichts tun, und wenn es um mein Leben ginge! Ich bin völlig fertig. Oh, oh!« Und er lehnte sich in seinen Stuhl zurück, schlug sich mit den Händen in die Seiten und stöhnte laut.

»Annabella, gib mir eine Kerze!« sagte Lord Lowborough, dessen Gegenspieler ihn nun um die Hüfte griff und versuchte, ihn vom Türpfosten wegzuziehen, an dem er sich mit der ganzen Kraft der Verzweiflung festklammerte.

»Ich werde in euren rüden Spielen keine Partei ergreifen!« erwiderte die Dame, und zog sich kalt zurück. »Ich wundere mich, wie du das erwarten kannst.«

Aber ich nahm eine Kerze und brachte sie ihm. Er ergriff sie und hielt die Flamme gegen Hattersleys Hände, bis dieser sie, brüllend wie ein wildes Tier, von ihm löste und ihn gehen ließ. Er verschwand, wie ich vermute, auf sein Zimmer, denn bis zum Morgen war nichts mehr von ihm zu sehen.

Schreiend und fluchend wie ein Wahnsinniger schleppte sich Hattersley zu der Ottomane neben dem Fenster. Da die Tür nun frei war, versuchte Milicent, diesem Schauplatz der Schande ihres Mannes zu entfliehen; aber er rief sie zurück und bestand darauf, daß sie zu ihm käme.

»Was willst du, Ralph?« murmelte sie, indem sie sich ihm widerwillig näherte.

»Ich will wissen, was mit dir los ist«, sagte er, wobei er sie auf sein Knie zog wie ein Kind, »warum weinst du, Milicent? Sag es mir!«

»Ich weine nicht.«

»Du weinst«, behauptete er unverdrossen und riß ihr mit einer groben Bewegung die Hände vom Gesicht.

»Wie kannst du es wagen, mich so anzulügen?«

»Ich weine ja nicht«, verteidigte sie sich.

»Aber du hast geweint – und zwar eben noch; und ich *will* wissen, weshalb. Nun los, sag es mir!«

»Laß mich in Ruhe, Ralph! Denk dran, wir sind nicht zu Hause.«

»Egal, du *sollst* meine Frage beantworten!« ereiferte sich ihr Peiniger; und er versuchte, das Geständnis zu erzwingen, indem er sie schüttelte und ihre schmächtigen Arme im Griff seiner kräftigen Finger unbarmherzig drückte.

»Lassen Sie nicht zu, daß er Ihre Schwester auf diese Weise behandelt«, sagte ich zu Mr. Hargrave.

»Nun, bitte, Hattersley, ich kann das nicht zulassen«, sagte dieser Gentleman und trat zu dem ungleichen Paar hin. »Laß bitte meine Schwester in Ruhe.« Und er machte einen Versuch, die Finger des Rohlings von ihrem Arm gewaltsam zu lösen, wurde aber plötzlich zurückgeschleudert und durch einen heftigen Schlag gegen die Brust fast zu Boden geworfen, und mußte sich noch dazu folgendermaßen ermahnen lassen:

»Nimm das für deine Unverschämtheit! und wage es nicht noch einmal, zwischen mich und mein Eigentum zu treten.«

»Wenn du nicht abscheulich betrunken wärst, würde ich dafür Satisfaktion fordern!« stieß Hargrave hervor, bleich und atemlos nicht weniger vor Erregung als aufgrund der unmittelbaren Folgen des Faustschlags.

»Geh zum Teufel!« erwiderte sein Schwager. »Und jetzt, Milicent, sag mir, weshalb du geweint hast.«

»Ich werde es dir ein andermal sagen«, murmelte sie, »wenn wir allein sind.«

»Erzähl es mir jetzt!« sagte er mit einem erneuten Schütteln und Drücken, worauf sie tief Atem holte und sich auf die Lippen biß, um einen Schmerzensschrei zu unterdrükken.

»*Ich* werde es Ihnen sagen, Mr. Hattersley«, sagte ich. »Sie hat geweint, weil sie sich für Sie geschämt hat und am liebsten im Boden versunken wäre; weil sie es nicht ertragen konnte, mitanzusehen, daß Sie sich so schändlich benehmen.«

»Zum Teufel mit Ihnen, Madam!« brummte er mit einem Ausdruck dümmlicher Verblüffung über meine »Unverschämtheit«.

»Das war es doch nicht – oder, Milicent?«

Sie schwieg.

»Komm, sprich es aus, Kind!«

»Ich kann jetzt nicht reden«, schluchzte sie.

»Aber du kannst ebenso gut ›ja‹ oder ›nein‹ sagen wie ›ich kann nicht reden‹. Komm!«

»Ja«, flüsterte sie, ließ den Kopf hängen und errötete bei diesem schrecklichen Eingeständnis.

»Dann sei verflucht, du freches kleines Luder!« schrie er und stieß sie so heftig von sich, daß sie seitlich zu Boden fiel; aber sie war wieder auf den Beinen, ehe ich oder ihr Bruder ihr zu Hilfe kommen konnten, und beeilte sich, aus dem Zimmer und, ohne Zeit zu verlieren, vermute ich, nach oben zu kommen.

Das Ziel seines nächsten Angriffs war Arthur, der gegenübersaß und die ganze Aufführung ohne Zweifel höchlich genossen hatte.

»Hör mal, Huntingdon«, ereiferte sich sein jähzorniger Freund, »ich mag es nicht, daß du so dasitzt und wie ein Idiot lachst!«

»Oh, Hattersley!« rief er, wobei er sich seine vor Lachtränen schwimmenden Augen wischte, »du wirst noch mein Tod sein.«

»Ja, bestimmt, aber nicht so, wie du vielleicht meinst: ich

werde dir das Herz aus dem Leibe reißen, Mann, wenn du mich noch weiter mit diesem idiotischen Gelächter ärgerst! – Was? – du willst immer noch nicht aufhören? Da! Mal sehen, ob dich das zum Schweigen bringt!« schrie Hattersley, indem er einen Schemel ergriff und ihm seinen Gastgeber an den Kopf schleuderte; aber er verfehlte sein Ziel, und der letztgenannte saß immer noch zusammengekrümmt da und bebte vor leisem Gelächter, wobei ihm die Tränen übers Gesicht liefen; ein jämmerliches Schauspiel fürwahr!

Hattersley versuchte es mit Fluchen und Wettern, doch es half alles nichts; dann nahm er eine Anzahl von Büchern vom Tisch neben sich und warf sie, eins nach dem anderen, auf das Objekt seines Zorns, aber Arthur lachte nur noch mehr; und schließlich fiel Hattersley in einem Tobsuchtsanfall über ihn her, packte ihn bei den Schultern und schüttelte ihn heftig, wobei dieser lachte und ganz beängstigend kreischte. Doch ich bekam nichts mehr davon mit: ich hatte mir, wie ich fand, die Erniedrigung meines Mannes lange genug angesehen; und indem ich es Annabella und den übrigen anheimstellte, nachzukommen, wann sie wollten, zog ich mich zurück, ging aber noch nicht zu Bett. Ich schickte Rachel zu Bett und lief in meinem Zimmer auf und ab, todunglücklich über das, was geschehen war, und voller Anspannung, da ich nicht wußte, was vielleicht noch geschehen und wie oder wann der unglückselige Mensch ins Bett finden würde.

Schließlich kam er langsam und stolpernd die Treppe herauf, gestützt von Grimsby und Hattersley, die ihrerseits auch nicht mehr sicher auf den Beinen waren, aber beide lachten und scherzten sie über ihn und machten so viel Lärm, daß alle Bediensteten sie hören konnten. Er selbst lachte nun nicht mehr, sondern wirkte schwach und benommen. *Darüber* jedoch will ich nichts mehr schreiben.

Solche (oder ganz ähnlich) beschämenden Szenen haben

sich mehr als einmal wiederholt. Ich spreche mit Arthur nicht viel darüber, da es mehr schadet als nutzt; aber ich gebe ihm zu verstehen, daß ich derartige Szenen zutiefst verabscheue: und jedes Mal hat er versprochen, sie würden nicht wieder vorkommen; doch ich fürchte, er ist dabei, auch noch den letzten Rest an Selbstbeherrschung und Selbstachtung zu verlieren, den er einmal besaß. Früher hätte er sich geschämt, sich so aufzuführen – zumindest vor jedem anderen Zeugen als seinen munteren Kumpanen oder ihresgleichen. Mit einer Besonnenheit und Selbstbeherrschung, um die ich *ihn* beneide, entehrt sich sein Freund Hargrave nie dadurch, daß er mehr trinkt als das, was ausreicht, ihn ein wenig »anzuheitern«, und ist stets der erste, der vom Tisch aufsteht, nach Lord Lowborough, der, noch klüger, beharrlich daran festhält, das Speisezimmer sofort nach uns zu verlassen: Aber seit Annabella ihn so tief beleidigte, hat er den Salon niemals mehr vor den übrigen betreten; die Zeit zwischen Dinner und Tee verbringt er immer in der Bibliothek, in die ich zu seiner Bequemlichkeit Kerzen stellen lasse, oder an schönen Vollmondabenden mit Spaziergängen in den Gartenanlagen. Aber ich glaube, sie bereut ihr schlechtes Benehmen, denn sie hat es seitdem nicht mehr wiederholt und sich ihm gegenüber in letzter Zeit erstaunlich anständig verhalten. Sie behandelt ihn so gleichbleibend freundlich und rücksichtsvoll, wie ich es nie zuvor an ihr beobachtet habe. Meiner Meinung nach fällt der Zeitpunkt dieser Besserung in die Phase, als sie aufhörte, auf Arthurs Bewunderung zu hoffen und sich eifrig darum zu bemühen.

KAPITEL 32

Vergleiche und eine verschmähte Mitteilung

5. Oktober. – Esther Hargrave entwickelt sich zu einem hübschen und netten jungen Mädchen. Noch geht sie zur Schule, doch ihre Mutter bringt sie häufig herüber, damit sie mir am Vormittag, wenn die Herren draußen sind, einen kurzen Besuch abstatten kann, und manchmal verbringt sie ein paar Stunden gemeinsam mit ihrer Schwester, mir und den Kindern; und wenn wir nach Grove fahren, trachte ich immer danach, sie zu sehen, und rede mit ihr mehr als mit irgend jemandem sonst, denn ich bin von meiner kleinen Freundin sehr angetan, was auf Gegenseitigkeit beruht. Ich frage mich zwar, was sie an mir mag, bin ich doch nicht mehr das glückliche, lebhafte Mädchen, das ich immer war; doch hat sie ja sonst keine Gesellschaft – außer der ihrer ganz anders gearteten Mutter und ihrer Gouvernante (eine so affektierte und förmliche Person, wie ihre Mutter sie nur beschaffen konnte, um die natürlichen Eigenschaften der Schülerin zu korrigieren) und ab und zu der ihrer unterjochten, stillen Schwester. Ich frage mich oft, was ihr Lebenslos sein wird – und sie auch; aber *ihre* Vorstellungen von der Zukunft sind voll lebensfroher Hoffnung – das waren meine einst auch. Mich schaudert bei dem Gedanken, daß sie, wie ich, einmal aufwachen wird, um zu erkennen, wie nichtig und eitel sie waren. Mir ist, als sollte ich ihre Enttäuschung noch tiefer als meine eigene empfinden. Ich habe manchmal das Gefühl, als sei ich von Geburt an zu einem solchen Schicksal bestimmt, aber sie ist so fröhlich und unverdorben, so unbekümmert und offen, und auch so arglos und nichtsahnend. Oh, es wäre grausam, wenn sie zu fühlen bekäme, was ich jetzt fühle, und erführe, was ich erfahren habe!

Auch ihre Schwester bangt um sie. Gestern vormittag, einem der strahlendsten, lieblichsten Oktobertage, genossen Milicent und ich eine kurze halbe Stunde mit unseren Kindern, während Annabella auf dem Sofa im Salon lag, vertieft in den allerneuesten Roman. Wir waren mit den kleinen Geschöpfen fast so fröhlich und ausgelassen herumgetollt wie diese selbst und rasteten nun im Schatten der alten Blutbuche, um wieder zu Atem zu kommen und unser Haar in Ordnung zu bringen, das von dem ungestümen Spiel und der mutwilligen Brise ganz zerzaust worden war, während die beiden gemeinsam auf dem breiten, sonnenbeschienenen Weg dahinwatschelten; mein Arthur stützte die unsicheren Schritte der kleinen Helen und zeigte ihr wissend die strahlendsten Schönheiten der Rabatte, als sie daran vorbeigingen, mit kaum vernehmlichen Geplapper, das bei ihnen dieselbe Funktion erfüllte wie jede andere Art der Rede. Vom Lachen über den reizenden Anblick kamen wir auf das zukünftige Leben unserer Kinder zu sprechen; und das machte uns nachdenklich. Beide verfielen wir in stilles Nachdenken, als wir langsam den Weg hinauf weitergingen; und eine Kette von Assoziationen lenkte Milicents Gedanken vermutlich auf ihre Schwester.

»Helen«, sagte sie, »du siehst doch Esther des öfteren, nicht wahr?«

»Nicht sehr oft.«

»Aber du hast häufiger Gelegenheit, sie zu treffen, als ich; und ich weiß, sie liebt dich und verehrt dich auch; niemandes Meinung schätzt sie so sehr wie die deine; und sie sagt, du hättest mehr Verstand als Mama.«

»Das ist so, weil sie eigenwillig ist und meine Ansichten in der Regel mehr mit ihren eigenen übereinstimmen als mit denen eurer Mama. Aber was ist damit, Milicent?«

»Nun, da du so großen Einfluß auf sie hast, wünschte ich, du würdest ihr ernstlich einschärfen, niemals, unter keinen Umständen und gegen jeden Überredungsversuch, um des

Geldes oder des Rangs oder der Versorgung oder irgendeines anderen irdischen Gutes willen zu heiraten außer aus echter Zuneigung und wohlbegründeter Achtung.«

»Dazu besteht keine Notwendigkeit«, sagte ich, »denn wir haben bereits einige Gespräche über dieses Thema geführt, und ich versichere dir, ihre Vorstellungen von Liebe und Ehe sind so romantisch, wie man es sich nur wünschen kann.«

»Aber romantische Vorstellungen reichen nicht aus: ich möchte, daß sie realistische Vorstellungen hat.«

»Sehr richtig; aber meines Erachtens kommt das, was gemeinhin als ›romantisch‹ gebrandmarkt wird, öfter der Wahrheit näher, als man gewöhnlich annimmt; denn wenn die großmütigen Ideen der Jugend allzu oft von den unerquicklichen Ansichten des späteren Lebens überschattet werden, so beweist das schwerlich, daß sie falsch sind.«

»Nun gut, aber wenn du ihre Vorstellungen für angemessen hältst, dann bestärke sie darin, ja? Und bestätige sie, soweit du kannst; denn ich hatte einst romantische Vorstellungen, und – ich will nicht sagen, daß ich mein Schicksal bedauere, denn ich bin ganz sicher, daß ich es nicht tue – aber...«

»Ich verstehe dich«, sagte ich, »du bist für dich selbst zufrieden, aber du möchtest nicht, daß deine Schwester dasselbe erleidet wie du.«

»Nein – oder Schlimmeres. Sie könnte weitaus Schlimmeres zu erleiden haben als ich – denn ich *bin wirklich* zufrieden, Helen, wenn du es auch nicht glauben magst: Ich sage die reine Wahrheit, wenn ich behaupte, daß ich meinen Gatten gegen keinen Mann auf der Welt tauschen würde, und wenn ich es durch das Pflücken dieses Blattes hier tun könnte.«

»Gut, ich glaube dir: nun, da du ihn hast, würdest du ihn gegen keinen anderen tauschen; aber du würdest doch frohen Herzens einige seiner Eigenschaften gegen die besserer Männer eintauschen wollen.«

»Ja, gerade so, wie ich frohen Herzens einige meiner eigenen Eigenschaften gegen die besserer Frauen eintauschen würde; denn weder er noch ich sind vollkommen, und ich wünsche mir seine Besserung ebenso aufrichtig wie meine eigene. Und er wird sich bessern – meinst du nicht, Helen? Er ist ja erst sechsundzwanzig.«

»Er mag sich bessern«, antwortete ich.

»Er wird – er WIRD!« wiederholte sie.

»Verzeih mir, daß ich nur so zaghaft zustimme, Milicent; ich möchte dich in deinen Hoffnungen nicht entmutigen, aber meine sind so oft enttäuscht worden, daß ich in meinen Erwartungen so nüchtern und zweifelnd geworden bin wie die phantasieloseste Achtzigjährige.«

»Und doch hoffst du noch immer – sogar für Mr. Huntingdon?«

»Ja, ich gestehe es, ›sogar‹ für ihn; denn es scheint, als ende die Hoffnung erst mit dem Leben. Und ist er denn so viel schlimmer als Mr. Hattersley, Milicent?«

»Nun, ich sage dir meine Meinung ganz offen, ich finde, sie sind nicht zu vergleichen. Aber du darfst nicht beleidigt sein, Helen, denn du weißt, ich sage immer, was ich denke, und du magst es auch so halten; es wird mir nichts ausmachen.«

»Ich bin nicht beleidigt, meine Liebe, und ich denke, daß ein Vergleich zwischen den beiden weitgehend zugunsten Hattersleys ausfiele.«

Milicents Herz sagte ihr, wie viel es mich kostete, dieses Zugeständnis zu machen; und mit einem kindlichen Impuls drückte sie ihr Mitgefühl dadurch aus, daß sie mir einen Kuß auf die Wange drückte, ohne ein Wort zu erwidern, und dann geschwind ihr Baby aufhob und ihr Gesicht in seinem Kleidchen verbarg. Wie komisch es doch ist, daß wir so oft gegenseitig über unsere Kümmernisse weinen, wenn wir auch keine Tränen über unsere eigenen vergießen! Ihr Herz war voll genug von ihren eigenen Sorgen, aber es floß bei der Vorstellung der meinen über; und auch ich vergoß Tränen beim Anblick ihrer mitleidigen Gefühlsbewegung, obwohl ich viele Wochen lang nicht über mich selbst geweint hatte.

Aber die Befriedigung, die Milicent über ihre Wahl bekundet, ist nicht völlig gespielt: Sie liebt ihren Mann wirklich; und es ist nur allzu wahr, daß er bei einem Vergleich mit dem meinen nicht schlecht abschneidet. Entweder ist er in seinen Exzessen weniger hemmungslos, oder sie haben dank seines robusteren, abgehärterteteren Körpers eine weniger verderbliche Wirkung auf ihn; denn niemals gerät er durch eigenes Verschulden in einen Zustand, der irgendwie an Schwachsinn grenzt, und bei ihm äußert sich eine durchzechte Nacht schlimmstenfalls in einer leicht verstärkten Reizbarkeit oder vielleicht in einem vorübergehenden mürrischen Ingrimm am nächsten Morgen: Da ist nichts von jenem empfindungslosen, erbärmlichen Anblick – jener launischen, unwürdigen Weinerlichkeit, die einen vor lauter Scham für den Missetäter regelrecht zermürbt. Aber andererseits war es früher bei Arthur auch nicht so: Er kann mittlerweile weniger vertragen, als er in Hattersleys Alter vertrug; und sollte dieser sich nicht bessern, dann wird seine Widerstandskraft vielleicht ebenso beeinträchtigt, wenn er sie erst ebenso lange beansprucht hat. Er hat seinem Freund fünf Jahre voraus, und seine Laster beherrschen ihn noch nicht ganz: er hat sich von ihnen noch nicht gänzlich beherrschen lassen und sie zu einem Teil von sich gemacht. Sie scheinen ihn lose zu umgeben, wie ein Mantel, den er jederzeit von sich werfen könnte, wenn er wollte – aber wie lange wird ihm diese Möglichkeit noch offenstehen? – Er ist zwar ein von Sinnlichkeit und Leidenschaft bestimmter Mensch, der die Pflichten und höheren Rechte vernunftbegabter Wesen nicht achtet, doch er ist kein Lüstling: er zieht die aktiveren und derberen sinnlichen Genüsse den verweichlichenderen und schwächenderen vor. Er macht keine *Wissenschaft* aus der Befriedigung seiner Begierden, ob es sich nun um die Gaumenfreuden oder irgend etwas anderes handelt; er ißt tüchtig, was er vorgesetzt bekommt, ohne sich dabei zum Sklaven des Auges und des Gaumens herabwürdigen zu lassen – durch jene ungehörig geschmäcklerische Art in Zustimmung und Ablehnung – die so abscheulich ist, wenn man sie an Leuten wahrnimmt, die man eigentlich achten möchte. Arthur, fürchte ich, würde sich dem Luxus als dem höchsten Gut hingeben und könnte sich am Ende in die größten Exzesse stürzen, wenn er nicht Angst hätte, seine Sinne gänzlich abzustumpfen und sich in Zukunft gar um seine Genußfähigkeit zu bringen. Für Hattersley, sosehr er auch ein gottloser Wüstling ist, besteht, glaube ich, mehr Grund zur Hoffnung; und – es sei weit von mir, die arme Milicent für seine Fehltritte verantwortlich zu machen –, aber ich denke, wenn sie den Mut oder den Willen hätte, ihre Meinung darüber offen auszusprechen und an ihrem Standpunkt unerschütterlich festzuhalten, gäbe es eine größere Chance für seine Bekehrung, und er würde sie wahrscheinlich besser behandeln und am Ende mehr lieben. Das entnehme ich zum Teil dem, was er mir vor wenigen Tagen gesagt hat – ich habe vor, ihr irgendwann einen kleinen Rat diesbezüglich zu geben; aber noch immer zögere ich, weil ich weiß, daß sowohl ihre Vorstellungen als auch ihre Veranlagung dagegenstehen, und wenn ich mit meinen Ratschlägen nichts Gutes bewirken kann, würden sie ihr schaden, weil sie sie noch unglücklicher machten.

Es war an einem verregneten Tag in der vergangenen Woche; die meisten Gäste schlugen die Zeit im Billardzimmer tot. Aber Milicent und ich waren mit dem kleinen Arthur und der kleinen Helen in der Bibliothek, und mit unseren Büchern, unseren Kindern und uns hofften wir einen angenehmen Vormittag daraus zu machen. Wir hatten uns jedoch gerade erst zwei Stunden so zurückgezogen, als Mr. Hattersley hereinkam, angelockt vermutlich durch die Stimme seines Kindes, als er die Empfangshalle durchquerte, denn er ist ganz vernarrt in sie und sie in ihn.

Er roch nach Stall, wo er sich seit dem Frühstück in der Gesellschaft seiner Mitgeschöpfe, der Pferde, gütlich getan hatte. Aber das machte meiner kleinen Namensgenossin nichts aus: kaum verdunkelte die riesige Gestalt ihres Vaters die Türöffnung, da stieß sie auch schon einen schrillen Freudenschrei aus, löste sich von der Seite ihrer Mutter, rannte freudeschreiend zu ihm – wobei sie beim Laufen mit ausgestreckten Armen balancierte – und klammerte sich an seine Knie, warf ihren Kopf zurück und lachte ihm ins Gesicht. Er hatte allen Grund dazu, lächelnd auf diese kleinen, zarten Gesichtszüge zu blicken, die vor unschuldiger Freude strahlten, diese klaren, blauschimmernden Augen und dieses weiche, flachsblonde Haar, das über ihren kleinen elfenbeinfarbenen Nacken und ihre Schultern fiel. Merkte er denn nicht, wie unwürdig er eines solchen Besitzes war? Ich fürchte, eine derartige Idee kam ihm gar nicht in den Sinn. Er hob sie hoch, und nun folgte einige Minuten lang ein recht wildes Spiel, wobei sich schwer sagen läßt, ob Vater oder Tochter am lautesten lachte und schrie. Schließlich endete der lärmende Zeitvertreib – unvermittelt, wie zu erwarten war: die Kleine tat sich weh und heulte; und der grobe Spielkamerad warf sie ihrer Mutter auf den Schoß und wies diese an, »alles in Ordnung zu bringen«. Ebenso glücklich, zu dieser sanften Trösterin zurückzukehren, wie sie glücklich gewesen war, sie zu verlassen, kuschelte sich das Kind in ihre Arme und hörte sogleich zu weinen auf; und dann ließ sie ihr müdes Köpfchen auf ihren Busen sinken und schlief schnell ein. Währenddessen stakste Mr. Hattersley zum Kamin hin, blieb dort stehen und baute sich in seiner ganzen Höhe und Breite zwischen uns und demselben auf; die Arme in die Seiten gestemmt und mit geschwellter Brust blickte er um sich, als ob das Haus mit allem Drum und Dran sein unbestrittener Besitz sei.

»Verflucht schlechtes Wetter ist das!« begann er. »Heute wird nichts aus der Jagd werden, vermute ich.« Dann erhob er plötzlich die Stimme und erfreute uns mit ein paar Takten eines lustigen Liedes, beendete es dann unvermittelt mit einem Pfiff und fuhr hierauf fort: »Ich muß schon sagen, Mrs. Huntingdon, Ihr Mann hat einen fabelhaften Stall! Nicht groß, aber ansehnlich. Ich habe mir die Pferde heute morgen ein bißchen angeschaut; und auf mein Wort, die schwarze Bee und der graue Tom und der junge Nimrod sind die schönsten Tiere, die ich seit langem gesehen habe!« Sodann folgte eine eingehende Darlegung ihrer verschiedenen Vorzüge und anschließend eine knappe Schilderung der großen Taten, die er als Pferdehändler zu tun beabsichtigte, wenn es sein alter Herr für richtig halten würde, von der Bühne abzutreten. »Nicht daß ich ihm wünschte, seinen Kassenabschluß zu machen«, fügte er hinzu, »der alte Haudegen soll seine Bücher ruhig so lang offenhalten, wie er will.«

»Das will ich doch hoffen, Mr. Hattersley.«

»O ja! Es ist doch nur so meine Redensart. Das Ereignis muß ja eines Tages eintreten, und so sehe ich es eben von der positiven Seite – das ist die richtige Einstellung, nicht wahr, Mrs. Huntingdon? Übrigens, was macht ihr beiden eigentlich hier – wo ist denn Lady Lowborough?«

»Im Billardzimmer.«

»Was ist sie doch für ein herrliches Geschöpf!« fuhr er fort, wobei er die Augen auf seine Frau heftete, die ganz blaß wurde und immer verwirrter aussah, als er weitersprach. »Welch prachtvolle Figur sie hat! und welch prachtvolle schwarze Augen; und wieviel Feuer – und auch ihre scharfe Zunge, wenn sie sie zu gebrauchen beliebt – ich verehre sie! Doch mach dir nichts daraus, Milicent: Ich möchte sie nicht zur Frau haben – und wenn sie ein Königreich als Mitgift hätte! Die, die ich habe, ist mir lieber. Nanu, was machst du denn so ein mürrisches Gesicht? Glaubst du mir etwa nicht?«

»Doch, ich glaube dir«, murmelte sie in einem Tonfall halbtrauriger, halbverdrießlicher Resignation, als sie sich abwandte, um ihrem schlafenden Kind, das sie neben sich aufs Sofa gebettet hatte, übers Haar zu streichen.

»Na also, was stimmt dich dann so ärgerlich? Komm her, Milly, und sag mir, warum du mit meiner Versicherung nicht zufrieden bist.«

Sie ging zu ihm und sah ihm, ihre kleine Hand in seinen Arm legend, ins Gesicht und sagte sanft:

»Worauf läuft es hinaus, Ralph? Nur darauf, daß du, obwohl du Annabella so sehr bewunderst, und zwar aufgrund von Eigenschaften, die ich nicht besitze, mich immer noch lieber zur Frau hast als sie, was nur beweist, daß du es nicht für notwendig erachtest, deine Frau zu lieben; es genügt dir, wenn sie deinen Haushalt führt und sich um dein Kind kümmert. Doch ich bin nicht ärgerlich; ich bedauere es nur; denn«, fügte sie mit leiser, zitternder Stimme hinzu, wobei sie ihre Hand aus seinem Arm zog und ihre Blicke auf den Teppich richtete, »wenn du mich nicht liebst, dann liebst du mich eben nicht, und man kann es nicht ändern.«

»Sehr richtig; aber wer hat dir gesagt, daß ich dich nicht liebe? Habe ich etwa behauptet, daß ich Annabella liebe?«

»Du hast gesagt, daß du sie verehrst.«

»Stimmt, aber Verehrung ist nicht gleich Liebe. Ich bewundere Annabella, aber ich liebe sie nicht; und dich liebe ich, Milicent, aber ich bewundere dich nicht.«

Zum Beweis seiner Zuneigung griff er eine Handvoll ihrer hellbraunen Locken und schien sie unbarmherzig zu zwirnen.

»Wirklich, Ralph?« murmelte sie, wobei ein schwaches Lächeln durch ihre Tränen strahlte, und sie legte ihre Hand auf seine, um ihm anzudeuten, daß er etwas zu heftig an ihren Haaren zog.

»Aber gewiß doch«, antwortete er, »nur ärgerst du mich zuweilen ein bißchen.«

»Ich ärgere dich?!« rief sie in nur zu verständlicher Überraschung.

»Ja, du – aber nur weil du deine Güte zu weit treibst – wenn ein Junge den ganzen Tag über Rosinen und Zuckererbsen gegessen hat, sehnt er sich zur Abwechslung nach einem Saft saurer Orangen. Und, Milly, hast du noch nie den Sand am Meeresufer beobachtet: wie hübsch und weich er aussieht und wie weich und leicht er sich mit den Füßen anfühlt? Aber wenn du eine halbe Stunde über diesen weichen, sanften Teppich dahinstapfst – der jedem Schritt weicht und um so mehr nachgibt, je stärker man drückt – wirst du die Sache ziemlich langweilig finden und recht froh sein, wenn du auf ein Stück soliden, harten Felsens kommst, der sich kein Stückchen von der Stelle bewegen wird, ob du darauf stehst, läufst oder aufstampfst; und obwohl er so hart wie der untere Mühlstein ist, wirst du ihn letztlich als den angenehmeren Untergrund empfinden.«

»Ich weiß, was du meinst, Ralph«, sagte sie, während sie nervös mit ihrer Uhrkette spielte und mit ihrem winzigen Fuß das Muster des Teppichs nachzog. »Ich weiß, was du meinst, aber ich habe immer gedacht, du hättest es gern, wenn man dir nachgibt; und jetzt kann ich es nicht mehr ändern.«

»Freilich habe ich es gern«, erwiderte er und zog sie zu sich heran, indem er sie abermals an den Haaren packte.

»Du mußt dir aus meinem Gerede nichts machen, Milly. Ein Mann braucht etwas, an dem er herumnörgeln kann; und wenn er nicht darüber klagen kann, daß seine Frau ihn mit ihrer Halsstarrigkeit und schlechten Laune zu Tode quält, muß er sich darüber beklagen, daß sie ihn mit ihrer Güte und Sanftmut zur Verzweiflung bringt.«

»Aber warum mußt du dich überhaupt beklagen, es sei denn, du empfindest Überdruß und bist unzufrieden?«

»Gewiß um meine eigenen Missetaten zu entschuldigen. Meinst du, ich will die ganze Last meiner Sünden auf meinen eigenen Schultern tragen, solange es jemanden gibt, der bereit ist, mir zu helfen, und der selbst keine einzige zu tragen hat?«

»Einen solchen Menschen gibt es auf der ganzen Welt nicht«, sagte sie ernst; und dann nahm sie seine Hand von ihrem Kopf, küßte sie mit einem Ausdruck echter Hingabe und lief zur Tür.

»Was denn?« sagte er. »Wo willst du hin?«

»Meine Frisur in Ordnung bringen«, antwortete sie und lächelte durch ihre aufgelösten Locken hindurch, »du hast sie ja ganz ruiniert.«

»Dann also fort mit dir! – Ein vortreffliches kleines Frauchen«, bemerkte er, als sie weg war, »aber eine Spur zu weich – sie zerschmilzt einem fast in den Händen. Ich glaube wirklich, daß ich sie manchmal schlecht behandle, wenn ich zu viel getrunken habe – aber ich kann es nicht ändern, denn sie beklagt sich nie, weder gleich danach noch später. Vermutlich macht es ihr nichts aus.«

»Über diesen Punkt kann ich Sie aufklären, Mr. Hattersley«, sagte ich, »es macht ihr sehr wohl etwas aus; und andere Dinge bekümmern sie noch mehr, über die Sie sie vielleicht noch nie klagen gehört haben.«

»Woher wissen Sie das? Beklagt sie sich etwa Ihnen gegenüber?« fragte er mit einem plötzlichen Funken von

Zorn, der gleich in eine Flamme ausbrechen würde, sollte ich mit »Ja« antworten.

»Nein«, erwiderte ich, »aber ich kenne sie länger und habe sie genauer beobachtet als Sie. – Und ich kann Ihnen versichern, Mr. Hattersley, daß Milicent Sie mehr liebt, als Sie verdienen, und daß es in Ihrer Macht steht, sie sehr glücklich zu machen, anstatt ihr böser Geist zu sein, und ich wage zu behaupten, daß kein einziger Tag vergeht, an dem Sie ihr nicht irgendeinen Stich versetzen, den Sie ihr ersparen könnten, wenn Sie nur wollten.«

»Nun, das ist nicht meine Schuld«, sagte er, wobei er gleichgültig zur Decke blickte und die Hände in die Hosentaschen steckte. »Wenn ihr mein Tun und Treiben nicht paßt, sollte sie es mir sagen.«

»Ist sie nicht genau die Frau, die Sie sich wünschten? Haben Sie nicht zu Mr. Huntingdon gesagt, Sie bräuchten eine, die sich, ohne zu murren, in alles fügen und Ihnen nie Vorwürfe machen würde, was immer Sie auch täten?«

»Stimmt, doch wir sollten nicht immer alles bekommen, was wir uns wünschen: es verdirbt unsere besten Anlagen, oder etwa nicht? Wie soll ich denn nicht mit ihr Schindluder treiben, wenn ich merke, daß ihr alles einerlei ist, ob ich mich nun wie ein Christenmensch benehme oder wie ein Schuft, zu dem mich die Natur gemacht hat? Und was kann ich denn anderes tun, als sie zu necken, wenn sie so aufreizend sanftmütig und mäuschenhaft ist – wenn sie sich wie ein Spaniel zu meinen Füßen legt und nie auch nur quiekt, um mir zu verstehen zu geben, daß es genug ist?«

»Wenn Sie von Natur aus ein Tyrann sind, ist die Versuchung groß, das gebe ich zu; aber ein großmütiger Charakter findet keine Freude daran, den Schwachen zu unterdrücken, sondern vielmehr, ihn zärtlich zu lieben und zu beschützen.«

»Ich unterdrücke sie ja nicht; aber es ist so verflucht langweilig, immer zu lieben und zu beschützen – und dann, wie kann ich behaupten, sie zu unterdrücken, wenn sie ›dahinschmilzt und keinen Laut von sich gibt‹? Bisweilen denke ich, sie hat überhaupt keine Empfindung; und dann mache ich weiter, bis sie heult – und das verschafft mir Befriedigung.«

»Dann gefällt es Ihnen also doch, sie zu unterdrücken?«

»Ich sage Ihnen doch, daß ich das nicht tue! – Nur wenn ich schlechter Laune bin – oder besonders guter oder wenn ich wegen der Freude am Trösten quälen will, oder wenn sie fade dreinschaut und ein bißchen aufgerüttelt werden muß. Und manchmal reizt sie mich, weil sie wegen einer Nichtigkeit heult und mir nicht sagen will, weshalb, und dann, das gebe ich zu, treibt mich das zur Weißglut – besonders, wenn ich nicht Herr meiner Sinne bin.«

»Wie es bei solchen Gelegenheiten zweifellos meistens der Fall ist«, sagte ich. »Aber in Zukunft, Mr. Hattersley, wenn Sie sie fade dreinschauen oder wegen einer Nichtigkeit (wie Sie es nennen) weinen sehen, schreiben Sie es sich bitte selbst zu: Ich versichere Ihnen, es ist da etwas, was Sie falsch gemacht haben, oder Ihr allgemeines Fehlverhalten, was sie bekümmert.«

»Das glaube ich nicht. Wenn es so wäre, sollte sie es mir sagen. Ich kann dieses stumme Trübsalblasen und Sich-heimlich-Grämen und Nichts-Sagen nicht ausstehen – es ist unaufrichtig. Wie kann sie erwarten, daß ich mich unter diesen Umständen bessere?«

»Vielleicht traut sie Ihnen mehr Verstand zu, als Sie besitzen, und gibt sich der trügerischen Hoffnung hin, daß Sie eines Tages Ihre Fehler selbst einsehen und sie wiedergutmachen, ließe man Sie nur über sich selbst nachdenken.«

»Lassen Sie Ihre spitzen Bemerkungen, Mrs. Huntingdon! Ich bin klug genug, um einzusehen, daß ich mich nicht immer ganz korrekt verhalte; aber manchmal erscheint es mir nicht so wichtig, solange ich niemandem außer mir selbst damit schade...«

»Es ist sehr wichtig«, unterbrach ich ihn, »sowohl für Sie selbst (wie Sie später zu Ihrem eigenen Schaden feststellen werden) als auch für alle, die mit Ihnen verbunden sind – insbesondere für Ihre Frau. Doch in der Tat ist es Unsinn davon zu reden, daß man nur sich selbst schadet; es ist unmöglich, daß Sie sich selbst schaden – besonders durch Handlungen, auf die wir hier anspielen –, ohne daneben Hunderten oder Tausenden mehr oder minder zu schaden, sei es durch das Schlechte, das Sie tun, oder das Gute, das Sie unterlassen.«

»Und wie ich gesagt habe«, fuhr er fort, »oder gesagt hätte, wenn Sie mich nicht gleich unterbrochen hätten – denke ich manchmal, es bekäme mir besser, wenn ich mit einer Person verbunden wäre, die mich stets darauf hinwiese, wenn ich im Unrecht bin, und mir ein Motiv gäbe, das Gute zu tun und das Schlechte zu meiden, indem sie mir entschieden ihre Billigung des einen und ihre Mißbilligung des anderen zu erkennen gäbe.«

»Wenn Sie kein höheres Motiv hätten als die Billigung Ihres Mitmenschen, würde das nicht viel Gutes bewirken.«

»Nun, aber wenn ich eine Gefährtin hätte, die nicht immer nachgeben und immer gleich gütig sein würde, sondern den Mut hätte, sich ab und zu zur Wehr zu setzen und mir jederzeit ehrlich ihre Meinung zu sagen – so eine wie Sie zum Beispiel. Nun ja, wenn ich mit Ihnen so umspringen würde wie mit ihr, wenn ich in London bin, würden Sie mir die Hölle heiß machen, um mich rechtzeitig davon abzuhalten, darauf möchte ich wetten.«

»Sie tun mir unrecht: ich bin kein zänkisches Weib.«

»Na gut, dann um so besser, denn ich kann Widerspruch nicht ausstehen – im allgemeinen –, und ich bin auf meinen

Willen ebenso versessen wie jeder andere; nur meine ich, zuviel davon tut niemandem gut.«

»Nun, ich würde Ihnen niemals grundlos widersprechen, aber ich würde Sie bestimmt immer wissen lassen, was ich von Ihrem Benehmen halte; und wenn Sie mich körperlich, geistig oder materiell unterdrückten, sollten Sie zumindest keinen Grund zur Annahme haben, ›es machte mir nichts aus‹.«

»Das weiß ich, meine Teure; und ich glaube, meine kleine Frau sollte es ebenso machen, es wäre für uns beide besser.«

»Ich werde es ihr sagen.«

»Nein, nein, lassen Sie sie; es gibt überall ein Für und Wider – und jetzt, wo ich darüber nachdenke: Huntingdon bedauert oft, daß Sie ihr nicht ähnlicher sind – niederträchtiger Hund, der er ist: – und Sie sehen, Sie können ihn ja doch nicht ändern, er ist zehnmal schlimmer als ich. Freilich hat er Angst vor Ihnen – das heißt, er zeigt sich in Ihrer Gegenwart stets von seiner besten Seite, aber…«

»Ich frage mich, wie dann seine schlechteste aussieht?« konnte ich nicht umhin zu bemerken.

»Also, um Ihnen die Wahrheit zu sagen, sie ist wirklich sehr schlimm – nicht wahr, Hargrave?« sagte er, indem er das Wort an diesen Herrn richtete, der das Zimmer betreten hatte, ohne daß ich es bemerkt hätte, denn ich stand nun neben dem Kamin mit dem Rücken zur Tür. »Ist Huntingdon«, fuhr er fort, »etwa nicht der größte Schurke, der je verdammt war?«

»Vor seiner Frau wird man ihn nicht ungestraft tadeln dürfen«, erwiderte Hargrave und kam näher; »aber ich muß sagen, ich danke Gott, daß ich nicht so bin wie er.«

»Vielleicht stünde es Ihnen besser an«, sagte ich, »auf das zu blicken, was Sie sind, und zu zu sagen: ›Gott sei mir Sünder gnädig‹.«

»Sie sind streng«, entgegnete er, verbeugte sich knapp

und richtete sich mit stolzer, doch gekränkter Miene auf. Hattersley lachte und schlug ihm auf die Schulter. Hargrave entzog sich seiner Hand mit einer Geste verletzter Würde und trat ans andere Ende des Teppichs zurück.

»Ist es nicht eine Schande, Mrs. Huntingdon?« rief sein Schwager. »Ich habe Walter Hargrave geschlagen, als ich am zweiten Abend nach unserer Ankunft betrunken war, und seitdem zeigt er mir die kalte Schulter, obwohl ich ihn bereits am Morgen, nachdem es geschah, um Verzeihung gebeten habe!«

»Die Art, wie du darum gebeten hast«, entgegnete der andere, »und die Klarheit, mit der du dich an den ganzen Hergang erinnertest, zeigten, daß du nicht so betrunken warst, dir über das, was mit dir los war, nicht voll bewußt und für die Tat verantwortlich zu sein.«

»Du wolltest dich zwischen mich und meine Frau stellen«, brummte Hattersley, »und das genügt, um jeden Mann in Harnisch zu bringen.«

»Dann rechtfertigst du es also?« sagte sein Gegenspieler und warf ihm dabei einen überaus strafenden Blick zu.

»Nein, ich sage dir doch, ich hätte es nicht getan, wenn ich nicht so erregt gewesen wäre, und wenn du nach all den Nettigkeiten, die ich dir gesagt habe, deswegen immer noch grollen willst, dann tu's und sei verflucht!«

»Ich würde mich zumindest in Gegenwart einer Dame einer solchen Redeweise enthalten«, sagte Hargrave und verbarg seinen Zorn hinter der Maske des Abscheus.

»Was habe ich denn gesagt?« entgegnete Hattersley. »Nichts als die bloße Wahrheit – er wird verflucht sein, nicht wahr, Mrs. Huntingdon, wenn er die Beleidigung seines Bruders nicht verzeiht?«

»Sie sollten ihm verzeihen, Mr. Hargrave, da er Sie darum bittet«, sagte ich.

»Sie sagen das? Dann will ich es tun!« Und mit einem fast

offenen Lächeln trat er auf ihn zu und bot ihm seine Hand. Sie wurde von seinem Verwandten sofort ergriffen, und die Versöhnung war anscheinend auf beiden Seiten herzlich.

»Der Affront«, fuhr Hargrave zu mir gewandt fort, »war vor allem deshalb so bitter, weil er in Ihrer Gegenwart erfolgte; und da Sie mich bitten, ihm zu verzeihen, will ich es tun und vergesse ihn sogar.«

»Vermutlich kann ich mich am besten dafür entschädigen, indem ich mich davonmache«, murmelte Hattersley mit einem breiten Grinsen. Sein Kumpan lächelte, und er verließ das Zimmer. Das ließ mich auf der Hut sein. Mr. Hargrave wandte sich mit ernster Miene an mich und begann eindringlich:

»Liebe Mrs. Huntingdon, wie habe ich diese Stunde herbeigesehnt, und doch auch gefürchtet! Erschrecken Sie nicht«, fügte er hinzu, denn mein Gesicht war purpurrot vor Zorn, »ich werde Sie nicht mit nutzlosen Bitten oder Klagen behelligen. Ich werde mir nicht anmaßen, Sie mit der Schilderung meiner Empfindungen oder Ihrer Vollkommenheiten zu belästigen, aber ich habe Ihnen etwas zu offenbaren, das Sie wissen sollten und das, obgleich es mir unaussprechlich weh tut...«

»Dann machen Sie sich erst gar nicht die Mühe, es zu offenbaren!«

»Aber es ist von Bedeutung...«

»Wenn dem so ist, werde ich es früh genug erfahren, besonders wenn es eine schlechte Nachricht ist, für die Sie es zu halten scheinen. Im Augenblick will ich gerade die Kinder ins Kinderzimmer bringen.«

»Aber können Sie denn nicht läuten und sie dorthin bringen lassen?«

»Nein, ich brauche die sportliche Übung, in den obersten Stock zu rennen. Komm, Arthur.«

»Doch werden Sie hierher zurückkommen?«

»Jetzt nicht; warten Sie nicht auf mich.«

»Wann darf ich Sie dann wiedersehen?«

»Beim Lunch«, sagte ich und ging, die kleine Helen im Arm und Arthur an der Hand führend.

Er wandte sich ab, wobei er einige Sätze ungeduldigen Tadels oder Klagens murmelte, deren einziges verständliches Wort »herzlos« war.

»Was ist das für ein Unsinn, Mr. Hargrave?« sagte ich und blieb im Türrahmen stehen. »Was wollen Sie damit sagen?«

»Oh, nichts – ich wollte nicht, daß Sie mein Selbstgespräch hören. Doch Tatsache ist, Mrs. Huntingdon, ich habe Ihnen eine Mitteilung zu machen, die für mich, der sie anbietet, ebenso schmerzlich ist wie für Sie, die Sie sie sich anhören müssen –, und ich möchte, daß Sie mir ein paar Minuten Ihrer Aufmerksamkeit unter vier Augen gewähren, zu jeder Zeit und an jedem Ort, die Sie zu bestimmen belieben. Ich erbitte sie aus keinem eigensüchtigen Motiv und nicht wegen irgendeiner Ursache, die Sie in Ihrer übermenschlichen Reinheit beleidigen könnte; daher brauchen Sie mich nicht mit diesem Blick kalter und mitleidloser Verachtung zu strafen. Ich weiß nur zu gut, mit welchen Gefühlen die Überbringer schlechter Nachrichten gewöhnlich betrachtet werden, um nicht…«

»Was ist das für eine merkwürdige Nachricht?« sagte ich, ihn ungeduldig unterbrechend. »Wenn es etwas wirklich Wichtiges ist, sagen Sie es mir in drei Worten, bevor ich gehe.«

»In drei Worten kann ich es nicht. Schicken Sie die Kinder weg, und bleiben Sie bei mir.«

»Nein, behalten Sie Ihre schlechten Nachrichten für sich. Ich weiß, es ist etwas, was ich nicht hören möchte, etwas, mit dessen Schilderung Sie mein Mißfallen erregen würden.«

»Sie haben es nur zu richtig erahnt, fürchte ich; aber dennoch halte ich es, seit ich davon weiß, für meine Pflicht, es Ihnen zu offenbaren.«

»Oh, ersparen Sie uns beiden diese Qual, und ich will Sie von der Pflicht entbinden. Sie haben mir angeboten, es zu erzählen, ich habe abgelehnt, es zu hören: meine Unwissenheit wird nicht Ihnen zur Last gelegt werden.«

»Sei es denn – von mir werden Sie es nicht erfahren. Aber wenn der Schlag Sie zu plötzlich trifft, denken Sie daran, ich wollte ihn abmildern!«

Ich verließ ihn. Ich nahm mir fest vor, mich durch seine Worte nicht beunruhigen zu lassen. Was konnte gerade er mir offenbaren, das zu erfahren für mich von Bedeutung wäre? Zweifellos handelte es sich um irgendeine übertriebene Geschichte über meinen unglückseligen Mann, aus der er den größten Nutzen ziehen wollte, um damit seinen eigenen schlechten Absichten zu dienen.

Sechster. – Er hat seitdem keine Anspielungen mehr gemacht auf dieses bedeutsame Geheimnis, und ich habe bisher keinen Grund gesehen, meinen Widerwillen, es zu erfahren, zu bereuen. Der angedrohte Schlag ist noch nicht erfolgt, und ich fürchte ihn auch nicht sehr. Gegenwärtig bin ich mit Arthur zufrieden: seit zwei Wochen hat er sich durchaus nicht unter seiner Würde benommen, und während der ganzen letzten Woche war er in seinen Schwelgereien bei Tisch so maßvoll, daß ich an seiner allgemeinen Befindlichkeit und seinem Auftreten einen deutlichen Unterschied erkennen kann. Darf ich zu hoffen wagen, daß dies anhält?

KAPITEL 33

Zwei Abende

Siebter. – Ja, ich *will* hoffen! Heute abend hörte ich, wie Grimsby und Hattersley gemeinsam über die Ungastlichkeit ihres Gastgebers murrten. Sie wußten nicht, daß ich in der Nähe war, denn ich stand zufällig hinter dem Fenster im Erker und schaute zu, wie der Mond über der Gruppe hoher dunkler Ulmen drunten auf dem Rasen aufging, und fragte mich, welche sentimentale Anwandlung über Arthur gekommen war, daß er da draußen stand, gegen den äußeren Pfeiler des Portico gelehnt, und ihn offensichtlich ebenfalls betrachtete.

»Ich vermute also, wir haben das letzte unserer fröhlichen Zechgelage in diesem Haus erlebt«, sagte Mr. Hattersley; »ich *dachte* mir schon, daß seine Kameradschaft nicht von langer Dauer sein würde. Aber«, fügte er lachend hinzu, »ich habe nicht damit gerechnet, daß sie auf diese Weise ihr Ende finden würde. Ich dachte, unsere hübsche Gastgeberin würde ihre Igelstacheln aufstellen und drohen, uns aus dem Haus zu werfen, wenn wir nicht auf unsere Manieren achteten.«

»Dann hast du *das* also nicht vorhergesehen?« antwortete Grimsby mit einem heiseren Glucksen. »Aber er wird sich wieder ändern, wenn er ihrer überdrüssig ist. Du wirst sehen, wenn wir in einem oder zwei Jahren hierherkommen, werden wir unseren Willen schon wieder durchsetzen.«

»Ich weiß nicht«, erwiderte der andere, »sie ist nicht der Typ von Frau, dessen man schnell überdrüssig wird; aber wie dem auch sei, es ist verflucht ärgerlich, daß wir jetzt nicht fidel sein können, weil er sich lieber von seiner besten Seite zeigt.«

»Das sind nur diese verfluchten Weiber!« murrte Grimsby. »Sie sind die eigentliche Erdenplage! Sie bringen

Probleme und Unbehagen, wo immer sie auftauchen, mit ihren falschen, zarten Gesichtern und ihrer verfluchten Doppelzüngigkeit.«

Bei dieser Bemerkung trat ich aus meinem Versteck hervor, lächelte Mr. Grimsby im Vorübergehen an, verließ das Zimmer und ging ins Freie, um Arthur zu suchen. Da ich gesehen hatte, daß er seine Schritte zum Staudengarten hin lenkte, folgte ich ihm dorthin und stieß zu ihm, als er gerade den schattigen Weg betrat. Mir war so leicht ums Herz, ich strömte derart über vor Liebe, daß ich auf ihn zusprang und ihn in die Arme schloß. Dieses überraschende Verhalten übte eine merkwürdige Wirkung auf ihn aus: »Du meine Güte, Liebling!« und er erwiderte meine feste Umarmung mit einer Glut wie in alten Zeiten, und *dann* zuckte er zurück und stieß im Tonfall äußersten Entsetzens hervor:

»Helen! Was, zum Teufel, hat das zu bedeuten?« und ich sah bei dem schwachen Licht, das durch den schattenwerfenden Baum fiel, daß er regelrecht blaß war vor Schreck.

Wie seltsam, daß der unwillkürliche Impuls von Zuneigung zuerst erfolgte und dann der Schock der Überraschung! Das bewies zumindest, daß die Zuneigung echt ist: er ist meiner noch nicht überdrüssig!

»Ich habe dich erschreckt, Arthur«, sagte ich und lachte in meiner Freude. »Wie nervös du bist!«

»Warum, zum Henker, hast du das getan?« rief er richtig gereizt, wobei er sich aus meinen Armen befreite und sich die Stirn mit seinem Taschentuch wischte. »Geh zurück, Helen – geh auf der Stelle zurück! Du wirst dir den Tod holen!«

»Das tue ich nicht – bis ich dir erzählt habe, weshalb ich kam. Sie tadeln dich, weil du so maßvoll und nüchtern bist, und ich bin gekommen, um dir dafür zu danken. Sie sagen, das seien nur ›diese verfluchten Weiber‹ und wir seien die eigentliche Erdenplage: doch laß dich durch ihr Lachen und

Schimpfen nicht von deinen guten Vorsätzen und deiner Liebe zu mir abbringen.«

Er lachte. Ich drückte ihn wieder an mich und rief ernst und unter Tränen:

»Bleib – bleib standhaft! Und ich werde dich mehr lieben als je zuvor!«

»Na schön, ich will es ja!« sagte er und küßte mich hastig. »Also geh jetzt. Du verrücktes Geschöpf, wie konntest du an diesem kalten Herbstabend in deinem leichten Abendkleid aus dem Haus gehen?«

»Es ist ein wundervoller Abend«, sagte ich.

»Es ist ein Abend, der dir gleich den Tod bringen wird. Lauf zurück, los!«

»Siehst du meinen Tod etwa zwischen den Bäumen dort drüben, Arthur?« sagte ich, denn er starrte unverwandt auf die Büsche, als ob er ihn kommen sähe, und ich in meinem neu gefundenen Glück und meiner wiedererwachten Hoffnung und Liebe verließ ihn nur ungern. Aber er wurde zornig, weil ich zögerte; so küßte ich ihn denn und rannte ins Haus zurück.

An diesem Abend war ich in einer wahren Hochstimmung: Milicent sagte mir, ich sei die Seele der Gesellschaft, und flüsterte, sie habe mich noch nie so strahlend gesehen. Gewiß, ich sprach genug für zwanzig und lächelte sie alle an. Grimsby, Hattersley, Hargrave, Lady Lowborough – alle hatten an meiner schwesterlichen Freundlichkeit teil. Grimsby machte große Augen und wunderte sich; Hattersley lachte und scherzte (trotz der geringen Menge Weins, die man ihm zugestanden hatte), benahm sich aber immer noch so gut, wie er es konnte; Hargrave und Annabella, jeder aus verschiedenen Beweggründen und auf verschiedene Weise, wetteiferten mit mir und übertrafen mich zweifellos beide, ersterer mit seiner geistigen Gewandtheit und Eloquenz, letztere zumindest, was Keckheit und Lebhaftigkeit anging. Milicent, entzückt, daß ihr Mann, ihr Bruder und ihre überschätzte Freundin eine so gute Figur machten, war auf ihre ruhige Art ebenfalls munter und fröhlich. Sogar Lord Lowborough ließ sich von der allgemeinen Fröhlichkeit anstecken: Seine dunklen, grünlichen Augen leuchteten unter den schwermütigen Brauen, häufiges Lächeln verschönte seinen finsteren Gesichtsausdruck; alle Spuren von Düsternis und stolzer oder kalter Reserviertheit waren eine Zeitlang verschwunden; und er verblüffte uns alle nicht nur durch seine allgemeine Heiterkeit und Munterkeit, sondern durch regelrechte Geistesblitze, die er ab und zu von sich gab. Arthur redete nicht viel, aber er lachte und hörte den übrigen zu und schien allerbester Laune zu sein, obwohl er keineswegs beschwipst war; und so bildeten wir alle zusammen ein sehr lustiges, unschuldiges und unterhaltsames Grüppchen.

Neunter. – Als Rachel gestern kam, um mich zum Dinner anzukleiden, sah ich, daß sie geweint hatte. Ich wollte den Grund dafür wissen, aber sie schien ihn ungern nennen zu wollen. Ging es ihr nicht gut? Nein. Hatte sie schlechte Nachrichten von ihren Freundinnen gehört? Nein. Hatte sie einer von den Bediensteten geärgert?

»Ach nein, Madam!« antwortete sie. »Es ist nicht wegen mir.«

»Was dann, Rachel? Hast du etwa Romane gelesen?«

»Du meine Güte, nein!« sagte sie mit einem kummervollen Kopfschütteln; und dann seufzte sie und fuhr fort: »Aber um Ihnen die Wahrheit zu sagen, Madam, es gefällt mir nicht, wie sich der Herr benimmt.«

»Was meinst du, Rachel? Er benimmt sich sehr anständig – in letzter Zeit.«

»Nun, Madam, wenn Sie meinen, ist es schon recht.« Und hastig fuhr sie fort, mein Haar zu ordnen, ganz gegen ihre sonst so gelassene, ruhige Art – dabei murmelte sie halb vor sich hin, es sei wirklich wunderschönes Haar, und sie wolle die sehen, die noch schöneres habe. Als sie damit fertig war, strich sie liebevoll darüber hin und tätschelte mir sanft den Kopf.

»Gilt diese zärtliche Aufwallung meinem Haar oder mir selbst, Rachel?« fragte ich sie und drehte mich lachend zu ihr um; aber auch jetzt noch standen Tränen in ihren Augen.

»Was hast du, Rachel?« entfuhr es mir.

»Ach, Madam, ich weiß nicht, aber wenn...«

»Wenn was?«

»Nun, wenn ich Sie wäre, würde ich diese Lady Lowborough keine Minute länger im Haus dulden – wirklich, keine Minute länger!«

Ich war wie vom Donner gerührt; aber ehe ich mich soweit von dem Schock erholen konnte, um eine Erklärung zu fordern, betrat Milicent mein Zimmer, wie sie es häufig tut, wenn sie vor mir fertig ist; und sie blieb bei mir, bis es Zeit war, hinunterzugehen. Sie muß mich diesmal als eine sehr ungesellige Gefährtin empfunden haben, denn Rachels letzte Worte klangen mir in den Ohren. Aber noch immer hoffte ich – glaubte ich fest –, daß sie auf nichts anderes gründeten als auf irgendeinem nichtigen Gerücht, das unter den Dienstboten die Runde machte und auf etwas zurückging, was ihnen an Lady Lowboroughs Benehmen im letzten Monat aufgefallen war; oder vielleicht auf etwas, was zwischen dem Hausherrn und ihr während eines früheren Besuchs vorgefallen war. Beim Dinner beobachtete ich sowohl sie als auch Arthur sehr genau und bemerkte weder in ihrem noch in seinem Verhalten irgend etwas Außergewöhnliches – nichts, was dazu angetan gewesen wäre, Verdacht zu erregen, außer in mißtrauischen Gemütern, was meines nicht war, und daher wollte ich keinen Argwohn hegen.

Fast unmittelbar nach dem Dinner begleitete Annabella

ihren Mann auf einem Mondscheinspaziergang, denn der Abend war so herrlich wie der vorangegangene. Mr. Hargrave betrat den Salon kurz vor den anderen und forderte mich zu einer Partie Schach heraus.

Er tat es ohne jene traurige, aber stolze Demut, die er gewöhnlich annimmt, wenn er mich anspricht, es sei denn, er ist vom Wein angeregt. Ich schaute ihm ins Gesicht, um zu sehen, ob dies jetzt der Fall war. Sein Blick begegnete dem meinen, durchdringend, aber beständig: Er hatte etwas an sich, das ich nicht zu deuten wußte, aber er schien durchaus nüchtern zu sein. Da ich mich nicht mit ihm abgeben wollte, verwies ich ihn an Milicent.

»Sie spielt schlecht«, sagte er, »ich möchte meine Geschicklichkeit mit der Ihren messen. Also kommen Sie! Sie können nicht so tun, als legten Sie Ihre Handarbeit ungern beiseite. Ich weiß, daß Sie sie nur hernehmen, um sich in einer müßigen Stunde die Zeit zu vertreiben, wenn Sie nichts Besseres zu tun haben.«

»Aber Schachspieler sind so ungesellig«, wandte ich ein, »sie sind für Außenstehende kein Umgang.«

»Hier ist niemand außer Milicent, und sie...«

»Oh, ich werde euch schrecklich gern zuschauen!« rief unsere gemeinsame Freundin. »Zwei solche Spieler – es wird ein wahrer Hochgenuß sein! Ich bin gespannt, wer gewinnen wird.«

Ich willigte ein.

»Nun, Mrs. Huntingdon«, sagte Hargrave, als er die Figuren auf dem Brett aufstellte, wobei er deutlich und mit besonderem Nachdruck sprach, als ob er all seinen Worten einen doppelten Sinn geben wollte, »Sie sind eine gute Spielerin – aber ich bin ein besserer: es wird ein langes Spiel werden, und Sie werden mir einige Mühe bereiten, aber ich kann ebenso geduldig sein wie Sie, und am Ende werde ich bestimmt gewinnen.« Er heftete seine Augen mit einem

Blick auf mich, der mir nicht gefiel – durchdringend, herausfordernd und beinahe unverschämt; schon halb triumphierend in seinem vorweggenommenen Erfolg.

»Ich hoffe nicht, Mr. Hargrave!« entgegnete ich mit einer Heftigkeit, die zumindest Milicent erschreckt haben muß; doch er lächelte nur und murmelte:

»Die Zeit wird es erweisen!«

Wir machten uns an die Arbeit; er, ziemlich interessiert an dem Spiel, aber ruhig und furchtlos in dem Bewußtsein seiner Überlegenheit; ich, angestrengt bemüht, seine Erwartungen zu enttäuschen, denn ich betrachtete dies als einen ernsthafteren Wettstreit – wie er es, so bildete ich mir ein, auch tat – und ich verspürte eine fast abergläubische Furcht, geschlagen zu werden: Auf jeden Fall konnte ich schlecht ertragen, daß dieser gegenwärtige Erfolg auch nur ein Jota seiner Selbstsicherheit (seiner dreisten Selbstüberschätzung, sollte ich wohl sagen) hinzufügen oder für einen Augenblick seinen Traum von zukünftiger Eroberung ermuntern sollte. Eine Zeitlang wogte der Kampf unentschieden hin und her; schließlich schien sich zu meiner Freude der Sieg mir zuzuneigen: Ich hatte ihm einige seiner besten Figuren abgenommen und vereitelte nachhaltig seine Absichten. Er griff sich mit der Hand an die Stirn und legte eine Pause ein in offensichtlich peinlicher Verlegenheit. Ich freute mich meines Vorteils, wagte aber noch nicht, darüber zu frohlocken. Schließlich hob er den Kopf und machte schweigend seinen Zug, sah mich an und sagte ruhig:

»Nun glauben Sie, daß Sie gewinnen werden, nicht wahr?«

»Ich hoffe es«, erwiderte ich, indem ich seinen Bauern nahm, den er mit einer so gleichgültigen Miene meinem Läufer in den Weg gestellt hatte, daß ich dachte, es sei ein Versehen, aber unter diesen Umständen nicht großzügig genug war, um seine Aufmerksamkeit auf die Gefahr zu lenken, und in diesem Augenblick zu achtlos, um die späteren Folgen meines Zuges vorherzusehen.

»Es sind diese Läufer, die mich stören«, sagte er, »aber der kecke Springer kann ja den ehrwürdigen Herrn überspringen«, und damit nahm er meinen letzten Läufer mit seinem Springer, »und nun, da diese ehrwürdigen Figuren erst einmal weggeschafft sind, steht meinem Sieg nichts mehr im Wege.«

»Oh, Walter, wie du sprichst!« rief Milicent, »sie hat ja immer noch mehr Figuren als du.«

»Ich will Ihnen schon noch ein wenig Kopfzerbrechen bereiten«, sagte ich, »und vielleicht, Sir, sind Sie schachmatt, ehe Sie es sich versehen. Schauen Sie mal auf Ihre Königin.«

Der Kampf wurde heftiger. Die Partie zog sich in die Länge, und ich machte es ihm durchaus nicht leicht; aber er *war* einfach der bessere Spieler.

»Welch leidenschaftliche Spieler ihr seid!« sagte Mr. Hattersley, der nun hereingekommen war und uns eine Weile zusah. »Wahrhaftig, Mrs. Huntingdon, Ihre Hand zittert, als ob Sie Ihr ganzes Hab und Gut auf sie gesetzt hätten! Und Walter, du Hund, machst ein so verschlagenes und kaltblütiges Gesicht, als wärst du deines Erfolges sicher, und schaust so durchdringend und grausam drein, als wolltest du ihr das Herzblut aussaugen! Doch wenn ich du wäre, würde ich sie schon allein aus Angst nicht schlagen: sie wird es dir nie verzeihen, wenn du das tust – das wird sie, bei Gott! Ich sehe es ihren Augen an.«

»Halten Sie den Mund, ja?« sagte ich; sein Gerede brachte mich durcheinander, denn ich war jetzt in höchster Bedrängnis. Noch ein paar Züge, und ich war unentrinnbar in der Falle meines Gegners gefangen.

»Schach«, rief er. Verzweifelt suchte ich nach irgendeinem Ausweg. »Matt!« fügte er ruhig hinzu, doch mit unverkennbarem Entzücken. Er hatte das letzte fatale Wort hinausgezögert, um meine Bestürzung um so besser auszukosten. Ich war durch den Vorfall auf törichte Weise aus der Fassung gebracht. Hattersley lachte; Milicent war betrübt, mich so verwirrt zu sehen. Hargrave legte seine Hand auf die meine, die auf dem Tisch ruhte, und indem er sie fest, aber dennoch sanft drückte, murmelte er: »Geschlagen – geschlagen!« und sah mir mit einem Blick ins Gesicht, in dem sich Triumph mit einem Ausdruck von noch unverschämterer Glut und Zärtlichkeit vermischten.

»Nein, niemals, Mr. Hargrave!« stieß ich hervor, und schnell entzog ich ihm meine Hand.

»Sie leugnen es?« erwiderte er und zeigte lächelnd auf das Brett.

»Nein«, antwortete ich, da ich mich besann, wie merkwürdig mein Verhalten erscheinen mußte, »in dieser Partie haben Sie mich geschlagen.«

»Wollen Sie also noch eine wagen?«

»Nein.«

»Sie erkennen meine Überlegenheit an?«

»Ja – als Schachspieler.«

Ich erhob mich, um meine Handarbeit wiederaufzunehmen.

»Wo ist Annabella?« sagte Hargrave ernst, nachdem er im Zimmer umhergeblickt hatte.

»Mit Lord Lowborough nach draußen gegangen«, antwortete ich, denn er sah mich antwortheischend an.

»Und noch nicht zurückgekehrt!« sagte er ernst.

»Ich glaube nicht.«

»Wo ist Huntingdon?« und er sah sich wieder um.

»Mit Grimsby rausgegangen, wie du weißt«, sagte Hattersley, indem er ein Lachen unterdrückte, das aus ihm herausbrach, als er den Satz beendet hatte.

Warum lachte er? Warum brachte Hargrave sie solcherart

miteinander in Beziehung? Ich mußte es herausfinden, und zwar schnell. Sofort stand ich auf und verließ das Zimmer, um Rachel zu suchen und eine Erklärung ihrer Worte zu fordern; doch Mr. Hargrave folgte mir in den Vorraum, und ehe ich dessen äußere Tür öffnen konnte, legte er seine Hand sanft auf den Türdrücker.

»Darf ich Ihnen etwas sagen, Mrs. Huntingdon?« fragte er mit gedämpfter Stimme und ernstem, zu Boden gesenktem Blick.

»Wenn es etwas ist, was sich zu hören lohnt«, erwiderte ich, wobei ich um Fassung kämpfte, denn ich zitterte am ganzen Körper.

Ruhig schob er mir einen Stuhl hin. Ich stützte lediglich meine Hand darauf und bat ihn fortzufahren.

»Seien Sie nicht beunruhigt«, sagte er, »was ich Ihnen mitteilen möchte, ist an sich nichts von Bedeutung; und ich will es Ihnen überlassen, daraus Ihre eigenen Schlüsse zu ziehen. Sie sagen, daß Annabella noch nicht zurückgekehrt ist?«

»Ja, ja – reden Sie weiter!« sagte ich ungeduldig, denn ich fürchtete, meine Ruhe werde mich verlassen, ehe die Eröffnung zu Ende wäre, worin sie auch immer bestehen mochte.

»Und Sie haben gehört«, fuhr er fort, »daß Huntingdon mit Grimsby nach draußen gegangen ist?«

»Nun?«

»Ich habe gehört, wie letzterer zu Ihrem Mann gesagt hat – oder dem Mann, der sich selbst so nennt...«

»Weiter, Sir!«

Er verbeugte sich gehorsam und fuhr fort: »Ich hörte ihn sagen: ›Ich werde es schon hinbiegen, du wirst sehen!‹ Sie sind zum Wasser hinuntergegangen; ich werde sie dort treffen und ihm sagen, ich müßte mit ihm kurz über einige Dinge sprechen, mit denen wir die Dame nicht zu belästigen brauchen; und sie wird sagen, sie könne allein zum

Haus zurückgehen; und dann werde ich um Entschuldigung bitten und all das, du weißt schon, und ihr einen Wink geben, den Weg durch den Staudengarten zu nehmen. Ich werde ihn dort festhalten, indem ich über die erwähnten Angelegenheiten und über alles, was mir sonst noch einfällt, rede, solange ich kann, und ihn danach auf den anderen Spazierweg bringen, dabei immer wieder stehenbleiben, um auf die Bäume, die Felder und alles, was irgendwie Gesprächsstoff bietet, blicken.‹« Hargrave hielt inne und schaute mich an.

Ohne Kommentar oder weitere Fragen erhob ich mich und schoß aus dem Zimmer und dann aus dem Haus. Die quälende Spannung war nicht auszuhalten: ich wollte meinen Gatten nicht zu Unrecht verdächtigen, auf die Anklage dieses Mannes hin, und ich wollte ihm auch nicht unverdienterweise Vertrauen schenken – ich mußte auf der Stelle die Wahrheit wissen. Ich rannte zum Staudengarten. Kaum war ich dort angelangt, da stoppte ein Geräusch von Stimmen meine atemlose Hast.

»Wir haben uns schon zu lange hier aufgehalten; er wird zurück sein«, ließ sich Lady Lowboroughs Stimme vernehmen.

»Bestimmt nicht, Liebstes!« lautete seine Antwort. »Aber du kannst über den Rasen laufen und so leise wie möglich hineingehen; ich werde dir nach einer Weile folgen.«

Meine Knie gaben nach, der Kopf drehte sich mir: ich war drauf und dran, in Ohnmacht zu fallen. Sie durfte mich nicht in dieser Verfassung sehen. Ich zog mich zwischen die Büsche zurück und lehnte mich gegen einen Baumstamm, um sie vorbeigehen zu lassen.

»Ach, Huntingdon!« sagte sie vorwurfsvoll, wobei sie an der Stelle stehenblieb, wo ich am Abend zuvor gestanden hatte. »Hier war es, wo du diese Frau geküßt hast!« Sie sah in das blätterige Dunkel zurück. Er trat darauf zu und antwortete mit einem gleichgültigen Lachen:

»Nun, Liebste, ich konnte nicht anders. Du weißt, ich muß, solange ich kann, mit ihr weiterleben. Habe ich dich nicht unzählige Male deinen Dummkopf von Mann küssen sehen? Und beklage ich mich je darüber?«

»Aber sag mir, liebst du sie nicht noch immer – ein bißchen?« sagte sie, wobei sie ihre Hand auf seinen Arm legte und ihm ernst ins Gesicht sah – denn ich konnte sie deutlich sehen, da der Mondschein zwischen den Zweigen des Baums, der mir Schutz bot, voll auf die beiden fiel.

»Kein bißchen, bei allem, was mir heilig ist!« erwiderte er und küßte ihre glühende Wange.

»Du meine Güte, ich muß gehen!« rief sie, wobei sie sich plötzlich von ihm losriß und wegrannte.

Da stand er nun vor mir; aber ich hatte nicht die Kraft, ihm jetzt gegenüberzutreten. Die Zunge klebte mir am Gaumen, ich war nahe daran, zu Boden zu sinken, und wunderte mich fast, daß er das Pochen meines Herzens nicht hörte, das das leise Stöhnen des Winds und das unregelmäßige Rascheln der herabfallenden Blätter übertönte. Die Sinne schienen mir zu schwinden, aber noch immer sah ich seine dunkle Gestalt vor mir, und durch das Rauschen in meinen Ohren hindurch hörte ich deutlich, wie er sagte, als er so dastand und auf den Rasen hinblickte:

»Da geht er hin, der Tor! Lauf, Annabella, lauf! Da – hinein mit dir! Ah, er hat sie nicht gesehen! Das ist gut, Grimsby, halt ihn zurück!« und sogar sein leises Lachen drang noch an mein Ohr, als er wegging.

»Gott steh mir bei!« murmelte ich und sank auf die Knie inmitten des feuchten Grases und Gestrüpps, das mich umgab, und blickte durch das spärliche Laub über mir zum mondhellen Himmel empor. Meinem verdunkelten Blick bot sich nun alles verschwommen und schwankend dar.

Mein brennendes, zerberstendes Herz mühte sich, seine Qual vor Gott auszubreiten, konnte aber seine Not nicht in ein Gebet fassen, bis ein Windstoß über mich hinwegfegte, der die toten Blätter wie vereitelte Hoffnungen auseinandertrieb und zugleich meine Stirn kühlte und meinen schwächer werdenden Körper ein wenig zu beleben schien. Dann, als ich meine Seele in sprachlosem, inbrünstigem Flehen erhob, schien mir irgendeine himmlische Macht innerlich Kraft zu geben: Ich atmete freier, mein Blick wurde klarer; deutlich sah ich, wie das reine Licht des Mondes herabfiel und zarte Wolken den klaren, dunklen Himmel überzogen; und dann sah ich die ewigen Sterne auf mich herabfunkeln; ich wußte, daß ihr Gott auch meiner war und daß Er ein starker Retter war und schnell erhörte. »Ich werde dich nie verlassen und nie aufgeben«, schienen mir die Myriaden von Gestirnen von dort oben herab zuzuflüstern. Nein, nein; ich spürte, Er würde mir seinen Trost nicht versagen: und Erde und Hölle zum Trotz würde ich Kraft haben für all meine Schicksalsprüfungen und am Ende köstlichen Frieden finden!

Erfrischt, gestärkt, wenn auch nicht gefaßt, stand ich auf und kehrte zum Haus zurück. Viel von meiner neuerworbenen Stärke und meinem Mut, das gestehe ich, verließ mich, als ich es betrat und den frischen Wind und den herrlichen Himmel aussperrte: Alles, was ich sah und hörte, schien mir Übelkeit zu bereiten – die Eingangshalle, die Lampe, die Treppe, die Türen der verschiedenen Zimmer, das gesellige Geräusch von Reden und Lachen aus dem Salon. Wie konnte ich mein zukünftiges Leben ertragen! In diesem Haus, unter diesen Leuten – und wie konnte ich es ertragen zu leben! In diesem Augenblick betrat John die Eingangshalle und sagte, als er mich sah, er sei weggeschickt worden, um mich zu suchen, wobei er hinzufügte, daß er den Tee gebracht habe, und der Herr wissen wolle, ob ich käme.

»Bitten Sie Mrs. Hattersley, sie möge so gut sein, den Tee zu bereiten, John«, sagte ich. »Sagen Sie, ich fühlte mich heute abend nicht wohl und man wolle mich bitte entschuldigen.«

Ich zog mich in das große, leere Speisezimmer zurück, wo alles still und dunkel war, bis auf das leise Seufzen des Windes draußen und den schwachen Schimmer des Mondlichts, das durch die Markisen und Vorhänge drang; und hier lief ich schnell auf und ab, ganz meinen bitteren Gedanken nachhängend. Wie anders war doch dieser Abend als der gestrige! *Jener*, so schien es, hatte das letzte erlöschende Aufflackern meines Lebensglücks gesehen. Arme, verblendete Törin, die ich war, so glücklich zu sein! Ich konnte mir nun erklären, warum mich Arthur im Staudengarten so merkwürdig empfangen hatte; der Ausbruch von Güte galt seiner Geliebten, das entsetzte Zurückschrecken seiner Ehefrau. Jetzt konnte ich auch das Gespräch zwischen Hattersley und Grimsby besser verstehen; es war zweifellos seine Liebe zu ihr, von der sie sprachen, nicht die zu mir.

Ich hörte, wie die Salontür aufging; ein leichter schneller Schritt kam aus dem Vorzimmer, durchquerte die Eingangshalle und stieg die Treppe empor. Es war Milicent, die arme Milicent, die mich suchte, um zu sehen, wie es mir gehe – sonst kümmerte sich niemand um mich; aber sie war immer noch lieb zu mir. Vorher hatte ich keine Tränen vergossen, aber jetzt kamen sie, schnell und hemmungslos. Auf diese Weise tat sie mir etwas Gutes, ohne sich mir zu nähern. Enttäuscht von ihrer Suche, hörte ich sie herunterkommen, langsamer als sie hinaufgegangen war. Würde sie eintreten und mich entdecken? Nein, sie wandte sich in die entgegengesetzte Richtung und trat in den Salon. Ich war froh, denn ich wußte nicht, wie ich ihr begegnen und was ich sagen sollte. Ich brauchte in meinem Kummer keine Vertraute. Ich verdiente keine und brauchte auch keine. Ich hatte mir die Last selbst aufgebürdet; ich will sie allein tragen.

Als die Stunde heranrückte, in der man sich gewöhnlich zurückzog, trocknete ich mir die Augen und versuchte, wieder mit klarer Stimme sprechen zu können und innerlich ruhig zu werden. Ich mußte Arthur noch heute nacht sehen und mit ihm sprechen; aber ich wollte ruhig dabei sein: Es sollte keine Szene geben – nichts, worüber er sich bei seinen Kumpanen beklagen oder brüsten konnte – nichts, worüber er mit seiner Mätresse lachen konnte. Als die Gesellschaft sich in ihre Zimmer zurückzog, öffnete ich sachte die Tür, und als er vorüberging, winkte ich ihn herein.

»Was hast du, Helen?« sagte er. »Warum konntest du nicht kommen, um uns den Tee zu bereiten? Und weshalb, zum Teufel, bist du hier im Dunkeln? Was fehlt dir, junge Frau? Du siehst ja aus wie ein Geist!« fuhr er fort, indem er mich beim Schein seiner Kerze musterte.

»Unwichtig«, antwortete ich, »für dich. Du nimmst ja keine Rücksicht mehr auf mich, und ich nehme keine mehr auf dich.«

»Heda! Was, zum Henker, ist das nun wieder?« brummte er.

»Ich würde dich morgen verlassen«, fuhr ich fort, »und nie mehr unter dieses Dach zurückkehren, wenn nicht das Kind wäre«, ich hielt einen Augenblick inne, um meine Stimme zu festigen.

»Was, in drei Teufels Namen, ist denn los, Helen?« schrie er. »Worauf willst du hinaus?«

»Das weißt du sehr gut. Laß uns keine Zeit mit nutzlosen Erklärungen vergeuden, aber sag mir, wirst du…«

Er schwor Stein und Bein, er wisse nicht, was das solle, und bestand darauf zu erfahren, welch boshaftes altes Weib seinen Namen angeschwärzt und welch infame Lügen ich in meiner Dummheit geglaubt habe.

»Erspare dir die Mühe, einen Meineid zu leisten und dir das Gehirn zu zermartern, um Wahrheit durch Lüge zu ersticken«, erwiderte ich kalt. »Ich stütze mich nicht auf das Zeugnis irgendeiner dritten Person. Ich war heute abend im Staudengarten und habe es mit eigenen Augen gesehen und mit eigenen Ohren gehört.«

Das genügte. Er gab einen unterdrückten Aufschrei von sich, der Verblüffung und Entsetzen verriet, und mit einem dahingemurmelten: »Jetzt verstehe ich!« stellte er seine Kerze auf dem nächsten Stuhl ab und, den Rücken gegen die Wand gelehnt, stand er mir mit verschränkten Armen gegenüber.

»Nun, was sonst noch?« sagte er mit ruhiger, aus Schamlosigkeit und Verzweiflung geborener Anmaßung.

»Nur dies eine«, entgegnete ich, »wirst du mir unser Kind und das, was von meinem Vermögen noch übrig ist, geben und mich gehen lassen?«

»Gehen wohin?«

»Irgendwohin, wo er vor deinem vergiftenden Einfluß sicher ist und ich von deiner Gegenwart befreit sein werde, und du von der meinen.«

»Nein.«

»Wirst du mir dann das Kind geben, ohne das Geld?«

»Nein, und auch nicht dich ohne das Kind. Meinst du, ich will wegen deiner schwer zu befriedigenden Launen zum Gespött der Nachbarschaft werden?«

»Dann muß ich hier bleiben, gehaßt und verachtet. Aber hinfort sind wir Mann und Frau nur noch dem Namen nach.«

»Sehr gut.«

»Ich bin die Mutter deines Kindes und deine Haushälterin, sonst nichts. So brauchst du dir nicht länger die Mühe machen, eine Liebe vorzutäuschen, die du nicht empfinden kannst. Ich will dir keine herzlosen Liebkosungen mehr abpressen, und auch nicht anbieten, sie zu ertragen. Ich will nicht mit der leeren Hülle ehelicher Zärtlichkeiten verspottet werden, wenn du deine wahre Liebe einer anderen geschenkt hast.«

»Na schön, wenn du meinst. Wir werden schon sehen, wer diesen Zustand als erster satt hat, meine Gnädigste.«

»Wenn ich einer Sache überdrüssig werde, so wird es die sein: mit dir auf der Welt zu leben; nicht eines Lebens ohne deine Farce von Liebe. Wenn du deines sündigen Lebenswandels überdrüssig wirst und dich als wirklich reuig zeigst, will ich dir vergeben und vielleicht versuchen, dich wieder zu lieben, obwohl das in der Tat schwer sein wird.«

»Hm! und in der Zwischenzeit wirst du so weitermachen und bei Mrs. Hargrave über mich reden und lange Briefe an Tante Maxwell schreiben, um über den verdorbenen Bösewicht zu klagen, den du geheiratet hast, nicht wahr?«

»Ich werde niemandem gegenüber klagen. Bisher habe ich mich nach Kräften bemüht, deine Laster vor jedermann zu verbergen und dich mit Tugenden auszustatten, die du nie besessen hast; aber jetzt mußt du selbst auf dich aufpassen.«

Ich verließ ihn, während er einige Schimpfworte vor sich hinmurmelte, und ging nach oben.

»Sie sehen krank aus, Madam«, sagte Rachel und musterte mich mit tiefer Besorgnis.

»Es ist nur zu wahr, Rachel«, sagte ich, mehr ihren traurigen Blicken als ihren Worten antwortend.

»Ich wußte es, sonst hätte ich so etwas nicht erwähnt.«

»Aber beunruhige dich nicht darüber«, sagte ich und küßte ihre bleiche, vom Alter faltig gewordene Wange; »ich kann es besser erdulden, als du denkst.«

»Ja, Sie waren schon immer fürs ›Erdulden‹. Aber wenn ich Sie wäre, würde ich es nicht erdulden; ich würde meiner Verzweiflung freien Lauf lassen und so richtig von Herzen weinen. Und ich würde auch reden, ich würde – ich würde ihm zu verstehen geben, was es heißt…«

»Ich habe geredet«, sagte ich, »ich habe genug gesagt.«

»Dann würde ich weinen«, wiederholte sie hartnäckig, »ich würde nicht so blaß und ruhig dreinschauen und den Kummer in meinem Herzen einschließen, bis es zerspringt.«

»Ich habe geweint«, sagte ich und lächelte, obwohl ich todunglücklich war, »und jetzt bin ich ruhig, wirklich, also bring mich nicht wieder durcheinander, Rachel; wir wollen kein Wort mehr darüber verlieren, und erwähne es nicht gegenüber dem Personal. Nun kannst du gehen. Gute Nacht und laß dich nicht in deiner Nachtruhe stören wegen mir: ich werde gut schlafen – wenn ich kann.«

Trotz dieses Entschlusses fand ich mein Bett so unerträglich, daß ich – es war noch nicht einmal zwei Uhr morgens – aufstand, meine Kerze an dem noch brennenden Talglicht entzündete, meine Schreibmappe hernahm und mich in meinem Morgenrock hinsetzte, um die Ereignisse des vergangenen Abends niederzuschreiben. Es war besser, sich zu beschäftigen, als im Bett zu liegen und sich den Kopf mit Erinnerungen an die weit zurückliegende Vergangenheit und Vorahnungen der schrecklichen Zukunft zu zermartern. Indem ich die genauen Umstände, die meinen Seelenfrieden zerstört hatten, wie auch die kleinen, belanglosen Einzelheiten, die mit meiner Entdeckung einhergingen, zu Papier brachte, habe ich eine gewisse Erleichterung erfahren. Kein Schlaf, den ich in dieser Nacht vielleicht noch hätte finden können, hätte so viel zu bewirken vermocht, um mein Gemüt zu beruhigen und mich auf die Prüfungen des Tages vorzubereiten – zumindest bilde ich mir das ein; und doch, wenn ich aufhöre zu schreiben, spüre ich, wie mein Kopf schrecklich weh tut; und jedesmal, wenn ich in den Spiegel schaue, erschrecke ich darüber, wie abgehärmt und erschöpft ich aussehe. Rachel war hier, um mir beim Ankleiden zu helfen, und meinte, ich hätte wohl eine schlimme Nacht hinter mir, sie könne es sehen. Milicent hat gerade hereingeschaut, um zu fragen, wie es mir gehe. Ich sagte ihr, ich fühlte mich besser, aber, um mein Aussehen zu entschuldigen, ich hätte eine schlaflose Nacht gehabt. Ich wünschte, der Tag wäre schon vorüber! Es schaudert mich bei dem Gedanken, zum Frühstück hinunterzugehen. Wie soll ich ihnen allen gegenübertreten? Doch will ich mir ins Gedächtnis rufen, daß nicht ich es bin, die Schuld auf sich geladen hat: ich habe keinen Grund, mich zu fürchten; und wenn *sie* mich als das Opfer ihrer Schuld verspotten, kann ich sie wegen ihrer Dummheit nur bedauern und ihren Spott verachten.

KAPITEL 34
Verheimlichung

Abends. – Das Frühstück brachte ich gut hinter mich; ich gab mich durchwegs gelassen und kühl. Ruhig antwortete ich auf alle Fragen, die meine Gesundheit betrafen. Und was immer auch an meinem Aussehen oder Benehmen ungewöhnlich war, es wurde der kleinen Unpäßlichkeit zugeschrieben, die mich gestern abend bewogen hatte, so früh zu Bett zu gehen. Aber wie soll ich die zehn oder zwölf Tage überstehen, die noch verstreichen müssen, ehe sie abreisen? Doch warum sollte ich ihre Abreise so sehnlich herbeiwünschen? Wenn sie fort *sind*, wie soll ich die Monate oder Jahre meines künftigen Lebens durchstehen in der Gesellschaft dieses Mannes – meines ärgsten Feindes? Denn niemand könnte mich so verletzen, wie er es getan hat. Oh! wenn ich daran denke, wie vernarrt, wie töricht ich ihn geliebt habe, wie blind ich ihm vertraut habe, wie unablässig ich mich um sein Wohl bemüht, mir über ihn Gedanken gemacht und für ihn gebetet und um ihn gekämpft habe, und wie grausam er meine Liebe mit Füßen getreten, mein Vertrauen enttäuscht, meine Gebete und Tränen und Bemühungen, ihn zu retten, verhöhnt, meine Hoffnungen zerstört, die besten Regungen meiner Jugend zunichte gemacht und mich zu einem Leben in hoffnungslosem Elend verdammt hat – soweit das ein Mensch überhaupt vermag – zu behaupten, daß ich meinen Mann nicht mehr liebe, reicht nicht aus – ich HASSE ihn! Das Wort starrt mich an wie ein sündiges Bekenntnis, aber es ist wahr: ich hasse ihn – ich hasse ihn! Aber Gott möge sich seiner nichtswürdigen Seele erbarmen und ihn seine Schuld einsehen und spüren lassen – eine andere Rache verlange ich gar nicht! Wenn er nur seine Irrtümer in ihrer ganzen Tragweite einsehen und aufrichtig bedauern könnte, ich wäre vollauf gerächt, und ich könnte ihm freimütig alles verzeihen; aber er hat sich in seiner herzlosen Verderbtheit so verirrt, so verhärtet, daß das, wie ich glaube, in diesem Leben nicht mehr der Fall sein wird. Aber es ist nutzlos, bei diesem Thema zu verweilen: Ich muß noch einmal versuchen, mich abzulenken, indem ich einige nebensächliche Einzelheiten aus meinem Alltag schildere.

Mr. Hargrave hat mich den ganzen Tag über mit seiner ernsten Anteilnahme und (wie *er* meint) unaufdringlichen Höflichkeit behelligt – wenn sie aufdringlicher wäre, würde sie mir weniger Kopfzerbrechen bereiten, denn dann könnte ich ihm eine Abfuhr erteilen; aber so wie die Dinge liegen, bemüht er sich, wirklich einen so freundlichen und rücksichtsvollen Eindruck zu erwecken, daß ich das nicht tun kann, ohne grob und undankbar zu erscheinen. Ich denke manchmal, ich sollte ihm das Mitgefühl, das er so geschickt hervorkehrt, hoch anrechnen, und dann wieder halte ich es für meine *Pflicht*, ihm unter den besonderen Umständen, in denen ich mich befinde, zu mißtrauen. Sein

Milicent, und sie wird gleich nachkommen.« (Milicent ging.) »Werden Sie mir den Gefallen tun, Helen?«

Ihre Unverschämtheit erstaunte mich; aber ich willigte ein und folgte ihr in die Bibliothek. Sie schloß die Tür und ging zum Kamin.

»Wer hat Ihnen das erzählt?«

»Niemand: ich habe schließlich selbst Augen im Kopf.«

»Ah, Sie sind mißtrauisch!« rief sie, und ein Hoffnungsschimmer lag in ihrem Lächeln – bisher hatte so etwas wie Verzweiflung in ihrer Unverschämtheit gelegen; jetzt war sie offensichtlich erleichtert.

»Wenn ich mißtrauisch gewesen *wäre*«, erwiderte ich, »hätte ich Ihre Niedertracht schon längst bemerkt. Nein, Lady Lowborough, auf einen bloßen Verdacht gründe ich meine Anklage nicht.«

»Worauf gründen Sie sie denn?« sagte sie, wobei sie sich in einen Lehnstuhl warf und ihre Füße zum Kaminvorsetzer hinstreckte, in dem unverkennbaren Bemühen, gelassen zu wirken.

»Ich gehe ebenso gern bei Mondschein spazieren wie Sie«, antwortete ich, die Augen unverwandt auf sie gerichtet: »und der Staudengarten ist zufällig einer meiner Lieblingsorte.«

Abermals errötete sie tief und schwieg, preßte ihren Zeigefinger gegen ihre Zähne und starrte ins Feuer. Ich betrachtete sie ein paar Augenblicke lang mit einem Gefühl hämischer Genugtuung; sodann begab ich mich zur Tür und fragte sie ruhig, ob sie noch etwas zu sagen habe.

»Ja, ja!« rief sie eifrig und fuhr aus ihrer halbliegenden Stellung hoch. »Ich würde gern wissen, ob Sie Lord Lowborough davon erzählen werden?«

»Und wenn ich es täte?«

»Nun, wenn Sie gewillt sind, die Sache an die Öffentlichkeit zu bringen, kann *ich* Sie natürlich nicht davon abbringen – aber es hätte schreckliche Folgen – und wenn nicht, werde ich Sie für den großmütigsten Menschen halten – und falls es irgend etwas auf der Welt gäbe, was ich für Sie tun kann – alles außer...« sie zögerte.

»Alles, außer Ihre ehebrecherische Verbindung mit meinem Mann aufzugeben, wollen Sie vermutlich sagen«, entgegnete ich.

Sie schwieg, außerordentlich verwirrt und verlegen und auch etwas zornig, was sie aber nicht zu zeigen wagte.

»Ich kann nicht auf etwas verzichten, was mir teurer ist als mein Leben«, murmelte sie mit leiser, verhuschter Stimme. Dann hob sie unvermittelt den Kopf, richtete ihre funkelnden Augen auf mich und fuhr in einem beschwörenden Tonfall fort: »Aber Helen – oder Mrs. Huntingdon, oder wie auch immer Sie von mir genannt werden möchten – werden Sie es ihm sagen? Wenn Sie großmütig sind, hier ist eine günstige Gelegenheit, Ihre Großmut unter Beweis zu stellen: wenn Sie stolz sind, hier bin ich – Ihre Rivalin – bereit, mich zu Ihrer Schuldnerin zu erklären, für einen Akt der nobelsten Nachsicht.«

»Ich werde es ihm nicht sagen.«

»Sie werden nicht!« rief sie ganz begeistert. »Dann nehmen Sie meinen aufrichtigen Dank entgegen!«

Sie sprang auf und reichte mir die Hand. Ich wich zurück.

»Behalten Sie Ihren Dank für sich; es geschieht nicht *Ihnen* zuliebe, wenn ich davon absehe. Und es ist auch kein Akt irgendwelcher Nachsicht: Ich habe kein Bedürfnis, Ihre Schmach an die Öffentlichkeit zu bringen. Es täte mir leid, Ihrem Mann das Herz schwer zu machen, indem ich ihn darüber in Kenntnis setze.«

»Und Milicent? Werden Sie es ihr erzählen?«

»Nein, im Gegenteil, ich werde mein möglichstes tun, um es vor ihr zu verheimlichen. Unter keinen Umständen möchte ich, daß sie von der Niedertracht und Schande ihrer Verwandten erfährt!«

»Sie gebrauchen harte Worte, Mrs. Huntingdon – aber ich kann Ihnen verzeihen.«

»Und nun, Lady Lowborough«, fuhr ich fort, »lassen Sie mich Ihnen den Rat geben, dieses Haus so schnell wie *möglich* zu verlassen. Es muß Ihnen doch wohl klar sein, daß mir Ihr weiterer Aufenthalt hier außerordentlich unangenehm ist – nicht wegen Mr. Huntingdon«, sagte ich, da ich bemerkte, wie ein boshaft triumphierendes Lächeln auf ihrem Gesicht aufblitzte. »Soweit es mich betrifft, können Sie ihn gern haben, wenn Sie ihn mögen – sondern weil es mir schwerfällt, meine wahren Empfindungen Ihnen gegenüber stets zu bemänteln und mich abzumühen, einen Anschein von Höflichkeit und Respekt gegenüber einer Frau aufrechtzuerhalten, für die ich nicht den leisesten Schatten von Achtung hege; und weil, wenn Sie bleiben, Ihr Verhalten den beiden einzigen Personen im Haus, die es noch nicht wissen, unmöglich noch viel länger verborgen bleiben kann. Und Ihrem Mann zuliebe, Annabella, und selbst Ihretwegen, wünschte ich – rate ich Ihnen dringend und bitte Sie inständig, diese ehebrecherische Verbindung schnellstens zu beenden und sich wieder Ihren Pflichten zuzuwenden, solange es vielleicht noch möglich ist, ehe die schrecklichen Folgen…«

»Ja, ja, natürlich«, sagte sie und unterbrach mich mit einer ungeduldigen Handbewegung. »Aber ich kann nicht weg, Helen, vor dem für unsere Abreise anberaumten Zeitpunkt. Welchen Vorwand sollte ich mir wohl ausdenken für so etwas? Ob ich nun vorschlüge, allein heimzufahren – wovon Lord Lowborough nichts würde wissen wollen – oder ihn mitnähme, der bloße Umstand würde mit Sicherheit Verdacht erregen – und wo doch außerdem unser Besuch schon fast zu Ende ist – etwas mehr als eine Woche – können Sie meine Gegenwart gewiß noch so lange ertragen! Ich will Sie auch nicht mehr mit irgendwelchen freundschaftlichen Zudringlichkeiten belästigen.«

»Nun gut, ich habe Ihnen nichts mehr zu sagen.«

»Haben Sie Huntingdon gegenüber diese Angelegenheit erwähnt?« fragte sie, als ich gerade aus dem Zimmer ging.

»Wie können Sie es wagen, seinen Namen vor mir auszusprechen!« war alles, was ich darauf antwortete.

Seitdem wurde zwischen uns kein Wort mehr gewechselt, es sei denn, wenn es unumgänglich war, um die äußere Form zu wahren oder um der puren Notwendigkeit zu gehorchen.

KAPITEL 35
Provokationen

Neunzehnter. – Je mehr Lady Lowborough zu der Überzeugung gelangt, daß sie von mir nichts zu befürchten hat, und je näher der Zeitpunkt der Abreise rückt, desto dreister und unverschämter wird sie. Sie scheut sich nicht, in meiner Gegenwart ganz offen mit meinem Mann herumzuturteln, wenn niemand sonst in der Nähe ist, und besonders gern zeigt sie, wie sehr ihr seine Gesundheit und sein Wohlergehen und überhaupt alles, was ihn betrifft, am Herzen liegen, so, als wolle sie ihre liebevolle Besorgnis meiner kühlen Gleichgültigkeit bewußt gegenüberstellen. Und das Lächeln und die Blicke, die geflüsterten Worte oder unverhohlenen Schmeicheleien, mit denen er sie belohnt, geben so deutlich zu erkennen, wie sehr er sich ihrer Güte und meiner Nachlässigkeit bewußt ist, daß mir das Blut ins Gesicht schießt, unwillkürlich – weil ich gegenüber all dem äußerste Gleichgültigkeit bewahren möchte – taub und blind sein gegenüber allem, was sich zwischen ihnen abspielt, denn je mehr ich zeige, daß mir ihre Bosheit nahegeht, desto mehr triumphiert sie ob ihres Sieges, und desto mehr bildet er sich ein, daß ich ihn immer noch hingebungsvoll liebe, trotz meiner vorgeblichen Gleichgültigkeit. Bei solchen Gelegenheiten schreckt mich zuweilen eine flüchtige, teuflische Einflüsterung auf, die mich aufstachelt, ihm das Gegenteil zu beweisen, indem ich scheinbar auf Mr. Hargraves Avancen eingehe; doch solche Gedanken werden im nächsten Moment voll Entsetzen und im Bewußtsein, mich dadurch selbst zu erniedrigen, verscheucht; und dann hasse ich ihn zehnmal mehr als je zuvor, weil er mich so weit gebracht hat! Gott vergebe mir dies – und all meine sündigen Gedanken! Anstatt durch meinen Kummer demütig und geläutert worden zu sein, spüre ich, daß sie mich durch und durch verbittern. Daran habe ich gewiß nicht weniger Schuld als diejenigen, die mir unrecht tun. Kein echter Christ könnte so bittere Gefühle hegen wie ich gegenüber ihm und ihr – besonders gegenüber ihr: ihm, das fühle ich immer noch, könnte ich verzeihen – freimütig, frohen Herzens – beim geringsten Anzeichen von Reue; aber *sie* – Worte können meinen Abscheu nicht beschreiben. Die Vernunft verbietet es, aber die Leidenschaft besteht nachdrücklich darauf; und ich muß noch lange beten und kämpfen, ehe ich sie bezwungen habe.

Es ist gut, daß sie morgen geht, denn ich könnte ihre Gegenwart wohl kaum einen Tag länger ertragen. Heute morgen stand sie früher auf als sonst. Ich traf sie allein im Zimmer an, als ich zum Frühstück hinunterging.

»Oh, Helen! Sind Sie es?« sagte sie und drehte sich um, als ich eintrat.

Ich zuckte unwillkürlich zusammen, als ich sie sah, worauf sie kurz auflachte und bemerkte:

»Ich glaube, wir sind *beide* enttäuscht.«

Ich trat näher und machte mir mit dem Frühstücksgeschirr zu schaffen.

»Dies ist der letzte Tag, an dem ich Ihre Gastfreundschaft in Anspruch nehmen werde«, sagte sie, als sie sich an den Tisch setzte. »Ah, da kommt einer, der sich nicht darüber freuen wird!« murmelte sie halb zu sich selbst, als Arthur ins Zimmer trat.

Er drückte ihr die Hand und wünschte ihr einen guten Morgen: dann, ihr verliebt in die Augen sehend und noch immer ihre Hand in der seinen haltend, murmelte er trübselig:

»Der letzte Tag – letzte Tag!«

»Ja«, sagte sie etwas schroff, »und ich bin früh aufgestanden, um ihn noch so richtig auszukosten – seit einer halben Stunde sitze ich allein hier herum, und *du*, du Faulpelz ...«

»Nun, ich dachte, ich sei ebenfalls früh dran«, sagte er, »aber«, und die Stimme fast zu einem Flüstern senkend, »du warst ja nicht allein.«

»Das sind wir ja nie«, entgegnete sie. Doch sie waren fast so gut wie allein, denn ich stand nun am Fenster, betrachtete die Wolken und bemühte mich verzweifelt, meine Wut zu unterdrücken.

Einige Worte wurden noch zwischen ihnen gewechselt, die ich glücklicherweise nicht verstand; aber Annabella hatte die Unverfrorenheit, herzukommen und sich neben mich zu stellen und mir sogar ihre Hand auf die Schulter zu legen und leise zu sagen:

»Sie brauchen ihn mir nicht zu mißgönnen, Helen, denn ich liebe ihn mehr, als Sie ihn jemals lieben könnten.«

Dies brachte mich nun völlig aus dem Häuschen. Ich nahm ihre Hand und schlug sie heftig von mir und das mit einem Ausdruck des Abscheus und der Empörung, der nicht zu unterdrücken war. Durch diesen plötzlichen Ausbruch erschreckt, ja fast entsetzt, verfiel sie in Schweigen. Ich hätte mich wohl gern meiner Wut hingegeben und mehr gesagt, aber Arthurs leises Lachen brachte mich wieder zu mir. Ich unterließ die schon halb geäußerte Beschimpfung und wandte mich voll Verachtung ab, wobei ich bedauerte, ihm so viel Vergnügen bereitet zu haben. Er lachte immer noch, als Mr. Hargrave erschien. Wieviel er von der Szene mitbekommen hatte, weiß ich nicht, denn die Tür war nur angelehnt, als er eintrat. Sowohl seinen Gastgeber als auch seine Cousine grüßte er kühl, und mich mit einem Blick, der die tiefste Sympathie, vermischt mit großer Bewunderung und Achtung, ausdrücken sollte.

»Wieviel Gehorsam schulden Sie eigentlich diesem Mann?« fragte er flüsternd, als er neben mir am Fenster stand und so tat, als mache er Bemerkungen über das Wetter.

»Keinen«, antwortete ich. Und unverzüglich ging ich wieder zum Tisch und beschäftigte mich mit der Zubereitung des Tees. Er folgte mir und hätte vielleicht irgendein Gespräch mit mir angefangen, aber nun kamen nach und nach die anderen Gäste, und ich nahm keine Notiz mehr von ihm, außer daß ich ihm seinen Kaffee reichte.

Da ich fest entschlossen war, an diesem letzten Tag so wenig Zeit wie möglich in der Gesellschaft Lady Lowboroughs zu verbringen, stahl ich mich nach dem Frühstück klammheimlich von den anderen weg und zog mich in die Bibliothek zurück. Mr. Hargrave folgte mir dorthin unter dem Vorwand, sich ein Buch holen zu wollen; und zunächst wandte er sich zu den Regalen und wählte einen Band aus; dann trat er bedächtig, aber keineswegs schüchtern zu mir heran, legte seine Hand auf die Rückenlehne meines Stuhls und sagte leise:

»Und somit betrachten Sie sich also endlich als frei?«

»Ja«, sagte ich, ohne mich zu bewegen oder die Augen von meinem Buch zu heben, »frei, um alles zu tun, außer mich gegen Gott und mein Gewissen zu versündigen.«

Es trat eine kurze Pause ein.

»Sehr richtig«, sagte er, »vorausgesetzt Ihr Gewissen ist nicht gar zu überempfindlich und Ihre Vorstellungen von Gott sind nicht allzu abwegig streng; aber können Sie sich vorstellen, daß dieses wohlwollende Wesen Anstoß daran nehmen würde, wenn Sie einen Menschen glücklich machten, der für Ihr Glück sterben würde? Ein treu ergebenes Herz aus den Qualen des Fegefeuers in einen Zustand himmlischer Seligkeit zu erheben, wenn Sie es ohne den geringsten Schaden für sich selbst oder für irgendeinen anderen tun könnten?«

Dies sprach er in einem leisen, eindringlichen, schmelzenden Tonfall, als er sich über mich beugte. Nun hob ich den Kopf; und indem ich unverwandt seinem Blick trotzte, antwortete ich ruhig:

»Mr. Hargrave, wollen Sie mich beleidigen?«

Darauf war er nicht vorbereitet. Er schwieg einen Augenblick, um sich von dem Schock zu erholen; dann richtete er sich auf, nahm seine Hand von meinem Stuhl und antwortete mit gekränktem Stolz:

»Das war nicht meine Absicht.«

Mit einer leichten Kopfbewegung blickte ich zur Tür und widmete mich dann wieder meinem Buch. Sofort zog er sich zurück. Dies war besser, als wenn ich wortreicher und mit dem leidenschaftlichen Elan geantwortet hätte, den mir vielleicht mein erster Impuls eingegeben hätte. Wie gut ist es doch, sich beherrschen zu können! Ich muß daran arbeiten, diese unschätzbare Eigenschaft zu pflegen: Gott allein weiß, wie oft ich sie auf dem steinigen, dunklen Weg, der nun vor mir liegt, noch brauchen werde.

Im Verlauf des Vormittags fuhr ich mit den beiden Damen zum Grove hinüber, um Milicent Gelegenheit zu geben, sich von ihrer Mutter und Schwester zu verabschieden. Sie überredeten sie, den Rest des Tages bei ihnen zu bleiben, da Mrs. Hargrave versprach, sie am Abend zurückzubringen und zu bleiben, bis die Gesellschaft am nächsten Morgen aufbreche. Infolgedessen hatten Lady Lowborough und ich das Vergnügen, tête-à-tête in der Kutsche zurückzufahren. Während der ersten paar Meilen schwiegen wir, wobei ich aus dem Fenster sah und sie sich in ihre Ecke zurücklehnte. Aber ich brauchte mir ja schließlich wegen ihr keinen Zwang anzutun und diese Stellung dauernd beizubehalten. Als ich keine Lust mehr hatte, mich vorzubeugen, mir den kalten, rauhen Wind ins Gesicht blasen zu lassen und auf die rotbraunen Hecken und das feuchte, verfilzte Gras der Böschungen zu blicken, gab ich es auf und lehnte mich ebenfalls zurück. In ihrer üblichen Unverschämtheit machte meine Reisegefährtin einige Versuche, ein Gespräch in Gang zu bringen; aber ein einsilbiges »ja« oder »nein« oder »hm« war das äußerste, was mir ihre verschiedenen Bemerkungen entlocken konnten. Schließlich, nachdem sie mich nach meiner Meinung zu irgendeinem nebensächlichen Thema gefragt hatte, antwortete ich:

»Warum wollen Sie sich eigentlich mit mir unterhalten, Lady Lowborough? Sie müssen doch wissen, was ich von Ihnen halte.«

»Nun, wenn Sie so unfreundlich zu mir sein *wollen*«, erwiderte sie, »kann ich es nicht ändern – aber *ich* will mir nicht wegen irgend jemandem meine Laune verderben lassen.«

Unsere kurze Fahrt war nun zu Ende. Sobald die Wagentür geöffnet wurde, sprang sie hinaus und lief den Park hinunter, um den Herren entgegenzugehen, die gerade aus dem Wald zurückkehrten. Natürlich folgte ich ihr nicht.

Doch damit war es für mich mit ihrer Unverschämtheit noch nicht vorbei. Nach dem Dinner zog ich mich wie gewöhnlich in den Salon zurück, und sie begleitete mich, aber ich hatte die beiden Kinder bei mir und schenkte ihnen meine ganze Aufmerksamkeit und war entschlossen, sie bei mir zu behalten, bis die Herren kämen oder bis Milicent mit ihrer Mutter einträfe. Die kleine Helen wurde jedoch des Spielens bald überdrüssig und wollte unbedingt schlafen gehen; und während ich so auf dem Sofa saß, sie auf meinem Knie und Arthur neben mir hatte und zärtlich mit ihrem weichen hellblonden Haar spielte, kam Lady Lowborough unbefangen hinzu und setzte sich an meine andere Seite.

»Morgen, Mrs. Huntingdon«, sagte sie, »sind Sie von meiner Gegenwart befreit, worüber Sie zweifellos sehr froh sein werden – das ist ja ganz natürlich: doch wissen Sie auch, daß ich Ihnen einen großen Dienst erwiesen habe? Soll ich Ihnen sagen, welchen?«

»Ich werde von jedem Dienst gerne hören, den Sie mir erwiesen haben«, sagte ich, fest entschlossen, ruhig zu bleiben, denn ich merkte an dem Ton ihrer Stimme, daß sie mich provozieren wollte.

»Nun«, fuhr sie fort, »haben Sie denn nicht die wohltuende Veränderung an Mr. Huntingdon bemerkt? Sehen Sie nicht, was für ein vernünftiger, maßvoller Mensch er geworden ist? Ich weiß, Sie haben die üblen Gewohnheiten, die er annahm, mit Bedauern wahrgenommen; und ich weiß, daß Sie Ihr möglichstes taten, um ihn davon zu befreien –, doch ohne Erfolg, bis ich Ihnen zu Hilfe kam. Ich sagte ihm in wenigen Worten, daß ich es nicht ertragen könne mitanzusehen, wie er sich so entwürdige, und daß er aufhören solle zu – egal, was ich zu ihm sagte – aber Sie sehen die Besserung, die ich bewirkt habe; und Sie sollten mir dafür dankbar sein.«

Ich stand auf und klingelte nach der Amme.

»Aber ich verlange ja gar keinen Dank«, fuhr sie fort, »die einzige Gegenleistung, um die ich Sie bitte, ist, daß Sie sich um ihn kümmern, wenn ich weg bin, und ihn nicht durch Härte und Mißachtung dazu bringen, daß er wieder in sein altes Fahrwasser gerät.«

Mir war fast übel vor Zorn, aber nun stand Rachel in der Tür: ich deutete auf die Kinder, denn ich getraute mich nicht, zu sprechen, damit mir nicht die Stimme versagte: sie nahm sie mit sich, und ich folgte ihr.

»Werden Sie das tun, Helen?«

Ich warf ihr einen Blick zu, der das boshafte Lächeln auf ihrem Gesicht ersterben oder zumindest für einen Augenblick gefrieren ließ – und ging. Im Vorraum begegnete ich Mr. Hargrave. Er merkte, daß ich nicht in der Stimmung war, angesprochen zu werden, und ließ mich wortlos vorbeigehen; aber als ich nach ein paar Minuten des Alleinseins in der Bibliothek meine Fassung wiedererlangt hatte und zurückkehrte, um mich zu Mrs. Hargrave und Milicent zu begeben, die ich gerade die Treppe herunterkommen und in den Salon gehen gehört hatte, stellte ich fest, daß er immer noch da war, in dem schwach erleuchteten Raum verweilte und offensichtlich auf mich wartete.

»Mrs. Huntingdon«, sagte er, als ich vorüberging, »wollen Sie mir ein Wort gestatten?«

»Was ist es denn? Machen Sie schnell, wenn ich bitten darf.«

»Ich habe Sie heute morgen verletzt; und ich kann es einfach nicht ertragen, wenn Sie mir böse sind.«

»Dann gehen Sie und sündigen Sie nicht mehr!« erwiderte ich und wandte mich ab.

»Nein, nein!« sagte er hastig, indem er sich mir in den Weg stellte. »Verzeihen Sie, aber ich muß die Gewißheit haben, daß Sie mir vergeben. Morgen verlasse ich Sie und habe vielleicht keine Gelegenheit mehr, Sie noch einmal zu sprechen. Es war falsch von mir, mich zu vergessen – und auch Sie, wie ich es getan habe; aber lassen Sie mich Sie anflehen, meine Unbesonnenheit und Anmaßung zu vergessen und zu vergeben, und von mir zu denken, als ob jene Worte niemals gefallen wären; denn glauben Sie mir, ich bedaure sie tief, und der Verlust Ihrer Wertschätzung ist eine allzu harte Strafe – ich kann sie nicht ertragen.«

»Man kann etwas nicht durch einen Wunsch ungeschehen machen; und ich kann meine Wertschätzung nicht allen schenken, die sie begehren, es sei denn, sie verdienen sie auch.«

»Mein Leben erscheint mir sinnvoll verbracht, wenn ich mich künftig bemühe, mir Ihre Wertschätzung zu verdienen, wenn Sie mir nur diese Beleidigung verzeihen wollen.– Wollen Sie?«

»Ja.«

»Ja! Aber das ist kalt dahingesagt. Geben Sie mir Ihre Hand, und ich will Ihnen glauben. Sie wollen nicht? Dann, Mrs. Huntingdon, haben Sie mir auch nicht verziehen!«

»Doch – hier ist sie und meine Verzeihung dazu: nur – *sündigen Sie nicht mehr.*«

Er drückte meine kalte Hand mit sentimentaler Inbrunst, sagte aber nichts und trat beiseite, um mich ins Zimmer gehen zu lassen, wo die ganze Gesellschaft mittlerweile versammelt war. Mr. Grimsby saß in der Nähe der Tür: als er mich eintreten sah, fast unmittelbar gefolgt von Hargrave, schielte er nach mir mit einem unausstehlich bedeutungsschwangeren Blick, während ich an ihm vorüberging. Ich sah ihm voll ins Gesicht, bis er sich plötzlich abwandte, wenn schon nicht *beschämt*, so doch zumindest momentan *verwirrt*. In der Zwischenzeit hatte Hattersley Hargrave beim Arm gepackt und flüsterte ihm etwas ins Ohr – zweifellos irgendeinen derben Scherz, denn letzterer schenkte ihm hierauf weder ein Lachen noch eine Erwiderung, sondern wandte sich mit leicht gekräuselten Lippen von ihm ab, machte sich los und ging zu seiner Mutter, die Lord Lowborough gerade erzählte, wie viele Gründe sie habe, stolz auf ihren Sohn zu sein.

Dem Himmel sei Dank, morgen reisen sie alle ab.

KAPITEL 36

Doppelte Einsamkeit

20. Dezember 1824. – Heute jährt sich das Zustandekommen unserer trefflichen Verbindung zum dritten Mal. Es ist nun zwei Monate her, seit uns unsere Gäste dem Vergnügen an unserer gegenseitigen Gesellschaft überließen; und ich habe neun Wochen Erfahrung dieses neuen Stadiums ehelichen Lebens hinter mir – zwei Menschen, die als Herr und Herrin des Hauses und als Vater und Mutter eines liebreizenden, fröhlichen kleinen Kindes zusammen leben im gegenseitigen Einvernehmen, daß es zwischen ihnen keine Liebe, Freundschaft oder Sympathie gibt. Soweit es an mir liegt, versuche ich, friedlich mit ihm zu leben: ich behandle ihn mit untadeliger Höflichkeit, verzichte auf meine Bequemlichkeit zugunsten der seinen, wo immer es vertretbar ist, und konsultiere ihn auf eine geschäftsmäßige Weise in Haushaltsangelegenheiten und beuge mich dabei seinem Vergnügen und seinem Urteil, selbst wenn ich weiß, daß dieses dem meinen unterlegen ist.

Was ihn betrifft: während der ersten Wochen war er streitsüchtig und schlechtgelaunt – verärgert vermutlich über die Abreise seiner teuren Annabella – und insbesondere mürrisch zu mir: alles, was ich machte, war falsch; ich war kaltherzig, hart, gefühllos; mein griesgrämiges, blasses Gesicht war ihm zutiefst widerwärtig; meine Stimme ließ ihn erschauern; er wußte nicht, wie er den Winter mit mir überleben sollte, ich würde ihn langsam, aber sicher ins Grab bringen. Erneut schlug ich eine Trennung vor, doch es nützte nichts: er wolle nicht zum Gerede der alten Tratschtanten in der Nachbarschaft werden; er wolle nicht, daß es heiße, er sei ein solcher Unmensch, daß seine Frau nicht bei ihm leben könne; nein, er müsse es irgendwie fertigbringen, mich zu ertragen.

»Ich muß es irgendwie fertigbringen, *dich* zu ertragen, meinst du wohl«, sagte ich, »denn solange ich meine Aufgaben als Verwalterin und Haushälterin so gewissenhaft und tüchtig erledige, ohne Bezahlung und ohne Dank, kannst du es dir nicht leisten, mich loszuwerden. Ich werde deshalb diesen Pflichten in Zukunft nicht mehr nachkommen, wenn mir meine Knechtschaft unerträglich wird.« Diese Drohung, dachte ich, würde, wenn überhaupt irgend etwas, ihn in Schach halten können.

Ich glaube, er war sehr enttäuscht, daß mir seine beleidigenden Redereien nicht nähergingen, denn jedesmal wenn er irgend etwas gesagt hatte, was besonders darauf abzielte, meine Gefühle zu verletzen, starrte er mir forschend ins Gesicht und grollte dann über mein »Herz aus Marmor« oder meine »unmenschliche Gefühllosigkeit«. Wenn ich bitterlich geweint und seine nicht mehr vorhandene Zuneigung beklagt hätte, würde er sich vielleicht herabgelassen haben, mich zu bemitleiden und für eine Weile wieder in Gnaden aufzunehmen, gerade soweit, um ihm seine Einsamkeit etwas angenehmer zu machen und ihn über die Abwesenheit seiner geliebten Annabella hinwegzutrösten, bis er sie wieder treffen konnte oder einen passenderen Ersatz fände. Dem Himmel sei Dank, so schwach bin ich nicht! Einst war ich von einer närrischen, törichten Liebe verblendet und hielt trotz seiner Nichtswürdigkeit an ihm fest, aber sie ist nun gänzlich dahin – vollständig erstickt und abgestorben; und das hat er nur sich selbst und seinem lasterhaften Lebenswandel zu verdanken.

Zunächst (um den Befehlen seiner liebreizenden Dame zu gehorchen, vermute ich) widerstand er erstaunlich tapfer der Versuchung, seine Sorgen in Wein zu ertränken; aber allmählich begann er, in seinen tugendhaften Anstrengungen nachzulassen, und ab und zu überschritt er ein wenig das Maß, und daran hat sich auch nichts mehr geändert –

nein, zuweilen nicht nur ein wenig. Wenn er unter dem stimulierenden Einfluß dieser Ausschweifungen steht, gerät er manchmal in Rage und versucht, den Rohling zu spielen; und dann gebe ich mir wenig Mühe, meine Verachtung und meinen Abscheu zu unterdrücken; wenn ihm die Nachwirkungen *erbärmlich* zusetzen, beklagt er seine Leiden und seine Fehler, und bürdet beide mir auf; er weiß, daß solches Schwelgen seine Gesundheit beeinträchtigt und ihm mehr Schaden zufügt, als Gutes tut; aber er behauptet, ich treibe ihn dazu durch mein unnatürliches, unweibliches Verhalten; es werde schließlich sein Untergang sein, aber es sei alles meine Schuld; und dann raffe ich mich manchmal auf und verteidige mich mit bitterer Gegenklage. Dies ist eine Art von Ungerechtigkeit, die ich nicht geduldig ertragen kann. Habe ich mich etwa nicht lange und hart abgemüht, ihn gerade von diesem Laster zu erretten? Würde ich mich etwa nicht noch immer bemühen, ihn davon zu befreien, wenn ich es vermöchte? Aber könnte ich das etwa tun, indem ich um ihn herumscharwenzele und ihn mit Zärtlichkeiten überschütte, wo ich doch weiß, daß er mich verächtlich von sich weist? Ist es denn meine Schuld, daß ich jeglichen Einfluß auf ihn verloren habe oder daß er jeden Anspruch auf meine Achtung verscherzt hat? Und sollte ich wohl eine Versöhnung mit ihm anstreben, wo ich doch spüre, daß ich ihn verabscheue und er mich verachtet? Und solange er noch weiter mit Lady Lowborough einen Briefwechsel unterhält, was, wie ich weiß, der Fall ist? Nein, nie, nie, nie! Er mag sich ruhig zu Tode trinken, meine Schuld ist es NICHT.

Trotzdem tue ich meine Schuldigkeit, um ihn noch zu retten: ich gebe ihm zu verstehen, daß das Trinken seine Augen trübt und sein Gesicht rot und aufgedunsen macht und daß es zur Schwächung seines Körpers und Geistes führt; und Annabella, wenn sie ihn so oft sehen könnte wie ich, recht schnell ernüchtert sein würde; und daß sie ihm mit Sicherheit ihre Gunst entziehen werde, wenn er an einem solchen Lebenswandel festhalte. Diese Art von Ermahnung bringt mir nur wüste Beschimpfungen ein – und tatsächlich habe ich fast das Gefühl, als verdiente ich es, denn ich hasse es, solche Argumente zu gebrauchen, aber sie dringen in seinen benommenen Kopf und bewirken zumindest, daß er innehält und nachdenkt und enthaltsam ist, mehr als alles, was ich sonst sagen könnte.

Im Augenblick genieße ich es, daß er mich vorübergehend von seiner Gegenwart befreit hat: er ist mit Hargrave weggefahren, um irgendwo weit weg an einer Jagd teilzunehmen, und wird wahrscheinlich nicht vor morgen abend zurücksein. Wie anders empfand ich sonst immer seine Abwesenheit!

Mr. Hargrave ist immer noch im Grove. Er und Arthur treffen sich oft, um gemeinsam ihren ländlichen Vergnügungen nachzugehen: er schaut oft bei uns herein, und Arthur reitet nicht selten zu ihm hinüber. Ich glaube zwar nicht, daß diese beiden sogenannten Freunde vor gegenseitiger Liebe überfließen, doch dieser Umgang hilft ihnen, sich die Zeit zu vertreiben, und von mir aus kann es gern so weitergehen, da er mir so manche unangenehme Stunde in Arthurs Gesellschaft erspart und ihm eine etwas bessere Beschäftigung verschafft, als wenn er besoffen seinen sinnlichen Gelüsten frönt. Alles, was ich gegen Mr. Hargraves Anwesenheit in der Nachbarschaft einzuwenden habe, ist, daß mich die Angst, ihm im Grove zu begegnen, davon abhält, seine Schwester so oft zu sehen, wie ich es sonst täte; denn in letzter Zeit hat er sich mir gegenüber so untadelig benommen, daß ich sein früheres Verhalten fast vergessen habe. Ich vermute, er bemüht sich nach Kräften, »meine Achtung zu erringen«. Wenn er auf diese Weise weitermacht, erringt er sie vielleicht tatsächlich; – aber was dann?

In dem Augenblick, wo er versucht, irgend etwas zu verlangen, was darüber hinausgeht, wird er sie wieder verlieren.

10. Februar. – Es ist hart und bitter, sich seine wohlwollenden Gefühle und guten Vorsätze vorwerfen zu müssen. Ich begann, mich meines unglückseligen Partners zu erbarmen – Mitleid zu haben mit seinem elenden, trostlosen Zustand, der ja durch keinerlei Trostgründe geistiger Art und den Lohn eines guten Gewissens gegenüber Gott Erleichterung erfährt – und zu meinen, ich sollte meinen Stolz opfern und meine Anstrengungen noch einmal erneuern, um ihm sein Zuhause angenehm zu machen und ihn auf den Pfad der Tugend zurückzuführen; nicht durch falsche Liebesgeständnisse und nicht durch vorgetäuschte Gewissensbisse, sondern indem ich von der Kälte, die ich sonst in meinem Benehmen an den Tag legte, etwas abginge und meine frostige Höflichkeit in Freundlichkeit verkehrte, wann immer sich eine Gelegenheit dafür fand; und nicht nur hatte ich angefangen, so zu denken, sondern bereits begonnen, danach zu handeln – und was kam dabei heraus? Kein Funken von Freundlichkeit als Antwort – keine erwachende Reue, sondern eine nicht zu besänftigende üble Laune und ein Geist tyrannischer Erpressung, der durch Nachsicht nur stärker wurde, und ein verstecktes Aufleuchten von selbstgefälligem Triumph, jedesmal wenn er nachgiebige Milde in meinem Gebaren entdeckte, das ließ mich bei jeder Wiederholung wieder zu Marmor erstarren; und heute morgen hat er sein Werk vollendet: ich denke, die Versteinerung ist nun schließlich so endgültig, daß mich nichts mehr erweichen kann.

Unter seinen Briefen war einer, den er mit den Anzeichen ungemeiner Genugtuung las und ihn mir dann mit der folgenden Ermahnung über den Tisch weg zuwarf:

»Da! Lies das und nimm es dir zu Herzen!«

Der Brief trug die ungezwungene, schwungvolle Handschrift Lady Lowboroughs. Ich warf einen Blick auf die erste Seite; sie schien voll zu sein von ausgefallenen Liebesbeteuerungen, leidenschaftlichen Bekundungen ihres Verlangens nach einer baldigen Vereinigung und ruchloser Verachtung der Gebote Gottes und Lästereien gegen Seine Vorsehung, weil sie ihr Schicksal auseinandergerissen und sie beide zu einer verhaßten Knechtschaft von Bindung mit jenen verurteilt hatte, die sie nicht lieben konnten. Er gab ein leises Gekicher von sich, als er mich rot werden sah. Ich faltete den Brief zusammen, stand auf und gab ihn ihm zurück, wobei ich nichts anderes bemerkte als:

»Danke, ich *werde* es mir zu Herzen nehmen.«

Mein kleiner Arthur stand zwischen seinen Knien und spielte entzückt mit dem funkelnden Rubinring an seinem Finger. Von einem unwiderstehlichen Impuls gedrängt, meinen Sohn von diesem vergiftenden Einfluß zu befreien, riß ich ihn in meine Arme und trug ihn aus dem Zimmer. Da ihm dieses abrupte Weggetragenwerden nicht gefiel, fing das Kind an zu schmollen und zu heulen. Dies war ein weiterer Stich in mein schon so gemartertes Herz. Ich wollte ihn nicht gehen lassen, sondern nahm ihn mit in die Bibliothek, schloß die Tür, kniete mich neben ihn, umarmte ihn, küßte ihn und weinte über ihm vor leidenschaftlicher Zärtlichkeit. Durch dieses Verhalten mehr erschreckt als getröstet, wandte er sich zappelnd von mir ab und schrie laut nach seinem Papa. Ich entließ ihn aus meinen Armen, und nie gab es bitterere Tränen als die, die ihn nun meinen umflorten, brennenden Augen verbargen. Sein Vater hörte die Schreie und kam ins Zimmer. Ich wandte mich augenblicklich ab, damit er meine Erregung nicht bemerke und sie womöglich falsch auslege. Er fluchte auf mich und nahm das mittlerweile besänftigte Kind mit sich fort.

Es wäre hart, sollte ihn mein kleiner Liebling mehr lieben als mich, und ich, wo doch das Wohlergehen und die Bildung meines Sohnes alles ist, wofür ich zu leben habe, meinen Einfluß von einem zerstört sehen, dessen ichbezogene Zuneigung schädlicher ist, als es die kälteste Gleichgültigkeit oder die grausamste Tyrannei sein könnten. Wenn ich ihm zu seinem Besten manchmal etwas abschlage, geht er zu seinem Vater, und dieser wird sich trotz seiner egoistischen Faulheit einige Mühe machen, um den Wünschen des Kindes entgegenzukommen: wenn ich versuche, seinen Willen zu bändigen oder ihn ob irgendeines Falles von kindlichem Ungehorsam ernst ansehe, weiß er, daß sein Vater lächeln und für ihn Partei gegen mich ergreifen wird. Somit habe ich nicht nur den Geist des Vaters in dem Sohn zu bekämpfen, die Keime seiner üblen Neigungen zu entdecken und auszureißen und seinem verderblichen Umgang und Beispiel im späteren Leben entgegenzuwirken, sondern er durchkreuzt bereits jetzt die unermüdliche Mühe, die ich zum Nutzen des Kindes aufwende, zerstört meinen Einfluß auf sein zartes Gemüt und bringt mich sogar um seine Liebe; ich hatte keine irdische Hoffnung außer dieser, und er scheint ein teuflisches Vergnügen daran zu finden, sie mir zu entreißen.

Aber es ist falsch zu verzweifeln; ich will den Rat jenes Erleuchteten beherzigen, der schrieb: »derjenige, der Gott fürchtet und der Stimme seines Dieners gehorcht, der in der Finsternis sitzt und kein Licht hat, der soll auf den Namen des Herrn vertrauen und auf seinen Gott bauen!«

KAPITEL 37
Noch einmal der Nachbar

20. Dezember 1825. – Ein weiteres Jahr ist vergangen; und ich bin dieses Lebens müde. Und dennoch darf ich es nicht verlassen; was immer mich hier an Kümmernissen bedrängt, ich darf nicht gehen und meinen Liebling in dieser dunklen und schlechten Welt allein lassen, ohne einen Freund, der ihn durch ihre öden Labyrinthe führen, vor den tausend Fallstricken warnen und vor den Gefahren, die von allen Seiten auf ihn einstürmen, bewahren könnte. Ich bin nicht gut geeignet, seine einzige Gefährtin zu sein, das weiß ich; aber es ist kein anderer da, der meinen Platz einnehmen könnte. Ich bin zu ernst, um ihm bei seinen Vergnügungen nützlich zu sein und mich an seinen kindlichen Spielen zu beteiligen, wie es eine Kinderfrau oder eine Mutter tun sollte, und oft verwirren und beunruhigen mich seine überschwenglichen Heiterkeitsausbrüche; ich entdecke in ihnen Wesensmerkmale seines Vaters, und mir schaudert vor den Folgen; und allzu oft dämpfe ich die unschuldige Fröhlichkeit, die ich eigentlich mit ihm teilen sollte. Dieser Vater hingegen belastet sein Gemüt nicht mit schwermütigen Gedanken – wird von keinen Ängsten, keinen Skrupeln geplagt, was das künftige Wohlergehen seines Sohnes betrifft; und am Abend, der Zeit, da ihn das Kind am längsten und am häufigsten sieht, ist er stets besonders fröhlich und aufgeschlossen: bereit, mit allem und jedem zu lachen und zu scherzen – außer mit mir –, und ich bin dann besonders schweigsam und traurig: deshalb ist das Kind natürlich ganz vernarrt in seinen scheinbar so heiteren, amüsanten, stets nachsichtigen Papa und wird meine Gesellschaft irgendwann frohen Herzens mit der seinen vertauschen. Dies beunruhigt mich sehr; dabei geht es mir gar nicht in erster Linie um die Zuneigung meines Sohnes (obwohl sie mir sehr

viel wert ist und ich ein Recht auf sie zu haben meine und weiß, daß ich viel getan habe, um sie mir zu verdienen), sondern um den Einfluß auf ihn, den ich zu seinem eigenen Vorteil unbedingt erlangen und behalten will und den mir sein Vater aus purer Boshaftigkeit gern streitig machen und nur aus Gründen eitler Selbstsucht für sich gewinnen möchte, um keinen anderen Gebrauch davon zu machen als den, mich zu quälen und das Kind zu verderben. Mein einziger Trost ist, daß er vergleichsweise wenig von seiner Zeit zu Hause verbringt, und ich während der Monate, die er in London oder anderswo verlebt, die Möglichkeit habe, das verlorene Terrain zurückzugewinnen und den Schaden, den er mit seinem vorsätzlich falschen Verhalten angerichtet hat, wiedergutzumachen. Aber danach ist es immer bitter und quälend, mitansehen zu müssen, wie er nach seiner Rückkehr sein möglichstes tut, um meine Anstrengungen zunichte zu machen und meinen unschuldigen, fügsamen Liebling in einen egoistischen, ungehorsamen und mutwilligen Knaben zu verwandeln und dadurch den Boden zu bereiten für jene Laster, die er in seinem eigenen verkommenen Charakter so erfolgreich herangezüchtet hat.

Glücklicherweise wurde im letzten Herbst keiner von Arthurs »Freunden« nach Grass-dale eingeladen: statt dessen machte er sich davon, um einige von ihnen zu besuchen. Ich wünschte, er hielte es stets so, und seine Freunde wären so zahlreich und ihm so zugetan, daß sie ihn das ganze Jahr über bei sich behielten. Sehr zu meinem Ärger ging Mr. Hargrave nicht mit ihm; aber ich denke, ich bin mit diesem Herrn nun endlich fertig.

Sieben oder acht Monate lang benahm er sich so bemerkenswert gut und schaffte es auch so geschickt, daß ich fast überhaupt nicht mehr auf der Hut vor ihm war und tatsächlich anfing, ihn als meinen Freund zu betrachten und ihn sogar als einen solchen zu behandeln, mit gewissen vorsichtigen Einschränkungen (die ich kaum mehr für nötig hielt), als er, mein argloses Wohlwollen mißbrauchend, meinte, er könne es nun wagen, die Grenzen der gebotenen Zurückhaltung und des Anstands, die ihn so lange zurückgehalten hatten, zu überschreiten. Es war an einem schönen Abend Ende Mai: ich schlenderte gerade durch den Park, und er, als er mich dort sah, ritt zurück, nahm sich die Freiheit heraus, hereinzukommen und sich mir zu nähern, stieg ab und ließ sein Pferd am Tor zurück. Zum ersten Mal, seit ich allein war, wagte er es, in den Park zu kommen, ohne durch die Gesellschaft seiner Mutter oder Schwester dazu berechtigt zu sein oder zumindest eine Botschaft von ihnen als Vorwand zu haben. Aber es gelang ihm, so gelassen und unbekümmert, so ehrerbietig und in seiner Freundlichkeit so selbstbeherrscht zu wirken, daß ich, wenn auch ein wenig überrascht, weder beunruhigt noch verletzt war über diese ungewöhnliche Freiheit, die er sich herausnahm, und er ging mit mir unter den Eschen und am Seeufer spazieren und sprach sehr angeregt, sehr kunstsinnig und klug über viele Themen, ehe ich darüber nachzudenken begann, wie ich ihn wieder loswerde. Dann, nach einer Gesprächspause, während der wir beide stehengeblieben waren und auf das ruhige blaue Wasser blickten, überlegte ich hin und her, wie ich meinen Begleiter auf möglichst höfliche Art fortschikken könne, er dachte zweifellos über andere Dinge nach, die wohl ebensowenig zu der lieblichen Szenerie und den sanften Geräuschen paßten, über denen er alles andere vergaß. Plötzlich ließ er mich wie elektrisiert zusammenzucken, als er mit eigentümlicher Stimme, leise, sanft, aber vollkommen deutlich, ganz unmißverständlich und hemmungslos seiner inbrünstigen und leidenschaftlichen Liebe Ausdruck zu verleihen begann, wobei er sein Anliegen mit all der kühnen und dennoch listigen Beredsamkeit vorbrachte, die er nur immer zu seiner Unterstützung aufzubieten vermochte.

Doch ich unterbrach sein Werben kurzerhand und wies ihn so entschieden, so unzweideutig und mit solcher Entrüstung zurück, die allerdings von kühlem, leidenschaftslosem Mitleid mit seinem umnachteten Verstand abgemildert wurde, daß er sich verblüfft, gedemütigt und mißgestimmt entfernte; und ein paar Tage später erfuhr ich, daß er nach London abgereist sei. Er kehrte jedoch nach acht oder neun Wochen zurück – und hielt sich nicht gänzlich von mir fern, benahm sich aber so merkwürdig, daß diese Veränderung seiner scharfsichtigen Schwester nicht entgehen konnte.

»Was haben Sie nur mit Walter gemacht, Mrs. Huntingdon?« sagte sie eines Morgens, als ich zu einem kurzen Besuch im Grove war und er das Zimmer verlassen hatte, nachdem er ein paar Worte eisigster Höflichkeit mit mir gewechselt hatte. »Er ist in letzter Zeit so überaus förmlich und zurückhaltend, daß ich mir gar nicht vorstellen kann, was los ist, es sei denn, sie haben ihn furchtbar gekränkt. Sagen Sie mir, was es ist, damit ich vielleicht zwischen euch vermitteln und euch wieder zu Freunden machen kann.«

»Ich habe nichts getan, um ihn absichtlich zu kränken«, sagte ich. »Wenn er gekränkt ist, kann er dir gewiß am besten erzählen, was es damit auf sich hat.«

»Ich werde ihn gleich fragen«, rief das leichtsinnige Mädchen, sprang auf und streckte den Kopf aus dem Fenster, »er ist nur in den Garten gegangen – Walter?«

»Nein, nein, Esther! Das würde ich dir ernsthaft übelnehmen; und ich werde auf der Stelle gehen und in den nächsten Monaten – vielleicht Jahren – nicht mehr wiederkommen.«

»Hast du mich gerufen, Esther?« fragte ihr Bruder, wobei er sich von draußen dem Fenster näherte.

»Ja, ich wollte dich bitten...«

»Guten Morgen, Esther«, sagte ich, nahm ihre Hand und drückte sie fest.

»Dich bitten«, fuhr sie fort, »mir eine Rose für Mrs. Huntingdon zu holen.« Er ging weg. »Mrs. Huntingdon«, rief sie aus, wobei sie sich zu mir umdrehte und mich noch immer bei der Hand hielt, »ich bin ganz empört über Sie – Sie sind genauso böse und abweisend und kalt wie er: und ich will unbedingt, daß ihr wieder so gute Freunde seid wie früher, ehe Sie gehen.«

»Esther, wie kannst du nur so taktlos sein?« rief Mrs. Hargrave, die würdevoll in ihrem Lehnstuhl saß und strickte. »Wahrhaftig, du wirst nie lernen, dich wie eine Dame zu benehmen!«

»Aber Mama, du hast doch selbst gesagt...« Doch die junge Dame wurde durch den erhobenen Zeigefinger und ein strenges Kopfschütteln ihrer Mutter zum Schweigen gebracht.

»Ist sie nicht schlimm?« flüsterte sie mir zu; doch bevor ich meine Vorwürfe loswerden konnte, erschien Mr. Hargrave erneut am Fenster und hielt eine wundervolle Moosrose in der Hand.

»Da, Esther, ich habe dir die Rose gebracht«, sagte er und streckte sie ihr hin.

»Gib sie ihr selbst, du Dummkopf!« rief sie und zog sich mit einem Sprung aus der Schußlinie zwischen uns zurück.

»Mrs. Huntingdon würde sie lieber von dir als von mir entgegennehmen«, erwiderte er in einem sehr ernsten Tonfall, aber er senkte seine Stimme, damit seine Mutter nicht mithören konnte. Seine Schwester nahm die Rose und gab sie mir.

»Mit den Empfehlungen meines Bruders, Mrs. Huntingdon, und er hofft, daß Sie und er sich allmählich wieder besser verstehen. Genügt das, Walter?« fügte das unverschämte Mädchen hinzu, wobei es sich ihm zuwandte und den Arm um seinen Hals legte, wie er so auf das Fenstersims gestützt dastand – »oder hätte ich sagen sollen, daß es dir leid tut, so empfindlich gewesen zu sein? Oder daß du hoffst, sie werde dir eine Beleidigung verzeihen?«

»Du dummes Ding! Du weißt ja nicht, wovon du redest«, erwiderte er ernst.

»Freilich weiß ich es nicht, denn ich tappe völlig im Dunkeln!«

»Nun aber, Esther«, warf Mrs. Hargrave ein, die, wenn sie auch ebensowenig Ahnung hatte von dem Grund unserer Entfremdung, zumindest merkte, daß sich ihre Tochter sehr ungehörig benahm, »muß ich darauf bestehen, daß du das Zimmer verläßt!«

»Bitte nicht, Mrs. Hargrave, denn ich bin selbst gerade dabei zu gehen«, sagte ich und verabschiedete mich unverzüglich.

Ungefähr eine Woche später brachte Mr. Hargrave seine Schwester zu einem Besuch bei mir herüber. Er trug zunächst seine übliche kühle, zurückhaltende, halb förmliche, halb melancholische, insgesamt jedoch gekränkte Miene zur Schau, aber Esther ließ diesmal keine Bemerkung darüber fallen: man hatte ihr offensichtlich bessere Manieren beigebracht. Sie plauderte mit mir und lachte und tollte mit dem kleinen Arthur, ihrem geliebten und verliebten Spielkameraden, herum. Er lockte sie aus dem Zimmer, um in der Halle herumzurennen und von dort in den Garten, worüber ich ein leichtes Unbehagen empfand. Ich stand auf, um im Kaminfeuer herumzustochern. Mr. Hargrave fragte mich, ob ich friere, und schloß die Tür – eine höchst unangebrachte Geste der Beflissenheit, denn ich hatte erwogen, den lärmenden Spielkameraden zu folgen, wenn sie nicht umgehend zurückkämen. Er nahm sich sodann die Freiheit heraus, selbst zum Kamin hinzutreten und mich zu fragen, ob ich wisse, daß sich Mr. Huntingdon momentan auf dem Landsitz Lord Lowboroughs aufhalte und wahrscheinlich noch einige Zeit dort bleiben werde.

»Nein, aber das spielt keine Rolle«, antwortete ich gleichgültig; und wenn meine Wangen wie Feuer brannten, so war es eher wegen der Frage als wegen der Information, die sie übermittelte.

»Sie haben nichts dagegen?« sagte er.

»Überhaupt nichts, wenn Lord Lowborough an seiner Gesellschaft Gefallen findet.«

»Dann empfinden Sie also keine Liebe mehr für ihn?«

»Nicht die geringste.«

»Ich wußte, daß – ich wußte, Sie sind zu hochherzig und rein in Ihrem Wesen, um einen so überaus falschen und verderbten Menschen noch weiterhin mit anderen Empfindungen als Empörung und verachtungsvollem Abscheu zu betrachten!«

»Ist er nicht Ihr Freund?« sagte ich und wandte meinen Blick vom Feuer auf ihn, vielleicht mit einem leisen Hauch jener Gefühle, die er einem anderen zugedacht hatte.

»Er ist es *gewesen*«, erwiderte er ebenso gelassen und ernst wie zuvor, »aber tun Sie mir nicht unrecht, indem Sie annehmen, ich könnte weiter mit einem Mann befreundet sein und ihn achten, der fähig ist, so infam – so ruchlos einen Menschen im Stich zu lassen und zu verletzen, der so übermenschlich... nun, ich will nicht davon sprechen. Aber sagen Sie mir, denken Sie denn nie an Rache?«

»Rache! Nein – was würde die nützen? Sie würde ihn nicht bessern und mich nicht glücklicher machen.«

»Ich weiß nicht, wie ich mit Ihnen reden soll, Mrs. Huntingdon«, sagte er lächelnd, »Sie sind nur zur Hälfte eine Frau – ihr Wesen muß halb menschlich, halb das eines Engels sein. Ihre Güte erfüllt mich mit großer Ehrfurcht; ich weiß nicht, was ich davon halten soll.«

»Dann, Sir, fürchte ich, müssen Sie weitaus schlimmer sein, als Sie sein sollten, wenn ich, eine ganz normale Sterbliche, Ihnen Ihrem eigenen Eingeständnis zufolge so unendlich überlegen bin; und da zwischen uns so wenig Übereinstimmung besteht, so meine ich, jeder von uns täte besser daran, sich nach einem geistesverwandteren Gefährten umzusehen.« Und ich begab mich zum Fenster und begann, nach meinem kleinen Freund und seiner fröhlichen jungen Freundin Ausschau zu halten.

»Nein, *ich* bin der normale Sterbliche, behaupte ich«, erwiderte Mr. Hargrave, »ich will nicht gelten lassen, daß ich schlimmer als meine Mitmenschen sein soll; doch *Sie*, Madam – das behaupte ich ebenso: jemanden wie Sie gibt es nicht noch einmal auf der Welt. Aber sind Sie denn glücklich?« fragte er mit ernster Stimme.

»So glücklich wie manch andere auch, vermute ich.«

»Sind Sie so glücklich, wie Sie es sich wünschen?«

»Was das betrifft, ist niemand so gesegnet in diesem Leben.«

»Eines weiß ich«, entgegnete er mit einem tiefen, traurigen Seufzer, »Sie sind unermeßlich viel glücklicher als ich.«

»Dann tun Sie mir sehr leid«, konnte ich nicht umhin zu erwidern.

»*Wirklich?* Nein, denn wenn es so wäre, würden Sie mir frohen Herzens helfen.«

»Und das würde ich auch, wenn ich es tun könnte, ohne mir oder irgend jemand anderem Schaden zuzufügen.«

»Und können Sie denn annehmen, ich würde wollen, daß Sie sich schaden? Nein, im Gegenteil, es ist ihr Glück, nach dem ich mich mehr sehne als nach dem meinen. Sie sind jetzt sehr unglücklich, Mrs. Huntingdon«, fuhr er fort und dabei sah er mir unerschrocken ins Gesicht. »Sie beklagen sich nicht, aber ich sehe – und spüre – und weiß, daß Sie todunglücklich sind – und auch bleiben müssen, solange Sie solche Mauern aus undurchdringlichem Eis um Ihr immer noch warmes und heftig pochendes Herz aufbauen; und auch ich bin sehr unglücklich. Lassen Sie sich zu einem Lächeln herab und ich bin glücklich: Vertrauen Sie mir und auch Sie sollen glücklich sein, denn wenn Sie eine Frau *sind*, kann ich Sie glücklich machen – und ich *werde* es tun, auch wenn Sie sich dagegen sträuben!« murmelte er vor sich hin; »und was die anderen betrifft, es geht nur um uns beide: Ihrem Mann können Sie ja nicht schaden, und sonst geht die Sache niemanden etwas an.«

»Ich habe einen Sohn, Mr. Hargrave, und Sie haben eine Mutter«, sagte ich und zog mich vom Fenster zurück, wohin er mir gefolgt war.

»Sie brauchen es nicht zu erfahren«, begann er; aber ehe einer von uns noch etwas sagen konnte, traten Esther und Arthur wieder ins Zimmer. Jene warf einen Blick auf Walters gerötetes, erregtes Gesicht und dann einen auf meines – das wohl auch ein wenig gerötet und erregt war, wenn auch aus ganz anderen Gründen. Sie mußte annehmen, wir hätten uns fürchterlich gestritten, und war über diesen Umstand offensichtlich bestürzt und verwirrt; aber sie war zu höflich oder hatte zu viel Angst vor dem Zorn ihres Bruders, um darauf anzuspielen. Sie setzte sich aufs Sofa, strich die glänzenden, goldblonden Locken zurück, die ihr in wilder Fülle übers Gesicht fielen, und begann sogleich vom Garten und ihrem kleinen Spielgefährten zu erzählen und plauderte in ihrer üblichen Art darauf los, bis ihr Bruder sie zum Aufbruch rief.

»Ich habe mich zu sehr ereifert, verzeihen Sie mir«, murmelte er, als er sich verabschiedete, »sonst werde ich mir nie vergeben.«

Esther lächelte und sah mich an: ich verneigte mich nur, und sie machte ein langes Gesicht. Sie hielt es gewiß für eine armselige Erwiderung auf Walters großzügiges Entgegenkommen und war von ihrer Freundin enttäuscht. Das arme Kind, sie kennt die Welt schlecht, in der sie lebt!

Nach diesem Zwischenfall hatte Mr. Hargrave mehrere

Wochen lang keine Gelegenheit mehr, mich unter vier Augen zu sprechen; aber wenn er mir begegnete, lag in seinem Auftreten weniger Stolz und mehr anrührende Schwermut als früher. Oh, *wie* er mir auf die Nerven ging! Schließlich sah ich mich gezwungen, meine Besuche im Grove einzustellen, auf die Gefahr hin, Mrs. Hargrave tief zu verletzen und die arme Esther ernsthaft zu bekümmern, die nicht unter dem Fehler ihres Bruders leiden sollte. Aber dieser unermüdliche Widersacher war noch immer nicht bezwungen: er schien ständig auf der Lauer zu liegen. Häufig sah ich ihn hinter den Nebengebäuden entlang reiten und sich suchend umblicken, wenn er wegritt – oder wenn nicht ich, so sah ihn Rachel. Diese scharfsinnige Frau erriet bald, wie es zwischen uns stand, und da sie die Bewegungen des Feindes von der Höhe ihres Kinderzimmerfensters aus erspähte, gab sie mir stets einen stummen Hinweis, wenn sie sah, daß ich mich zu einem Spaziergang rüstete und sie Grund zur Annahme hatte, daß er in der Nähe war, oder sie es für wahrscheinlich hielt, daß er mich auf dem Weg, den ich gehen wollte, treffen oder einholen würde. Ich verschob dann gewöhnlich meinen Spaziergang oder beschränkte mich für diesen Tag auf den Park und den Garten, oder wenn der geplante Ausflug wichtig war, wie der Besuch bei einem Kranken oder bei einem von Kummer beladenen Menschen, nahm ich Rachel mit, und dann wurde ich nie belästigt.

Aber an einem sonnigen Tag Anfang November hatte ich mich doch allein hinausgewagt, um die Dorfschule und ein paar arme Pächter zu besuchen, und auf meinem Rückweg erschreckte mich das Geklapper von Pferdehufen hinter mir, die sich in eiligem stetigem Trott näherten. Es gab keinen Zaunspalt und keine Lücke, durch die ich in die Felder hätte entkommen können, und so lief ich ruhig weiter und sagte zu mir: »Vielleicht ist er es ja doch nicht; und wenn er es ist, und wenn er mich tatsächlich belästigt, so soll es das letzte Mal gewesen sein – ich bin fest entschlossen, wenn Worte und Blicke etwas ausrichten können gegen eine so unverfrorene Frechheit und abgeschmackte Sentimentalität, die so unerschöpflich ist wie die seine.«

Das Pferd holte mich bald ein und wurde dicht neben mir gezügelt. Es war Mr. Hargrave. Er grüßte mich mit einem Lächeln, das sanft und melancholisch sein sollte, aber seine triumphierende Befriedigung, mich schließlich doch noch gekriegt zu haben, schien so stark durch, daß es ihm gänzlich mißriet. Nachdem ich seinen Gruß knapp erwidert und mich nach den Damen im Grove erkundigt hatte, wandte ich mich ab und ging weiter; doch er folgte mir und hielt sein Pferd an meiner Seite. Es war offensichtlich, daß er mich auf dem gesamten Weg begleiten wollte.

»Nun gut! Das kümmert mich wenig. Wenn du eine weitere Abfuhr willst, dann kannst du sie von mir aus haben«, sagte ich zu mir. »Nun, Sir, was kommt als nächstes?«

Diese wenn auch unausgesprochene Frage blieb nicht lange unbeantwortet: nach ein paar flüchtigen Bemerkungen über gleichgültige Dinge begann er in feierlichem Tonfall, wie folgt an meine Menschlichkeit zu appellieren:

»Nächsten April wird es vier Jahre her sein, seit ich Sie zum ersten Mal sah, Mrs. Huntingdon – Sie mögen dieses Ereignis vergessen haben, aber ich kann es niemals. Ich bewunderte sie schon damals zutiefst, doch wagte ich nicht, mich in Sie zu verlieben: im darauffolgenden Herbst lernte ich so viele Ihrer Vorzüge kennen, daß ich mich unweigerlich in Sie verlieben mußte, wenn ich es auch nicht zu zeigen wagte. Seit nunmehr drei Jahren erleide ich ein wahres Martyrium. Unter den Qualen unterdrückter Gefühle, heftiger und vergeblicher Sehnsucht, stummen Grams, zerschlagener Hoffnungen und mit Füßen getretener Empfindungen habe ich mehr gelitten, als ich in Worte fassen kann oder Sie es sich vorzustellen vermögen – und Sie waren die Urheberin von all dem und zwar durchaus keine unschuldige Urheberin. Meine Jugend ist vergeudet; meine Zukunftsaussichten sind düster; mein Leben ist eine trostlose Ödnis; Ruhe finde ich weder bei Tag noch bei Nacht: ich bin mir und anderen eine Last geworden, und Sie könnten mich mit einem Wort retten – einem Blick, und Sie wollen es nicht tun – ist das denn in Ordnung?«

»Zum ersten: ich glaube Ihnen nicht«, antwortete ich ihm, »zum zweiten: wenn Sie ein solcher Narr sind, kann ich es nicht verhindern.«

»Wenn Sie so tun«, erwiderte er ernst, »als betrachteten Sie die besten, die stärksten, die gottähnlichsten Regungen als Dummheit, so glaube ich *Ihnen* nicht; ich weiß, Sie sind nicht das herzlose, eisige Wesen, das sie zu sein vorgeben – Sie hatten einst ein Herz und schenkten es Ihrem Mann. Als Sie erkannten, daß er dieses Kleinods ganz und gar unwürdig ist, verlangten Sie es zurück; und Sie wollen doch wohl nicht so *tun*, als ob Sie diesen wollüstigen, dem Irdischen verhafteten, lasterhaften Menschen so tief, so hingebungsvoll lieben, daß Sie niemals einen anderen lieben können. Ich weiß, daß es in Ihrem Wesen Empfindungen gibt, die noch nie geweckt worden sind – ich weiß auch, daß Sie in Ihrer gegenwärtigen vernachlässigten, einsamen Lage todunglücklich sind, sein *müssen*. Es liegt in Ihrer Macht, zwei Menschen aus einem Zustand wirklichen Leidens zu solch unbeschreiblicher Seligkeit zu erheben, wie sie nur hochherzige, edle, selbstlose Liebe zu geben vermag (denn Sie *können* mich lieben, wenn Sie nur wollen); Sie mögen mir sagen, daß Sie mich verachten und verabscheuen, aber da Sie mir mit dem guten Beispiel, offen zu sprechen, vorangegangen sind – will ich Ihnen antworten, *ich glaube Ihnen nicht*! Doch Sie werden es nicht tun! Sie ziehen es lieber vor, uns unglücklich sein zu lassen; und Sie erzählen mir kalt, es sei der Wille Gottes, daß wir in diesem Zustand verharren sollen. *Sie* mögen das Religion nennen, ich aber nenne es wilden Fanatismus!«

»Es gibt noch ein anderes Leben, sowohl für Sie als auch für mich«, sagte ich. »Wenn es Gottes Wille ist, daß wir mit Tränen säen, nun, so ist es nur, damit wir später einmal mit Freuden ernten dürfen. Es ist Sein Wille, daß wir durch die Befriedigung unserer eigenen irdischen Leidenschaften anderen keinen Schaden zufügen sollen; und Sie haben eine Mutter und Schwestern und Freunde, deren Seelenfrieden mit meiner Zustimmung niemals meinem oder auch Ihrem Vergnügen geopfert werden soll; und wenn ich ganz allein wäre auf der Welt, hätte ich doch immer noch meinen Gott und meinen Glauben, und ich würde eher sterben, als meine Bestimmung zu entehren und meinen Glauben an Gott zu brechen, um ein paar Jahre falschen und flüchtigen Glücks zu gewinnen – Glück, das mit Sicherheit im Elend endet, sogar hier – für mich selbst oder irgend jemand anderen!«

»Es braucht keine Entehrung zu sein – kein Elend oder Opfer in irgendwelcher Hinsicht«, beharrte er. »Ich bitte Sie nicht, Ihr Zuhause zu verlassen oder der Meinung der Gesellschaft zu trotzen«, doch ich brauche nicht alle seine Argumente zu wiederholen. Ich widerlegte sie nach besten Kräften; aber diese Kräfte waren in diesem Augenblick erschreckend gering, denn ich war allzu nervös vor Empörung – ja sogar Scham – über seine Unverfrorenheit, so mit mir zu sprechen, als daß ich meine Gedanken und meine Zunge ausreichend in der Gewalt gehabt hätte, um entsprechend gegen seine ausgeklügelten Spitzfindigkeiten anzukämpfen. Da ich jedoch merkte, daß er durch Vernunftgründe nicht zum Schweigen zu bringen war und sogar insgeheim über seinen scheinbaren Vorteil frohlockte und es wagte, jene Behauptungen, die zu beweisen ich nicht gelassen genug war, lächerlich zu machen, änderte ich meine Taktik und versuchte es mit einem anderen Vorgehen.

»Lieben Sie mich denn wirklich?« sagte ich ernst, blieb stehen und sah ihm ruhig ins Gesicht.

»Ob ich Sie liebe?« rief er.

»*Wahrhaftig?*« fragte ich.

Er strahlte übers ganze Gesicht; glaubte er doch, seinem Triumph nahe zu sein. Er setzte zu einer leidenschaftlichen Beteuerung der Echtheit und Glut seiner Zuneigung an, die ich mit einer weiteren Frage unterbrach:

»Aber ist es nicht eine egoistische Liebe? Haben Sie genug selbstlose Zuneigung, um Ihr eigenes Vergnügen dem meinen zu opfern?«

»Ich würde mein Leben hingeben, um Ihnen zu dienen.«

»Ihr Leben will ich nicht – aber haben Sie denn genug echtes Mitgefühl mit meinen Sorgen, um sich der Anstrengung zu unterziehen, sie zu lindern, auf die Gefahr hin, daß Sie dadurch eine kleine Unannehmlichkeit in Kauf nehmen müssen?«

»Stellen Sie mich auf die Probe und sehen Sie selbst!«

»Wenn dem so ist – *so erwähnen Sie dieses Thema nie wieder*. Egal, auf welche Weise Sie darauf zurückkommen sollten, Sie würden die Last jener Leiden, die Sie so mitfühlend beklagen, unweigerlich verdoppeln. Außer dem Trost eines guten Gewissens und eines zuversichtlichen Vertrauens in Gott ist mir nichts mehr geblieben, und Sie bemühen sich unentwegt, mir auch das noch zu nehmen. Wenn Sie so weitermachen, muß ich Sie als meinen unversöhnlichsten Feind betrachten.«

»Aber hören Sie mir doch einen Augenblick zu…«

»Nein, Sir! Sie sagten, Sie würden Ihr Leben hingeben, um mir zu dienen: ich erbitte nur ihr Schweigen in diesem besonderen Punkt. Ich habe mich klar und unmißverständlich ausgedrückt; und was ich sage, meine ich auch. Wenn

Sie mich auf diese Weise noch weiter quälen, muß ich daraus schließen, daß Ihre Beteuerungen völlig unaufrichtig sind und Sie mich im Grunde Ihres Herzens ebenso leidenschaftlich hassen, wie Sie behaupten, mich zu lieben!«

Er biß sich auf die Lippe und richtete eine Weile lang schweigend den Blick zu Boden.

»Dann muß ich Sie also verlassen«, sagte er schließlich und blickte mich dabei unverwandt an, so als hege er noch eine letzte Hoffnung, irgendein Zeichen ununterdrückbarer Qual oder Entsetzen an mir entdecken zu können, das von den feierlichen Worten ausgelöst werden würde: »Ich muß Sie verlassen. Ich kann hier nicht leben und für immer schweigen über das Thema, dem all meine Gedanken und Wünsche gelten.«

»Früher, glaube ich, verbrachten Sie nur wenig Zeit zu Hause«, antwortete ich, »Sie werden keinen Schaden nehmen, wenn Sie sich eine Zeitlang wieder entfernen – falls dies wirklich nötig sein sollte.«

»Falls dies wirklich *möglich* sein sollte«, murmelte er, »und Sie können mich so kaltblütig wegschicken? Möchten Sie das wirklich?«

»Mit der größten Gewißheit. Wenn Sie mich nicht sehen können, ohne mich zu quälen, wie Sie es in letzter Zeit getan haben, würde ich Ihnen frohen Herzens Lebewohl sagen und Sie nie mehr wiedersehen.«

Er gab darauf keine Antwort, hielt mir aber, sich vom Pferd beugend, seine Hand hin. Ich sah zu seinem Gesicht empor und entdeckte auf diesem einen Ausdruck solch echter Seelenqual, daß ich, ob darin nun bittere Enttäuschung oder verletzter Stolz oder noch ein Rest von Liebe oder brennender Zorn überwog, nicht zögern konnte, meine Hand so freimütig in die seine zu legen, als ob ich einem Freund Lebewohl gesagt hätte. Er umfaßte sie sehr fest und gab augenblicklich seinem Pferd die Sporen und galoppierte davon. Kurz darauf hörte ich, daß er nach Paris gefahren sei, wo er noch immer ist; und je länger er dort bleibt, desto besser für mich.

Ich danke Gott für diese Erlösung!

KAPITEL 38
Der gekränkte Mann

20. Dezember 1826. – Der fünfte Jahrestag meiner Hochzeit und, wie ich fest hoffe, der letzte, den ich unter diesem Dach verbringen werde. Mein Entschluß ist gefaßt, mein Plan ausgeheckt und zum Teil sogar schon ausgeführt. Ich habe kein schlechtes Gewissen dabei, aber während das Vorhaben Gestalt annimmt, will ich mir ein paar dieser langen Winterabende damit vertreiben, daß ich den Fall zu meiner eigenen Genugtuung schriftlich darlege – ein ziemlich trostloser Zeitvertreib freilich, aber da er den Anschein einer nützlichen Beschäftigung hat und als eine selbstauferlegte Aufgabe betrieben wird, eignet er sich besser für mich als eine angenehmere Beschäftigung.

Im September wimmelte das stille Grass-dale wieder von einer Gesellschaft von (sogenannten) Damen und Herren, die sich aus denselben Personen zusammensetzte, die im vorletzten Jahr hier zu Gast gewesen waren, zuzüglich zwei oder drei anderer, darunter Mrs. Hargrave und ihre jüngere Tochter. Die Herren und Lady Lowborough waren zum Vergnügen und zur Annehmlichkeit des Gastgebers eingeladen worden, die anderen, vermute ich, um des äußeren Scheins willen und um mich in Schach zu halten und mir Verschwiegenheit und höfliches Benehmen aufzuerlegen. Doch die Damen blieben nur drei Wochen, die Herren, mit Ausnahme von zweien, mehr als zwei Monate, denn ihr gastfreundlicher Wirt hatte keine Lust, sich von ihnen zu trennen und mit seinem aufgeweckten Verstand, seinem makellosen Gewissen und seiner geliebten und liebenden Gattin allein gelassen zu werden.

Am Tag von Lady Lowboroughs Ankunft folgte ich ihr auf ihr Zimmer und sagte ihr ganz offen, daß, sollte ich Grund zur Annahme haben, sie setze ihre ruchlose Verbindung mit Mr. Huntingdon noch immer fort, ich es für meine unbedingte Pflicht hielte, ihren Mann darüber in Kenntnis zu setzen oder zumindest seinen Verdacht zu wecken – wie peinlich das auch immer sein mochte oder welch schreckliche Folgen es haben würde. Sie war zunächst verdutzt über die so unerwartete und so entschieden, doch ruhig vorgebrachte Erklärung; aber im nächsten Moment hatte sie sich wieder gefaßt und erwiderte kalt, daß sie mir freie Hand lassen werde, Seiner Lordschaft alles darüber zu erzählen, wenn ich an ihrem Verhalten auch nur eine Spur von Tadelnswertem oder Verdächtigem entdeckte. Ich gab mich damit bereitwillig zufrieden und verließ sie; und wirklich fiel mir forthin nichts besonders Tadelnswertes oder Verdachterregendes in ihrem Benehmen gegenüber ihrem Gastgeber auf; aber freilich hatte ich mich um die anderen Gäste zu kümmern und beobachtete die beiden nicht besonders aufmerksam – denn, um die Wahrheit zu gestehen, ich *fürchtete*, etwas zwischen ihnen zu entdecken. Ich betrachtete es nicht länger als etwas, was mich irgendwie anging, und wenn es meine Pflicht war, Lord Lowborough ins Bild zu setzen, so war es eine peinliche Pflicht, und mir graute davor, sie erfüllen zu müssen.

Aber meine Befürchtungen erledigten sich auf eine Weise, die ich nicht vorhergesehen hatte. Eines Abends, etwa zwei Wochen nach der Ankunft der Gäste, hatte ich mich in die Bibliothek zurückgezogen, um mir ein paar Minuten Ruhe zu gönnen von der aufgesetzten Heiterkeit und langweiligen Unterhaltung – denn nach einer so langen

Phase der Abgeschiedenheit, so traurig ich sie auch oft empfunden hatte, war es mir unerträglich, meinen Gefühlen ständig Gewalt anzutun und meine ganze Kraft aufzubieten, um zu reden, zu lächeln und zuzuhören und die aufmerksame Gastgeberin oder auch nur die fröhliche Freundin zu spielen. Ich hatte mich gerade im Erker des Fensters versteckt und blickte hinaus nach Westen, wo sich die dunkler werdenden Hügel scharf gegen das helle, bernsteinfarbene Abendlicht abhoben, das sich nach und nach auflöste in das reine, fahle Blau des oberen Himmelsgewölbes, wo ein heller Stern schimmerte, als wollte er versprechen: »Wenn dieses Dämmerlicht erloschen ist, wird die Welt nicht in Finsternis gelassen werden und denjenigen, die auf Gott vertrauen – deren Herzen nicht von den Nebeln des Unglaubens und der Sünde umwölkt sind – gebricht es niemals gänzlich an Trost«, als ich einen eiligen Schritt herannahen hörte und Lord Lowborough eintrat – noch immer war dieser Raum sein liebster Zufluchtsort. Er schlug die Tür mit ungewöhnlicher Heftigkeit zu und warf seinen Hut beiseite, ohne darauf zu achten, wo er hinfiel. Was mochte er wohl haben? Sein Gesicht war entsetzlich bleich; seine Augen waren zu Boden gerichtet, seine Zähne fest zusammengebissen; seine Stirn glänzte von den Tautropfen der Todesangst. Es war klar, daß er nun endlich von seiner Kränkung erfahren hatte!

Da er von meiner Gegenwart nichts ahnte, begann er in einem Zustand schrecklicher Erregung im Zimmer auf und ab zu laufen, heftig die Hände ringend und leise stöhnend und unzusammenhängende Ausrufe von sich gebend. Ich machte eine Bewegung, um ihn wissen zu lassen, daß er nicht allein sei; aber er war zu beschäftigt, um mich zu bemerken. Vielleicht hätte ich, während er mir den Rücken zukehrte, durchs Zimmer laufen und unbemerkt davoneilen können. Ich erhob mich, um den Versuch zu machen, doch da bemerkte er mich. Er fuhr zusammen und blieb einen Augenblick stehen; dann wischte er sich seine von Schweiß triefende Stirn und sagte, indem er auf mich zutrat, in einer unnatürlichen Gefaßtheit mit tiefer, fast wie aus dem Grabe kommender Stimme:

»Mrs. Huntingdon, ich muß Sie morgen verlassen.«

»Morgen!« wiederholte ich. »Ich will nicht nach dem Grund fragen.«

»Sie wissen es also – und können so gelassen sein!« sagte er, wobei er mich höchst verwundert musterte, nicht frei von einer Art gereizter Bitterkeit, wie mir schien.

»Ich weiß schon seit langem...« ich hielt rechtzeitig inne und fügte hinzu »um den Charakter meines Mannes, daß mich nichts mehr schockieren kann.«

»Aber dies – wie lange wissen Sie dies schon?« wobei er seine geballte Faust auf den Tisch legte, der neben ihm stand, und mir durchdringend und starr ins Gesicht sah.

Ich fühlte mich wie eine Verbrecherin.

»Noch nicht lange«, antwortete ich.

»Sie haben es gewußt!« rief er mit bitterer Inbrunst. »Und Sie haben es mir nicht gesagt! Sie haben mitgeholfen, mich hinters Licht zu führen!«

»Mylord, ich habe *nicht* mitgeholfen, Sie hinters Licht zu führen.«

»Warum haben Sie es mir dann nicht gesagt?«

»Weil ich wußte, daß es für Sie schmerzlich sein würde – ich hoffte, sie würde zu ihrer Pflicht zurückkehren, und dann hätte ja keine Notwendigkeit bestanden, Ihre Gefühle zu verletzen mit solch...«

»O Gott! Wie lange geht das denn schon? Wie lange, Mrs. Huntingdon? Sagen Sie es mir – ich muß es wissen!« stieß er in heftiger, ängstlicher Ungeduld hervor.

»Zwei Jahre, glaube ich.«

»Großer Gott! Und sie hat mich die ganze Zeit hindurch

getäuscht!« Mit einem unterdrückten Schmerzenslaut wandte er sich ab und lief in einem Anfall erneuter Gemütsbewegung wieder im Zimmer auf und ab. Mein Herz tat mir weh; aber ich wollte versuchen, ihm zu helfen, obwohl ich nicht wußte, wie ich es anstellen sollte.

»Sie ist eine schlimme Person«, sagte ich. »Sie hat Sie auf niederträchtige Weise getäuscht und betrogen. Sie ist Ihres Schmerzes ebensowenig wert, wie sie Ihrer Liebe wert war. Lassen Sie sich von ihr nicht weiter demütigen; trennen Sie sich von ihr und stehen Sie auf eigenen Füßen.«

»Und Sie, Madam«, sagte er streng, indem er stehenblieb und sich zu mir umdrehte, »haben mich ebenfalls verletzt durch dieses nicht gerade edelmütige Verschweigen!«

Meine Gefühle erlebten einen plötzlichen Umschwung. Irgend etwas stieg in mir hoch und drängte mich, ihm diese barsche Erwiderung meines tiefempfundenen Mitgefühls übelzunehmen und mich mit entsprechender Schärfe zu verteidigen. Zum Glück gab ich dieser spontanen Regung nicht nach. Ich spürte seine Qual, als er, sich plötzlich gegen die Stirn schlagend, unvermittelt zum Fenster trat, zum friedlichen Himmel aufblickte und erregt vor sich hinmurmelte: »O Gott, wenn ich doch sterben könnte!«, und ich fühlte, daß es in der Tat kleinlich wäre, wenn ich in diesen bereits überquellenden Kelch noch einen weiteren Wermutstropfen fallen ließe. Und doch, fürchte ich, lag mehr kalte Förmlichkeit als Freundlichkeit in meiner ruhig vorgebrachten Antwort:

»Ich könnte viele Entschuldigungsgründe nennen, die manch einer für triftig halten würde, will aber nicht versuchen, sie aufzuzählen ...«

»Ich kenne sie«, sagte er hastig, »Sie würden sagen, es war nicht Ihre Aufgabe – ich hätte selbst auf der Hut sein müssen – wenn mich schon meine eigene Blindheit in diesen Höllenschlund geführt habe, hätte ich kein Recht, jemandem anderen Vorwürfe zu machen, daß er mir mehr Klugheit zugetraut hatte, als ich besaß...«

»Ich gebe zu, mich falsch verhalten zu haben«, fuhr ich fort, ohne seinen bitteren Einwurf zu beachten; »doch ob nun mangelnder Mut oder unangebrachte Freundlichkeit die Ursache meines Fehlers war, ich finde, Sie tadeln mich zu hart. Ich habe Lady Lowborough vor zwei Wochen, genau am Tage ihrer Ankunft, gesagt, daß ich es sicherlich für meine Pflicht halten würde, Sie zu informieren, falls sie Sie weiter hinters Licht führen würde: sie stellte es mir völlig frei, dies zu tun, wenn ich in ihrem Verhalten irgend etwas Tadelnswertes oder Verdachterregendes entdecken sollte – ich habe nichts entdeckt und darauf vertraut, daß sie ihren Lebenswandel geändert hatte.«

Während ich sprach, sah er weiter aus dem Fenster und antwortete nicht, sondern stampfte, geplagt von den Erinnerungen, die meine Worte weckten, mit dem Fuß auf, knirschte mit den Zähnen und legte wie jemand, der unter einem akuten körperlichen Schmerz leidet, die Stirn in Falten.

»Es war falsch – es war falsch!« murmelte er schließlich. »Nichts kann es entschuldigen – nichts kann es wiedergutmachen – denn nichts kann jene Jahre verfluchter Gutgläubigkeit rückgängig machen – nichts sie auslöschen! nichts, nichts!« wiederholte er mit einem Flüstern, das so verzweifelt und bitter klang, daß sich jeder Groll verbot.

»Wenn ich mir die Sache so vor Augen führe, muß ich zugeben, daß es falsch *war*«, antwortete ich, »aber ich kann es jetzt nur noch bedauern, daß ich es bisher nicht unter diesem Aspekt gesehen habe und daß, wie Sie sagen, nichts die Vergangenheit rückgängig machen kann.«

Etwas in meiner Stimme oder im Tenor dieser Antwort schien eine Veränderung in seiner Gemütsverfassung zu bewirken. Er wandte sich mir zu und musterte bei dem schwachen Licht aufmerksam mein Gesicht und sagte in einem sanfteren Tonfall, als er ihn je zuvor angeschlagen hatte:

»Auch Sie haben gelitten, vermute ich.«

»Ich habe sehr gelitten, am Anfang.«

»Wann war das?«

»Vor zwei Jahren; und in zwei Jahren werden Sie ebenso gelassen sein wie ich jetzt, – und weitaus, weitaus glücklicher, hoffe ich zuversichtlich, denn Sie sind ein Mann und es steht Ihnen frei, das zu tun, was Ihnen beliebt.«

Eine Art Lächeln, aber ein *überaus* bitteres, huschte für einen Augenblick über sein Gesicht.

»Sie waren in letzter Zeit wohl nicht gerade glücklich?« sagte er mit einem schwachen Versuch, seine Fassung wiederzugewinnen, und schien entschlossen, die weitere Erörterung seines eigenen Elends zurückzustellen.

»Glücklich!« wiederholte ich, fast erzürnt über eine solche Frage. »Wie könnte ich das wohl sein, bei einem solchen Ehemann?«

»Seit dem ersten Jahr Ihrer Ehe habe ich eine Veränderung in Ihrem Aussehen wahrgenommen«, fuhr er fort, »ich erwähnte das gegenüber – gegenüber diesem teuflischen Bösewicht«, murmelte er zwischen den Zähnen, »und er sagte, es wäre Ihre sauertöpfische Wesensart, die Ihre jugendliche Schönheit aufzehre: sie lasse Sie vorzeitig altern und mache Sie häßlich und habe ihm seinen häuslichen Herd bereits so unbehaglich wie eine Klosterzelle gemacht. Sie lächeln, Mrs. Huntingdon – nichts kann Sie mehr berühren. Ich wünschte, ich wäre auch so gelassen wie Sie.«

»Ich war nicht immer so gelassen«, sagte ich. »Durch harte Lehren und häufig wiederholte Anstrengungen habe ich gelernt, so zu erscheinen.«

In diesem Augenblick stürzte plötzlich Mr. Hattersley ins Zimmer.

»Hallo, Lowborough!« begann er. »Oh! Ich bitte um

Verzeihung«, rief er aus, als er mich sah, »ich wußte ja nicht, daß das ein *tête-à-tête* ist. Sei guten Mutes, Mann«, fuhr er fort und gab Lord Lowborough einen Klaps auf den Rükken, worauf dieser mit Blicken unsäglichen Abscheus und Zorns vor ihm zurückwich. »Komm, ich möchte ein wenig mit dir reden.«

»Dann sprich.«

»Aber ich bin mir nicht sicher, ob das, was ich zu sagen habe, der Dame sehr angenehm sein würde.«

»Dann wird es auch mir nicht angenehm sein«, sagte Seine Lordschaft und schickte sich an, das Zimmer zu verlassen.

»Doch, bestimmt«, rief der andere und folgte ihm in die Halle. »Wenn du Mannesmut hast, wird es für dich genau das Richtige sein. Es ist nur dies, mein Freund«, fuhr er fort, indem er die Stimme senkte, aber nicht genug, um mich daran zu hindern, jedes Wort zu verstehen, was er sagte, obwohl die angelehnte Tür zwischen uns war. »Ich denke, man hat dir übel mitgespielt – nun brause nicht gleich auf – ich will dich ja nicht kränken. Es ist nur meine grobe Ausdrucksweise. Ich muß frei von der Leber weg reden oder gar nicht, das weißt du ja; – und ich komme – nun hör doch auf! Laß mich erklären – ich komme, um dir meine Dienste anzutragen, denn auch wenn Huntingdon mein Freund ist, so ist er doch ein verdammter Schuft, wie wir alle wissen, und für dies eine Mal will ich *dein* Freund sein. Ich weiß, was du jetzt brauchst, um die Sache in Ordnung zu bringen: du mußt dich einfach mit ihm duellieren, und dann wirst du dich wieder wohl fühlen; und wenn ein Unglück passiert – nun, so wird das, möchte ich wohl meinen, für einen verzweifelten Kerl wie dich ebenso in Ordnung sein. Komm, gib mir deine Hand und schau nicht so finster drein. Name, Zeitpunkt und Ort, und das übrige werde ich erledigen.«

»Das«, antwortete die leisere, bedächtigere Stimme Lord

Lowboroughs, »ist genau das Heilmittel, das mir mein eigenes Herz – oder der Teufel in ihm empfohlen hat – ihm gegenüberzutreten und mich nicht von ihm zu trennen, ohne Blut zu vergießen. Ob nun er oder ich auf der Strecke bleiben würde – oder beide, es wäre mir eine unsagbare Erleichterung, wenn...«

»Eben! Also dann...«

»Nein!« rief seine Lordschaft mit tiefem, entschiedenem Nachdruck. »Obwohl ich ihn von ganzem Herzen hasse und über jedes Unglück, das ihm zustoßen könnte, frohlokken würde – will ich ihn Gott überlassen; und obwohl ich mein eigenes Leben verabscheue, will ich auch dies Ihm überlassen, der es mir gab.«

»Aber du siehst in diesem Fall...« plädierte Hattersley.

»Ich werde nicht auf dich hören!« stieß sein Freund hervor und wandte sich hastig von ihm ab. »Kein Wort mehr davon! Ich habe schon genug zu tun mit dem bösen Geist in mir.«

»Dann bist du ein schwächlicher Narr, und ich wasche meine Hände in Unschuld«, murrte der Versucher, als er sich umdrehte und ging.

»Recht so, recht so, Lord Lowborough«, rief ich, wobei ich aus dem Zimmer rannte und seine glühendheiße Hand ergriff, als er sich zur Treppe hin bewegte. »Langsam glaube ich, daß Sie für diese Welt zu gut sind!«

Da er diesen plötzlichen Ausbruch nicht begreifen konnte, schaute er mich mit düsterer, konsternierter Miene an, die mir die Schamesröte ins Gesicht trieb, weil ich dieser spontanen Regung nachgegeben hatte; aber bald machte sich auf seinen Zügen ein menschlicherer Ausdruck breit, und ehe ich meine Hand zurückziehen konnte, drückte er sie freundlich, während ein Schimmer echten Mitgefühls aus seinen Augen strahlte, als er murmelte:

»Gott helfe uns beiden!«

»Amen!« antwortete ich; und wir trennten uns.

Ich kehrte in den Salon zurück, wo meine Anwesenheit zweifellos von den meisten erwartet, von einigen vielleicht ersehnt wurde. Im Vorraum lästerte Mr. Hattersley gerade über Lord Lowboroughs Feigheit vor einem ausgewählten Zuhörerkreis, das heißt Mr. Huntingdon, der, auf den Tisch gelümmelt, sich seiner verräterischen Schurkerei freute und sein Opfer lächerlich machte, und Mr. Grimsby, der daneben stand, sich schweigend die Hände rieb und vor teuflischer Schadenfreude in sich hineinlachte.

Im Salon stieß ich auf Lady Lowborough, die sich offensichtlich in keiner beneidenswerten Gemütsverfassung befand und sich abmühte, ihre Beunruhigung durch allzu aufgesetzte Heiterkeit und Lebhaftigkeit zu überspielen, die unter diesen Umständen alles andere als angebracht war, denn sie selbst hatte der Gesellschaft mitgeteilt, daß ihr Mann eine unangenehme Nachricht von zu Hause erhalten habe, die seine unverzügliche Abreise notwendig mache und ihn so beunruhigt habe, daß er nun unter quälenden Kopfschmerzen leide, deretwegen und wegen der Vorbereitungen, die er für erforderlich halte, um seine Abreise zu beschleunigen, sie glaube, die Anwesenden würden nicht das Vergnügen haben, ihn heute abend zu sehen. Es handele sich jedoch, so versicherte sie, nur um eine geschäftliche Angelegenheit, und so habe sie nicht die Absicht, sich davon beunruhigen zu lassen. Das alles sagte sie gerade, als ich das Zimmer betrat, und sie warf mir einen derart unverschämten und herausfordernden Blick zu, daß ich gleichzeitig erstaunt und empört war.

»Ich *bin* indes beunruhigt«, fuhr sie fort, »und auch bedrückt, denn ich sehe es als meine Pflicht an, Seine Lordschaft zu begleiten, und ich bedauere es natürlich sehr, mich von all meinen lieben Freunden so unerwartet und schnell trennen zu müssen.«

»Und dennoch, Annabella«, sagte Esther, die neben ihr saß, »habe ich dich noch nie in meinem Leben in besserer Laune gesehen.«

»Ganz recht, meine Liebe, weil ich euere Gesellschaft noch auskosten möchte, da dies der letzte Abend zu sein scheint, den ich, weiß der Himmel wie lange, mit euch genießen darf; und ich möchte bei euch allen einen guten Eindruck hinterlassen«, sie blickte in die Runde, und als sie die Augen ihrer Tante auf sich gerichtet sah, allzu forschend, wie sie wahrscheinlich fand, sprang sie auf und fuhr fort: »weshalb ich euch ein Lied singen werde – soll ich, Tante? Soll ich, Mrs. Huntingdon? Soll ich, meine Damen und Herren – allesamt? Sehr gut, ich werde mein möglichstes tun, um euch zu erfreuen.«

Sie und Lord Lowborough bewohnten die Gemächer neben dem meinen. Ich weiß nicht, wie *sie* die Nacht zubrachte, aber ich lag die meiste Zeit wach und lauschte seinem schweren Tritt, der im eintönigen Auf und Ab aus seinem Ankleidezimmer zu vernehmen war, das direkt neben meinem Schlafzimmer lag. Einmal hörte ich, wie er stehenblieb und irgend etwas mit einem leidenschaftlichen Aufschrei aus dem Fenster warf; und am Morgen, nachdem sie abgereist waren, wurde ein scharfklingiges Klappmesser auf dem Rasenplatz darunter gefunden; desgleichen war eine Rasierklinge entzweigebrochen und tief in die Asche des Kaminrosts gestoßen, aber zum Teil durch die verglimmende Glut korrodiert. So stark war die Versuchung gewesen, seinem elenden Leben ein Ende zu setzen, so entschieden sein Entschluß, ihr zu widerstehen.

Mir blutete das Herz, als ich so dalag und dem rastlosen Auf und Ab seiner Schritte lauschte. Bisher hatte ich zu sehr an mich gedacht, zu wenig an ihn: nun vergaß ich meine eigenen Leiden und dachte nur noch an die seinen – an die glühende Liebe, die elendiglich vertan, das blinde Vertrauen, das so grausam betrogen worden war, die – nein, ich will nicht versuchen, seine Kränkungen aufzuzählen – aber ich haßte seine Frau und meinen Mann inbrünstiger denn je, und das nicht meinet-, sondern seinetwegen.

»Dieser Mann«, dachte ich bei mir, »ist für seine Freunde und die unbarmherzig urteilende Gesellschaft eine Zielscheibe des Spottes. Die treulose Ehefrau und der hinterhältige Freund, die ihm Unrecht getan haben, werden nicht so verachtet und herabgesetzt wie er; und seine Weigerung, sich für seine erlittene Demütigung zu rächen, hat ihm noch mehr Sympathien gekostet und seinen Namen mit noch größerer Schande befleckt. Er weiß das; und es verdoppelt die Last seines Kummers. Er merkt, wie ungerecht dies alles ist, aber er kann sich dagegen nicht zur Wehr setzen; ihm mangelt jene stützende Kraft der Selbstachtung, die einen Menschen, der sich seiner eigenen Unbescholtenheit erfreut, dazu veranlaßt, der Bosheit verleumderischer Zungen Trotz zu bieten und Verachtung mit Verachtung zu vergelten – oder besser noch: ihn über die üblen, brodelnden Dämpfe hienieden emporträgt, um im ewigen Glanz des Himmels Ruhe zu finden. Er weiß, daß Gott gerecht ist, kann aber seine Gerechtigkeit im Hier und Jetzt nicht erkennen: er weiß, daß sein Leben kurz ist, und doch erscheint ihm der Tod unerträglich fern; er glaubt, daß es ein zukünftiges Leben gibt, aber die Qual des diesseitigen nimmt ihn so sehr in Anspruch, daß er sich den entrückten Frieden des jenseitigen nicht vorzustellen vermag. Er kann sein Haupt nur dem Sturm beugen und sich blindlings und verzweifelt nur an das klammern, was er für richtig hält. Wie ein schiffbrüchiger Seemann, der sich blind, taub, verwirrt an ein Stück Treibholz krallt, spürt er die Wellen über sich zusammenschlagen und sieht keinen Ausweg aus seiner Lage; und doch weiß er, daß er keine andere Hoffnung hat, und konzentriert seine ganze Energie darauf, es festzuhalten, solange noch Leben und Verstand in ihm sind. Oh, könnte ich mir doch, wie ein Freund, das Recht herausnehmen, ihn zu trösten und ihm zu sagen, daß ich noch nie so viel Hochachtung für ihn empfunden habe wie in dieser Nacht!«

Sie reisten früh am Morgen ab, ehe irgend jemand sonst unten war, außer mir, und gerade als ich mein Zimmer verließ, ging Lord Lowborough die Treppe hinunter, um seinen Platz in der Kutsche einzunehmen, wo es sich seine Gattin bereits bequem gemacht hatte; und Arthur (oder Mr. Huntingdon, wie ich ihn lieber nenne, denn der andere Name ist der meines Kindes) hatte unnötigerweise die Unverfrorenheit, in seinem Morgenmantel herauszukommen und seinem »Freund« Lebewohl zu sagen.

»Was, du fährst schon, Lowborough?« sagte er. »Nun, dann Guten Morgen.« Lächelnd bot er ihm seine Hand.

Ich glaube, der andere hätte ihn niedergeschlagen, wäre er nicht instinktiv vor seiner eigenen knochigen Faust zurückgeschreckt, die vor Wut bebte und so zusammengeballt war, daß die Fingerknochen weiß und glänzend durch die Haut schimmerten. Lord Lowborough sah ihn mit einer vor wildem Haß aschgrauen Miene an und stieß zwischen zusammengebissenen Zähnen eine gräßliche Verwünschung hervor, die er wohl nicht geäußert hätte, wenn er ruhig genug gewesen wäre, seine Worte zu wählen, und ging.

»Na, das nenne ich aber einen unchristlichen Geist«, sagte der Bösewicht. »Ich hingegen würde einen alten Freund nie wegen einer Ehefrau aufgeben. Du kannst meine haben, wenn du magst, und das nenne ich doch nobel – ich kann ja schließlich nicht mehr tun, als dir Ersatz anzubieten, oder?«

Aber Lord Lowborough hatte bereits die unterste Stufe der Treppe erreicht und durchquerte nun die Halle; und Mr. Huntingdon rief, über das Geländer gebeugt: »Bestell

Annabella meine lieben Grüße! Und euch beiden wünsche ich eine glückliche Reise«, und damit zog er sich lachend in sein Zimmer zurück.

Später erklärte er dann, er sei froh, daß sie weg sei: »Sie war so verflucht herrschsüchtig und anspruchsvoll«, sagte er, »nun werde ich wieder Herr meiner selbst sein und mich wieder etwas wohler fühlen.«

Wie es mit Lord Lowborough weiterging, weiß ich einzig und allein aus dem, was ich von Milicent gehört habe, die zwar keine Ahnung von dem Grund seiner Trennung von ihrer Cousine hat, mir aber berichtete, daß es dazu gekommen ist; daß sie sich von Tisch und Bett streng getrennt halten, daß sie ein lustiges, flottes Leben in der Stadt und auf dem Land führt, während er in völliger Zurückgezogenheit in seinem alten Schloß im Norden Englands lebt. Seine zwei Kinder stehen beide unter seiner Obhut. Der Sohn und Erbe ist ein vielversprechendes Kind, fast im Alter meines Arthur, und für seinen Vater zweifellos eine Quelle gewisser Hoffnungen und einigen Trostes; aber das andere, ein kleines Mädchen zwischen zwei und drei Jahren mit blauen Augen und hellbraunem Haar, läßt er wahrscheinlich nur aus Gewissensgründen bei sich, da er es für falsch hält, sie der Erziehung und dem Beispiel einer Frau wie ihrer Mutter zu überlassen. Diese Mutter hat Kinder nie gemocht und empfindet so wenig natürliche Zuneigung für ihre eigenen, daß ich mich frage, ob sie es nicht als eine Erleichterung betrachtete, so gänzlich von ihnen getrennt und der Mühe und Verantwortung für sie enthoben zu sein.

Wenige Tage nach der Abreise Lord und Lady Lowboroughs entzogen die restlichen Damen Grass-dale das Licht ihrer Gegenwart. Vielleicht hätten sie länger bleiben können, aber weder Gastgeber noch Gastgeberin drängten sie, ihren Besuch auszudehnen – in Wahrheit zeigte ihnen ersterer nur zu deutlich, daß er froh sei, sie loszuwerden; – und

Mrs. Hargrave zog sich mit ihren Töchtern und ihren Enkeln (es gibt inzwischen deren drei) zum Grove zurück. Aber die Herren blieben: Mr. Huntingdon, wie ich schon angedeutet habe, wollte sie unbedingt so lange wie möglich dabehalten; und da sie solcherart von dem Zwang befreit waren, ließen sie der ihnen eigenen Verrücktheit, Lasterhaftigkeit und Rohheit freien Lauf und verwandelten Grassdale Manor Nacht für Nacht in ein wahres Tollhaus. Wer sich von ihnen am schlimmsten aufführte oder wer am besten, kann ich nicht genau sagen; denn von dem Augenblick an, da ich erkannte, wie die Dinge laufen würden, faßte ich den Entschluß, mich in den ersten Stock zurückzuziehen oder mich in der Bibliothek einzuschließen, sobald ich aus dem Speisezimmer kam, und mich ihnen bis zum Frühstück nicht mehr zu nähern; – aber das muß ich zur Ehre Mr. Hargraves sagen: Er war nach allem, was ich von ihm zu sehen bekam, ein Vorbild an Schicklichkeit, Nüchternheit und feinen Manieren, *verglichen* mit den übrigen.

Er hatte sich der Gesellschaft erst eine Woche oder zehn Tage nach dem Eintreffen der anderen Gäste angeschlossen, denn er war zu dem Zeitpunkt, als diese hier ankamen, noch auf dem Kontinent gewesen, und ich hatte die Hoffnung gehegt, daß er die Einladung nicht annehmen würde. Angenommen hat er sie allerdings, aber sein Verhalten mir gegenüber in den ersten paar Wochen war genau, wie ich es mir gewünscht hatte – vollkommen höflich und respektvoll, ohne Niedergeschlagenheit oder Bedrücktheit zur Schau zu stellen, und distanziert genug, ohne Arroganz oder jene auffällige Steifheit oder Kälte, die dazu angetan ist, seiner Schwester Kopfzerbrechen zu bereiten oder Rätsel aufzugeben oder seine Mutter zu Nachforschungen zu veranlassen.

KAPITEL 39
Ein Fluchtplan

Am meisten beunruhigte mich in dieser schlimmen Zeit der Gedanke an meinen Sohn; sein Vater und die Freunde seines Vaters machten sich einen Spaß daraus, das Kind in seinen kleinen, gewissermaßen keimhaft vorhandenen Untugenden zu bestärken und ihm alle schlechten Gewohnheiten beizubringen, die es nur anzunehmen vermochte – mit einem Wort: »einen Mann aus ihm zu machen«, gehörte zu ihrem liebsten Zeitvertreib; und ich brauche nicht mehr zu sagen, um meine Sorge und meine Entschlossenheit zu rechtfertigen, ihn unter allen Umständen aus den Händen solcher Lehrmeister zu befreien. Anfangs versuchte ich, ihn immer bei mir oder im Kinderzimmer zu halten, und gab Rachel besondere Anweisungen, ihn nie zum Nachtisch herunterkommen zu lassen, solange diese »Herren« sich im Speisezimmer aufhielten; aber das nützte nichts; diese Anweisungen wurden von seinem Vater sofort rückgängig gemacht und aufgehoben; er wollte nicht, daß der kleine Kerl zwischen einer alten Kinderfrau und einer verfluchten Närrin von Mutter Trübsal bliese. Und so kam der kleine Kerl, gegen den Willen seiner verqueren Mutter jeden Abend herunter und lernte, gewohnheitsmäßig Wein zu trinken wie Papa, zu fluchen wie Mr. Hattersley und seinen Willen durchzusetzen wie ein Mann und Mama zum Teufel zu schicken, wenn sie ihn daran zu hindern versuchte. Wenn dieser hübsche kleine Junge mit schalkhafter Naivität solche Dinge tat oder mit seinem kindlichen Stimmchen solche Worte von sich gab, löste das bei ihnen ebenso großes Entzücken und unbändige Heiterkeit aus wie bei mir unaussprechliche Bedrückung und Qual; und jedesmal, wenn er die Tischrunde in ein schallendes Gelächter versetzt hatte, blickte er voller Begeisterung um sich und stimmte dann mit schriller Stimme in ihr Lachen ein. Aber wenn diese strahlenden blauen Augen auf mir ruhten, erlosch ihr Leuchten jedesmal einen Moment lang, und er sagte dann immer etwas bekümmert: »Mama, warum lachst du nicht? Bring sie doch zum Lachen, Papa – nie lacht sie.«

Daher sah ich mich genötigt, unter diesen Bestien in Menschengestalt zu weilen, auf eine Gelegenheit lauernd, mein Kind von ihnen wegzubekommen, anstatt sie sofort nach dem Abräumen des Tisches zu verlassen, wie ich es sonst getan hätte. Er wollte nie von sich aus gehen, und ich mußte ihn oft mit Gewalt wegtragen, weswegen er mich für sehr grausam und ungerecht hielt; und manchmal bestand sein Vater darauf, daß er bleiben solle; und dann überließ ich ihn seinen lieben Freunden und zog mich zurück, um mich allein meiner Bitterkeit und Verzweiflung hinzugeben oder mir das Gehirn nach einem Heilmittel gegen dieses schlimme Übel zu zermartern.

Aber auch hier wieder muß ich es Mr. Hargrave hoch anrechnen, daß ich *ihn* niemals über die kleinen Fehltritte des Kindes lachen sah und ihn auch nie ein Wort der Ermunterung gegenüber seinem Streben nach männlichen Tugenden äußern hörte. Aber wenn der kindliche Missetäter etwas sehr Ungewöhnliches von sich gab, bemerkte ich bisweilen einen eigentümlichen Ausdruck in seinem Gesicht, den ich weder zu deuten noch mir zu erklären wußte – ein leichtes Zucken um seinen Lippen – ein plötzliches Leuchten in seinen Augen, wenn er einen schnellen Blick auf das Kind und anschließend auf mich warf: und dann, so bildete ich mir ein, glitt ein Schimmer von harter, bitterer, finsterer Genugtuung über seine Züge, wenn er ohnmächtige Wut und Angst auf meinem Gesicht gewahrte, was leider nur allzu gewiß der Fall war. Aber einmal, als sich Arthur besonders schlecht betragen hatte und Mr. Huntingdon und seine Gäste mich besonders provozierten und beleidigten, indem sie ihn darin noch bestärkten, und mir besonders daran lag, ihn aus dem Zimmer zu kriegen, und als ich drauf und dran war, mir durch einen Ausbruch unkontrollierbarer Erregung eine Blöße zu geben, da erhob sich Mr. Hargrave mit einem Ausdruck fester Entschlossenheit plötzlich von seinem Sitz, nahm das Kind von den Knien seines Vaters, wo es halb beschwipst gesessen hatte, den Kopf seitwärts gelegt und mich anlachend und mit Worten beschimpfend, deren Bedeutung es wohl kaum ahnte, – trug es aus dem Zimmer und setzte es in der Halle ab. Dann hielt er mir die Tür auf, verbeugte sich ernst, als ich mich zurückzog, und schloß die Tür hinter mir. Ich hörte, wie laute Worte zwischen ihm und seinem halb betrunkenen Gastgeber gewechselt wurden, als ich ging und meinen verwirrten und fassungslosen Jungen wegführte.

Aber so konnte es nicht weitergehen: mein Kind durfte nicht seinem Verderben ausgesetzt werden: es wäre weitaus besser, wenn es in Armut und Verborgenheit lebte bei einer Mutter, die sich auf der Flucht befindet, als in Luxus und Überfluß bei solch einem Vater. Diese Gäste würden vielleicht nicht lange bei uns bleiben, aber sie würden wiederkommen: und er, der Schändlichste der ganzen Clique, der schlimmste Feind des Kindes, würde immer noch da sein. Für mich selbst könnte ich es erdulden, aber für meinen Sohn durfte es nicht länger hingenommen werden; auf die Meinung der Gesellschaft war hier ebensowenig Rücksicht zu nehmen wie auf die Gefühle meiner Freunde, die mich zumindest ebensowenig von meiner Pflicht abhalten konnten. Aber wo sollte ich einen Zufluchtsort finden und wie den Unterhalt für uns beide bestreiten? Oh, ich würde mit meinem kostbaren Schützling im Morgengrauen die Kutsche nach M– nehmen, zum Hafen von – fliehen, den Atlantik überqueren und mir ein ruhiges, bescheidenes Zuhause in Neuengland suchen, wo ich mich und ihn mit meiner Hände Arbeit am Leben erhielte. Die Palette und die Staffelei, mit denen ich einst am liebsten meine Zeit verbracht hatte, mußten mir fortan als schlichtes Handwerkszeug dienen. Aber war ich denn als Künstlerin geschickt genug, mir meinen Lebensunterhalt in einem fremden Land zu verdienen, ohne Freunde und ohne irgendwelche Empfehlung? Nein, ich mußte ein bißchen warten, ich mußte hart arbeiten, um mein Talent zu schulen und etwas hervorzubringen, in dem meine Fähigkeiten angemessen zur Geltung kommen würden, etwas, was mir ein günstiges Zeugnis ausstellte, ob ich nun selbst malen oder anderen Unterricht erteilen würde. Nach strahlendem Erfolg strebte ich natürlich nicht, aber eine gewisse Sicherheit vor völligem Scheitern war unverzichtbar – ich durfte meinen Sohn nicht verhungern lassen. Und dann brauchte ich Geld für die Reise, die Überfahrt und eine Kleinigkeit, auf die wir fürs erste zurückgreifen konnten an unserem Zufluchtsort, für den Fall, daß ich anfangs keinen Erfolg hätte; und auch nicht zu wenig, denn wer konnte sagen, wie lange ich womöglich gegen die Gleichgültigkeit oder die Mißachtung anderer zu kämpfen hatte oder gegen meine eigene Unerfahrenheit oder Unfähigkeit, ihren Geschmack zu treffen?

Was also sollte ich tun? Mich an meinen Bruder wenden und ihm meine Umstände und Entschlüsse erklären? Nein, nein, selbst wenn ich ihm alle meine Kümmernisse erzählt hätte, was mir sehr unangenehm gewesen wäre, würde er diesen Schritt sicher mißbilligt haben: er wäre ihm verrückt vorgekommen, wie auch meinem Onkel und meiner Tante oder Milicent. Nein, ich mußte mich in Geduld üben und mir einen eigenen Geldvorrat anlegen. Rachel sollte meine einzige Vertraute sein – ich glaubte, sie zu diesem Vorhaben überreden zu können: und sie sollte mir helfen, zunächst einen Bilderhändler in irgendeiner fern gelegenen Stadt ausfindig zu machen; dann würde ich mit ihrer Hilfe heimlich verkaufen, was ich an Bildern bei der Hand hätte, die sich für einen solchen Zweck eigneten, und einige, die ich später noch malen würde. Außerdem würde ich versuchen, mich von meinem Schmuck zu trennen – nicht dem Familienschmuck, aber dem wenigen, was ich von zu Hause mitgebracht und dem, was mir mein Onkel zur Hochzeit geschenkt hatte. Mit einem solchen Ziel vor Augen würde ich ein paar Monate mühsamer Arbeit durchaus ertragen können, und in der Zwischenzeit konnte mein Sohn nicht viel mehr Schaden nehmen als bisher.

Nachdem ich diesen Entschluß gefaßt hatte, machte ich mich unverzüglich an die Arbeit, ihn auszuführen. Möglicherweise wäre später meine Begeisterung abgeflaut oder ich hätte vielleicht das mannigfache Für und Wider in meinem Herzen abgewogen, bis das letztere das erstere überwogen hätte, und wäre veranlaßt worden, das Vorhaben ganz aufzugeben oder seine Durchführung auf einen unbestimmten Zeitpunkt zu verschieben – wäre nicht etwas geschehen, was mich in jenem Entschluß bestärkte, dem ich noch immer anhänge, den ich nach wie vor für gut und dessen Umsetzung für noch besser halte.

Seit Lord Lowboroughs Abreise hatte ich die Bibliothek ganz als mein Eigentum betrachtet, als eine sichere Rückzugsmöglichkeit zu jeder Stunde des Tages. Keiner unserer Herren machte sich auch nur das geringste aus Literatur, außer Mr. Hargrave; und er war momentan vollauf zufrieden mit den Zeitungen und Magazinen des Tages. Und falls er irgendwie zufällig hereinschauen sollte, so war ich sicher, daß er gleich wieder gehen würde, wenn er mich sähe, denn anstatt sein gleichgültiges und distanziertes Benehmen mir gegenüber zu mildern, hatte er es seit der Abreise seiner Mutter und seiner Schwester noch verstärkt, was meinen Wünschen genau entsprach. Hier also stellte ich meine Staffelei auf und hier arbeitete ich von Tagesanbruch bis zur Dämmerung fast ohne Unterbrechung, es sei denn, ich wurde von purer Notwendigkeit oder meinen Pflichten gegenüber Klein-Arthur weggerufen – denn ich hielt es noch immer für angebracht, einen gewissen Teil des Tages ausschließlich seiner Unterweisung und seinem Vergnügen zu widmen. Aber entgegen meiner Erwartung schaute Mr. Hargrave am dritten Morgen herein, während ich auf diese Weise beschäftigt war, und zog sich nicht gleich wieder zurück, als er mich sah. Er entschuldigte sich für diese Störung und sagte, er sei nur wegen eines Buchs gekommen; doch als er es gefunden hatte, ließ er sich herab, einen Blick auf mein Bild zu werfen. Da er ein kunstsinniger Mann war, hatte er sowohl zu diesem Gegenstand als auch zu einem anderen etwas zu sagen, und nachdem er es bescheiden kommentiert hatte, ohne von mir besonders ermutigt worden zu sein, verbreitete er sich alsdann über die Kunst im allgemeinen. Da er auch hierin keine Ermunterung erhielt, ließ er das Thema fallen, ging aber nicht weg.

»Sie schenken uns nicht viel von Ihrer Gesellschaft, Mrs. Huntingdon«, bemerkte er nach kurzem Schweigen, während desselben ich seelenruhig fortfuhr, meine Farben zu mischen und anzurühren; »und das erstaunt mich auch nicht, denn Sie müssen der unseren von Herzen überdrüssig sein. Ich schäme mich meiner Gefährten so sehr und habe ihre sinnlosen Gespräche und Beschäftigungen so satt, nun, da niemand mehr da ist, der ihnen ein wenig Anstand beibringen und Einhalt gebieten könnte, seitdem Sie uns völlig zu Recht uns selbst überlassen haben –, daß ich denke, ich werde mich in Kürze aus ihrem Kreis zurückziehen – wahrscheinlich noch diese Woche – und ich kann mir nicht vorstellen, daß Sie meine Abreise bedauern werden.«

Er hielt inne. Ich antwortete nicht.

»Bedauern«, fügte er mit einem Lächeln hinzu, »werden

Sie wahrscheinlich nur, daß ich nicht gleich auch alle meine Gefährten mitnehme. Ich bilde mir zuweilen ein, daß, obwohl ich mit ihnen zusammen bin, ich doch im Grunde nicht zu ihnen gehöre: aber es ist klar, daß Sie sich freuen werden, mich loszuwerden. Ich mag das beklagen, aber ich kann Ihnen deshalb keine Vorwürfe machen.«

»Ich werde mich über *Ihre* Abreise nicht freuen, denn Sie *können* sich wie ein Gentleman benehmen«, sagte ich, da ich es nur für recht und billig hielt, ein paar anerkennende Worte wegen seines guten Benehmens fallen zu lassen, »aber ich muß gestehen, ich werde mich freuen, die übrigen zu verabschieden, so ungastlich das auch erscheinen mag.«

»Niemand kann Ihnen ein solches Eingeständnis verübeln«, erwiderte er ernsthaft; »nicht einmal die Herren selbst, glaube ich. Ich will Ihnen nur eben erzählen«, fuhr er fort, als sei er von einem plötzlichen Entschluß gesteuert, »was gestern abend im Speisezimmer gesagt wurde, nachdem Sie gegangen waren – vielleicht ist es Ihnen ja gleichgültig, da Sie in gewissen Dingen so überaus philosophisch sind«, fügte er mit einem leicht spöttischen Lächeln hinzu. »Sie sprachen über Lord Lowborough und seine köstliche Gemahlin; der Grund für ihre überstürzte Abreise ist für sie kein Geheimnis; und ihr Charakter ist allen so wohlbekannt, daß, so eng sie auch mit mir verwandt ist, ich keinen Versuch unternehmen konnte, sie zu verteidigen. Gott strafe mich«, murmelte er zwischendurch, »wenn ich mich dafür nicht räche! Muß der Schuft schon die Familie entehren, warum muß er es dann noch bei jedem ungebildeten Flegel seiner Bekanntschaft ausposaunen? Ich bitte Sie um Verzeihung, Mrs. Huntingdon. Also, sie sprachen über diese Dinge, und einige von ihnen bemerkten, daß er sie ja nun, da sie von ihrem Ehemann getrennt lebe, wiedersehen könne, wann immer er Lust dazu habe.

›Danke schön‹, sagte er, ›fürs erste hab' ich genug von ihr:

ich werde mich nicht darum bemühen, sie zu sehen; sie muß schon zu mir kommen.‹

›Was hast du denn vor, Huntingdon, wenn wir weg sind?‹ sagte Ralph Hattersley. ›Willst du von deinem lasterhaften Lebenswandel abgehen und ein guter Gatte, ein guter Vater usw. werden – wie ich es tue, wenn ich von dir und allen diesen übermütigen Teufeln, die du deine Freunde nennst, ausgeschlossen werde? Ich denke, es ist Zeit; und deine Frau ist fünfzigmal zu gut für dich, wie du ja weißt...‹

Und er fügte einige lobende Worte über Sie hinzu, für deren Wiederholung Sie mir kaum danken würden und ihm auch nicht dafür, daß er sie äußerte; und er verkündete es laut und ohne Sinn und Verstand vor einem Publikum, wo es wie eine Lästerung anmutete, Ihren Namen zu erwähnen – wobei er selbst ganz und gar unfähig ist, Ihre wirklichen Vorzüge zu erkennen oder recht zu würdigen. Huntingdon saß in der Zwischenzeit da und trank ruhig seinen Wein oder schaute lächelnd in sein Glas und machte keine Anstalten, ihn zu unterbrechen oder etwas zu erwidern, bis Hattersley schrie: ›Hörst du mich, Mann?‹

›Ja, mach weiter‹, sagte er.

›Nein, ich bin fertig‹, erwiderte der andere, ›ich möchte nur wissen, ob du vorhast, meinen Rat anzunehmen.‹

›Welchen Rat?‹

›Ein neues Leben anzufangen, du Erzschurke‹, brüllte Ralph, ›und deine Frau um Verzeihung zu bitten und in Zukunft ein guter Junge zu sein.‹

›Meine Frau: was für eine Frau? Ich habe keine Frau‹, erwiderte Huntingdon, wobei er mit unschuldiger Miene von seinem Glas aufblickte, ›und wenn ich eine habe, dann, Gentlemen, paßt mal auf, schätze ich sie so sehr, daß jeder, dem sie gefällt, sie haben kann und zwar mit Kußhand – ja wirklich, zum Donnerwetter, und meinen Segen zu dem tollen Fang noch obendrein!‹

Ich – hm – irgend jemand fragte ihn, ob er wirklich meine, was er da sage, worauf er feierlich schwor, es sei so und nicht anders. Was halten Sie nun davon, Mrs. Huntingdon?« fragte Mr. Hargrave nach einer kurzen Pause, während der ich spürte, wie er mein halbabgewandtes Gesicht scharf musterte.

»Ich meine«, erwiderte ich gelassen, »daß das, was er so niedrig einstuft, ihm nicht mehr lange gehören wird.«

»Sie wollen doch wohl damit nicht sagen, daß Sie wegen des abscheulichen Verhaltens eines solch infamen Schufts wie diesem an gebrochenem Herzen sterben werden!«

»Keineswegs; mein Herz ist viel zu ausgetrocknet, um schnell zu brechen, und ich gedenke, so lange wie möglich zu leben.«

»Dann wollen Sie ihn wohl verlassen?«

»Ja.«

»Wann denn – und wie?« fragte er voll Spannung.

»*Wenn* ich soweit bin und weiß, *wie* ich es am erfolgreichsten bewerkstelligen kann.«

»Aber Ihr Kind?«

»Mein Kind geht mit mir.«

»Er wird es nicht erlauben.«

»Ich werde ihn nicht fragen.«

»Ah, dann denken Sie also an eine heimliche Flucht! Aber mit wem denn, Mrs. Huntingdon?«

»Mit meinem Sohn – und möglicherweise seiner Kinderfrau.«

»Allein und schutzlos! Aber wo können Sie hingehen? Was werden Sie denn anfangen? Er wird Sie verfolgen und zurückbringen.«

»Dafür habe ich meine Pläne zu gut ausgedacht. Lassen Sie mich erst einmal von Grass-dale loskommen und ich werde mich in Sicherheit fühlen.«

Mr. Hargrave trat einen Schritt auf mich zu, sah mir ins

Gesicht und holte tief Luft, um etwas zu sagen; aber dieser Blick, diese verstärkte Röte, dieses plötzliche Funkeln in seinen Augen brachten mein Blut vor Zorn in Wallung: ich wandte mich unvermittelt ab, ergriff meinen Pinsel und begann über meine Leinwand dahinzufegen, etwas energischer, als dem Bild guttat.

»Mrs. Huntingdon«, sagte er mit bitterem Nachdruck in der Stimme, »Sie sind grausam – grausam zu mir – grausam zu sich selbst.«

»Mr. Hargrave, denken Sie an Ihr Versprechen.«

»Ich muß reden – mein Herz wird mir sonst zerspringen! Ich habe lange genug geschwiegen – und jetzt müssen Sie mich anhören!« rief er, indem er mir kühn den Rückzug zur Tür abschnitt. »Sie sagen mir, Sie schulden Ihrem Mann keine Treue; er erklärt offen, daß er Ihrer überdrüssig ist und gibt Sie seelenruhig für jedermann auf, der Sie haben möchte; Sie sind im Begriff, ihn zu verlassen; niemand wird glauben, daß Sie alleine gehen – alle Welt wird sagen, ›Sie hat ihn schließlich doch verlassen, und wen kann es verwundern? Nur wenige können sie tadeln, noch weniger Mitleid mit ihm haben; aber wer ist wohl der Gefährte ihrer Flucht?‹ Auf diese Weise werden Sie für Ihre Tugend (wenn Sie sie so nennen) keine Anerkennung ernten: Selbst Ihre besten Freunde werden es Ihnen nicht abnehmen; weil es ungeheuerlich und nicht zu glauben ist – außer von denen, die deswegen so grausame Qualen zu erleiden haben und deshalb wissen, daß es wirklich so ist. Aber was fangen Sie in der kalten, rauhen Welt alleine an? Sie, eine junge und unerfahrene Frau, von feiner Lebensart und äußerst –«

»Mit einem Wort, Sie wollen mir raten, zu bleiben, wo ich bin«, unterbrach ich ihn. »Nun, ich werde darüber nachdenken.«

»Sie müssen ihn auf alle Fälle verlassen!« rief er, »aber NICHT allein! Helen! Lassen Sie mich Sie beschützen!«

»Niemals, solange mir Gott meinen Verstand erhält«, erwiderte ich und entzog ihm meine Hand, die zu ergreifen und zwischen die seine zu pressen er sich erdreistet hatte. Aber er war nun außer Rand und Band; er hatte die Schranken völlig durchbrochen: er hatte sich nun aufgerafft und war entschlossen, für einen Sieg alles aufs Spiel zu setzen.

»Ich brauche mich nicht abweisen zu lassen!« stieß er heftig aus; und er ergriff meine beiden Hände, hielt sie sehr fest, aber er fiel auf die Knie und sah mir mit einem halb flehentlichen, halb gebieterischen Blick ins Gesicht. »Sie haben nun keinen Grund mehr: Sie trotzen den göttlichen Geboten. Gott hat mich zu Ihrem Trost und Schutz ausersehen, – ich spüre es – ich weiß es so bestimmt, als ob eine Stimme vom Himmel erklärte: ›Ihr beide sollt ein Fleisch sein‹ – und Sie weisen mich von sich...«

»Lassen Sie mich los, Mr. Hargrave!« sagte ich streng. Doch er verstärkte nur seinen Griff.

»Lassen Sie mich los!« wiederholte ich, zitternd vor Empörung.

Er kniete mit dem Gesicht fast genau gegenüber dem Fenster. Ich sah, wie er dorthin schaute und dabei leicht zusammenzuckte; und dann lief ein Leuchten boshaften Triumphs über seine Züge. Als ich mich umwandte, bemerkte ich einen Schatten, der gerade um die Ecke verschwand.

»Das ist Grimsby«, sagte er ohne Hast. »Er wird Huntingdon und allen übrigen berichten, was er gesehen hat, und es so ausschmücken, wie es ihm paßt. Er mag Sie nicht, Mrs. Huntingdon – hat keine Achtung vor dem weiblichen Geschlecht – glaubt nicht an Tugend – bewundert nicht deren Ebenbild. Er wird eine Version dieser Geschichte abliefern, die in den Köpfen derer, die sie hören, überhaupt keinen Zweifel an Ihrem Charakter mehr aufkommen läßt. Ihr guter Ruf ist dahin; und nichts, was Sie auch vorbringen mögen, kann ihn jemals wiederherstellen. Aber geben Sie mir die Macht, Sie zu beschützen, und zeigen Sie mir den Schuft, der es wagt, Sie zu beleidigen!«

»Niemand hat es jemals gewagt, mich so zu beleidigen, wie Sie es jetzt tun!« sagte ich, wobei ich schließlich meine Hände aus seinem Griff befreien konnte und vor ihm zurückwich.

»Ich beleidige Sie doch nicht«, rief er: »ich verehre Sie. Sie sind mein Engel – meine Göttin! Ich lege Ihnen alles zu Füßen, was ich besitze und vermag – und Sie müssen und sollen es annehmen!« ereiferte er sich und sprang ungestüm auf. »Ich will Ihr Tröster und Verteidiger sein! Und wenn Ihr Gewissen Ihnen deswegen Vorwürfe macht, sagen Sie, ich hätte Sie überwältigt und Sie konnten nicht anders, als sich zu fügen!«

Nie sah ich einen Mann so schrecklich erregt. Er stürzte sich auf mich. Ich ergriff meinen Spachtel und hielt ihn ihm entgegen. Dies überraschte ihn: er blieb stehen und starrte mich ganz verblüfft an; ich möchte behaupten, daß ich ebenso grimmig und entschlossen dreinschaute wie er. Ich ging zur Klingel und legte meine Hand auf die Schnur. Dies zähmte ihn noch mehr. Mit einer halb gebieterischen, halb bittenden Handbewegung versuchte er, mich vom Läuten abzuhalten.

»Dann bleiben Sie mir vom Leibe!« sagte ich und trat zurück. »Und hören Sie mir zu. Ich mag Sie nicht«, fuhr ich fort, so bedachtsam und nachdrücklich ich konnte, um meinen Worten mehr Wirksamkeit zu verleihen; »und wenn ich auch von meinem Mann geschieden oder wenn er tot wäre, würde ich Sie nicht heiraten. Da haben Sie es! Ich hoffe, Sie sind nun überzeugt.«

Sein Gesicht wurde weiß vor Zorn.

»Ich bin überzeugt«, erwiderte er mit einem bitteren Unterton, »daß Sie die kaltherzigste, unnatürlichste, undankbarste Frau sind, die mir je begegnet ist.«

»Undankbar, Sir?«

»Undankbar.«

»Nein, Mr. Hargrave, das bin ich nicht. Für alles, was Sie je an Gutem für mich taten oder tun wollten, danke ich Ihnen von ganzem Herzen: für alles, was Sie mir an Bösem antaten oder antun wollten, bete ich zu Gott, daß er Ihnen vergebe und Sie besseren Sinnes mache.«

In diesem Moment wurde die Tür aufgerissen und die Herren Huntingdon und Hattersley erschienen draußen. Letzterer blieb in der Halle und beschäftigte sich eifrig mit Ladestock und Gewehr; jener kam herein und stand mit dem Rücken zum Kamin und musterte Mr. Hargrave und mich, besonders aber ihn, mit einem unerträglich bedeutsamen Lächeln, begleitet von der Unverschämtheit seiner frechen Miene und dem verschlagenen, boshaften Augenzwinkern.

»Nun, mein Herr?« sagte Hargrave fragend und mit der Miene eines, der bereit ist, sich in der Defensive zu halten.

»Nun, mein Herr«, entgegnete sein Gastgeber.

»Wir wollen wissen, ob du Zeit hast, mit uns auf Fasanenjagd zu gehen, Walter«, schaltete sich Hattersley von draußen ein. »Komm! Es soll sonst nichts geschossen werden, außer vielleicht ein paar Häschen; ich verbürge mich dafür.«

Walter antwortete nicht, sondern lief zum Fenster, um seine Fassung wiederzugewinnen. Arthur stieß einen leisen Pfiff aus und folgte ihm mit den Augen. Eine leichte Zornesröte stieg in Mr. Hargraves Wangen auf, aber im nächsten Augenblick drehte er sich ruhig um und sagte gleichgültig: »Ich bin hierher gekommen, um Mrs. Huntingdon Lebewohl zu sagen und ihr mitzuteilen, daß ich morgen abreisen muß.«

»Hm! Du bist ungeheuer überstürzt in deinen Entschlüssen. Darf ich fragen, was dich so schnell von hier wegtreibt?«

»Geschäftliches«, entgegnete er und wies das ungläubige Grinsen des anderen mit einem Blick höhnischer Verachtung zurück.

»Na schön«, lautete die Erwiderung; und Hargrave ging weg. Daraufhin wandte sich Mr. Huntingdon, indem er die Hände auf den Rücken legte, sie unter seine Rockschöße schob und sich mit der Schulter gegen den Kaminsims lehnte, zu mir und stieß, mich mit leiser, kaum hörbarer Stimme anredend, einen Schwall von Beschimpfungen aus, die so gemein und ungeheuerlich waren, daß es jede Vorstellungskraft übersteigt und nicht zu wiederholen ist. Ich machte keinen Versuch, ihn zu unterbrechen; aber innerlich begann ich vor Wut zu kochen, und als er fertig war, erwiderte ich:

»Wenn Ihre Beschuldigungen wahr wären, Mr. Huntingdon, wie können *Sie* es wagen, mich zu tadeln?«

»Zum Donnerwetter, nun hat sie es dir aber gegeben!« schrie Hattersley und lehnte seine Flinte gegen die Wand; er trat ins Zimmer und nahm seinen teueren Freund beim Arm und versuchte, ihn fortzuziehen. »Komm, mein Freund«, murmelte er, »es mag stimmen oder nicht, du hast kein Recht, sie zu tadeln, das weißt du – und ihn auch nicht; nach dem, was du gestern abend gesagt hast. Also komm schon.«

Hier wurde etwas angedeutet, das ich nicht hinnehmen konnte.

»Wagen Sie es etwa, mich zu verdächtigen, Mr. Hattersley?« sagte ich fast außer mir vor Wut.

»Nein, nein, ich verdächtige niemanden. Es ist alles in Ordnung – ist alles in Ordnung. So komm doch schon, Huntingdon, du Halunke.«

»Sie kann es nicht leugnen!« rief der so angesprochene Herr und grinste triumphierend. »Sie kann es nicht leugnen, und wenn ihr Leben davon abhinge!« und indem er irgendein Schimpfwort murmelte, lief er in die Halle und nahm seinen Hut und sein Gewehr vom Tisch.

»Ich lehne es ab, mich Ihnen gegenüber zu rechtfertigen!« sagte ich. »Aber Sie«, und dabei wandte ich mich an Hattersley, »wenn Sie sich anmaßen, irgendwelche Zweifel in dieser Angelegenheit zu haben, fragen Sie doch Mr. Hargrave.«

Auf diese Bemerkung hin brachen sie beide gleichzeitig in ein wüstes Gelächter aus, das mich bis in die Fingerspitzen erzittern ließ.

»Wo ist er? Ich selbst werde ihn fragen!« sagte ich und trat auf die beiden zu.

Einen neuen Heiterkeitsausbruch unterdrückend, deutete Hattersley auf die äußere Tür. Sie war halb geöffnet. Sein Schwager stand draußen an der Frontseite.

»Mr. Hargrave, würden Sie bitte hierherkommen?« sagte ich. Er drehte sich um und schaute mich ernst und überrascht an.

»Kommen Sie bitte hierher!« wiederholte ich in einem so entschiedenen Ton, daß er sich meinem Befehl nicht widersetzen konnte oder wollte. Etwas widerwillig stieg er die Stufen herauf und tat einen oder zwei Schritte in die Halle.

»Und sagen Sie diesen Herren«, fuhr ich fort, »diesen Männern, ob ich Ihren Anträgen nachgegeben habe oder nicht.«

»Ich weiß nicht, was Sie meinen, Mrs. Huntingdon.«

»Sie verstehen mich sehr gut, Sir; und ich gebiete Ihnen bei Ihrer Ehre als Gentleman (wenn Sie denn eine solche haben), wahrheitsgemäß zu antworten. Habe ich nachgegeben oder nicht?«

»Nein«, murmelte er und wandte sich ab.

»Sprechen Sie lauter, Sir, man kann Sie nicht verstehen. Bin ich Ihrer Bitte nachgekommen?«

»Das sind Sie nicht.«

»Nein, ich möchte darauf schwören, daß Sie es nicht ist«, sagte Hattersley, »sonst würde er niemals ein so trübsinniges Gesicht machen.«

»Ich bin bereit, dir wie einem Gentleman Satisfaktion zu gewähren, Huntingdon«, sagte Mr. Hargrave, indem er sich ruhig, aber mit einem bitteren Grinsen auf dem Gesicht an seinen Gastgeber wandte.

»Geh zum Teufel!« erwiderte dieser und machte eine ungeduldige Kopfbewegung. Hargrave zog sich mit einem Blick kalter Verachtung zurück und sagte:

»Du weißt, wo ich zu finden bin, solltest du dich geneigt fühlen, einen Freund zu schicken.«

Gemurmelte Verwünschungen und Flüche waren die ganze Antwort auf diesen Hinweis.

»Nun, du siehst, Huntingdon!« sagte Hattersley, »es ist sonnenklar.«

»Es ist mir egal, *was* er sieht«, sagte ich, »oder was er sich einbildet; aber Sie, Mr. Hattersley, wenn Sie hören, daß man meinen Namen verleumdet oder Lügen über mich verbreitet, werden Sie mich dann verteidigen?«

»Das will ich tun.«

Unverzüglich ging ich weg und schloß mich in die Bibliothek ein. Was war nur in mich gefahren, eine solche Bitte an einen solchen Mann zu richten? Ich weiß nur, daß sich ein Ertrinkender an jeden Strohhalm klammert: sie hatten mich gemeinsam zur Verzweiflung getrieben; ich wußte kaum, was ich sagte. Es gab keinen anderen, der meinen Namen davor bewahren konnte, in dieser Gruppe von Zechbrüdern und durch diese vielleicht in der Gesellschaft angeschwärzt und verleumdet zu werden; und neben meinem lasterhaften Schuft von einem Ehemann, dem niederträchtigen, gehässigen Grimsby und dem falschen Gauner Hargrave leuchtete dieser wüste Flegel, so ungeschliffen und brutal er auch war, wie ein Glühwürmchen im Dunkeln unter seinesgleichen.

Was für ein Auftritt! Hätte ich mir wohl je träumen lassen, daß ich einmal dazu verurteilt sein würde, unter meinem eigenen Dach solche Beleidigungen zu erdulden – solche Dinge in meinem Beisein – nein, zu mir und über mich gesprochen zu hören und zwar von Leuten, die sich den Titel eines Gentleman anmaßten? Und hätte ich es mir wohl vorstellen können, daß ich fähig sein würde, es so gelassen zu ertragen und ihre Beschimpfungen so bestimmt und kühn zurückzuweisen, wie ich es getan hatte? Eine derartige Härte lernt man allein durch schlimme Erfahrung und Verzweiflung.

Gedanken wie diese schossen mir nacheinander durch den Kopf, als ich im Zimmer hin und her ging und mich danach sehnte – oh, wie sehnte ich mich danach –, mein Kind zu nehmen und fortzugehen, ohne auch nur noch einen einzigen Tag zu warten! Aber es konnte nicht sein; es lag noch viel Arbeit vor mir – harte Arbeit, die getan werden mußte.

»Dann will ich sie tun«, sagte ich mir, »und keinen Augenblick verlieren mit nutzlosem Klagen und müßigem Aufbegehren gegen mein Schicksal und diejenigen, die es beeinflussen.«

Und meine Erregung mit einer gewaltigen Anstrengung niederzwingend, nahm ich unverzüglich meine Arbeit wieder auf und schaffte den ganzen Tag über hart.

Mr. Hargrave reiste tatsächlich am nächsten Morgen ab; und ich habe ihn seitdem nie wieder gesehen. Die anderen blieben noch zwei oder drei Wochen länger; aber ich hielt mich so viel wie möglich von ihnen fern und setzte meine Arbeit fort und tue es noch immer mit fast unvermindertem Elan bis zum heutigen Tag. Bald weihte ich Rachel in mein Vorhaben ein, wobei ich ihr all meine Gründe und Absichten anvertraute, und stieß, sehr zu meiner freudigen Überraschung, auf wenig Schwierigkeiten, sie zu überreden, sich meine Absichten zu eigen zu machen. Sie ist eine nüchterne, vorsichtige Frau, aber sie haßt ihren Herrn so sehr und liebt ihre Herrin und ihren Schützling derart, daß sie nach etlichen Stoßseufzern, ein paar schwachen Einwänden und vielen Tränen und Wehklagen darüber, daß man mich zu einem solchen Schritt getrieben hatte, meinen Entschluß begrüßte und sich bereit erklärte, mir aus Leibeskräften zu helfen – unter der einzigen Bedingung, daß sie mein Exil mit mir teilen dürfe; sonst wäre sie ganz unerbittlich, betrachtete sie es doch als vollkommene Verrücktheit, wenn ich und Arthur allein gingen. Mit anrührender Großzügigkeit bot sie mir in aller Bescheidenheit an, mir mit ihrem kleinen Schatz an Ersparnissen zu helfen, wobei sie hoffte, ich werde »ihr diese Freiheit nachsehen, doch wenn ich ihr den Gefallen erweisen würde, es als ein Darlehen anzunehmen, wäre sie wirklich sehr glücklich.« Natürlich kam so etwas überhaupt nicht in Frage; aber mittlerweile habe ich, dem Himmel sei Dank, selbst einen kleinen Geldvorrat angesammelt, und meine Vorbereitungen sind so weit gediehen, daß ich einer baldigen Erlösung hoffnungsvoll entgegensehe. Nur soll das stürmische und kalte Winterwetter etwas besser werden, und dann wird Mr. Huntingdon eines Morgens zu einem verwaisten Frühstückstisch herunterkommen und vielleicht laut schreiend im ganzen Haus nach seiner Frau und seinem Kind suchen, wenn diese schon an die fünfzig Meilen auf ihrem Weg in den Westen zurückgelegt haben – oder auch mehr, denn wir werden das Haus vor Tagesanbruch verlassen, und es ist unwahrscheinlich, daß er den Verlust von uns beiden entdecken wird, ehe der Tag weit fortgeschritten ist.

Die schlimmen Folgen, die aus dem Schritt, den ich im Begriff bin zu tun, resultieren mögen und müssen, sind mir lebhaft bewußt; aber nie werde ich in meinem Entschluß wankend werden, weil ich immer an meinen Sohn denke. Erst heute morgen – während ich meiner üblichen Beschäftigung nachging und er zu meinen Füßen saß und friedlich mit den Leinwandstücken spielte, die ich auf den Teppich geworfen hatte – aber er war mit seinen Gedanken ganz woanders, denn kurz nachdem er mich eine Weile nachdenklich angesehen hatte, fragte er ernst:

»Mama, warum bist du eigentlich böse?«

»Wer hat dir denn gesagt, daß ich böse sei, Liebling?«

»Rachel.«

»Nein, Arthur, Rachel würde das nie sagen, da bin ich sicher.«

»Nun, dann war es wohl Papa«, erwiderte er grübelnd. Nach einer Denkpause fügte er dann hinzu: »Ich will dir zumindest erzählen, wie ich darauf gekommen bin: Wenn ich bei Papa bin und ich dann sage, Mama braucht mich oder Mama will nicht, daß ich irgend etwas tue, was er mir aufträgt – sagt er immer ›Zum Teufel mit Mama‹ – und Rachel sagt, daß nur böse Menschen vom Teufel geholt werden. Daher, Mama, denke ich, daß du böse sein mußt – und ich wünschte, du wärest es nicht!«

»Mein liebes Kind, ich bin es auch nicht. Das sind schlimme Worte und böse Leute sagen sie oft über andere, die besser sind als sie selbst. Solche Worte können nicht bewirken, daß Menschen verflucht sind und auch nicht beweisen, daß sie es verdienen. Gott wird uns nach unseren eigenen Gedanken und Taten richten, nicht nach dem, was andere über uns sagen. Und wenn du solche Worte hörst, Arthur, so merk dir, daß du sie niemals wiederholst: es ist böse, derartige Dinge über andere zu sagen, nicht jedoch, wenn andere sie über einen selbst sagen.«

»Dann ist es also Papa, der böse ist«, sagte er kleinlaut.

»Papa hat unrecht, wenn er solche Dinge sagt, und du

wirst sehr unrecht haben, wenn du ihn nachahmst, jetzt, wo du es besser weißt.«

»Was bedeutet denn ›nachahmen‹?«

»Sich so verhalten wie er.«

»Weiß er es besser?«

»Vielleicht, aber das geht dich nichts an.«

»Wenn nicht, solltest du es ihm sagen, Mama.«

»Ich habe es ihm gesagt.«

Der kleine Moralist schwieg und dachte nach. Vergebens versuchte ich, seine Gedanken von diesem Thema abzulenken.

»Ich finde es schade, daß Papa böse ist«, sagte er schließlich mit trauriger Miene, »denn ich möchte nicht, daß er in die Hölle kommt.« Und bei diesen Worten brach er in Tränen aus.

Ich tröstete ihn mit der Hoffnung, daß sein Vater sich vielleicht ändern und gut werden würde, bevor er stürbe – aber ist es nicht Zeit, ihn von solch einem Vater zu befreien?

KAPITEL 40
Ein Mißgeschick

10. Januar 1827. – Während ich gestern abend die obigen Zeilen schrieb, saß ich im Salon. Mr. Huntingdon war zugegen, aber er, so dachte ich, schlief auf dem Sofa hinter mir. Ohne daß ich es merkte, war er jedoch aufgestanden und hatte mir, getrieben von irgendeiner niederträchtigen Neugier, ich weiß nicht, wie lange, über die Schulter geschaut; denn als ich meine Feder beiseite legte und gerade das Buch zuschlagen wollte, legte er plötzlich seine Hand darauf und mit den Worten: »Wenn du erlaubst, meine Liebe, möchte ich einen Blick auf das da werfen«, entriß er es mir gewaltsam, zog sich einen Stuhl an den Tisch heran und setzte sich

mit größter Gelassenheit hin, um es genau zu studieren – wobei er eine Seite nach der anderen zurückblätterte, um eine Erklärung für das zu finden, was er eben gelesen hatte. Zu meinem Unglück war er an diesem Abend nüchterner, als er es gewöhnlich zu dieser Tageszeit ist.

Natürlich ließ ich ihn dieser Beschäftigung nicht einfach so ruhig nachgehen: ich unternahm mehrere Versuche, ihm das Buch zu entreißen, aber dafür hielt er es zu fest; ich machte ihm bittere und verachtungsvolle Vorwürfe wegen dieses gemeinen und unehrenhaften Verhaltens, aber das hatte keine Wirkung auf ihn, und schließlich löschte ich beide Kerzen, aber er drehte sich nur zum Kamin um, entfachte ein für seinen Zweck ausreichendes Feuer und setzte seine Lektüre seelenruhig fort. Ich dachte ernsthaft darüber nach, ob ich nicht einen Krug Wasser nehmen und auch dieses Licht löschen sollte; aber es war offensichtlich, daß seine Neugier zu heftig entbrannt war, um sie auf diese Weise – ebenso wie das Feuer – zu ersticken, und je mehr ich ihm zu erkennen geben würde, wie sehr mir daran lag, seine Nachforschungen zu vereiteln, desto entschlossener würde er daran festhalten – im übrigen war es schon zu spät.

»Es scheint mir sehr interessant, Liebes«, sagte er, wobei er den Kopf hob und sich dorthin wandte, wo ich händeringend vor Wut und Angst stand, »aber es ist ziemlich umfangreich; ich will es mir ein andermal anschauen; und in der Zwischenzeit darf ich dich um deine Schlüssel bitten, meine Liebe.«

»Welche Schlüssel?«

»Die Schlüssel zu deinem Kabinett, Schreibtisch, deinen Schubladen und allem, was du besitzt«, sagte er, stand auf und hielt mir die Hand hin.

»Ich habe sie nicht«, erwiderte ich. Der Schlüssel meines Schreibtisches steckte tatsächlich momentan im Schloß, und die anderen hingen daran.

»Dann mußt du sie eben holen lassen«, sagte er, »und wenn diese alte Hexe Rachel sie nicht augenblicklich herausgibt, steht sie morgen mit Sack und Pack auf der Straße.«

»Sie weiß nicht, wo sie sind«, antwortete ich, wobei ich ruhig meine Hand auf die Schlüssel legte und sie aus dem Schreibtisch zog, unbemerkt, wie ich glaubte. »Ich weiß es, aber ich werde sie dir nicht ohne Grund geben.«

»Und ich weiß es auch«, sagte er und ergriff plötzlich meine geschlossene Hand und entwandt ihr grob die Schlüssel. Hierauf nahm er eine der Kerzen und entzündete sie wieder, indem er sie ins Feuer hielt.

»Nun so müssen wir denn«, grinste er höhnisch, »eine Konfiszierung vornehmen. Aber zuerst wollen wir mal ins Atelier schauen.«

Und er steckte die Schlüssel in seine Rocktasche und ging in die Bibliothek. Ich folgte ihm, ob mit der schwachen Hoffnung, Unglück zu verhindern, oder nur, um das Schlimmste mitzuerleben, kann ich nicht sagen. Meine Malutensilien waren auf dem Ecktisch zusammengelegt, bereit für den morgigen Gebrauch und nur mit einem Tuch bedeckt. Er erspähte sie bald und stellte die Kerze ab, sodann machte er sich wohlbedacht daran, sie ins Feuer zu werfen – Palette, Farben, Gefäße, Bleistifte, Pinsel, Firnis-Öl und Terpentin gingen zischend in Feuer auf. Danach zog er die Klingel.

»Benson, bring diese Sachen weg«, sagte er, auf die Staffelei, die Leinwand und den Keilrahmen deutend, »und sag dem Hausmädchen, sie soll damit das Feuer anmachen: deine Herrin braucht sie nicht mehr.«

Benson hielt verdutzt inne und schaute mich an.

»Nehmen Sie sie weg, Benson«, sagte ich; und sein Herr stieß eine Verwünschung aus.

»Und das da auch, Sir?« sagte der erstaunte Diener und wies dabei auf das halb fertige Gemälde.

»Das da auch«, erwiderte der Herr; und die Sachen wurden weggeschafft.

Daraufhin ging Mr. Huntingdon nach oben. Ich versuchte nicht, ihm zu folgen, sondern blieb in dem Lehnstuhl sitzen, sprachlos, ohne Tränen und fast bewegungslos, bis er etwa eine halbe Stunde später zurückkehrte und mir, auf mich zutretend, die Kerze ins Gesicht hielt und mich mit unerträglich beleidigenden Blicken und Gelächter in Augenschein nahm. Mit einem plötzlichen Schlag warf ich die Kerze zu Boden.

»Heda!« brummte er, zurückschreckend. »Sie ist ja ein wahrer Teufel an Boshaftigkeit! Hat je ein Sterblicher solche Augen gesehen? Sie leuchten im Dunkeln wie die einer Katze. Oh, du bist mir eine Süße!« Bei diesen Worten hob er die Kerze und den Kerzenhalter auf. Da jene zerbrochen und auch erloschen war, läutete er nach einer anderen.

»Benson, deine Herrin hat die Kerze zerbrochen, bring eine neue.«

»Du stellst dich ganz schön bloß«, bemerkte ich, als der Mann gegangen war.

»Ich habe doch nicht gesagt, daß ich sie zerbrochen habe, oder?« entgegnete er. Dann warf er mir meine Schlüssel in den Schoß und sagte: »Da! Du wirst nichts vermissen außer deinem Geld und deinem Schmuck – und ein paar unwichtige Kleinigkeiten, die mir anzueignen ich für ratsam hielt, damit deine Krämerseele nicht in Versuchung geführt wird, sie zu Geld zu machen. Ich habe dir ein paar Sovereigns in deiner Geldbörse gelassen, die, wie ich erwarte, dir für diesen Monat ausreichen werden – jedenfalls wirst du, wenn du mehr haben willst, so gut sein, mir Rechenschaft abzulegen, wofür das Geld ausgegeben wurde. Für deine eigenen kleinen Ausgaben werde ich dir in Zukunft ein geringes monatliches Taschengeld geben; um meine Angelegenheiten brauchst du dich nicht mehr zu kümmern; ich werde mich nach einem Verwalter umsehen, meine Liebe; ich möchte dich nicht dieser Versuchung aussetzen. Und was die Dinge des Haushalts betrifft, so muß Mrs. Greaves in ihrer Buchführung sehr genau sein: wir müssen auf völlig neuer Grundlage weitermachen...«

»Welche große Entdeckung haben Sie denn *nun* gemacht, Mr. Huntingdon? Habe ich Sie etwa zu übervorteilen versucht?«

»Nicht gerade in finanziellen Dingen, wie es scheint, aber es ist das beste, dich vor der Versuchung zu bewahren.«

Hier kam Benson mit den Kerzen herein, und es folgte ein kurzes Schweigen; ich saß reglos in meinem Stuhl, und er stand mit dem Rücken zum Kamin, stumm triumphierend über meine Verzweiflung.

»Und so«, sagte er schließlich, »hast du also Schande über mich bringen wollen, nicht wahr, indem du vorhattest wegzulaufen und Künstlerin zu werden und dich durch deiner Hände Arbeit zu ernähren, fürwahr? Und du wolltest mich auch meines Sohnes berauben und ihn zu einem dreckigen Yankee-Krämer oder einem erbärmlichen, armseligen Maler erziehen?«

»Ja, um zu verhindern, daß er ein solcher Gentleman wie sein Vater wird.«

»Es ist gut, daß du dein Geheimnis nicht für dich behalten konntest – ha, ha! Es ist gut, daß die Frauen klatschen müssen – wenn sie keine Freundin haben, mit der sie reden können, müssen sie ihre Geheimnisse den Fischen zuflüstern oder sie in den Sand schreiben oder dergleichen; und gut ist es auch, daß ich heute abend nicht stockbesoffen war, denke ich mir jetzt, sonst hätte ich dahingedöst und nicht im Traum dran gedacht, nachzusehen, was meine reizende Gattin so alles im Schilde führt – sonst hätte es mir womöglich an klarem Verstand oder an Kraft gefehlt, meinen Kopf durchzusetzen wie ein Mann, so wie ich es getan habe.«

Ich überließ es ihm, sich selbst zu beglückwünschen, erhob mich, um mein Manuskript in Sicherheit zu bringen, denn ich erinnerte mich nun, daß ich es auf dem Wohnzimmertisch hatte liegen lassen, und ich beschloß, mir wenn möglich die Erniedrigung zu ersparen, es erneut in seinen Händen zu sehen. Ich konnte den Gedanken nicht ertragen, daß er sich über meine geheimen Gedanken und Erinnerungen amüsieren würde; obwohl er darin gewiß wenig Gutes über sich selbst niedergeschrieben finden würde, außer in dem früheren Teil – und ach, ich wollte es lieber gleich verbrennen, als daß er lesen sollte, was ich geschrieben hatte, als ich noch so töricht war, ihn zu lieben!

»Und übrigens«, rief er, als ich gerade das Zimmer verließ, »am besten sagst du dieser verfluchten alten Schlange von einer Kinderfrau, daß sie mir ein paar Tage aus dem Weg gehen soll – ich würde ihr am liebsten ihren Lohn ausbezahlen und sie morgen packen lassen, aber ich weiß, sie würde mehr Unheil außerhalb meines Hauses anrichten als innerhalb desselben.«

Und auch als ich wegging, hörte er nicht auf, meine treue Freundin und Dienerin mit Schimpfworten zu schmähen und zu verfluchen, die ich nicht wiedergeben will, um nicht das Papier zu besudeln. Ich ging zu ihr, sobald ich mein Buch beiseite geschafft hatte, und erzählte ihr, wie unser Vorhaben vereitelt worden war. Sie war ebenso bedrückt und entsetzt wie ich – und mehr noch, als ich es in dieser Nacht war, denn dieser Schlag hatte mich nicht völlig gelähmt und bittere Wut kochte in mir und hielt mich aufrecht. Aber am Morgen, als ich ohne jene anspornende Hoffnung erwachte, die so lange Zeit mein heimlicher Trost und Rückhalt gewesen war, und während des ganzen heutigen Tages, an dem ich ruhelos und ziellos umhergelaufen, meinem Mann ausgewichen und sogar vor meinem Kind zurückgeschreckt bin, da ich wußte, daß ich nicht zu seiner

Lehrerin und Gefährtin taugen würde, keinerlei Hoffnungen für sein zukünftiges Leben hegte und inbrünstig wünschte, es wäre niemals geboren worden – da empfand ich das ganze Ausmaß meines Unglücks – und empfinde es auch jetzt noch. Ich weiß, daß mich solche Empfindungen Tag für Tag heimsuchen werden: ich bin eine Sklavin – eine Gefangene – aber das ist es nicht; wenn ich allein wäre, wollte ich nicht klagen, aber man verwehrt mir, meinen Sohn vor dem Untergang zu retten, und was einst mein einziger Trost war, ist nun zur tiefsten Quelle meiner Verzweiflung geworden.

Habe ich denn kein Gottvertrauen? Ich versuche, zu ihm aufzuschauen und mein Herz zum Himmel zu erheben, aber es will dem Staub treu bleiben: Ich kann nur sagen: »Er hat mich ummauert, ich kann nicht entrinnen. Er hat mich in schwere Fesseln gelegt. Er speiste mich mit bitterer Kost und tränkte mich mit Wermut«, und ich vergesse ganz hinzuzufügen: »Hat er betrübt, erbarmt er sich auch wieder nach seiner großen Huld. Denn nicht freudigen Herzens plagt und betrübt er die Menschen.« Ich sollte an dieses Wort denken; und wenn es nichts als Kummer für mich auf dieser Welt gäbe, was ist schon das längste Leben in Unglück gegenüber einer ganzen Ewigkeit in Frieden? Und was meinen kleinen Arthur betrifft – hat er denn außer mir keinen Freund? Von wem stammt denn das Wort: »So will auch euer himmlischer Vater nicht, daß einer von diesen Kleinen verlorengeht«?

KAPITEL 41
»Und ewig keimt Hoffnung in der Menschenbrust«

20. März. – Da ich nun Mr. Huntingdon für eine Weile losgeworden bin, beginnen meine Lebensgeister wieder zu erwachen. Er verließ mich Anfang Februar; und in dem Augenblick, als er fort war, atmete ich auf und spürte, wie meine Lebenskraft wiederkehrte; nicht etwa, weil ich mir Hoffnung machte zu fliehen – er hat sich bemüht, mir keine erkennbare Möglichkeit dafür zu lassen – sondern weil ich mich entschlossen habe, aus den bestehenden Umständen das Beste zu machen. Schließlich war mir ja noch Arthur geblieben; und ich raffte mich aus meiner mutlosen Apathie auf und setzte meine ganze Kraft daran, das Unkraut auszureißen, das man in seinem kindlichen Gemüt genährt hatte, und erneut den guten Samen auszusäen, den jenes überwuchert hatte. Dem Himmel sei Dank, es ist kein unfruchtbarer oder steiniger Boden; wenn Unkraut dort rasch sprießt, dann bessere Pflanzen ebenso. Seine Auffassungsgabe ist schneller, sein Herz überströmender vor Liebe als das seines Vaters jemals war; und es ist keine hoffnungslose Aufgabe, ihn zu Gehorsam zu beugen und ihn zu bewegen, daß er seine einzige wahre Freundin lieb gewinnt und als solche erkennt, solange es hier niemanden gibt, der meine Bemühungen hintertreibt.

Ich hatte zunächst große Mühe, ihn von jenen üblen Angewohnheiten abzubringen, die anzunehmen ihn sein Vater gelehrt hatte, aber bereits diese Schwierigkeit ist mittlerweile fast verschwunden: Schimpfworte besudeln nur noch selten seinen Mund, und es ist mir gelungen, ihm einen absoluten Ekel vor allen berauschenden Getränken einzuflößen, den, wie ich hoffe, nicht einmal sein Vater oder die Freunde seines Vaters überwinden werden können. Er war für einen so jungen Menschen unmäßig versessen darauf, und da ich mich an meinen unglückseligen Vater ebenso wie an den seinen erinnerte, fürchtete ich die Folgen einer solchen Neigung. Aber wenn ich ihm sein übliches Quantum Wein beschnitten oder ihm verboten hätte, überhaupt welchen zu trinken, wäre er nur noch versessener darauf geworden und hätte dieses Getränk als einen noch größeren Genuß betrachtet als jemals zuvor. Ich gab ihm daher genausoviel, wie ihm sein Vater zu bewilligen pflegte – so viel, freilich, wie er begehrte, aber in jedes Glas schüttete ich heimlich eine kleine Menge Brechweinstein – gerade genug, um unweigerlich Ekel und Übelkeit hervorzurufen, ohne ihn richtig krank zu machen. Da er merkte, daß seine Schwelgereien stets unangenehme Folgen hatten, wurde er derselben bald überdrüssig, doch je mehr er vor dem täglichen Genuß zurückschreckte, desto mehr drängte ich ihn ihm auf, bis sich sein Widerwille zu regelrechtem Abscheu verstärkt hatte. Als er von jeder Art Wein zutiefst angewidert war, erlaubte ich ihm, auf seine Bitte hin, Brandy mit Soda und dann Gin mit Wasser zu kosten; denn der kleine Säufer war mit beidem schon vertraut, und ich wollte unbedingt, daß ihm alles gleicherweise verhaßt würde. Das ist mir mittlerweile gelungen; und seit er erklärt hat, daß der Geschmack, der Geruch, ja der bloße Anblick eines dieser Getränke ausreiche, um ihn krank zu machen, habe ich es aufgegeben, ihn damit zu necken, nur hier und da, wenn er sich schlecht benimmt, setze ich alkoholische Getränke zur Abschreckung noch ein: »Arthur«, sage ich dann, »wenn du nicht sofort ein lieber Junge bist, werde ich dir ein Glas Wein geben«, oder: »Nun, Arthur, wenn du das noch einmal sagst, bekommst du etwas Brandy-Soda«, das wirkt wie eine Drohung; und ein paarmal, als er krank war, habe ich das arme Kind gezwungen, ein bißchen Wein und Wasser ohne Brechweinstein als eine Art Medizin zu schlucken; und diese Methode will ich auch in Zukunft beibehalten;

nicht, daß ich meinte, das habe irgendeinen wirklich therapeutischen Nutzen, sondern weil ich entschlossen bin, alle Macht der Assoziationen in meinen Dienst zu stellen: ich will, daß diese Aversion so fest in seinem Wesen verwurzelt ist, daß nichts im späteren Leben sie je überwinden kann.

Auf diese Weise, so bilde ich mir ein, werde ich ihn vor diesem einen Laster bewahren; und im übrigen, wenn ich nach der Rückkehr seines Vaters Grund zur Befürchtung finde, daß meine guten Lehren alle zunichte gemacht sind – wenn Mr. Huntingdon wieder das Spiel beginnt, dem Kind beizubringen, seine Mutter zu hassen und zu verachten und der Bosheit seines Vaters nachzueifern, dann will ich meinen Sohn am Ende doch noch aus dessen Händen befreien. Ich habe mir einen neuen Plan ausgedacht, zu dem ich in einem solchen Fall meine Zuflucht nehmen könnte, und wenn ich nur die Zustimmung und die Hilfe meines Bruders bekommen könnte, würde ich an seinem Erfolg nicht zweifeln. Der alte Landsitz, wo er und ich geboren wurden und wo unsere Mutter starb, ist jetzt nicht mehr bewohnt, und, wie ich glaube, auch noch nicht ganz verfallen. Wenn ich ihn nun überreden könnte, ein oder zwei Räume bewohnbar zu machen und sie mir als einer Fremden zu überlassen, könnte ich vielleicht dort mit meinem Kind unter einem angenommenen Namen leben und mir meinen Lebensunterhalt durch meine Lieblingskunst verdienen. Er sollte mir das Geld leihen, um damit einen Anfang zu machen, und ich würde es ihm zurückzahlen und von einem bescheidenen hinlänglichen Auskommen und in völliger Abgeschiedenheit leben, denn das Haus steht an einem einsamen Ort und die Umgebung ist dünn besiedelt, und er würde für mich den Verkauf meiner Bilder in die Hand nehmen. Ich habe mir den ganzen Plan in meinem Kopf zurechtgelegt; und alles, was ich will, ist, Frederick von meiner Meinung zu überzeugen. Er wird mich demnächst besuchen, und dann will ich ihm den Vorschlag unterbreiten, nachdem ich ihn zuerst ausreichend über meine Lebensumstände in Kenntnis gesetzt habe, um mein Vorhaben zu entschuldigen.

Ich glaube, er weiß schon mehr über meine Lage, als ich ihm mitgeteilt habe. Ich entnehme dies dem Ton zärtlicher Traurigkeit, der seine Briefe durchzieht, und der Tatsache, daß er meinen Mann so selten erwähnt und meist eine Art versteckte Bitterkeit zu erkennen gibt, wenn er sich auf ihn bezieht, und ebenso dem Umstand, daß er mich nie besucht, wenn Mr. Huntingdon zu Hause ist. Aber eine Mißbilligung ihm gegenüber oder Mitgefühl mit mir hat er nie offen zum Ausdruck gebracht; er hat niemals irgendwelche Fragen gestellt oder irgend etwas gesagt, um mich zu vertraulichen Mitteilungen zu ermuntern. Hätte er das getan, würde ich ihm wahrscheinlich nur wenig verschwiegen haben. Vielleicht fühlt er sich wegen meiner Reserviertheit verletzt. Er ist ein merkwürdiger Mensch – ich wünschte, wir kennten einander besser. Er pflegte jedes Jahr einen Monat in Staningley zu verbringen, bevor ich verheiratet war; aber seit dem Tod unseres Vaters habe ich ihn nur einmal gesehen, als er für ein paar Tage kam, während Mr. Huntingdon weg war. Diesmal soll er viele Tage bleiben und es soll zwischen uns mehr Offenheit und Herzlichkeit herrschen als jemals zuvor seit unserer frühen Kindheit: mein Herz hängt mehr denn je an ihm und meine Seele ist krank vor Einsamkeit.

16. April. – Er ist gekommen und schon wieder fort. Er wollte nicht länger als zwei Wochen bleiben. Die Zeit verging schnell, aber sehr, sehr glücklich, und sie hat mir gutgetan. Ich muß in einer schlimmen Verfassung gewesen sein, denn mein Unglück hat mich maßlos unzufrieden und bitter gemacht: ohne es zu wissen, begann ich, sehr unfreundliche Gefühle gegen meine Mitmenschen zu hegen – insbesondere gegen den männlichen Teil derselben; aber es ist ein

Trost, die Feststellung machen zu können, daß es zumindest einen unter ihnen gibt, der Vertrauen und Achtung verdient; und zweifellos gibt es noch mehr, auch wenn ich sie nie kennengelernt habe – es sei denn, ich nehme den armen Lord Lowborough aus, und der war in seiner Jugend schlimm genug; aber was wäre wohl aus Frederick geworden, wenn er von Kindheit an in der Welt der Gesellschaft gelebt und mit Männern, wie jenen aus meinem Bekanntenkreis Umgang gepflegt hätte? Und was wird aus Arthur werden, trotz all seiner natürlichen Sanftmut und seiner Veranlagung, wenn ich ihn nicht vor dieser Welt und solchen Gefährten bewahre? Ich erwähnte Frederick gegenüber meine Befürchtungen und brachte die Rede auf meinen Rettungsplan am Abend nach seiner Ankunft, als ich meinen kleinen Sohn seinem Onkel vorstellte.

»Er ist wie du, Frederick«, sagte ich, »in einigen seiner schwermütigen Stimmungen: manchmal finde ich, daß er dir mehr ähnelt als seinem Vater; und ich bin froh darüber.«

»Du schmeichelst mir, Helen«, erwiderte er und streichelte die weich herabfallenden Locken des Kindes.

»Nein, du wirst es für kein Kompliment halten, wenn ich dir sage, es wäre mir lieber, er ähnelte Benson als seinem Vater.«

Er zog leicht die Augenbrauen hoch, sagte aber nichts.

»Weißt du, was für ein Mann Mr. Huntingdon ist?« sagte ich.

»Ich glaube, ich habe eine Vorstellung.«

»Hast du eine so klare Vorstellung, daß du ohne Erstaunen oder Mißbilligung anhören kannst, daß ich erwäge, mit meinem Kind an irgendeinen geheimen Zufluchtsort zu entfliehen, wo wir in Frieden leben können und ihn nie wieder sehen?«

»Ist es wirklich so?«

»Wenn nicht«, fuhr ich fort, »werde ich dir etwas mehr

über ihn erzählen«, und ich gab ihm eine kurze Darstellung seines allgemeinen Verhaltens und eine genauere Schilderung seines Benehmens gegenüber dem Kind und erläuterte ihm meine Befürchtungen wegen des letzteren und meine Entschlossenheit, ihn von dem Einfluß seines Vaters zu befreien.

Frederick war außerordentlich entrüstet über Mr. Huntingdon und überaus bekümmert wegen mir; aber dennoch sah er mein Vorhaben als verwegen und undurchführbar an; meine Ängste um Arthur schienen ihm den Umständen nicht angemessen, und er setzte meinem Plan so viele Einwände entgegen und riet mir zu so vielen sanfteren Methoden, meine Lage zu verbessern, daß ich mich gezwungen sah, auf weitere Details einzugehen, um ihn davon zu überzeugen, daß mein Mann im hohen Grade unverbesserlich war und daß ihn nichts überreden konnte, seinen Sohn aufzugeben, daß, was immer auch aus mir wurde, er fest entschlossen sei, daß ihn das Kind nie verlassen sollte, wie ich entschlossen war, das Kind nicht aufzugeben; und daß in der Tat nichts tauglich wäre als dies, es sei denn, ich flöhe aus dem Land, wie ich es zuvor beabsichtigt hatte. Um dies zu verhindern, erklärte er sich schließlich bereit, einen Flügel des alten Landsitzes in einen bewohnbaren Zustand bringen zu lassen, als einen Zufluchtsort in Notzeiten; aber er hoffte, ich würde keinen Gebrauch davon machen, wenn nicht die Umstände es wirklich notwendig machen sollten, was ich ihm bereitwillig versprach; denn wenn mir auch eine solche Einsiedelei wie das Paradies selbst erschien, verglichen mit meiner gegenwärtigen Lage, will ich doch um meiner Freunde willen – wegen Milicent und Esther, mit denen mich eine tiefe Geistesverwandtschaft wie Schwestern verbindet, den armen Pächtern von Grass-dale zuliebe, und vor allem wegen meiner Tante bleiben, solange ich irgendwie kann.

29. Juli. – Mrs. Hargrave und ihre Tochter sind aus London zurückgekommen. Esther ist erfüllt von ihrer ersten Ballsaison in der Stadt; aber sie ist immer noch frei und unverlobt. Ihre Mutter suchte eine exzellente Partie für sie aus und brachte den Gentleman sogar dazu, ihr sein Herz und Vermögen zu Füßen zu legen; aber Esther hatte die Kühnheit, die edlen Gaben zurückzuweisen. Er war ein Mann mit guter Familie und großen Besitzungen, aber das unartige Mädchen behauptete, er sei so alt wie Adam, häßlich wie die Sünde und hassenswert wie – jemand, der ungenannt bleiben soll.

»Aber ich hatte wirklich eine schlimme Zeit deswegen«, sagte sie, »Mama war zutiefst enttäuscht über den Fehlschlag ihres Lieblingsprojekts und sehr, sehr ärgerlich über meinen hartnäckigen Widerstand gegen ihren Willen und so ist es noch immer; aber ich kann es nicht ändern. Und auch Walter ist über meinen Eigensinn und meine alberne Launenhaftigkeit, wie er es nennt, so ungehalten, daß ich fürchte, er wird mir nie mehr verzeihen – ich hätte nicht gedacht, daß er so unfreundlich sein könnte, wie er sich in letzter Zeit gegeben hat. Aber Milicent bat mich, nicht klein beizugeben, und ich bin sicher, Mrs. Huntingdon, wenn Sie den Mann gesehen hätten, den sie mir andrehen wollten, hätten auch Sie mir geraten, ihn nicht zu nehmen.«

»Das hätte ich getan, ob ich ihn nun gesehen hätte oder nicht«, sagte ich. »Es genügt, daß du ihn nicht leiden kannst.«

»Ich wußte, daß Sie das sagen würden; obwohl Mama behauptete, Sie würden über mein pflichtvergessenes Verhalten schockiert sein – Sie können sich ja vorstellen, welche Strafpredigten sie mir hält – ich bin ungehorsam und undankbar; ich durchkreuze ihre Absichten, schade meinem Bruder und falle ihr zur Last – manchmal fürchte ich, sie wird mich schließlich doch noch dazu bringen. Ich habe einen starken Willen, aber sie auch, und wenn sie so bitterböse Dinge sagt, provoziert mich das derart, daß ich mich geneigt fühle zu tun, worum sie mich bittet, und ihr, wenn mein Herz erst einmal gebrochen ist, zu sagen: ›Nun hast du's, Mama, es ist alles deine Schuld!‹«

»Bitte tu's nicht!« sagte ich. »Gehorsam aus einem solchen Motiv heraus wäre ausgemachte Gottlosigkeit und würde gewiß die Strafe nach sich ziehen, die er verdient. Bleib standhaft, und deine Mama wird es aufgeben, dich zu bedrängen; und der Herr selbst wird aufhören, dich mit seinen Huldigungen zu belästigen, wenn er merkt, daß sie regelmäßig zurückgewiesen werden.«

»Oh, nein! Mama wird eher alle anderen um sie herum zermürben, bevor sie selbst in ihren Anstrengungen erlahmt; und was Mr. Oldfield betrifft, so hat sie ihm zu verstehen gegeben, daß ich seinen Antrag nicht aus irgendwelcher Abneigung gegenüber seiner Person zurückgewiesen hätte, sondern lediglich deshalb, weil ich flatterhaft und jung sei und ich mich derzeit unter keinen Umständen mit dem Gedanken an eine Ehe anfreunden könne, aber bis zur nächsten Ballsaison werde ich, daran habe sie keinen Zweifel, Vernunft annehmen und meine kindischen Hirngespinste, wie sie hoffe, verflogen sein. Daher hat sie mich also nach Hause gebracht, um mir da angemessenes Pflichtgefühl beizubringen, in Erwartung, daß die Zeit wieder kommt – allerdings glaube ich, sie wird sich nicht erneut in Unkosten stürzen, um mich wieder nach London zu bringen, es sei denn, ich füge mich in ihren Willen: Sie könne es sich nicht leisten, mich zum bloßen Vergnügen und einfach so in die Stadt mitzunehmen, sagt sie, und nicht jeder reiche Herr werde sich bereit erklären, mich ohne Mitgift zu nehmen, welch exaltierte Vorstellungen ich auch immer von meinen persönlichen Reizen haben möge.«

»Nun, Esther, du tust mir leid, aber dennoch wiederhole

ich: Bleib standhaft. Du könntest dich ebensogut gleich in die Sklaverei begeben, wie einen Mann zu heiraten, den du nicht magst. Wenn deine Mutter und dein Bruder böse zu dir sind, kannst du sie ja verlassen, aber bedenke, daß du an deinen Ehemann lebenslang gebunden bist.«

»Aber ich kann sie nur verlassen, wenn ich heirate, und ich kann nicht heiraten, wenn mich niemand will. Ich habe in London ein paar Herren gesehen, die ich hätte mögen können, aber es waren jüngere Söhne, und Mama wollte nicht zulassen, daß ich ihre Bekanntschaft machte – einen besonders, der, wie ich glaube, mich etwas mag, aber den Weg zu einem besseren Kennenlernen blockierte sie mit allen erdenklichen Hindernissen – war das nicht empörend?«

»Ich kann mir durchaus vorstellen, daß du es so empfunden hast; aber falls du ihn heiraten würdest, hättest du hinterher womöglich mehr Grund, es zu bereuen, als wenn du Mr. Oldfield heiratetest. Wenn ich dir empfehle, nicht *ohne* Liebe zu heiraten, so rate ich dir damit keineswegs, nur aus Liebe zu heiraten – da sind noch viele, viele andere Dinge zu bedenken. Behalte sowohl dein Herz als auch deine Hand für dich, bis du guten Grund hast, beides zu verschenken; und sollte sich eine solche Gelegenheit nie bieten, dann tröste dich mit dieser Überlegung: zwar ist das Leben einer Ledigen wahrscheinlich nicht sehr reich an Freuden, aber sie wird zumindest nicht mehr Sorgen haben, als sie verkraften kann. Die Ehe mag vielleicht deine Lebensumstände zum Besseren wenden, aber meiner ganz persönlichen Ansicht nach ist es weitaus wahrscheinlicher, daß sie das Gegenteil bewirkt.«

»Das meint auch Milicent; aber gestatten Sie mir zu sagen, daß ich anderer Meinung bin. Wenn ich annehmen müßte, daß ich dazu verurteilt bin, eine alte Jungfer zu werden, würde mir mein Leben nichts bedeuten. Der Gedanke, Jahr um Jahr im Grove dahinzuleben – ein Anhängsel für

Mama und Walter – nichts als eine unnütze Esserin (nun, da ich weiß, aus welchem Blickwinkel sie es betrachten würden), ist mir ganz und gar unerträglich – lieber würde ich da mit dem Butler durchbrennen.«

»Deine Lebensumstände sind schwierig, das gebe ich zu; aber hab Geduld, Liebes; tu nichts übereilt. Bedenk doch, du bist noch nicht einmal neunzehn, und es müssen noch viele Jahre vergehen, ehe man dich eine alte Jungfer nennen kann: Du weißt ja nicht, was die Vorsehung noch alles für dich bereit hält. Und in der Zwischenzeit vergiß nicht, daß du ein Recht hast, von deiner Mutter und deinem Bruder Schutz und Unterstützung zu erfahren, wie widerwillig sie dir beides auch zu gewähren scheinen.«

»Sie sind so ernst, Mrs. Huntingdon«, sagte Esther nach kurzem Schweigen. »Als Milicent dieselben entmutigenden Gedanken über die Ehe äußerte, fragte ich sie, ob sie glücklich sei; sie behauptete, es zu sein; aber ich glaubte ihr nur halb; und jetzt muß ich Ihnen dieselbe Frage stellen.«

»Das ist eine sehr unverschämte Frage«, sagte ich lachend, »von einem jungen Mädchen an eine verheiratete Frau, die so viele Jahre älter ist – und ich werde sie nicht beantworten.«

»Verzeihen Sie mir, liebe Madam«, sagte sie, warf sich mir lachend in die Arme und küßte mich voll Übermut; aber ich spürte eine Träne auf meinem Hals, als sie ihren Kopf auf meinen Busen sinken ließ und in einer merkwürdigen Mischung aus Schwermut und Leichtsinn, Verzagen und Keckheit fortfuhr: »Ich weiß, Sie sind nicht so glücklich, wie ich einmal sein möchte, denn Sie verbringen die Hälfte Ihres Lebens allein in Grass-dale, während Mr. Huntingdon seinem Vergnügen nachgeht, wo und wie es ihm gefällt – ich werde von meinem Mann erwarten, daß er kein anderes Vergnügen hat als das, das er mit mir teilt; und wenn ihm das Vergnügen meiner Gesellschaft nicht über alles geht – nun – so wird es um so schlimmer für ihn sein – das ist alles.«

»Wenn das deine Erwartungen an die Ehe sind, Esther, mußt du dich wirklich sehr in acht nehmen, wen du heiratest – oder lieber ganz davon absehen.«

KAPITEL 42
Eine Besserung

1. September. – Noch immer kein Mr. Huntingdon. Vielleicht will er bis Weihnachten bei seinen Freunden bleiben; und nächstes Frühjahr wird er dann wieder weg sein. Wenn er an diesem Plan festhält, werde ich es in Grass-dale recht gut aushalten können – das heißt, ich *werde* hier bleiben können, und das genügt; selbst eine gelegentliche Freundesschar zur Jagdsaison mag dann zu ertragen sein, wenn Arthur, bevor sie kommen, mir so unerschütterlich zugetan ist – so verständig und moralisch gefestigt, daß ich in der Lage sein werde, ihn mit Vernunft und Zuneigung vor ihrem vergiftenden Einfluß zu bewahren. Vergebliche Hoffnungen, fürchte ich! Aber bis eine solche Zeit der Heimsuchung über mich hereinbricht, will ich es mir versagen, an mein stilles Asyl in dem geliebten alten Landsitz zu denken.

Mr. und Mrs. Hattersley haben sich zwei Wochen im Grove aufgehalten; und da Mr. Hargrave immer noch weg ist und das Wetter bemerkenswert schön war, verging kein Tag, ohne daß ich meine beiden Freundinnen Milicent und Esther entweder dort oder hier getroffen hätte. Einmal, als Mr. Hattersley sie mit der kleinen Helen und dem kleinen Ralph in seiner Kutsche herübergefahren hatte und wir uns alle im Garten amüsierten, führte ich ein kurzes Gespräch mit dem Herrn, während sich die Damen mit den Kindern vergnügten.

»Möchten Sie etwas über Ihren Mann hören, Mrs. Huntingdon«, sagte er.

»Nein, es sei denn, Sie können mir sagen, wann man ihn zu Hause erwarten darf.«

»Das kann ich nicht. Sie haben wahrscheinlich keine große Sehnsucht nach ihm, oder?« sagte er mit einem breiten Grinsen.

»Nein.«

»Nun, ich glaube, es geht Ihnen ganz bestimmt besser ohne ihn – ich für meinen Teil bin seiner mittlerweile gänzlich überdrüssig. Ich sagte ihm, ich würde nichts mehr mit ihm zu tun haben wollen, falls er sein Verhalten nicht ändere – und er hatte keine Lust dazu; also verließ ich ihn – Sie sehen, ich bin ein besserer Mensch, als Sie denken; – und was noch mehr ist, ich erwäge ernsthaft, mit ihm und dem ganzen Verein zu brechen und mich von diesem Tag an so anständig und besonnen zu verhalten, wie es einem Christenmenschen und Familienvater ansteht. Was halten Sie davon?«

»Das ist ein Entschluß, den Sie schon viel früher hätten fassen sollen.«

»Nun, ich bin noch nicht einmal dreißig; es ist doch noch nicht zu spät, oder?«

»Nein, es ist nie zu spät, sich zu bessern, solange Sie den Wunsch dazu haben und die Kraft, Ihren Vorsatz in die Tat umzusetzen.«

»Also, um ganz ehrlich zu sein, ich habe schon sehr oft daran gedacht, aber es macht einen so höllischen Spaß, mit Huntingdon zusammenzusein, trotz alledem – Sie können sich nicht vorstellen, was für ein lustiger, netter Kerl er sein kann, wenn er nicht stockbesoffen, sondern nur eben so richtig schön angesäuselt oder beschwipst ist – im Grunde unseres Herzens mögen wir ihn doch alle ein bißchen, wenn wir auch keinen Respekt vor ihm haben.«

»Möchten Sie etwa so sein wie er?«

»Nein, ich bleibe lieber so, wie ich bin, so schlecht ich auch sein mag.«

»Sie können nicht so schlecht bleiben, wie Sie sind, ohne nicht täglich noch mehr zu verrohen und noch schlimmer zu werden – und ihm damit immer ähnlicher.«

Über die komische, halb zornige, halb verlegene Miene, die er aufsetzte, nachdem ich ihn auf diese ziemlich ungewöhnliche Weise angesprochen hatte, konnte ich mir ein Lächeln nicht verkneifen.

»Nehmen Sie mir nicht übel, daß ich so offen mit Ihnen rede«, sagte ich, »ich meine es nur gut mit Ihnen. Aber, sagen Sie mir, möchten Sie denn, daß ihre Söhne wie Mr. Huntingdon – oder auch nur wie Sie werden?«

»Zum Henker, nein!«

»Möchten Sie, daß Ihre Tochter Sie verachtet – oder zumindest nicht die geringste Achtung für Sie empfindet, und keine Zuneigung, in die sich nicht tiefstes Bedauern mischt?«

»O nein! Das könnte ich nicht ertragen.«

»Und schließlich, möchten Sie denn, daß Ihre Frau vor Scham am liebsten im Boden versänke, wenn sie Ihren Namen erwähnt hört, und den bloßen Klang Ihrer Stimme verabscheut und bei Ihrem Herannahen erschaudert?«

»Das wird sie niemals; sie mag mich trotzdem, was immer ich auch tue.«

»Unmöglich, Mr. Hattersley! Sie verwechseln ihre stumme Unterwerfung mit Liebe.«

»Potzblitz...«

»Nun, brechen Sie nicht gleich in einen Tobsuchtsanfall aus – ich will damit ja nicht behaupten, daß sie Sie nicht liebt – ich weiß, sie liebt Sie viel mehr, als Sie es verdienen; aber ich bin ganz sicher, wenn Sie sich besser benehmen, liebt sie Sie noch mehr, und wenn Sie sich noch schlechter benehmen, wird sie Sie immer weniger lieben, bis alle Liebe in Angst, Abneigung und innerer Verbitterung, wenn nicht gar in Haß und Verachtung, untergeht. Aber, lassen wir einmal das Thema Liebe fallen: Möchten Sie ihr denn das Leben zur Hölle machen – ihrem Dasein jeglichen Sonnenschein nehmen und sie durch und durch unglücklich machen?«

»Natürlich nicht; und das tue ich auch nicht und will es nicht tun.«

»Sie haben mehr dazu beigetragen, als Sie ahnen.«

»Pah! Dummes Zeug! Sie ist nicht das empfindliche, ängstliche, gequälte Geschöpf, das Sie sich vorstellen: Sie ist ein sanftmütiges, friedfertiges, liebevolles Persönchen, das zuweilen etwas schmollen kann, aber meistens ruhig und beherrscht und bereit ist, die Dinge zu nehmen, wie sie kommen.«

»Überlegen Sie mal, wie sie vor fünf Jahren war, als Sie sie heirateten, und wie sie heute ist.«

»Ich weiß – sie war damals ein kleines Pummelchen mit einem hübschen Gesicht wie Milch und Blut; jetzt ist sie ein armes Würmchen, das dahinschwindet und vergeht wie eine Schneewehe – aber verdammt noch mal – zum Donnerwetter – das ist nicht meine Schuld.«

»Was ist denn dann der Grund? Die Jahre sind es nicht, denn sie ja ist erst fünfundzwanzig.«

»Es ist ihre zarte Gesundheit, und – verdammt, Madam! – wofür halten Sie mich eigentlich? – und die Kinder, natürlich, die sie gemeinsam zu Tode quälen.«

»Nein, Mr. Hattersley, die Kinder bereiten ihr mehr Freude als Kummer: Es sind nette, gutartige Kinder...«

»Das weiß ich – Gott segne sie!«

»Warum schieben Sie dann ihnen die Schuld zu? Ich will Ihnen sagen, was es ist: Es ist stiller Kummer und ständige Sorge um Sie, zu der, wie ich vermute, noch ein gewisser Hang zu Hypochondrie kommt. Wenn Sie sich gut benehmen, kann sie sich nur mit leisem Bangen darüber freuen; sie hat kein Vertrauen, keine Zuversicht, was Ihre Ansichten und Grundsätze betrifft, sondern befürchtet ständig das Ende solch kurzlebigen Glücks; wenn Sie sich schlecht benehmen, dann weiß nur sie allein, wieviel Anlaß sie hat, entsetzt und unglücklich zu sein. Während sie das Unheil geduldig erträgt, vergißt sie, daß es unsere Pflicht ist, unsere Mitmenschen an ihre Fehler zu erinnern. Da Sie ihr Schweigen mit Gleichgültigkeit verwechseln, kommen Sie mit mir, und ich werde Ihnen ein paar von ihren Briefen zeigen – kein Vertrauensbruch, wie ich hoffe, da Sie ja ihre andere Hälfte sind.«

Er folgte mir in die Bibliothek. Ich suchte zwei von Milicents Briefen heraus und drückte sie ihm in die Hände; einer stammte aus London und war geschrieben während einer seiner wildesten Phasen hemmungsloser Ausschweifung, der andere war in einem lichten Augenblick auf dem Land entstanden. Der erstere war erfüllt von Kummer und Angst; sie klagte ihn darin nicht an, sondern bedauerte zutiefst seine Verbindung mit seinen lasterhaften Kumpanen, schimpfte auf Mr. Grimsby und andere, machte bittere Anspielungen auf Mr. Huntingdon und wälzte die Verantwortung für das schlechte Benehmen ihres Gemahls überaus geschickt auf die Schultern anderer Männer ab. Der zweite Brief war voll Hoffnung und Freude, doch verbunden mit einem bangen Bewußtsein, daß dieses Glück nicht von Dauer sein würde; sie lobte darin seine Güte über alle Maßen, freilich mit dem offensichtlichen, wenn auch nur angedeuteten Wunsch, daß sie lieber auf einem sichereren Fundament gründen möchte als auf den natürlichen Regungen des Herzens, und einer halbprophetischen Befürchtung, daß ein solcherart auf Sand gebautes Haus zusammenstürzen werde – was denn auch kurz darauf geschah, wie sich Hattersley beim Lesen bestimmt erinnert haben dürfte...

Kaum hatte er den ersten Brief zu lesen begonnen, da erlebte ich das unerwartete Vergnügen, ihn erröten zu sehen; aber er drehte mir sofort den Rücken zu und beendete die Lektüre am Fenster. Beim zweiten sah ich ihn ein- oder zweimal die Hand heben und sich damit hastig übers Gesicht fahren. Konnte es sein, daß er eine Träne wegwischte? Als er fertig war, vergingen ein paar Minuten, in denen er sich räusperte und aus dem Fenster starrte, und dann, nachdem er ein paar Akkorde seiner Lieblingsmelodie gepfiffen hatte, drehte er sich um, gab mir die Briefe zurück und schüttelte mir schweigend die Hand.

»Ich bin ein verfluchter Schuft gewesen, weiß der Himmel«, sagte er, als er sie mir herzhaft drückte, »aber, wissen Sie, wenn ich das nicht alles wiedergutmache – hol mich der Teufel, wenn ich das nicht tue!«

»Verwünschen Sie sich nicht, Mr. Hattersley; wenn Gott auch nur die Hälfte all dieser Anrufungen gehört hätte, wären Sie schon lange in der Hölle – und das Vergangene können Sie nicht wiedergutmachen, indem Sie in Zukunft Ihre Pflicht tun, insofern als Ihre Pflicht nur das ist, was Sie Ihrem Schöpfer schuldig sind, und Sie können nicht mehr tun als sie erfüllen – ein anderer kann Ihre vergangenen Fehler wiedergutmachen. Wenn Sie sich bessern wollen, rufen Sie Gottes Segen, Seine Gnade und Seine Hilfe an; nicht Seinen Fluch.«

»So helfe mir Gott – ich habe es gewiß nötig – Wo ist Milicent?«

»Dort ist sie, eben kommt sie mit ihrer Schwester ins Haus.«

Er trat vor die Glastür und ging ihnen entgegen. Ich folgte in einiger Entfernung. Etwas zum Erstaunen seiner Frau, hob er sie vom Boden hoch und begrüßte sie mit einem herzlichen Kuß und einer kräftigen Umarmung; dann legte er ihr seine beiden Hände auf die Schultern und gab ihr eine kurze Darstellung der großen Dinge, die er vorhatte, denn plötzlich schlug sie die Arme um ihn und brach in Tränen aus und rief:

»Tu's, tu's, Ralph – wir werden so glücklich sein! Wie gut, wie überaus gut du bist!«

»Nein, nicht ich«, sagte er, indem er sie umdrehte und zu mir hinschob: »Bei *ihr* mußt du dich bedanken; es ist ihr Werk.«

Milicent stürzte auf mich zu, überströmend vor Dankbarkeit. Ich bestritt jeglichen Anspruch darauf und sagte ihr, daß ihr Mann zur Wiedergutmachung bereit gewesen, noch ehe ich mein Scherflein an Ermahnung und Ermunterung beigesteuert hatte, und daß ich nur das getan hätte, was sie auch tun könne – und selbst hätte tun sollen.

»O nein!« rief sie. »Ich hätte ihn bestimmt durch nichts beeinflussen können. Ich hätte ihn mit meinen unbeholfenen Überredungskünsten nur verärgert, wenn ich einen Versuch gemacht hätte.«

»Du hast ja nie einen Versuch mit mir gemacht, Milly«, sagte er.

Kurz danach verabschiedeten sie sich. Sie sind nun zu Besuch bei Hattersleys Vater. Danach werden sie sich wieder in ihr ländliches Heim begeben. Ich hoffe, seine guten Vorsätze halten, und die arme Milicent wird nicht erneut enttäuscht sein. Ihr letzter Brief strömte über vor Glück über die Gegenwart und angenehmen Vorahnungen für die Zukunft; aber bis jetzt war er noch keiner besonderen Versuchung ausgesetzt, um seine Tugend unter Beweis zu stellen. Hinfort allerdings wird sie zweifellos etwas weniger schüchtern und zurückhaltend und er gütiger und nachdenklicher sein. Dann sind ihre Hoffnungen sicherlich nicht unbegründet; und ich habe zumindest einen lichten Punkt, auf dem ich meine Gedanken ruhen lassen kann.

KAPITEL 43
Die Grenze ist überschritten

10. Oktober. – Vor ungefähr drei Wochen kehrte Mr. Huntingdon zurück. Ich werde mir nicht die Mühe machen, zu beschreiben, wie er aussah, sich benahm und redete und was ich ihm gegenüber empfand. Am Tag nach seiner Ankunft allerdings überraschte er mich mit der Ankündigung, er beabsichtige, eine Gouvernante für Klein-Arthur einzustellen: Ich sagte ihm, das sei zum gegenwärtigen Zeitpunkt ganz unnötig, um nicht zu sagen lächerlich; ich fühlte mich der Aufgabe, ihn selbst zu unterrichten, vollauf gewachsen – zumindest für die nächsten Jahre; die Erziehung des Kindes sei die einzige Freude und Beschäftigung in meinem Leben; und da er mich jeder anderen Tätigkeit beraubt habe, könne er mir doch diese gewiß lassen.

Er meinte, ich sei nicht geeignet, Kinder zu unterrichten oder mit ihnen zusammenzusein; ich hätte aus dem Jungen schon beinahe eine Art Automat gemacht und ihm mit unnachgiebiger Strenge seinen edlen Mut gebrochen und würde ihm durch meine Kälte allen Sonnenschein aus dem Herzen treiben und es noch fertigbringen, daß er ein ebensolcher Trauerkloß und Asket werde wie ich, überließe man ihn meiner Erziehung noch länger. Und auch die arme Rachel bekam wie gewöhnlich ihren Anteil an Schmähungen ab; er kann Rachel nicht ausstehen, weil er weiß, daß sie ihn durchschaut.

Gelassen verteidigte ich uns beide in unserer Eigenschaft als Kinderfrau bzw. Gouvernante und widersetzte mich nach wie vor der beabsichtigten Erweiterung unserer Familie; aber er schnitt mir das Wort ab, indem er behauptete, es sei zwecklos, sich mit dieser Sache noch weiter abzugeben, denn er habe bereits eine Gouvernante eingestellt und sie werde in der nächsten Woche kommen, so daß alles, was ich zu tun habe, darin bestehe, die Dinge für ihren Empfang vorzubereiten. Das war nun eine ziemlich bestürzende Neuigkeit. Ich erlaubte mir, ihn nach ihrem Namen und ihrer Adresse zu fragen, von wem sie empfohlen worden oder wie er darauf gekommen sei, gerade sie auszuwählen.

»Sie ist eine sehr achtbare, fromme, junge Person«, sagte er; »du brauchst keine Angst zu haben. Ihr Name ist Myers, glaube ich; und sie wurde mir von einer ehrwürdigen alten Witwe empfohlen – einer Dame, die in religiösen Kreisen einen guten Ruf genießt. Ich selbst habe sie noch nicht gesehen, und deshalb kann ich dir nicht genau sagen, wie sie aussieht und wie sie redet und so weiter; aber wenn die Lobeshymnen der alten Dame berechtigt sind, wirst du feststellen, daß sie alle für ihre Stellung wünschenswerten Eigenschaften besitzt – unter anderem eine unbändige Liebe zu Kindern.«

All das wurde ernst und ruhig gesprochen, aber in seinem halbabgewandten Blick lag ein dämonisches Lächeln, das, wie mir schien, nichts Gutes verhieß.

Als Miss Myers eintraf, hatte ich keine Lust, ihr einen besonders herzlichen Empfang zu bereiten. Ihre äußere Erscheinung war nicht gerade dazu angetan, auf den ersten Blick einen günstigen Eindruck zu erwecken, und auch ihre Umgangsformen und ihr späteres Verhalten räumten das Vorurteil, das ich bereits gegen sie gefaßt hatte, nicht im mindesten aus. Ihre Kenntnisse waren beschränkt, ihre Intelligenz lag keineswegs über dem Durchschnitt. Sie hatte eine schöne Stimme und konnte singen wie eine Nachtigall und sich recht gut auf dem Klavier begleiten; aber darin erschöpften sich ihre Talente auch schon. In ihrem Gesichtsausdruck lag etwas Verrücktes und Heimtückisches, und das klang auch aus ihrer Stimme. Sie schien Angst vor mir zu haben und erschrak jedesmal, wenn ich mich ihr unversehens näherte. Sie gab sich respektvoll und zuvorkommend, ja fast schon servil: anfangs versuchte sie, mir zu schmeicheln und zu katzbuckeln, aber das stellte ich bald ab. Ihre Vernarrtheit in ihren kleinen Schüler war übertrieben, und ich sah mich gezwungen, ihr wegen allzu großer Nachgiebigkeit und unbesonnenen Lobes ernste Vorhaltungen zu machen; aber sie konnte sein Herz nicht gewinnen. Ihre Frömmigkeit bestand darin, daß sie gelegentlich tief aufseufzte und die Augen zur Decke aufschlug und ein paar fromme Redensarten von sich gab. Sie erzählte mir, daß sie die Tochter eines Pfarrers und seit ihrer Kindheit Waise sei, aber das Glück gehabt habe, eine Anstellung bei einer sehr frommen Familie zu bekommen; und dann sprach sie so dankbar von der Güte, die sie von verschiedenen Mitgliedern derselben erfahren habe, daß ich mir wegen meiner unbarmherzigen Gedanken und meines unfreundlichen Verhaltens Vorwürfe machte und mich eine Zeitlang erweichen ließ – aber nicht lange; dafür war meine Abneigung zu berechtigt, mein Argwohn zu gut begründet; und ich wußte, es war meine Pflicht, die Augen offen zu halten und genau zu prüfen, bis jene Verdachtsmomente entweder auf befriedigende Weise ausgeräumt wären oder sich bestätigt hätten.

Ich fragte nach dem Namen und dem Wohnort der gütigen und frommen Familie. Sie nannte einen Allerweltsnamen und einen unbekannten und entfernten Ort, sagte mir aber, daß sie mittlerweile auf dem Kontinent lebten und sie ihre gegenwärtige Anschrift nicht kenne. Ich sah sie nie viel mit Mr. Huntingdon sprechen; aber er schaute oft ins Schulzimmer, um zu sehen, wie Klein-Arthur mit seiner neuen Gefährtin zurechtkäme, wenn ich nicht dort war. Abends saß sie mit uns im Wohnzimmer und pflegte zu singen und ihn zu unterhalten – oder uns, wie sie vorgab – und war sehr eilfertig gegenüber seinen Wünschen und bestrebt, sie ihm von den Augen abzulesen, obwohl sie nur mit mir sprach – tatsächlich war seine Verfassung selten so, daß man ihn ansprechen konnte. Wäre die Dame anders gewesen, als sie war, hätte ich ihre Gegenwart als eine große Erleichterung in unserem ehelichen Zusammenleben empfunden, abgesehen davon freilich, daß ich mich vor jeder anständigen Person geschämt hätte, wenn sie ihn in dem Zustand gesehen hätte, in dem er sich oft befand.

Rachel gegenüber erwähnte ich meinen Argwohn nicht; aber sie, die schon seit einem halben Jahrhundert in diesem sündigen Jammertal lebte, war erfahren genug, um sich selbst so ihre Gedanken zu machen. Von Anfang an sagte sie mir, sie »mißtraue dieser neuen Gouvernante«, und bald stellte ich fest, daß sie sie genauso aufmerksam beobachtete wie ich; und ich war froh darüber, denn ich wollte unbedingt die Wahrheit wissen; die Luft in Grass-dale schien mich zu ersticken, und ich konnte nur leben, wenn ich an Wildfell Hall dachte.

Eines Morgens schließlich kam Rachel mit einer Nachricht in mein Schlafzimmer, die so geartet war, daß mein Entschluß feststand, noch ehe sie zu Ende geredet hatte. Während sie mir beim Ankleiden half, erläuterte ich ihr meine Absichten und welche Unterstützung ich von ihr benötigte, und sagte ihr, was sie von meinen Sachen zusammenpacken und was sie für sich selbst zurücklassen sollte, da ich keine anderen Mittel hatte, sie für ihre plötzliche Entlassung nach ihrem langen und treuen Dienst zu entschädigen – einen Umstand, den ich zutiefst bedauerte, aber nicht ändern konnte.

»Und was willst du nun tun, Rachel?« sagte ich, »wirst du nach Hause gehen oder dir eine andere Stelle suchen.«

»Ich habe kein Zuhause als das hier bei Ihnen, Madam«, erwiderte sie; »und wenn ich Sie verlasse, werde ich nie mehr in Stellung gehen, solange ich lebe.«

»Aber ich kann es mir jetzt nicht mehr leisten, wie eine

feine Dame zu leben«, entgegnete ich; »ich muß meine eigene Zofe und die Kinderfrau meines Kindes sein.«

»Was *bedeutet* das schon?« erwiderte sie ziemlich bewegt. »Sie werden doch irgend jemanden brauchen, der putzt und wäscht und kocht, nicht? Das alles kann ich tun; und vergessen Sie den Lohn – ich habe noch meine kleinen Ersparnisse, und wenn Sie mich nicht nehmen würden, müßte ich für Kost und Logis irgendwo anders aufkommen oder sonst unter Fremden arbeiten – und daran bin ich nicht gewöhnt – Tun Sie also, wie Ihnen beliebt, Madam.« Ihre Stimme zitterte, als sie das sagte, und Tränen standen ihr in den Augen.

»Das wäre mir freilich lieber als alles andere, Rachel, und ich würde dir den Lohn geben, den ich mir leisten könnte – einen, den ich jedem Mädchen-für-alles geben würde, das ich beschäftigen könnte; aber siehst du denn nicht, daß ich dich mit mir ins Unglück stürzen würde, wo du doch nichts getan hast, um das zu verdienen?«

»Ach, dummes Zeug!« stieß sie hervor.

»Und außerdem wird sich meine zukünftige Lebensweise so erheblich von der bisherigen unterscheiden – so anders sein als alles, woran du gewöhnt bist...«

»Meinen Sie denn, Madam, ich kann weniger aushalten als meine Herrin? – Natürlich bin ich nicht so stolz und so verwöhnt – oder auch als mein kleiner Herr, Gott segne ihn?«

»Aber ich bin noch jung, Rachel; für mich ist es nicht schlimm; und Arthur ist ebenfalls jung – es wird ihm nichts ausmachen.«

»Mir auch nicht: ich bin noch nicht so alt, daß ich nicht karge Kost und harte Arbeit ertragen könnte, wenn ich nur denen helfen und Trost spenden kann, die ich wie meine eigenen Kinder liebe – dessen ungeachtet bin ich zu alt, um den Gedanken ertragen zu können, sie in Sorge und Gefahr zurückzulassen und mich selbst unter Fremde zu begeben.«

»Dann sollst du es auch nicht, Rachel!« rief ich und umarmte meine treue Freundin. »Wir werden zusammen gehen, und du sollst sehen, wie dir das neue Leben bekommt.«

»Gott sei mit Ihnen, mein Schatz!« rief sie und erwiderte meine Umarmung aus ganzem Herzen. »Lassen Sie uns nur erst aus diesem gottlosen Haus weg sein und wir werden schon zurechtkommen.«

»Das denke ich auch«, lautete meine Antwort; und so war diese Sache entschieden.

Mit der Morgenpost schickte ich Frederick ein paar hastig hingeschriebene Zeilen, in denen ich ihn dringend bat, meinen Zufluchtsort für meine in Kürze bevorstehende Ankunft vorzubereiten, – denn ich würde wahrscheinlich einen Tag, nachdem er diesen kurzen Brief erhalten habe, eintreffen und ihn in Anspruch nehmen, – und ich schilderte ihm in wenigen Worten den Grund für meinen plötzlichen Entschluß. Sodann schrieb ich drei Abschiedsbriefe: den ersten an Esther Hargrave, worin ich ihr mitteilte, daß es mir unmöglich erschiene, auch nur einen Tag länger in Grassdale zu leben oder meinen Sohn unter der Obhut seines Vaters zurückzulassen; und da es von entscheidender Bedeutung sei, daß unser künftiger Wohnort ihm und seinen Bekannten verborgen bleibe, würde ich ihn niemandem außer meinem Bruder offenbaren, über den ich auch weiterhin einen Briefwechsel mit meinen Freundinnen zu unterhalten hoffe. Darauf gab ich ihr seine Anschrift, ermunterte sie, häufig zu schreiben, wiederholte einige meiner früheren Ermahnungen, ihre eigenen Anliegen betreffend, und sagte ihr ein herzliches Lebewohl.

Der zweite war an Milicent gerichtet, von weitgehend demselben Inhalt, aber etwas vertraulicher, wie es unserer längeren engen Freundschaft und ihrer größeren Lebenserfahrung und besseren Vertrautheit mit meinen Lebensumständen entsprach.

Der dritte ging an meine Tante – ein viel schwierigeres und schmerzlicheres Unterfangen, und deshalb hatte ich ihn mir bis zum Schluß aufgehoben; aber ich mußte ihr irgendeine Erklärung für den ungewöhnlichen Schritt geben, den ich getan hatte – und zwar schnell, denn sie und mein Onkel würden zweifellos innerhalb weniger Tage nach meinem Verschwinden davon erfahren, da sich Mr. Huntingdon wahrscheinlich eilends an sie wenden würde, um herauszufinden, was aus mir geworden sei. Schließlich jedoch, schrieb ich ihr, ich sei mir meines Fehlers bewußt; ich wolle auch nicht über die Strafe klagen, die mich deswegen getroffen habe, und bedauere es, meinen Freunden mit den Folgen meines Tuns Kummer zu bereiten; aber aus Pflichtgefühl gegenüber meinem Sohn dürfe ich es nicht länger hinnehmen; es sei unumgänglich notwendig, ihn dem verderblichen Einfluß seines Vaters zu entziehen. Selbst ihr gegenüber würde ich meinen Zufluchtsort nicht offenbaren, damit sie und mein Onkel wahrheitsgemäß abstreiten könnten, darüber informiert zu sein; aber jede Mitteilung, die man unter der Adresse meines Bruders an mich richte, werde mich gewiß erreichen. Ich hoffte, sie und mein Onkel würden mir den Schritt verzeihen, den ich getan habe, denn wenn sie alles wüßten, würden sie mich ganz bestimmt nicht tadeln; und ich hoffte zuversichtlich, sie würden sich wegen mir nicht grämen, denn wenn ich nur meinen Zufluchtsort sicher erreichen und dort ungestört leben könne, wäre ich sehr glücklich, wären da nicht meine Gedanken an sie; und ich sei vollauf zufrieden, mein Leben im Verborgenen zu verbringen, mich der Erziehung meines Kindes zu widmen und es zu lehren, die Fehler seiner Eltern zu vermeiden.

All das wurde gestern erledigt: Zwei volle Tage habe ich

auf die Vorbereitung meiner Abreise verwandt, damit Frederick mehr Zeit habe, die Räumlichkeiten herzurichten, und Rachel in Ruhe die Sachen zusammenpacken kann – denn die letztgenannte Aufgabe muß mit äußerster Vorsicht und Heimlichkeit verrichtet werden, und außer mir gibt es niemanden, der ihr hierin beistehen könnte: Ich kann mithelfen, die einzelnen Dinge zusammenzusuchen, aber ich verstehe mich nicht auf die Kunst, sie so in die Koffer zu verstauen, daß sie den kleinstmöglichen Raum einnehmen; und sie hat neben meinen und Arthurs auch noch ihre eigenen Dinge zu richten. Ich kann es mir kaum leisten, irgend etwas zurückzulassen, da ich, von ein paar Guineen in meiner Börse abgesehen, kein Geld habe; und außerdem würde, wie Rachel bemerkte, alles, was ich zurückließe, höchstwahrscheinlich in den Besitz von Miss Myers übergehen, und das hätte ich gar nicht gern.

Doch welche Mühe hat es mich während dieser beiden Tage gekostet, ruhig und gefaßt zu erscheinen – ihm und ihr wie sonst zu begegnen, wenn ich ihnen schlechterdings nicht aus dem Weg gehen konnte, und wie mußte ich mich zwingen, meinen kleinen Arthur stundenlang in ihrer Obhut zu lassen! Aber ich hoffe fest, daß diese Prüfungen nun bald vorbei sind: Ich habe ihn in mein Bett gelegt, damit er sicherer ist, und ich vertraue darauf, daß seine unschuldigen Lippen nie mehr von den vergiftenden Küssen der beiden befleckt oder seine jungen Ohren von ihren Worten beschmutzt werden. Aber werden wir wohl die Flucht sicher und unbehelligt hinter uns bringen können? Oh, wenn doch jener Morgen schon angebrochen wäre und wir uns zumindest auf unserem Weg befänden! Heute abend, als ich Rachel alle Mithilfe gewährt hatte, die ich geben konnte, und mir nichts mehr zu tun blieb, als zu warten und zu hoffen und zu zittern, überkam mich eine derartige Aufregung, daß ich nicht wußte, was ich tun sollte. Ich ging zum Dinner hinunter, konnte mich aber nicht zum Essen zwingen. Mr. Huntingdon bemerkte dies.

»Was ist denn mit dir los?« sagte er, als der zweite Gang abgetragen wurde und er dadurch Zeit hatte, sich umzusehen.

»Mir ist nicht gut«, erwiderte ich; »ich glaube, ich muß mich etwas hinlegen – du wirst mich gewiß nicht sehr vermissen!«

»Nicht im mindesten: Wenn du deinen Stuhl verläßt, auch gut – besser gesagt: unwichtig«, murmelte er, als ich das Zimmer verließ, »denn ich kann mir durchaus vorstellen, daß ihn eine andere einnimmt.«

»Morgen mag ihn meinetwegen eine andere einnehmen«, dachte ich bei mir – sagte es aber nicht. »So! Das ist nun das letzte Mal, hoffe ich, daß ich dich sehe«, murmelte ich, als ich die Tür hinter mir schloß.

Rachel drang darauf, daß ich mich sofort zur Ruhe begebe, um Kräfte zu sammeln für die morgige Reise, da wir schon vor Tagesanbruch fort sein mußten, aber in meinem gegenwärtigen Zustand nervöser Überreizung war das völlig undenkbar. Ebenso ausgeschlossen war es, ruhig dazusitzen oder in meinem Zimmer auf- und abzugehen, und dabei die Stunden und Minuten zu zählen, die mich noch von dem festgesetzten Zeitpunkt der Tat trennten, und meine Ohren zu spitzen und bei jedem Geräusch zu erzittern, damit uns nicht doch noch jemand entdeckte und verriete. Ich nahm ein Buch zur Hand und versuchte zu lesen. Meine Augen schweiften über die Seiten dahin, aber es war mir unmöglich, meine Gedanken auf ihren Inhalt zu konzentrieren. Warum also nicht Zuflucht nehmen bei dem alten Notbehelf und meiner Chronik dieses letzte Ereignis hinzufügen? Ich öffnete ihre Seiten noch einmal und schrieb den obigen Bericht – mit Mühe zunächst, aber allmählich wurde ich innerlich gelassener und ruhiger. Auf diese Weise sind etliche Stunden vergangen: Der Zeitpunkt rückt näher; und nun fühle ich, wie meine Augen schläfrig werden und wie erschöpft mein Körper ist: Ich will meine Sache in Gottes Hand legen, und mich dann hinlegen und ein paar Stunden Schlaf finden; und dann!

Klein-Arthur schläft tief. Das ganze Haus ist still: Es kann niemand mehr wach sein. Die Koffer wurden alle von Benson verschnürt und nach Einbruch der Dunkelheit leise die Hintertreppe hinuntergeschafft und in einem Karren zur Post-Station in M– vorausgeschickt. Der Name auf den Schildern lautete Mrs. Graham, und diesen Namen gedenke ich forthin zu tragen. Der Mädchenname meiner Mutter war Graham, und daher meine ich ein gewisses Anrecht darauf zu haben, und ziehe ihn jedem anderen vor, außer meinem eigenen, den ich nicht wieder anzunehmen wage.

KAPITEL 44
Der Zufluchtsort

24. Oktober. – Dem Himmel sei Dank, endlich bin ich frei und in Sicherheit! Früh am Morgen standen wir auf, zogen uns geschwind und leise an, gingen langsam und unbemerkt in die Halle hinab, wo Benson mit einem Licht bereitstand, um uns die Tür zu öffnen und sie hinter uns abzusperren. Wegen der Koffer etc. mußten wir einen Bediensteten in unser Geheimnis einweihen. Das ganze Personal war nur zu gut mit dem Verhalten seines Herrn vertraut, und sowohl Benson als auch John wäre mir bereitwillig zu Diensten gestanden, aber da jener ruhiger und der ältere von beiden und zudem ein alter Freund von Rachel war, wies ich sie natürlich an, ihn in dieser Angelegenheit zum Helfer und Vertrauten zu wählen, so weit es unumgänglich nötig war. Ich hoffe bloß, er gerät dadurch nicht in Schwierigkeiten, und

ich wünschte nur, ich könnte ihn für den gefährlichen Dienst entschädigen, den er so bereitwillig auf sich nahm. Zur Erinnerung ließ ich zwei Guineen in seine Hand gleiten, als er so im Türbogen stand, die Kerze haltend, um uns bei unserem Verlassen des Hauses zu leuchten, mit Tränen in seinen ehrlichen grauen Augen und einer Menge guter Wünsche, die ihm an der ernsten Miene abzulesen waren. Ach, leider konnte ich ihm nicht mehr geben: Mir blieb kaum noch genug für die zu erwartenden Reisekosten.

Welch bange Freude, als sich das kleine Tor hinter uns schloß, nachdem wir aus dem Park getreten waren! Da blieb ich einen Augenblick stehen, um in tiefen Zügen die kühle, erfrischende Luft einzuatmen und einen Blick zurück auf das Haus zu wagen. Alles war dunkel und still; kein Licht schien durch die Fenster; keine Rauchfahne verdüsterte die Sterne, die in dem frostigen Himmel darüber funkelten. Als ich diesem Ort auf immer Lebewohl sagte, dem Schauplatz von so viel Schuld und Unglück, war ich froh, daß ich ihn nicht schon früher verlassen hatte, denn jetzt bestand kein Zweifel mehr an der Richtigkeit eines solchen Schritts – keine Spur von Bedauern band mich noch an diesen Mann: nichts konnte meine Freude trüben als die Angst, entdeckt zu werden; und jeder Schritt entfernte uns weiter von der Möglichkeit, daß dies geschah.

Grass-dale lag bereits viele Meilen hinter uns, ehe die runde, rote Sonne aufging, um unsere Rettung zu begrüßen, und wenn irgendein Bewohner aus der Nachbarschaft uns damals gesehen hätte, wie wir da auf dem Kutschbock saßen und munter dahinrollten, so glaube ich kaum, daß er geahnt hätte, wer wir waren. Da ich für eine Witwe gehalten werden wollte, erschien es mir ratsam, mein neues Zuhause in Trauerkleidung zu betreten: ich trug deshalb ein einfaches schwarzes Seidenkleid mit Mantel, einen schwarzen Schleier (den ich während der ersten zwanzig Meilen unserer Reise sorgfältig über mein Gesicht gezogen hatte) und eine schwarze Seidenhaube, die ich mir von Rachel hatte borgen müssen, weil ich selbst kein solches Bekleidungsstück besaß – natürlich entsprach sie nicht der neuesten Mode; aber das konnte unter den gegenwärtigen Umständen nicht schaden. Arthur hatte seine schlichtesten Sachen an und war in eine derbe Wolldecke gepackt, und Rachel in einen grauen Umhang mit Kapuze gehüllt, der schon bessere Tage gesehen hatte und ihr mehr das Aussehen einer einfachen, wenn auch anständigen alten Frau als das einer herrschaftlichen Zofe verlieh.

Oh, was war das für eine Wonne, hoch droben zu sitzen und auf der breiten, sonnenbeschienenen Straße dahinzurattern, die frische Morgenluft im Gesicht zu spüren, inmitten einer unbekannten heiteren Landschaft, die im goldenen Licht dieser ersten Sonnenstrahlen so freundlich, so wunderbar heiter wirkte, in den Armen mein Kind, das fast ebenso glücklich war wie ich, und meine treue Freundin neben mir; ein Gefängnis und Verzweiflung lagen hinter mir und wichen mit jedem Klappern der Pferdehufe weiter und weiter zurück, – und Freiheit und Hoffnung vor mir! Ich konnte mich kaum zurückhalten, Gott für meine Rettung zu preisen oder meine Reisegefährten durch unerwartete Heiterkeitsausbrüche in Erstaunen zu versetzen.

Aber die Reise zog sich sehr lange hin, und wir waren gegen Ende völlig erschöpft. Es war schon spät am Abend, als wir die Stadt L. erreichten, und immer noch hatten wir sieben Meilen vor uns; und es war keine Kutsche und auch kein anderes Fahrzeug mehr zu kriegen, außer einem einfachen zweirädrigen Wagen – und auch den nur mit größten Schwierigkeiten, denn die halbe Stadt lag bereits im Bett. Und so hatten wir auf der letzten Etappe der Reise eine trübselige Fahrt, so durchgefroren und müde, wie wir waren; wir saßen auf unseren Kisten, konnten uns nirgendwo festhalten, nirgendwo anlehnen und wurden langsam dahingezogen und grausam durchgeschüttelt auf den holprigen, durch hügeliges Gelände führenden Straßen. Aber Arthur war in Rachels Schoß eingeschlafen, und gemeinsam gelang es uns recht gut, ihn gegen die kalte Nachtluft abzuschirmen.

Schließlich begannen wir, einen schrecklich steilen und steinigen Weg hinaufzufahren, an den sich Rachel trotz der Dunkelheit, wie sie behauptete, gut erinnerte: Sie sei dort oft mit mir auf dem Arm spazierengegangen und habe sich nicht träumen lassen, daß sie so viele Jahre später erneut hierherkommen würde und noch dazu unter solchen Umständen wie den gegenwärtigen. Da Arthur mittlerweile von dem Geratter und dem wiederholten Anhalten aufgewacht war, stiegen wir alle aus und gingen zu Fuß. Wir hatten nicht mehr weit zu laufen. Aber was, wenn Frederick meinen Brief nicht erhalten haben sollte? Oder wenn er ihn erhalten, aber keine Zeit gehabt hatte, die Zimmer für uns herzurichten, und wir sie dunkel, feucht und ungemütlich vorfänden, ohne Essen, Feuer und Möbel, nach all unseren Mühen?

Endlich tauchte das düstere, dunkle Gebäude vor uns auf. Der Weg führte uns um das Haus herum zum Hintereingang. Wir traten in den öden Hof und musterten die verfallene Gebäudemasse mit atemloser Beklemmung. War denn alles so dunkel und verlassen? Nein, ein schwacher rötlicher Lichtschein leuchtete uns aus einem Fenster entgegen, dessen Gitter in gutem Zustand war. Die Tür war verschlossen, aber nach zweimaligem Klopfen und Warten und kurzem Verhandeln mit einer Stimme aus einem Fenster im oberen Stock wurden wir von einer alten Frau, die beauftragt worden war, zu lüften und bis zu unserer Ankunft das Haus zu hüten, in ein recht gemütliches kleines Zimmer geführt, der früheren Spülkammer des Herrenhauses, die Frederick nun als Küche eingerichtet hatte. Hier machte sie uns Licht, entfachte das Feuer im Kamin zu einer freundlich lodernden Flamme und bereitete eine einfache Mahlzeit zu unserer Stärkung, während wir uns unserer Reisekleidung entledigten und schnell unser neues Zuhause in Augenschein nahmen. Außer der Küche gab es zwei Schlafzimmer, einen geräumigen Salon und noch einen kleineren, den ich zu meinem Atelier bestimmte. Alle Räumlichkeiten waren frisch gelüftet und anscheinend in einem guten Zustand, aber nur teilweise möbliert mit ein paar alten Stücken, meist aus schwerer, schwarzer Eiche – die schon ursprünglich hier gestanden hatten, danach im jetzigen Wohnsitz meines Bruders gewissermaßen als Zeugen der Vergangenheit aufbewahrt und nun in aller Eile wieder hierhergeschafft worden waren.

Die alte Frau brachte mir und Arthur das Abendessen in den Salon und teilte mir in aller gebührenden Förmlichkeit mit, daß der gnädige Herr Mrs. Graham seine Grüße entbiete und die Zimmer so gut hergerichtet habe, wie er es auf eine so kurzfristige Mitteilung hin vermocht habe, aber er werde sich die Freude machen, sie morgen aufzusuchen, um ihre weiteren Anordnungen entgegenzunehmen.

Ich war froh, die finster wirkende Steintreppe hinaufsteigen und mich neben meinen kleinen Arthur in das düstere, altmodische Bett legen zu dürfen. Im Nu war er eingeschlafen; aber, so müde ich auch war, hielten mich doch meine überreizten Gefühle und ruhelosen Gedanken wach, bis die Morgendämmerung mit der Dunkelheit zu kämpfen begann; doch der Schlaf war süß und erquickend, als er endlich kam, und das Erwachen unsagbar köstlich. Der kleine Arthur weckte mich mit zarten Küssen: er war also hier – sicher in meinen Armen geborgen und viele Meilen von seinem nichtsnutzigen Vater entfernt! Helles Tageslicht durchflutete das Gemach, denn die Sonne stand hoch am

Himmel, wenn auch von wogenden Massen herbstlicher Nebel verdüstert.

Tatsächlich war der Ort selbst nicht besonders heiter, weder drinnen noch draußen. Der große kahle Raum mit seiner düsteren alten Einrichtung, den engen, vergitterten Fenstern, die den öden grauen Himmel oben und die verlassene Wüstenei darunter offenbarten, worin nur die dunklen Steinmauern und das eiserne Tor, das üppig wuchernde Gras und Unkraut und die abgehärteten Koniferen in ihren phantastischen Formen daran erinnerten, daß es dort einmal einen Garten gegeben hatte, – und die brachliegenden und unfruchtbaren Felder dahinter wären mir zu anderer Zeit ziemlich trostlos vorgekommen, aber nun schien hier alles, worauf das Auge fiel, mein eigenes Hochgefühl von Hoffnung und Freiheit widerhallen zu lassen: unbestimmte Träume aus ferner Vergangenheit und Vorahnungen auf Zukünftiges schienen mich an jeder Ecke zu grüßen. Meine Freude wäre natürlich noch unbeschwerter gewesen, hätte sich die weite See zwischen mein jetziges und mein früheres Zuhause ergossen, aber gewiß würde ich an diesem verlassenen Ort unerkannt bleiben können; und dann hatte ich ja auch noch meinen Bruder hier, der meine Einsamkeit durch gelegentliche Besuche aufheitern würde.

An jenem Morgen kam er; und seither habe ich mehrere Unterredungen mit ihm gehabt; doch er muß sehr vorsichtig sein, wann und wie er kommt; nicht einmal seine Bediensteten und seine besten Freunde dürfen von seinen Besuchen in Wildfell Hall erfahren – außer bei solchen Gelegenheiten, wo man erwarten könnte, daß ein Hauseigentümer einer fremden Pächterin seine Aufwartung macht, damit kein Verdacht gegen mich erregt werde, ob er nun wahr oder verleumderisch und falsch ist.

Ich bin nun fast zwei Wochen hier und habe mich, abgesehen von einer quälenden Sorge, der mich immer wieder heimsuchenden Furcht, entdeckt zu werden, in meinem neuen Zuhause behaglich eingerichtet: Frederick beschaffte mir die noch fehlenden Einrichtungsgegenstände und die Sachen zum Malen. Rachel hat die meisten meiner Kleider in einer fernen Stadt für mich verkauft und mir eine Garderobe besorgt, die meiner gegenwärtigen Lage angemessener ist. In meinem Salon steht ein gebrauchtes Klavier und ein recht gut bestückter Bücherschrank; und mein anderes Zimmer wirkt inzwischen schon wie ein richtiges Maleratelier. Ich arbeite hart, um meinem Bruder alle seine wegen mir getätigten Ausgaben zurückzuzahlen; nicht daß für eine derartige Handlungsweise auch nur die geringste Notwendigkeit bestünde, aber ich halte es für angebracht: so werde ich mehr Freude an meiner Arbeit, meinen Einnahmen, meiner einfachen Kost und meiner sparsamen Haushaltung haben, wenn ich weiß, daß ich meinen Lebensunterhalt auf ehrliche Weise bestreite, und daß das wenige, was ich besitze, rechtmäßig mein eigen ist; und daß niemand unter meiner Torheit zu leiden hat – zumindest in finanzieller Hinsicht. Ich werde ihm den letzten Penny, den ich ihm schulde, aufdrängen, wenn ich es irgend bewerkstelligen kann, ohne ihn zu sehr zu beleidigen. Ich habe schon ein paar Bilder fertig, denn ich wies Rachel an, alles, was ich hatte, einzupacken; und sie führte ihren Auftrag nur zu gut aus, denn unter anderem packte sie ein Porträt Mr. Huntingdons ein, das ich im ersten Jahr meiner Ehe gemalt hatte. Es erfüllte mich mit Entsetzen, wie ich es aus dem Koffer nahm und diese Augen auf mich gerichtet fühlte mit ihrer spöttischen Heiterkeit, als frohlocke er noch immer über seine Macht, mein Schicksal völlig in der Hand zu haben, und mache sich über meine Fluchtversuche lustig.

Wie unterschieden sich doch die Empfindungen, mit denen ich das Porträt malte, von denen, mit denen ich es nun betrachtete! Wie hatte ich mich bemüht und abgeplagt, um etwas hervorzubringen, das, wie ich dachte, dem Original würdig sei! Welche Mischung aus Freude und Unzufriedenheit hatte ich am Ende meiner Arbeit empfunden! Freude über die Ähnlichkeit, die ich festgehalten hatte; Unzufriedenheit, weil ich es nicht hübsch genug gemacht hatte. Nun entdecke ich keinerlei Schönheit in ihm, nichts Gefälliges an seinem ganzen Gesichtsausdruck; und doch wirkt es immer noch weitaus hübscher und weitaus ansprechender – weitaus weniger abstoßend, sollte ich wohl besser sagen – als er jetzt ist; denn die letzten sechs Jahre haben eine fast ebenso große Veränderung in ihm bewirkt wie in meinen Gefühlen ihm gegenüber. Der Rahmen allerdings ist durchaus ansehnlich; er wird noch für ein anderes Gemälde taugen. Das Bild selbst habe ich nicht zerstört, wie ich zunächst vorgehabt hatte; ich habe es beiseite gestellt; nicht aus einer versteckten Gefühlsduselei in Erinnerung an vergangene Liebe, und auch nicht, um mich an meine frühere Torheit zu erinnern, sondern vor allem, um die Gesichtszüge und den Ausdruck meines Sohnes, wenn er heranwächst, damit vergleichen zu können und dadurch imstande zu sein, zu beurteilen, wie sehr oder wie wenig er seinem Vater ähnlich sieht – falls es mir gestattet ist, ihn dann immer noch bei mir zu behalten und das Gesicht seines Vaters nie mehr wieder zu sehen – ein Segen, mit dem ich kaum zu rechnen wage.

Mr. Huntingdon unternimmt anscheinend jede erdenkliche Anstrengung, um meinen Zufluchtsort ausfindig zu machen. Er ist persönlich in Staningley gewesen, um Wiedergutmachung für die erlittene Kränkung zu erlangen – da er erwartete, dort von seinen Opfern zu hören, wenn nicht sie dort zu finden – und hat so viele Lügen aufgetischt und das mit einer solch schamlosen Unverfrorenheit, daß ihm mein Onkel fast glaubt und dafür eintritt, ich solle wieder zu ihm zurückgehen und mich mit ihm versöhnen; aber meine

Tante ist nicht so dumm; sie ist zu beherrscht und vorsichtig und zu gut vertraut sowohl mit dem Charakter meines Mannes als auch mit meinem eigenen, um sich durch irgendwelche trügerischen Unwahrheiten, die jener erfinden konnte, täuschen zu lassen. Aber er will gar nicht, daß ich zurückkomme; er will mein Kind und gibt meinen Freunden zu verstehen, daß er, wenn ich es vorzöge, getrennt von ihm zu leben, sich dieser Laune beugen und mich das ungehindert tun lassen, ja mir sogar eine angemessene Summe aussetzen wolle, vorausgesetzt, ich würde ihm auf der Stelle seinen Sohn herausgeben. Aber, Gott steh mir bei! Ich werde doch mein Kind nicht für Gold verkaufen, auch wenn es uns beide vor dem Hungertod bewahrte: Es wäre besser, wenn er mit mir stürbe, als wenn er bei seinem Vater lebte.

Frederick zeigte mir einen Brief, den er von diesem Herren erhalten hatte, voll von solch kaltblütiger Unverschämtheit, die jeden, der ihn nicht kennt, in Erstaunen versetzen würde, auf die jedoch, dessen bin ich sicher, niemand besser antworten könnte als mein Bruder. Er erzählte mir nicht im einzelnen, was er erwidert hatte, außer, daß er nicht zugegeben habe, von meinem Zufluchtsort zu wissen, aber durchblicken habe lassen, daß er ihm gänzlich unbekannt sei, und ihm versichert habe, er brauche sich erst gar nicht an ihn oder irgend jemanden aus meiner Verwandtschaft zu wenden, um etwas darüber zu erfahren, da ich anscheinend so zum Äußersten getrieben worden sei, daß ich meine Zuflucht sogar vor meinen besten Freunden geheimhalte; daß aber, wenn sie ihm bekannt wäre oder er irgendwann davon erführe, Mr. Huntingdon ganz sicher der letzte wäre, dem er die Neuigkeit mitteilen würde; und daß er sich nicht die Mühe zu machen brauche, um das Kind zu feilschen, denn er (Frederick) glaube, seine Schwester gut genug zu kennen, um erklären zu können, daß, wo immer sie auch sein oder unter welchen Umständen sie auch leben möge, nichts sie dazu bewegen werde, es herauszugeben.

Dreißigster. – Leider wollen mich meine lieben Nachbarn nicht in Ruhe lassen. Irgendwie haben sie mich aufgespürt, und ich mußte Besuche von drei verschiedenen Familien über mich ergehen lassen, die alle mehr oder weniger darauf aus waren herauszufinden, wer und was ich bin, woher ich komme und warum ich mir gerade ein solches Zuhause ausgesucht habe. Ich brauche ihre Gesellschaft nicht, gelinde gesagt, und ihre Neugier stört und beunruhigt mich: wenn ich sie befriedige, führt das vielleicht zum Verderben meines Sohnes, und wenn ich mich zu geheimnisvoll gebe, wird es nur ihren Argwohn erregen, zu Vermutungen Anlaß geben und sie zu weiteren Anstrengungen ermuntern – und sich die Kunde von mir vielleicht auf diesem Weg von Pfarrbezirk zu Pfarrbezirk ausbreiten, bis sie irgend jemandem zu Ohren kommt, der sie vielleicht dem Herrn von Grass-dale zutragen wird.

Sie werden von mir erwarten, daß ich ihre Besuche erwidere, aber wenn ich durch Nachfragen feststellen sollte, daß eine von ihnen zu weit entfernt wohnt, als daß Arthur mich begleiten könnte, müssen sie eine Weile vergebens auf mich warten, denn der Gedanke, ihn alleinzulassen, ist mir unerträglich, es sei denn, um zur Kirche zu gehen; und das habe ich bis jetzt noch nicht versucht, denn – es mag törichte Schwachheit sein, aber ich lebe in der ständigen Angst, daß er mir weggenommen wird, so daß ich immer ganz unruhig bin, wenn er nicht an meiner Seite ist; und ich fürchte, diese nervenaufreibenden Ängste würden meine Gebete so vollständig stören, daß ich vom Kirchgang nichts hätte. Ich möchte jedoch am nächsten Sonntag den Versuch machen und mich dazu zwingen, ihn für ein paar Stunden unter Rachels Obhut zurückzulassen. Es wird mir schwerfallen, aber gewiß keine Unvorsichtigkeit sein; und der Pfarrer hat mich schon getadelt, weil ich die von der Religion auferlegten Pflichten vernachlässige. Ich konnte keine ausreichende Entschuldigung vorbringen und versprach, wenn alles gutginge, werde er mich am nächsten Sonntag in meinem Kirchenstuhl sehen; denn ich möchte nicht für eine Ungläubige gehalten werden; und außerdem weiß ich, daß ich aus einer gelegentlichen Teilnahme am Gottesdienst großen Trost und Gewinn schöpfen würde, wenn ich nur den Glauben und die innere Seelenstärke hätte, meine Gedanken auf den feierlichen Anlaß zu konzentrieren und zu verhindern, daß sie stets um mein Kind zu Hause und die schreckliche Möglichkeit kreisen, bei meiner Rückkehr feststellen zu müssen, daß es fort ist; und Gott in Seiner Gnade wird mich sicherlich vor einer so harten Prüfung bewahren: um meines Kindes willen, wenn nicht um meinetwillen, wird Er nicht zulassen, daß man es mir entreißt.

3. November. – Ich habe unter meinen Nachbarn noch eine weitere Bekanntschaft gemacht. Der feine Herr und Beau der Gemeinde und ihrer Umgebung (dafür hält er sich wohl zumindest) ist ein junger…

* * *

Hier endete das Tagebuch. Der Rest war herausgerissen. Wie grausam – gerade wo sie dabei war, mich zu erwähnen! Denn ich konnte nicht daran zweifeln, Halford, daß es Dein ergebener Diener ist, auf den sie nun die Sprache bringen wollte, wenn auch natürlich in einer wenig vorteilhaften Weise – ich entnahm das sowohl jenen wenigen Worten als auch der Erinnerung an ihre Miene und ihr ganzes Benehmen mir gegenüber zu Beginn unserer Bekanntschaft. Nun gut! Ich konnte ihr ihre Voreingenommenheit gegen mich und ihr hartes Urteil über unser Geschlecht im allgemeinen bereitwillig vergeben, als ich merkte, auf welche Prachtexemplare sich ihre Erfahrung beschränkt hatte.

Was allerdings mich angeht, so hat sie ihren Irrtum längst eingesehen und ist vielleicht nun ins entgegengesetzte Extrem verfallen; denn wenn anfangs ihre Meinung über mich schlechter war, als ich es verdiente, so fühlte ich mich jetzt doch überzeugt, daß meine eigenen Verdienste geringer waren als ihre Meinung von mir; und wenn der erste Teil dieser Fortsetzungsgeschichte herausgerissen worden wäre, damit meine Gefühle nicht verletzt würden, war der letzte Teil vielleicht entfernt worden aus Angst, meiner Eitelkeit damit allzusehr zu schmeicheln. Jedenfalls hätte ich viel darum gegeben, alles sehen zu können – den allmählichen Wandel miterleben und die Fortschritte in ihrer Achtung und Freundschaft für mich verfolgen zu können – und welch zärtlichere Empfindungen sie immer gehabt haben mochte – zu sehen, wieviel Liebe in ihrer Achtung lag und wie sie in ihr gewachsen war, trotz ihrer tugendhaften Vorsätze und energischen Anstrengungen... – aber nein, ich hatte kein Recht, es zu sehen: all das war zu geheiligt für menschliche Augen, ausgenommen ihre eigenen, und sie hatte gut daran getan, es mir vorzuenthalten.

KAPITEL 45
Versöhnung

Nun, Halford, was hältst Du von alledem? Und hast Du Dir, während Du das gelesen hast, vorstellen können, was ich bei der Lektüre dieses Tagebuchs empfand? Höchst wahrscheinlich nicht; aber ich will mich jetzt nicht darüber auslassen: ich möchte nur folgendes Bekenntnis ablegen, so wenig Ehre es auch der menschlichen Natur und insbesondere mir selbst machen mag; die erste Hälfte des Berichts schmerzte mich mehr als die zweite; nicht daß ich gegenüber Mrs. Huntingdons Kränkungen gefühllos oder von ihren Leiden unberührt geblieben wäre, aber ich muß gestehen, ich empfand eine Art selbstsüchtiger Genugtuung, verfolgen zu können, wie ihr Mann allmählich in ihrer Gunst sank, und zu merken, wie er ihre Zuneigung schließlich vollständig zerstörte. Trotz meines Mitgefühls mit ihr und meiner Wut gegen ihn, bewirkte das Ganze jedoch, daß ich mich innerlich von einer unerträglichen Last befreit fühlte und sich mein Herz mit Freude füllte, als ob mich ein Freund aus einem schrecklichen Alptraum geweckt hätte.

Es war inzwischen fast acht Uhr morgens, denn meine Kerze war mitten in meiner Lektüre erloschen, so daß mir keine andere Wahl blieb, als entweder eine neue zu holen, auf die Gefahr hin, das ganze Haus aufzuwecken, oder zu Bett zu gehen und zu warten, bis es wieder hell würde. Wegen meiner Mutter entschied ich mich für letzteres; aber wie gern ich mein Kissen aufsuchte und wieviel Schlaf es mir bescherte, überlasse ich Deinem Vorstellungsvermögen.

Beim ersten Schein der Morgendämmerung erhob ich mich und trug das Manuskript zum Fenster, aber es war immer noch unmöglich, darin zu lesen. Ich widmete eine halbe Stunde meiner Morgentoilette und kehrte dann wieder zu ihm zurück. Nun ging es ohne große Schwierigkeiten; und mit lebhaftem Interesse und voller Ungeduld verschlang ich den restlichen Teil. Als ich fertig und mein momentanes Bedauern über seinen unvermittelten Schluß vorüber war, öffnete ich das Fenster und streckte meinen Kopf hinaus, um frische Luft zu schnappen und die reine Morgenluft in tiefen Zügen einzusaugen. Es war ein herrlicher Morgen; der halbgefrorene Tau lag in dicken Tropfen auf dem Gras, die Schwalben zwitscherten um mich herum, die Krähen krächzten und Kühe muhten in einiger Entfernung; und die Frische des nächtlichen Frosts und die Milde des Sommersonnenscheins verschmolzen in der Luft. Aber darauf achtete ich nicht: Ein Durcheinander von zahllosen Gedanken und mannigfaltigen Empfindungen stürmte auf mich ein, während ich geistesabwesend auf das liebliche Antlitz der Natur starrte. Bald jedoch löste sich das Chaos von Überlegungen und Leidenschaften auf und gab zwei deutlichen Empfindungen Raum: unsagbare Freude, daß meine angebetete Helen all das war, wofür ich sie so gern hielt – daß durch das ekelhafte Gebräu öffentlicher Verdächtigungen und meine eigenen falschen Überzeugungen ihr Charakter so hell und klar und fleckenlos erstrahlte wie diese Sonne, deren Anblick ich nicht ertragen konnte, und Scham und tiefe Reue über mein eigenes Verhalten.

Gleich nach dem Frühstück eilte ich gen Wildfell Hall. Seit gestern war Rachel erheblich in meiner Achtung gestiegen. Ich war bereit, sie wie eine alte Freundin zu begrüßen; aber jede freundliche Regung gefror unter dem Blick kalten Mißtrauens, den sie auf mich warf, als sie die Tür geöffnet hatte. Die alte Jungfer hatte sich vermutlich selbst zur Wächterin über die Ehre ihrer Herrin ernannt und sah in mir zweifellos einen zweiten Mr. Hargrave, der nur um so gefährlicher war, als ihm von ihrer Herrin mehr Achtung und Vertrauen entgegengebracht wurde.

»Die gnädige Frau kann heute niemanden empfangen, Sir – sie fühlt sich nicht wohl«, sagte sie auf meine Frage nach Mrs. Graham.

»Aber ich muß sie sprechen, Rachel«, sagte ich und legte meine Hand auf die Tür, um zu verhindern, daß sie mir vor der Nase zugeschlagen würde.

»Wirklich, Sir, es geht nicht«, erwiderte sie, wobei sie in ihre Züge eine noch unerbittlichere Kälte legte als zuvor.

»Seien Sie so gut und melden Sie mich ihr.«

»Es hat keinen Zweck, Mr. Markham; sie fühlt sich nicht wohl, sagte ich Ihnen.«

Gerade rechtzeitig, um mich davon abzuhalten, die Unziemlichkeit zu begehen, die Zitadelle im Sturm zu nehmen und unangemeldet einzudringen, ging drinnen eine Tür auf und der kleine Arthur erschien mit seinem fröhlichen Spielkameraden, dem Hund. Er nahm meine Hand in seine beiden Händchen und zog mich lächelnd hinein.

»Mama sagt, Sie sollen hereinkommen, Mr. Markham«, sagte er, »und ich soll nach draußen gehen und mit Rover spielen.«

Rachel entfernte sich mit einem Seufzer, und ich trat in den Salon und schloß die Tür. Dort vor dem Kamin stand die hohe anmutige Gestalt, von vielen Sorgen gezeichnet. Ich warf das Manuskript auf den Tisch und sah ihr ins Gesicht. Ängstlich und blaß war es mir zugekehrt; ihre klaren dunklen Augen richteten sich mit einem so überaus ernsten Blick auf die meinen, daß sie mich wie durch eine Art Zauber in ihren Bann schlugen.

»Haben Sie einen Blick hineingeworfen?« murmelte sie. Der Bann war gebrochen.

»Ich habe es ganz gelesen«, sagte ich und ging weiter ins Zimmer hinein, »und ich möchte wissen, ob Sie mir vergeben – ob Sie mir verzeihen *können*?«

Sie antwortete nicht, aber ihre Augen glänzten und eine schwache Röte überzog Mund und Wangen. Als ich näher kam, wandte sie sich abrupt ab und ging zum Fenster. Nicht aus Zorn, dessen war ich mir ganz sicher, sondern nur um ihre Gefühlsbewegung zu verbergen und unter Kontrolle zu bringen. Ich wagte es daher, ihr zu folgen und mich neben sie zu stellen – nicht aber zu sprechen. Sie gab mir ihre Hand, ohne den Kopf zu wenden, und murmelte mit einer Stimme, der sie vergebens Festigkeit zu verleihen versuchte:

»Können Sie *mir* denn verzeihen?«

Es könnte als Vertrauensbruch betrachtet werden, dachte ich, wenn ich diese Lilienhand zu meinen Lippen führte, und so drückte ich sie nur sanft in der meinen und erwiderte lächelnd:

»Schwerlich. Sie hätten es mir schon früher erzählen sollen. Das verrät mangelndes Vertrauen...«

»O nein«, rief sie, »das war es nicht! Es war kein mangelndes Vertrauen in Sie; aber hätte ich Ihnen irgend etwas von meiner Geschichte erzählt, so hätte ich Ihnen alles erzählen müssen, um mein Verhalten zu rechtfertigen; und vor einer derartigen Enthüllung schreckte ich verständlicherweise zurück, bis mich die Notwendigkeit dazu zwang. Aber Sie verzeihen mir doch? – Ich habe Ihnen sehr, sehr unrecht getan, das weiß ich; aber wie gewöhnlich ernte ich die bitteren Früchte meines eigenen Fehlverhaltens – und muß sie ernten bis zum bitteren Ende.«

Schmerzlich in der Tat war der gequälte, mit fester Entschlossenheit unterdrückte Ton, in dem diese Worte gesprochen wurden. Nun hob ich ihre Hand an meine Lippen und voller Inbrunst küßte ich sie immer wieder; denn Tränen hinderten sie daran, irgend etwas zu erwidern. Sie ertrug diese ungestümen Zärtlichkeiten ohne Widerstand oder Groll: Dann wandte sie sich plötzlich von mir ab und ging ein paarmal im Zimmer hin und her. Ich merkte an ihrem Stirnrunzeln, ihrem fest zusammengepreßten Mund und ihrem Händeringen, daß nun ein heftiger Widerstreit zwischen Vernunft und Gefühl in ihrem Inneren tobte. Schließlich machte sie vor dem leeren Kamin halt und sagte, sich mir ruhig zuwendend – wenn das denn Ruhe genannt werden kann, was so offensichtlich das Ergebnis einer ungeheueren Willensanstrengung war:

»Nun, Gilbert, müssen Sie mich verlassen – nicht sofort, aber bald – und Sie dürfen *nie mehr wieder* kommen.«

»Nie wieder, Helen? Gerade jetzt, wo ich Sie mehr denn je liebe!«

»Aus eben diesem Grund, wenn es denn so ist, sollten wir

uns nie wiedersehen. Ich hielt *diese* Unterredung für notwendig – zumindest redete ich mir ein, daß sie es sei – damit wir uns für Vergangenes gegenseitig um Verzeihung bitten und jeder dem anderen verzeihen könnte; aber es kann keine Rechtfertigung für weitere geben. Ich werde diesen Ort verlassen, sobald ich Mittel und Wege finde, mir eine andere Zuflucht zu suchen; aber unser Umgang muß hiermit ein Ende haben.«

»Hiermit ein Ende haben!« wiederholte ich gedankenverloren, und ich trat zu dem hohen, geschnitzten Kaminsims, stützte mich mit der Hand gegen seine wuchtige Zierleiste und ließ in stummer, dumpfer Verzweiflung meine Stirn darauf niedersenken.

»Sie dürfen nicht mehr kommen«, fuhr sie fort. Ein leichtes Zittern lag in ihrer Stimme, aber ihr ganzes Gebaren war auf aufreizende Weise gefaßt, bedenkt man das schreckliche Urteil, das sie da aussprach. »Sie sollen erfahren, warum ich Ihnen das sage«, begann sie von neuem, »und Sie müssen einsehen, daß es besser ist, sogleich auseinanderzugehen: wenn es schon hart ist, für immer Lebewohl zu sagen, sollten Sie mir dabei helfen.« Sie hielt inne. Ich antwortete nicht. »Wollen Sie mir versprechen, nicht mehr zu kommen? Wenn Sie das nicht tun und wenn Sie erneut hierherkommen, werden Sie mich von hier wegtreiben, ehe ich weiß, wo ich einen anderen Zufluchtsort finden – oder wie ich ihn suchen soll.«

»Helen«, sagte ich und drehte mich ungeduldig zu ihr um, »ich kann das Thema endgültige Trennung nicht so ruhig und leidenschaftslos erörtern wie Sie. Es ist für mich keine Frage bloßer Schicklichkeit; es ist eine Frage von Leben und Tod!«

Sie schwieg. Ihre bleichen Lippen bebten, und ihre Finger zitterten vor Erregung, als sie sie nervös in die dünne Kette verflocht, an der ihre kleine goldene Uhr hing – der einzige

Wertgegenstand, den zu behalten sie sich erlaubt hatte. Ich hatte etwas Ungerechtes und Grausames gesagt, aber ich mußte ihm noch etwas Schlimmeres folgen lassen.

»Aber, Helen!« begann ich mit sanfter, leiser Stimme, wobei ich nicht wagte, meine Augen zu ihrem Gesicht zu erheben, »dieser Mann ist *nicht* Ihr Gemahl: In den Augen Gottes hat er jeden Anspruch auf Sie verwirkt...« Mit erstaunlicher Kraft faßte sie mich am Arm.

»Gilbert, lassen Sie das!« rief sie in einem Ton, der selbst ein Herz aus Stein hätte erweichen können. »Um Gottes Willen versuchen *Sie* es nicht mit diesen Argumenten! Nicht einmal ein *böser Dämon* könnte mich so peinigen!«

»Das will ich doch gar nicht!« sagte ich und legte meine Hand zärtlich auf die ihre, fast ebenso erschrocken über ihre Heftigkeit wie beschämt über meinen faux pas.

»Statt sich wie ein wirklicher Freund zu verhalten«, fuhr sie fort, wobei sie sich von mir riß und in den Lehnstuhl warf, »und mir mit all Ihrer Kraft zu helfen – oder vielmehr Ihre Rolle in diesem Kampf zwischen Pflicht und Neigung zu übernehmen – überlassen Sie die ganze Last mir; und damit nicht zufrieden, tun Sie Ihr möglichstes, um gegen mich zu kämpfen – wo Sie doch wissen, daß ich...« Sie hielt inne und verbarg ihr Gesicht in ihrem Taschentuch.

»Verzeihen Sie mir, Helen!« bat ich inständig. »Ich will nie mehr ein Wort über dieses Thema verlieren. Aber können wir uns denn nicht trotzdem als Freunde treffen?«

»Das wird nicht gehen«, erwiderte sie und schüttelte traurig den Kopf; dann hob sie die Augen mit einem leicht vorwurfsvollen Blick zu den meinen, der sagen zu wollen schien: »Das wissen Sie doch genausogut wie ich.«

»Was *sollen* wir denn dann tun?« rief ich leidenschaftlich. Aber sogleich fügte ich in einem ruhigeren Tonfall hinzu: »Ich werde tun, was immer Sie von mir verlangen; nur, sagen Sie nicht, daß diese Begegnung unsere letzte sein soll.«

»Und warum nicht? Wissen Sie nicht, daß der Gedanke an einen endgültigen Abschied mit jeder weiteren Begegnung schmerzlicher werden wird? Spüren Sie nicht, daß uns jede Unterredung einander näher bringt?«

Diese letzte Frage wurde hastig und leise geäußert, und die niedergeschlagenen Augen und die glühende Röte verrieten allzu deutlich, daß *sie* es zumindest empfunden hatte. Es zeugte nicht gerade von Besonnenheit, daß sie das zugab oder hinzufügte – wie sie es gleich darauf tat: »Jetzt habe ich noch die Kraft, Sie wegzuschicken; später könnte es vielleicht einmal anders ein«, doch ich war nicht so niederträchtig, daß ich versucht hätte, aus ihrer Aufrichtigkeit einen Vorteil zu ziehen.

»Aber wir können uns doch schreiben«, schlug ich schüchtern vor, »diesen Trost werden Sie mir wohl nicht versagen?«

»Wir können durch meinen Bruder voneinander hören.«

»Ihren Bruder!« Reue und Scham durchzuckten mich wie ein Stich. Sie hatte nicht von der Verletzung gehört, die er durch mich erlitten hatte; und ich besaß nicht den Mut, ihr davon zu erzählen. »Ihr Bruder wird uns nicht helfen«, sagte ich, »er möchte, daß unsere Verbindung gänzlich abbricht.«

»Und er hätte vermutlich recht damit. Als ein Freund von uns beiden möchte er, daß es uns beiden gutgeht; und jeder Freund würde uns sagen, daß es sowohl unser Interesse als auch unsere Pflicht ist, einander zu vergessen, obwohl wir es vielleicht selbst nicht einzusehen vermögen. Aber haben Sie keine Angst, Gilbert«, fügte sie mit einem traurigen Lächeln über meine offenkundige Verwirrung hinzu, »die Möglichkeit, daß ich Sie vergesse, ist gering. Doch ich wollte damit nicht sagen, daß Frederick der Mittelsmann sein soll, der zwischen uns Botschaften überliefert, nur daß jeder von uns durch ihn erfahren könnte, ob es dem anderen gutgeht – und mehr als das sollte es nicht geben; denn Sie sind jung, Gilbert, und sollten heiraten – und werden es irgendwann tun, auch wenn Sie das jetzt für unmöglich halten: und obwohl ich schwerlich behaupten kann, ich wünschte mir, daß Sie mich vergessen, weiß ich, daß Sie es durchaus tun sollten, und zwar sowohl zu Ihrem eigenen Glück als auch dem ihrer zukünftigen Frau; und deshalb muß und will ich es mir wünschen«, fügte sie entschlossen hinzu.

»Und auch Sie sind jung, Helen«, erwiderte ich kühn, »und wenn jener ruchlose Schuft seinen Lebensweg ausgeschritten hat, werden Sie mir Ihre Hand geben – bis dahin will ich warten.«

Aber sie wollte mir diesen Trost nicht lassen. Ganz abgesehen davon, daß es moralisch verwerflich sei, unsere Hoffnungen auf den Tod eines anderen zu gründen, der, wenn schon untauglich für diese Welt, zumindest nicht weniger geeignet für die nächste war, und dessen Läuterung somit unser Verderben und dessen schlimmste Verfehlungen unsere größte Wohltat bedeuten würden – hielt sie es für verrückt: viele Männer mit Mr. Huntingdons Lebensgewohnheiten hätten schließlich ein hohes, wenn auch elendes Alter erreicht; »und wenn ich auch«, sagte sie, »jung an Jahren bin, so bin ich doch, gemessen an dem, was ich schon durchgemacht habe, alt; aber selbst wenn mich der Kummer nicht umbringen sollte, ehe ihn das Laster zerstört, bedenken Sie, wenn er nur etwa fünfzig Jahre alt werden sollte, würden Sie dann zwanzig oder fünfzehn Jahre in vager Ungewißheit und Spannung warten, durch die Blüte der Jugend und des Mannesalters hindurch – und zuletzt eine verblühte und verbrauchte Frau heiraten, wie ich es dann sein werde, ohne mich in der Zwischenzeit je gesehen zu haben? Das würden Sie nicht«, fuhr sie fort, indem sie meine ernsthaften Beteuerungen unverbrüchlicher Treue unterbrach; »und wenn doch, dann sollten Sie es nicht tun. Glauben Sie mir, Gilbert, auf diesem Gebiet kenne ich mich besser aus als Sie. Sie halten mich für kalt und hartherzig, und das steht Ihnen durchaus frei, aber...«

»Das tue ich nicht, Helen.«

»Na, machen Sie sich nichts draus; Sie könnten es immerhin, wenn Sie wollten – aber ich habe meine Einsamkeit nicht in völliger Untätigkeit verbracht, und ich spreche jetzt nicht aus der Regung eines Augenblicks heraus, wie Sie es tun: ich habe über diese Dinge immer wieder nachgedacht; ich habe diese Fragen mit mir selbst durchgesprochen und mir über unseren vergangenen und gegenwärtigen und zukünftigen Lebensweg viele Gedanken gemacht; und, glauben Sie mir, ich bin schließlich zu dem richtigen Schluß gelangt. Vertrauen Sie jetzt lieber meinen Worten als Ihren Gefühlen, und in ein paar Jahren werden Sie feststellen, daß ich recht hatte – obwohl ich es momentan selbst nur schwer einsehen kann«, murmelte sie mit einem Seufzer, als sie ihren Kopf auf ihre Hand stützte. »Und disputieren Sie jetzt nicht mehr mit mir: alles, was Sie sagen können, ist schon von meinem eigenen Herzen gesagt und von meiner Vernunft zurückgewiesen worden. Es war schwer genug, gegen diese Einflüsterungen anzukämpfen; aus Ihrem Mund sind sie zehnmal schlimmer, und wenn Sie wüßten, wie sehr sie mich quälen, würden Sie bestimmt auf der Stelle damit aufhören. Wenn Sie meine gegenwärtigen Gefühle kennten, würden Sie sie sogar auf Kosten Ihrer eigenen zu lindern versuchen.«

»Ich will ja gehen – in einer Minute, falls *das* Sie erleichtern kann – und NIE MEHR hierher kommen!« sagte ich mit bitterem Nachdruck. »Aber wenn wir uns schon nie mehr treffen dürfen und nie mehr hoffen dürfen, uns wiederzusehen, ist es denn dann ein Verbrechen, unsere Gedanken brieflich auszutauschen? Dürfen sich denn verwandte Seelen nicht begegnen und Verbindung miteinander pflegen, worin auch immer das Schicksal und die Lebensumstände ihrer irdischen Behausungen bestehen mögen?«

»Sie dürfen, sie dürfen!« rief sie in einem momentanen Ausbruch froher Begeisterung. »Auch ich habe daran gedacht, Gilbert, aber ich scheute mich, es zu erwähnen, weil ich fürchtete, Sie würden meine Auffassungen diesbezüglich nicht verstehen – selbst jetzt noch befürchte ich das – ich fürchte, irgendein guter Freund würde uns sagen, daß wir uns *beide* etwas vormachen, wenn wir meinen, eine geistige Verbindung aufrechterhalten zu können, ohne Hoffnung oder Aussicht auf etwas Weitergehendes – ohne vergeblichem Kummer und schädlichen Sehnsüchten Vorschub zu leisten und Gedanken zu hegen, die man streng und mitleidlos in sich abtöten sollte, indem man ihnen jede weitere Nahrung entzieht.«

»Vergessen Sie unsere guten Freunde: Wenn sie unsere Körper trennen können, ist das genug; in Gottes Namen, lassen Sie sie nicht auch noch unsere Seelen entzweien!« rief ich entsetzt, damit sie es nicht für ihre Pflicht hielte, uns auch noch diesen letzten verbleibenden Trost zu versagen.

»Aber wir können hier keinen Briefwechsel unterhalten«, sagte sie, »ohne dem böswilligen Klatsch neue Nahrung zu geben; und wenn ich erst weg bin, hatte ich eigentlich vor, daß mein neues Zuhause Ihnen ebenso verborgen bleiben sollte wie allen übrigen; nicht daß ich an Ihrem Ehrenwort zweifelte, wenn Sie versprächen, mich nicht zu besuchen, aber ich dachte, Sie wären innerlich ruhiger, wenn Sie wüßten, daß Sie es nicht tun könnten; und es fiele Ihnen leichter, sich von mir zu trennen, wenn Sie sich meine Lebensumstände nicht in Ihrer Phantasie ausmalen könnten. Doch hören Sie«, sagte sie, wobei sie lächelnd den Zeigefinger hob, um meiner ungeduldigen Erwiderung Einhalt zu gebieten, »in sechs Monaten sollen Sie von Frederick genau erfahren, wo ich lebe; und wenn Sie dann immer noch an Ihrem Wunsch festhalten, mir zu schreiben, und glauben, einen Briefwechsel pflegen zu können, der ganz gedanklicher, geistiger Natur ist – wie ihn körperlose Seelen oder zumindest platonische Freunde vielleicht aufrechterhalten können –, dann schreiben Sie mir, und ich will Ihnen antworten.«

»Sechs Monate!«

»Ja, um Ihrer momentanen Glut Zeit zum Abkühlen zu geben und die Echtheit und Beständigkeit, mit der Ihre Seele die meine liebt, auf die Probe zu stellen. Und nun haben wir genug geredet. Warum können wir nicht sofort auseinandergehen?« stieß sie nach kurzem Schweigen fast heftig hervor, als sie sich plötzlich, die Hände entschlossen zusammengepreßt, von ihrem Stuhl erhob. Ich hielt es für meine Pflicht, unverzüglich zu gehen; und ich trat zu ihr hin und hielt ihr meine Hand hin, wie um Abschied zu nehmen – sie ergriff sie schweigend. Aber dieser Gedanke an ewige Trennung war zu unerträglich; er schien mir das Blut aus dem Herzen zu pressen; und ich blieb wie angewurzelt stehen.

»Und so dürfen wir uns also nie wieder sehen?« murmelte ich in meiner Seelenpein.

»Im Himmel werden wir uns wiedersehen. Lassen Sie uns daran denken«, sagte sie mit schrecklich ruhiger Stimme; aber in ihren Augen lag ein wildes Leuchten, und ihr Gesicht war leichenblaß.

»Aber nicht so, wie wir jetzt sind«, konnte ich mir nicht verkneifen zu erwidern. »Ich empfinde wenig Trost bei dem Gedanken, daß ich Sie das nächste Mal als einen körperlosen Geist erblicken werde, oder als ein ganz anderes Wesen mit einem makellosen, herrlichen Körper, der aber diesem nicht gleicht! – und mit einem Herzen, das mir vielleicht ganz fremd geworden ist.«

»Nein, Gilbert, im Himmel gibt es die vollkommene Liebe!«

»So vollkommen, nehme ich an, daß sie über alle Unterschiede erhaben ist, und Sie zu mir keine innigere Zuneigung empfinden als zu irgendeinem der zehn Millionen Engel und der unzähligen Schar seliger Geister um uns herum.«

»Was immer ich auch bin, Sie werden derselbe sein und es daher auf keinen Fall bedauern; und worin auch immer diese Veränderung bestehen mag, wir wissen, daß sie eine zum Besseren sein muß.«

»Aber wenn ich so verändert sein soll, daß ich Sie nicht mehr mit ganzem Herzen anbeten und Sie mehr als jedes andere Wesen lieben kann, dann werde ich auch nicht mehr ich selbst sein; und sollte ich auch, wenn ich je das himmlische Leben erlange, gewiß unendlich besser und glücklicher sein als jetzt, so kann sich meine irdische Natur doch nicht über die Aussicht auf eine solche Glückseligkeit freuen, von der sie selbst und ihre größte Freude ausgeschlossen sein müssen.«

»Dann ist Ihre Liebe also doch *ganz und gar* irdischer Natur?«

»Nein, aber ich vermute, wir werden im Himmel keine engere Verbindung zueinander haben als zu den übrigen.«

»Sollte es so sein, dann deshalb, weil wir die anderen mehr und nicht weil wir uns weniger lieben. Mehr Liebe bedeutet auch größeres Glück, wenn sie gegenseitig und rein ist, wie es der Fall sein wird.«

»Aber, Helen, können *Sie* denn diese Aussicht, mich in einem Meer von himmlischer Herrlichkeit zu verlieren, mit Entzücken ins Auge fassen?«

»Ich gebe zu, das kann ich nicht; aber wir wissen nicht, ob es so sein wird; – das eine weiß ich allerdings: den Tausch irdischer Freuden gegen die Glückseligkeit des Himmels zu bedauern, ist, wie wenn die am Boden kriechende Raupe beklagen würde, daß sie eines Tages das angenagte Blatt verlassen muß, um sich emporzuschwingen und durch die Lüfte zu flattern, nach Belieben von Blume zu Blume zu fliegen, süßen Honig aus ihren Kelchen zu saugen oder sich auf ihren sonnenbeschienenen Blütenblättern zu wärmen. Wenn diese kleinen Geschöpfe wüßten, was für eine große Veränderung ihnen bevorsteht, würden sie es zweifellos bedauern; aber wäre nicht all diese Betrübnis unangebracht? Und wenn dieses Beispiel Sie kalt läßt, hier ist ein anderes: Wir sind jetzt Kinder; wir empfinden wie Kinder und wir haben den Verstand von Kindern; und wenn man uns sagt, daß Männer und Frauen nicht mit Spielzeug spielen und unsere Spielgefährten eines Tages der nichtigen Vergnügungen und Beschäftigungen überdrüssig sein werden, die sie und uns jetzt so stark interessieren, werden wir unweigerlich traurig bei dem Gedanken an eine derartige Veränderung, weil wir nicht begreifen können, daß mit dem Heranwachsen unser Geist sich so erweitert und erhebt, daß wir dann selbst jene Dinge und Beschäftigungen, an die wir uns jetzt so töricht klammern, als nichtig ansehen werden, und daß unsere Gefährten, obwohl sie nicht länger mehr an jenem kindischen Zeitvertreib teilhaben, mit uns aus anderen Quellen der Freude trinken und ihre Seelen mit den unseren zu höheren Zielen und edleren Beschäftigungen verbinden werden, die wir uns zwar gegenwärtig nicht vorstellen können, an denen wir aber deshalb nicht weniger Gefallen finden oder die wir nicht weniger schätzen werden – obzwar doch sowohl wir als auch sie noch im wesentlichen dieselben Menschen sein werden wie vorher. Aber, Gilbert, können Sie wirklich keinen Trost schöpfen aus der Vorstellung, daß wir vielleicht einander wiederbegegnen werden, wo es keinen Schmerz und Kummer mehr gibt, kein Ankämpfen gegen die Sünde und kein verzweifeltes Aufbegehren der

Seele gegen das Fleisch; wo wir beide dieselben herrlichen Wahrheiten erblicken und erhabene und höchste Glückseligkeit aus demselben Quell von Licht und Güte trinken werden – jenem Wesen, das wir beide mit derselben Innigkeit heiliger Glut verehren werden, und wo reine und glückliche Geschöpfe uns beide mit derselben göttlichen Zuneigung lieben werden? Wenn Sie das nicht können, schreiben Sie mir niemals!«

»Helen, ich kann! Falls mich der Glaube niemals verläßt.«

»Nun, denn«, stieß sie hervor, »solange diese Hoffnung so stark in uns ist…«

»Wir wollen Abschied nehmen«, sagte ich. »Sie werden sich nicht noch einmal der qualvollen Mühe unterziehen müssen, mich wegzuschicken: Ich will auf der Stelle gehen, aber…«

Ich faßte meine Bitte nicht in Worte: Sie verstand sie instinktiv, und diesmal gab sie auch nach – oder besser gesagt: in dem Vorgang lag nichts, was so überlegt wie Bitten oder Nachgeben gewesen wäre: da war eine plötzliche Regung, der keiner von uns beiden widerstehen konnte. Ich stand da und sah sie an, im nächsten Augenblick drückte ich sie an mein Herz und wir schienen zusammenzuwachsen in einer innigen Umarmung, aus der uns keine physische oder geistige Kraft reißen konnte. Ein geflüstertes »Gott segne dich!« und »Geh – geh!« war alles, was sie sagte; aber während sie sprach, hielt sie mich so fest, daß ich ihr nicht hätte gehorchen können, ohne mich gewaltsam zu lösen. Schließlich jedoch rissen wir uns mit einer übermenschlichen Willensanstrengung voneinander los, und ich stürzte aus dem Haus.

Ich entsinne mich nur dunkel, daß ich Arthur sah, der mir auf dem Gartenweg entgegenlief, und daß ich über die Mauer sprang, um ihm auszuweichen, – und danach über die abschüssigen Felder hinabrannte und über die steinernen Einfriedigungen und Hecken setzte, wie sie mir gerade in den Weg kamen, bis ich ganz außer Sichtweite des alten Landsitzes und am Fuß des Hügels angelangt war; und dann an die endlosen Stunden, die ich mit bitteren Tränen und Klagen und melancholischen Träumereien in dem einsamen Tal verbrachte, im Ohr die ewige Musik des Westwinds, der durch Schatten spendende Bäume fegte, und des Baches, der in seinem steinigen Bett dahinplätscherte und gurgelte – meine Augen, meist geistesabwesend auf die langen, wechselvollen Schatten gerichtet, die unablässig über dem hellen, sonnenüberfluteten Gras zu meinen Füßen spielten, wo ab und zu ein paar welke Blätter herabtaumelten, um sich dem Reigen anzuschließen, aber mein Herz weilte oben auf dem Hügel in jenem dunklen Zimmer, wo sie einsam und verlassen weinte – sie, die ich nicht trösten, nicht wiedersehen sollte, bis uns Jahre des Leidens beide niedergezwungen und unsere Seelen ihren vergänglichen Körpern entrissen haben würden.

An diesem Tag habe ich wenig gearbeitet, wie du Dir wohl denken kannst. Der Bauernhof war den Knechten und die Knechte waren sich selbst überlassen. Aber *eine* Pflicht mußte erledigt werden: Ich hatte meinen tätlichen Angriff auf Frederick Lawrence nicht vergessen; und ich mußte ihn aufsuchen, um mich für die unglückselige Tat zu entschuldigen. Ich hätte es gern auf morgen verschoben; aber was, wenn er mich in der Zwischenzeit bei seiner Schwester bloßstellen würde? Nein, nein, ich mußte ihn heute um Verzeihung bitten und ihn inständig ersuchen, in seiner Anklage nachsichtig zu sein, falls ihm die Enthüllung der Tat unvermeidlich erschien. Ich verschob es allerdings bis auf den Abend, als ich mich etwas beruhigt hatte und als – o seltsame Perversion der menschlichen Natur! – einige schwache Keime vager Hoffnungen in meinem Herzen sich zu regen begannen; nicht daß ich vorhatte, nach allem, was über das Thema gesagt worden war, diese zarten Pflänzchen zu hegen, aber dort mußten sie ein wenig leben, unversehrt, wenn auch ohne weitere Nahrung zu erhalten, bis ich gelernt hatte, ohne sie auszukommen.

Bei meiner Ankunft in Woodford, dem Wohnsitz des jungen Squire, stieß ich auf nicht geringe Schwierigkeiten, bei ihm vorgelassen zu werden. Der Diener, der die Tür öffnete, sagte mir, sein Herr sei sehr krank, und schien es für zweifelhaft zu halten, ob er in der Lage sei, mich zu empfangen. Ich wollte mich jedoch nicht abweisen lassen. Ruhig wartete ich in der Halle, um angemeldet zu werden, war aber innerlich entschlossen, mich nicht abweisen zu lassen. Die Botschaft lautete so, wie ich erwartet hatte – eine höfliche Andeutung, daß Mr. Lawrence niemanden empfangen könne; er habe Fieber und seine Ruhe dürfe nicht gestört werden.

»Ich werde sie ja nicht lange stören«, sagte ich; »aber ich muß ihn kurz sehen: Es geht um ein wichtiges Geschäft, über das ich mit ihm sprechen möchte.«

»Ich werde es ihm ausrichten, Sir«, sagte der Mann. Und ich ging noch ein paar Schritte in die Halle hinein und folgte ihm fast bis zur Tür des Gemaches, in dem sich sein Herr aufhielt – denn er lag anscheinend nicht im Bett. Die Antwort darauf lautete, Mr. Lawrence hoffe, ich habe die Güte, eine Botschaft oder eine Notiz bei dem Diener zu hinterlassen, da er sich gegenwärtig um keine Geschäfte kümmern könne.

»Er kann mich ebensogut empfangen wie Sie«, sagte ich, und trat hinter den verblüfften Diener, klopfte kühn an die Tür, ging hinein und schloß sie hinter mir. Das Zimmer war geräumig und hübsch eingerichtet – für einen Junggesellen zudem sehr behaglich. Ein helles, rotes Feuer brannte auf dem blankgeputzten Kaminrost: Ein uralter Windhund, der sich ganz dem Müßiggang und gutem Leben hingeben durfte, lag davor und wärmte sich auf einem dicken weichen Teppich, an dessen einer Ecke neben dem Sofa ein hübscher junger Spaniel saß und seinen Herrn sehnsüchtig ansah, vielleicht um ihn um Erlaubnis zu bitten, sein Lager teilen zu dürfen oder möglicherweise nur seiner Hand eine Liebkosung oder seinen Lippen ein freundliches Wort zu entlocken. Der Kranke machte einen mitleiderregenden Eindruck, wie er so zurückgelehnt dalag in seinem eleganten Morgenrock, ein seidenes Taschentuch um seine Schläfen gebunden. Sein normalerweise blasses Gesicht war gerötet und fiebrig; die Augen hatte er halb geschlossen, bis er meiner Gegenwart gewahr wurde – und da riß er sie ziemlich weit auf; eine Hand hing schlaff über der Rückenlehne des Sofas und hielt ein kleines Buch, mit dem er anscheinend vergebens versucht hatte, sich die langweiligen Stunden zu verkürzen. Er ließ es jedoch fallen, da er vor lauter Überraschung und Entrüstung zusammenzuckte, als ich auf ihn zukam und vor ihm auf dem Teppich stehenblieb. Er raffte sich aus seinen Kissen empor und starrte mich an, wobei sich nervöser Schrecken, Zorn und Verblüffung auf seinen Zügen abzeichneten.

»Mr. Markham, das habe ich nun wohl kaum erwartet!« sagte er; und das Blut wich aus seinen Wangen, als er sprach.

»Ich weiß«, antwortete ich; »aber hören Sie mich eine Minute lang ruhig an, und ich will Ihnen erzählen, weswegen ich gekommen bin.« Achtlos trat ich ein paar Schritte näher. Er zuckte bei meinem Herannahen zusammen mit einem Ausdruck von Abneigung und unwillkürlicher physischer Angst, der alles andere als versöhnlich wirkte. Ich ging jedoch einen Schritt zurück.

»Machen Sie es kurz«, sagte er, wobei er seine Hand auf die kleine silberne Glocke legte, die auf dem Tisch neben ihm stand, »oder ich werde mich genötigt sehen, um Hilfe zu rufen. Ich bin nicht in der Verfassung, jetzt Ihre Brutalitäten zu ertragen, ja nicht einmal ihre schiere Gegenwart.« Und in der Tat trat ihm der Schweiß aus den Poren und stand wie Tau auf seiner bleichen Stirn.

Ein solcher Empfang war kaum dazu angetan, die Schwierigkeiten meiner nicht beneidenswerten Aufgabe zu verringern. Sie mußte freilich irgendwie erledigt werden, und so stürzte ich mich unverzüglich darauf und lavierte mich nach Kräften durch.

»Die Wahrheit ist, Lawrence«, sagte ich, »ich habe mich in jüngster Zeit Ihnen gegenüber nicht ganz korrekt benommen – besonders beim letzten Mal; und ich komme, um – kurz und gut, um mein Bedauern auszudrücken über das, was geschehen ist, und Sie um Verzeihung zu bitten. Wenn Sie sie mir nicht gewähren wollen«, fügte ich hastig hinzu, da mir sein Gesichtsausdruck gar nicht gefiel, »ist es mir auch egal – nur, ich habe meine Pflicht getan – das ist alles.«

»Es ist leicht getan«, erwiderte er mit einem schwachen Lächeln, das fast spöttisch wirkte, »einen Freund zu beschimpfen und ihn auf den Kopf zu schlagen, ohne erkennbaren Grund, und ihm danach zu sagen, die Tat sei nicht ganz korrekt gewesen, aber es sei egal, ob er sie verzeihe oder nicht.«

»Ich vergaß, Ihnen zu sagen, daß es infolge eines Irrtums geschah«, murmelte ich. »Ich hätte mir eine recht hübsche Entschuldigung zurechtlegen sollen, aber Sie provozierten mich so fürchterlich mit Ihrem – Also, ich nehme an, es war meine Schuld. Tatsache ist, ich wußte nicht, daß Sie Mrs. Grahams Bruder sind, und sah und hörte einiges über Ihr Verhalten ihr gegenüber, was geeignet war, unliebsame Verdächtigungen zu wecken, die, gestatten Sie mir, das zu sagen, ein wenig Offenheit und Vertrauen Ihrerseits hätten ausräumen können; und schließlich hörte ich zufällig einen Teil eines Gesprächs zwischen Ihnen und Ihrer Schwester mit, das mich auf den Gedanken brachte, ich hätte ein Recht, Sie zu hassen.«

»Und wie haben Sie erfahren, daß ich ihr Bruder bin?« fragte er ziemlich besorgt.

»Sie hat es mir selbst erzählt. Sie hat mir alles erzählt. Sie wußte, daß man mir vertrauen kann. Aber Sie brauchen sich darüber nicht den Kopf zu zerbrechen, Mr. Lawrence, denn ich habe sie zum letzten Mal gesehen!«

»Zum letzten Mal? Ist sie denn fort?«

»Nein, aber sie hat mich weggeschickt; und ich habe ihr versprochen, mich diesem Haus nie mehr zu nähern, solange sie es bewohnt.« Ich hätte laut aufstöhnen können bei den bitteren Gedanken, die durch diese Wendung im Gespräch in mir wach wurden. Aber ich preßte nur meine Hände ineinander und stampfte mit dem Fuß auf den Teppich. Mein Gesprächspartner allerdings war augenscheinlich erleichtert.

»Sie haben recht daran getan!« sagte er in einem Ton uneingeschränkter Billigung, während sich seine Miene fast richtig aufhellte. »Und was den Irrtum betrifft, es tut mir wegen uns beiden leid, daß er geschehen ist. Vielleicht können Sie mir meinen Mangel an Offenheit verzeihen, und bedenken Sie, um die Kränkung teilweise zu mildern, wie wenig Ermunterung zu freundschaftlichem Vertrauen Sie mir in letzter Zeit gegeben haben.«

»Ja, ja, ich erinnere mich an alles: Niemand kann mich mehr tadeln, als ich mich selbst in meinem Innersten – jedenfalls kann niemand aufrichtiger als ich die Folgen meiner Brutalität, wie Sie es zu Recht nennen, bedauern.«

»Denken Sie nicht mehr daran«, sagte er schwach lächelnd, »lassen Sie uns alle unfreundlichen Worte auf beiden Seiten vergessen und ebenso die Taten und alles, was wir zu Recht bedauern, der Vergessenheit anheimgeben. Haben Sie keine Einwände dagegen, so nehmen Sie meine

Hand – oder vielleicht doch?« Sie zitterte vor Schwäche, als er sie mir hinhielt und fiel herab, ehe ich Zeit hatte, sie zu ergreifen und sie herzhaft zu drücken, was zu erwidern er nicht die Kraft hatte.

»Wie trocken und heiß Ihre Hand ist, Lawrence«, sagte ich. »Sie sind wirklich krank, und ich habe Sie noch kränker gemacht mit all diesem Gerede.«

»Oh, es ist nichts; nur eine Erkältung, die ich mir im Regen geholt habe.«

»Auch dies meine Schuld.«

»Vergessen Sie es – aber sagen Sie mir, haben Sie diese Sache gegenüber meiner Schwester erwähnt?«

»Um ehrlich zu sein, ich hatte nicht den Mut dazu; aber wenn Sie es ihr erzählen, sagen Sie ihr doch bitte, daß ich es tief bedauere, und –«

»Oh, keine Angst! Ich werde nichts gegen Sie sagen, solange Sie an Ihrem guten Vorsatz festhalten, ihr fern zu bleiben. Dann hat sie also, soweit Sie wissen, noch nicht von meiner Krankheit erfahren?«

»Ich glaube nicht.«

»Ich bin froh darüber, denn ich habe mich die ganze Zeit mit der Angst herumgeplagt, daß irgend jemand ihr erzählen würde, ich läge im Sterben oder sei todkrank, und sie würde sich entweder grämen, weil sie nicht von mir hören oder mir etwas Gutes tun könne, oder vielleicht die Verrücktheit begehen, mich aufzusuchen. Ich muß Mittel und Wege finden, sie darüber zu informieren«, fuhr er nachdenklich fort, »sonst wird sie noch so eine schlimme Geschichte hören. Viele würden ihr gern solche Neuigkeiten erzählen, nur um zu sehen, wie sie sie aufnähme; und dann könnte sie sich womöglich neuem Dorfklatsch aussetzen.«

»Ich wünschte, ich hätte es ihr erzählt«, sagte ich. »Wenn es nicht wegen meines Versprechens wäre, würde ich es ihr jetzt erzählen.«

»Unter keinen Umständen! Daran habe ich nicht im Traum gedacht; aber wenn ich ihr einen kurzen Brief schreiben könnte, jetzt – wobei ich Sie nicht erwähnen würde, Markham, sondern ihr nur eine knappe Darstellung meiner Krankheit gäbe, um mich zu entschuldigen, daß ich sie nicht besucht habe, und sie vor allen übertriebenen Gerüchten, die ihr vielleicht zu Ohren kommen werden, warne, – und ihn mit verstellter Handschrift adressierte – würden Sie mir den Gefallen tun, ihn im Postamt einzuwerfen, wenn Sie daran vorüberkämen? Denn in einem solchen Fall wage ich keinem der Bediensteten zu trauen.«

Bereitwilligst erklärte ich mich einverstanden und brachte ihm sogleich seine Schreibmappe. Er brauchte seine Handschrift gar nicht besonders zu verstellen, denn der arme Kerl schien auch so schon beträchtliche Schwierigkeiten zu haben, einigermaßen leserlich zu schreiben. Als der kurze Brief fertig war, hielt ich es für an der Zeit zu gehen und verabschiedete mich, nachdem ich ihn gefragt hatte, ob es irgend etwas, klein oder groß, auf der Welt gäbe, was ich für ihn tun könnte, um seine Leiden zu lindern und das Unrecht, das ich begangen hatte, wiedergutzumachen.

»Nein«, sagte er; »Sie haben bereits viel für mich getan; Sie haben mehr für mich getan, als der tüchtigste Arzt tun könnte; denn Sie haben mir eine doppelte Last vom Herzen genommen – Besorgnis wegen meiner Schwester und tiefe Betrübnis Ihretwegen, denn ich glaube wirklich, daß diese beiden Kümmernisse mehr dazu beigetragen haben, mich so aufzuregen, daß ich Fieber bekam, als alles anders; und ich bin überzeugt, ich werde jetzt schnell genesen. Eines freilich können Sie noch für mich tun: besuchen Sie mich ab und zu – denn Sie sehen ja, daß ich hier sehr einsam bin, und ich verspreche Ihnen, der Zutritt soll Ihnen kein zweites Mal verwehrt werden.«

Ich versprach es und verabschiedete mich mit einem herzlichen Händedruck. Auf meinem Nachhauseweg gab ich den Brief auf, wobei ich höchst mannhaft der Versuchung widerstand, bei dieser Gelegenheit selbst ein paar Worte mitzuschicken.

KAPITEL 46
Freundschaftliche Ratschläge

Zuweilen fühlte ich mich stark versucht, meine Mutter und meine Schwester über den wahren Charakter und die tatsächlichen Lebensumstände der verfolgten Bewohnerin von Wildfell Hall aufzuklären, und anfangs bedauerte ich zutiefst, daß ich es versäumt hatte, die Dame um Erlaubnis dazu zu bitten; aber nach reiflicher Überlegung gelangte ich zu der Auffassung, daß es, wüßten sie darüber Bescheid, den Millwards und Wilsons bestimmt nicht lange verborgen bleiben würde, und Eliza Millwards Gemütslage schätzte ich derzeit so ein, daß, hätte sie erst einmal von der Geschichte Wind bekommen, ich befürchten müßte, sie würde bald Mittel und Wege finden, Mr. Huntingdon über den Zufluchtsort seiner Frau ins Bild zu setzen. Ich wollte daher geduldig abwarten, bis diese trostlosen sechs Monate vorüber wären, und dann, wenn die Flüchtende ein anderes Zuhause gefunden und ich die Erlaubnis bekommen hätte, ihr zu schreiben, würde ich sie bitten, ihren Namen von diesen abscheulichen Verleumdungen reinwaschen zu dürfen. Vorerst mußte ich mich mit der schlichten Versicherung zufriedengeben, ich wüßte, daß sie falsch seien, und würde es eines Tages beweisen, zur Schande derer, die sie verleumdeten. Ich denke nicht, daß mir irgend jemand glaubte, aber alle lernten bald, in meiner Gegenwart jede Anspielung auf sie, ja sogar die Erwähnung ihres Namens zu vermeiden. Sie meinten, ich sei von den Verführungskünsten jener unglückseligen Dame so entsetzlich verblendet, daß ich entschlossen sei, sie wider alle Vernunft zu verteidigen; und unterdessen wurde ich unerträglich mürrisch und misanthropisch von der Vorstellung, daß jedermann, den ich traf, gemeine Gedanken gegen die vermeintliche Mrs. Graham hegte und sie wohl aussprechen würde, wenn er den Mut dazu hätte. Meine Mutter war richtiggehend besorgt um mich; aber ich konnte es nicht ändern – zumindest dachte ich, daß ich es nicht könnte, obwohl mich manchmal heftige Gewissensbisse wegen meines pflichtvergessenen Verhaltens ihr gegenüber plagten; dann setzte ich alles daran, mich zu bessern, teilweise mit Erfolg – und tatsächlich war ich ihr gegenüber im allgemeinen umgänglicher als gegenüber allen anderen, Mr. Lawrence ausgenommen. Rose und Fergus mieden meine Gegenwart gewöhnlich; und das war gut so, denn ich war kein passender Umgang für sie, und sie auch nicht für mich unter den gegenwärtigen Umständen.

Mrs. Huntingdon verließ Wildfell Hall erst gut zwei Monate nach unserem Abschiedsgespräch. Während dieser Zeit erschien sie nie mehr in der Kirche, und ich begab mich nie in die Nähe des Herrensitzes: Nur aus den knappen Antworten ihres Bruders auf meine vielen verschiedenen Fragen nach ihr wußte ich, daß sie immer noch dort lebte. Ich war ihm ein sehr treuer und aufmerksamer Besucher während der ganzen Zeit seiner Krankheit und Rekonvaleszenz; nicht nur weil ich an seiner Genesung Anteil nahm und ihn aufheitern und für meine frühere »Brutalität« nach besten Kräften entschädigen wollte, sondern weil ich mich mehr und mehr zu ihm hingezogen fühlte und an seiner Gesellschaft immer mehr Vergnügen fand – zum Teil, weil er mir immer herzlicher begegnete, aber hauptsächlich wegen seiner engen, sowohl blutsmäßigen als auch neigungsmäßigen Verbindung zu meiner angebeteten Helen. Ich mochte ihn deshalb lieber, als ich zugeben wollte; und ich empfand ein geheimes Entzücken, wenn ich diese schlanken weißen Finger drückte, die den ihren so unglaublich glichen, bedenkt man, daß er keine Frau war; und wenn ich die flüchtigen Veränderungen in seinen ebenmäßigen, bleichen Gesichtszügen beobachtete und dem wechselnden Tonfall seiner Stimme lauschte und dabei Ähnlichkeiten entdeckte, die, wie ich erstaunt feststellte, mir nie zuvor aufgefallen waren. Zuweilen verärgerte er mich freilich mit seinem offensichtlichen Widerwillen, mit mir über seine Schwester zu reden, obwohl ich nicht in Zweifel zog, daß er mich nur aus freundschaftlichen Motiven davon abbringen wollte, zuviel an sie zu denken.

Seine Genesung ging nicht ganz so rasch vonstatten, wie er erwartet hatte: Erst zwei Wochen nach dem Tag unserer Versöhnung war er in der Lage, sein Pony zu besteigen; und der erste Gebrauch, den er von seinen wiederkehrenden Kräften machte, war ein abendlicher Ritt nach Wildfell Hall, um seine Schwester aufzusuchen. Für beide war es ein gewagtes Unternehmen, doch es schien ihm notwendig, sich mit ihr über ihre geplante Abreise zu beratschlagen, oder doch wenigstens ihre Befürchtungen hinsichtlich seiner Gesundheit zu zerstreuen, und im schlimmsten Fall riskierte er einen leichten Rückfall seiner Krankheit, denn außer mir und den Bewohnern des alten Landsitzes wußte niemand von dem Besuch; und ich glaube, er hatte ihn mir gegenüber ursprünglich gar nicht erwähnen wollen, denn als ich ihn am nächsten Tag besuchte und die Bemerkung fallen ließ, es gehe ihm offenbar nicht so gut, wie es eigentlich hätte der Fall sein sollen, meinte er nur, er habe sich eine Erkältung geholt, weil er zu spät am Abend nach draußen gegangen sei.

»Sie werden *nie* mehr in der Lage sein, Ihre Schwester zu besuchen, wenn Sie sich nicht besser in acht nehmen«, sagte ich, und anstatt Mitleid mit ihm zu haben, war ich ihretwegen über das Geschehene ein wenig verärgert.

»Ich habe sie bereits besucht«, sagte er ruhig.

»Sie haben sie besucht?« rief ich voll Verwunderung.

»Ja.« Und dann erzählte er mir, welche Überlegungen ihn bewogen hatten, das Wagnis einzugehen, und welche Vorsichtsmaßnahmen er zuvor getroffen hatte.

»Und wie geht es ihr?« fragte ich gespannt.

»Wie immer«, lautete die knappe, wenn auch traurige Antwort.

»Wie immer – das heißt, sie ist alles andere als glücklich und alles andere als gesund.«

»Sie ist nicht richtig krank«, entgegnete er, »und sie wird sich bald erholen, daran habe ich keinen Zweifel – aber all diese Schicksalsschläge waren eben fast zuviel für sie. – Wie bedrohlich die Wolken dort drüben aussehen«, fuhr er fort und wandte sich zum Fenster. »Wir werden noch heute abend Gewitterschauer bekommen, schätze ich, und meine Leute sind gerade mitten dabei, den Weizen aufzustapeln. Haben Sie Ihren schon ganz in der Scheuer?«

»Nein. – Und, Lawrence, hat sie – hat Ihre Schwester mich erwähnt?«

»Sie fragte, ob ich Sie in letzter Zeit gesehen hätte.«

»Und was hat sie noch gesagt?«

»Ich kann Ihnen nicht alles erzählen, was sie gesagt hat«, erwiderte er mit einem fast unmerklichen Lächeln, »denn wir haben eine ganze Menge geredet, obwohl mein Besuch nur kurz war; aber unser Gespräch drehte sich hauptsächlich um ihre beabsichtigten Abreise, die ich sie aufzuschieben bat, bis ich ihr bei der Suche nach einem anderen Zuhause besser würde helfen können als in meinem derzeitigen Zustand.«

»Aber hat sie denn nicht mehr über mich gesagt?«

»Sie hat nicht viel über Sie gesagt, Markham. Ich hätte sie

auch nicht ermuntert, es zu tun, wäre sie dazu geneigt gewesen; aber zum Glück war sie es nicht: Sie stellte nur ein paar Fragen, die Sie betrafen, und schien mit meinen knappen Antworten zufrieden zu sein, worin sie sich klüger zeigte als ihr Freund; und ich darf Ihnen auch sagen, daß sie weitaus besorgter war, Sie könnten zuviel an sie denken, als Sie könnten sie vergessen.«

»Sie hatte recht.«

»Aber ich fürchte, was Sie betrifft, so quält Sie genau die gegenteilige Sorge.«

»Nein, das stimmt nicht: Ich möchte, daß sie glücklich ist; aber ich möchte nicht, daß sie mich gänzlich vergißt. Sie weiß, daß ich *sie* unmöglich vergessen kann; und sie wünscht sich zu Recht, ich möge sie nicht allzu lebhaft im Gedächtnis behalten. Ich will gar nicht, daß sie *zu* sehr um mich trauert; aber ich kann mir schwer vorstellen, daß sie sich wegen mir besonders grämen wird, weil ich weiß, daß ich das nicht verdiene, außer durch meine Wertschätzung ihrer Person.«

»Keiner von euch verdient ein gebrochenes Herz – und auch nicht all die Seufzer und Tränen und kummervollen Gedanken, die auf euch beide ohne Wirkung gewesen sind und, ich fürchte, bleiben werden; aber gegenwärtig hat jeder von euch eine höhere Meinung vom anderen, als, so fürchte ich, er oder sie verdient: Und die Gefühle meiner Schwester sind im Grunde ebenso heftig wie die Ihren, und, wie ich glaube, beständiger; aber sie hat gesunden Menschenverstand und Kraft genug, um in diesem besonderen Fall erbittert gegen sie anzukämpfen; und ich bin zuversichtlich, sie wird nicht ruhen, bis sie ihre Gedanken ganz abgewandt...« Er zögerte.

»Von mir«, sagte ich.

»Und ich wünschte, Sie würden sich ebenso darum bemühen«, fuhr er fort.

»Hat sie Ihnen denn *gesagt*, daß dies ihre Absicht sei?«

»Nein, das Thema wurde zwischen uns nicht angeschnitten; es bestand keine Notwendigkeit dazu, denn ich hegte keinen Zweifel, daß dies ihre feste Absicht ist.«

»Mich zu vergessen?«

»Ja, Markham! Warum nicht?«

»Oh, schon gut«, war alles, was ich laut darauf erwiderte; aber in Gedanken antwortete ich: »Nein, Lawrence, da haben Sie unrecht, sie ist *nicht* entschlossen, mich zu vergessen. Es wäre *unrecht*, einen Menschen zu vergessen, der ihr so tief und treu ergeben ist, der ihre Vorzüge so uneingeschränkt zu schätzen weiß und der mit ihren Ansichten so übereinstimmt wie ich, und es wäre falsch von mir, ein so vortreffliches und göttliches Exemplar von Gottes Schöpfung wie sie zu vergessen, nachdem ich es nun doch einmal kennen- und aufrichtig liebengelernt habe.« Aber ihm gegenüber ließ ich kein Wort mehr darüber fallen. Unverzüglich schnitt ich ein neues Gesprächsthema an, und bald verabschiedete ich mich von meinem Gefährten mit weniger herzlichen Empfindungen als sonst. Vielleicht hatte ich kein Recht, über ihn verärgert zu sein, aber ich war es dennoch.

Knapp eine Woche später begegnete ich ihm, als er von einem Besuch bei den Wilsons zurückkehrte; und nun beschloß ich, *ihm* einen Gefallen zu erweisen, wenn auch womöglich auf Kosten seiner Gefühle, und vielleicht auf die Gefahr hin, mir den Unwillen zuzuziehen, der so oft der Dank für jene ist, die schlechte Nachrichten überbringen oder ihren Rat ungefragt anbieten. Es bewogen mich hierzu, glaube mir, Halford, keine Rachemotive wegen des gelegentlichen Ärgers, den ich mit ihm in letzter Zeit gehabt hatte – und auch kein Gefühl feindseliger Abneigung gegenüber Miss Wilson, sondern einzig und allein die Tatsache, daß ich es nicht einfach so hinnehmen konnte, wenn eine solche Frau Mrs. Huntingdons Schwägerin werden sollte, und ich ebensowohl um seinet- als auch um ihretwillen den Gedanken nicht ertragen konnte, daß er in eine Verbindung hineingelockt werde mit einer, die seiner so unwürdig und so vollkommen unfähig ist, sein stilles Heim mit ihm zu teilen und mit ihm durchs Leben zu gehen. Bei dieser Vorstellung hatte er sich früher selbst nicht ganz wohl gefühlt, bildete ich mir ein; aber er war so unerfahren und die Anziehungskraft der Dame so groß und von dieser so geschickt auf seine jugendliche Phantasie gelenkt worden, daß ihn sein ursprüngliches Unbehagen wohl nicht lange gestört hätte, und ich glaube, der eigentlich ausschlaggebende Grund für das unentschiedene Zaudern, das ihn bisher davor bewahrt hatte, eine tatsächliche Liebeserklärung zu machen, war der Gedanke an ihre Verwandten und insbesondere an ihre Mutter, die er nicht ausstehen konnte. Hätten sie in einiger Entfernung von ihm gelebt, wären seine Bedenken vielleicht zu überwinden gewesen, aber da sie höchstens drei Meilen von Woodford entfernt wohnten, war das wirklich keine Kleinigkeit.

»Sie haben den Wilsons einen Besuch abgestattet, Lawrence«, sagte ich, wie ich so neben seinem Pony herlief.

»Ja«, erwiderte er und wandte mir sein Gesicht etwas zu, »ich hielt es nur für höflich, die erste Gelegenheit zu ergreifen, ihre freundlichen Aufmerksamkeiten zu erwidern, da sie während meiner Krankheit soviel Anteilnahme und Anhänglichkeit in ihren Nachfragen bewiesen haben.«

»Das ist alles Miss Wilsons Werk.«

»Und wenn schon«, entgegnete er und wurde merklich rot, »ist das ein Grund, warum ich mich nicht erkenntlich zeigen sollte, so wie es sich gehört?«

»Es ist ein Grund, weshalb Sie sich nicht so erkenntlich zeigen sollten, wie sie es erwartet.«

»Wir wollen dieses Thema fallenlassen, wenn es Ihnen recht ist«, sagte er mit offensichtlichem Unbehagen.

»Nein, Lawrence, mit Ihrer Erlaubnis wollen wir es noch etwas länger fortsetzen; und ich werde Ihnen etwas erzählen, da wir nun schon dabei sind, das Sie glauben können oder nicht, ganz wie es Ihnen beliebt – nur bitte, denken Sie daran, daß es nicht meine Art ist, die Unwahrheit zu sagen, und daß ich gerade in diesem Fall keinen Grund haben kann, die Wahrheit zu verdrehen...«

»Nun, Markham! Was denn?«

»Miss Wilson *haßt Ihre Schwester*. Es mag ja ganz natürlich sein, daß sie in Unkenntnis der Beziehung vielleicht eine gewisse Feindschaft gegen sie empfindet, aber keine gute oder liebenswerte Frau wäre dazu fähig, jene bittere, kaltblütige, hinterhältige Gehässigkeit gegen eine vermeintliche Rivalin an den Tag zu legen, die ich an ihr beobachtet habe.«

»Markham!!«

»Ja – und es ist meine Überzeugung, daß Eliza Millward und sie, wenn sie die verleumderischen Gerüchte, die verbreitet worden sind, vielleicht auch nicht in die Welt gesetzt haben, doch diejenigen waren, die sie vorsätzlich bekräftigt und ausgestreut haben. Sie war natürlich nicht darauf erpicht, Ihren Namen mit dieser Sache in Zusammenhang zu bringen, aber es war ihr eine Freude, und ist es noch immer, den Ruf Ihrer Schwester nach besten Kräften anzuschwärzen, ohne sich dabei allzusehr der Gefahr auszusetzen, daß ihre eigene Bosheit bloßgestellt würde!«

»Ich kann es nicht glauben«, unterbrach mich mein Begleiter, das Gesicht glutrot vor Empörung.

»Nun, da ich es nicht beweisen kann, muß ich mich mit der Versicherung begnügen, daß es nach meinem besten Wissen und Gewissen so ist; aber da Sie wohl nicht bereit wären, Miss Wilson zu heiraten, wenn es so wäre, werden Sie gut daran tun, vorsichtig zu sein, bis bewiesen ist, daß es sich anders verhält.«

»Ich habe Ihnen nie gesagt, Markham, daß ich Miss Wilson zu heiraten *beabsichtigte*«, sagte er stolz.

»Nein, aber ob Sie es wollen oder nicht, Miss Wilson beabsichtigt, Sie zu heiraten.«

»Hat Sie Ihnen das gesagt?«

»Nein, aber…«

»Dann haben Sie kein Recht, eine derartige Behauptung über sie aufzustellen.«

Leicht beschleunigte er den Schritt seines Ponys, aber ich legte meine Hand auf die Mähne desselben, entschlossen, ihn noch nicht gehen zu lassen.

»Warten Sie einen Augenblick, Lawrence, und lassen Sie es mich Ihnen erklären; und seien Sie nicht so – ich weiß nicht, wie ich es nennen soll – so unnahbar. Ich weiß, was Sie von Jane Wilson halten; und ich glaube, ich weiß, wie sehr Sie sich in ihr täuschen: Sie erscheint Ihnen ungemein bezaubernd, elegant, klug und gebildet. Sie wissen nicht, daß sie selbstsüchtig, kaltherzig, ehrgeizig, verschlagen, oberflächlich…«

»Genug, Markham, genug.«

»Nein, lassen Sie mich ausreden: Sie wissen nicht, daß Ihr Heim, sollten Sie sie heiraten, düster und unbehaglich würde; und es bräche Ihnen das Herz, wenn Sie feststellen müßten, daß Sie mit einer verbunden sind, die so ganz und gar unfähig ist, Ihre Vorlieben, Empfindungen und Vorstellungen zu teilen – so völlig bar jeglichen Zartgefühls, Wohlwollens und wahren Seelenadels.«

»Sind Sie fertig?« fragte mein Begleiter ruhig.

»Ja, ich weiß, Sie hassen mich für meine Unverschämtheit, aber das macht mir nichts aus, wenn es nur dazu beiträgt, Sie vor einem fatalen Irrtum zu bewahren.«

»Nun!« entgegnete er mit einem ziemlich frostigen Lächeln, »ich bin froh, daß Sie Ihre eigenen Kümmernisse soweit überwunden oder vergessen haben, daß Sie sich so eingehend mit den Angelegenheiten anderer beschäftigen und sich Ihren Kopf so unnötig über die eingebildeten oder möglichen Nöte in deren zukünftigem Leben zerbrechen können.«

Wir trennten uns – wieder etwas unfreundlich, aber noch immer waren wir Freunde; und meine gutgemeinte Warnung, obwohl sie klüger hätte vorgebracht und auch dankbarer entgegengenommen werden können, verfehlte nicht ganz die ersehnte Wirkung: Sein Besuch bei den Wilsons wurde nicht wiederholt, und wenn er auch in unseren darauffolgenden Unterredungen mir gegenüber nie ihren Namen erwähnte und ich auch nicht ihm gegenüber, habe ich Grund zur Annahme, daß er in seinem Innersten über meine Worte nachdachte, eifrig, wenn auch verstohlen von anderer Seite Informationen über die schöne Dame einholte, mein Bild von ihr mit dem, was er selbst beobachtet hatte und was er von anderen erfuhr, insgeheim verglich und am Ende zu dem Schluß kam, daß es, alles in allem betrachtet, viel besser wäre, wenn sie Miss Wilson von der Ryecote Farm bliebe, als Mrs. Lawrence von Woodford Hall zu werden. Ich glaube auch, daß er bald lernte, seine frühere Schwäche mit geheimer Verwunderung zu betrachten und sich zu beglückwünschen, so gut davongekommen zu sein; aber er gestand es mir gegenüber nie ein und ließ auch kein Wort der Anerkennung fallen für das, was ich zu seiner Rettung beigetragen hatte – doch das war nicht überraschend für jemanden, der ihn so gut kannte wie ich. Was nun Jane Wilson angeht, so war sie natürlich enttäuscht und verbittert, daß ihr vormaliger Bewunderer ihr so plötzlich die kalte Schulter zeigte und gänzlich abtrünnig wurde. War es falsch von mir gewesen, ihre schönsten Hoffnungen zu vereiteln? Ich glaube nicht; und sicherlich hat mir mein Gewissen bis heute niemals einen Vorwurf gemacht wegen einer schlechten Absicht in dieser Angelegenheit.

KAPITEL 47
Alarmierende Neuigkeit

Als ich eines Morgens, etwa Anfang November, kurz nach dem Frühstück, gerade einige Geschäftsbriefe schrieb, kam Eliza Millward, um meiner Schwester einen Besuch abzustatten. Rose hatte weder den Scharfblick noch die Boshaftigkeit, die kleine Teufelin so einzuschätzen wie ich, und sie pflegten noch immer ihren früheren vertrauten Umgang. In dem Augenblick, als sie kam, war allerdings niemand außer Fergus und mir im Zimmer, da meine Mutter und meine Schwester nicht da waren – »mit Haushaltsangelegenheiten beschäftigt« – wer immer dazu aufgelegt sein mochte, ich wollte mir keine große Mühe geben, sie zu unterhalten: Ich bedachte sie lediglich mit einer gleichgültigen Begrüßung und natürlich ein paar Worten und machte dann mit meinem Briefeschreiben weiter und überließ es meinem Bruder, zuvorkommender zu ihr zu sein, wenn ihm danach war. Aber sie wollte mich ärgern.

»Welch eine Freude, Sie zu Hause anzutreffen, Mr. Markham!« sagte sie mit einem hinterlistigen und maliziösen Lächeln. »Ich sehe Sie jetzt so selten, denn Sie kommen ja nie zum Pfarrhaus. Papa ist schon ganz verärgert, kann ich Ihnen versichern«, fügte sie ausgelassen hinzu und sah mir unverschämt lachend ins Gesicht, während sie sich halb neben, halb vor meine Schreibmappe an die Ecke des Tisches setzte.

»Ich hatte in letzter Zeit eine ganze Menge zu tun«, sagte ich, ohne von meinem Brief aufzublicken.

»Tatsächlich? Irgend jemand sagte, Sie hätten ihre Arbeit in den letzten paar Monaten ungewöhnlich vernachlässigt.«

»Dieser Jemand hat etwas Falsches gesagt, denn gerade in den letzten beiden Monaten habe ich geschuftet und war fleißig.«

»Ah! Nun, ich vermute, es gibt nichts Besseres als emsige Beschäftigung, um die Bekümmerten zu trösten; und, verzeihen Sie mir, Mr. Markham, aber Sie sehen gar nicht gut aus und sind nach allem, was man so hört, in letzter Zeit so launisch und nachdenklich gewesen; ich möchte fast meinen, Sie haben irgendeinen heimlichen Kummer, der Ihnen auf der Seele liegt. *Früher*«, sagte sie schüchtern, »hätte ich mich wohl getraut, Sie zu fragen, was es ist und was ich tun könnte, um Sie zu trösten: Jetzt wage ich es nicht.«

»Sehr freundlich von Ihnen, Miss Eliza. Wenn ich der Meinung bin, Sie können irgend etwas tun, um mich zu trösten, werde ich mir die Freiheit nehmen, es Ihnen zu sagen.«

»Bitte, tun Sie das! – Ich nehme an, ich kann es nicht erraten, was Sie beunruhigt?«

»Dazu besteht keine Notwendigkeit, denn ich werde es Ihnen offen sagen. Das, was mich momentan am meisten beunruhigt, ist eine junge Dame, die neben mir sitzt und mich daran hindert, meinen Brief zu beenden und mich danach an meine Arbeit zu machen.«

Ehe sie auf diese ungalante Äußerung etwas erwidern konnte, trat Rose ins Zimmer; Miss Eliza stand auf, um sie zu begrüßen, und beide setzten sich in die Nähe des Kamins, wo Fergus stand, der faule Bursche, die Schulter gegen den Kaminsims gelehnt, die Beine gekreuzt und die Hände in den Hosentaschen.

»Jetzt, Rose, will ich dir eine Neuigkeit erzählen – ich hoffe, du hast sie noch nicht gehört, denn ob gut, schlecht oder mittelmäßig, man erzählt sie doch immer gern als erste. – Es geht darum, daß jene beklagenswerte Mrs. Graham …«

»Still – pst! pst!« flüsterte Fergus in einem feierlich bedeutungsvollen Ton. »Wir erwähnen sie nie; niemals fällt ihr Name.« Und als ich aufblickte, bemerkte ich, wie er mir einen schiefen Blick zuwarf und sich dabei mit dem Finger auf die Stirn tippte; dann zwinkerte er der jungen Dame mit einem traurigen Kopfschütteln zu und flüsterte: »Eine fixe Idee – aber erwähnen Sie es nicht – alles nur nicht das.«

»Es täte mir leid, sollte ich irgend jemandes Gefühle verletzen«, entgegnete sie im Flüsterton, »ein andermal vielleicht.«

»Sprechen Sie nur frei heraus, Miss Eliza!« sagte ich, ohne den Possen des anderen Beachtung zu schenken. »Sie brauchen keine Angst zu haben, etwas in meiner Gegenwart zu sagen – was der *Wahrheit* entspricht.«

»Also gut«, antwortete sie, »vielleicht wissen Sie ja schon, daß Mrs. Grahams Mann nicht wirklich tot ist und daß sie ihm davongelaufen war?« Ich erschrak und spürte, wie mein Gesicht glühte; aber ich beugte mich über den Brief und faltete ihn unbeirrt weiter zusammen, als sie fortfuhr. »Aber vielleicht wissen Sie noch nicht, daß sie jetzt zu ihm zurückgegangen ist und daß sie sich wieder vollkommen ausgesöhnt haben? Stell dir nur vor«, wandte sie sich an die verlegen dreinschauende Rose, »was für ein Narr dieser Mann sein muß!«

»Und von wem haben Sie diese Neuigkeit, Miss Eliza?« sagte ich, die Ausrufe meiner Schwester unterbrechend.

»Ich habe sie aus einer sehr zuverlässigen Quelle, Sir.«

»Von wem, wenn ich fragen darf?«

»Von einem der Bediensteten in Woodford.«

»Oh! Ich habe nicht gewußt, daß Sie auf so vertrautem Fuß mit Mr. Lawrences Personal stehen.«

»Ich habe es nicht von dem Mann selbst erfahren; aber er erzählte es ganz im Vertrauen unserem Hausmädchen Sarah, und Sarah hat es mir erzählt.«

»Ganz im Vertrauen, wie ich vermute; und Sie erzählen es uns ganz im Vertrauen; aber ich versichere Ihnen, daß das nur eine ziemlich faule Geschichte und nicht einmal zur Hälfte wahr ist.«

Während ich dies sagte, beendete ich das Versiegeln und Adressieren meiner Briefe mit etwas unsicherer Hand, obwohl ich mir alle Mühe gab, die Fassung zu bewahren, und keinen Zweifel hegte, daß die Geschichte faul war – daß die vermeintliche Mrs. Graham ganz sicher nicht *freiwillig* zu ihrem Mann zurückgegangen war und nicht im Traum an eine Versöhnung dachte. Höchstwahrscheinlich war sie abgereist und der klatschmäulige Diener hatte, da er nicht wußte, was aus ihr wurde, *gemutmaßt*, daß es so sei, und unsere hübsche Besucherin, entzückt über eine solche Gelegenheit, mich zu peinigen, hatte es als eine Gewißheit hingestellt. Aber es war nicht ausgeschlossen – wenngleich kaum denkbar, daß irgend jemand sie verraten haben könnte und sie gewaltsam fortgebracht worden war. Entschlossen, selbst das Schlimmste zu erfahren, steckte ich hastig meine beiden Briefe in die Rocktasche, murmelte irgend etwas von »zu spät zur Post kommen«, verließ das Zimmer, rannte auf den Hof hinaus und schrie, man solle mir mein Pferd bringen. Da keiner da war, zog ich es selbst aus dem Stall, schnallte den Sattel auf seinen Rücken und das Zaumzeug um seinen Kopf, saß auf und galoppierte eilends nach Woodford. Ich traf seinen Besitzer gedankenverloren in den Parkanlagen umherschlendernd an.

»Ist Ihre Schwester fort?« fragte ich, als ich seine Hand nahm, statt mich wie sonst als erstes nach seiner Gesundheit zu erkundigen.

»Ja, sie ist fort«, lautete seine Antwort, so ruhig dahingesagt, daß sich meine Angst sofort verflüchtigte.

»Vermutlich darf ich nicht wissen, wo sie ist?« sagte ich, als ich abstieg und mein Pferd dem Gärtner überließ, den sein Herr, da er der einzige Bedienstete in Rufweite war und gerade die welken Blätter auf dem Rasen zusammenrechte, herbeigerufen hatte, damit er es zu den Ställen brächte.

Mit ernster Miene nahm mich mein Gefährte beim Arm,

und während er mich zum Garten hin führte, beantwortete er meine Frage wie folgt:

»Sie ist in Grass-dale Manor in ... shire.«

»Wo bitte?« rief ich, krampfartig zusammenzuckend.

»In Grass-dale Manor.«

»Wie ist das geschehen?« keuchte ich. »Wer hat sie verraten?«

»Sie ist aus eigenem Antrieb gegangen.«

»Ausgeschlossen, Lawrence! So wahnsinnig *konnte* sie nicht sein!« entfuhr es mir, wobei ich ihn heftig am Arm packte, als wollte ich ihn zwingen, diese verhaßten Worte ungesagt zu machen.

»Doch«, beharrte er in derselben ernsten, gefaßten Art wie vorher; »und nicht ohne Grund«, fuhr er fort, wobei er sich vorsichtig aus meinen Griff löste. »Mr. Huntingdon ist krank.«

»Und so ist sie also hingefahren, um ihn zu pflegen?«

»Ja.«

»Närrin!« konnte ich nicht umhin auszurufen, und Lawrence sah mich mit einem ziemlich vorwurfsvollen Blick an. »Liegt er denn im Sterben?«

»Ich glaube nicht, Markham.«

»Und wie viele Pflegerinnen hat er sonst noch? Wie viele Damen sind sonst noch dort, um sich um ihn zu kümmern?«

»Keine! Er war allein, sonst wäre sie nicht hingefahren.«

»Oh, verdammt! Das ist unerträglich.«

»Was denn? Daß er allein ist?«

Ich wagte keine Erwiderung, denn ich war mir nicht sicher, ob nicht dieser Umstand teilweise zu meiner Verwirrung beitrug. Daher lief ich in stummer Qual auf dem Weg weiter, die Hand gegen die Stirn gepreßt, blieb dann plötzlich stehen, wandte mich zu meinem Begleiter und stieß ungeduldig hervor:

»Warum hat sie diesen törichten Schritt getan? Welcher böse Geist hat sie dazu gebracht?«

»Nichts hat sie dazu gebracht als ihr eigenes Pflichtgefühl.«

»Dummes Zeug!«

»Zunächst war auch ich fast geneigt, das zu sagen, Markham. Ich versichere Ihnen, es geschah nicht auf meinen Rat hin, daß sie ging, denn ich verabscheue diesen Mann so inbrünstig wie Sie – außer freilich, daß mir die Besserung seines Lebenswandels größere Freude bereiten würde als sein Tod; aber alles, was ich tat, war, sie von dem Umstand seiner Krankheit (die Folge eines Sturzes von seinem Pferd während der Jagd) zu unterrichten und ihr mitzuteilen, daß ihn jene unglückselige Person, Miss Myers, vor einiger Zeit verlassen hatte.«

»Das war ungeschickt von Ihnen! Nun, da er merkt, wie angenehm ihre Gegenwart ist, wird er alle möglichen Lügen und falschen, gefälligen Versprechungen auftischen, und sie wird ihm glauben, und dann wird ihre Lage zehnmal schlimmer und zehnmal aussichtsloser sein als vorher.«

»Gegenwärtig scheint es nicht viel Grund für solche Befürchtungen zu geben«, sagte er und zog einen Brief aus seiner Rocktasche, »nach dem Bericht zu schließen, den ich heute morgen erhielt, würde ich sagen…«

Es war ihre Schrift! In einem unwiderstehlichen Impuls hielt ich meine Hand hin, und unwillkürlich kamen mir die Worte über die Lippen »Zeigen Sie ihn mir«. Es widerstrebte ihm offensichtlich, die Bitte zu gewähren, aber während er noch zögerte, riß ich ihm den Brief aus der Hand. Als ich mich gleich darauf wieder gefaßt hatte, bot ich ihm jedoch an, ihn zurückzugeben.

»Da, nehmen Sie ihn«, sagte ich, »wenn Sie nicht wollen, daß ich ihn lese.«

»Nein«, erwiderte er, »Sie können ihn ruhig lesen, wenn Sie gern möchten.«

Ich las ihn, und Du darfst es auch, Halford.

Grass-dale, 4. Nov.

Lieber Frederick,
Ich weiß, Du wirst gespannt sein, von mir zu hören, und ich will Dir alles erzählen, was ich kann. Mr. Huntingdon ist sehr krank, aber er liegt nicht im Sterben und befindet sich auch nicht in unmittelbarer Lebensgefahr; und es geht ihm momentan etwas besser als zum Zeitpunkt meiner Ankunft hier. Ich fand das Haus in einem trostlosen Durcheinander vor: Mrs. Greaves, Benson, alle anständigen Diener hatten gekündigt, und jene, die gekommen waren, um deren Stellungen einzunehmen, sind – gelinde gesagt – ein gleichgültiger, unordentlicher Haufen – ich muß sie erneut durch andere ersetzen, wenn ich bleibe. Eine gelernte Krankenschwester, eine finstere, harte, alte Frau, war eingestellt worden, um den unglückseligen Kranken zu betreuen. Er leidet sehr, und es fehlt ihm an Seelenstärke, es durchzustehen. Die Verletzungen, die er von dem Unfall selbst davontrug, waren indes nicht sehr schwer und wären, wie der Arzt meint, für einen Mann mit maßvollen Lebensgewohnheiten nur eine Kleinigkeit gewesen; aber bei *ihm* ist es ja ganz anders. Als ich am Abend meiner Ankunft sein Zimmer erstmals wieder betrat, befand er sich fast in einer Art Delirium. Er bemerkte mich erst, als ich sprach, und dann verwechselte er mich mit einer anderen.

»Bist du es, Alice, bist du wiedergekommen?« murmelte er. »Weshalb hast du mich verlassen?«

»Ich bin es doch, Arthur – Helen, deine Frau«, erwiderte ich.

»Meine Frau!« sagte er und zuckte zusammen. »Um Himmels willen, sprich nicht von ihr! Ich habe keine. Hol sie der Teufel«, rief er im nächsten Augenblick, »und dich auch! Warum hast du das getan?«

Ich sagte nichts mehr; aber als ich bemerkte, daß er dauernd auf das Fußende des Bettes starrte, ging ich hin und setzte mich dort nieder, wobei ich die Kerze so hinstellte, daß ihr Licht voll auf mich fiel, denn ich dachte, er läge womöglich im Sterben, und ich wollte, daß er mich erkenne. Lange Zeit lag er so da und sah mich schweigend an, zuerst mit einem leeren Blick, dann mit einem starren Ausdruck seltsamer, zunehmender Anspannung. Schließlich erschreckte er mich, weil er sich plötzlich auf seinen Ellbogen stützte und, die Augen immer noch auf mich gerichtet, voller Entsetzen flüsterte: »Wer ist das?«

»Es ist Helen Huntingdon«, sagte ich; gleichzeitig erhob ich mich langsam und nahm eine weniger auffällige Position ein.

»Ich muß wohl verrückt werden«, rief er, »oder vielleicht phantasiere ich ja auch nur; aber geh weg von mir, wer immer du auch bist – ich kann dieses bleiche Gesicht nicht ertragen, und diese Augen; um Gottes willen geh und schick mir irgend jemand anderen, der nicht so aussieht wie das dort!«

Ich ging sofort und schickte die Krankenschwester; aber am nächsten Morgen wagte ich mich erneut in sein Zimmer; ich nahm den Platz der Krankenschwester ein und beobachtete und versorgte ihn so mehrere Stunden lang, wobei ich mich so wenig wie möglich zeigte und nur sprach, wenn es nötig war, und dann auch nur flüsternd. Zunächst redete er mich an, als sei ich die Krankenschwester, aber als ich quer durchs Zimmer ging, um auf seine Anweisung hin die Jalousien hochzuziehen, sagte er:

»Nein, es ist nicht die Krankenschwester, es ist Alice. Bleib bei mir – bitte! Diese alte Hexe wird noch mein Tod sein.«

»Ich will ja bei dir bleiben«, sagte ich. Und danach nannte er mich fortwährend Alice oder gab mir andere Namen, die ich als fast ebenso widerwärtig empfand. Ich zwang mich, es eine Weile hinzunehmen, da ich fürchtete, ein Widerspruch würde ihn allzusehr aufregen, aber als ich, nachdem er mich um ein Glas Wasser gebeten hatte, es ihm an die Lippen hielt, murmelte er: »Danke, Liebste!« und da konnte ich nicht umhin, klar und deutlich zu bemerken: »Das würdest du nicht sagen, wenn du wüßtest, wer ich bin«, in der Absicht, dem eine weitere Erklärung über meine Identität folgen zu lassen, doch als Antwort gab er nur ein unverständliches Brummen von sich, und so ließ ich das Thema erneut fallen, bis er einige Zeit darauf, als ich ihm Stirn und Schläfen mit Wein und Wasser benetzte, um die Hitze und den Schmerz in seinem Kopf zu lindern, bemerkte, nachdem er mich einige Minuten lang aufmerksam angesehen hatte:

»Ich habe so seltsame Phantasien – ich kann sie nicht loswerden, und sie lassen mich einfach nicht in Ruhe; und die seltsamste und beharrlichste von allen ist dein Gesicht und deine Stimme; sie sind ganz so wie die ihren. In diesem Augenblick könnte ich schwören, sie ist an meiner Seite.«

»Sie ist es auch«, sagte ich.

»Das scheint mich zu trösten«, fuhr er fort, ohne auf meine Worte zu achten; »und solange sie neben mir ist, schwinden die anderen Phantasien dahin – aber nur diese wird stärker. Mach weiter – mach weiter, bis auch sie verschwindet. Ich kann diese Wahnvorstellung nicht aushalten; sie würde mich umbringen!«

»Sie wird niemals verschwinden«, sagte ich entschieden, »denn sie ist die Wahrheit.«

»Die Wahrheit!« rief er und zuckte zusammen, als ob ihn eine Wespe gestochen hätte. »Du willst doch damit nicht sagen, daß du wirklich sie bist?«

»Doch; aber du brauchst nicht vor mir zurückzuweichen,

als wäre ich dein schlimmster Feind. Ich bin gekommen, um mich deiner anzunehmen und das zu tun, was keine von *denen* je tun würde.«

»Um Gottes willen, quäle mich jetzt nicht!« rief er in bemitleidenswerter Erregung; und dann begann er, bittere Verwünschungen gegen mich auszustoßen oder gegen das schlimme Geschick, das mich hierhergebracht hatte, während ich das Wasserbecken mit dem Schwamm auf den Boden stellte und meinen Platz neben dem Bett wieder einnahm.

»Wo sind sie?« sagte er. »Haben sie mich denn alle verlassen – die Diener und alle anderen?«

»Es sind Diener in Rufweite da, wenn du sie brauchst; aber du solltest dich jetzt besser hinlegen und ruhig sein. Keiner von ihnen könnte oder würde dich so umsorgen wie ich.«

»Ich begreife das überhaupt nicht«, sagte er bestürzt und verwirrt. »War es ein Traum –« und er bedeckte seine Augen mit den Händen, als versuchte er, das Geheimnis zu enträtseln.

»Nein, Arthur, es war kein Traum, daß dein Verhalten derart war, daß ich dich verlassen mußte; aber ich erfuhr, daß du krank und einsam bist, und ich bin zurückgekommen, um dich zu pflegen. Du kannst mir ruhig vertrauen: Nenne mir all deine Wünsche, und ich will versuchen, sie zu befriedigen. Es gibt sonst niemanden, der sich um dich kümmerte; und ich werde dir jetzt keine Vorwürfe machen.«

»Oh! Ich verstehe«, sagte er mit einem bitteren Lächeln, »es ist ein Akt christlicher Nächstenliebe, wodurch du für dich selbst einen höheren Platz im Himmel zu erlangen und mir eine tiefere Grube in der Hölle zu schaufeln hoffst.«

»Nein; ich bin gekommen, um dir den Trost und Beistand anzubieten, den du jetzt brauchst; und wenn ich auf deine Seele ebenso wohltätig wirken könnte wie auf deinen Körper und ein Gefühl von Reue erwecken und...«

»Oh, ja; wenn du mich mit Gewissensbissen und Schuldgefühlen bezwingen könntest, so ist das jetzt genau der richtige Zeitpunkt. Was hast du mit meinem Sohn gemacht?«

»Es geht ihm gut, und du darfst ihn eines Tages sehen, wenn du dich wieder beruhigt hast, aber nicht jetzt.«

»Wo ist er?«

»Er ist in Sicherheit.«

»Ist er hier?«

»Wo immer er auch ist, du wirst ihn erst sehen, wenn du mir versprochen hast, daß du ihn ganz unter meine Obhut und unter meinen Schutz stellst und mich ihn mit mir nehmen läßt, wann und wohin ich auch immer will, falls ich es später für notwendig halten sollte, ihn wieder von hier fortzubringen. Aber darüber wollen wir morgen sprechen; du mußt jetzt ruhen.«

»Nein, laß mich ihn jetzt sehen. Ich verspreche es, wenn es denn sein muß.«

»Nein...«

»Ich schwöre es, so wahr ein Gott im Himmel ist! Nun denn, laß mich ihn sehen.«

»Aber ich kann deinen Schwüren und Versprechungen nicht trauen; ich brauche eine schriftliche Übereinkunft, und du mußt sie in Gegenwart eines Zeugen unterschreiben – aber nicht heute, morgen.«

»Nein, heute – jetzt«, forderte er eigensinnig. Und er war in einem solch schlimmen Zustand fiebriger Erregung und bestand so sehr auf der unverzüglichen Befriedigung seines Wunsches, daß ich es für besser hielt, ihn ihm gleich zu gewähren, da ich sah, daß er nicht ruhen würde, bis ich es täte. Aber ich war fest entschlossen, das Interesse meines Sohnes darüber nicht zu vergessen; und nachdem ich auf einem Blatt Papier klar und deutlich das Versprechen aufgeschrieben hatte, das mir Mr. Huntingdon wunschgemäß geben sollte, las ich es ruhig vor und ließ es ihn in Rachels Gegenwart unterzeichnen. Er bat mich, nicht darauf bestehen zu wollen: Ich würde dadurch mein fehlendes Vertrauen in sein Wort unnützerweise gegenüber der Dienerin zur Schau stellen. Ich sagte ihm, es täte mir leid, aber da er mein Vertrauen verwirkt habe, müsse er die Konsequenzen tragen. Als nächstes berief er sich auf seine Unfähigkeit, die Feder zu halten. »Dann müssen wir so lange warten, bis du sie halten kannst«, sagte ich. Worauf er sagte, er wolle es versuchen; aber dann konnte er nicht richtig sehen, um zu schreiben. Ich legte meinen Finger auf die Stelle, wo die Unterschrift stehen sollte, und sagte ihm, er könne seinen Namen im Dunkeln schreiben, wenn er nur wisse, wohin er ihn setzen müsse. Aber er hatte keine Kraft, die Buchstaben zu formen. »Wenn es so ist, bist du zweifellos zu krank, um das Kind zu sehen«, sagte ich; und da er merkte, daß ich unerbittlich war, schaffte er es schließlich, die Übereinkunft zu unterschreiben; und ich bat Rachel, den Jungen zu holen.

All das mag dir gefühllos vorkommen, aber ich spürte, ich durfte meinen gegenwärtigen Vorteil nicht preisgeben, und das zukünftige Wohlergehen meines Sohnes sollte keinem falschverstandenen Zartgefühl gegenüber den Empfindungen dieses Mannes geopfert werden. Der kleine Arthur hatte seinen Vater nicht vergessen, aber dreizehn Monate Abwesenheit, während der ihm selten erlaubt worden war, ein Wort über ihn zu hören oder kaum seinen Namen zu flüstern, hatten ihn etwas scheu gemacht; und als er in das abgedunkelte Zimmer geführt wurde, wo der Kranke lag, so anders als früher, mit brennendrotem Gesicht und wildfunkelnden Augen – klammerte er sich instinktiv an mich und stand da und blickte auf seinen Vater mit einer Miene, die weit mehr Furcht als Freude ausdrückte.

»Komm her, Arthur«, sagte der letztgenannte und streckte ihm seine Hand entgegen. Das Kind ging hin und berührte schüchtern die glühendheiße Hand, zuckte aber fast ängstlich zusammen, als ihn sein Vater plötzlich beim Arm faßte und ihn näher zu sich heranzog.

»Kennst du mich?« fragte Mr. Huntingdon und musterte aufmerksam seine Züge.

»Ja.«

»Wer bin ich denn?«

»Papa.«

»Freust du dich, mich zu sehen?«

»Ja.«

»Das tust du nicht!« erwiderte der enttäuschte Vater, wobei er seinen Griff lockerte und mir einen strafenden Blick zuwarf.

Wieder befreit, schlich Arthur zu mir zurück und legte seine Hand in meine. Sein Vater wetterte, ich hätte dem Kind beigebracht, ihn zu hassen, und beschimpfte und verfluchte mich mit bitteren Worten. Als er damit anfing, schickte ich unseren Sohn sofort aus dem Zimmer; und als er eine Pause einlegte, um Luft zu holen, versicherte ich ihm in ruhigen Worten, daß er sich in einem völligen Irrtum befinde; ich hätte nie auch nur einmal versucht, sein Kind gegen ihn einzunehmen.

»Ich wollte in der Tat, daß er dich vergißt«, sagte ich, »und besonders die Lektionen vergißt, die du ihm erteilt hast; und aus diesem Grund und um der Gefahr aus dem Weg zu gehen, daß ich entdeckt würde, habe ich ihn, das gebe ich zu, in seiner Neigung, von dir zu sprechen, zumeist nicht gerade bestärkt. Aber ich glaube, das kann mir niemand zum Vorwurf machen.«

Der Kranke antwortete darauf nur mit einem lauten Stöhnen und warf seinen Kopf in einem Anfall von Ungeduld auf dem Kissen hin und her.

»Ich bin ja schon in der Hölle!« rief er. »Dieser verfluchte Durst brennt mir das Herz zu Asche! Will *keiner*...«

Ehe er den Satz beenden konnte, hatte ich ein Glas mit irgendeinem angesäuerten, erfrischenden Getränk gefüllt, das auf dem Tisch stand, und ihm das gebracht. Er trank es gierig, brummte aber, als ich das Glas wegnahm:

»Vermutlich ›sammelst du glühende Kohlen auf mein Haupt‹ – oder glaubst es wenigstens.«

Ohne auf seine Worte zu achten, fragte ich ihn, ob ich noch irgend etwas für ihn tun könne.

»Ja, ich werde dir eine weitere Gelegenheit geben, deine christliche Großmut unter Beweis zu stellen«, höhnte er, »rück mir mein Kissen zurecht – und diese verfluchte Bettwäsche.« Ich tat es. »So – und jetzt gib mir noch ein Glas von dem Gesöff dort.« Ich gehorchte. »Das ist herrlich, nicht wahr?« sagte er mit einem hämischen Grinsen, als ich es ihm an die Lippen hielt. »Eine solch phantastische Gelegenheit hast du dir bestimmt nie erhofft?«

»Soll ich nun bei dir bleiben?« sagte ich, während ich das Glas auf den Tisch zurückstellte. »Oder wirst du ruhiger werden, wenn ich gehe und dir die Krankenschwester schicke?«

»Oh, ja, du bist erstaunlich sanft und zuvorkommend! Aber du hast mich mit alldem in den Wahnsinn getrieben!« erwiderte er mit einer ungeduldigen Kopfbewegung.

»Dann lasse ich dich jetzt allein«, sagte ich; und ich zog mich zurück und belästigte ihn an diesem Tag nicht mehr mit meiner Gegenwart, außer gelegentlich für ein paar Minuten, nur um zu sehen, wie es ihm ginge und was er brauche.

Am nächsten Morgen verordnete ihm der Arzt einen Aderlaß; und danach war er friedlicher und ruhiger. In verschiedenen Abständen verbrachte ich den halben Tag in seinem Zimmer. Meine Gegenwart schien ihn nicht so aufzuregen oder so zu reizen wie vorher, und er nahm meine Handreichungen ruhig an ohne bittere Bemerkungen – tatsächlich sprach er fast überhaupt nicht, außer um seine Wünsche kundzutun, und auch dann kaum. Aber am Tag darauf – das heißt heute – schien in dem Maße, wie er sich von dem Zustand der Erschöpfung und Benommenheit erholte, seine Bosheit wiederaufzuleben.

»Oh, diese süße Rache!« rief er, als ich alles getan hatte, was ich konnte, um es ihm behaglich zu machen und der Nachlässigkeit seiner Krankenschwester entgegenzuwirken.

»Und du kannst sie auch noch mit einem solch ruhigen Gewissen genießen, weil ja alles aus Pflichtgefühl geschieht.«

»Es ist gut für mich, daß ich meine Pflicht tue«, sagte ich mit einer Bitterkeit, die ich nicht unterdrücken konnte, »denn sie ist mein einziger Trost; und ein reines Gewissen ist, so scheint es, der einzige Dank, auf den ich hoffen darf!«

Er machte ein ziemlich verdutztes Gesicht ob der Ernsthaftigkeit, mit der ich das sagte…

»Auf welchen Dank hoffst du denn?« fragte er.

»Du wirst mich für eine Lügnerin halten, wenn ich es dir sage – aber ich habe tatsächlich gehofft, dir Gutes tun zu können: dich zum Besseren zu bekehren nicht weniger, als deine gegenwärtigen Leiden zu lindern; doch es scheint, als solle mir keines von beiden gelingen – dein böser Geist wird mich daran hindern. Soweit es *dich* betrifft, habe ich meine Gefühle und die wenigen Annehmlichkeiten, die mir noch auf Erden geblieben sind, umsonst geopfert – und alles, was ich für dich tue, wird selbstgerechter Arglist und raffinierter Rache zugeschrieben!«

»Das ist ja alles ganz nett, möchte ich meinen«, sagte er und beäugte mich in dümmlicher Verblüffung, »und natürlich sollte ich in Tränen der Reue und Bewunderung dahinschmelzen, angesichts von so viel Großmut und übermenschlicher Güte – aber ich schaffe es eben nicht. Trotzdem, tu mir bitte alles Gute, was du kannst, wenn du tatsächlich Freude darin findest; denn du merkst ja, daß ich schon jetzt fast so elend dran bin, wie du es dir eigentlich wünschen mußt. Seit du da bist, das gestehe ich, werde ich besser gepflegt als vorher, denn diese Schurken haben mich schändlich vernachlässigt, und alle meine Freunde scheinen mich gänzlich vergessen zu haben. Ich habe eine fürchterliche Zeit hinter mir, das kannst du mir glauben; manchmal dachte ich mir, ich müßte sterben – meinst du, daß dies möglich ist?«

»Es besteht immer die Möglichkeit, daß man sterben muß, und es ist immer gut, wenn man diese Möglichkeit nicht aus den Augen verliert, solange man lebt.«

»Ja, schon – aber hältst du es für wahrscheinlich, daß diese Krankheit einen tödlichen Ausgang nimmt?«

»Das kann ich nicht sagen; aber gesetzt den Fall, es wäre so, wie bist du darauf vorbereitet, diesem Ereignis zu begegnen?«

»Also, der Arzt hat mir gesagt, ich bräuchte nicht daran zu denken, denn es werde sicher eine Besserung eintreten, wenn ich mich an seine Diät und seinen Vorschriften halte.«

»Ich hoffe es für dich, Arthur, aber weder der Arzt noch ich können in einem solchen Fall eine sichere Vorhersage treffen; es liegen innere Verletzungen vor, und man weiß nicht genau, wie schwer sie sind.«

»Da haben wir's! Du willst mich in Todesangst versetzen.«

»Nein, aber ich möchte dich nicht in falscher Sicherheit wiegen. Wenn dich das Wissen darum, daß es im Leben keine letzte Gewißheit gibt, dazu bewegen kann, dir ernsthafte und fruchtbare Gedanken zu machen, möchte ich dich nicht von solchen nutzbringenden Überlegungen abbringen, ob du nun schließlich wieder gesund wirst oder nicht. Erschreckt dich denn der Gedanke an den Tod sehr?«

»Er ist just das einzige, dessen Vorstellung mir unerträglich ist; wenn du also irgend...«

»Aber er kommt eines Tages unweigerlich«, unterbrach ich ihn, »und wenn es auch noch Jahre sind, er wird dich dann ebenso gewiß überraschen, als wenn er heute käme, und wird zweifellos dann ebenso unwillkommen sein wie jetzt, es sei denn, du...«

»Oh, zum Henker! Quäle mich jetzt nicht mit deinen Moralpredigten, wenn du mich nicht glatt umbringen willst. Ich sage dir doch, ich kann es nicht aushalten, ich leide ohnehin schon genug. Wenn du meinst, es bestehe eine Gefahr, so rette mich davor; und ich werde mir aus Dankbarkeit alles anhören, was du mir sagen möchtest.«

Demgemäß ließ ich das unangenehme Thema fallen. Und jetzt, Frederick, denke ich, kann ich meinen Brief zum Abschluß bringen. Aus diesen Einzelheiten magst Du Dir nun Dein eigenes Urteil über den Zustand meines Patienten sowie über meine momentane Lage und meine zukünftigen Aussichten bilden. Laß mich bald von Dir hören, und ich will wieder schreiben, um Dir mitzuteilen, wie es hier mit uns weitergeht; doch nun, da meine Anwesenheit im Krankenzimmer geduldet und sogar verlangt wird, werde ich außer für meinen Mann und meinen Sohn nur noch wenig Zeit übrig haben, denn letzteren darf ich nicht gänzlich vernachlässigen. Es wäre nicht gut, wenn er dauernd mit Rachel zusammen ist, und ich wage es nicht, ihn auch nur einen Augenblick irgendeinem anderen Bediensteten anzuvertrauen oder ihn allein zu lassen, damit er nicht zu ihnen geht. Wenn sich der Zustand seines Vaters verschlechtert, werde ich Esther Hargrave bitten, ihn für eine Weile in ihre Obhut zu nehmen, bis ich zumindest den Haushalt wieder in Ordnung gebracht habe; aber es ist mir sehr viel lieber, wenn ich ihn selbst im Auge behalten kann.

Ich bin in einer eigentümlichen Lage: Ich setze alles daran, um die Genesung und moralische Besserung meines Mannes zu fördern, und wenn es mir gelingt, was soll ich dann tun? Meine Pflicht natürlich, aber wie? Das spielt keine Rolle; ich kann die Aufgabe erfüllen, die jetzt vor mir liegt, und Gott wird mir die Kraft geben, das zu tun, was immer Er danach von mir verlangt. Lebwohl, lieber Frederick

Helen Huntingdon

»Was halten Sie davon?« sagte Lawrence, als ich den Brief schweigend zusammenfaltete.

»Es scheint mir«, entgegnete ich, »daß sie ihre Perlen vor die Säue wirft. Mögen sie sich damit zufriedengeben, auf ihnen herumzutrampeln, und nicht erneut mit ihr Schindluder treiben! Aber ich werde nichts mehr gegen sie sagen. Ich sehe ein, daß sie zu dem, was sie getan hat, von den besten und edelsten Motiven geleitet wurde; und wenn ihr Handeln unklug ist, möge sie der Himmel vor den Folgen beschützen! Darf ich diesen Brief behalten, Lawrence? Sie hat mich ja kein einziges Mal darin erwähnt oder auch nur die geringste Anspielung auf mich gemacht; daher kann nichts Unschickliches daran sein oder Schädliches daraus folgen.«

»Und warum möchten Sie ihn dann behalten?«

»Sind denn nicht diese Buchstaben von ihrer Hand geschrieben worden? Sind diese Worte nicht in ihrem Kopf ersonnen und viele über ihre Lippen gekommen?«

»Gut«, sagte er. Und so behielt ich ihn; andernfalls hättest Du, Halford, mit seinem Inhalt nie so genau vertraut werden können.

»Und wenn Sie ihr schreiben«, sagte ich, »wollen Sie dann die Güte haben, sie zu fragen, ob ich meine Mutter und meine Schwester über ihre wirkliche Geschichte und Lebensumstände aufklären darf, gerade soweit es nötig ist, um der Nachbarschaft bewußt zu machen, wie schändlich sie Ihrer Schwester unrecht getan haben? Ich verlangc ja keine Liebesbriefe, aber fragen Sie sie nur das und schreiben Sie ihr, es sei der größte Gefallen, den sie mir tun könne; und schreiben Sie ihr – nein, nichts weiter. Ich kenne ja jetzt die Anschrift, und ich könnte selbst schreiben, aber ich bin anständig genug, um davon abzusehen.«

»Gut, das werde ich für Sie tun, Markham.«

»Und sobald Sie eine Antwort bekommen, werden Sie es mich dann wissen lassen?«

»Wenn alles gutgeht, werde ich selbst kommen und Ihnen unverzüglich berichten.«

KAPITEL 48
Weitere Neuigkeiten

Fünf oder sechs Tage nach dieser Begegnung erwies uns Mr. Lawrence die Ehre seines Besuchs, und als er und ich allein waren, was ich so schnell wie möglich zu arrangieren versuchte, indem ich ihn hinausführte, damit er einen Blick auf meine Getreidespeicher werfe, zeigte er mir einen weiteren Brief von seiner Schwester. Diesen unterbreitete er ganz bereitwillig meinem sehnsüchtigen Blick; er dachte vermutlich, er werde mir guttun. Das einzige, womit der Brief auf meine Botschaft antwortete, war folgendes:

»Mr. Markham steht es frei, die Enthüllungen über mich zu machen, die er für notwendig hält. Er wird wohl wissen, daß ich nur wenig über das Thema gesagt haben möchte. Ich hoffe, es geht ihm gut; aber sag ihm, er solle nicht an mich denken.«

Ich kann Dir ein paar Auszüge aus dem übrigen Brief geben, denn ich durfte auch diesen behalten – vielleicht als ein Gegengift für alle schädlichen Hoffnungen und Hirngespinste:

Es geht ihm entschieden besser, aber er ist sehr schwach aufgrund der kräftezehrenden Nachwirkungen seiner schweren Krankheit und der Diät, die er einhalten muß – so ganz gegen seine früheren Essens- und Trinkgewohnheiten. Es ist ein Jammer, mitansehen zu müssen, wie seine vormalige Lebensweise seine einst so ausgezeichnete körperliche Verfassung zerrüttet und seinen gesamten Organismus geschädigt hat. Aber der Arzt meint, man dürfe jetzt davon ausgehen, daß er außer Lebensgefahr ist, wenn er nur weiterhin die notwendigen Einschränkungen auf sich nimmt. Er braucht einige anregende, herzstärkende Mittel, aber sie sollten auf wohlabgewogene Weise verdünnt und sparsam angewendet werden; und ich habe große Schwierigkeiten, ihn dazu anzuhalten. Anfangs machte mir seine maßlose Todesangst die Aufgabe leicht; aber je mehr er seine unmittelbaren Leiden abklingen fühlt und die Gefahr zurückgehen sieht, desto eigensinniger wird er. Allmählich stellt sich nun auch sein Appetit wieder ein; und auch hier steht ihm seine so lange Zeit gepflegte Gewohnheit, sich gehenzulassen, im Wege. Ich passe auf und halte ihn davon ab, so gut ich kann, und muß mich oft wegen meiner unnachgiebigen Strenge schlimm beschimpfen lassen; und manchmal bringt er es fertig, meiner Wachsamkeit zu entgehen, und manchmal handelt er meinem Willen zuwider. Aber er hat sich mittlerweile so gänzlich mit meiner Betreuung im allgemeinen abgefunden, daß er nie zufrieden ist, wenn ich nicht bei ihm bin. Ich muß zuweilen etwas hart zu ihm sein, sonst würde er mich ganz zu seiner Sklavin machen; und ich weiß, es wäre unverzeihliche Schwachheit, alle anderen Interessen für ihn aufzugeben. Ich habe auch die Bediensteten zu beaufsichtigen und mich um meinen kleinen Arthur zu kümmern – und auch um meine eigene Gesundheit, was alles vollständig vernachlässigt würde, wollte ich seine maßlosen Forderungen erfüllen. In der Regel bleibe ich nachts nicht auf, denn ich finde, die Krankenschwester, die das zu ihrem Beruf gemacht hat, ist besser als ich geeignet, diese Aufgabe zu übernehmen; aber dennoch ist eine ungestörte Nachtruhe etwas, was ich nur selten genieße und worauf ich nie zu zählen wage; denn mein Patient macht sich kein Gewissen daraus, mich jederzeit zu rufen, wenn er mich braucht oder sich einbildet, mich zu brauchen. Aber er hat offenkundig Angst davor, daß ich ungehalten werde; und wenn er einmal meine Geduld mit seinen unsinnigen Forderungen und gereizten Klagen und Vorwürfen herausfordert, so deprimiert er mich ein andermal durch seine unterwürfige Ergebenheit und reumütige Selbsterniedrigung, wenn er fürchtet, zu weit gegangen zu sein. Aber all das kann ich bereitwillig verzeihen; ich weiß, es ist vor allem die Folge seines geschwächten Körpers und seiner zerrütteten Nerven – was mich am meisten ärgert, sind seine gelegentlichen Bemühungen um liebevolle Innigkeit, denen ich weder Glauben schenken noch sie erwidern kann; nicht, daß ich ihn haßte: Seine Leiden und meine mühselige Pflege haben ihm einen gewissen Anspruch auf meine Achtung gegeben – sogar auf meine Zuneigung, wenn er nur ruhig und aufrichtig sein wollte und sich damit zufriedengäbe, die Dinge so sein zu lassen, wie sie nun einmal sind; aber je mehr er mich versöhnlich zu stimmen versucht, desto mehr schrecke ich vor ihm und der Zukunft zurück.

»Helen, was gedenkst du zu tun, wenn ich gesund werde?« fragte er heute morgen. »Willst du dann wieder weglaufen?«

»Das hängt ganz von deinem Verhalten ab.«

»Oh, ich werde sehr lieb sein.«

»Aber falls ich es für notwendig halten sollte, dich zu verlassen, Arthur, werde ich nicht ›davonlaufen‹: Ich habe ja dein Versprechen, daß ich gehen und meinen Sohn mitnehmen kann, wann immer es mir beliebt.«

»Oh, aber du wirst keinen Grund dazu haben.« Und darauf folgten mannigfaltige Beteuerungen, denen ich ziemlich kühl Einhalt gebot.

»Dann willst du mir also nicht verzeihen?«

»Doch, ich habe dir verziehen; aber ich weiß, du kannst mich nicht so lieben, wie du es einst getan hast – und es sollte mir sehr leid tun, wenn du es wolltest, denn ich könnte nicht so tun, als erwiderte ich es: Wir wollen also das Thema fallen lassen und es nie wieder aufgreifen. Aus dem, was ich für dich getan habe, magst du ermessen, was ich bereit bin zu tun – wenn es nicht unvereinbar ist mit der höheren Pflicht, die ich meinem Sohn schulde (höher, weil er nie seine Rechte darauf verwirkt hat und weil ich hoffe, ihm mehr Gutes zu tun, als ich je für dich tun kann); und wenn du dir meine Freundschaft erhalten willst, so mußt du dir durch Taten und nicht durch Worte meine Zuneigung und Achtung erringen.«

Seine einzige Antwort darauf war eine leichte Grimasse und ein kaum merkliches Achselzucken. Ach, der unglückliche Mensch! Worte sind bei ihm so viel wohlfeiler als Taten; es war, als ob ich gesagt hätte: »Pfunde, nicht Pennies kostet der Artikel, den du willst.« Und dann gab er einen klagenden Seufzer voller Selbstmitleid von sich, als bedauere er zutiefst, daß er, der Geliebte und Umworbene so vieler Verehrerinnen, nun der Gnade einer solch harschen, fordernden, kaltherzigen Frau ausgeliefert war und sogar noch froh sein mußte über die Güte, die sie ihm freiwillig gewährte.

»Es ist jammerschade, nicht wahr?« sagte ich; und ob ich nun sein Grübeln richtig erriet oder nicht, die Bemerkung stimmte mit seinen Gedanken überein, denn er antwortete: »Es ist nicht zu ändern«, mit einem wehmütigen Lächeln über mein Einfühlungsvermögen.

* * *

Zweimal habe ich Esther Hargrave getroffen. Sie ist ein bezauberndes Geschöpf, aber ihr fröhliches Wesen ist fast dahin und ihr sanftes Naturell fast verdorben, weil ihr ihre Mutter nach wie vor hartnäckig wegen ihres zurückgewiesenen Verehrers zusetzt – nicht heftig, aber zermürbend und unablässig wie ein steter Tropfen. Die widernatürliche Mutter scheint ihrer Tochter das Leben unbedingt zu einer Last machen zu wollen, wenn diese sich nicht ihren Wünschen fügen will.

»Mama tut alles, was sie kann«, sagte sie, »um mir das Gefühl zu geben, eine Bürde und Belastung für die Familie und die undankbarste, selbstsüchtigste und pflichtvergessenste Tochter zu sein, die je geboren wurde; und auch Walter ist so streng und kalt und überheblich zu mir, als ob er mich richtiggehend haßte. Ich glaube, ich hätte gleich nachgegeben, wenn ich von Anfang an gewußt hätte, wieviel Widerstand es mich kosten würde; aber jetzt *will* ich es durchstehen, aus reiner Halsstarrigkeit!«

»Ein schlechtes Motiv für einen guten Entschluß«, antwortete ich. »Ich weiß jedoch, daß du in Wirklichkeit bessere Gründe für deine Standhaftigkeit hast, und ich rate dir, sie nicht aus dem Blick zu verlieren.«

»Darauf können Sie sich verlassen. Manchmal drohe ich Mama damit, wegzulaufen und dadurch, daß ich mir meinen Lebensunterhalt selbst verdiene, Schande über die Familie zu bringen, wenn sie mich noch weiter so quält; und das jagt ihr dann einen kleinen Schreck ein. Aber ich tue es allen Ernstes, wenn sie keine Rücksicht auf mich nehmen.«

»Bewahre eine Weile lang Ruhe und Geduld«, sagte ich, »und es werden bessere Zeiten kommen.«

Das arme Mädchen! Ich wünschte, irgend jemand, der es verdiente, würde kommen und sie von hier fortbringen – du nicht auch, Frederick?

* * *

Obwohl mich die Lektüre dieses Briefes mit großer Sorge erfüllte, wenn ich an Helens künftiges Leben und an mein eigenes dachte, so schöpfte ich doch einen großen Trost daraus: Es stand nun in meiner Macht, ihren Namen von allen schmutzigen Verleumdungen reinzuwaschen. Die Millwards und die Wilsons sollten mit eigenen Augen sehen, wie die strahlende Sonne durch die Wolken brach – und sie sollten von ihren Strahlen versengt und geblendet werden – und auch meine eigenen Freunde sollten sie sehen – die, deren Verdächtigungen Galle und Wermut für meine Seele gewesen waren. Um dies zu bewirken, mußte ich nur die Saat aussäen, und es würde bald ein stattliches, weit verzweigtes Blattwerk daraus entstehen: Ein paar Worte zu meiner Mutter und meiner Schwester würden, das wußte ich, genügen, um die Nachricht in der gesamten Nachbarschaft zu verbreiten, ohne daß ich mich noch weiter darum bemühen mußte.

Rose war ganz begeistert; und sobald ich ihr alles erzählt hatte, was ich für angemessen hielt – das heißt: alles, was ich zu wissen vorgab –, rannte sie voll Eifer weg, um ihre Haube aufzusetzen und ihr Schultertuch umzulegen, und beeilte sich, die frohe Botschaft zu den Millwards und Wilsons zu tragen – frohe Botschaft, vermute ich, für niemanden außer für sie selbst und Mary Millward – jenes gesetzte, vernünftige Mädchen, deren lauterer Charakter trotz ihres unscheinbaren Äußeren von der vermeintlichen Mrs. Graham schnell erkannt und entsprechend gewürdigt worden war, und die ihrerseits den wahren Charakter und die guten Eigenschaften dieser Dame besser zu erkennen und zu schätzen gewußt hatte als die Klügste unter ihnen.

Da ich vielleicht nie mehr Gelegenheit haben werde, sie noch einmal zu erwähnen, kann ich Dir ebensogut hier gleich berichten, daß sie damals heimlich mit Richard Wilson verlobt war – ein Geheimnis, glaube ich, für jedermann außer den beiden. Dieser wackere Student war nun in Cambridge, wo ihm seine absolut mustergültige Lebensführung und sein ausdauernder Fleiß im Streben nach Wissen sicher durchhalfen und ihn schließlich mit sauer verdienten Auszeichnungen und einem makellosen Ruf zum Ende seiner Collegelaufbahn brachten. Zur rechten Zeit wurde er Mr. Millwards erster und einziger Hilfsgeistlicher – denn dieser Herr fühlte sich schließlich aufgrund seines vorgerückten Alters zu dem Eingeständnis gezwungen, daß die Pflichten seiner ausgedehnten Gemeinde ein wenig zuviel waren für jene oft gerühmten Energien, die er gegenüber seinen jüngeren und weniger umtriebigen Amtsbrüdern herauszustreichen pflegte. Genau das hatten die geduldigen, treuen Liebenden insgeheim geplant und jahrelang ruhig darauf gewartet; und jetzt wurden sie getraut, zum Erstaunen der kleinen Welt, in der sie leben, für die es längst als abgemacht galt, daß die beiden zu einem Junggesellendasein geradezu geboren seien, weil es ihrer festen Überzeugung nach ausgeschlossen war, daß der blasse, bescheidene Bücherwurm jemals den Mut aufbringe, sich eine Ehefrau zu suchen, oder in der Lage sei, eine zu kriegen, wenn er es denn versuchte; und ebenso undenkbar erschien es, daß diese unscheinbare, ehrliche, unattraktive, abweisende Miss Millward je einen Mann finden werde.

Sie lebten weiterhin im Pfarrhaus, und die Dame teilte ihre Zeit zwischen ihrem Vater, ihrem Mann und den armen Gemeindemitgliedern – und im weiteren Verlauf ihrer wachsenden Familie; und nun, da Reverend Michael Millward zu seinen Vätern versammelt wurde, reich an Jahren und Ehren, ist ihm Reverend Richard Wilson im Pfarramt von Lindenhope nachgefolgt, sehr zur Genugtuung der Einwohner, die so lange seine Verdienste und die seiner prächtigen und geliebten Partnerin auf die Probe gestellt und voll gewürdigt hatten.

Sollte es Dich interessieren, wie es mit der Schwester dieser Dame weiterging, so kann ich Dir nur berichten – was Du vielleicht schon von anderer Seite gehört hast –, daß sie vor etwa zwölf oder dreizehn Jahren das glückliche Paar von ihrer Gegenwart befreit hat, indem sie einen reichen Kaufmann aus L. heiratete; und ich neide ihm seine Errungenschaft keineswegs. Ich fürchte, sie bereitet ihm ein ziemlich unbehagliches Leben, obwohl er glücklicherweise zu dumpf ist, um das Ausmaß seines Unglücks ermessen zu können. Ich selbst habe reichlich wenig mit ihr zu tun. Wir haben uns seit vielen Jahren nicht mehr gesehen; aber ich bin mir ziemlich sicher, daß sie ihren früheren Liebhaber noch immer nicht vergessen und weder ihm noch der Dame verziehen hat, deren überlegene Charaktereigenschaften ihm zum ersten Mal die Augen für die Torheit seiner jugendlichen Verliebtheit öffneten.

Was Richard Wilsons Schwester betrifft, so ist sie noch immer ledig, da es ihr gründlich mißlungen war, Mr. Lawrence zurückzuerobern oder einen Partner zu finden, der reich und elegant genug gewesen wäre, ihren Vorstellungen von dem zu entsprechen, wie der Mann einer Jane Wilson beschaffen sein sollte. Kurz nach dem Tode ihrer Mutter, entzog sie Ryecote Farm das Licht ihrer Gegenwart, da es ihr unmöglich erschien, die ungehobelten Manieren und biederen Lebensgewohnheiten ihres ehrbaren Bruders Robert und seiner wackeren Frau oder den Gedanken zu ertragen, in den Augen der Gesellschaft mit solch gewöhnlichen

Leuten gleichgesetzt zu werden, und nahm Quartier in ..., der Hauptstadt unserer Grafschaft, wo sie dann lebte und vermutlich immer noch lebt, auf eine knausrige, kalte, unangenehme Art vornehm, da sie anderen nichts und sich selbst nur wenig Gutes tut, ihre Tage mit feinster Handarbeit und böswilligem Klatsch verbringt, sich häufig auf ihren »Bruder, den Herrn Pfarrer« und ihre »Schwägerin, die Frau Pfarrerin«, aber nie auf ihren Bruder, den Bauern und ihre Schwägerin, die Bäuerin, bezieht, und soviel gesellschaftlichen Umgang pflegt, wie sie es ohne große Ausgaben vermag, aber niemanden liebt und von niemandem geliebt wird – eine kaltherzige, hochnäsige, bissige und hinterhältige alte Jungfer.

KAPITEL 49

»Als nun ein Wolkenbruch kam und die Wassermassen heranfluteten, als die Stürme tobten und an dem Haus rüttelten, da stürzte es ein und wurde völlig zerstört.«

Obwohl Mr. Lawrences Gesundheit mittlerweile vollständig wiederhergestellt war, besuchte ich ihn immer noch regelmäßig, wenn ich auch oft weniger lang blieb als früher. Über Mrs. Huntingdon *sprachen* wir selten; und doch trafen wir uns nie, ohne sie zu erwähnen, denn ich suchte seine Gesellschaft stets in der Hoffnung, etwas über sie zu erfahren, und er suchte die meine überhaupt nie, weil er mich ja ohnehin oft genug sah. Aber zunächst sprach ich immer über andere Dinge und wartete erst einmal ab, um zu sehen, ob *er* das Thema anschneiden würde. Wenn er es nicht tat, fragte ich etwa beiläufig: »Haben Sie in letzter Zeit von Ihrer Schwester gehört?« Verneinte er, wurde das Thema fallengelassen, sagte er »ja«, wagte ich dann wohl zu fragen:

»Wie geht es ihr?« niemals aber: »Wie geht es ihrem Mann?«, obwohl ich es brennend gern gewußt hätte; denn ich war nicht so heuchlerisch, daß ich vorgegeben hätte, um seine Genesung besorgt zu sein, und ich hatte nicht die Stirn, meinen Wunsch nach einem gegenteiligen Ergebnis auszusprechen. Hatte ich einen solchen Wunsch? Ich fürchte, ich muß mich schuldig bekennen; aber da Du mein Geständnis gelesen hast, mußt Du Dir auch meine Rechtfertigung zu Gemüte führen – zumindest ein paar von den Entschuldigungsgründen, mit denen ich mein eigenes schlechtes Gewissen zu besänftigen versuchte:

Sein Leben hat ja in erster Linie anderen Schaden zugefügt und ihm selbst offensichtlich nicht gutgetan; und obwohl ich mir wünschte, daß es zu Ende ginge, hätte ich sein Ende nicht überhastet herbeigeführt, wenn es mir durch das Heben eines Fingers möglich gewesen wäre, oder wenn mir ein Geist ins Ohr geflüstert hätte, es würde eine einzige Willensanstrengung dazu ausreichen – es sei denn freilich, ich hätte die Macht gehabt, ihn gegen einen anderen Todgeweihten auszutauschen, dessen Leben seiner Gattung vielleicht von Nutzen gewesen und dessen Tod von seinen Freunden beklagt worden wäre. Aber lag denn etwas Unrechtes in dem Wunsch, daß zu den vielen Tausenden, deren Seelen mit Sicherheit noch binnen dieses Jahres abberufen werden würden, auch dieser elende Sterbliche gehören könnte? Ich fand, nein; und daher wünschte ich mir von Herzen, es möge dem Himmel gefallen, ihn in eine bessere Welt zu befördern, oder wenn das vielleicht unmöglich war, ihn trotzdem von dieser zu nehmen; denn wenn er selbst jetzt noch, nach einer Krankheit, die er als Warnung hätte verstehen müssen, und mit einem solchen Engel an seiner Seite, unfähig war, den Aufforderungen nachzukommen, schien es nur allzu sicher, daß er es nie sein würde – daß im Gegenteil die wiedererstarkende Gesundheit seine Begierden und seine Schlechtigkeit wiederaufleben lassen würde, und da er seiner Genesung immer sicherer wurde, sich immer mehr an die großmütige Güte seiner Frau gewöhnte, würden seine Gefühle immer mehr erkalten, würde sich sein Herz immer mehr verhärten und ihren überzeugenden Argumenten immer unzugänglicher werden – aber Gott wußte es am besten. In der Zwischenzeit blieb mir allerdings nichts anderes übrig, als um das Ergebnis Seiner Ratschlüsse zu bangen; wußte ich doch, daß – von mir einmal ganz abgesehen – Helen, solange er lebte, unweigerlich todunglücklich sein *mußte*, wie sehr sie auch am Wohlergehen ihres Mannes Anteil nehmen, wie sehr sie sein Schicksal bedauern mochte.

Zwei Wochen gingen vorüber, und meine Nachfragen wurden immer negativ beschieden. Schließlich entlockte mir ein hochwillkommenes »ja« die zweite Frage. Lawrence erahnte meine besorgten Gedanken und wußte meine Zurückhaltung zu schätzen. Ich fürchtete zuerst, er wolle mich mit unbefriedigenden Erwiderungen auf die Folter spannen und mich entweder über das, was ich wissen wollte, völlig im Dunkeln lassen oder mich zwingen, ihm die Information durch direkte Fragen Stück für Stück aus der Nase zu ziehen – »und das geschähe dir recht«, wirst Du jetzt sagen; doch er war gnädiger; und nach einer Weile drückte er mir den Brief seiner Schwester in die Hand. Schweigend las ich ihn und gab ihn ihm ohne einen Kommentar oder eine Bemerkung zurück. Diese Art des Vorgehens gefiel ihm so gut, daß er danach stets der Methode folgte, mir den Brief gleich zu zeigen, wenn ich nach ihr fragte, falls es etwas zu zeigen gab: Es war so viel weniger mühsam, als mir den Inhalt der Briefe zu erzählen; und ich nahm diese Vertrauensbeweise so ruhig und taktvoll entgegen, daß er sich nie veranlaßt fühlte, sie mir zu verweigern.

Aber ich verschlang diese kostbaren Briefe mit meinen Augen und gab sie niemals aus der Hand, ehe sich mir nicht ihr Inhalt in die Seele eingeprägt hatte; und wenn ich dann nach Hause kam, wurden die wichtigsten Passagen neben den bemerkenswerten Ereignissen des Tages in mein Tagebuch eingetragen.

Aus dem ersten dieser Briefe erfuhr ich von einem schweren Rückfall in Mr. Huntingdons Krankheit, der ausschließlich auf seine eigene Verblendung zurückzuführen war, die ihn darauf bestehen ließ, seinem Gelüst auf anregende Getränke zu frönen. Vergebens hatte sie protestiert, vergebens hatte sie seinen Wein mit Wasser vermischt: Ihre Argumente und Bitten waren ihm so lästig, ihr Dazwischentreten eine so unerträgliche Beleidigung, daß er schließlich, als er feststellte, daß sie den hellen Portwein, der ihm gebracht wurde, heimlich verdünnt hatte, die Flasche aus dem Fenster warf und dabei schwor, er werde sich nicht beschwindeln lassen wie ein Baby, und dem Butler bei Strafe augenblicklicher Entlassung befahl, ihm eine Flasche des stärksten Weins im Keller zu bringen, und dabei behauptete, es wäre ihm schon längst wieder gutgegangen, hätte man ihm seinen Willen gelassen, aber sie wolle ja, daß er schwach bleibe, damit sie ihn unter ihrer Fuchtel haben könne – aber beim Belzebu, er werde keinen Schwindel mehr dulden – und dabei nahm er ein Glas in die eine Hand und die Flasche in die andere und hörte nicht auf, bis er sie leer getrunken hatte. Alarmierende Symptome waren die unmittelbare Folge seiner »Unbedachtsamkeit«, wie sie es nachsichtig nannte – Symptome, die sich seither eher verstärkt als vermindert haben; und das war der Grund, weshalb sie es aufgeschoben hatte, an ihren Bruder zu schreiben. Alle früheren Merkmale seiner Krankheit waren mit vermehrter Virulenz wiederaufgetreten: halb verheilt, war die leichte äußere Wunde wiederaufgebrochen; eine innere Entzündung war hinzugekommen, die tödlich enden könnte, wenn sie nicht bald abklänge. Die Laune des unglückseligen Patienten hatte sich durch diese unheilvolle Entwicklung natürlich nicht gebessert – tatsächlich war sie, wie ich fürchte, fast unerträglich, obwohl sich seine gütige Krankenpflegerin nicht beklagte; aber sie schrieb, sie habe sich schließlich doch genötigt gesehen, ihren Sohn in die Obhut Esther Hargraves zu geben, da ihre Anwesenheit im Krankenzimmer ständig erforderlich sei, so daß sie sich unmöglich selbst um ihn kümmern könne; und obwohl das Kind gebettelt hatte, bei ihr bleiben und ihr helfen zu dürfen, seinen Papa zu pflegen, und obwohl kein Zweifel daran bestehen konnte, daß der Junge sehr lieb und ruhig sein würde, erschien es ihr undenkbar, seine kindlichen und zarten Empfindungen dem Anblick solch großen Leidens auszusetzen oder ihn Zeuge der Ungeduld seines Vaters werden oder die schrecklichen Schimpfworte anhören zu lassen, die dieser in seinen Anfällen von Schmerz und Wut zu gebrauchen pflegte.

»Letzterer«, fuhr sie fort, »bedauert den Schritt, der seinen Rückfall ausgelöst hat, zutiefst, aber wie gewöhnlich schiebt er mir die Schuld daran zu. Wenn ich mit ihm darüber geredet hätte wie mit einem vernünftigen Menschen, behauptet er, wäre das nie geschehen; aber wie ein kleines Kind oder ein Idiot behandelt zu werden, das sei wohl für jeden Mann Grund genug, die Geduld zu verlieren und auf seiner Unabhängigkeit zu bestehen, auch wenn er sich selbst damit möglicherweise eher schade – er vergißt, wie oft er früher »die Geduld verloren hat«, gerade weil ich ihm vernünftig zugeredet habe. Er scheint sich der Gefahr, in der er schwebt, bewußt zu sein; aber nichts kann ihn dazu bewegen, ihr wirklich ins Auge zu sehen. Gestern nacht, während ich bei ihm wachte und ihm gerade einen Arzneitrank gebracht hatte, um seinen brennenden Durst zu löschen – bemerkte er, in seine sarkastische Bitterkeit von früher verfallend:

»Ja, *jetzt* bist du ungeheuer hilfsbereit! Ich vermute, es gibt *nichts*, was du jetzt nicht für mich tun würdest?«

»Du weißt«, sagte ich, etwas erstaunt über seinen Tonfall, »daß ich bereitwillig alles tue, was ich kann, um dir Erleichterung zu verschaffen.«

»Ja, *jetzt*, mein Unschuldsengel; aber wenn du dir erst einmal deinen Lohn gesichert hast und dich wohlbehalten im Himmel wiederfindest, und ich dagegen im Höllenfeuer heule, kann ich wohl lange warten, ehe du *dann* einen Finger für mich rührst! Nein, du wirst selbstzufrieden herabschauen und nicht einmal die Spitze deines Fingers ins Wasser tauchen, um meine Zunge zu kühlen!«

»Wenn es so sein sollte, dann wegen des tiefen Abgrunds, den ich nicht überschreiten kann; und wenn ich in einem solchen Fall selbstzufrieden herabschauen könnte, dann nur aus der Gewißheit heraus, daß du von deinen Sünden gereinigt und fähig sein wirst, das Glück zu genießen, das ich empfinde. – Aber bist du denn so entschlossen, daß ich dir nicht im Himmel begegnen soll?«

»Hm! Was sollte ich wohl dort, das möchte ich gern wissen?«

»Das freilich weiß ich nicht; und ich fürchte, es ist nur allzu sicher, daß sich deine Vorlieben und Gefühle ändern müssen, ehe du dort Freude empfinden kannst. Aber ist es dir denn lieber, widerstandslos in den Zustand der Qual zu verfallen, den du dir ausmalst?«

»Ach, das alles ist ja nur ein Ammenmärchen«, sagte er verächtlich.

»Bist du sicher, Arthur? Bist du *ganz* sicher? Denn falls es irgendeinen Zweifel gäbe, und falls du am Ende doch feststellen *solltest*, daß du dich geirrt hast, wenn es zu spät ist zur Umkehr...«

»Das wäre natürlich ziemlich peinlich«, sagte er; »aber laß mich jetzt damit in Ruhe! Ich werde noch nicht sterben.

Ich kann nicht und will nicht«, fügte er heftig hinzu, als ob ihn plötzlich die entsetzliche Aussicht auf dieses schreckliche Ereignis überrascht hätte. »Helen, du *mußt* mich retten!« Und wie ein Ertrinkender griff er nach meiner Hand und sah mich mit solch flehentlicher Ungeduld an, daß mir das Herz um ihn blutete und ich vor lauter Tränen nicht sprechen konnte.

* * *

Der nächste Brief brachte die Nachricht, daß sich seine Krankheit rasch verschlechtere; und die Angst des armen Leidenden vor dem Tod war noch bedrückender als seine Ungeduld gegenüber körperlichem Schmerz. Nicht alle seine Freunde hatten ihn aufgegeben, denn Mr. Hattersley war, als er von seiner gefährlichen Lage erfuhr, von seinem weit im Norden gelegenen Haus zu einem Besuch gekommen. Seine Frau hatte ihn begleitet, ebensosehr aus Freude, ihre liebe Freundin zu treffen, von der sie seit so langer Zeit getrennt war, als auch um ihre Mutter und Schwester zu besuchen.

Mrs. Huntingdon brachte ihre Freude zum Ausdruck, Milicent noch einmal getroffen und sie so glücklich und wohlauf gesehen zu haben. »Sie ist nun in Grove«, hieß es in dem Brief weiter, »aber sie kommt oft hierher, um mich zu besuchen. Mr. Hattersley verbringt viel Zeit an Arthurs Bett. Mit mehr Wohlwollen und Taktgefühl, als ich ihm zugetraut hätte, sorgt er sich um seinen unglückseligen Freund und ist weitaus mehr willens als in der Lage, ihn zu trösten. Manchmal versucht er, mit ihm zu scherzen und zu lachen, aber das will nicht recht gelingen, manchmal bemüht er sich, ihn mit Geschichten über alte Zeiten aufzuheitern; und dies mag zuweilen mithelfen, den Leidenden von seinen traurigen Gedanken abzulenken; dann wieder stürzt es ihn nur in noch tiefere Melancholie als vorher; und dann ist Hattersley verwirrt und weiß nicht, was er sagen soll – sofern er nicht schüchtern vorschlägt, daß man vielleicht den Pfarrer holen lassen sollte. Aber Arthur wird dem niemals zustimmen: Er weiß, daß er die wohlmeinenden Ermahnungen des Pfarrers zu anderer Zeit mit höhnischer Leichtfertigkeit zurückgewiesen hat, und kann sich nicht im Traum vorstellen, nun Trost bei ihm zu suchen.

Manchmal bietet Hattersley seine Dienste an, um meine Stelle bei ihm einzunehmen, aber Arthur will mich nicht gehen lassen: Diese merkwürdige Marotte wird immer ausgeprägter, je mehr seine Kräfte schwinden – die fixe Idee, mich dauernd um sich zu haben zu müssen. Ich verlasse ihn kaum noch, außer um in das Nebenzimmer zu gehen, wo ich mich dann eine Stunde oder so hinlege, wenn er ruhig ist, aber selbst dann wird die Tür nur angelehnt, damit er weiß, daß ich in Rufweite bin. Während ich das hier schreibe, bin ich bei ihm; und ich fürchte, meine Beschäftigung stört ihn; obwohl ich sie häufig unterbreche, um mich um ihn zu kümmern, und obwohl Mr. Hattersley auch bei ihm ist. Dieser Herr kam, um, wie er sagt, einen freien Tag für mich zu erbitten, damit ich an diesem schönen, frostigen Morgen mit Milicent und Esther und dem kleinen Arthur, die er zu einem Besuch herübergebracht hat, einen Spaziergang im Park unternehmen könne. Unser armer Kranker empfand dies offensichtlich als einen herzlosen Vorschlag und hätte es als noch herzloser von mir empfunden, wenn ich darauf eingegangen wäre. Ich sagte deshalb, ich werde nur hinausgehen und kurz mit ihnen sprechen und dann zurückkommen. Ich wechselte nur ein paar Worte mit ihnen direkt vor dem Portico und sog, während ich dort stand, die frische, erquickende Luft ein – und dann widerstand ich den dringenden und beredten Bitten von allen dreien, doch ein wenig länger zu bleiben und sie bei einem Spaziergang um den Park herum zu begleiten, und riß mich los und kehrte zu meinem Patienten zurück. Ich war keine fünf Minuten weg gewesen, aber er machte mir heftige Vorwürfe wegen meines Leichtsinns und meiner Nachlässigkeit. Sein Freund nahm sich meiner an:

»Nein, nein, Huntingdon«, sagte er, »du bist zu hart mit ihr – sie muß doch essen und schlafen und ab und zu ein bißchen frische Luft schnappen, sonst hält sie es nicht durch, das versichere ich dir. Schau sie doch an, sie ist ja nur noch ein Schatten ihrer selbst.«

»Was sind schon ihre Leiden gegen die meinen?« sagte der arme Kranke. »Du gewährst mir deine Aufmerksamkeiten doch nicht widerwillig, oder, Helen?«

»Nein, Arthur, wenn ich dir damit nur helfen könnte. Ich würde mein Leben hingeben, um dich zu retten, wenn ich könnte.«

»Das würdest du *wirklich* tun? Nein?«

»Liebend gern, ja.«

»Ah, weil du meinst, der Tod komme dich nicht so schlimm an wie mich!«

Hier trat eine peinliche Pause ein. Er war offenbar in düsteres Nachdenken versunken, aber während ich nach Worten suchte, die ihm guttun könnten, ohne ihn zu beunruhigen, brach Hattersley, der ganz ähnliche Gedanken gehegt hatte, das Schweigen:

»Ich meine, Huntingdon, ich *würde* einen Geistlichen kommen lassen oder so etwas Ähnliches. Wenn du den Pfarrer nicht magst, könntest du doch seinen Stellvertreter oder irgendeinen anderen kriegen.«

»Nein, keiner von denen kann mir helfen, wenn *sie* es nicht kann«, lautete die Antwort. Und es schossen ihm die Tränen aus den Augen, als er inständig klagte: »Ach Helen, wenn ich auf dich gehört hätte, wäre es nie soweit gekommen! Und wenn ich schon seit langem auf dich gehört hätte – O Gott, wie anders wäre es jetzt!«

»Dann hör jetzt auf mich, Arthur«, sagte ich und drückte sanft seine Hand.

»Jetzt ist es zu spät«, sagte er mutlos. Und hierauf setzte eine weitere Kolik ein; und dann fing er zu phantasieren an, und wir fürchteten, sein Ende sei nahe; aber man verabreichte ihm ein starkes Beruhigungsmittel, seine Schmerzen begannen nachzulassen, allmählich wurde er gelassener, und schließlich sank er in eine Art Schlummer. Seitdem ist er ruhiger; und nun hat Hattersley ihn verlassen, wobei er seine Hoffnung ausdrückte, ihn in besserer Verfassung anzutreffen, wenn er morgen vorbeischaue.

»Vielleicht werde ich ja wieder gesund«, erwiderte er, »wer weiß? Dies ist womöglich die Krise gewesen. Was meinst du, Helen?«

Da ich ihm ungern das Herz schwer machte, gab ich ihm die aufmunterndste Antwort, die ich geben konnte, empfahl ihm aber noch immer, sich auf die Möglichkeit dessen, was, wie ich innerlich befürchtete, nur allzu gewiß war, vorzubereiten. Aber unbeirrt klammerte er sich an diese Hoffnung. Kurz danach döste er wieder etwas ein – aber jetzt stöhnt er erneut.

Es ist eine Veränderung eingetreten. Unvermittelt rief er mich zu sich, und zwar mit einer derartig seltsamen, erregten Stimme, daß ich fürchtete, er rede irre – aber das tat er nicht. »Das war die Krisis, Helen!« sagte er voller Freude. »Ich hatte hier einen höllischen Schmerz – jetzt ist er wie weggeblasen; seit dem Sturz war ich nie mehr so frei von Schmerzen – völlig weg, du lieber Himmel!« und er packte und küßte meine Hand aus vollem Herzen; aber, als er merkte, daß ich in seine Freude nicht einstimmte, schleuderte er sie schnell weg und verfluchte meine Kälte und Gefühllosigkeit bitterlich. Was sollte ich darauf erwidern? Ich kniete mich neben ihn, nahm seine Hand und drückte sie zärtlich an meine Lippen – zum ersten Mal seit unserer

Trennung – und sagte ihm, soweit es meine Tränen zulassen wollten, daß es nicht das sei, was mich schweigen ließ; es sei die Angst, daß dieses plötzliche Aussetzen des Schmerzes kein so gutes Zeichen sei, wie er vermute. Unverzüglich ließ ich den Arzt holen. Wir erwarten ihn jetzt voller Ungeduld: Ich will dir gleich schreiben, was er sagt. Der Zustand der Schmerzlosigkeit hält immer noch an – dieselbe Empfindungslosigkeit dort, wo der Schmerz am heftigsten war. Meine schlimmsten Befürchtungen haben sich bestätigt – der Wundbrand hat eingesetzt. Der Arzt sagte ihm, daß es keine Hoffnung gebe – Seine Qual ist nicht in Worte zu fassen – Ich kann nicht mehr schreiben.

* * *

Der nächste Brief war insgesamt noch bedrückender. Der Leidende näherte sich nun dem Tod mit Riesenschritten – stand fast schon am Rand dieses schrecklichen Abgrunds, an den er mit Schaudern dachte und vor dem ihn auch keine angstvollen Gebete oder Tränen mehr retten konnten. Nichts vermochte ihn nun zu trösten; Hattersleys rauhe Tröstungsversuche waren gänzlich umsonst. Die Welt bedeutete ihm nichts mehr: Das Leben mit all seinen Reizen, seinen kleinen Kümmernissen und vergänglichen Freuden wirkte auf ihn wie blanker Hohn. Von der Vergangenheit zu sprechen, hieß, ihn mit vergeblichen Gewissensbissen zu foltern; von der Zukunft zu reden, hieß, seine Qual zu verschlimmern; und dennoch: zu schweigen hieß, ihn seinen eigenen Schuldgefühlen und Ängsten auszuliefern. Oft malte er sich das Schicksal seiner vergehenden sterblichen Hülle in allen schauerlichen Einzelheiten aus – die allmähliche Auflösung, die seinen Körper bereits erfaßt hatte, das Leichentuch, den Sarg, das dunkle, einsame Grab und das ganze Grauen der Verwesung.

»Wenn ich versuche«, schrieb seine bekümmerte Frau,

»ihn von diesen Dingen abzulenken – seine Gedanken auf erhabenere Themen zu lenken, ist es nicht besser: »Noch schlimmer!« stöhnt er. »Wenn es wirklich ein Leben jenseits des Grabes und ein Gericht nach dem Tode gibt, wie kann *ich* ihm dann entgegentreten?« Ich kann ihm nicht helfen; er will sich durch nichts aufheitern oder wachrütteln oder trösten lassen; und dennoch klammert er sich mit unverminderter Hartnäckigkeit an mich – mit einer Art kindischen Verzweiflung, als ob ich ihn vor dem Schicksal, das er fürchtet, retten könnte. Tag und Nacht läßt er mich nicht von seiner Seite weichen. Er hält nun meine linke Hand, während ich schreibe; so hält er sie seit Stunden: Manchmal ruhig, sein bleiches Gesicht mir zugewandt, manchmal heftig meinen Arm packend – und es treten ihm große Schweißtropfen auf die Stirn bei dem Gedanken an das, was er vor sich sieht oder zu sehen meint. Wenn ich ihm meine Hand einen Augenblick lang entziehe, beunruhigt ihn das: »Bleib bei mir, Helen«, sagt er, »laß mich dich so halten; es ist, als ob mir nichts geschehen könne, solange du hier bist. Aber der Tod *wird* kommen – er naht bereits – mit Riesenschritten! – und ach, wenn ich nur *glauben* könnte, daß es nichts danach gibt!«

»Versuche nicht, das zu glauben, Arthur; es gibt Freude und Herrlichkeit danach, wenn du dich nur darum bemühst!«

»Was, für mich?« sagte er mit einer Art Lachen. »Sollen wir denn nicht nach den Taten beurteilt werden, die wir in diesem Körper begangen haben? Was hat ein Leben, in dem man sich bewähren muß, für einen Sinn, wenn es ein Mensch nach Belieben, den Geboten Gottes völlig zuwider, verbringen dürfte und er danach mit den Besten in den Himmel käme – wenn der schlimmste Sünder den Lohn des heiligsten Heiligen erlangen kann, bloß weil er sagt: ›Ich bereue‹?«

»Aber wenn du *von Herzen* bereust...«

»Ich kann keine Reue empfinden; ich habe nur Angst.«

»Du bedauerst also das Vergangene nur wegen seiner Folgen für dich selbst?«

»Genau so – außer, daß es mir leid tut, dich schlecht behandelt zu haben, Nell, weil du so gut zu mir bist.«

»Denk an die Güte Gottes und du mußt dich unweigerlich grämen, Ihn beleidigt zu haben.«

»Was *ist* schon Gott – ich kann Ihn nicht sehen oder Ihn hören! Gott ist nur eine Idee.«

»Gott ist unendliche Weisheit und Stärke und Güte – und LIEBE; aber wenn diese Idee deine menschliche Vorstellungskraft übersteigt – wenn sich dein Geist in ihrer überwältigenden Unendlichkeit verliert, richte ihn auf Ihn, der sich herabließ, um unsere Menschennatur anzunehmen, der aufgefahren ist gen Himmel sogar in Seinem verklärten Leib, in dem die ganze Fülle des göttlichen Wesens erstrahlt.«

Aber er schüttelte nur den Kopf und seufzte. Dann, in einem weiteren Anfall schaudernden Entsetzens verstärkte er den Griff um meine Hand und meinen Arm, und klammerte sich, immer noch stöhnend und jammernd, an mich mit jenem wilden, verzweifelten Eifer, der mir das Herz zerreißt, weil ich weiß, daß ich ihm nicht helfen kann. Ich tat mein möglichstes, um ihn zu beruhigen und zu trösten.

»Der Tod ist so schrecklich«, rief er, »ich kann ihn nicht ertragen! *Du* kennst ihn nicht, Helen – du kannst ihn dir nicht vorstellen, weil du ihm nicht ins Angesicht siehst; und wenn ich begraben bin, wirst du deine alten Gewohnheiten wiederaufnehmen und so glücklich sein wie immer, und alle Menschen werden so geschäftig und fröhlich weitermachen, so, als ob ich nie gewesen wäre; während ich...« Er brach in Tränen aus.

»*Das* sollte dich nicht bekümmern«, sagte ich, »wir alle werden dir bald genug nachfolgen.«

»Ich wünschte bei Gott, ich könnte dich jetzt mitnehmen!« jammerte er. »Du solltest für mich bitten.«

»Kein Mensch kann seinen Bruder retten oder bei Gott für ihn eintreten«, erwiderte ich, »es hat mehr gekostet, ihre Seelen zu erlösen – es hat das Blut eines menschgewordenen Gottes gekostet, der selbst vollkommen und ohne Sünden war, um uns von den Banden des Bösen zu erlösen: Laß Gott für dich bitten.«

Doch mein Reden scheint vergebens. Er verhöhnt diese segensreichen Wahrheiten zwar nicht mehr wie früher, aber er kann sie immer noch nicht glauben oder will sie nicht begreifen. Er kann nicht mehr lange zaudern. Er leidet entsetzlich, und das tun auch die, die ihn betreuen – aber ich will dich nicht mit weiteren Einzelheiten quälen: Ich denke, ich habe genug geschrieben, um dich zu überzeugen, daß ich gut daran getan habe, zu ihm zu fahren.

* * *

Arme, arme Helen! Schrecklich in der Tat müssen ihre Heimsuchungen gewesen sein! Und ich konnte nichts tun, um sie zu lindern – nein, es schien fast, als hätte ich selbst sie über sie gebracht durch meine heimlichen Wünsche; und ob ich nun auf die Leiden ihres Mannes oder auf ihre eigenen blickte, es schien beinahe, als würde ich selbst gerichtet, weil ich einen solchen Wunsch gehegt hatte.

Am übernächsten Tag kam ein weiterer Brief. Auch dieser wurde mir wortlos ausgehändigt, und dies ist sein Inhalt:

5. Dez.

Er ist verschieden. Ich saß die ganze Nacht bei ihm, meine Hand fest in seiner, und beobachtete die Veränderungen auf seinen Gesichtszügen und lauschte seinem schwächer werdenden Atem. Lange Zeit lag er schweigend da, und ich dachte schon, er werde nie mehr sprechen, als er schwach, aber vernehmlich murmelte:

»Bete für mich, Helen!«

»Natürlich bete ich für dich – zu jeder Stunde und Minute, Arthur; aber du mußt auch selbst für dich beten.«

Seine Lippen bewegten sich, gaben aber keinen Laut von sich; dann wurden seine Blicke unstet; und als ich aufgrund der unzusammenhängenden, bruchstückhaften Worte, die ihm von Zeit zu Zeit entfuhren, annahm, er sei nicht mehr bei Bewußtsein, löste ich meine Hand sachte aus der seinen, da ich mich hinwegstehlen wollte, um ein wenig frische Luft zu schnappen, denn ich war einer Ohnmacht nahe; aber eine krampfartige Bewegung der Finger und ein schwach geflüstertes »Verlaß mich nicht!« riefen mich auf der Stelle zurück: Wieder nahm ich seine Hand und hielt sie, bis er nicht mehr war – und dann schwanden mir die Sinne. Es war nicht Gram, es war Erschöpfung, gegen die ich bis dahin erfolgreich anzukämpfen vermocht hatte. Oh, Frederick! Niemand kann sich die Leiden, die körperlichen und seelischen, auf diesem Sterbelager vorstellen! Wie sollte ich den Gedanken ertragen, daß diese arme zitternde Seele geholt wurde, um ewige Qualen zu erleiden? Das würde mich zum Wahnsinn treiben! Aber Gott sei Dank habe ich Hoffnung – nicht nur aus einer vagen Zuversicht heraus, daß ihn Buße und Vergebung möglicherweise schließlich doch noch erreicht haben, sondern aus dem segensreichen Vertrauen heraus, daß, durch welche reinigenden Feuer die irrende Seele auch immer hindurchgehen muß – welches Schicksal ihn auch immer erwartet, er trotzdem nicht verloren ist, und Gott, der nichts haßt, was er erschaffen hat, ihn am Ende segnen *wird*!

Sein Leichnam wird am Donnerstag dem dunklen Grab übergeben, das er so sehr fürchtete; aber der Sarg muß so bald wie möglich geschlossen werden. Wenn Du der Bestattung beiwohnen willst, komm schnell, denn ich brauche Deine Hilfe.

Helen Huntingdon

KAPITEL 50
Zweifel und Enttäuschungen

Als ich dies las, hatte ich keinen Grund, meine Freude und Hoffnung vor Frederick Lawrence zu verbergen, denn sie waren nicht von der Art, daß ich mich ihrer hätte schämen müssen. Meine einzige Freude bestand darin, daß seine Schwester endlich von ihren quälenden, niederdrückenden Mühen befreit war – und meine einzige Hoffnung war, daß sie sich mit der Zeit von den Nachwirkungen derselben erholen und zumindest für den Rest ihres Lebens in Frieden und Ruhe würde leben können. Ich empfand für ihren Mann ein schmerzliches Mitleid (obwohl ich mir durchaus bewußt war, daß er seine Leiden einzig und allein sich selbst zuzuschreiben und mehr als genug verdient hatte) und ein tiefes Mitgefühl für ihre Kümmernisse und eine große Besorgnis, wie sich jene aufreibenden Sorgen, jene schrecklichen Nachtwachen, jene unaufhörliche und ihrer Gesundheit so abträgliche Gefangenschaft an der Seite eines lebenden Leichnams auf sie auswirken würden – denn ich war sicher, daß sie nicht einmal die Hälfte der Leiden angedeutet hatte, die sie hatte erdulden müssen.

»Werden Sie zu ihr fahren, Lawrence?« sagte ich, als ich ihm den Brief aushändigte.

»Ja, unverzüglich.«

»Das ist gut so! Dann will ich jetzt gehen, damit Sie Ihre Abreise vorbereiten können.«

»Das habe ich bereits getan, während Sie den Brief lasen und bevor Sie kamen; die Kutsche wird gleich vorfahren.«

Ich zollte ihm insgeheim Beifall für seine Eile, wünschte ihm »Guten Morgen« und entfernte mich. Er blickte mich forschend an, als wir uns beim Abschied die Hände schüttelten; aber was er auch in meinem Gesichtsausdruck suchen mochte, er entdeckte darin nichts als den schicklichsten Ernst, möglicherweise vermischt mit einer gewissen Strenge aus momentanem Groll über das, was, wie ich meinte, gerade in seinem Kopf vorging.

Hatte ich etwa meine eigenen Zukunftsaussichten, meine leidenschaftliche Liebe, meine beharrlichen Hoffnungen vergessen? Es erschien mir wie Gotteslästerung, mich ihnen jetzt wieder zuzuwenden, aber ich hatte sie nicht vergessen. Es war jedoch ein trübsinniges Gefühl, mit dem ich darüber nachsann, wie düster jene Aussichten, wie trügerisch jene Hoffnungen und wie vergeblich jene Liebe war, als ich wieder mein Pferd bestieg und langsam heimwärts trabte. Mrs. Huntingdon war nun frei; es bedeutete nicht länger ein Verbrechen, an sie zu denken – aber dachte sie wohl je an *mich*? Nicht *jetzt*, das war natürlich nicht zu erwarten, aber würde sie an mich denken, wenn der Schock vorüber wäre? Während des gesamten Briefwechsels mit ihrem Bruder (unserem gemeinsamen Freund, wie sie ihn selbst genannt hatte), hatte sie mich nur ein einziges Mal erwähnt – und auch da nur, weil sie nicht anders konnte. Das allein schon legte die Vermutung nahe, daß sie mich bereits vergessen hatte; doch das war nicht das Schlimmste: Es mochte ihr Pflichtgefühl gewesen sein, was sie schweigen ließ; vielleicht *versuchte* sie ja nur, mich zu vergessen; aber zu alledem hegte ich die düstere Überzeugung, daß die fürchterlichen Dinge, die sie gesehen und erlitten hatte, ihre Aussöhnung mit dem Mann, den sie einst geliebt, sein schreckliches Leiden und Sterben alle Spuren ihrer vorübergehenden Liebe zu mir schließlich ausgelöscht haben mußten. Sie mochte sich von diesem Schrecken vielleicht so weit erholen, daß sie ihre frühere Gesundheit, ihre Ruhe, ja sogar ihre Heiterkeit wiedergewinnen würde, aber nie mehr jene Gefühle, die ihr forthin wie ein flüchtiger Wahn, ein eitler, trügerischer Traum erscheinen würden; besonders weil es niemanden gab, der sie an mein Dasein erinnerte – nichts, was sie meiner glühenden Treue versicherte, nun, da wir so weit voneinander entfernt waren und mir mein Taktgefühl verbot, sie in den nächsten Monaten zu sehen oder ihr zu schreiben. Und wie konnte ich ihren Bruder für mich einnehmen? Wie konnte ich diese eisige Kruste scheuer Zurückhaltung durchbrechen? Vielleicht würde er meine Zuneigung jetzt ebensosehr mißbilligen wie vorher; vielleicht bin ich seiner Meinung nach zu arm – von zu niedriger Geburt und deshalb seiner Schwester nicht ebenbürtig. Ja, es gab noch eine weitere Barriere: Zweifellos bestand ein großer Unterschied zwischen dem Rang und den Lebensverhältnissen der Mrs. Huntingdon, der Herrin von Grass-dale Manor, und jenen der Mrs. Graham, der Künstlerin, die sich in Wildfell Hall eingemietet hatte; und es mochte für eine Anmaßung gehalten werden, wenn ich ersterer meine Hand antragen würde – von den Leuten, von ihren Freunden – vielleicht auch von ihr selbst – eine Strafe, der ich mich stellen könnte, wenn ich sicher wäre, daß sie mich liebte; aber wenn nicht, wie sollte ich es? Und schließlich hatte ihr vielleicht ihr verstorbener Mann, egoistisch, wie er nun einmal war, mit der Abfassung seines Testaments Hindernisse in den Weg gelegt, wenn sie sich wieder verheiraten würde. So hatte ich also Grund genug zu verzweifeln, wenn ich erst einmal diesen Gedanken nachgab.

Nichtsdestoweniger sah ich Mr. Lawrences Rückkehr von Grass-dale Manor mit großer Ungeduld entgegen, einer Ungeduld, die in dem Maße zunahm, wie sich seine Abwesenheit hinzog. Er blieb an die zehn oder zwölf Tage weg. Es war durchaus in Ordnung, daß er blieb, um seine Schwester zu trösten und ihr zu helfen, aber er hätte mir ja schreiben können, um mir zu berichten, wie es ihr ging, – oder zumindest, um mir mitzuteilen, wann ich seine Rückkehr erwarten durfte; denn er hätte wissen können, daß ich schreckliche Angst um sie ausstand und unter der Ungewißheit litt, was in Zukunft aus mir werden würde. Und als er dann schließlich zurückkehrte, war alles, was er mir über sie erzählte, daß sie sehr erschöpft und mitgenommen sei durch die unermüdlichen Bemühungen um ihren Mann, der die Geißel ihres Lebens gewesen war und sie fast an den Rand des Grabes gebracht hatte, und sie immer noch sehr angegriffen und niedergeschlagen sei durch sein trauriges Ende und dessen Begleitumstände; doch kein Wort in bezug auf mich, kein Hinweis, daß mein Name je über ihre Lippen gekommen oder in ihrer Gegenwart gefallen sei. Natürlich stellte ich ihm diesbezüglich keine Fragen: Ich konnte mich nicht dazu überwinden, da ich ja damals glaubte, daß Lawrence der Vorstellung meiner Verbindung mit seiner Schwester durchaus ablehnend gegenüberstand.

Ich merkte, daß er erwartete, noch weiter über seinen Besuch befragt zu werden, und merkte auch, mit der Hellhörigkeit geweckter Eifersucht oder auch verletzter Selbstachtung – oder wie immer ich es nennen soll –, daß er vor einer solchen drohenden Befragung etwas zurückschreckte und nicht weniger erfreut als überrascht war, als er feststellte, daß sie ausblieb. Natürlich brannte ich vor Zorn, aber mein Stolz zwang mich, meine Gefühle zu unterdrücken und während der gesamten Unterredung ein katzenfreundliches Gesicht oder zumindest stoische Ruhe zu bewahren. Das war gut so, denn als ich mir die Angelegenheit bei nüchternem Verstand noch einmal durch den Kopf gehen ließ, mußte ich zugeben, daß es höchst lächerlich und unangebracht gewesen wäre, in einer solchen Situation mit ihm zu streiten. Ich muß auch zugeben, daß ich ihm im Grunde unrecht getan hatte. In Wirklichkeit mochte er mich sehr gern, war sich aber voll bewußt, daß eine Verbindung zwischen Mrs. Huntingdon und mir das wäre, was die Gesellschaft eine *mésalliance* nennt; und es war nicht seine Art, der Gesellschaft Trotz zu bieten, besonders in einem Fall wie diesem, denn das furchterregende Gelächter und die üble Nachrede der Leute wären ihm weitaus schrecklicher gewesen, hätten sie sich gegen seine Schwester und nicht gegen ihn selbst gerichtet. Wäre er der Meinung gewesen, die Verbindung sei für das Glück beider oder eines von beiden nötig gewesen, oder hätte er geahnt, wie glühend ich sie liebte, er hätte sich wohl anders verhalten. Aber da ich offenbar einen so ruhigen und gelassenen Eindruck auf ihn machte, wollte er um keinen Preis meinen Gleichmut stören; und obwohl er sich jedes aktiven Widerstands gegen die Partie gänzlich enthalten wollte, würde er dennoch nichts unternehmen, um sie zustande zu bringen, und lieber die Partei der Vernunft ergreifen, indem er uns half, unsere gegenseitige Zuneigung zu überwinden, als die des Gefühls, indem er sie förderte. »Und es war sein gutes Recht« wirst Du sagen. Vielleicht – jedenfalls stand es mir nicht zu, so bittere Gefühle gegen ihn zu hegen, wie ich es tat; aber damals konnte ich die Sache nicht in einem so vernünftigen Licht betrachten; und nachdem wir noch kurz über nebensächliche Dinge geredet hatten, ging ich weg und durchlitt all die Schmerzen eines in seinem Stolz gekränkten und in seinen freundschaftlichen Gefühlen verletzten Menschen; hinzu kamen noch die quälende Angst, wirklich vergessen zu sein, und das nicht minder bedrückende Wissen, daß sie, die ich liebte, allein und betrübt war und zudem gesundheitlich angeschlagen und mutlos, und ich ihr kein Trost und keine Stütze sein – ja, sie nicht einmal meines Mitgefühls versichern durfte, denn die Übermittlung einer solchen Botschaft durch Mr. Lawrence schien nun völlig ausgeschlossen.

Doch was sollte ich tun? Ich wollte abwarten, ob sie von mir Notiz nähme, was sie natürlich nicht tun würde, es sei denn, durch irgendeine freundliche Bemerkung, die sie ihrem Bruder anvertrauen und die er mir aller Wahrscheinlichkeit nach nicht ausrichten würde, und dann – welch schrecklicher Gedanke! – würde sie meinen, ich sei gleichgültig geworden und habe mich verändert, weil ich nichts darauf erwiderte, oder er hatte ihr vielleicht schon zu verstehen gegeben, daß ich aufgehört hätte, an sie zu denken. Wie auch immer, ich würde warten, bis genau sechs Monate nach unserer Trennung vorüber waren (was gegen Ende Februar der Fall sein würde), und ihr dann einen Brief schikken und sie darin in aller Bescheidenheit an ihre frühere Erlaubnis erinnern, ihr nach Ablauf dieser Frist zu schreiben, und hoffen, mich derselben bedienen zu dürfen, um zumindest meinem aufrichtigen Kummer über ihr kürzlich erfahrenes Leid, meiner wohlbegründeten Anerkennung für ihr hochherziges Verhalten sowie meiner Hoffnung Ausdruck zu verleihen, daß ihre Gesundheit mittlerweile voll und ganz wiederhergestellt sei und sie eines Tages jene Segnungen eines friedlichen, glücklichen Lebens genießen dürfe, die ihr so lange versagt geblieben seien, die aber niemand mehr verdiene als sie selbst – und ich würde ein paar herzliche Grüße an meinen kleinen Freund Arthur hinzufügen, verbunden mit der Hoffnung, daß er mich noch nicht vergessen habe, und vielleicht ein paar weitere Zeilen, in denen ich mich auf vergangene Zeiten bezöge, auf die herrlichen Stunden, die ich in ihrer Gesellschaft verbracht hatte, und auf meine unauslöschliche Erinnerung daran, die die Würze und der Trost meines Lebens sei sowie die Zuversicht, daß ihre jüngsten Kümmernisse mich nicht gänzlich aus ihrem Gedächtnis verbannt hatten. Wenn sie darauf nicht antworten sollte, würde ich natürlich nicht mehr schreiben: Wenn ja (was sie sicherlich auf *irgendeine* Weise tun würde), sollten sich meine künftigen Schritte nach ihrer Antwort richten.

Zehn Wochen waren eine lange Zeit, wenn man in einem solch elenden Zustand der Ungewißheit auszuharren hatte, doch nur Mut! Es mußte erduldet werden; und währenddessen wollte ich Lawrence weiterhin ab und zu besuchen, wenn auch nicht so oft wie vorher, und mich wie immer nach seiner Schwester erkundigen, ob er in letzter Zeit von ihr gehört habe, und wie es ihr gehe, aber sonst nichts.

Das tat ich denn auch, und zu meinem Ärger beschränkten sich die Antworten, die ich erhielt, stets buchstabengetreu auf die jeweilige Frage: Es gehe ihr wie immer, sie klage nicht, aber aus dem Ton ihres letzten Briefes spreche eine tiefe seelische Niedergeschlagenheit. Sie behaupte, es gehe ihr besser, und am Ende schreibe sie, es gehe ihr gut und sie sei sehr in Anspruch genommen von der Erziehung ihres Sohnes und der Verwaltung des Besitzes ihres verstorbenen Mannes und der Regelung seiner geschäftlichen Angelegenheiten. Der Schuft hatte mir nie erzählt, wie über diesen Besitz verfügt worden war, oder ob Mr. Huntingdon vor seinem Tode ein Testament gemacht hatte oder nicht; und ich wollte lieber sterben, als ihn zu fragen, damit er meine Neugier nicht fälschlicherweise als Habsucht deute. Er erbot sich nun nie mehr, mir die Briefe seiner Schwester zu zeigen, und ich gab nie den Wunsch zu erkennen, sie zu sehen. Der Februar indes rückte näher; der Dezember war vorbei, der Januar endlich fast zur Hälfte vorüber – noch ein paar Wochen, und dann würde tiefe Verzweiflung oder auflebende Hoffnung diesem langen qualvollen Zustand der Spannung ein Ende setzen.

Aber ach! Genau um diese Zeit hatte sie einen weiteren Schicksalsschlag zu ertragen, nämlich den Tod ihres Onkels, eines an sich ziemlich nichtswürdigen alten Kerls, wie ich meinen möchte, der ihr aber stets mehr Wohlwollen und Zuneigung entgegengebracht hatte als irgendeinem anderen Menschen; und sie hatte ihn stets als eine Art Vater betrachtet. Sie war bei ihm, als er starb, und hatte während des letzten Stadiums seiner Krankheit ihrer Tante geholfen, ihn zu pflegen. Ihr Bruder fuhr nach Staningley, um der Beerdigung beizuwohnen, und erzählte mir nach seiner Rückkehr, daß sie noch immer dort sei, da sie sich bemühe, ihre Tante durch ihre Gegenwart etwas aufzuheitern, und wahrscheinlich noch eine Weile bleiben werde. Dies war eine schlechte Nachricht für mich, denn solange sie dort blieb, konnte ich ihr nicht schreiben, da ich die Adresse nicht kannte und ihn nicht danach fragen wollte. Aber Woche um Woche verging, und jedes Mal, wenn ich mich nach ihr erkundigte, war sie immer noch in Staningley.

»Wo ist eigentlich Staningley?« fragte ich schließlich.

»In ... shire«, lautete die kurze Antwort; und die Art, wie er sie vorbrachte, hatte etwas so Abweisendes und Schroffes, daß ich hinreichend abgeschreckt war, mich genauer zu erkundigen.

»Wann wird sie denn nach Grass-dale zurückkehren?« lautete meine nächste Frage.

»Ich weiß es nicht.«

»Verdammt!« knurrte ich.

»Wie bitte, Markham?« fragte mein Gegenüber mit überraschter Unschuldsmiene. Aber ich würdigte ihn keiner Antwort, sondern warf ihm lediglich einen mürrischen Blick stummer Verachtung zu, worauf er sich abwandte und mit fast unmerklichem Lächeln, halb nachdenklich, halb amüsiert, den Teppich betrachtete; aber schnell blickte er wieder auf und begann von anderen Dingen zu reden, um mich in ein heiteres und freundschaftliches Gespräch zu ziehen, doch ich war zu sehr verärgert, um mich mit ihm zu unterhalten, und verabschiedete mich bald.

Wie Du siehst, schafften es Lawrence und ich es irgendwie nicht, aufeinander zuzugehen. Tatsache ist meiner Meinung nach, daß wir beide ein wenig zu empfindlich waren. Es ist eine lästige Sache, Halford, diese Manie, überall Affronts zu wittern, wo gar keine beabsichtigt sind. Ich bin jetzt nicht mehr davon geplagt, wie Du bezeugen kannst: Ich habe gelernt, fröhlich und klug, unbekümmerter, was mich selbst betrifft, und nachsichtiger zu meinen Mitmenschen zu sein, und kann es mir erlauben, sowohl über Lawrence als auch über Dich zu lachen.

Teils zufällig, teils aufgrund bewußter Nachlässigkeit meinerseits (denn ich fand ihn mit der Zeit wirklich unsympathisch) verstrichen mehrere Wochen, ehe ich meinen Freund wiedersah. Als wir uns dann begegneten, war er derjenige, der mich aufsuchte. An einem strahlenden Morgen Anfang Juni kam er auf das Feld, wo ich gerade mit der Heuernte begann.

»Ich habe Sie lange nicht gesehen, Markham«, sagte er, nachdem wir die ersten paar Worte ausgetauscht hatten. »Gedenken Sie nie mehr nach Woodford zu kommen?«

»Ich habe einmal vorbeigeschaut, aber Sie waren außer Haus.«

»Es tut mir leid, aber das ist schon lange her; ich hoffte, Sie würden wieder vorbeischauen, und eben habe *ich* Sie aufgesucht, und *Sie* waren außer Haus, was Sie ja meistens sind, sonst würde ich mir die Freude machen, Sie häufiger zu besuchen; aber da ich Sie dieses Mal unbedingt sehen wollte, habe ich mein Pony auf dem Weg stehen lassen und Hecken und Gräben überwunden, um Sie zu treffen; denn ich bin im Begriff, Woodford für eine Weile zu verlassen, und habe vielleicht erst in ein paar Monaten wieder das Vergnügen, Sie zu sehen.«

»Wohin gehen Sie denn?«

»Zuerst nach Grass-dale«, sagte er mit einem halben Lächeln, das er wohl gern unterdrückt hätte, wenn es ihm möglich gewesen wäre.

»Nach Grass-dale! Dann ist sie also dort?«

»Ja, aber in ein paar Tagen wird sie es verlassen, um Mrs. Maxwell nach F... zu begleiten, die Seeluft zu genießen, und ich werde mit ihnen gehen.«

(F... war damals ein ruhiger, aber angesehener Badeort: Heutzutage wird er erheblich mehr besucht.)

Lawrence schien zu erwarten, daß ich die Gelegenheit ergriffe, ihn mit irgendeiner Art von Botschaft an seine Schwester zu betrauen; und ich glaube, er hätte es auf sich genommen, sie ohne größere Einwände zu überbringen, wenn ich denn genug Geistesgegenwart gehabt hätte, ihn darum zu bitten, obwohl er es natürlich nicht von sich aus angeboten hätte, wenn ich mich auch ohne dies zufriedengab. Aber ich brachte es einfach nicht über mich, diese Bitte zu äußern; und erst, als er weg war, erkannte ich, welch günstige Gelegenheit ich ungenutzt hatte verstreichen lassen; und dann bedauerte ich meine Dummheit und meinen törichten Stolz freilich zutiefst, doch es war nun zu spät, um den Schaden wiedergutzumachen.

Erst gegen Ende August kehrte er zurück. Er schrieb mir zwei- oder dreimal aus F..., aber seine Briefe waren auf höchst ärgerliche Weise unbefriedigend, da sie sich mit Allgemeinplätzen oder Nichtigkeiten befaßten, die mich nicht interessierten, oder mit Vorstellungen und Reflexionen angefüllt waren, die mir damals ebenso unwillkommen waren und die fast gar nichts über seine Schwester aussagten und nur wenig mehr über ihn selbst. Ich wollte indes warten, bis er zurückkam; vielleicht konnte ich dann etwas mehr aus ihm herausbekommen. Jetzt wollte ich ihr jedenfalls nicht schreiben, solange sie mit ihm und ihrer Tante zusammen war, die meinen vermessenen Absichten zweifellos noch feindlicher gegenüberstehen würde als er. Wenn sie in die

Stille und Einsamkeit ihres eigenen Hauses zurückgekehrt sein würde, wäre das für mich die günstigste Gelegenheit.

Als Lawrence zurückkam, war er allerdings bezüglich des Gegenstandes meiner heftigen Besorgnis so reserviert wie eh und je. Er erzählte mir, daß seine Schwester aus ihrem Aufenthalt in F … beträchtlichen Nutzen gezogen habe, daß es ihrem Sohn ausgezeichnet gehe, und – leider! daß alle beide mit Mrs. Maxwell zurück nach Staningley gefahren seien und dort mindestens drei Monate blieben. Aber anstatt Dich zu langweilen mit meinen Verdruß, meinen Erwartungen und Enttäuschungen, meinem Schwanken zwischen dumpfer Verzweiflung und aufflackernder Hoffnung, meinen wechselnden Entschlüssen, bald die Sache fallenzulassen, bald daran festzuhalten, bald einen kühnen Vorstoß zu machen, bald die Dinge treiben zu lassen und darauf zu warten, bis meine Zeit kommen würde, will ich mich damit beschäftigen, über das weitere Leben einiger Akteure zu berichten, die im Verlauf dieser Geschichte aufgetreten sind und die zu erwähnen ich vielleicht keine Gelegenheit mehr haben werde.

Einige Zeit vor Mr. Huntingdons Tod brannte Lady Lowborough mit einem anderen Verehrer durch und begab sich auf den Kontinent, wo die beiden, nachdem sie eine Weile in Saus und Braus gelebt hatten, in Streit gerieten und auseinandergingen. Noch eine Saison lang stürzte sie sich in das gesellschaftliche Treiben, doch die Jahre kamen und das Geld ging; am Ende geriet sie in finanzielle Schwierigkeiten und Schulden und starb schließlich, wie ich gehört habe, arm, verwahrlost und in äußerstem Elend. Aber dies könnte auch nur ein Gerücht gewesen sein: Vielleicht lebt sie ja immer noch, entgegen aller Informationen, die ich oder ihre Verwandten oder früheren Bekannten haben, denn sie alle haben sie seit vielen Jahren aus den Augen verloren und würden sie gern ebenso gründlich vergessen, wenn sie nur könnten. Ihr Ehemann jedoch reichte nach diesem zweiten Fehltritt die Scheidung ein und setzte sie auch durch, und nicht lange danach heiratete er erneut. Das war auch gut so, denn Lord Lowborough, so verdrießlich und schwermütig er auch schien, war nicht fürs Junggesellenleben geboren. Keine Interessen am öffentlichen Leben, keine ehrgeizigen Projekte oder Tätigkeiten oder selbst freundschaftliche Bande (wenn er denn Freunde gehabt hätte) konnten ihn für das Fehlen häuslicher Behaglichkeit und ehelicher Zärtlichkeiten entschädigen. Er hatte zwar einen Sohn und, dem Namen nach, eine Tochter, aber sie erinnerten ihn allzu schmerzlich an ihre Mutter, und die kleine Anabella war für seine Seele eine Quelle fortwährender Bitterkeit. Er hatte es sich zur Pflicht gemacht, sie mit väterlichem Wohlwollen zu behandeln, er hatte sich gezwungen, sie nicht zu hassen und ihr gegenüber schließlich sogar vielleicht ein gewisses Maß an freundlicher Achtung zu empfinden als Dank für ihre aufrichtige und arglose Anhänglichkeit an ihn; aber von der Bitterkeit, mit der er sich für seine tatsächlichen Gefühle gegenüber diesem unschuldigen Wesen anklagte, seinen ständigen verzweifelten Bemühungen, die schlechten Regungen seiner Natur (denn er war kein hochherziger Mensch) zu unterdrücken, konnten nur Gott und sein eigenes Herz wissen, wenn auch diejenigen, die ihn kannten, sie erahnen mochten. Nicht minder hart kämpfte er gegen die Versuchung an, das lasterhafte Leben wiederaufzunehmen, das er in seiner Jugend geführt hatte, und dadurch, daß er sich aufs neue jenem heimtückischen Widersacher von Gesundheit, Vernunft und Tugend ergab, der ihn früher so erbarmungswürdig unterjocht und erniedrigt hatte, vergangenes Unheil zu vergessen und gleichgültig zu werden gegenüber seinem momentanen Elend, den Qualen eines gebrochenen Herzens, eines freudlosen, einsamen Daseins und eines auf krankhafte Weise untröstlichen Gemüts.

Die zweite Dame seiner Wahl unterschied sich von der ersten erheblich. Einige wunderten sich über seinen Geschmack; andere machten sich sogar darüber lustig – aber darin kam mehr die Dummheit dieser Leute zum Vorschein als die seine. Die Dame war etwa in seinem Alter, d. h. zwischen dreißig und vierzig, und fiel weder durch Schönheit noch durch Reichtum, noch durch blendende Bildung auf; und auch nicht durch irgendwelche anderen Dinge, soweit ich weiß, außer durch unverfälschten gesunden Menschenverstand, unerschütterliche Rechtschaffenheit, tätige Frömmigkeit, warmherzige Nächstenliebe und eine Menge guter Laune. Aufgrund all dieser Eigenschaften war sie indes, wie Du Dir leicht vorstellen kannst, in der Lage, den Kindern eine ausgezeichnete Mutter und Seiner Lordschaft eine tadellose Ehefrau zu sein. In seiner üblichen Neigung, sich selbst zu unterschätzen (oder sollte ich besser sagen, zu überschätzen), meinte *er*, sie sei viel zu gut für ihn, und während er sich über die Freundlichkeit der Vorsehung, ihm ein solches Geschenk zu gewähren, und sogar über ihren Geschmack, ihn allen anderen Männern vorzuziehen, wunderte, tat er sein möglichstes, sich für das Gute, was sie ihm tat, zu revanchieren und hatte damit so viel Erfolg, daß sie eine der glücklichsten und verliebtesten Ehefrauen in England war und, wie ich glaube, noch immer ist; und alle, die den guten Geschmack der beiden Partner in Frage stellen, mögen dankbar sein, wenn *ihre* jeweilige Wahl ihnen am Ende auch nur halb soviel Zufriedenheit beschert oder ihre Liebe mit einer halb so dauerhaften und aufrichtigen Zuneigung belohnt.

Wenn Du durchaus an dem Schicksal jenes niederträchtigen Schurken namens Grimsby interessiert bist, so kann ich Dir nur mitteilen, daß er vom Regen in die Traufe geriet, in immer tiefere Tiefen des Lasters und der Niedertracht sank und dabei nur noch mit den schlimmsten Mitgliedern seines

Klubs und dem gemeinsten Abschaum der Gesellschaft verkehrte – zum Glück für die übrige Welt – und schließlich in einem im Suff angezettelten Streit durch die Hand, wie es heißt, irgendeines Mitschurken, den er beim Spiel bemogelt hatte, sein Ende fand.

Was Mr. Hattersley betrifft, so hatte er seinen Entschluß, »aus ihrer Mitte zu ziehen und sich abzusondern«, niemals ganz vergessen und benahm sich wie ein Mensch und Christ, und die tödliche Krankheit und das Ende seines einst so fidelen Freundes Huntingdon haben einen so tiefen und nachhaltigen Eindruck bei ihm hinterlassen und ihn mit einem derartigen Abscheu gegenüber ihrem früheren Treiben durchdrungen, daß er keine weitere Lektion mehr brauchte. Die Versuchungen der Stadt meidend, verbrachte er sein Leben auch weiterhin auf dem Lande und ging in den üblichen Tätigkeiten eines tüchtigen, tatkräftigen Landedelmannes auf. Seine Arbeit, das heißt die Landwirtschaft und die Pferde- und Viehzucht, erfuhr hier und da Abwechslung durch Jagen und Schießen und wurde durch gelegentliche Besuche seiner Freunde (bessere Freunde als die seiner Jugend) und die Gesellschaft seines glücklichen Frauchens (das nun so fröhlich und zutraulich war, wie es das Herz begehrt) und seiner hübschen Familie von strammen Söhnen und blühenden Töchtern belebt. Da sein Vater, der Bankier, vor einigen Jahren gestorben ist und ihm seinen gesamten Reichtum hinterlassen hat, kann er nun ganz seiner Lieblingsbeschäftigung nachgehen, und ich brauche Dir nicht zu erzählen, daß jener Ralph Hattersley, Esq., für seine edle Pferdezucht im ganzen Lande berühmt ist.

KAPITEL 51
Ein unerwartetes Ereignis

Wir wollen uns nun einem ruhigen, kalten, bewölkten Nachmittag Anfang Dezember zuwenden, als der erste Schnee dünn über den kahlen Feldern und gefrorenen Wegen hingestreut lag, in einer dickeren Schicht dagegen in den tiefen Wagenspuren und Fußstapfen von Menschen und Pferden, die in dem mittlerweile festgewordenen Schlamm eingedrückt waren, den die alles aufweichenden Regenfälle des Vormonats zurückgelassen hatten. Ich erinnere mich gut daran, denn ich war auf dem Heimweg vom Pfarrhaus mit keiner geringeren als Miss Eliza Millward an meiner Seite. Ich hatte ihrem Vater einen kurzen Besuch abgestattet – ein Tribut an die Höflichkeit, den ich nur deshalb leistete, um meiner Mutter einen Gefallen zu tun, nicht etwa mir selbst, denn es war mir widerwärtig, auch nur in die Nähe des Hauses zu kommen; nicht nur wegen meiner Abneigung gegen die einst so bezaubernde Eliza, sondern weil ich dem alten Herren seine üble Meinung über Mrs. Huntingdon ganz und gar nicht verziehen hatte, denn obwohl er nun gezwungenermaßen zugeben mußte, daß er sich in seinem früheren Urteil geirrt hatte, behauptete er dennoch, es sei falsch von ihr gewesen, ihren Mann zu verlassen; sie habe ihre geheiligten Pflichten als Ehefrau verletzt und die Vorsehung herausgefordert, weil sie sich offen der Versuchung ausgesetzt habe; und einzig und allein körperliche Mißhandlung (und zwar keine von der leichteren Art) könne einen derartigen Schritt rechtfertigen – und nicht einmal das, weil sie in einem solchen Fall die Gesetze um Schutz anrufen solle. Aber von ihm wollte ich eigentlich gar nicht erzählen, sondern von seiner Tochter Eliza. Gerade als ich mich von dem Pfarrer verabschiedete, betrat sie das Zimmer, gerüstet für einen Spaziergang.

»Ich wollte gerade Ihre Schwester besuchen, Mr. Markham«, sagte sie, »und so werde ich Sie, wenn Sie nichts dagegen haben, nach Hause begleiten. Ich bin gern in Begleitung, wenn ich ausgehe – Sie etwa nicht?«

»Doch, wenn sie angenehm ist.«

»Das natürlich«, erwiderte die junge Dame schelmisch lächelnd. Und so gingen wir also gemeinsam los.

»Werde ich Rose zu Hause antreffen, was meinen Sie?« sagte sie, als wir das Gartentor schlossen und unsere Schritte nach Linden-Car lenkten.

»Ich glaube schon.«

»Ich verlasse mich darauf, denn ich habe eine kleine Neuigkeit für sie – wenn Sie mir nicht schon zuvorgekommen sind.«

»Ich?«

»Wissen Sie, weshalb Mr. Lawrence weggefahren ist?«

Gespannt, was ich darauf antworten würde, blickte sie zu mir empor.

»Ist er denn weggefahren?« sagte ich, und sie strahlte übers ganze Gesicht.

»Ah! Dann hat er Ihnen also nicht von seiner Schwester erzählt?«

»Was ist mit ihr?« fragte ich, voller Angst, es könnte ihr etwas Schlimmes zugestoßen sein.

»Oh, Mr. Markham, wie Sie rot werden!« rief sie mit einem peinigenden Lachen. »Ha, ha, Sie haben sie also noch nicht vergessen! Aber das sollten Sie lieber schnell tun, das versichere ich Ihnen, denn – leider, leider! – wird sie nächsten Donnerstag heiraten!«

»Nein, Miss Eliza, das ist nicht wahr.«

»Wollen Sie mich der Lüge zeihen, Sir?«

»Sie sind falsch informiert.«

»Tatsächlich? Wissen Sie denn mehr?«

»Ich glaube, ja.«

»Warum werden Sie denn dann so blaß?« sagte sie und lächelte vor Entzücken über meine Gemütsbewegung. »Ist es Wut auf mich Arme, weil ich so geflunkert habe. Nun, ich erzähle nur die Geschichte, die man mir erzählt hat: Ich verbürge mich nicht für ihre Wahrheit, aber zugleich kann ich nicht erkennen, welchen Grund Sarah gehabt haben sollte, mich hinters Licht zu führen, oder ihr Informant, sie anzuschwindeln, und das, was sie mir erzählt hat, erzählte ihr der Diener: nämlich daß Mrs. Huntingdon am Donnerstag heiraten werde und Mr. Lawrence zur Hochzeit gefahren sei. Sie nannte mir tatsächlich den Namen des Herren, doch den habe ich vergessen. Vielleicht können Sie meinem Gedächtnis auf die Sprünge helfen. Gibt es nicht jemanden, der in der Nähe lebt oder häufig in der Nachbarschaft zu Besuch ist, der ihr seit langem zugetan ist? Ein Mr. – oh je – Mr. –«

»Hargrave?« schlug ich mit einem bitteren Lächeln vor.

»Sie haben recht!« rief sie. »Genauso lautete der Name.«

»Ausgeschlossen, Miss Eliza!« stieß ich hervor, in einem Tonfall, der sie zusammenzucken ließ.

»Also nun wissen Sie, was sie mir erzählt haben«, sagte sie und blickte mir ruhig ins Gesicht. Und sodann brach sie in ein langes schrilles Gelächter aus, so daß ich mir vor Wut nicht mehr zu helfen wußte.

»Wirklich, Sie müssen mir verzeihen«, rief sie, »ich weiß, es ist sehr unhöflich, aber – ha, ha, ha! – haben Sie etwa im Sinn gehabt, sie zu heiraten? Du meine Güte, wie schade! Ha, ha, ha! Du lieber Himmel, Mr. Markham, Sie werden doch jetzt nicht in Ohnmacht fallen? Um Gottes willen! Soll ich den Mann dort rufen? Hierher, Jacob« – Aber ich brachte sie zum Schweigen, indem ich sie am Arm packte und diesen, wie ich glaube, ziemlich fest drückte, denn mit einem leisen Schmerzens- oder Schreckenslaut schrak sie zurück; aber der böse Geist in ihr war damit noch nicht bezwungen: Sie riß sich sofort wieder zusammen und fuhr mit gutgespielter Besorgnis fort:

»Was kann ich denn für Sie tun? Möchten Sie etwas Wasser – etwas Brandy? Ich denke doch, daß sie welchen im Gasthaus dort unten haben, wenn Sie mich hinlaufen lassen.«

»Lassen Sie den Unsinn!« erwiderte ich streng. Sie machte ein verblüfftes Gesicht – einen Augenblick lang fast wieder verängstigt. »Sie wissen, ich kann solche Scherze nicht ausstehen«, fuhr ich fort.

»Scherze fürwahr! Ich habe keine Scherze gemacht!«

»Auf jeden Fall haben Sie gelacht; und ich mag es nicht, wenn man über mich lacht«, entgegnete ich und gab mir die größte Mühe, ruhig und gelassen zu sprechen und nichts zu sagen, was nicht Hand und Fuß hatte. »Und da Sie so fröhlicher Laune sind, Miss Eliza, brauchen Sie keine weitere Gesellschaft; und daher werde ich Sie Ihren Gang allein beenden lassen – denn, eben fällt es mir ein, ich habe noch anderswo zu tun; also dann guten Abend.«

Mit diesen Worten ließ ich sie stehen (das boshafte Lachen blieb ihr im Halse stecken) und wandte mich seitwärts in die Felder, sprang auf die Böschung und zwängte mich durch die erstbeste Lücke in der Hecke. Da ich unbedingt schnellstens die Wahrheit herausfinden wollte – oder vielmehr die Unwahrheit ihrer Geschichte, eilte ich nach Woodford, so schnell mich meine Beine zu tragen vermochten – wobei ich zunächst im Kreis herumlief, aber sobald ich den Blicken meines hübschen Folterknechts entschwunden war, nahm ich eine Abkürzung und rannte querfeldein, genau so, wie wahrscheinlich ein Vogel fliegen würde – über Weiden und Brachland und Stoppelfelder und Wege – und setzte über Hecken und Gräben und Zäune, bis ich vor dem Tor des jungen Squire stand. Nie zuvor war mir der volle Ernst meiner Liebe bewußt gewesen – die ganze Kraft meiner Hoffnungen, die selbst in den Stunden tiefster Verzweiflung nicht gänzlich zunichte geworden waren, in denen ich mich stets verbissen an den Gedanken klammerte, daß sie eines Tages vielleicht mein werden würde – oder wenn nicht das, so doch zumindest, daß sie ein gewisses Andenken an mich, irgendeine leise Erinnerung an unsere Freundschaft und Liebe für immer in ihrem Herzen wachhielte. Ich schritt auf die Tür zu, entschlossen, den Herrn des Hauses, wenn ich ihn zu Gesicht bekäme, kurzer Hand nach seiner Schwester zu fragen, nicht länger mehr zu warten und zu zögern, sondern falsches Taktgefühl und dummen Stolz hintanzustellen und auf der Stelle meinem Schicksal ins Auge zu sehen.

»Ist Mr. Lawrence zu Hause?« fragte ich voller Ungeduld den Diener, der die Tür öffnete.

»Nein, Sir, der Herr ist gestern weggefahren«, erwiderte er und schaute sehr wachsam drein.

»Weggefahren wohin?«

»Nach Grass-dale, Sir – haben Sie das nicht gewußt, Sir? Er ist sehr verschlossen, halt ein feiner Herr«, sagte der Bursche mit einem dummen, einfältigen Grinsen. »Ich vermute, Sir –« Aber ich drehte mich um und ging weg, ohne zu warten und mir anzuhören, was er vermutete. Ich wollte nicht dastehen und damit meine gepeinigten Gefühle dem dreisten Gelächter und der unverschämten Neugier eines solchen Burschen aussetzen.

Aber was sollte ich jetzt tun? War es denn möglich, daß sie mich wegen *dieses* Mannes verlassen hatte? Ich konnte es nicht glauben. Mich mochte sie ja aufgegeben haben, aber doch *nicht*, um sich ihm hinzugeben! Nun, ich würde die Wahrheit herausfinden – den Alltagsgeschäften konnte ich mich nicht widmen, solange dieser Sturm von Zweifel und Furcht, von Eifersucht und Wut mich durcheinanderbrachte. Ich würde die Morgenkutsche aus L... nehmen (die vom Abend war sicher schon weg) und nach Grass-dale eilen – ich *mußte* unbedingt vor der Hochzeit dort sein. Und warum? Weil mich der Gedanke durchfuhr, daß ich sie *vielleicht* verhindern könnte – daß, wenn ich es nicht täte, sie und ich, wir beide, es wahrscheinlich bis zu unserem Lebensende bedauern würden. Es fiel mir ein, daß irgend jemand ihr Lügen über mich erzählt haben könnte: vielleicht ihr Bruder – ja, bestimmt hatte ihr ihr Bruder eingeredet, daß ich falsch und treulos sei, sich ihre verständliche Empörung und möglicherweise ihre aus Mutlosigkeit geborene Gleichgültigkeit gegenüber ihrem künftigen Leben zunutze gemacht und sie hinterlistig und grausam zu dieser Heirat genötigt, um sie vor mir in Sicherheit zu bringen. Sollte dies der Fall sein und sollte sie ihren Irrtum erst erkennen, wenn es zu spät wäre, ihn rückgängig zu machen – zu welch einem elenden Leben und vergeblichen Bedauern würde sie ebenso wie ich dann verdammt sein! Und welche Gewissensbisse für mich, wenn ich meine törichten Skrupel bedachte, die all das bewirkt hatten! Oh, ich *mußte* sie sehen – sie mußte die Wahrheit über mich erfahren, und selbst wenn ich sie ihr an der Kirchentür erzählen würde! Ich mochte als ein Verrückter oder als ein frecher Tor dastehen – selbst sie würde vielleicht durch eine solche Unterbrechung verletzt sein oder mir zumindest sagen, daß es zu spät sei – aber wenn ich sie retten *konnte*! Wenn sie mein sein *könnte*! Der Gedanke war allzu verlockend!

Beflügelt von dieser Hoffnung, getrieben von diesen Ängsten eilte ich nach Hause, um mich auf meine morgige Abreise vorzubereiten. Ich erzählte meiner Mutter etwas von einer dringenden geschäftlichen Angelegenheit, die keinen Aufschub erlaube, die ich aber jetzt nicht erklären könne und deretwegen ich nach … müsse (die letzte große Stadt, durch die ich fahren mußte). Meine große Unruhe und die Ernsthaftigkeit, mit der ich meine Vorbereitungen traf, konnten ihrem mütterlichen Auge nicht entgehen; und ich hatte viel zu tun, um ihre Befürchtungen über ein unheilvolles Geheimnis zu beschwichtigen.

In jener Nacht setzte starker Schneefall ein, der den Verkehr der Kutschen am folgenden Tag derart verzögerte, daß ich fast der Verzweiflung nahe war. Ich reiste natürlich die ganze Nacht hindurch, denn es war Mittwoch, morgen früh würde die Hochzeit zweifellos stattfinden. Aber die Nacht war lang und dunkel; der Schnee klumpte sich an die Räder und ballte sich an die Hufe der Pferde; die Tiere bewegten sich ungeheuer langsam, die Kutscher fuhren entsetzlich vorsichtig, die Mitreisenden waren verflucht apathisch in ihrer untätigen Gleichgültigkeit gegenüber dem Tempo, in dem wir vorwärtskamen. Anstatt mir zu helfen, die verschiedenen Kutscher tüchtig unter Druck zu setzen und zur Eile anzutreiben, guckten sie nur dumm drein und grinsten über meine Ungeduld: Ein Kerl wagte es sogar, mich deswegen aufzuziehen. Aber ich brachte ihn mit einem Blick zum Schweigen, der ihn so einschüchterte, daß er für den Rest der Reise nicht mehr aufzumucken wagte; und als ich bei der letzten Poststation selbst die Zügel in die Hand nehmen wollte, sprachen sich alle einmütig dagegen aus.

Es war bereits heller Tag, als wir in M... einfuhren und vor dem Gasthof »The Rose and the Crown« haltmachten. Ich stieg aus und verlangte laut eine Postkutsche nach Grass-dale. Es war aber keine zu kriegen: Die einzige in der Stadt wurde gerade repariert. »Dann eben ein Gig – einen Einspänner – Karren – irgend etwas – nur schnell!« Es gab zwar ein Gig, aber ein Pferd konnte man nicht erübrigen. Ich ließ in der Stadt nach einem Ausschau halten; aber das nahm so unerträglich viel Zeit in Anspruch, daß ich nicht länger warten konnte. Ich dachte mir, meine Füße würden mich schneller hinbringen; und mit der Bitte, mir das verfluchte Gefährt nachzuschicken, wenn es binnen einer

Stunde bereitstünde, brach ich auf, so schnell ich nur laufen konnte. Die Entfernung betrug nur wenig mehr als sechs Meilen, aber die Straße war mir fremd, und ich mußte dauernd anhalten, um nach dem Weg zu fragen, indem ich Fuhrleuten und Bauerntrampel zurief und häufig in Cottages eindrang, weil an diesem Wintermorgen nur wenige unterwegs waren. Dabei pochte ich bisweilen die faulen Leute aus ihren Betten, denn wo so wenig zu tun, vielleicht so wenig Nahrung und Feuer zu bekommen war, machten sie sich nicht die Mühe, früh aufzustehen. Ich hatte indes keine Zeit, über sie nachzudenken, sondern ging rasch weiter, und vor Müdigkeit und Verzweiflung tat mir mittlerweile alles weh. Das Gig holte mich nicht ein, und es war gut, daß ich nicht darauf gewartet hatte – ärgerlich vielmehr, daß ich so dumm gewesen war, überhaupt so lange zu warten.

Schließlich jedoch gelangte ich in die Umgebung von Grass-dale. Ich näherte mich der kleinen Dorfkirche – aber siehe da! Es stand ein Troß von Kutschen davor – auch ohne die weißen Schleifen, die Diener und Pferde zierten, und ohne die fröhlichen Stimmen der Müßiggänger aus dem Dorf, die versammelt waren, um dem festlichen Ereignis beizuwohnen, wäre ich wohl darauf gekommen, daß drinnen eine Hochzeit im Gange war. Ich rannte mitten in den Haufen hinein und fragte mit atemloser Spannung, ob die Zeremonie schon lange begonnen habe? Sie sperrten nur den Mund auf und glotzten. In meiner Verzweiflung schob ich mich durch sie hindurch und wollte gerade durch das Friedhofstor treten, als eine Gruppe von zerlumpten Bengeln, die wie Bienen an den Fenstern gehangen hatten, sich plötzlich herunterfallen ließen und auf das Portal zustürmten, wobei sie im groben Dialekt ihrer Gegend etwas schrien, was bedeutete: »Es ist vorbei – sie kommen raus!«

Hätte mich Eliza Millward jetzt sehen können, so hätte sie in der Tat Grund gehabt, sich diebisch zu freuen. Ich griff nach dem Türpfosten, um mich daran festzuhalten, und starrte unverwandt auf die Tür, um einen letzten Blick auf die Wonne meines Herzens sowie einen ersten auf jenen verhaßten Kerl zu werfen, der sie mir entrissen hatte, und sie, dessen war ich gewiß, zu einem elenden, leeren Leben voll vergeblichen Bedauerns verdammte – denn was für ein Glück konnte sie schon mit ihm genießen? Ich wollte sie jetzt nicht durch meine Gegenwart erschrecken, aber ich hatte nicht die Kraft, mich zu entfernen. Heraus kamen die Braut und der Bräutigam. Ihn nahm ich gar nicht wahr; ich hatte nur Augen für sie. Ein langer Schleier umhüllte zur Hälfte ihre anmutige Gestalt, verbarg sie aber nicht meinen Blicken; ich konnte erkennen, daß sie zwar den Kopf erhoben trug, doch die Augen zu Boden senkte, und ihr Antlitz und ihr Nacken von einer purpurnen Röte überzogen waren; aber aus jedem Zug ihres Gesichts strahlte ein Lächeln und durch das dunstige Weiß ihres Schleiers schimmerten Strähnen goldener Löckchen! Oh, Gott! Es war *nicht* Helen! Schon der erste flüchtige Blick hatte mich stutzig gemacht – aber meine Augen waren vor Erschöpfung und Verzweiflung wie blind – durfte ich ihnen trauen? Ja, sie *ist* es nicht! Es war eine jüngere, schmächtigere, rosigere Schönheit – lieblich fürwahr, aber es gebrach ihr gänzlich an jener Würde und Seelentiefe – jener nicht in Worte zu fassenden Anmut, jenem überaus durchgeistigten und doch so sanften Charme, jener unsagbaren Macht, die Herzen zu erobern und sich zu unterwerfen – mein Herz zumindest. Ich erkannte den Bräutigam – es war Frederick Lawrence! Ich wischte die kalten Schweißperlen weg, die mir über die Stirn rannen, und trat einen Schritt zurück, als er näher kam; aber sein Blick fiel auf mich, und er erkannte mich, so verändert ich auch gewiß aussah.

»Sind Sie es, Markham?« sagte er, überrascht und verwirrt über mein Erscheinen – vielleicht allzu sehr über meine wilden Blicke.

»Ja, Lawrence, sind Sie es?« erwiderte ich unter Aufbietung all meiner Geistesgegenwart.

Er lächelte und wurde rot, als sei er halb stolz und halb beschämt über seine Identität; und wenn er Grund hatte, stolz zu sein auf die reizende Dame an seinem Arm, hatte er nicht weniger Ursache, sich zu schämen, weil er sein Glück so lange verheimlicht hatte.

»Darf ich Sie meiner Braut vorstellen«, sagte er, wobei er seine Verlegenheit dadurch zu verbergen suchte, daß er sich sorgloser Fröhlichkeit befleißigte. »Esther, das ist Mr. Markham; mein Freund Markham, Mrs. Lawrence, geborene Miss Hargrave.«

Ich verbeugte mich vor der Braut und drückte heftig die Hand des Bräutigams. »Warum haben Sie mir nichts davon erzählt?« sagte ich vorwurfsvoll und täuschte eine Verärgerung vor, die ich nicht empfand (denn in Wirklichkeit war ich fast ausgelassen vor Freude über die Feststellung, mich auf eine so glückliche Weise geirrt zu haben, und floß fast über vor Rührung, nicht zuletzt deshalb, weil ich nun erkannte, daß ich ihm in Gedanken auf so niederträchtige Weise unrecht getan hatte – das hatte wohl auch er mir, aber doch nicht in *diesem* Ausmaß; und da ich ihn während der letzten vierzig Stunden wie einen bösen Geist gehaßt hatte, war die Reaktion auf eine solche Empfindung so stark, daß ich ihm in diesem Augenblick alle Kränkungen verzeihen und ihn dazu sogar noch gernhaben konnte).

»Ich *habe* es Ihnen ja geschrieben«, sagte er mit einer Miene schuldbewußter Verwirrung; »Sie haben doch meinen Brief bekommen?«

»Welchen Brief?«

»Den, in dem ich Ihnen ankündigte, daß ich mich zu verheiraten beabsichtige.«

»Ich habe nie auch nur den leisesten Hinweis auf eine solche Absicht erhalten.«

»Dann muß er angekommen sein, als Sie schon unterwegs waren. Er sollte Sie gestern morgen erreichen, das war reichlich spät, gebe ich zu. Aber was hat Sie dann hierhergeführt, wenn Sie keine Nachricht erhielten?«

Jetzt war es an *mir*, verwirrt zu sein; aber die junge Dame, die während unseres kurzen, mit gesenkter Stimme geführten Zwiegesprächs fleißig den Schnee festgetreten hatte, kam mir wie gerufen zu Hilfe, indem sie ihrem Bräutigam in den Arm kniff und ihm zuflüsterte, er solle doch seinen Freund einladen, in die Kutsche zu steigen und mit ihnen zu fahren, da es nicht sehr angenehm sei, hier unter den Gaffern herumzustehen und ihre Freunde zu allem Überfluß noch warten zu lassen.

»Und wie kalt es außerdem ist!« sagte er mit einem schmerzvollen Blick auf den dünnen Stoff ihres Kleides und half ihr unverzüglich in die Kutsche. »Markham, wollen Sie mitkommen? Wir fahren nach Paris, aber wir können Sie irgendwo zwischen hier und Dover absetzen.«

»Nein, danke. Leben Sie wohl – ich brauche Ihnen keine angenehme Reise zu wünschen; aber ich erwarte irgendwann eine anständige Entschuldigung, wohlgemerkt, und eine Menge Briefe, ehe wir uns wiedersehen.«

Er schüttelte mir die Hand und beeilte sich, seinen Platz neben seiner Frau einzunehmen. Dies war nicht der Zeitpunkt oder der Ort für Erklärungen oder Gespräche: Wir hatten schon lange genug herumgestanden, um die Neugier der Schaulustigen aus dem Dorf zu erregen und vielleicht die Wut der wartenden Hochzeitsgesellschaft; wenngleich sich dies natürlich in einem viel kürzeren Zeitraum abspielte, als ich für meine Schilderung in Anspruch genommen habe oder als Du brauchen wirst, um sie zu lesen. Ich stand neben der Kutsche, und da das Fenster heruntergelassen war, sah ich, wie mein glücklicher Freund zärtlich seinen Arm um die Hüfte seiner Begleiterin legte, während sie ihre glühende Wange auf seiner Schulter ruhen ließ und dabei aussah wie die Verkörperung liebender, vertrauensvoller Seligkeit. Während der Diener die Tür schloß und seinen Sitz hinten auf der Kutsche einnahm, hob sie ihre lächelnden braunen Augen zu seinem Gesicht und bemerkte schelmisch:

»Ich fürchte, du hältst mich für sehr gefühllos, Frederick, ich weiß, daß Damen gewöhnlich bei solchen Gelegenheiten weinen, aber ich könnte mir keine einzige Träne abpressen, und wenn es um mein Leben ginge.«

Er antwortete nur mit einem Kuß und drückte sie noch fester an seine Brust.

»Aber was ist denn das?« murmelte er. »Aber, Esther, nun weinst du ja doch!«

»Oh, es ist nichts – es ist nur zu viel Glück – und der Wunsch«, schluchzte sie, »daß unsere liebe Helen doch auch so glücklich wäre wie wir.«

»Gott segne dich für diesen Wunsch!« antwortete ich bei mir, als die Kutsche anfuhr, »und der Himmel gebe es, daß er nicht ganz umsonst ist!«

Mir war, als habe bei ihren Worten plötzlich ein Schatten das Gesicht ihres Mannes verdüstert. Was mochte *er* wohl denken? Konnte er seiner lieben Schwester und seinem Freund ein Glück mißgönnen, wie er es nun selbst empfand? In einem *solchen* Augenblick war das ausgeschlossen. Der Kontrast zwischen ihrem Schicksal und dem seinen *mußte* seine Freude eine Weile trüben. Vielleicht dachte er auch an mich: Vielleicht bereute er, wie sehr er dazu beigetragen hatte, unsere Verbindung zu verhindern, weil er es unterlassen hatte, uns zu helfen, wenn er auch nicht gegen uns intrigierte. Ich befreite ihn jetzt von *dieser* Anschuldigung und beklagte meinen früheren Argwohn zutiefst; aber er *hatte* uns dennoch unrecht getan – ich hoffte, ich vertraute darauf, daß es so war. Gewiß, er hatte nicht versucht, den Lauf unserer Liebe aufzuhalten, indem er sich tatsächlich bemüht hätte, den beiden Strömen das Wasser abzugraben, aber er hatte untätig zugesehen, wie sie durch die unfruchtbare Wüstenei des Lebens dahinflossen, sich geweigert, die Hindernisse, die zwischen ihnen standen, aus dem Weg zu räumen, und insgeheim gehofft, sie würden im Sande versickern, ehe sie sich zu einem einzigen zusammenfinden könnten. Und währenddessen trieb er seine eigene Sache seelenruhig weiter voran: Vielleicht war sein Fühlen und Denken so erfüllt von der schönen Dame, daß er nur wenige Gedanken für andere erübrigen konnte. Zweifellos hatte er sie – näher zumindest – während seines dreimonatigen Aufenthalts in F... kennengelernt, denn nun erinnere ich mich, daß er einmal zufällig eine Andeutung hatte fallen lassen, seine Tante und Schwester hätten derzeit eine junge Freundin bei sich, und diese erklärte zumindest zum Teil sein Schweigen über alles, was sonst noch dort vorgefallen war. Jetzt begriff ich auch so manches, was mir vorher einiges Kopfzerbrechen bereitet hatte; unter anderem etliche Reisen von Woodford weg und mehr oder minder lange Zeiten der Abwesenheit, die er nie befriedigend begründete und die mit etwas zu tun gehabt hatten, über das er sich nach seiner Rückkehr sehr ungern befragen ließ. Zu Recht mochte der Diener behaupten, sein Herr sei »sehr verschlossen«. Aber warum diese merkwürdige Zurückhaltung mir gegenüber? Zum einen wegen jener ungewöhnlichen Überempfindlichkeit, auf die ich bereits angespielt habe, zum anderen vielleicht, weil er mir nicht weh tun wollte oder Angst hatte, mich aus dem Gleichgewicht zu bringen, wenn er das prekäre und ansteckende Thema Liebe anschnitte.

KAPITEL 52

Schwankungen

Das unpünktliche Gig hatte mich schließlich doch noch eingeholt. Ich stieg ein und bat den Mann, der es brachte, nach Grass-dale Manor zu fahren – ich war zu sehr mit meinen Gedanken beschäftigt, als daß ich Lust gehabt hätte, den Wagen selbst zu lenken. Ich wollte Mrs. Huntingdon sehen – daran konnte nichts Unschickliches sein, nun da ihr Mann seit über einem Jahr tot war – und an ihrer Gleichgültigkeit oder ihrer Freude über meine unerwartete Ankunft würde ich schnell merken, ob ihr Herz mir wirklich gehörte. Doch mein Begleiter, ein geschwätziger, dreister Bursche, hatte keine Lust, mich meinen geheimen Überlegungen nachhängen zu lassen.

»Da fahren sie hin!« sagte er, als eine Kutsche nach der anderen vor unseren Augen davonfuhr. »Dort drüben wird es *heute* hoch hergehen, was immer auch morgen geschieht. Wissen Sie etwas über die Familie, Sir? Oder sind Sie fremd in dieser Gegend.«

»Ich kenne die Leute vom Hörensagen.«

»Hm! Die besten von ihnen sind nun sowieso fort. Und ich vermute, die alte Dame ist drauf und dran, wegzuziehen, wenn die ganze Aufregung erst einmal vorbei ist, und macht sich davon, um irgendwo von ihrem bißchen Witwenrente zu leben; und die junge – zumindest die neue (sie ist ja nicht mehr so sehr jung) kommt her, um im Grove zu leben.«

»Ist Mr. Hargrave denn verheiratet?«

»Ja, Sir, seit ein paar Monaten. Eigentlich hätte er ja eine verwitwete Dame heiraten sollen, aber sie konnten sich nicht über das Geld einigen: Sie hatte einen mordsmäßig prallgefüllten Geldbeutel, und Mr. Hargrave wollte ihn ganz für sich haben; aber sie mochte ihn nicht herausrükken, und so haben sie sich denn getrennt. Die jetztige ist nicht ganz so reich – und auch nicht so hübsch, aber sie war noch nie verheiratet. Sie ist ein recht schlichtes Gemüt, heißt es, und geht mindestens auf die Vierzig zu, und so hat sie sich wohl gesagt, daß sie keinen Besseren mehr bekomme, wenn sie diese Gelegenheit nicht beim Schopf ergriffe. Ich nehme an, sie hat sich gedacht, ein so stattlicher junger Ehemann sei ihren ganzen Plunder wert und könnte gern alles kriegen; aber ich wette, sie wird ihr Geschäft schon bald bereuen. Man sagt, es dämmert ihr schon jetzt allmählich, daß er durchaus nicht der nette, großzügige, zuvorkommende, reizende Gentleman ist, für den sie ihn vor der Ehe hielt – er fängt bereits an, nachlässig und herrisch zu werden. Ja, und sie wird merken, daß er noch härter und gleichgültiger wird, als sie denkt.«

»Sie scheinen ihn ja gut zu kennen«, bemerkte ich.

»Stimmt, Sir; ich kenne ihn, seit er ein ganz junger Herr war; und zwar ein eingebildeter und noch dazu ein eigensinniger Herr. Ich war dort drüben etliche Jahre lang Diener; aber ich konnte die knickerige Art der Leute nicht ertragen – die Herrin wurde immer unausstehlicher und schlimmer mit ihren Sticheleien und ihrem Knausern und Überwachen und ihrer Mißgunst; und so dachte ich mir, ich würde wohl eine andere Stelle finden, die ich dann auch gefunden habe.«

Und dann erzählte er von seiner gegenwärtigen Stellung als Stallknecht im Gasthof ›The Rose and the Crown‹, und wieviel mehr Freiheiten und Annehmlichkeiten er dort genieße als in seiner früheren, wenn sie auch nicht so angesehen sei; und er schilderte in allen Einzelheiten die Haushaltsführung im Grove und die Wesensarten Mrs. Hargraves und ihres Sohnes – worauf ich nicht weiter achtete, da ich zu sehr beschäftigt war mit meinen eigenen angstvollen, beunruhigenden Vorahnungen und dem Anblick der Landschaft, durch die wir fuhren und in der sich trotz der kahlen Bäume und verschneiten Flächen seit einiger Zeit unzweideutige Anzeichen bemerkbar machten, daß wir uns einem herrschaftlichen Landsitz näherten.

»Sind wir nicht schon in der Nähe des Hauses?« unterbrach ich ihn mitten in seiner Rede.

»Ja, Sir; da drüben ist der Park.«

Mein Mut wollte mich schier verlassen, als ich diesen stattlichen Herrensitz inmitten seiner ausgedehnten Garten- und Parkanlagen erblickte. Der Park war in seinem Winterkleid genauso schön, wie er es in seiner sommerlichen Pracht sein mochte: Seine majestätische Weite, das wellenartig ansteigende und abfallende Gelände, in diesem Gewand von blendender Reinheit, makellos und völlig unberührt – abgesehen von einem gewundenen Pfad, den das ziehende Rotwild hinterlassen hatte, die imposanten Bäume mit ihren schwer beladenen Ästen, weiß leuchtend, gegen den mattgrauen Himmel; die tiefen Wälder ringsumher, der große in gefrorener Stille ruhende Teich mit seinen Eschen und Trauerweiden, die ihre schneebedeckten Zweige auf ihn niederhängen ließen – das alles bot ein Bild, das auf ein unbelastetes Gemüt wahrhaft eindrucksvoll und wohltuend wirken mochte, mir aber keineswegs Mut machte. Einen Trost allerdings gab es –, all das war dem kleinen Arthur als unveräußerlicher Besitz verliehen und konnte eigentlich unter keinen Umständen seiner Mutter gehören. Doch in welchen Verhältnissen lebte sie nun? Mit einer plötzlichen Willensanstrengung überwand ich meinen Widerwillen, ihren Namen gegenüber meinem geschwätzigen Begleiter zu erwähnen, und fragte ihn, ob er wisse, ob ihr verstorbener Gemahl ein Testament hinterlassen habe und wie über den Besitz verfügt worden sei. Oh, ja, er wußte über alles bestens Bescheid; und ich war schnell ins Bild gesetzt, daß ihr bis zur Volljährigkeit ihres Sohnes die volle Verfügungsgewalt und Verwaltung des Grundbesitzes überlassen worden war, des weiteren das unumschränkte, an keine Bedingungen geknüpfte Besitzrecht über ihr eigenes Vermögen (aber ich wußte, daß sie von ihrem Vater nicht viel bekommen hatte) und die kleine zusätzliche Summe, die ihr vor ihrer Eheschließung übertragen worden war.

Er war mit seinen Auskünften noch nicht zu Ende, da hielten wir auch schon vor dem Parktor. Nun ließ ich es auf den Versuch ankommen – wenn ich sie antreffen würde – aber leider! Sie war ja vielleicht immer noch in Staningley; ihr Bruder hatte mir nichts Gegenteiliges gesagt. Ich fragte an der Pförtnerloge, ob Mrs. Huntingdon zu Hause sei. Nein, sie sei bei ihrer Tante in ...shire, werde aber vor Weihnachten zurückerwartet. Sie pflege die meiste Zeit in Staningley zu verbringen und komme nur gelegentlich nach Grass-dale, wenn Verwaltungsangelegenheiten oder das Interesse ihrer Pächter und Bediensteten ihre Anwesenheit erforderten.

»Bei welcher Stadt liegt eigentlich Staningley?« fragte ich. Die verlangte Information war schnell eingeholt. »Nun denn, mein Freund, geben Sie mir die Zügel und wir wollen nach M... zurückfahren. Ich muß in »The Crown and the Roses« etwas frühstücken und dann ab nach Staningley mit der ersten Kutsche nach...«

»Heute werden Sie dort aber nicht mehr hinkommen, Sir.«

»Macht nichts, heute will ich auch gar nicht hin; ich will morgen dort sein und die Nacht unterwegs verbringen.«

»In einem Gasthaus, Sir? Sie täten bei weitem besser daran, wenn Sie in *unserem* Haus absteigen und dann morgen frisch und ausgeruht losfahren würden, dann hätten Sie den ganzen Tag für Ihre Reise vor sich.«

»Was, und dadurch zwölf Stunden verlieren? Nicht mit mir.«

»Sind Sie etwa mit Mrs. Huntingdon *verwandt*, Sir?«

fragte er und suchte nun seine Neugier zu befriedigen, da seine Habgier offensichtlich nicht zu befriedigen war.

»Ich habe nicht die Ehre.«

»Ah! So, so«, entgegnete er mit einem zweifelnden Seitenblick auf meine bespritzten grauen Hosen und meine grobe Matrosenjacke. »Aber«, fügte er aufmunternd hinzu, »es gibt viele feine Damen, die noch ärmere Verwandte haben, als Sie einer sind, würde ich meinen.«

»Zweifellos – und es gibt viele feine Herren, die es sich als große Ehre anrechnen würden, wenn sie den Anspruch erheben könnten, mit der Dame, von der Sie sprechen, verwandt zu sein.«

Jetzt sah er mir verschmitzt ins Gesicht. »Vielleicht, Sir, *beabsichtigen* Sie...«

Ich konnte mir schon denken, was nun kommen würde, und schmetterte die unverschämte Vermutung mit den Worten ab: »Vielleicht wollen Sie mal einen Augenblick ruhig sein, ich bin beschäftigt.«

»Beschäftigt, Sir?«

»Ja, mit meinen Gedanken, und ich möchte mich in meinen Überlegungen nicht stören lassen.«

»Natürlich, Sir!«

Du wirst merken, Halford, daß mich die eben erlittene Enttäuschung nicht *sehr* stark getroffen hatte, sonst hätte ich die Unverschämtheit des Burschen nicht so ruhig ertragen können. Tatsache ist, es erschien mir ebensogut – nein, besser, wenn man alles bedachte, daß ich sie heute nicht sehen sollte und daß ich Zeit hatte, für die Unterredung einen klaren Kopf zu bekommen – mich seelisch auf eine schwerwiegendere Enttäuschung vorzubereiten, nach dem berauschenden Entzücken, das mich nach dem plötzlichen Wegfall meiner früheren Befürchtungen erfaßt hatte; ganz zu schweigen davon, daß ich mich, nachdem ich eine Nacht und einen Tag ohne Unterbrechung unterwegs gewesen und in wilder Hast sechs Meilen durch frisch gefallenen Schnee dahingejagt war, wahrscheinlich nicht gerade in einer besonders präsentablen Verfassung befand.

In M... hatte ich, bevor die Kutsche losfuhr, genug Zeit, bei einem herzhaften Frühstück wieder zu Kräften zu kommen und mich, wie gewöhnlich, durch eine ausgiebige Morgentoilette frisch zu machen sowie durch einige leichte Veränderungen meine Garderobe aufzubessern und außerdem eine kurze Nachricht an meine Mutter abzuschicken (untadeliger Sohn, der ich ja war), um ihr zu versichern, daß ich noch am Leben sei, und mich zu entschuldigen, daß ich nicht zum erwarteten Zeitpunkt zurückkehrte. Die Fahrt nach Staningley dauerte lange in jenen Tagen, wo das Reisen noch so langsam vonstatten ging. Dennoch versagte ich mir unterwegs nicht die notwendige Stärkung und auch nicht die Nachtruhe in einem an der Straße gelegenen Gasthaus, da ich lieber eine kleine Verzögerung in Kauf nahm, als mich erschöpft, wüst aussehend und von Wind und Wetter zerzaust der Dame meines Herzens und ihrer Tante zu präsentieren, die ohnehin reichlich erstaunt sein würden, mich zu sehen. Daher stärkte ich mich am nächsten Morgen nicht nur mit einem so reichhaltigen Frühstück, wie ich es in meiner Aufregung nur hinunterwürgen konnte, sondern verwandte etwas mehr Zeit und Sorgfalt als sonst auf meine Toilette; und angetan mit frischer Wäsche aus meiner kleinen Reisetasche, sorgfältig ausgebürsteter Kleidung, gut gewichsten Stiefeln und hübschen neuen Handschuhen bestieg ich den »Blitz« und setzte meine Reise fort. Ich hatte noch knapp zwei Stationen vor mir, aber die Kutsche fuhr, wie mir gesagt wurde, in der Nähe von Staningley vorbei, und da ich den Wunsch geäußert hatte, so nah wie möglich bei dem Herrenhaus abgesetzt zu werden, hatte ich nichts zu tun, als mit verschränkten Armen dazusitzen und über die kommende Stunde Mutmaßungen anzustellen.

Es war ein klarer, eiskalter Morgen. Allein schon der Umstand, daß ich hoch oben saß, auf die verschneite Landschaft und den heiteren, sonnigen Himmel blickte, die reine, erfrischende Luft einatmete und über den knirschenden gefrorenen Schnee dahinfuhr, versetzte mich in einen Zustand freudiger Erregung; aber denke Dir dazu noch, welchem Ziel ich entgegenstrebte und wen ich zu treffen hoffte, so hast Du vielleicht eine schwache Vorstellung von meinem damaligen Gemütszustand – nur eine *schwache* freilich, denn das Herz wollte mir schier springen vor unsagbarem Entzücken, und ich war fast verrückt vor Freude –, obwohl ich mich klugerweise bemühte, wieder auf den Boden der Tatsachen zurückzukehren, indem ich mir den unleugbaren Unterschied zwischen Helens gesellschaftlicher Stellung und der meinen ins Gedächtnis rief und an all das dachte, was sie seit unserem Abschied durchgemacht hatte, an ihr langes, niemals gebrochenes Schweigen, und vor allem an ihre abweisende, vorsichtige Tante und daran, daß sie sich zweifellos hüten würde, deren Ratschläge erneut auf die leichte Schulter zu nehmen. Diese Überlegungen ließen mein Herz vor Angst heftiger schlagen und meine Brust schwellen vor lauter Ungeduld, den alles entscheidenden Augenblick rasch hinter mich zu bringen, aber sie konnten ihr Bild in meinem Inneren nicht verdunkeln und die lebhafte Erinnerung an das, was sich in Worten und Gefühlen zwischen uns abgespielt hatte, nicht beeinträchtigen – und auch der begierigen Vorwegnahme dessen, was sein würde, nichts anhaben – tatsächlich vermochte ich mir in diesem Moment nicht vorzustellen, welche Schrecken damit verbunden sein mochten. Gegen Ende der Reise indes kamen mir zwei von meinen Mitreisenden freundlicherweise zu Hilfe und drückten meine Stimmung ziemlich herab.

»Schönes Land ist das hier«, sagte der eine von ihnen und

deutete mit seinem Regenschirm auf die weiten Felder zu seiner Rechten, die durch ihre dichten Hecken, tiefen, sauber gezogenen Wassergräben und prächtigen Nutzholzbäume auffielen, die mal auf den Böschungen, mal inmitten der Einfriedungen wuchsen. »*Sehr* schönes Land, wenn Sie es erst im Sommer oder im Frühling sehen könnten.«

»Ja«, antwortete der andere, ein mürrischer, älterer Mann in einem graubraunen, bis zum Kinn zugeknöpften Überzieher und einem baumwollenen Regenschirm zwischen den Knien. »Es gehört dem alten Maxwell, nehme ich an.«

»Es gehörte ihm, Sir, aber jetzt ist er tot, wie Sie wissen, und hat alles seiner Nichte vermacht.«

»Alles?«

»Jedes Stückchen davon – und das Herrenhaus und alles – jedes Körnchen seiner irdischen Güter! abgesehen von einer Kleinigkeit, zum Andenken sozusagen, an seinen Neffen in ...shire drunten und einer Jahresrente für seine Frau.«

»Das ist ja merkwürdig, Sir.«

»Das ist es, Sir. Und sie war nicht einmal seine eigene Nichte; aber er selbst hatte keine nahen Verwandten – niemanden außer jenem Neffen, mit dem er zerstritten war, und für sie hatte er stets eine Schwäche. Und außerdem riet ihm seine Frau dazu, sagt man; sie hat den größten Teil des Besitzes mit in die Ehe gebracht, und es war ihr Wunsch, daß diese Dame ihn bekommen sollte.«

»Hm! Sie wird eine ausgezeichnete Partie sein.«

»Das wird sie. Sie ist Witwe, aber noch ganz jung und ausgesprochen hübsch – zudem hat sie noch ein eigenes Vermögen und nur ein Kind – und sie verwaltet für ihren Sohn einen stattlichen Landbesitz in... Es spricht eine ganze Menge für sie! – Ich fürchte nur, wir haben keine Chance (wobei er mir ebenso wie seinen Kumpan scherzhaft den Ellbogen in die Seite stieß), ha, ha, ha! Nichts für ungut, Sir, hoffe ich doch?« (zu mir gewandt) »Hm! Ich möchte wohl meinen, sie nimmt nur einen Adligen. Schauen Sie dorthin, Sir«, fuhr er fort, wandte sich zu seinem anderen Nachbarn und deutete mit seinen Regenschirm hinter sich, »das dort ist der Herrensitz – ein prächtiger Park, wie Sie sehen – und überall Wälder – eine Menge Nutzholz und Unmassen von Wild – Hallo! Was ist denn jetzt los?«

Dieser Ausruf wurde von dem plötzlichen Anhalten der Kutsche vor dem Parktor ausgelöst.

»Der Herr nach Staningley Hall?« rief der Kutscher; und ich erhob mich und warf meine Reisetasche auf die Erde, bevor ich selbst hinuntersprang.

»Ist Ihnen schlecht, Sir?« fragte mein redseliger Nachbar und starrte mir ins Gesicht. (Er dürfte wohl ziemlich blaß gewesen sein).

»Nein. Hier, Kutscher.«

»Danke, Sir. – Alles in Ordnung!«

Der Kutscher steckte sein Geld ein und fuhr davon. Ich blieb zurück, nicht etwa, um durch den Park hinaufzulaufen, sondern um vor seinem Tor auf- und abzugehen, die Arme verschränkt und den Blick auf den Boden geheftet – mit überwältigender Macht stürmten Bilder, Gedanken und Eindrücke auf mich ein, alle verworren und vage, bis auf dies eine: Meine Liebe war vergebens gewesen, meine Hoffnung ist für immer dahin; ich mußte mich auf der Stelle losreißen und alle Gedanken an sie wie die Erinnerung an einen wilden, verrückten Traum verbannen oder unterdrücken. Frohen Herzens hätte ich noch stundenlang an diesem Ort verweilt, in der Hoffnung, zumindest von weitem einen flüchtigen Blick auf sie zu erhaschen, ehe ich ging, aber es sollte nicht sein: Ich durfte nicht zulassen, daß sie mich sah; denn was konnte mich hierhergeführt haben, wenn nicht die Hoffnung, ihre Zuneigung erneut zu entfachen und später ihre Hand zu gewinnen? Aber konnte ich es denn ertragen, daß sie mir so etwas zutraute? Auf die Bekanntschaft zu pochen – die *Liebe*, wenn Du willst –, die sich zufällig ergeben oder besser gesagt: die ich ihr gegen ihren Willen aufgezwungen hatte, als sie noch ein unbekannter Flüchtling war, der sich für seinen eigenen Lebensunterhalt abrackerte, scheinbar ohne Vermögen, Familie oder gesellschaftliche Beziehungen – sie jetzt zu überfallen, wo sie wieder in die ihr angemessene Sphäre aufgenommen worden war, und einen Anspruch auf einen Anteil an ihrem Wohlstand zu erheben, der, wenn sie ihn nie verloren hätte, bewirkt hätte, daß sie mir höchstwahrscheinlich ewig unbekannt geblieben wäre? Und dies noch dazu, wo wir uns doch seit sechzehn Monaten nicht mehr gesehen hatten und sie mir ausdrücklich verboten hatte, auf eine Verbindung in dieser Welt zu hoffen – und mir von jenem Tag bis heute nie auch nur eine Zeile oder Botschaft hatte zukommen lassen? Nein, die bloße Vorstellung war unerträglich.

Und selbst wenn sie noch eine schwache Zuneigung für mich empfinden sollte, hatte ich denn das Recht, ihren Seelenfrieden zu stören, indem ich jene Gefühle wieder wachrief? Durfte ich sie dem Widerstreit von Pflicht und Neigung unterwerfen, zu welcher Seite sie diese auch immer verlocken oder jene gebieterisch rufen würde, ob sie es für ihre Pflicht halten würde, die Geringschätzung und Schelte der Gesellschaft, den Kummer und den Unwillen derer, die sie liebten, für eine romantische Vorstellung von Wahrheit und Treue zu mir zu riskieren oder ihre persönlichen Wünsche den Ansichten ihrer Freunde, der eigenen Besonnenheit und ihrem Schicklichkeitsgefühl zu opfern? Nein – das wollte ich nicht! Ich wollte auf der Stelle gehen, und sie sollte nie erfahren, daß ich mich ihrem Wohnsitz genähert hatte; denn wenn ich auch vielleicht jeden Gedanken würde aufgeben können, jemals nach ihrer Hand zu streben oder sie auch nur zu bitten, mir weiterhin freundschaftlich gesonnen zu bleiben und mir ihre Achtung zu bewahren, ihr Seelenfrieden sollte durch meine Gegenwart nicht gebrochen und auch ihr Herz nicht durch den Anblick meiner Treue betrübt werden.

»So leb denn wohl, liebe Helen, für immer! Auf ewig lebe wohl!«

So sprach ich zu mir – und dennoch konnte ich mich nicht losreißen. Ich tat ein paar Schritte und dann schaute ich zurück, um einen letzten Blick auf ihr stattliches Heim zu werfen, damit sich wenigstens dessen äußere Gestalt ebenso unauslöschlich in mein Gedächtnis einpräge wie ihr Bild, das ich – ach, leider – nie mehr wiedersehen durfte! – Hierauf lief ich einige Schritte weiter und blieb dann abermals stehen, versunken in melancholisches Grübeln, und lehnte mich gegen einen knorrigen, alten Baum am Straßenrand.

KAPITEL 53
Schluß

Während ich so dastand und meinen düsteren Phantasien nachhing, bog eine herrschaftliche Kutsche um die Kurve. Ich sah nicht hin; und wäre sie ruhig an mir vorbeigefahren, ich hätte mich wohl nicht einmal an den Umstand erinnert, daß sie überhaupt aufgetaucht war; aber ein Stimmchen aus ihrem Inneren rüttelte mich durch den Ausruf auf:

»Mama, Mama, dort ist Mr. Markham!«

Die Antwort hörte ich nicht, aber sogleich entgegnete dieselbe Stimme:

»Er ist es wirklich, Mama – schau doch selbst.«

Ich hob meinen Blick nicht, aber vermutlich schaute die Mama, denn eine helle, melodische Stimme, deren Klang mir durch Mark und Bein ging, rief:

»Oh, Tante! Da ist Mr. Markham, Arthurs Freund! Halten Sie an, Richard!«

Es sprach aus diesen wenigen Worten – besonders aus dem vibrierenden »Oh« – so offenkundig eine freudige, wenn auch verhaltene Erregung, daß ich fast meine Vorsicht fallen ließ. Die Kutsche hielt unverzüglich an, und ich sah hinauf und begegnete dem Blick einer blassen, ernsten, älteren Dame, die mich vom offenen Fenster aus musterte. Sie neigte den Kopf, und ich ebenso, dann zog sie sich zurück, während Arthur dem Diener zurief, er solle ihn hinauslassen; doch ehe dieser Bedienstete von seinem Kutschbock heruntersteigen konnte, wurde wortlos eine Hand aus dem Kutschenfenster gestreckt. Ich kannte diese Hand, obwohl ein schwarzer Handschuh ihre zarte Blässe und zum Teil ihre schönen Proportionen verbarg, und ich ergriff sie hastig und drückte sie in der meinen – inbrünstig einen Augenblick lang, doch sofort faßte ich mich wieder und ließ sie los, und sie wurde sogleich zurückgezogen.

»Sind Sie gekommen, um uns zu besuchen, oder hat Sie Ihr Weg nur hier vorbeigeführt?« fragte mit gesenkter Stimme die Besitzerin derselben, die, wie ich spürte, meinen Gesichtsausdruck aufmerksam prüfte durch den dichten, schwarzen Schleier hindurch, der zusammen mit dem schattenwerfenden Paneel mir den ihren völlig verbarg.

»Ich – ich bin gekommen, um mir das Anwesen hier anzuschauen«, stotterte ich.

»Das *Anwesen*«, wiederholte sie in einem Tonfall, der mehr Mißfallen oder Enttäuschung als Überraschung zu erkennen gab.

»Wollen Sie denn nicht hereinkommen?«

»Wenn Sie es wünschen.«

»Zweifeln Sie etwa daran?«

»Ja, ja! Er muß unbedingt hereinkommen«, rief Arthur, wobei er durch die andere Tür herausgestürmt kam; er nahm meine Hand in seine beiden und schüttelte sie herzhaft.

»Erinnern Sie sich noch an mich, Sir?« sagte er.

»Ja, recht gut, mein kleiner Mann, obwohl du dich verändert hast«, erwiderte ich, indem ich mir den verhältnismäßig großgewachsenen, schlanken jungen Herrn genau ansah, der mit seinen zarten, intelligenten Zügen seiner Mutter wie aus dem Gesicht geschnitten war, trotz der blauen Augen, die jetzt vor Freude strahlten, und der blonden Locken, die in dicken Strähnen unter seiner Kappe hervorlugten.

»Bin ich nicht gewachsen?« sagte er und streckte sich dabei zu seiner vollen Länge.

»Gewachsen! Drei Zoll, auf mein Wort!«

»An meinem letzten Geburtstag bin ich *sieben* geworden«, lautete die stolze Erwiderung. »In noch einmal sieben Jahren werde ich so groß sein wie Sie, fast.«

»Arthur«, sagte seine Mutter, »sag ihm, er soll hereinkommen. Fahren Sie weiter, Richard.«

Es lag ein Hauch von Traurigkeit wie auch von Kälte in ihrer Stimme, aber ich wußte nicht, worauf ich ihn zurückführen sollte. Die Kutsche fuhr los und passierte das Tor vor uns. Mein kleiner Freund führte mich den Park hinauf und plauderte während des ganzen Weges munter darauf los. Am Portal angekommen, blieb ich auf den Stufen stehen, sah um mich und wartete ein wenig, bis ich mich, wenn möglich, wieder gefaßt hätte – oder jedenfalls, um mir meine vor kurzem gefaßten Entschlüsse und die Grundsätze, auf denen sie beruhten, in Erinnerung zu rufen; und erst, als Arthur mich eine Zeitlang sachte am Rock gezogen hatte und seine Einladung, nun doch einzutreten, wiederholte, willigte ich endlich ein, ihm in das Zimmer zu folgen, wo die Damen auf uns warteten.

Helen betrachtete mich, als ich eintrat, mit einem freundlichen, ernsten, forschenden Blick und erkundigte sich höflich nach Mrs. Markham und Rose. Ehrerbietig antwortete ich auf ihre Fragen. Mrs. Maxwell bat mich, Platz zu nehmen, und bemerkte, es sei ziemlich kalt, aber ich sei wohl, wie sie vermute, heute morgen nicht weit gereist.

»Nicht ganz zwanzig Meilen«, antwortete ich.

»Doch nicht etwa zu Fuß?«

»Nein, Madam, mit der Kutsche.«

»Da ist Rachel, Sir«, sagte Arthur, der als einziger von uns wirklich glücklich war, und lenkte meine Aufmerksamkeit auf jene achtbare Person, die eben hereingekommen war, um die Sachen ihrer Herrin entgegenzunehmen. Sie schenkte mir ein fast freundliches Lächeln des Wiedererkennens – ein Gunstbeweis, der zumindest eine höfliche Begrüßung meinerseits verlangte, die demgemäß gewährt und respektvoll erwidert wurde. Sie hatte wohl eingesehen, daß sie sich in ihrer früheren Einschätzung meines Charakters geirrt hatte.

Nachdem Helen ihren schwarzen Hut samt Schleier und ihren schweren Wintermantel etc. abgelegt hatte, sah sie wieder ganz so wie immer aus, so daß ich nicht wußte, wie ich den Anblick ertragen sollte. Besonders freute ich mich, daß sie ihr wunderschönes schwarzes Haar immer noch offen und unverhüllt trug, so daß es in seiner glänzenden Pracht voll zur Geltung kam.

»Mama hat ihre Witwenhaube zu Ehren von Onkels Heirat abgelegt«, bemerkte Arthur, der meine Blicke mit der für Kinder so typischen Unbekümmertheit und raschen Auffassungsgabe richtig gedeutet hatte. Mama machte ein ernstes Gesicht, und Mrs. Maxwell schüttelte den Kopf. »Und Tante Maxwell will ihre nie ablegen«, fuhr der ungezogene Junge ungerührt fort; aber als er merkte, daß seiner Tante seine vorlaute Art ernsthaft unangenehm und peinlich war, ging er zu ihr und schlang wortlos seinen Arm um ihren Hals, küßte sie auf die Wange und zog sich in die Nische eines der großen Erkerfenster zurück, wo er sich still mit seinem Hund vergnügte, während Mrs. Maxwell würdevoll mit mir über so interessante Themen wie Wetter, Jahreszeit und Straßen sprach. Ich betrachtete ihre Gegenwart als sehr hilfreich, meine natürlichen Regungen unter Kontrolle zu halten – als ein Gegengift gegen jene Gemütsbewegungen heftiger Erregung, die sonst gegen meine Vernunft und gegen meinen Willen den Sieg über mich davongetragen hätten, aber *gerade jetzt* empfand ich den Zwang als fast unerträglich, und ich hatte größte Mühe, auf ihre Bemerkungen zu achten und sie mit der üblichen Höflichkeit zu beantworten; denn ich war mir bewußt, daß Helen nur ein paar Schritte von mir entfernt neben dem Kamin stand. Ich wagte nicht, sie anzusehen, aber ich spürte ihr Auge auf mir ruhen, und, als ich einen schnellen Seitenblick auf sie warf, kam es mir vor, als seien ihre Wangen leicht gerötet, und die unruhigen und fahrigen Bewegungen ihrer Finger, die mit ihrer Uhrkette spielten, zeugten, wie mir schien, von starker Gemütsbewegung.

»Erzählen Sie mir doch«, sagte sie, wobei sie sich die erste Pause zunutze machte, die in der zwischen ihrer Tante und mir mühsam aufrechterhaltenen Konversation eingetreten war; sie sprach schnell und leise, die Augen auf ihre Goldkette gerichtet – denn nun wagte ich einen weiteren Blick: »Erzählen Sie mir, wie es euch allen in Lindenhope geht. Hat sich denn gar nichts ereignet, seit ich wegging?«

»Ich glaube nicht.«

»Niemand gestorben? Niemand, der geheiratet hat?«

»Nein.«

»Oder steht vielleicht eine Hochzeit in Aussicht? Keine alten Beziehungen gelöst oder neue geknüpft? Keine alten Freunde vergessen oder durch andere ersetzt?«

Bei dem letzten Satz senkte sie die Stimme so sehr, daß niemand außer mir die abschließenden Worte verstehen konnte, und zugleich wandte sie mir ihre Augen mit einem aufscheinenden Lächeln von überaus sanfter Melancholie und einem schüchtern und doch deutlich fragenden Blick zu, der meine Wangen vor unbeschreiblicher Erregung erglühen ließ.

»Ich glaube nicht«, antwortete ich. »Bestimmt nicht, wenn andere Leute sich so wenig verändert haben wie ich.« Ihr Gesicht glühte im Einklang mit meinem.

»Und Sie wollten hier wirklich keinen Besuch abstatten?« stieß sie hervor.

»Ich fürchtete zu stören.«

»Zu stören!« rief sie und machte eine ungeduldige Handbewegung. »Was –« doch als ob sie sich plötzlich der Gegenwart ihrer Tante entsönne, hielt sie inne und fuhr dann, zu der Dame gewandt, fort: »Nun, Tante, dieser Mann ist nämlich der engste Freund meines Bruders und war mir selbst ein guter Bekannter (zumindest für ein paar kurze Monate) und bekundete große Zuneigung zu meinem Sohn – und wenn er an diesem Haus vorbeikommt, so viele, viele Meilen von seinem Heimatort entfernt, lehnt er es höflich ab, hereinzuschauen, aus Angst zu stören!«

»Mr. Markham ist gar zu bescheiden«, bemerkte Mrs. Maxwell.

»Eher gar zu förmlich«, sagte ihre Nichte, »gar zu – nun, es spielt keine Rolle.« Darauf wandte sie sich von mir ab, setzte sich auf einen Stuhl neben dem Tisch und zog sich ein Buch am Einband heran und begann energisch, doch zerstreut darin zu blättern.

»Wenn ich gewußt hätte«, sagte ich, »daß Sie mir die Ehre erweisen würden, sich an mich als einen guten Bekannten zu erinnern, hätte ich mir höchstwahrscheinlich die Freude nicht versagt, Ihnen meine Aufwartung zu machen, aber ich dachte, Sie hätten mich schon längst vergessen.«

»Sie beurteilten offenbar andere nach sich selbst«, murmelte sie, ohne die Augen vom Buch zu heben, aber sie errötete, als sie sprach, und blätterte hastig ein Dutzend Seiten auf einmal um.

Es entstand eine Gesprächspause, die Arthur glaubte sich zunutze machen zu dürfen, um mir seinen hübschen jungen Setter vorzustellen und mir zu zeigen, wie schön er gewachsen und welch ein Prachtkerl aus ihm geworden war, und mich zu fragen, wie es seinem Vater Sancho gehe. Mrs. Maxwell zog sich hierauf zurück, um ihre Sachen wegzubringen. Sofort stieß Helen das Buch von sich, und nachdem sie ein paar Augenblicke lang ihren Sohn, seinen Freund und seinen Hund schweigend betrachtet hatte, schickte sie den erstgenannten unter dem Vorwand aus dem Zimmer, er möge doch sein allerneuestes Buch holen, um es mir zu zeigen. Bereitwillig gehorchte das Kind; ich aber streichelte weiter den Hund. Das Schweigen hätte wohl bis zur Rückkehr seines Herrn gedauert, wäre es von mir abhängig gewesen, es zu brechen, aber nach einer halben Minute oder noch weniger stand meine Gastgeberin ungeduldig auf, nahm ihren früheren Standort auf dem Teppich zwischen mir und der Kaminecke wieder ein und rief mit ernster und etwas vorwurfsvoller Stimme:

»Gilbert, was ist nur los mit Ihnen? Warum sind Sie so verändert? – Ich weiß, das ist eine sehr indiskrete Frage«, beeilte sie sich hinzuzufügen, »vielleicht eine sehr taktlose. Sie brauchen sie nicht zu beantworten, wenn Sie dieser Meinung sind; aber ich hasse Geheimniskrämerei und voreinander Versteckspielen.«

»Ich habe mich nicht verändert, Helen – unglücklicherweise bin ich so heißblütig und leidenschaftlich wie eh und je – nicht ich habe mich verändert, es sind die Umstände, die sich verändert haben.«

»Welche Umstände? So erzählen Sie mir doch!« Ihre Wangen waren ganz blaß geworden vor schierer Angst –, weil sie womöglich befürchtete, daß ich mein Wort voreilig einer anderen gegeben hatte?

»Ich will es Ihnen auf der Stelle erzählen«, sagte ich. »Ich gebe zu, daß ich in der Absicht hierherkam, Sie zu sehen (nicht ohne manch bangen Zweifel an meiner Vermessenheit und nicht ohne die Befürchtung, meine Ankunft werde ebensowenig willkommen sein, wie man sie erwartet hätte), aber ich wußte nicht, daß dieser Besitz Ihnen gehört, bis ich durch das Gespräch zweier Mitreisender während der letzten Strecke meiner Reise über den Gegenstand Ihrer Erbschaft aufgeklärt wurde; und da sah ich mit einem Mal ein, wie töricht die Hoffnungen waren, die ich gehegt hatte, und wie verrückt es wäre, noch länger an ihnen festzuhalten; und so stieg ich zwar vor Ihrem Tor aus, beschloß aber, nicht einzutreten; ich verweilte ein paar Minuten, um mir das Anwesen anzusehen, doch ich war fest entschlossen, nach M... zurückzukehren, ohne der Herrin desselben zu begegnen.«

»Und wenn meine Tante und ich nicht gerade von unserer morgendlichen Ausfahrt zurückgekommen wären, hätte ich somit nie wieder etwas von Ihnen gesehen oder gehört?«

»Ich dachte, es wäre besser für uns beide, wenn wir uns nicht begegneten«, erwiderte ich, so ruhig ich konnte, aber ich wagte nur zu flüstern, weil ich spürte, daß mir meine Stimme nicht gehorchen würde, und ich wagte nicht, ihr ins Gesicht zu blicken, damit mich meine Entschlossenheit nicht noch vollends verließe: »Ich dachte, eine Unterredung mit mir würde Ihren Seelenfrieden stören und mich zum Wahnsinn treiben. Aber jetzt bin ich froh über die Gelegenheit, Sie noch einmal sehen und erfahren zu dürfen, daß Sie mich nicht vergessen haben, und Ihnen versichern zu können, daß ich niemals aufhören werde, an Sie zu denken.«

Hier trat ein kurzes Schweigen ein. Mrs. Huntingdon

entfernte sich ein paar Schritte von mir und blieb in der Fensternische stehen. Betrachtete sie das als eine Andeutung, daß nur Bescheidenheit mich davon abhielt, sie um ihre Hand zu bitten? Und überlegte sic vielleicht gerade, wie sie mich abweisen sollte, ohne meine Gefühle allzusehr zu verletzen? Ehe ich das Wort ergreifen konnte, um sie aus einer solch peinlichen Verlegenheit zu erlösen, brach sie selbst das Schweigen, indem sie sich plötzlich zu mir umdrehte und bemerkte:

»Sie hätten eine solche Gelegenheit schon früher haben können – ich meine, wenn es darum gegangen wäre, mich Ihres freundlichen Gedenkens zu versichern und Sie sich meines, wenn Sie mir geschrieben hätten.«

»Das hätte ich ja getan, aber ich kannte Ihre Adresse nicht, und Ihren Bruder wollte ich nicht danach fragen, weil ich dachte, er sei dagegen, daß ich Ihnen schriebe – aber dies hätte mich keine Sekunde lang abgeschreckt, wenn ich hätte glauben dürfen, daß Sie von mir zu hören erwarteten oder auch nur einen Gedanken an Ihren unglücklichen Freund verschwendeten; aber Ihr Schweigen brachte mich naturgemäß zu dem Schluß, vergessen zu sein.«

»Dann haben Sie also erwartet, daß ich *Ihnen* schreiben würde?«

»Nein, Helen – Mrs. Huntingdon«, sagte ich und errötete über den darin verborgenen Vorwurf, »gewiß nicht; aber wenn Sie mir durch Ihren Bruder eine Botschaft übermittelt oder ihn auch nur hin und wieder nach mir gefragt hätten...«

»Ich habe ihn oft nach Ihnen gefragt. Mehr wollte ich nicht unternehmen«, fuhr sie lächelnd fort, »solange Sie sich weiterhin auf ein paar höfliche Fragen nach meiner Gesundheit beschränkten.«

»Ihr Bruder hat mir nie erzählt, daß Sie meinen Namen erwähnt hatten.«

»Haben Sie ihn je gefragt?«

»Nein, denn ich merkte, daß er nicht nach Ihnen gefragt zu werden oder meiner allzu hartnäckigen Anhänglichkeit an Sie die geringste Ermunterung oder Hilfe zu gewähren wünschte.« Helen erwiderte nichts darauf. »Und er hatte vollkommen recht«, fügte ich hinzu. Aber sie schwieg weiter und sah auf den verschneiten Rasen hinaus. »Oh, ich will sie von meiner Gegenwart befreien«, dachte ich bei mir; und unvermittelt stand ich auf und näherte mich ihr, um mit einem höchst heroischen Entschluß Abschied zu nehmen – aber der wahre Grund dafür war Stolz, sonst wäre ich wohl wankend geworden.

»Wollen Sie etwa schon gehen?« sagte sie und nahm die Hand, die ich ihr hinhielt, doch sie ließ sie nicht sogleich wieder los.

»Warum sollte ich denn noch länger bleiben?«

»Warten Sie zumindest, bis Arthur wiederkommt.«

Nur zu gern gehorchend, blieb ich stehen und lehnte mich gegen die andere Seite des Fensters.

»Sie haben mir gesagt, Sie hätten sich nicht verändert«, sagte mein Gegenüber. »Und Sie *sind* es doch – sehr sogar.«

»Nein, Mrs. Huntingdon, ich hätte mich nur verändern *sollen*.«

»Wollen Sie damit sagen, daß Sie noch immer dieselbe Freundschaft für mich empfinden wie damals, als wir uns das letzte Mal trafen?«

»Ja, doch es wäre falsch, jetzt davon zu reden.«

»*Damals* war es falsch, davon zu reden, Gilbert; *jetzt* wäre es das nicht mehr, es sei denn, die Wahrheit würde dadurch verletzt.«

Ich war zu erregt, um sprechen zu können; aber ohne auf eine Antwort zu warten, wandte sie ihre glänzenden Augen und ihre purpurnen Wangen ab, schob das Fenster hoch und schaute hinaus, ob nun, um ihre aufgewühlten Gefühle zu beruhigen oder ihrer Verlegenheit Herr zu werden – oder auch nur um jene wunderschöne, halberblühte Christrose zu pflücken, die auf dem kleinen Strauch wuchs und kaum aus dem Schnee herausguckte, der sie zweifellos bisher vor dem Frost geschützt hatte und nun in der Sonne dahinschmolz. Sie pflückte sie indes und führte sie, nachdem sie vorsichtig den glitzernden Staub von ihren Blättern geschüttelt hatte, zu ihren Lippen und sagte:

»Diese Rose duftet nicht so wie eine Sommerblume, aber sie hat harte Zeiten durchgestanden, die wohl keine von *jenen* überstehen würde. Der kalte Winterregen genügte, um sie zu nähren, und die schwache Wintersonne reichte aus, um sie zu wärmen; die rauhen Winde haben sie nicht gebleicht oder ihren Stengel gebrochen, und der harte Frost hat sie nicht zerstört. Schauen Sie, Gilbert, sie ist noch immer frisch und in voller Blüte, wie eine Blume nur sein kann, selbst jetzt mit dem kalten Schnee, der auf ihren Blütenblättern liegt. Möchten Sie sie haben?«

Ich streckte meine Hand danach aus. Ich wagte nicht zu sprechen, da ich befürchtete, meine Gemütsbewegung werde mich übermannen. Sie legte mir die Rose in die offene Hand, aber ich schloß meine Finger kaum um sie, so sehr beschäftigte mich die Frage, was ihre Worte bedeuten mochten oder was ich jetzt tun oder sagen, ob ich meinem Empfinden nachgeben oder sie noch immer zurückhalten sollte. Da Helen dieses Zögern fälschlicherweise als Gleichgültigkeit auslegte oder sogar als Widerwillen, ihr Geschenk anzunehmen, riß sie mir die Rose plötzlich aus der Hand, warf sie hinaus in den Schnee, schloß mit Nachdruck das Fenster und zog sich zum Kamin zurück.

»Helen! Was hat das zu bedeuten?« rief ich, wie von einem elektrischen Schlag getroffen über die Veränderung in ihrem Verhalten.

»Sie haben mein Geschenk nicht verstanden«, sagte sie,

»oder, was noch schlimmer ist, es verschmäht. Ich bedauere, daß ich sie Ihnen gab; aber da ich nun einmal einen solchen Fehler begangen habe, fiel mir keine andere Abhilfe ein, als sie Ihnen wieder wegzunehmen.«

»Sie haben mich schrecklich mißverstanden«, erwiderte ich, und in der nächsten Minute hatte ich das Fenster erneut geöffnet, sprang hinaus, hob die Blume auf, brachte sie herein und bot sie ihr dar mit der inständigen Bitte, sie mir noch einmal zu geben, und ich würde sie um ihretwillen stets aufbewahren und höher schätzen als alles, was ich auf Erden besaß.

»Und wird Ihnen das denn genügen?« sagte sie, als sie die Rose nahm.

»Es soll mir genügen«, antwortete ich.

»Nun denn, nehmen Sie sie.«

Ich drückte sie inbrünstig an meine Lippen und barg sie an meiner Brust, und Mrs. Huntingdon sah mit einem etwas sarkastischem Lächeln zu.

»Wollen Sie jetzt also gehen?« sagte sie.

»Ich will – wenn ich muß.«

»Sie *haben* sich verändert«, wiederholte sie hartnäckig. »Sie sind entweder sehr stolz oder sehr gleichgültig geworden.«

»Ich bin weder das eine noch das andere, Helen – Mrs. Huntingdon. Wenn Sie mir ins Herz sehen könnten…«

»Sie *müssen* eines von beiden sein, wenn nicht beides. Und warum Mrs. Huntingdon? Warum nicht Helen, wie früher?«

»Helen, dann also – liebe Helen!« murmelte ich. In mir lagen Liebe, Hoffnung, Begeisterung, Ungewißheit und bange Erwartung miteinander im Streit.

»Die Rose, die ich Ihnen gab, war ein Sinnbild meines Herzens«, sagte sie; »könnten Sie sie also mitnehmen und mich hier allein zurücklassen?«

»Würden Sie mir auch Ihre Hand geben, wenn ich Sie darum bäte?«

»Habe ich denn nicht schon genug gesagt?« antwortete sie mit einem unendlich bezaubernden Lächeln. Ich ergriff ihre Hand und hätte sie wohl feurig geküßt, aber plötzlich hielt ich inne und sagte:

»Aber haben Sie auch die Konsequenzen bedacht?«

»Schwerlich, denke ich, sonst hätte ich mich wohl nicht einem angeboten, der zu stolz ist, mich zu nehmen, oder zu gleichgültig, als daß er mit seiner Liebe meine weltlichen Güter aufwöge.«

Elender Dummkopf, der ich doch war! – Ich zitterte vor Verlangen, sie in meine Arme zu nehmen, wagte aber nicht, an so viel Glück zu glauben, und dennoch beschränkte ich mich auf die Frage:

»Aber wenn Du es bereuen *solltest*?«

»Dann wäre es deine Schuld«, erwiderte sie, »ich werde es nie bereuen, es sei denn, du enttäuschtest mich bitterlich. Wenn du nicht genug Vertrauen in meine Liebe hast, um das zu glauben, dann laß mich in Ruhe.«

»Mein allerliebster Engel – meine *geliebte Helen*«, rief ich und küßte nun leidenschaftlich ihre Hand, die ich immer noch festhielt, und schlang meinen rechten Arm um sie, »du sollst es nie bereuen, wenn es von mir allein abhängt. Aber hast du denn auch an deine Tante gedacht?« Mir war bange vor der Antwort, und in instinktiver Angst, meinen eben erst errungenen Schatz gleich wieder zu verlieren, drückte ich sie noch fester an mein Herz.

»Meine Tante braucht noch nichts davon zu wissen«, sagte sie. »Sie würde es für einen übereilten, unbesonnenen Schritt halten, weil sie sich nicht vorstellen könnte, wie gut ich dich kenne: Aber sie muß dich selbst kennenlernen und selbst liebgewinnen. Du mußt uns jetzt, nach dem Lunch, verlassen und im Frühjahr wiederkommen und länger bleiben und ihre Bekanntschaft pflegen; und ich weiß, ihr werdet einander mögen.«

»Und dann willst du also mein sein«, sagte ich und drückte ihr einen Kuß auf die Lippen und noch einen und noch einen; denn ich war nun ebenso kühn und ungestüm, wie ich zuvor schüchtern und gehemmt gewesen war.

»Nein – erst in einem weiteren Jahr«, erwiderte sie und löste sich sanft aus meiner Umarmung, hielt aber immer noch verliebt meine Hand.

»Nächstes Jahr! O Helen, ich könnte nicht so lange warten!«

»Wo ist denn deine Treue?«

»Ich wollte damit nur sagen, ich könnte die Qual einer so langen Trennung nicht ertragen.«

»Es würde ja keine Trennung sein: Wir wollen uns täglich schreiben; meine Gedanken werden stets bei dir sein, und manchmal sollst du mich ja auch von Angesicht zu Angesicht sehen. Ich will keine solche Heuchlerin sein, so zu tun, als wünschte ich mir, so lange zu warten, aber obwohl meine Heirat nur mir selbst gefallen muß, sollte ich doch meine Freunde über den Zeitpunkt derselben zu Rate ziehen.«

»Deine Freunde werden sie mißbilligen.«

»Sie werden sie nicht sehr mißbilligen, lieber Gilbert«, sagte sie und küßte inbrünstig meine Hand, »das können sie gar nicht, wenn sie dich erst näher kennen – oder wenn doch, wären sie keine echten Freunde – es würde mich nicht kümmern, wenn sie von mir abrückten. – Bist du nun zufrieden?« Sie sah mir mit einem Lächeln von unsagbarer Zärtlichkeit ins Gesicht.

»Wie sollte ich nicht, mit deiner Liebe? Und du liebst mich doch, Helen?« sagte ich, wobei ich nicht daran zweifelte, aber es durch ihr eigenes Eingeständnis bestätigt hören wollte.

»Wenn du mich so liebtest, wie *ich* dich«, erwiderte sie ernsthaft, »hättest du mich nicht beinahe verloren – diese Skrupel aus falschem Zartgefühl und Stolz würden dir nicht derart zugesetzt haben – du hättest eingesehen, daß die größten gesellschaftlichen Unterschiede und Unvereinbarkeiten von Rang, Geburt und Vermögen wie Staub in der Waagschale sind verglichen mit dem harmonischen Gleichklang der Gedanken und Gefühle und wahrhaft liebender, wesensverwandter Herzen und Seelen.«

»Aber dies ist zu viel des Glücks«, sagte ich und umarmte sie von neuem, »ich habe es nicht verdient, Helen – ich wage nicht, an eine solche Seligkeit zu glauben. Und je länger ich warten muß, desto größer wird meine Angst sein, daß noch irgend etwas dazwischenkommt, das dich mir entreißt – und bedenke doch, in einem Jahr können tausenderlei Dinge geschehen! – Vor lauter Angst und Ungeduld werde ich die ganze Zeit wie im Fieber verbringen. Und außerdem ist der Winter eine so trostlose Jahreszeit.«

»Das habe ich mir auch gedacht«, erwiderte sie ernst, »ich würde nicht im Winter heiraten wollen – zumindest nicht im Dezember«, fügte sie schaudernd hinzu, denn in diesem Monat war sowohl die unselige Ehe geschlossen worden, die sie an ihren früheren Mann gebunden hatte, als auch dessen schrecklicher Tod eingetreten, der sie erlöste, »und deshalb habe ich gesagt, im übernächsten Jahr, im Frühjahr.«

»Übernächstes Frühjahr?«

»Nein, nein, nächsten Herbst vielleicht.«

»Dann also Sommer.«

»Also, Spätsommer. Na! Jetzt bist du aber hoffentlich zufrieden.«

Während sie sprach, trat Arthur wieder ins Zimmer – der gute Junge, war er doch so lange draußen geblieben.

»Mama, ich habe das Buch an keiner der Stellen finden können, wo du mir aufgetragen hast zu suchen.« (Es lag etwas Schuldbewußtes im Lächeln seiner Mama, das zu sagen schien: »Nein, Liebes, ich wußte, daß du es gar nicht finden konntest.«) »Aber Rachel hat es schließlich für mich gefunden. Schauen Sie, Mr. Markham, eine Naturgeschichte mit allen Arten von Vögeln und Tieren darin und der Text so hübsch wie die Bilder!«

In bester Laune setzte ich mich hin, um mir das Buch genauer anzusehen, und zog den kleinen Kerl zwischen meine Knie. Wäre er eine Minute früher gekommen, ich hätte ihn wohl weniger gnädig aufgenommen, aber nun strich ich ihm liebevoll über seine Ringellocken und küßte sogar seine elfenbeinweiße Stirn: Er war der Sohn meiner Helen und daher auch meiner, und als solchen habe ich ihn seither stets betrachtet. Dieses hübsche Kind ist inzwischen ein stattlicher junger Mann geworden: Er hat die schönsten Hoffnungen seiner Mutter wahrgemacht und residiert mittlerweile in Grass-dale Manor mit seiner jungen Frau, der fröhlichen kleinen Helen Hattersley von einst.

Ich hatte noch nicht einmal die Hälfte des Buches durchgesehen, als Mrs. Maxwell erschien, um mich ins Nebenzimmer zum Lunch zu bitten. Die gemessenen Umgangsformen dieser Dame schreckten mich zunächst ziemlich ab; aber ich tat mein möglichstes, um sie mir geneigt zu machen, und das nicht ganz ohne Erfolg, denke ich, selbst bei jenem ersten kurzen Besuch, denn als ich so aufgeräumt mit ihr plauderte, wurde sie allmählich freundlicher und herzlicher, und bei meinem Abschied bot sie mir ein gnädiges Adieu und gab ihrer Hoffnung Ausdruck, bald das Vergnügen zu haben, mich wiederzusehen.

»Aber du darfst nicht gehen, ehe du nicht das Gewächshaus besichtigt hast, den Wintergarten meiner Tante«, sagte Helen, als ich Anstalten machte, mich von ihr zu verabschieden mit all der Gelassenheit und Selbstbeherrschung, die ich zu meiner Hilfe aufzubieten vermochte.

Gern nutzte ich diesen Aufschub und folgte ihr in ein großes und wunderschönes Gewächshaus, das für die Jahreszeit reich mit Blumen ausgestattet war – aber *ihnen* widmete ich natürlich nicht viel Aufmerksamkeit. Allerdings hatte mich meine Begleiterin nicht hierhergebracht, um mit mir ein zärtliches Zwiegespräch zu führen:

»Meine Tante liebt Blumen über alles«, bemerkte sie, »und sie liebt auch Staningley; ich habe dich hierhergebracht, um Dir in ihrem Namen eine Bitte vorzutragen, nämlich daß sie das hier als ihr Zuhause betrachten darf, solange sie lebt, und – wenn es nicht auch unser Zuhause werden sollte – daß ich sie oft besuchen und oft bei ihr sein darf; denn ich fürchte, sie wird es bedauern, mich zu verlieren; und obwohl sie ein zurückgezogenes und beschauliches Leben führt, neigt sie doch zur Schwermut, wenn sie allzu viel allein gelassen wird.«

»Aber gewiß doch, liebste Helen! Du kannst natürlich ganz nach Belieben über dein Eigentum verfügen. Es würde mir nicht im Traum einfallen, daß deine Tante das Anwesen verlassen sollte; und wir werden entweder hier oder anderswo leben, ganz wie ihr beide es bestimmt, und du sollst sie sehen, sooft du willst. Ich weiß, es muß schmerzlich für sie sein, dich gehen zu lassen, und ich leiste gern jede Entschädigung, die in meiner Macht steht. Ich liebe sie um deinetwillen, und ihr Glück soll mir ebenso am Herzen liegen wie das meiner eigenen Mutter.«

»Danke, Liebling! Dafür sollst du einen Kuß bekommen. Lebwohl. Nicht doch – nicht, Gilbert – laß mich jetzt, da ist Arthur, erschrecke sein kindliches Gemüt nicht mit deiner Tollheit.«

* * *

Aber, Halford, es ist nun an der Zeit, meinen Bericht zu einem Ende zu bringen – jeder außer Dir wäre wohl ohnehin der Meinung, ich hätte ihn schon allzusehr in die Länge gezogen: Aber zu Deiner Befriedigung will ich noch ein paar Worte hinzufügen, weil ich weiß, daß Du an der alten Dame Anteil nimmst und wissen möchtest, wie sie ihr Leben beschloß. Im Frühling kam ich wieder nach Staningley und tat gemäß Helens Anweisungen mein möglichstes, um ihre Bekanntschaft zu pflegen. Sie nahm mich sehr freundlich auf, da sie aufgrund der allzu schmeichelhaften Schilderung ihrer Nichte zweifellos gewillt war, eine hohe Meinung von mir zu haben. Ich zeigte mich natürlich von meiner besten Seite, und wir kamen unglaublich gut miteinander zurecht. Als sie von meinen ehrgeizigen Absichten in Kenntnis gesetzt wurde, nahm sie das vernünftiger auf, als ich zu hoffen gewagt hatte. Ihre einzige Bemerkung über dieses Thema in meiner Gegenwart lautete:

»Und so, Mr. Markham, werden Sie mich also meiner Nichte berauben, wie ich höre. Nun gut! Ich hoffe, Gott wird eurer Verbindung gnädig sein und mein liebes Mädchen am Ende doch noch glücklich machen. Hätte sie sich damit abfinden können, ledig zu bleiben, wäre mir das wohl noch lieber gewesen, das gebe ich zu, aber wenn sie denn erneut heiraten muß, so kenne ich niemanden unter den Lebenden im passenden Alter, dem ich sie lieber anvertrauen würde als Ihnen oder der mehr Aussichten böte, ihre Vorzüge zu schätzen und sie wirklich glücklich machen zu können, soweit ich weiß.«

Natürlich war ich über das Kompliment begeistert und hoffte, ihr beweisen zu können, daß sie sich in ihrem günstigen Urteil nicht irrte.

»Ich habe allerdings noch eine Bitte«, fuhr sie fort. »Es scheint, als dürfe ich Staningley noch immer als mein Zuhause ansehen. Ich möchte, daß Sie es auch zu dem Ihren machen, denn Helen hängt an dem Anwesen und an mir – wie ich an ihr. Mit Grass-dale sind schmerzliche Erinnerungen verbunden, die sie nicht so leicht überwinden kann; und ich werde Sie hier nicht durch meine Gesellschaft oder irgendwelche Einmischungen belästigen. Ich bin eine sehr schweigsame Person und werde mich in meinen Gemächern aufhalten und mich meinen eigenen Belangen widmen und euch beide nur ab und zu sehen.«

Natürlich stimmte ich dem bereitwilligst zu; und wir lebten in größter Harmonie mit unserer Tante bis zu dem Tag ihres Todes, welch trauriges Ereignis ein paar Jahre später eintrat – traurig nicht für sie selbst (denn er kam still über sie, und sie war froh, am Ende ihrer Reise angelangt zu sein), sondern für die wenigen liebenden Freunde und dankbaren Untergebenen, die sie zurückließ.

Um jedoch zu meiner eigenen Geschichte zurückzukommen: Ich heiratete im Sommer, an einem strahlenden Augustmorgen. Es bedurfte der ganzen acht Monate und des Einsatzes aller Freundlichkeit und Güte von seiten Helens obendrein, um die Vorurteile meiner Mutter gegen meine Braut zu überwinden und sie mit dem Gedanken auszusöhnen, daß ich Linden Grange verlassen und so weit weg von ihr leben würde. Doch schließlich freute sie sich über das Glück ihres Sohnes und führte alles voller Stolz auf seine eigenen Verdienste und Fähigkeiten zurück. Ich übergab Fergus den Hof und hoffte dabei mit größerer Zuversicht auf die gedeihliche Entwicklung desselben, als ich es ein Jahr zuvor unter ähnlichen Umständen wohl getan hätte; denn Fergus hatte sich vor kurzem in die älteste Tochter des Pfarrers von L... verliebt, eine Dame, die durch ihre Überlegenheit seine verborgenen Tugenden wachgerüttelt und ihn zu den erstaunlichsten Anstrengungen angetrieben hatte; nicht nur, weil er ihre Liebe und Achtung gewinnen und ein Vermögen erwerben wollte, das groß genug war, damit er um ihre Hand anhalten konnte, sondern auch deshalb, weil er ihrer würdig sein wollte, und das sowohl in seinen eigenen

Augen als auch in denen ihrer Eltern; und am Ende war er erfolgreich, wie Du bereits weißt. Was mich betrifft, so brauche ich Dir nicht zu schildern, wie glücklich meine Helen und ich seither gelebt haben und wie sehr wir einander in Liebe verbunden sind und wie selig jeder von uns noch immer in der Gesellschaft des anderen und in der unserer vielversprechenden Sprößlinge ist, die um uns herum heranwachsen. Jetzt eben freuen wir uns auf Deine und Roses Ankunft, denn der Zeitpunkt eures alljährlichen Besuchs rückt näher, da ihr eure staubige, verqualmte, laute, geschäftige, aufstrebende Stadt hinter euch lassen müßt, um hier bei uns, fernab gesellschaftlicher Verpflichtungen, ein paar Wochen auszuspannen und neue Kräfte zu sammeln.

Bis dahin lebe wohl,

Gilbert Markham

Staningley, 10. Juni 1847

Zu dieser Ausgabe

insel taschenbuch 2631: Der Text des vorliegenden Bandes folgt dem 1993 im Insel Verlag Frankfurt am Main und Leipzig erschienenen insel taschenbuch 1547.
Umschlagabbildung: John Everett Millais, The Black Brunswicker, 1860.